Heaven Official's Blessing

BAND 2

GOTTGEFÄLLIGER KRONPRINZ

MO XIANG TONG XIU

TOKYOPOP®

Inhalt

Kapitel 16:

Fragen über Xianle im Jile-Haus

Ein markerschütternder Schrei ließ Xie Lian beinahe das Herz stehen bleiben. Noch bevor er einen klaren Gedanken fassen konnte, war er auch schon losgelaufen. Draußen auf dem Weg erblickte er eine Gruppe unheimlicher Dämonen. Sie standen in einem Kreis und riefen:

»Wir haben ihn erwischt!«

»Schlagt ihn zusammen!«

»Scheiße! Alles Essen, das dieser kleine Drecksack mir geklaut hat, werde ich Stück für Stück aus ihm rauskratzen!«

Shi Qingxuan trat dazu. »Eure Hoheit, was ist hier los?«

Xie Lian gab keine Antwort. Er ging auf das Grüppchen zu. Erst langsam, dann immer schneller werdend, bis er schließlich rannte. Er drängte sich mit Gewalt an den Dämonen vorbei und sah, dass derjenige in der Mitte, auf den alle einschlugen, ein Junge war. Er war in Lumpen gekleidet und schien um die fünfzehn zu sein. Zusammengerollt lag er da und zitterte am ganzen Körper.

Obwohl er den Kopf zwischen den Armen verbarg, war zu erkennen, dass ein Verband in mehreren Schichten unordentlich darum gewickelt war. Der Verband und das Haar des Jungen starrten vor Dreck.

War das nicht der Junge, den Xie Lian am Yujun-Berg kennengelernt hatte? Der, der seitdem spurlos verschwunden war?

Es war nicht weiter verwunderlich, dass ihm in Lingwens Palast gesagt worden war, er sei nicht auffindbar. Wie hätte er in der Sphäre der Sterblichen gefunden werden können, wenn er ins Geisterreich geflohen war?

Die Dämonen, die Xie Lian zur Seite gestoßen hatte, waren außer sich vor Zorn, und schubsten ihn von sich. Währenddessen zerrte ein anderer an dem Verband um den Kopf des Jungen. »Dieser Lümmel ist wahrscheinlich noch hässlicher als ich! Seht doch, wie sehr er sich fürchtet, dieses Ding von seinem Gesicht zu nehmen ...«

Lang Qianqiu kochte vor Wut. »Was macht ihr da?!«, rief er aus, trat vor und schob einige der Dämonen zur Seite.

Shi Qingxuan konnte ihn nicht aufhalten und so stand er nur da und wedelte mit seinem Fächer. »Qianqiu, wir hatten doch abgesprochen, nicht mehr unüberlegt zu handeln.«

Aber Qianqiu hatte schon unzählige der Dämonen gegen sich aufgebracht. »Wo zur Hölle kommst du Wurm denn her?«, brüllten sie, während sie einer nach dem anderen auf ihn losgingen.

»Windmeister, verzeiht«, rief Lang Qianqiu. »Es wird nicht wieder vorkommen.« Damit stürzte er sich in den Kampf.

Shi Qingxuan stand machtlos daneben und seufzte tief. »He, dich nehme ich nie mehr mit auf eine Mission!«

Danach blieb ihm nichts anderes übrig, als sich ebenfalls in die Schlägerei zu stürzen. Es war ärgerlich, dass sie keine Magie anwenden konnten und auf ihr göttliches Leuchten verzichten mussten. So waren sie gezwungen, mit Händen und Füßen zu kämpfen.

Xie Lian drängte gewaltsam einige Geister zur Seite, die noch immer auf den Jungen einschlugen. Er kniete sich neben ihn, um ihm aufzuhelfen. »Bist du verletzt?«

Als er Xie Lians Stimme hörte, erschauderte der Junge und sah voller Furcht zu ihm auf. Nun, da Xie Lian sein Gesicht sah, bemerkte er, dass der Verband, den der Junge um den Kopf trug, blutgetränkt war. Er erschrak beim Anblick des schwarz und rot gefleckten Stoffs. Er sah noch grauseliger aus als bei ihrer letzten Begegnung. Die Augen, die zwischen den Stoffstreifen zu ihm aufsahen, waren groß, leuchteten in tiefem Schwarz und waren ungewöhnlich klar. Xie Lian konnte in diesen mitternachtsschwarzen Augen seine Reflexion erkennen und die unermessliche Furcht, die darin lag.

Xie Lian hielt dem Jungen seine Hand hin. »Komm, steh auf. Alles wird gut.«

Der Junge schrie auf, stieß seine Hand beiseite, sprang auf und rannte davon.

Dieser Junge hatte die Gesichterkrankheit, das verband ihn untrennbar mit dem Königreich Xianle und sein bloßer Anblick hatte Xie Lians Herz erbeben lassen. Ein Gefühl der Unwirklichkeit hatte ihn überkommen. Der Stoß des Jungen kam so überraschend, dass sogar sein Bambushut zu Boden gefallen war. »Warte doch!«, rief er erschrocken.

Gerade als er ihm nachsetzen wollte, umringten ihn die Dämonen, die er zuvor von sich gestoßen hatte. Der Junge lief die belebte Straße hinunter und klein wie er war, würde er bald zwischen den Geistern nicht mehr auszumachen sein. Ruoye würde Schwierigkeiten haben, ihn in dieser Umgebung wiederzufinden. In seiner bedrängten Lage rief Xie Lian den anderen zu: »Meine Herren, ich überlasse das hier Euch! Wir trennen uns. Verwischt Eure Spuren und in spätestens drei Tagen kommen wir hier wieder zusammen!«

Ruoye glitt hervor und trieb die Dämonen, die Xie Lian bedrängten, zurück in das Handgemenge. Er bückte sich, hob seinen Bambushut auf und rannte in die Richtung los, in der der Junge verschwunden war.

Er zwängte sich mühsam durch das Gedränge auf der Straße und rief dabei die ganze Zeit Entschuldigungen.

Weil der Junge sich jahrelang in der Sphäre der Sterblichen versteckt gehalten hatte, stellte die Flucht für ihn keine Schwierigkeit dar. Kurz war sein Kopf zu sehen, dann sein Rücken, schließlich verschwand er ganz in der Menge und so entfernte er sich immer weiter.

Xie Lian wusste nicht, ob er es sich einbildete, aber die Straße wurde immer belebter, je weiter er kam. Menschen und Geister bildeten eine dichte Menge und es wurde immer schwieriger für ihn, überhaupt voranzukommen. Sein Geist war in solchem Aufruhr, dass er aus Versehen einige Verkaufsstände umwarf. »Das tut mir leid, entschuldigt!«, rief er hastig.

Doch so leicht ließen ihn die Geister nicht davonkommen. Einer schimpfte: »Was soll ich mit einer Drecksentschuldigung? Haltet ihn auf!«

Plötzlich spürte Xie Lian einen kalten Schauder an seinem Rücken und ihm war, als würde eine Hand nach ihm greifen. Sofort schlug er danach. »Wer ist da?«

Es war ein Tentakel, der nach ihm gegriffen hatte. Wie aus dem Nichts war er plötzlich aufgetaucht. Einige Geister umzingelten ihn und um sich herum hörte er ihre Stimmen, hohe und tiefe, zarte und raue. »Sieh mal an! Dem Bengel müssen wir wohl Manieren beibringen. Dann wird er es nicht mehr wagen, in der Geisterstadt Ärger zu machen!«

Eine dichte Masse an Dämonen und Geistern versperrte die Straße und Xie Lian befürchtete, den Jungen in der Menge zu verlieren. Er mühte sich, den Tentakel von sich zu schieben, und rief: »Hört mir zu, es tut mir wirklich leid. Ich wollte das nicht. Lasst mich erst jemanden suchen und später reden wir über eine Wiedergutmachung, einverstanden?«

Aber die Geister waren unerbittlich. »Das hättest du wohl gern!«

In all dem Geschiebe und Gedränge war der Junge nun endgültig verschwunden. Xie Lian war wie benommen. Er hätte nicht einmal mehr sagen können, was er eigentlich fühlte. Er war enttäuscht, dass der Junge ihm entwischt war, und gleichzeitig erleichtert darüber, dass der Albtraum wieder in weite Ferne gerückt war.

Plötzlich wurden die Geister um ihn herum unruhig. Die Menge teilte sich und gab den Weg frei, als wäre eine wichtige Persönlichkeit angekommen. Xie Lian kam wieder zu sich und erblickte eine große, schwarz gekleidete Gestalt, die durch die Gasse, die die Menge freigemacht hatte, direkt auf ihn zukam. Dabei sprach sie: »Macht keinen Ärger. Gebt ihn frei!«

Die schwarze Gestalt trug eine Maske, so wie die meisten Geister, die auf der Straße unterwegs waren. Sie zeigte ein eigenartiges Gesicht. Es sah aus, als würde es zum Lächeln gezwungen werden.

Die Menge raunte: »Das ist der Botschafter des abnehmenden Mondes!« Endlich ließen sie von Xie Lian ab. Offensichtlich handelte es sich bei dem Schwarzgekleideten um eine wichtige Persönlichkeit der Geisterstadt.

Kaum dass er Xie Lian erblickte, verneigte er sich vor ihm. »Seid gegrüßt. Chengzhu möchte Euch sehen.«

»Was, mich?« Xie Lian zeigte auf sich selbst.

Der Botschafter des abnehmenden Mondes fuhr fort: »Ja. Chengzhu erwartet Euch im Jile-Haus.«

Die Umstehenden zu allen Seiten sogen die Luft ein. »Chengzhu will ihn sehen? Habe ich richtig gehört? Chengzhu?«

»Im Jile-Haus? Das ist doch Chengzhus Allerheiligstes, nie zuvor hat er jemanden dorthin eingeladen!«

Einer, der aus einer anderen Straße dazugekommen war, rief aus: »Moment, ist das nicht der, der heute im Casino Chengzhu besiegt hat? Ich meine ... der, dem der Meister etwas beigebracht hat?«

Unzählige Augenpaare waren nun auf Xie Lian gerichtet, sodass er seinen Bambushut tiefer ins Gesicht zog, um sich vor den Blicken zu schützen.

»Bitte hier entlang«, bat der Botschafter des abnehmenden Mondes.

Xie Lian nickte und folgte ihm.

Wieder teilte sich die Menge und bildete eine Gasse. Niemand wagte es, ihnen zu folgen, und nach dreißig Minuten hatten die beiden die belebte Straße hinter sich gelassen und steuerten einen abgelegeneren Teil der Stadt an.

Sie sprachen kaum kein Wort. Es kam Xie Lian vor, als könne der Botschafter des abnehmenden Mondes jeden Moment mit der Dunkelheit verschmelzen, und so blieb er dicht hinter ihm. Als seine Augen über die dunkle Gestalt des Botschafters glitten, entdeckte er etwas an seinem Handgelenk: einen ringförmigen, schwarzen, verfluchten Gegenstand.

Er war mehr als vertraut mit diesem Anblick.

Eine Fluchfessel!

Seine Augen wurden weit vor Schreck, doch er blieb still.

Gerade da sagte der Botschafter des abnehmenden Mondes: »Wir sind da.«

Xie Lian blickte auf und bemerkte erst da, dass er ans Ufer eines Sees geführt worden war. Auf der Wasseroberfläche konnte er unzählige Geisterlichter ausmachen, die miteinander spielten und sich gegenseitig jagten. Direkt am Ufer stand ein prächtiges, großes Haus.

Die himmlische Sphäre und die Sphäre der Geister hatten beide imposante Bauwerke. Aber während bei der Architektur des Himmels Würde und Pracht eine große Bedeutung zukam, lag in der Geistersphäre ein höherer Stellenwert auf betörender Flüchtigkeit. Selbst von den großen Schriftzeichen »Jile-Haus« an der Hauswand ging eine düstere Ausstrahlung aus.

Ein eigenartiger, bizarrer Gesang war aus dem Inneren zu hören. Er klang zart und sanft, anziehend und bezaubernd, als würde eine Vielzahl Frauen leise spotten und kichern, während sie zur Musik tanzten.

Den Klängen folgend betrat Xie Lian langsam und zögernd das Haus. Er hob einen Vorhang aus Perlschnüren an und sofort schlug ihm warme und stark duftende Luft entgegen. Er drehte den Kopf leicht zur Seite, um nicht vollkommen von diesem Geruch eingehüllt zu werden.

Die große Halle des Jile-Hauses war mit einem dicken weißen Teppich aus dem Fell irgendeines unbekannten Ungeheuers ausgelegt. Offensichtlich bestand er aus einem einzigen Stück. Viele schöne Frauen tanzten und sangen voller Inbrunst. Sie waren barfuß und in leichte Seidengewänder gehüllt. Betörend und verführerisch streckten sie dabei ihre Glieder. Von ihnen ging die Musik aus, die Xie Lian zuvor schon vernommen hatte.

Ungehemmt drehten sie sich, wie Rosen mit giftigen Dornen, die in der Tiefe der Nacht erblühten. Als sie sich Xie Lian zuwandten, warfen sie ihm verlockende Blicke zu. Sollte jemand unbedarft des Nachts eintreten und auf diese Szene stoßen, wäre es schwer zu sagen, ob er sie

Furcht einflößend oder bezaubernd finden würde. Xie Lian jedenfalls blickte durch die Frauen hindurch, als er sich in der großen Halle umsah. Er hatte nur Augen für Hua Cheng, den er sofort am anderen Ende der Halle entdeckt hatte.

Dort stand ein riesiger Divan aus dunkler Jade, auf dem mehr als zehn Personen Platz gefunden hätten. Doch nun saß dort nur Hua Cheng. Die tanzenden Geisterdamen würdigte er keines Blickes, er starrte nur gelangweilt vor sich hin.

Direkt vor ihm stand ein kleiner, glitzernder Palast aus Gold. Er ähnelte auf den ersten Blick einem Gebäude aus der himmlischen Sphäre. Bei genauerem Hinsehen erkannte Xie Lian, dass er vollkommen aus feinster Goldfolie aufgebaut war, die Schicht um Schicht aufgetragen worden war. Hua Cheng hielt noch ein Stück Goldfolie in der Hand und drehte es gedankenverloren hin und her.

Ein Palast aus Goldfolie. Als Kind hatte Xie Lian dieses Spiel oft gespielt, damals im Palast von Xianle, genauso wie gewöhnliche Dorfkinder Häuser aus kleinen Steinen bauten. Schon in seiner Jugend hatte er gern alle möglichen Dinge gesammelt, egal was. Es entsprach seiner Natur, die Dinge beisammenzuhalten und sie nicht wieder zu zerstreuen. Hatte er etwas gebaut, wollte er es nicht wieder zerstören und niemand durfte es berühren. Am liebsten hätte er alles zusammengeklebt, damit es für immer erhalten bliebe. Als er noch klein war, war er jedes Mal verzweifelt, wenn eines seiner Bauwerke eingestürzt war. Es konnte ihn dermaßen verstören, dass er Nahrung und Schlaf verweigerte und der König und die Königin mit Engelszungen auf ihn einreden mussten, um ihn wieder zu beruhigen.

Der goldene Palast, den er nun vor sich sah, war aus Hunderten Schichten Goldfolie erbaut und unglaublich zerbrechlich, schon der leichteste Windhauch könnte ihn umwehen. Xie Lian musste immer wieder denken: *Fall nicht um, fall nicht um.*

Hua Cheng jedoch betrachtete sein Werk und auf seinem Gesicht zeigte sich ein strahlendes Lächeln. Er streckte einen Finger aus und tippte gegen die Spitze des goldenen Palasts – raschelnd fiel das ganze Bauwerk in sich zusammen.

Die Goldfolie lag überall auf dem Boden verteilt. Hua Cheng blickte vergnügt auf sein Werk, wie ein kleines Kind, das einen Turm aus Bauklötzen umgeworfen hatte. Achtlos warf er das Stück Goldfolie weg, das er noch in der Hand gehalten hatte. Dann sprang er auf. Die tanzenden Frauen machten ihm umgehend Platz und ihr Gesang verstummte.

Hua Cheng trat auf die verstreute Goldfolie, als er auf den Eingang zuging. »Großer Bruder, du bist gekommen und trittst nicht näher? Wir waren doch nur für kurze Zeit getrennt. Ist San Lang etwa schon ein Fremder für dich?«

Xie Lian ließ den Vorhang aus Perlschnüren los. »Vorhin in der Spielhölle, hast du so getan, als würdest du mich nicht kennen, San Lang.«

Hua Cheng stand inzwischen direkt vor ihm. »Lang Qianqiu war auch dort. Hätte ich nicht so getan, hätte ich dich in Schwierigkeiten gebracht.«

Das war knapp genug, dachte Xie Lian bei sich. Wahrscheinlich wusste Hua Cheng, dass auch Shi Qingxuan sich unter die Geister gemischt hatte. Er hatte also nichts zu verbergen. »Du bist klug und vorausschauend wie immer«, sagte er.

Hua Cheng erwiderte lachend: »Aber selbstverständlich. Sag, bist du heute nur gekommen, um mich zu sehen?«

Xie Lian schwieg. Hätte er gewusst, dass Hua Cheng hier war, hätte er wohl um einen freien Tag gebeten, um ihn besuchen zu können, das musste er sich eingestehen. Aber so war es nicht gewesen.

Hua Cheng erwartete keine Antwort. Er lächelte ihn an. »Ob du meinetwegen gekommen bist oder nicht – ich freue mich jedenfalls, dich zu sehen.«

Seine Worte erschreckten Xie Lian. Noch bevor er etwas entgegnen konnte, hörte er, wie die Frauen, die zu beiden Seiten standen, zu kichern anfingen.

Hua Cheng gab ihnen ein Zeichen und sie senkten eine nach er anderen den Kopf. Sie verließen umgehend die große Halle und die beiden blieben allein zurück.

»Komm, großer Bruder, setz dich hierher«, bat Hua Cheng.

Xie Lian sah ihn an, während er neben ihm herging. Lächelnd sagte er: »So siehst du also in Wirklichkeit aus?«

Hua Cheng hielt im Gehen einen winzigen Moment inne.

Xie Lian könnte sich auch getäuscht haben, meinte jedoch zu sehen, wie Hua Chengs Schultern sich etwas versteiften. Doch kurz darauf gab sich Hua Cheng wieder wie immer und antwortete: »Ich habe doch gesagt, wenn wir uns wiedersehen, zeige ich dir mein wahres Gesicht.«

Xie Lian lächelte ihn an. »Nicht schlecht«, sagte er aufrichtig.

Er hatte geradeheraus gesprochen, ohne eine Spur von Spott oder Mitleid in der Stimme. Hua Cheng lächelte zurück und diesmal blickte er ihn entspannt und offen an.

Sie gingen etwas weiter, da fiel Xie Lian plötzlich etwas sehr Wichtiges ein. Er nahm die silberne Kette vom Hals. »Übrigens, hast du das hier vielleicht vergessen?«

Hua Cheng warf einen Blick auf den Ring an der Kette und antwortete lächelnd: »Der ist für dich.«

»Was ist das?«

»Nichts Wertvolles. Du kannst ihn einfach tragen.«

Obwohl Hua Cheng so redete, wusste Xie Lian, dass dieser Gegenstand von unfassbarem Wert war. »Dann danke, San Lang.«

Hua Chengs Augen leuchteten, als er Xie Lian zusah, wie er die Kette mit dem Ring wieder um seinen Hals legte.

Xie Lian sah sich nach allen Seiten um. »Im Casino hast du gesagt, du gehst zum Jile-Haus. Ich dachte, das wäre ein Bordell. Aber das hier sieht eher nach einem Veranstaltungssaal aus.

Hua Cheng zog die Augenbrauen zusammen. »Großer Bruder, was redest du da? Ich gehe niemals ins Bordell.«

Xie Lian war überrascht. »Wirklich nicht?«

»Natürlich nicht.« Die beiden erreichten den Jadedivan und setzten sich nebeneinander. Hua Cheng fuhr fort: »Dieser Ort hier dient nur meinem Vergnügen. Es ist eine Art Residenz. Ich komme her, wenn ich nichts zu tun habe. Bin ich beschäftigt, kümmere ich mich nicht weiter darum.«

»Also ist es dein Zuhause.«

Hua Cheng verbesserte ihn: »Meine Residenz. Nicht mein Zuhause.«

»Gibt es da einen Unterschied?«, fragte Xie Lian.

»Aber sicher. Zuhause ist, wo die Familie ist. Lebt man allein, ist es kein Zuhause.«

Diese Worte rührten Xie Lians Herz. Wenn man es so betrachtete, hatte er schon seit über achthundert Jahren kein Zuhause mehr. Auch wenn in Hua Chengs Gesicht keine Spur von Einsamkeit zu erkennen war, dachte Xie Lian, dass sie beide sich in diesem Punkt vielleicht ähnelten.

Hua Cheng sprach weiter: »Selbst ein kleiner Ort wie der Puqi-Schrein ist tausendmal besser als diese Residenz, wenn er ein Zuhause ist.«

Xie Lian dachte genau so und antwortete lächelnd: »Du bist rührselig. Aber dass du diesen Ort hier mit meinem Puqi-Schrein vergleichst, beschämt mich.«

Hua Cheng musste lachen. »Warum solltest du dich schämen? Ehrlich gesagt, großer Bruder, dein Puqi-Schrein ist zwar klein, aber ich finde ihn gemütlicher als das Jile-Haus. Er ähnelt eher einem Zuhause.«

»Findest du wirklich?«, entgegnete Xie Lian mit warmer Stimme. »Wenn er dir gefällt, dann komm mich dort besuchen, wenn du möchtest. Meine Tür steht dir immer offen.«

Hua Cheng zog die Augenbrauen kraus. »Großer Bruder, wenn du das ernst meinst, werde ich in Zukunft gern darauf zurückkommen. Aber ich möchte dir nicht zur Last fallen.«

»Ganz bestimmt nicht. Und, San Lang, es gibt da etwas, um das ich dich bitten möchte. Aber ich weiß nicht, ob du Zeit dafür hast.«

»Worum geht es denn?«, fragte Hua Cheng. »Du kannst mir alles sagen, wenn du hier bei mir bist.«

»Als ich mich um diese Sache damals am Yujun-Berg gekümmert habe, ist mir ein Junge über den Weg gelaufen, der wahrscheinlich aus meinem Königreich stammt.«

Hua Cheng verengte die Augen, sagte aber nichts, also erzählte Xie Lian weiter: »Der Junge hatte große Furcht und lief davon. Ich habe lange Zeit erfolglos nach ihm gesucht. Aber heute, als ich durch die Straßen der Geisterstadt geschlendert bin, habe ich ihn wiedergesehen. San Lang, du bist der Herr über diese Stadt, kannst du mir vielleicht helfen, ihn zu finden? Sein Gesicht ist ganz mit einem Verband umwickelt. Er ist mir heute auf der Straße entkommen.«

Hua Cheng lächelte. »Gut, ich verstehe. Mach dir keine Sorgen, großer Bruder, warte nur ab.«

Xie Lian atmete erleichtert auf. »Ich danke dir vielmals.«

»Das ist schon in Ordnung. Aber sag, hast du Lang Qianqiu einfach so zurückgelassen?«

Wer weiß, in was für Schwierigkeiten Lang Qianqiu mich bringen würde, wenn er jetzt hier wäre, begriffsstutzig und stumpfsinnig, wie er ist. Besser, ich treffe ihn später erst wieder, überlegte Xie Lian. Ungezwungen sagte er: »Seine Hoheit Taihua hat vorhin in der Spielhölle Ärger gemacht, das tut mir leid.«

In Hua Chengs Lächeln lag ein Hauch von Verachtung. »Ach was, er ist nicht mal gut genug, um richtigen Ärger anzuzetteln.«

»Die Dinge, die er zerstört hat ...«, setzte Xie Lian an, doch Hua Cheng fiel ihm lächelnd ins Wort: »Um deinetwillen werde ich auf

Wiedergutmachung verzichten. Er kann gehen, wohin er will, solange er mir nicht mehr unter die Augen kommt.«

Xie Lian staunte. »Es macht dir nichts aus, wenn Götter überall in deinem Gebiet umherstreifen?« Hua Cheng konnte doch unmöglich so unerschrocken sein.

Dieser lächelte. »Du weißt es vielleicht nicht, großer Bruder, aber von dieser Stadt hier erzählt man sich in allen drei Sphären, sie sei ein Sündenpfuhl, eine Hölle der Unmoral, ein Ort, an dem Schurken aller Art das Sagen haben. Aber in Wirklichkeit wollen sie alle hierherkommen. Viele der Götter tun so, als würden sie diesen Ort verabscheuen, als sei er weit unter ihrer Würde – und dann verkleiden sie sich und kommen klammheimlich hierher, um irgendwelche zwielichtigen Geschäfte zu erledigen. Ich habe das schon zu oft gesehen. Wenn sie keinen Ärger machen, kümmere ich mich nicht weiter um sie. Wenn doch, werfe ich sie gleich alle auf einmal hinaus.«

»Seine Hoheit Taihua hatte nicht die Absicht, Ärger zu machen«, versicherte Xie Lian. »Aber als er dieses Casino gesehen hat, hatte er das Gefühl, einschreiten müssen. Er hat überstürzt gehandelt.«

»Er ist zu unerfahren«, bemerkte Hua Cheng nüchtern. »Wenn Menschen wählen können, ihr eigenes Leben um zehn Jahre zu verlängern oder das Leben ihres Feindes um zehn Jahre zu verkürzen, wählen alle, ohne zu zögern, Zweiteres. Darin sind sie sich alle gleich.« Er verschränkte die Arme und ergänzte: »Wenn selbst ein Narr wie Lang Qianqiu in die Göttersphäre aufsteigen kann, habt ihr wirklich ein Problem.«

Xie Lian rieb sich etwas schuldbewusst die Stirn. *So kannst du das nicht sagen*, dachte er bei sich, *schließlich ist jemand wie ich ... sogar dreimal aufgestiegen ...*

Er zögerte, bevor er weitersprach. »San Lang, ich weiß nicht, ob ich das sagen sollte, aber ich tue es dennoch. Dein Casino ist extrem gefährlich. Was, wenn etwas passiert?«

Ein Ort, an dem man um seine Söhne und Töchter, um die Lebenszeit irgendwelcher Menschen oder deren plötzlichen Tod wetten konnte – das war wirklich abgrundtief schlecht. Hinzu kamen die alltäglichen Schlägereien. Sollte das eines Tages aus dem Ruder laufen, könnte die himmlische Sphäre nicht mehr danebenstehen und beide Augen zudrücken.

Hua Cheng sah Xie Lian an und sagte: »Hast du Lang Qianqiu gefragt, warum er sich in diesen Streit eingemischt hat?« Dieser war etwas überrascht. Er wusste nicht, wo die Frage hinführen sollte. Hua Cheng fuhr fort: »Ich schätze, er hat dir erzählt, dass niemand eingeschritten wäre, hätte er es nicht getan.«

Er hatte es erraten. Offenbar hatte er Lang Qianqiu durchschaut.

»Ja, genau das hat er gesagt.«

»Gut, diesem Argument halte ich entgegen: Wenn ich den Laden nicht unter Kontrolle halte, wird es ein anderer tun. Und lieber ist mir, wenn ich es selbst tue.«

Xie Lian spürte, dass es keinen Sinn ergab, noch länger darüber zu sprechen. Also nickte er nur. »Ich verstehe.«

Obwohl Hua Cheng einen Hang zur Sentimentalität hatte, schien er ein größeres Interesse an Kontrolle und Macht zu haben, als Xie Lian gedacht hatte.

Hua Cheng fügte hinzu: »Dennoch weiß ich es zu schätzen, dass du dir Gedanken darüber machst, großer Bruder.«

In diesem Moment rief jemand an der Tür: »Chengzhu, ich habe ihn.«

Xie Lian blickte zur Tür und sah den Botschafter des abnehmenden Mondes leicht gebückt am Perlenvorhang stehen. In seinem Arm hielt er keinen anderen als den zerlumpten Jungen mit dem Verband.

Hua Cheng drehte sich nicht zu ihm um. »Bring ihn her.«

Der Botschafter des abnehmenden Mondes trug den Jungen in die Halle und setzte ihn sanft auf dem Boden ab. Xie Lian schielte unwillkürlich noch einmal auf das Handgelenk des Botschafters. Er wollte sehen, ob er wirklich eine Fluchfessel trug. Aber der Botschafter verneigte sich und zog sich zurück, kaum dass er den Jungen abgesetzt hatte. Außerdem gab es nun Wichtigeres, um das Xie Lian sich kümmern musste. Er bückte sich zu dem Jungen und tröstete ihn: »Du musst keine Angst haben. Das war meine Schuld letztes Mal, es wird nicht wieder vorkommen.«

In den Augen des Jungen standen Furcht und Verwirrung. Aber er hatte entweder keine Kraft mehr, um zu fliehen, oder er wusste, dass es von diesem Ort kein Entkommen gab. Er warf einen vorsichtigen Blick auf Xie Lian und sah dann das kleine Tischchen auf dem Jadedivan an.

Xie Lian folgte seinem Blick und entdeckte einen Teller voller praller, bunter Früchte. Offensichtlich war der Junge so lange auf der Flucht gewesen, dass er tagelang nichts mehr gegessen hatte. Xie Lian drehte sich zu Hua Cheng um, doch der sagte: »Nur zu, du musst nicht erst fragen.«

Xie Lian nahm sich keine Zeit für Höflichkeitsfloskeln, bedankte sich nur kurz, nahm dann den Obstteller und stellte ihn dem Jungen hin. Der riss ihm den Teller förmlich aus den Händen und begann sofort, sich den Mund mit Früchten vollzustopfen.

Es sah in der Tat so aus, als sei er am Verhungern gewesen. Selbst in den schlimmsten Zeiten, als er ausgehungert war wie ein streunender Hund, hatte Xie Lian niemals so geschlungen.

»Langsam«, mahnte er. Und nach einer kurzen Pause fragte er: »Wie heißt du?«

Der Junge aß weiter und gab dabei undeutliche Laute von sich. Es schien, als wollte er reden, könnte aber nicht. »Vielleicht hat er seit Jahren nicht mehr gesprochen und hat verlernt, wie es geht«, warf Hua Cheng ein.

Tatsächlich sprach der Junge kaum, selbst mit Xiao Ying hatte er nur wenige Worte gewechselt. Offenbar war es schon seit langer Zeit so. Xie Lian seufzte. »Kein Grund zur Eile.«

Das Obst auf dem Teller hatte der Junge in Windeseile restlos verschlungen. Xie Lian fiel wieder auf, wie fleckig der Verband war. Er überlegte kurz, dann sagte er sanft: »Du bist verletzt. Das sieht ernst aus. Ich möchte dir helfen. Darf ich mir das mal ansehen?«

Kaum hatte er ausgesprochen, trat wieder Furcht in die Augen des Jungen. Doch Xie Lian sprach weiter mit ruhiger, sanfter Stimme auf ihn ein, bis er ihn schließlich überredete hatte. Der Junge setzte sich ruhig hin. Aus seinem Ärmel zog Xie Lian ein Fläschchen mit Arzneipuder, dann ging er langsam ans Werk. Vorsichtig löste er den unordentlichen Verband.

Wie erwartet war das Gesicht des Jungen schlimm entstellt. Aber die schrecklichen Menschengesichter waren verschwunden, nur glatte rote Narben waren geblieben.

Als sie sich am Yujun-Berg begegnet waren, hatte der Junge Verbrennungen im Gesicht gehabt, aber keine blutenden Wunden. Er hatte wohl mit einem Messer die Menschengesichter, die durch die Krankheit auf seinem Gesicht erschienen waren, weggeschnitten, und davon die Narben zurückbehalten.

Xie Lians Hand zitterte, als er das Puder auf die Wunden auftrug. Hua Cheng packte sein Handgelenk und sagte: »Lass mich das machen.«

Xie Lian schüttelte den Kopf und löste sanft seine Hand aus Hua Chengs Griff. »Nein, das mache ich.«

Als vor achthundert Jahren diese Krankheit im Königreich Xianle ausgebrochen war, waren viele so verzweifelt gewesen, dass sie sich auf diese Art verstümmelt hatten. Es war buchstäblich die Hölle auf Erden gewesen. Einige waren ungeschickt mit dem Messer, schnitten zu tief und verbluteten. Andere, denen es gelang, die Gesichter abzuschneiden, litten ein Leben lang an den Verletzungen, die nicht verheilten.

Als Xie Lian dem Jungen einen frischen Verband anlegte, fiel ihm auf, dass sein Gesicht im Großen und Ganzen normal wirkte: es hatte eine schöne Form, die Nase war gerade und wohlgeformt und seine Iris waren von einem klaren Schwarz. Er war sicher einst ein gut aussehender Junge gewesen – doch nun war sein Äußeres so grausig anzusehen. Es erging ihm wie so vielen vor ihm. Zwar hatte er die schrecklichen menschlichen Gesichter weggeschnitten, aber sein eigenes Gesicht würde für immer gezeichnet sein.

Als Xie Lian ihm den neuen Verband angelegt hatte, fragte er mit zitternder Stimme: »Bist du … Kommst du aus Xianle?«

Mit großen Augen sah ihn der Junge an. Als Xie Lian die Frage wiederholte, schüttelte er den Kopf.

»Woher kommst du dann?«

Mit offensichtlicher Anstrengung brachte der Junge hervor: »Yong'an …«

Die Gesichterkrankheit war nur im Königreich Xianle ausgebrochen. Und doch kam dieser Junge aus Yong'an?

Xie Lian spürte, wie ihm schwarz vor Augen wurde. »Hast du jemals das Unheil in Weiß getroffen?«, platzte es aus ihm heraus. Das Unheil in Weiß. Der Ursprung aller Plagen. Das Zeichen allen Verderbens.

Er war der Albtraum aller Götter der letzten Generation, bevor der Blumensuchende Blutregen aufgetaucht war. Hätte Jun Wu ihn nicht eigenhändig ausgelöscht, würde das Grauen wohl bis heute andauern.

Dieser Supremus hatte stets ein schneeweißes Trauergewand mit wehenden Ärmeln getragen, dazu eine Maske mit einem halb weinend, halb lachendem Gesicht: die rechte Hälfte zeigte ein weinendes Gesicht, die linke ein lachendes. Wann immer er irgendwo aufgetaucht war, war dieser Ort dem Untergang geweiht und dazu verdammt, in Chaos zu versinken.

Während der letzten Schlacht vor dem Fall seines Königreichs hatte Xie Lian auf dem Wachturm der königlichen Hauptstadt gestanden. Das Gesicht von Asche beschmiert und von Tränen überströmt, hatte er ausdruckslos auf sein untergehendes Reich geblickt. Trotz seines verschwommenen Blicks hatte er deutlich die weiße Silhouette mit den wehenden Ärmeln ausmachen können, wie sie auf den Leichenfeldern außerhalb der Stadtmauern stand. Xie Lian hatte den Kopf gesenkt, um sie besser erkennen zu können. Da hatte der weiße Geist den Kopf gehoben, ihm in die Augen gesehen und ihm zugewunken.

Obwohl das schon Hunderte Jahre in der Vergangenheit lag, verfolgte das halb weinend, halb lachende Gesicht Xie Lian noch immer in seinen Albträumen.

Der Junge jedoch schien nicht zu wissen, wer »das Unheil in Weiß« war. Er sah Xie Lian mit ausdrucksloser Miene an. Doch plötzlich entfuhr ihm ein lauter Schrei. Xie Lian hatte, ohne es zu merken, nach seiner Schulter gegriffen und zu hart zugepackt. Erst als der Schrei ertönte, bemerkte er es, ließ den Jungen sofort los und entschuldigte sich bei ihm.

»Du bist erschöpft. Du solltest dich ausruhen«, sagte Hua Cheng mit leiser Stimme.

Kaum hatte er diese Worte gesprochen, traten zwei zierliche Frauen aus einer kleinen Tür an der Seite der großen Halle und nahmen den Jungen mit sich.

Der Junge wandte sich im Gehen immer wieder um und Xie Lian beruhigte ihn: »Hab keine Angst. Ich komme später zu dir.«

Als er fort war, wandte sich Hua Cheng an Xie Lian: »Setz dich erst mal hin und ruh dich ein bisschen aus. Denk nicht an ihn. Wenn du Fragen an ihn hast, habe ich Möglichkeiten, ihn zum Reden zu bringen.«

Ihn zum Reden zu bringen, das klang fürchterlich. »Nein, danke, ich komme schon klar. Wenn er nicht spricht, dann ist es so. Alles zu seiner Zeit.«

Hua Cheng setzte sich neben ihn. »Was hast du mit ihm vor?«

Xie Lian dachte einen Moment nach. Dann antwortete er: »Ich nehme ihn mit und behalte ihn vorerst bei mir.«

»Er ist ein Geist und kein Mensch. Vielleicht solltest du ihn hier in der Geisterstadt lassen. Mir macht es nichts aus, einen mehr durchzufüttern.«

»San Lang, ich danke dir. Aber ... ich möchte ihn nicht nur mitnehmen. Ich habe Pläne für ihn.«

Die Geisterstadt war Hua Chengs Reich und er würde nicht zulassen, dass dem Jungen hier ein Haar gekrümmt wurde oder er auch nur einen Tag hungern musste. Aber das Wichtigste war, den Jungen anzuleiten, ihm zu helfen, seinen Geist zu ordnen, ihm wieder zu einer klaren Sprache zu verhelfen und ihm ein normales Leben zu ermöglichen. Die Geisterstadt war ein chaotischer Ort, sie war quirlig und hektisch und zog ein zweifelhaftes Publikum an. Für dieses Vorhaben war sie nicht geeignet. Xie Lian konnte sich auch nicht vorstellen, dass außer ihm selbst jemand die nötige Geduld für den Jungen aufbringen könnte. »Ich bin dir sehr dankbar, dass du ihn für mich gefunden hast, und möchte dir nicht noch mehr Umstände bereiten.«

Hua Cheng schien anderer Meinung zu sein, sagte allerdings nicht mehr viel dazu. »Du machst mir keine Umstände. Solange du hier bist, musst du mir nur Bescheid sagen, wenn du etwas brauchst, und du kannst gehen, wohin du willst.«

Plötzlich bemerkte Xie Lian eine sonderbare Veränderung an dem Krummsäbel, den Hua Cheng am Gürtel trug.

Er sah genau hin und staunte: Auf dem Griff des Säbels befand sich ein silbernes Auge. Es war aus wenigen einfachen, quadratischen Silberstücken gefertigt und doch sah es äußerst realistisch aus und wirkte, als sei es lebendig. Zuvor war das Auge zu einer dünnen Linie geschlossen gewesen, weshalb Xie Lian es nicht bemerkt hatte. Nun jedoch öffnete es sich und eine rubinrote Perle, die die Pupille darstellte, wurde sichtbar. Das Auge drehte sich nach allen Richtungen, wobei ein klackendes Geräusch zu hören war.

Hua Cheng hatte es auch bemerkt. »Großer Bruder, ich muss kurz gehen. Ich bin gleich wieder da.«

»Ist das ein Warnsignal?«, fragte Xie Lian. Hatten womöglich der Windmeister und Qianqiu in der Geisterstadt ihre wahren Gesichter gezeigt? Er stand auf. »Ich komme mit dir.«

Hua Cheng hielt ihn zurück. »Mach dir keine Sorgen. Es ist nicht Seine Hoheit Taihua. Warte hier auf mich.«

Seine Worte waren deutlich und Xie Lian konnte nicht darauf beharren, mit ihm zu gehen. Hua Cheng lief auf den Ausgang der großen Halle zu. Auf sein Zeichen hin öffnete sich der Perlenvorhang von selbst und fiel hinter ihm klimpernd wieder zu.

Xie Lian saß eine Zeit lang still auf dem Jadedivan. Dann dachte er wieder an das eigentliche Ziel seiner Reise und stand auf. Er ging zu der kleinen Tür, durch die die beiden Frauen mit dem Jungen verschwunden waren, trat hindurch und stand in einem kleinen Garten. Vor ihm lag ein orangeroter Gartenweg. Niemand war zu sehen.

Xie Lian überlegte gerade, in welche Richtung er gehen sollte, da huschte ein dunkler Schatten an ihm vorbei. Am Umriss erkannte er, dass es der Botschafter des abnehmenden Mondes war.

Sofort musste Xie Lian wieder an die Fluchfessel denken, die der Botschafter am Handgelenk trug. An der Art, wie er sich bewegte, war zu erkennen, dass er nicht entdeckt werden wollte. Xie Lian folgte ihm und gab sich alle Mühe, nicht das geringste Geräusch zu machen.

Er glitt an der Wand entlang in die Richtung, in die der Botschafter verschwunden war, und spähte dann vorsichtig um eine Ecke. Die Bewegungen des Botschafters waren schnell und geschmeidig und er sah sich fortwährend nach allen Seiten um, um nicht entdeckt zu werden.

Der Botschafter des abnehmenden Mondes ist doch San Langs Untergebener, wunderte sich Xie Lian. *Warum schleicht er dann hier herum, als hätte er etwas zu verbergen?*

Er vermutete, der andere habe vielleicht keine guten Absichten, und so schlich er ihm heimlich nach. Der Botschafter schlug immer wieder andere Wege ein, aber Xie Lian blieb ihm mit angehaltenem Atem auf den Fersen.

Sie umrundeten eine Kurve und erreichten einen breiten, überdachten Weg, der vor einer großen, prächtig verzierten Tür endete.

Wenn er sich jetzt umdreht, kann ich mich nirgendwo verstecken, dachte Xie Lian und just in diesem Moment blieb der Botschafter des abnehmenden Mondes abrupt stehen und wandte sich um.

Als er sah, dass der Botschafter stehen blieb, war Xie Lian klar, dass er in Schwierigkeiten war. Ruoye schnellte empor und wickelte sich mehrmals um einen der Holzbalken in der Decke über ihnen. Blitzschnell zog es Xie Lian in die Höhe und der klammerte sich an den Holzbalken.

Als der Botschafter des abnehmenden Mondes sich umdrehte, sah er nicht nach oben und konnte deshalb niemanden entdecken. Er wandte sich schließlich wieder um und ging weiter.

Doch so schnell wollte Xie Lian sich nicht geschlagen geben. Er hielt sich weiterhin an dem Dachbalken fest und schob sich geräuschlos Stück um Stück vorwärts. Dabei kam er sich vor wie eine Eidechse. Zu seinem Glück ging der Botschafter nicht mehr weit und blieb vor der großen Tür stehen. Xie Lian blieb, wo er war, und gab keinen Laut von sich.

Vor der Tür stand die Statue einer Frau. Sie sah bezaubernd schön aus. Xie Lian konnte aus seinem Versteck deutlich ihren runden Kopf erkennen. In ihren Händen hielt sie einen Teller aus Jade. Der Botschafter des abnehmenden Mondes machte keine Anstalten, die Tür zu öffnen, sondern wandte sich der Statue zu, hob die Hände, und warf etwas auf den Jadeteller. Ein klirrendes Geräusch war zu hören. *Würfel*, vermutete Xie Lian.

Das Geräusch hatte er heute schon viele Male gehört und so schnell würde er es nicht mehr vergessen. Er beobachtete, wie der Botschafter in den Teller griff, und konnte tatsächlich zwei Würfel in seiner Hand erkennen. Sie waren scharlachrot und beide zeigten sechs Augen.

Der Botschafter des abnehmenden Mondes steckte die Würfel wieder ein, öffnete die Tür und trat hindurch. Zu Xie Lians Erstaunen war die Tür nicht verschlossen und als sie hinter dem Botschafter wieder zufiel, hörte er keinen Riegel oder ein Schloss zuschnappen. Er wartete noch etwas, dann ließ er sich leicht wie ein Stück Papier zu Boden fallen und untersuchte mit verschränkten Armen die Tür.

Der Raum hinter der Tür schien nicht besonders groß zu sein und egal was der Botschafter dort tat, Xie Lian hätte erwartet, irgendwelche Geräusche von drinnen zu hören. Doch seit er eingetreten war, war kein Laut zu hören. Entschlossen hob Xie Lian eine Hand und drückte gegen den Türflügel.

Er stieß die Tür auf und blickte in einen Raum. Niemand war zu sehen. Xie Lian stellte fest, dass es ein ganz normales, eher luxuriös eingerichtetes Zimmer war. Der Raum war so spärlich möbliert, dass es unmöglich einen Geheimgang geben konnte.

Xie Lian schloss die Tür wieder, wandte sich der Frauenstatue zu und betrachtete nachdenklich den Jadeteller in ihren Händen.

Es schien, als läge das Geheimnis hier, in dem Jadeteller und den beiden Würfeln.

Die Tür war verschlossen, jedoch nicht durch ein Schloss oder einen Riegel, sondern durch Magie. Um sie zu öffnen, brauchte man einen magischen Schlüssel oder eine Zauberformel. Nur wenn man zwei Sechsen würfelte, offenbarte sich der eigentliche Durchgang.

Dass Xie Lian in diesem Moment jedoch zwei Sechsen würfeln würde, war absolut undenkbar. Er konnte nichts tun, außer seufzend die Tür zu betrachten. Er lief noch einige Male auf und ab, dann kehrte er um und ging zurück. Als er ein Stück gegangen war, blieb er abrupt stehen. Eine große, ganz in Rot gekleidete Gestalt kam direkt auf ihn zu. An ihrer Hüfte trug sie einen langen silbernen Krummsäbel – es war Hua Cheng.

Mit verschränkten Armen trat er an Xie Lian heran. »Großer Bruder, ich habe dich schon gesucht.«

Er sah genau aus wie zuvor, als er die große Halle verlassen hatte. Nur den Säbel hatte er aus der Scheide gezogen. Er hielt ihn an seiner Seite und mit jedem Schritt erklang ein bedrohliches Klirren. Das silberne Auge am Griff von Eming war wieder geschlossen.

Xie Lian fasste sich und sagte: »Ich wollte nach dem Jungen sehen. Ich wusste ja nicht, dass dein Haus so groß ist. Ich habe mich verlaufen.«

Eigentlich wollte er Hua Cheng sagen, was er gesehen hatte. Die Worte hatten ihm schon auf der Zunge gelegen, doch er hatte sie sich doch verkniffen.

Er war in die Geisterstadt gekommen, um einen vermissten Himmelsbeamten zu finden. Nichts Verdächtiges durfte ihm entgehen. Es war nicht ausgeschlossen, dass der Vermisste in genau diesem Raum festgehalten wurde.

Es wäre das Beste, zunächst eine Möglichkeit zu finden, durch diese Tür zu gelangen. Sollte sich herausstellen, dass diese beiden Angelegenheiten nichts miteinander zu tun hatten, würde er Hua Cheng sofort von dem eigenartigen Verhalten seines Untergebenen berichten. Und wenn sich das Gegenteil zeigte ...

Sie gingen gemeinsam zurück zur großen Halle. Auf dem Weg sagte Hua Cheng: »Wenn du den Jungen sehen willst, schicke ich jemanden, der dich zu ihm bringt. Du musst nicht selbst nach ihm suchen.«

Dass Xie Lian etwas zu verbergen hatte, ließ seine Stimme noch kleinlauter werden. »Ähm ... Hast du dich so schnell um die Angelegenheit kümmern können?«

»Alles erledigt. Nur der übliche Abschaum, Mistkerle, die sich selbst blamieren.«

Die Art, wie er »Abschaum« sagte, kam Xie Lian sehr vertraut vor. »Hat Qi Rong, der Grüne Geist, Ärger gemacht?«, vermutete er.

Hua Cheng lachte. »Genau. Ich habe dir doch gesagt, alle sind scharf auf mein Gebiet. Qi Rong will schon seit vielen Jahren die Geisterstadt für sich haben. Aber alles, was dieser Abschaum zustande bringt, ist, vor Neid und Gier zu brennen. Ständig schickt er Grüppchen von noch nutzloseren Kreaturen hierher, um Unheil anzurichten. Es ist immer dasselbe Spiel. Kein Grund zur Sorge. Ich möchte dir gern etwas zeigen. Kommst du mit mir, großer Bruder?«

»Natürlich«, antwortete Xie Lian erfreut.

Sie schritten durch mehrere Korridore und Hua Cheng führte Xie Lian zu einer hoch aufragenden Halle.

Die Tür schien aus Stahl zu bestehen. Sie bot einen wirklich Furcht einflößenden Anblick. In sie waren die Abbilder von schrecklichen Unwesen eingraviert. Als Hua Cheng näher trat, wichen die Ungetüme zur Seite und öffneten das Portal. Noch bevor Xie Lian eingetreten war, schlug ihm der Geruch von Mordlust und Tod entgegen. Die Adern an seinem Handrücken traten hervor und Ruoye machte sich sprungbereit.

Doch als er blinzelnd in die Halle blickte und erkannte, worum es sich handelte, fiel mit einem Mal alle Anspannung von ihm ab. Wie von selbst trugen ihn seine Beine ins Innere.

An den Wänden der Halle hingen alle Arten von Waffen und Kriegsgerät: Messer, Schwerter, Speere, Schilde, Peitschen und Hämmer – es war eine Waffenkammer.

Es gab wohl kaum einen Mann, dem beim Betreten einer Waffenkammer wie dieser nicht das Herz höhergeschlagen hätte. Xie Lian war da keine Ausnahme. Seine Augen waren vor Aufregung geweitet und er strahlte übers ganze Gesicht. Das letzte Mal, dass sich ihm ein solcher Anblick geboten hatte, war in Jun Wus Waffenkammer gewesen.

Sein Gesichtsausdruck blieb ruhig wie zuvor, doch seine Stimme zitterte vor Aufregung. »Darf ich ... darf ich die Waffen anfassen?«

»Nur zu, großer Bruder«, sagte Hua Cheng lachend.

Xie Lian streckte die Hand aus und betastete voller Begeisterung die unzähligen Waffen und das Rüstzeug. Er konnte sich kaum davon losreißen. »Das ... das sind alles Meisterstücke! Dieses Schwert hier ist fantastisch! In einem Kampf allein gegen viele Gegner würde es seine wahre Stärke zeigen. Und dieses! Nein, warte, dieser Säbel hier ...«

Hua Cheng lehnte an der Wand und sah zu, wie Xie Lian mit vor Aufregung gerötetem Gesicht die Waffen befühlte. »Und, großer Bruder, was denkst du?«

Xie Lian war so in die Betrachtung der Waffen vertieft, dass er sich gar nicht umdrehen wollte. »Wie meinst du das? Was soll ich denken?«

»Gefällt es dir?«

»Ja!«

»Gefällt es dir wirklich?«

»Ja, sehr!«

Hua Cheng lachte verstohlen, aber Xie Lian bemerkte es nicht. Sein Herz schlug schneller, als er eine vier Fuß lange, bläulich und kalt schimmernde Klinge aus ihrer Scheide zog und vor Begeisterung aufschrie. Hua Cheng fragte ihn: »Hast du etwas gefunden, das dir besonders gefällt?«

Xie Lian strahlte ihn an. Er konnte seine Begeisterung für die Waffen noch immer nicht im Zaum halten. »Ja, habe ich! Mir gefällt alles besonders gut!«

»Du hast keine gute Waffe, deswegen wollte ich dir eine schenken. Eine, die dir besonders gut gefällt«, sagte Hua Cheng. »Aber da du so schwärmst, wie wäre es, wenn ich sie dir alle schenke?«

Eilig entgegnete Xie Lian: »Nein, nein, das musst du nicht. Ich habe keine Verwendung für diese Art von Waffen.«

»Wirklich? Aber großer Bruder, ich sehe doch, dass du diese Schwerter magst.«

»Ich mag sie, aber ich muss sie nicht besitzen. Ich habe seit vielen Jahren keine Waffe mehr getragen. Es macht mich froh, wenn ich sie nur ansehen kann. Und ich hätte auch gar keinen Platz für so viele Waffen.«

»Das ist doch das geringste Problem. Ich schenke dir einfach die ganze Waffenkammer.«

Xie Lian dachte, es sei ein Witz, und grinste. »Wie soll ich denn einen so großen Raum mitnehmen?«

»Du musst ihn nicht mitnehmen. Ich schenke dir auch den Boden, auf dem er steht. Dann kannst du die Schwerter ansehen, wann immer du willst.«

»Nein, das geht nicht. Eine Waffenkammer muss gereinigt werden, die Waffen brauchen Pflege. Es täte mir leid, sie zu vernachlässigen.« Mit äußerster Vorsicht stellte er das Schwert zurück in die Halterung und erzählte sehnsüchtig: »Früher besaß ich eine Waffenkammer wie diese, aber sie wurde niedergebrannt. All diese Waffen sind kostbare Schätze, San Lang, halte sie in Ehren.«

Hua Cheng erwiderte: »Auch dieses Problem lässt sich lösen. Wann immer ich Zeit habe, werde ich dir helfen, die Waffenkammer zu pflegen, wie wäre das?«

Xie Lian musste lachen. »Im Traum käme ich nicht auf die Idee, den König der Geister zu bitten, für mich zu kehren und zu putzen.«

Plötzlich hörte Xie Lian in seinem Kopf wieder die Warnung, die Jun Wu ausgesprochen hatte, als er ihn auf diese Mission geschickt hatte: *»Der Krummsäbel Eming hat eine verfluchte Klinge, eine Klinge, die Unheil bringt. Um eine solche Klinge zu schmieden, sind ungeheuer grausame Opfer nötig und die Entschlossenheit, Blut zu vergießen. Berührt sie nicht und lasst Euch nicht von ihr berühren. Es könnte unvorstellbare Folgen haben!«*

Er zögerte zunächst, fragte dann aber doch: »San Lang, keine dieser Waffen reicht an den Krummsäbel Eming heran, nicht wahr?«

Hua Cheng zog die linke Augenbraue hoch. »Oh, großer Bruder, du hast von meinem Krummsäbel gehört?«

»Ja, es gibt Gerüchte.«

Hua Cheng lachte. »Bestimmt erzählt man sich nichts Gutes. Hat man dir erzählt, mein Krummsäbel sei in einem bösen, blutrünstigen Ritual geschmiedet worden? Mit Menschenopfern?«

Wie immer hatte er ins Schwarze getroffen. »Nun ja«, antwortete Xie Lian. »Schließlich wird über alles und jeden viel getratscht. Man sollte nicht alles glauben. Vielleicht wird mir ja die Ehre zuteil, den legendären Krummsäbel Eming zu Gesicht zu bekommen.«

»Du hast ihn doch schon gesehen.«

Er ging ein paar Schritte auf Xie Lian zu und sagte leise: »Hier, das ist Eming.«

Das Auge des Krummsäbels, der an seinem Gürtel hing, knirschte, als es sich in Xie Lians Richtung drehte. Vielleicht bildete er sich das nur ein, aber Xie Lian kam es vor, als würde sich das silberne Auge ganz leicht verengen.

Kapitel 17:
Nächtliche Erkundung im Jile-Haus mit geborgtem Glück

Xie Lian beugte sich also vor und grüßte den Säbel. »Guten Tag.«

Als es die Grußworte hörte, zog das Auge sich noch mehr zusammen, bis es die Form einer Sichel annahm und aussah, als würde es lächeln. Das Auge war ausgesprochen lebhaft, es drehte sich nach links, dann nach rechts und wirkte gar nicht wie eine bloße Verzierung, sondern eher wie ein lebendiges, menschliches Auge.

Hua Cheng schmunzelte. »Er mag dich, großer Bruder.«

Xie Lian sah auf. »Meinst du wirklich?«

Hua Cheng zog die Augenbrauen hoch. »Ja. Wenn er jemanden nicht mag, ist er zu faul, ihn auch nur eines Blickes zu würdigen. Und es kommt selten vor, dass Eming jemanden mag.«

Xie Lian lächelte Eming erfreut an. »Danke.« Dann, wieder an Hua Cheng gewandt, sagte er: »Ich mag ihn auch.«

Als er diese Worte sprach, blinzelte das Auge wie wild und der Krummsäbel an Hua Chengs Hüfte begann plötzlich zu zittern.

»Nein!«, tadelte Hua Cheng mit strenger Stimme.

»Was ist denn?«, fragte Xie Lian.

»Nein.«

Eming erzitterte erneut, als wolle er am liebsten Xie Lian entgegenspringen.

»Sagst du zu ihm Nein?«, wunderte sich Xie Lian.

»Ja«, sagte Hua Cheng ernst. »Er möchte von dir gestreichelt werden, aber ich erlaube es ihm nicht.«

Xie Lian grinste. »Und warum nicht?« Er streckte seine Hand aus. Emings Auge weitete sich, als würde es ihn voller freudiger Erwartung anblicken. *Ich kann ihn nicht dort streicheln, sonst tue ich dem Auge weh*, überlegte Xie Lian. Er ließ die Hand sinken und strich ein paarmal sanft der Länge nach über die Klinge. Das Auge schloss sich zur Hälfte und erzitterte noch stärker als zuvor. Es sah aus, als würde es hochzufrieden die Berührung genießen.

Es fühlte sich seltsam an, die Waffe zu streicheln. Xie Lian war die Art Mensch, zu der Tiere sich hingezogen fühlten. Wann immer er ein Kätzchen oder einen kleinen Hund streichelte, schlossen die Tiere auf die gleiche Art halb die Augen und kamen zur Ruhe, während sie sich auf seinen Schoß kuschelten und vor Wonne schnurrten oder schnaubten. Niemals hätte er sich vorstellen können, dass er einmal einen kalt glänzenden silbernen Krummsäbel streicheln würde – und nicht bloß irgendeinen, sondern keinen Geringeren als die legendäre verfluchte Klinge – und dass es sich anfühlen würde, als streichle er einen Hundewelpen. Er konnte sich nicht vorstellen, dass dies eine blutdurstige und unheilbringende Klinge sein sollte.

Von Anfang an hatte er dieses Gerede nicht für bare Münze genommen. Und nun, da er es mit eigenen Augen gesehen hatte, hakte er diese üble Nachrede gedanklich als unglaubwürdig ab. Ein so kluges und liebenswertes Geisterwesen konnte unmöglich aus einem blutrünstigen und grausamen Ritual hervorgegangen sein.

Die beiden verbrachten noch einige Zeit in der Waffenkammer und unterhielten sich über die Vorzüge berühmter Schwerter und legendärer Klingen. Hinterher war Xie Lian so glücklich und beseelt, dass er Hua Chengs Hand ergriff, als sie auf dem Rückweg zum Jile-Haus waren.

Auch der Junge wurde wieder in die große Halle gebracht. Er war frisch gebadet und trug saubere Kleidung und einen neuen schneeweißen Verband. Sein Gesicht war noch immer vollkommen verhüllt, dennoch sah er verändert aus, frisch und erholt. Er war schmal und zierlich und eigentlich sollte ihm die ganze Welt offenstehen – doch in seinem momentanen Zustand, wie er in gebückter Haltung dastand und sich nicht traute aufzusehen, wirkte er bemitleidenswert. Xie Lian fasste ihn am Arm und setzte sich mit ihm hin. »Fräulein Xiao Ying hat mich mit ihren letzten Worten gebeten, mich um dich zu kümmern, und ich habe es ihr versprochen. Aber ich muss dich fragen, was du selbst willst. Möchtest du mir von heute an auf dem Weg der Kultivierung folgen?«

Der Junge sah ihn eine Weile lang schweigend an, als könnte er nicht glauben, was er soeben gehört hatte: dass jemand ihn aufnehmen und auf den Weg der Kultivierung bringen würde. Er blickte Xie Lian zögernd und zugleich erwartungsvoll an.

»Meine Lebensbedingungen sind nicht die allerbesten«, fuhr dieser fort, »aber ich kann dir versichern, dass du nicht mehr fliehen oder dich verstecken musst. Du musst kein Essen mehr stehlen und du wirst nicht mehr geschlagen werden.« Während er sprach, bemerkte er nicht, dass Hua Cheng neben ihm den Jungen aus zusammengekniffenen Augen mit einem kalten und berechnenden Blick fixierte.

»Wenn du dich nicht an deinen Namen erinnern kannst, geben wir dir einen neuen«, sagte Xie Lian mitfühlend.

Der Junge überlegte und erwiderte dann: »Ying.«

Xie Lian vermutete, dass er mit diesem Namen Xiao Ying gedenken wollte. Er nickte und sagte: »Gut. Das ist ein guter Name. Du kommst aus Yong'an. Der Name deines Volkes ist Lang, also trägst du ab heute einen neuen Namen: Lang Ying.«

Der Junge nickte zögerlich. Xie Lian schloss daraus, dass er das Angebot, künftig bei ihm zu bleiben, akzeptierte.

Das Mahl wurde eröffnet. Es war ein kleines Festessen, das Hua Cheng eigens für Xie Lian hatte vorbereiten lassen, aber es war so opulent und aufwendig, dass es einem großen Bankett für einige Dutzend Gäste in nichts nachstand. Unzählige grazile Frauen brachten Teller aus Jade und servierten die feinsten Köstlichkeiten: guten Wein, frische Früchte und die verschiedensten Häppchen. Mit anmutigen Schritten liefen sie entlang der Seiten der großen Halle, um eine nach der anderen am Jadedivan haltzumachen und die Speisen auf ihren Tellern darzubieten. Lang Ying sah nur zu und wagte nicht, sich etwas zu nehmen. Erst als Xie Lian ihm einige Teller direkt vors Gesicht hielt, traute er sich, etwas zu essen.

Als Xie Lian ihm zusah, kam ihm plötzlich eine vage Erinnerung. Vor seinem inneren Auge sah er einen anderen Jungen, dessen Gesicht ebenfalls verbunden war. Er war vollkommen verdreckt und kniete auf der Erde. In den Händen hielt er eine Schüssel, aus der er Essen in sich hineinstopfte.

Gerade da trat eine zierliche Frau in einem lila Kleid aus Seide heran, um ihnen Wein zu servieren. Hua Cheng schenkte Xie Lian etwas ein und sagte: »Großer Bruder, trinkst du ein Glas?«

Xie Lian war völlig in Gedanken, also nahm er das Glas an und führte es an seine Lippen. Erst als er den ersten Schluck genommen hatte, merkte er, dass es Wein war. Sofort war er wieder in der Gegenwart und sah gerade, wie die Frau, die den Wein serviert hatte, ihm hinter Hua Chengs Rücken bedeutungsvoll zuzwinkerte.

Schnell wollte er den Wein wieder ausspucken. Aber er hatte ihn schon geschluckt und so kam nichts mehr heraus. Dennoch musste er würgen und hustete ununterbrochen. Lang Ying bekam einen Schreck und ließ seinen Kuchen auf den Tisch fallen. Xie Lian versuchte keuchend und hustend, ihn zu beruhigen »Es ist alles gut, alles gut.«

Hua Cheng klopfte ihm leicht auf den Rücken. »Was ist denn? Schmeckt dir der Wein nicht?«

»Das ist es nicht«, erklärte Xie Lian hastig. »Der Wein ist sehr gut. Mir ist nur plötzlich eingefallen, dass mein Kultivierungsweg keinen Alkohol gestattet.«

»Oh? Wie unaufmerksam von mir. Wegen meiner Gedankenlosigkeit hast du dein Gelübde gebrochen.«

»Es ist nicht deine Schuld. Ich habe selbst nicht daran gedacht.«

Er massierte sich die Naselwurzel, drehte sich um und warf unauffällig einen Blick zur Mitte der Halle. Die Frau, die den Wein eingeschenkt hatte, lief auf die Tür zu und hatte ihm den Rücken zugewandt. Ihr Körperbau war zierlich und zart, ihr Gang anmutig und verführerisch.

Hua Cheng schenkte Xie Lian seine ungeteilte Aufmerksamkeit und war ganz in ihr Gespräch vertieft. Die schönen Frauen würdigte er keines Blickes. Aber Xie Lian kannte das Gesicht, auf das er soeben einen Blick erhascht hatte. Es gab keinen Zweifel: Die verführerische hübsche Frau mit dem Weinkrug konnte niemand anders sein als der Windmeister Qingxuan.

Um ins Jile-Haus zu gelangen, hatte der Windmeister wieder die Gestalt einer Frau angenommen. Diese Entdeckung erschreckt Xie Lian so sehr, dass er am liebsten nach mehr Wein verlangt hätte, um den Schock zu überwinden.

Hua Cheng ahnte nicht, was in Xie Lian vorging, und plauderte fröhlich mit ihm. »Ich dachte immer, Kultivieren bedeutet, ein unbeschwertes und fröhliches Leben zu führen. Wo liegt der Sinn darin, wenn einem alles Mögliche verboten ist? Was denkst du?«

Xie Lian hatte schnell wieder zu seiner inneren Ruhe zurückgefunden und antwortete, als sei nichts gewesen: »Das hängt ganz davon ab, welchen Kultivierungsweg man wählt. Manche Schulen messen dem keine Wichtigkeit bei. Aber mein Weg der Kultivierung verbietet Alkohol und jede Art von Ausschweifung. Alkohol ist gelegentlich und in Maßen akzeptabel, Ausschweifungen sind strengstens verboten.«

Bei den Worten »strengstens verboten« zog Hua Cheng die rechte Augenbraue hoch. Es war schwer zu erkennen, ob seine Miene Freude oder Abschätzigkeit ausdrückte.

»Und noch etwas ist verboten«, fuhr Xie Lian fort, »und zwar Zorn. Bei den großen Dramen, die sich zum Beispiel in einem Casino tagtäglich abspielen, kann leicht Zorn entstehen. Deshalb sollten solche Orte gemieden werden. Nur wer gelernt hat, seinen Geist so unter Kontrolle zu halten, dass er ungerührt von Gewinn oder Verlust in sich ruht, muss das Glücksspiel nicht aufgeben.«

Hua Cheng lachte laut auf. »Dann wundert es mich nicht, großer Bruder, dass du im Casino mitwetten wolltest.«

Xie Lian war es nach einigem Hin und Her gelungen, das Gespräch auf das Thema Wetten zu lenken. »Wo wir gerade dabei sind, San Lang, deine Wettmethoden sind fantastisch, ja sogar übernatürlich.«

»Ach was, ich habe einfach nur Glück.«

Beim Gedanken an sein eigenes Glück versetzte es Xie Lian einen kleinen Stich, Hua Cheng so reden zu hören. »Lach mich bitte nicht aus, San Lang, ich bin wirklich neugierig: Gibt es wirklich eine bestimmte Technik beim Würfeln?«

Es musste einfach so sein, sonst hätte Hua Cheng im Casino nicht immer genau das gewürfelt, was er gebraucht hatte. Und der Botschafter des abnehmenden Mondes hätte nicht mit solcher Leichtigkeit zwei Sechsen würfeln können. Hua Cheng lächelte. »Wie käme ich dazu, dich auszulachen? Natürlich gibt es eine geheime Technik. Aber sie kann nicht an einem Tag erlernt werden und nicht jeder, der sie lernt, beherrscht sie auch.«

Das war ungefähr die Antwort, die Xie Lian erwartet hatte. Hua Cheng fuhr fort: »Aber es gibt auch einen schnelleren Weg. Ich versichere dir, großer Bruder, damit wirst du nur noch Glück im Spiel haben.«

»Und wie?«

Hua Cheng hielt ihm die rechte Hand hin. Die, an der er das rote Band um den Mittelfinger trug. Xie Lian konnte deutlich erkennen, dass das Band auf dem Handrückens zur Form eines Schmetterlings verknotet war.

»Gib mir deine Hand«, sagte Hua Cheng.

Xie Lian wusste nicht, wozu das gut war, aber er folgte der Aufforderung und streckte ihm seine Hand entgegen. Hua Chengs Hand fehlte Wärme, doch eisig war sie auch nicht. Er drückte Xie Lians Hand und hielt sie für eine Weile fest, dann lächelte er ihn an und legte ihm zwei Würfel in die Handfläche. »Probier es mal.«

Xie Lian stellte sich mit aller Kraft zwei Sechsen vor und ließ die Würfel rollen. Und tatsächlich zeigten beide Würfel sechs blutrote Augen.

Erstaunt fragte er: »Was ist das für ein Trick?«

»Das ist kein Trick. Ich habe dir etwas von meinem Glück geborgt.«

»Also kann Glück von einem auf den anderen übertragen werden, genau wie spirituelle Kraft?«

»Natürlich!«, antwortete Hua Cheng lächelnd. »Wenn du das nächste Mal mit jemandem spielen willst, dann komm vorher einfach zu mir. Ich kann dir so viel Glück borgen, wie du willst. Dein Gegner wird so hoch verlieren, dass er die nächsten hundert Jahre nicht mehr gegen dich wetten wird.«

Die beiden würfelten noch unzählige Male und schließlich war Xie Lian überzeugt, dass es unfehlbar funktionierte. Schließlich sagte er, er sei etwas müde. Hua Cheng ordnete zunächst an, dass ein Schlafplatz für Lang Ying hergerichtet werden solle, dann führte er Xie Lian persönlich in ein Gästezimmer.

Als Hua Cheng sich durch den Korridor entfernte, sah Xie Lian seiner roten Silhouette noch einen Augenblick nach, bevor er die Tür schloss. Er setzte sich an den Tisch und stützte den Kopf in die Hände. Hua Cheng war so fürsorglich und besonnen, was Xie Lians schlechtes Gewissen nur verstärkte.

Hua Cheng behandelt mich gut. Ich hoffe, dass diese Sache nichts mit ihm zu tun hat. Wenn der Vorfall geklärt ist, werde ich ihm alles erklären und mich bei ihm entschuldigen.

Kaum hatte er den Entschluss gefasst, da hörte er an der Tür jemanden rufen. »Hoheit ... Hoheit ... Kronprinz ...«

Sofort öffnete er die Tür und die Person, die nach ihm gerufen hatte, schlüpfte durch den Türspalt. Es war Shi Qingxuan in seiner weiblichen Gestalt.

Er trug noch immer das Gewand der Geisterkellnerinnen, ein leichtes, aufreizendes Kleid, das in der Taille eng gebunden war. Kaum war er eingetreten, warf er sich auf den Boden und verwandelte sich zurück in seine männliche Gestalt. Er hielt sich die Hände vor die Brust und rief: »Ich ersticke! Ich ersticke! Verdammt, ich ersticke in diesem Ding!«

Xie Lian schloss die Tür und als er sich umdrehte, sah er vor sich einen Mann, der sich in einem lasziven lila Kleid auf dem Fußboden wälzte und wie wild am Ausschnitt und dem Taillenband zerrte. Xie Lian konnte das nicht mit ansehen und hielt sich die Augen zu. »Windmeister ... Windmeister! Könnt Ihr nicht wieder Eure weiße Robe tragen?«

»Ich bin doch nicht wahnsinnig! Ich laufe doch nicht in der dunklen Nacht in einer weißen Robe herum, wie eine wandelnde Zielscheibe!«

Nun ja ... In Eurer jetzigen Aufmachung seid Ihr noch auffälliger, dachte Xie Lian bei sich.

Er kniete sich neben ihn. »Windmeister, warum habt Ihr Euch hier eingeschlichen? Wir hatten doch abgemacht, uns erst in drei Tagen wiederzutreffen.«

»Was hätte ich denn sonst tun sollen?«, antwortete Shi Qingxuan. »Ich habe mich umgehört und überall hat man mir gesagt, Ihr wärt ins Jile-Haus gebracht worden. Und das ist doch der Sitz des Geisterkönigs. Schon der Name verheißt nichts Gutes. Ich habe mir das von Weitem angesehen und erkannt, dass dies ein unguter, obszöner Ort ist. Ich habe mir Sorgen um Eure Sicherheit gemacht und alle Hebel in Bewegung gesetzt, um mich hier einzuschleichen. Und welche Demütigung musste ich erdulden! Erst haben die Schwestern an mir herumgezerrt und mir das Gesicht geschminkt und dann musste ich mich auch noch in diese erniedrigende Kleidung zwängen. In meinem ganzen Leben habe ich noch kein solches Opfer gebracht!«

Aber es scheint Euch doch auch Spaß zu machen ..., dachte Xie Lian bei sich, während er antwortete: »Wo ist Seine Hoheit Taihua? Ich hoffe, es passiert ihm nichts, wenn er ganz allein da draußen ist.«

Endlich war es Shi Qingxuan gelungen, den Stoffgürtel und den Ausschnitt zu lockern. Er atmete tief ein und aus und lag reglos auf dem

Boden. »Macht Euch keine Sorgen. Ich habe von meiner Autorität Gebrauch gemacht und ihm befohlen, sich still zu verhalten und nichts zu unternehmen. Er dürfte also keinen Ärger machen. Kronprinz, Ihr hattet ja so ein Glück.«

»Was?«, stutzte Xie Lian. »Ich? Glück?«

»Ja. Seht doch, wie es Lang Qianqiu und mir in der Geisterstadt ergangen ist. Ich wurde durch ein verdammtes Taillenband aufs Äußerste erniedrigt und er ist gezwungen, wie ein streunender Hund durch die Straßen zu laufen. Und Ihr lasst Euch hier derweil mit den besten Speisen und Getränken bewirten, während der Geisterkönig persönlich Euch Gesellschaft leistet.«

So betrachtet hatte der Windmeister tatsächlich etwas Pech gehabt.

»Also, Hoheit, erinnert Ihr Euch noch an unseren Auftrag hier in der Geisterstadt?«, fragte er, als er es endlich geschafft hatte, sich aufzurichten.

Mit entschlossenem Blick antwortete Xie Lian: »Natürlich erinnere ich mich. Ich habe mich hier im Jile-Haus auf unsere Aufgabe vorbereitet.«

Shi Qingxuan sah ihn zweifelnd an. »Ach? Und wie genau habt Ihr Euch vorbereitet? Ich kann mich nur daran erinnern, dass Ihr mit dem Blumensuchenden Blutregen gewürfelt habt. Und Ihr habt nicht einmal richtig gespielt, sondern Euch gegenseitig die Hände befühlt. Was hatte es damit auf sich?«

Nach kurzem Zögern erklärte Xie Lan: »Windmeister, so wie Ihr es beschreibt, klingt es, als hätte ich etwas Verkommenes getan. Wir haben uns nur ausgetauscht und voneinander gelernt. Ich habe hier im Jile-Haus eine Spur gefunden, der ich unbedingt nachgehen möchte. Das Einzige, was mir dazu fehlte, war etwas Glück.« Er hob seine rechte Hand, ballte die Faust, als hätte er gerade etwas ergriffen, und sagte mit hochgezogenen Brauen: »Und das habe ich mir geborgt.«

Lautlos schlichen die beiden aus der Tür. Nach einer Stunde hatten sie den mysteriösen Eingang gefunden.

Xie Lian trat auf die Statue zu, zog die beiden Würfel hervor, die er erhalten hatte, und hielt den Atem an. Dann ließ er die Würfel fallen. Sie klackerten leise und als sie liegen blieben, waren zwei rote Sechsen zu sehen.

Xie Lian atmete erleichtert auf. Doch als er daran dachte, dass das Glück ihm zuvor von Hua Cheng von Hand zu Hand übertragen worden war, fühlte er sich schuldig.

Shi Qingxuan bemerkte seinen unglücklichen Gesichtsausdruck und tätschelte ihm die Schulter. »Wir sind so weit gekommen. Nehmt Euch das nicht so zu Herzen. Nun ja, ich an Eurer Stelle hätte diese Aufgabe von vornherein abgelehnt, um nicht gezwungen zu sein, einen Freund zu hintergehen, egal wie sehr Jun Wu mich angefleht hätte.«

Xie Lian schüttelte den Kopf. *Shi Qingxuan weiß nicht, wie Jun Wu ist.* Dieser Auftrag brachte ihn in eine heikle Lage und Jun Wu wusste das. So wie Xie Lian ihn kannte, hätte er ihn normalerweise nicht mit dieser Aufgabe betraut, sondern einen anderen Himmelsoffizier darum gebeten. Dennoch hatte er Xie Lian den Auftrag gegeben, obwohl er wusste, dass es für ihn sehr unangenehm werden könnte. Das konnte nur eins bedeuten: Jun Wu hatte niemanden gefunden, der dieser Aufgabe gewachsen war, und keine andere Wahl gehabt, als Xie Lian zu beauftragen.

Und da war noch etwas: Der verschwundene Himmelsbeamte hatte den Hilferuf vor sieben Tagen gesandt und Hua Cheng war vor sieben Tagen gegangen. Das konnte ein Zufall sein, aber er war zu auffällig, um ihn nicht zu beachten.

Seufzend steckte Xie Lian die Würfel wieder ein und stieß die Tür auf. Dahinter lag nicht mehr der unscheinbare Raum, sondern ein dunkler Tunnel, in dem eine lange Treppe abwärtsführte. Aus der tiefen Dunkelheit pfiff ihnen ein kalter Wind entgegen.

Die beiden sahen einander an und nickten. Hintereinander gingen sie in den Tunnel und begannen den Abstieg in die Schwärze. Shi Qingxuan ging voraus. Er schnippte mit den Fingern und entzündete in seiner Handfläche eine kleine Flamme, die die Stufen vor ihnen erhellte. Xie Lian schloss leise die Tür hinter sich und folgte Shi Qingxuan.

Während sie hinabstiegen, erkundigte sich Xie Lian: »Windmeister, wurden in den letzten Jahren Himmelsbeamte vom himmlischen Hof verbannt? Außer mir, meine ich.«

»Ja, das kam vor«, antwortete Shi Qingxuan. »Warum fragt Ihr?«

»Ich habe gesehen, dass der Botschafter des abnehmenden Mondes in der Geisterstadt eine Fluchfessel trägt. Die kann doch nur vom himmlischen Hof stammen, oder?«

»Was? Eine Fluchfessel? Der Blumensuchende Blutregen hält sich einen ehemaligen Himmelsbeamten als Untergebenen? Was für eine unerhörte Arroganz!«, rief Shi Qingxuan verärgert aus.

»Aber ist das wirklich Arroganz? Wenn er nicht mehr zum Himmel gehört, kann er doch frei entscheiden, wohin er geht. Normalerweise hätte ich nicht danach gefragt, aber dieser Geisterbote verhielt sich seltsam. Es lässt mir keine Ruhe, also wollte ich hören, was Ihr darüber denkt.«

Shi Qingxuan dachte einen Moment nach, dann sagte er: »Es gab da einen Kriegsgott, der vor ein paar Jahren verbannt wurde. Er war der Gott des Westens. Es gab damals einen ziemlichen Aufruhr.«

Gott des Westens? War nicht Quan Yizhen der Gott des Westens?

»Aber ich kann mir nicht vorstellen, dass diese Hoheit als Geisterbotschafter in diese Sphäre kommen würde. Er ist von Natur aus sehr prinzipientreu und keiner, der sich auf etwas Unseriöses einlassen würde.«

Wenn das stimmt, warum ist er dann verbannt worden? Xie Lian wollte gerade weiterfragen, als die beiden nach ungefähr sechzig Stufen ebenen Boden erreichten.

Vor ihnen lag ein Gang. Er war so breit, dass fünf oder sechs Mann darin nebeneinander gehen konnten, und führte nur in eine Richtung, wo er sich in der tiefen Dunkelheit verlor. Hinter ihnen war die Treppe, die nach oben führte. Links und rechts ragten massive Mauern auf. Die Frage, welchen Weg sie einschlagen sollten, stellte sich also nicht. Sie folgten dem Gang in die Finsternis.

Doch nachdem sie an die zweihundert Schritte gegangen waren, standen sie vor einer kalten Steinmauer, die ihnen den Weg versperrte.

»Es geht nicht weiter? Das darf doch nicht wahr sein!«, klagte Shi Qingxuan.

In der einen Hand hatte er die Flamme, mit der anderen betastete er die Mauer und suchte nach einem Hebel oder einem versteckten Mechanismus. Dann sprach er einige Zauberformeln, die Illusionen aufheben konnten, doch es war vergeblich. Die Mauer stand unverändert vor ihnen.

»Vielleicht sollte ich ein Loch hineinschlagen?«

»Das würde viel zu viel Lärm machen«, warnte Xie Lian. »Das würde das ganze Jile-Haus aufwecken.«

Shi Qingxuan legte seine Handfläche gegen die Steine und sandte einen spirituellen Energiestoß aus. Er wartete einige Zeit und ließ dann die Hand sinken. »Wir können diese Mauer ohnehin nicht zerstören. Sie ist mindestens dreißig Meter dick.«

Aber Xie Lian hatte mit eigenen Augen gesehen, dass der Botschafter des abnehmenden Mondes hier hineingegangen war. Er würde wohl kaum heimlich hierherkommen, nur um dann in einer dunklen Sackgasse zu sitzen und zu meditieren. Es musste einen Weg geben. Die beiden begannen, alles noch gründlicher zu untersuchen.

Schon nach kurzer Zeit sagte Xie Lian: »Windmeister, seht mal, hier auf dem Boden, da ist etwas.«

Shi Qingxuan ließ sofort seine Handfläche sinken und die beiden knieten sich hin.

Der Boden bestand aus unzähligen rechteckigen Ziegelsteinen. Jeder hatte ungefähr die Größe einer kleinen Tür. Der Stein direkt vor der

Mauer, auf dem sie standen, wies eine Zeichnung auf. Sie war nicht besonders groß und zeigte eine kleine Figur mit Würfeln.

Shi Qingxuan blickte auf. »Denkt Ihr, es ist dieselbe Methode wie oben an der Tür? Dann müssten wir die richtige Zahl würfeln, um die Mauer zu öffnen.«

Xie Lian nickte. »Es sieht ganz danach aus. Aber ich bin nicht mit dem Botschafter des abnehmenden Mondes hier gewesen. Ich weiß nicht, welche Zahl die Richtige ist.«

»Jetzt sind wir schon einmal hier. Wenn wir umkehren, werden wir nichts herausfinden. Lasst uns einfach würfeln und sehen, ob etwas passiert.«

Xie Lian stimmte ihm zu. »Windmeister, versucht Ihr es. Ich ... ich weiß nicht, wie lange das geliehene Glück anhält.«

Shi Qingxuan hatte nichts dagegen. Er nahm die Würfel und ließ sie rollen. Er würfelte eine Zwei und eine Fünf. Die beiden warteten etwas, doch die Steinmauer blieb unverändert.

Xie Lian hob die Würfel auf. »Das war es wohl nicht.«

Da rief Shi Qingxuan plötzlich aus: »Hoheit, das Bild! Unter Euren Füßen, seht nur, es verändert sich!«

Xie Lian sah nach unten. Ursprünglich hatte die Zeichnung eine kleine Figur gezeigt, die gerade würfelte, doch vor ihren Augen wurde die Farbe immer blasser, bis sie ganz verschwunden war, woraufhin eine neue Zeichnung erschien. Jetzt war etwas zu sehen, das aussah wie eine dicke schwarze Schlange.

»Was um alles in der Welt ist das?«, fragte Shi Qingxuan.

»Ein Regenwurm? Oder ein Blutegel?«, vermutete Xie Lian. »So sieht es jedenfalls aus. In den Reisfeldern habe ich jede Menge davon gesehen.«

»Was habt Ihr denn in den Reisfeldern getan, dass Ihr ...?«

Er hatte den Satz noch nicht beendet, da war er plötzlich verschwunden.

Und nicht nur er – auch Xie Lian verschwand. Gerade als der Windmeister die Worte »Dass Ihr« gesprochen hatte, hatte sich der Boden unter ihnen aufgetan und im nächsten Moment fielen sie in ein tiefes Loch.

Die Steinmauer war keine Geheimtür, sie war einfach nur eine Mauer. Der Ziegelstein mit der Zeichnung war die Tür. Nachdem sie gewürfelt hatten, hatte sich die Tür geöffnet und sofort wieder verschlossen. Ihr Fall dauerte nur kurz, dann landeten sie wie nasse Säcke auf dem Boden.

Zu ihrem Glück war der Untergrund sehr weich. Obwohl sie tiefe Abdrücke in menschlichen Umrissen hinterließen, blieben sie beide unverletzt. Sie wollten sofort wieder aufstehen, da stießen sie mit ihren Köpfen an, woraufhin beiden ein lauter Schrei entfuhr. Xie Lian hielt sich mit der einen Hand den schmerzenden Schädel, mit der anderen tastete er über sich. Doch er konnte dort nur denselben weichen, matschigen Lehm fühlen wie der, auf dem sie standen. Es gab keinen harten Stein und die Tür über ihnen war nicht mehr da.

Während ihres Falls war die Flamme in Shi Qingxuans Handfläche erloschen. Als er sie nun erneut entzündete und sie sich umsahen, entdeckten sie, dass sie sich in einem Tunnel aus feuchter Erde befanden. Der Tunnel war rund, die Wände bestanden komplett aus Erde. Er sah nicht so aus, als sei er von Menschenhand gefertigt.

Shi Qingxuan massierte sich die Stirn. »Was ist das hier für ein Ort? Sind wir hier, weil ich die falschen Zahlen gewürfelt habe?«

Xie Lian schwieg eine Weile, dann sagte er: »Wahrscheinlich. Die Tür ist nicht mehr da, wir können also nicht zurück. Lasst uns überlegen, wie wir wieder herauskommen.«

Die beiden überlegten gemeinsam und beschlossen dann, dem Tunnel zu folgen. Er hatte viele Kurven und Biegungen und ein erwachsener Mensch konnte unmöglich aufrecht stehen. Sie konnten nur gebückt laufen oder auf allen vieren krabbeln. So kamen sie nur langsam voran und es war sehr anstrengend. Die Luft im Tunnel war warm und feucht und mit jedem Schritt, den sie taten, versanken ihre Füße in dem klebrigen Schlamm. Manchmal traten sie auch auf die verrottenden Überreste von Tieren oder Pflanzen. Xie Lians Gesichtsausdruck blieb unverändert, doch Shi Qingxuan bekam am ganzen Körper Gänsehaut davon.

Während sie immer weiter vorangingen, überkam Xie Lian eine ungute Vorahnung. »Windmeister, besser, wie beeilen uns, sonst …«

Genau in dem Moment hörten sie ein ohrenbetäubendes, eigenartig grollendes Geräusch, das aus der Ferne auf sie zuzukommen schien.

Das Tosen wurde immer lauter. Der ganze Tunnel bebte und die Erschütterung ließ Schlamm in Tropfen und Klecksen von der Tunneldecke regnen. Die beiden tauschten einen Blick aus und ohne ein Wort zu sprechen, machten sie kehrt und flohen so schnell sie konnten in die entgegengesetzte Richtung.

Doch das gewaltige Tosen und Beben war schneller als sie, es würde sie bald einholen. Die beiden mühten sich, so schnell wie möglich vorwärtszukommen. Doch ihre Schritte sanken ein, der Tunnel war zudem kurvenreich und ein Ende war auch nicht in Sicht, nicht einmal ein kleiner Lichtstrahl. Was aber noch schlimmer war: Aus der Richtung, in die sie rannten, hörten sie dasselbe bedrohliche Donnern wie das, vor dem sie flohen.

Der Weg war ihnen in beide Richtungen versperrt. So blieb ihnen nichts übrig, als stehen zu bleiben. Zusätzlich zu dem ohrenbetäubenden Donnern hörten sie nun das Geräusch eines gigantischen Körpers, der sich durch den Matsch schob. Da entdeckten Xie Lian und Shi Qingxuan zwei gigantische Würmer, die sich aus beiden Richtungen auf sie zubewegten.

Die Würmer waren riesig und fett, ihre Körper von schwärzlichem Lila und die Haut leicht durchscheinend. Sie bestanden aus vielen Segmenten und hatten keinen Kopf und keine Füße. Vorne, wo der Kopf hätte sein sollen, liefen sie spitz zu. Wenn diese Wesen keine Riesenregenwürmer waren, was dann?

Die Tür vor der Steinmauer hatte sie in das Nest dieser Riesenwürmer geworfen.

Xie Lian hob einen Arm, um sich zu schützen. Ruoye war sprungbereit und Shi Qingxuan hielt plötzlich, wie aus dem Nichts, seinen Windmeister-Fächer in der Hand. Doch in diesem engen Tunnel tief unter der Erde war es keine gute Idee, Wind zu beschwören. Er würde nicht sicherstellen können, dass sie selbst dadurch nicht zu Schaden kamen. Sein magisches Werkzeug war ihnen in dieser Situation also keine Hilfe. Da erinnerte sich Xie Lian, dass Würmer Licht und Hitze fürchteten, und er rief laut: »Windmeister, übertragt mir etwas Kraft! Und macht die Flamme in Eurer Handfläche heller!«

Shi Qingxuan folgte der Aufforderung und schlug mit seiner Linken gegen Xie Lians Hand, während er die Flamme in seiner Rechten hell auflodern ließ. Xie Lian ließ nun ebenfalls schnell eine Flamme in seiner Handfläche erstrahlen. Als die beiden Würmer die starke Hitze spürten, wichen sie tatsächlich um einige Meter zurück. Mit den hell lodernden Flammen in den Händen hielten die beiden die Riesenwürmer auf Abstand, während sie langsam voranschritten und einen Ausgang aus dem Tunnel herbeisehnten.

Aber nicht nur den Würmern wurde es zu heiß. Schon nach kurzer Zeit lief ihnen der Schweiß in Strömen, die Hitze war unerträglich. Es fühlte sich an wie in einem Backofen. Noch schlimmer war jedoch, dass Shi Qingxuan die Kraft ausging. So sehr sie sich auch anstrengten, die flammenden Lichter in ihren Händen wurden immer kleiner. Das bemerkten auch die Riesenwürmer und obwohl sie noch immer vor ihnen zurückwichen, ließ ihre Angst nach.

Nach einigen weiteren Schritten merkte Xie Lian, dass ihm das Atmen immer schwerer fiel. »Windmeister, wir können die Flammen nicht mehr lange aufrechterhalten. Zwar ist die Erde hier feucht und locker, aber wir sind in einem tiefen Tunnel. Es wird nicht mehr lange dauern, dann bekommen wir keine Luft mehr. Die Lichter werden ausgehen und wir wahrscheinlich ohnmächtig werden.«

Shi Qingxuan biss die Zähne zusammen. »Dann bleibt uns nichts anderes übrig, als eine Tausendmeilenabkürzung anzuwenden.«

Keiner von beiden hatte eine Hand frei, um das Zeichen aufzumalen, und der Ort war außerdem höchst ungeeignet. Aber es schien ihnen keine andere Wahl zu bleiben.

»Ich suche ein flaches Stück Erde«, sagte Xie Lian.

Genau in diesem Moment fühlte er unter seinem Fuß festen Boden. Diese Stelle war nicht feucht und klebrig, es fühlte sich eher an wie eine Steinplatte. Aufgeregt bückte er sich, um nachzusehen, was das war. Und seine Ahnung bestätigte sich: Es war eine weitere Steintür!

Auch auf dieser war eine kleine Figur mit Würfeln abgebildet. Hocherfreut trat Shi Qingxuan zu Xie Lian auf die steinerne Tür. »Schnell, schnell, würfelt, dann geht sie auf!«

Gerade als Xie Lian würfeln wollte, kam ihm ein Gedanke: *Aber was, wenn wir die falsche Zahl würfeln und durch die Tür an einen noch schrecklicheren Ort gelangen?* Er reichte Shi Qingxuan die Würfel. »Hier, macht Ihr.«

Wortlos ergriff dieser die Würfel und ließ sie rollen. Das Ergebnis war diesmal eine Drei und eine Vier. Xie Lian steckte die Würfel sofort wieder ein und die beiden standen nebeneinander auf der Steinplatte. Die Flamme in Shi Qingxuans Hand wurde immer kleiner und die riesigen Würmer kamen unaufhaltsam näher. Xie Lian sah voller Erwartung zu, wie die Linien der Zeichnung zu ihren Füßen verblassten und kurz darauf neue erschienen. Diesmal war ein Wald zu sehen, in dem mehrere eigenartig gekleidete kleine Figuren in einem Kreis tanzten, in dessen Mitte eine weitere Figur stand.

Einer der Würmer konnte sich nicht mehr zurückhalten. Er schob seinen schweren Körper genau auf die beiden zu. Sein Mund war zu einem

Schlitz geöffnet. Zu ihrem Glück öffnete sich die steinerne Tür, als der Wurm nur noch drei Fuß von ihnen entfernt war.

Wieder fielen die beiden in ein schmales Loch, doch diesmal schlugen sie auf hartem Boden auf. Der Ort, an dem sie landeten, war eng und trocken. Der Aufprall war schmerzhaft. Xie Lian, der es gewohnt war, Schmerzen zu ertragen, gab keinen Ton von sich, doch Shi Qingxuan schrie vor Schmerz so laut auf, dass es Xie Lian in den Ohren wehtat. »Windmeister, geht es Euch gut?«

Shi Qingxuan war kopfüber gelandet. »Das weiß ich gerade selbst nicht. Ich bin noch nie zuvor so gefallen. Kronprinz, mit Euch zu arbeiten ist wirklich sehr aufregend.«

Xie Lian musste lachen, denn er hatte bemerkt, dass sie in einen hohlen Baum gefallen waren. Er kletterte mühsam heraus und reichte dann Shi Qingxuan seine Hand. »Es tut mir leid, dass Ihr das alles ertragen müsst.«

»Ist schon in Ordnung.« Er zog sich an Xie Lians Hand hoch und kletterte aus dem hohlen Baum. Er war vollkommen verdreckt, seine Kleidung zerrissen. Kaum dass er ins Freie gelangt war, schirmte er seine Augen vor der stechend hellen Sonne ab. »Und wo sind wir jetzt gelandet?«

»Wie Ihr seht, ist es ein Wald in den Bergen«, antwortete Xie Lian. Er sah sich nach allen Seiten um. »Ich vermute, die Steintüren sind magische Portal, vergleichbar mit der Tausendmeilenabkürzung. Verschiedene Augenzahlen auf den Würfeln bringen uns an verschiedene Orte. Ich wüsste zu gern, ob wir diesmal die richtigen Zahlen gewürfelt haben.«

Shi Qingxuan verschränkte seine nun bloßen Arme und dachte nach. »Die Tausendmeilenabkürzung zu nutzen würde sehr viel Energie kosten. Der Blumensuchende Blutregen hat diese Portale eingerichtet, um zu verhindern, dass jemand hinter seinen Geheimnissen herschnüffelt ... Dass er diese Methode erdacht und verwirklicht hat, zeigt, wie gewaltig seine Kräfte sind und wie berechnend er ist.«

Sein Gesichtsausdruck war todernst, aber mit seinen nackten Armen und Füßen sah er so verwirrt und unseriös, ja, lächerlich aus, dass Xie Lian große Mühe hatte, sich zusammenzureißen und nicht loszulachen. Dabei sah er Hua Cheng vor sich, wie er belustigt schmunzelte. Er schüttelte den Kopf. *Ich würde es nicht unbedingt »berechnend« nennen ... das ist einfach nur frech.*

Nachdem sie aus dem Baum geklettert waren, waren sie gerade einmal ein paar Schritte gegangen, da kamen von allen Seiten nackte Menschen aus den Büschen gesprungen, die sie umringten und um sie herumsprangen. Dabei heulten sie laut.

Die beiden waren vor Schreck zusammengefahren. »Was ist das denn jetzt schon wieder?«, rief Shi Qingxuan aus.

Xie Lian hob beschwichtigend eine Hand. »Keine Panik, nur keine Panik. Lasst uns erst einmal abwarten, was passiert.«

Er sah genau hin und erkannte, dass diese Menschen nicht nackt waren. Sie waren in Tierhäute und Blätter gehüllt und sahen aus wie Wilde. Sie trugen Speere aus Holzzweigen, an deren Spitzen sie scharfkantige Steine gebunden hatten. Sie grinsten die beiden an und zeigten dabei spitze Raubtierzähne.

Ohne sich abzusprechen, liefen die beiden los.

Während er rannte, rief Shi Qingxuan: »Mein Bruder hat mir davon erzählt. Tief in den südlichen Bergen gibt es viele wilde Geister, die Menschen fressen. Er hat mich immer gewarnt, dort niemals allein hinzugehen. Kann es sein, dass wir genau da gelandet sind?«

Xie Lian war geübt im Fliehen. Er war ruhig und unerschrocken und machte eine deutlich bessere Figur als der Windmeister. »Hm, das kann sein. Jetzt müssen wir unbedingt ein weiteres Steinportal finden.«

Unermüdlich liefen die Wilden hinter ihnen her. Dabei kreischten und lärmten sie. Xie Lian und Shi Qingxuan konnten nur vor ihnen fliehen, sie durften nicht mit ihnen kämpfen. Der Himmel hatte strenge Gesetze und eines davon besagte, dass Himmelsbeamte, wenn sie sich in der Welt der Sterblichen aufhielten, niemals unautorisierten Gebrauch von ihren Kräften machen durften, um gegen lebende Wesen vorzugehen. Das Gesetz sollte verhindern, dass Himmelsbeamte diese schikanierten oder ausnutzten und durch den Missbrauch ihrer Kräfte Unheil brachten. Doch diese wilden Geister verfolgten ihre Opfer nicht nur, sie warfen auch mit spitzen Steinen und Stöcken nach ihnen. Ein Stock traf Shi Qingxuan an der Wange und hinterließ einen Kratzer.

Das konnte dieser nicht dulden. Er betastete seine Wange, warf einen Blick auf das Blut an seinen Fingern und verlor die Beherrschung.

Mit einem lauten Schrei blieb er stehen, drehte sich zu den Verfolgern um und rief: »Ihr hinterwäldlerisches Pack, ihr Unwissenden! Nicht nur verbeugt ihr euch nicht vor mir, dem Windmeister, ihr wagt es auch noch, mein Gesicht zu verunstalten? Das ist unverzeihlich!«

Er zog seinen Fächer hervor, öffnete ihn mit einer raschen Bewegung und schwang ihn einmal kraftvoll durch die Luft – sofort wehte den Wilden ein heftiger Windstoß entgegen, schleuderte sie in die Luft und meterweit fort, sodass sie laut heulend und schimpfend in den Baumkronen hängen blieben. Endlich konnten Xie Lian und Shi Qingxuan stehen bleiben und beide atmeten erst einmal tief durch. Während sie noch verschnauften, kam Xie Lian wieder der Gedanke: *Es ist wirklich nicht einfach, ein Himmelsbeamter zu sein ... Götter, Menschen, Geister, alle haben es gleich schwer ...*

Shi Qingxuan schimpfte noch eine Weile vor sich hin. Dann sagte er: »Eure Hoheit, Ihr habt es gesehen, nicht wahr? Sie haben es nicht anders gewollt! Ich habe sie nicht schikaniert!«

»Ja, das ist richtig. Ich habe es gesehen.«

Während Shi Qingxuan wieder sein Gesicht befühlte, murmelte er: »Das hätte sich nicht einmal mein Bruder getraut ...« Dann wandte er sich Xie Lian zu. »Und jetzt lasst uns das Portal suchen.«

Xie Lian nickte schweigend. Er beobachtete, wie Shi Qingxuan sich die Kleidung und das Haar richtete, bis er wieder Würde und Selbstsicherheit ausstrahlte. Dass er ein vollkommen zerfetztes lila Seidenkleid trug, verlieh seiner Souveränität jedoch einen eigenartigen Beigeschmack – er bot in der Tat einen unvergesslichen Anblick. Xie Lian musste daran zurückdenken, wie er dem Windmeister am Banyue-Pass zum ersten Mal begegnet war. Mit seiner würdevollen Haltung hatte er auf Xie Lian wie eine Persönlichkeit von unfassbarer Tiefgründigkeit gewirkt, wie ein unerreichter dämonischer Kultivierer – wenn nicht sogar wie der höchste aller Meister. Nun, da er ihn besser kannte, hatte er längst bemerkt, dass das alles nur eine Illusion gewesen war …

Die beiden liefen ziellos durch den Wald, bis sie endlich vor einem weiteren hohlen Baum eine andere steinerne Tür fanden.

Diesmal weigerte sich Shi Qingxuan zu würfeln. Er schüttelte den Kopf. »Ich weiß nicht, was los ist. Obwohl ich nicht immer Glück habe, bin ich eigentlich nicht so ein Pechvogel. Aber heute scheint nicht mein Tag zu sein. Ich habe zweimal gewürfelt und habe uns dadurch erst in den Regenwurmtunnel und jetzt zu diesen wilden Geistern gebracht. Wer weiß, wo wir als Nächstes landen würden.«

Xie Lian räusperte sich. Zerknirscht sagte er: »Vielleicht liegt es an mir. Es ist möglich, dass Euer Glück geschwächt ist, weil ich bei Euch bin.«

»Was redet Ihr da? Wie kann es angehen, dass Ihr mein Glück schwächt – ich bin der Windmeister! Wie dem auch sei, diesmal seid Ihr an der Reihe. Vielleicht ist noch etwas von dem Glück da, das Euer San Lang Euch geborgt hat.«

Aus irgendeinem Grund schämte Xie Lian sich, als er Shi Qingxuan die Worte »Euer San Lang« sagen hörte. Er hob schon zu einer Erklärung an, dachte dann jedoch, dass es eigentlich nichts zu erklären gab. Es würde nur noch peinlicher werden, wenn er es versuchte, also schwieg er. Er fühlte die beiden Würfel in seiner Hand und warf sie auf den Stein.

Zwei Sechsen.

Mit angehaltenem Atem wartete Xie Lian darauf, dass sich die Linien zu seinen Füßen abermals verwandelten. Dabei beschwor er in sich die Entschlossenheit hinauf, sich tapfer dem entgegenzustellen, was immer ihn hinter diesem Portal erwartete. Doch diesmal veränderte sich die Zeichnung nicht und das Steinportal öffnete sich knarrend.

Sie standen wieder an einer langen Treppe, die hinab in eine unergründliche Dunkelheit führte. Erneut wehte ihnen kalter Wind aus der Tiefe entgegen.

Sie sahen sich an und jeder wusste, was der andere dachte: *Sagt nicht, dass wir uns im Kreis drehen und wieder da sind, wo wir angefangen haben!*

Aber letzten Endes war es besser, an den Ausgangspunkt zurückzukommen, als immer neuen irrwitzigen Gefahren zu begegnen. Davon hatten sie genug. Sie traten beherzt ein. Die Tür fiel krachend hinter ihnen zu. Als sie die Hände ausstreckten, um sie zu berühren, fühlten sie dort, wo sie eben noch gewesen war, nur noch die glatte Steinwand.

»Uns bleibt nichts anderes übrig, als wieder hinabzusteigen«, stellte Xie Lian fest.

»Na gut. Lasst mich kurz durchatmen, dann spielen wir weiter das Spiel dieses hinterhältigen Blumensuchenden Blutregens.«

Sie stiegen die Treppenstufen hinab, bis sie in einen unterirdischen steinernen Gang gelangten. Nachdem sie ihm über zweihundert Schritte gefolgt waren, fiel Xie Lian etwas auf. »Eine gute Nachricht, Windmeister. Das ist nicht derselbe Tunnel wie beim letzten Mal, auch wenn er so aussieht.«

Shi Qingxuan hatte es auch bemerkt. »Das stimmt. Letztes Mal hatten wir nach zweihundert Schritten schon die Steinmauer erreicht, dieses Mal nicht.«

»Dann sind wir jetzt vielleicht auf dem richtigen Weg«, sagte Xie Lian leise.

Kaum hatte er ausgesprochen, blieben beide abrupt stehen.

Aus der Dunkelheit drang ihnen der Geruch von Blut entgegen.

Und sie hörten die schweren Atemzüge eines Mannes.

Sie standen reglos da und sprachen kein Wort. Es gab kein Licht, keine Flammen, doch was immer sich da in der Dunkelheit befand, schien ihr Kommen bemerkt zu haben. Kaum dass sie stehen geblieben waren, rief eine kalte, tiefe Männerstimme: »Ich sage nichts.«

Als er die Stimme hörte, entzündete Shi Qingxuan sofort eine Flamme in seiner Handfläche.

Kapitel 18:
Jile wird zu Erde und Fangxin kehrt zurück

Xie Lian hatte nicht erwartet, dass Shi Qingxuan plötzlich ein Licht entzünden würde, und kam auch nicht mehr dazu, ihn aufzuhalten. Die Flamme war durchdringend und hell. In ihrem Schein konnten sie einen schwarz gekleideten Mann erkennen.

Der Mann lehnte mit gesenktem Kopf an der Steinmauer am Ende des Weges. Sein Gesicht war kreidebleich, das Haar ungekämmt und wirr. Doch seine Augen blitzten lebhaft und energisch unter dem unordentlichen Haar hervor, sein Blick war wie brennendes Eis. Obwohl er entspannt im Schneidersitz auf dem Boden saß, hing der schwere Geruch von Blut in der Luft. Er war höchstwahrscheinlich schwer verwundet und hier an diesem Ort eingesperrt worden. Wahrscheinlich hatte er gedacht, sie seien gekommen, um ihn zu verhören, und hatte deshalb »Ich sage nichts« gerufen.

Als Shi Qingxuan näher getreten war und sein Gesicht erkennen konnte, rief er aus: »Du bist es!«

Der Mann sah nicht so aus, als hätte er erwartet, hier einen Bekannten anzutreffen. Er schwieg einen Moment lang und es schien, als würde er am liebsten ebenfalls »Du bist es!« sagen, doch er hielt sich zurück und schwieg. Xie Lian beruhigte Ruoye, das sich schon zum Angriff bereit gemacht hatte. »Ihr kennt Euch?«

Nach all den Gefahren, die sie überstanden hatten, nach all den überwundenen Hindernissen, sah Shi Qingxuan sehr erleichtert aus, dass er endlich jemanden gefunden hatte. Er wollte gerade antworten, da kam ihm der Mann zuvor. »Nein. Ich kenne ihn nicht.«

Als Shi Qingxuan das hörte, wurde er sauer und zeigte mit seinem Fächer auf den Mann. »Schämst du dich so sehr, mich zu kennen? Was für undankbare Worte, Bruder Ming, ich bin doch dein bester Freund!«

Der Mann wollte nichts davon hören. »Kein Freund von mir würde in so einer Aufmachung herumlaufen.«

Shi Qingxuan trug noch immer das zerrissene lila Seidenkleid. Es war wirklich ein lächerlicher Anblick. Xie Lian hätte am liebsten laut losgelacht. Es gab also tatsächlich Menschen, die es nötig hatten, von sich zu behaupten, jemandes »bester Freund« zu sein. Das passte zu Shi Qingxuan. Aber *Bruder Ming*? Wenn er sich recht an die Götter der Elemente erinnerte, war das der Name des Erdmeisters Ming Yi.

Er fragte: »Ist dieser Mann der Erdmeister?«

»Ganz recht. Ihr habt Euch doch bereits kennengelernt«, gab Shi Qingxuan zur Antwort.

Xie Lian sah Ming Yi an. »Haben wir?« Er hatte keine Erinnerung daran, diesem Mann zuvor schon einmal begegnet zu sein.

»Haben wir nicht«, beharrte Ming Yi.

»Aber ja doch!«, rief Shi Qingxuan empört. »Am Banyue-Pass. Ich kann nicht glauben, dass ihr euch nicht mehr daran erinnert!«

Xie Lian beobachtete, wie Ming Yis blasses Gesicht eine grünlich bleiche Färbung annahm, und erinnerte sich nun doch: Als sie sich am Banyue-Pass begegnet waren, hatte da nicht eine schwarz gekleidete Dame Shi Qingxuan begleitet?

Hua Cheng hatte ihm damals gesagt, dass diese Dame nicht der Wassermeister war, aber ganz sicher einer der fünf Elementarmeister. Offenbar verwandelte Shi Qingxuan nicht nur sich selbst leidenschaftlich gern in seine weibliche Gestalt, es gefiel ihm auch, andere dazu zu bringen, dasselbe zu tun. Kein Wunder, dass seine Begleiterin damals so unzufrieden, ja sogar angewidert dreingeblickt hatte. Er dachte daran, wie Shi Qingxuan ihn, bevor sie in die Geisterstadt gekommen waren, mit allen Mitteln dazu hatte überreden wollen, an dem Spaß teilzuhaben. Das war haarscharf gewesen. Ein Glück, dass er nicht nachgegeben hatte.

»Erdmeister, wart Ihr es, der den Feuerdrachen beschworen hat?«

»Ganz recht«, antwortete Ming Yi.

Sie hatten den Richtigen gefunden. Xie Lian nickte. »Der Erdmeister ist wahrscheinlich schwer verletzt. Am besten, wir bringen ihn erst einmal von hier fort und reden später.«

Shi Qingxuan widersprach nicht. Er kniete sich sofort hin und hob den Erdmeister auf seinen Rücken. »Dann los, lasst uns gehen.«

Sie machten sich auf den Rückweg und während sie gingen, sagte Shi Qingxuan: »Sag, Ming Yi, du bist doch ein guter Kämpfer und als wir uns am Banyue-Pass getrennt haben, war doch alles noch in bester Ordnung. Wie kommt es, dass du jetzt, wenige Tage später, so übel zugerichtet bist? Hast du den Blumensuchenden Blutregen verärgert?«

Ein Anflug von Schadenfreude klang in seinen Worten mit. *Er redet, als habe er keine Angst, sich Schläge einzuhandeln. Sie scheinen tatsächlich gute Freunde zu sein*, bemerkte Xie Lian. Ming Yi jedoch erweckte den Anschein, als könne er es nicht mehr ertragen, Shi Qingxuan reden zu hören, und fuhr ihn an: »Sei still!«

Aber auch Xie Lian war höchst interessiert an der Antwort auf diese Frage und versuchte es auf eine andere Art: »Erdmeister, warum hat Hua Cheng Euch hier festgehalten?«

Ming Yi sagte ihm zwar nicht, er solle still sein, gab allerdings auch keine Antwort. Xie Lian blickte sich nach ihm um und sah, dass er die Augen geschlossen hatte. Er war schwer verwundet und mehrere Tage lang gefangen gehalten und befragt worden. Nun, da er befreit war, war er erleichtert und konnte endlich einen Moment Ruhe finden. Xie Lian versuchte nicht mehr, ihn anzusprechen. Er hatte es nicht so eilig, eine Antwort auf seine Frage zu bekommen.

Sie waren nun oben an der Treppe angekommen. Xie Lian holte die Würfel hervor und würfelte. In der Dunkelheit konnte er nicht erkennen, was er gewürfelt hatte. Sie hörten ein lautes Klacken und ein Spalt in der Wand tat sich auf, durch den helles Licht zu ihnen drang. Xie Lian drückte gegen die Wand, die wie eine Tür aufschwang.

Er fragte sich gerade, ob es ihm wohl gelingen würde, Lang Ying auch fortzubringen, als er plötzlich unerwartet ins Leere trat.

»Geht nicht weiter!«, rief er noch, während er schon ins Ungewisse stürzte.

Er drehte sich während des Falls in der Luft und kam dann auf einem harten Untergrund auf. Er atmete erleichtert auf. Immerhin war er nicht in einem Gebirge aus Schwertklingen oder einem Flammenmeer gelandet. Doch als er den Kopf hob, dachte er, dass ein Gebirge aus Schwertklingen oder ein Flammenmeer ihm eigentlich doch lieber gewesen wären. Er sah das hübsche Gesicht Hua Chengs dicht vor seinem eigenen. Dieser hatte eine Augenbraue hochgezogen und sah ihn an.

Das Steinportal hatte Xie Lian diesmal genau auf Hua Chengs Schoß befördert!

Sie befanden sich in der Waffenkammer. Hua Cheng saß auf einem Stuhl in der Mitte der Halle und war gerade dabei gewesen, in aller Ruhe seinen Krummsäbel Eming zu polieren. Selbst als aus heiterem Himmel jemand in seinen Schoß gefallen war, hatte er nur die Hände zur Seite genommen, wirkte aber nicht besonders überrascht. Er sah Xie Lian lediglich kühl an, als warte er auf eine Erklärung. Xie Lian konnte aber keine geben und so lag er nur in Hua Chengs Schoß, nahm all seinen Mut zusammen und starrte zurück.

Da sah er plötzlich aus dem Augenwinkel, dass noch jemand im Raum war. Er blickte zur Seite und erkannte Lang Ying.

Der Junge mit dem verbundenen Gesicht saß auf dem Boden und wirkte vollkommen verängstigt. Mit beiden Händen hielt er seinen Kopf und starrte die beiden an. Warum nur war er auch hier? Es sah ganz danach aus, als hätte Hua Cheng ihn gerade befragt.

Xie Lian bemerkte plötzlich etwas hoch über sich und als er nach oben sah, konnte er gerade die Hälfte von Shi Qingxuans weißem Schuh erkennen, der über ihnen aus dem Nichts in die Luft schritt. In höchster Eile und ohne nachzudenken, ergriff er Hua Chengs Schultern. »Es tut mir leid!«, rief er und riss Hua Cheng mit sich zu Boden.

Hua Cheng rollte noch einen Meter weiter, bevor er wieder auf seinen Füßen stand. Shi Qingxuan war derweil sanft gelandet, genau dort, wo Hua Cheng eben noch gesessen hatte. Ming Yi trug er weiterhin auf seinem Rücken.

Xie Lian zwang sich, Hua Cheng anzusehen. Der blickte ihn schweigend an, die Augenbraue hatte er nun noch höher gezogen.

Er sprang auf und trat einen Schritt zurück, während er sich entschuldigte. »Entschuldige! Entschuldige bitte!«

Lang Ying starrte Hua Cheng voller Furcht an, eilte auf Xie Lian zu und versteckte sich hinter ihm. Dieser stellte sich schützend vor ihn. »San Lang, bitte lass mich erklären.«

»Ich warte«, sagte Hua Cheng.

»Moment, sollte es nicht andersherum sein?«, rief Shi Qingxuan. »Er schuldet doch Euch eine Erklärung! Er ist es doch, der einen vermissten Himmelsbeamten gefangen gehalten hat! Nehmt Euch in Acht, Eure Hoheit!«

Genau die Situation, die Xie Lian unbedingt hatte verhindern wollen, war eingetreten. Er starrte Hua Cheng an. »San Lang, ich weiß nicht, welches Missverständnis es zwischen dir und dem Erdmeister gibt, aber vielleicht können wir ja eine friedliche Lösung finden.«

Im besten Falle würde Hua Cheng sie gehen lassen. Der Erdmeister war zwar verletzt, aber er schwebte nicht in Lebensgefahr und hatte keine Gliedmaßen verloren. Wenn Hua Cheng ihn jetzt freiließ, gab es keinen Anlass zur Eskalation. Sie würden in den Himmel zurückkehren, Bericht erstatten und Xie Lian würde alles tun, um Jun Wu um Gnade zu bitten, ganz gleich wie sehr er sich dabei erniedrigen musste.

Doch vollkommen unerwartet fragte Hua Cheng: »Erdmeister? Welcher Erdmeister?« Nach einem Moment fuhr er fort: »Ach, meint ihr den auf dem Rücken des Windmeisters? Das ist nur einer meiner nutzlosen Untergebenen.«

Xie Lian und Shi Qingxuan waren beide gleichermaßen verdutzt. »Er ist ganz offensichtlich ein Himmelsbeamter! Wie könnt Ihr es wagen, etwas anderes zu behaupten?«, sagte Shi Qingxuan.

Hua Cheng lachte auf. »Dann frage ich mich, warum Euer ehrenwerter Himmelsbeamter seine Identität verbergen und seinen Titel ablegen sollte, um als Geisterbotschafter für mich zu arbeiten.«

Hua Cheng zog seinen Krummsäbel und ein silbriger, halbmondförmiger Lichtblitz in der Form der Klinge war zu sehen. »Wenn das wirklich der Erdmeister ist, hat er eine unglaubliche Geduld und spielt mir seit zehn Jahren etwas vor. Zwar kam er mir in all den Jahren manches Mal verdächtig vor, aber es gab nie einen Beweis für einen Verrat. Wenn ich ihn nicht in Banyue Seite an Seite mit dem Windmeister gesehen hätte, würde ich nach wie vor zweifeln.«

Im Bruchteil einer Sekunde hatte Xie Lian alles verstanden.

So war das also. Der Grund für das Verschwinden des Erdmeisters war also, dass er seit zehn Jahren im Verborgenen als Botschafter für Hua Cheng gearbeitet hatte. Mit anderen Worten: Er war ein Spion.

Zwar hatte Hua Cheng ihn immer wieder verdächtigt, aber da er keine konkreten Beweise gegen ihn hatte, hatte er ihn weiterhin beobachtet. Erst vor Kurzem hatte Hua Cheng dann die Täuschung entdeckt: als er am Banyue-Pass den Erdmeister und den Windmeister zusammen gesehen hatte.

Obwohl der Erdmeister, auf Anregung des Windmeisters hin, in weiblicher Gestalt aufgetreten war, hatte Hua Cheng die Täuschung durchschaut. Er hatte erkannt, dass die schwarz gekleidete Dame der Geisterbotschafter war, den er unter Verdacht hatte, und hatte ihn als einen der Elementarmeister identifiziert.

Nachdem die Angelegenheit am Banyue-Pass geregelt war, hatte Hua Cheng den Puqi-Schrein verlassen, um mit dem Erdmeister abzurechnen. Während er von Hua Cheng gejagt wurde, hatte der Erdmeister dann das

Notsignal gegeben. Daraufhin hatte Jun Wu Xie Lian zu sich gerufen und ihn mit der Rettung des Himmelsbeamten beauftragt.

Ein Himmelsbeamter, der sich nicht an seine Pflichten hielt und stattdessen ein Jahrzehnt lang in der Geisterstadt als Spion untertauchte – das war ein Skandal. Und wäre er hier noch länger festgehalten und verhört worden und durch Hua Chengs Hände zu Tode gekommen, wäre im Himmel ein Aufruhr ausgebrochen, der die ganze Welt in Chaos hätte stürzen können. Keine der drei Sphären wäre davon verschont geblieben.

Als Xie Lian alles bedacht hatte, sagte er: »Ich verstehe. Es ist unsere Schuld. San Lang, ich hoffe, dass du uns dieses eine Mal dennoch gehen lässt.«

Hua Cheng sah ihn durchdringend an und schwieg einen Moment lang. »Eure Hoheit, es gibt einige Angelegenheiten, aus denen man sich besser heraushält.«

Plötzlich rief der Windmeister neben ihnen: »Wind, komm zu mir!« Er zog seinen Fächer hervor und sofort fegten heftige Windböen durch die Waffenkammer. Die Waffen an den Wänden und in den Regalen begannen leise zu rasseln, zu summen und zu singen.

»Windmeister! Er hat doch nicht einmal gezuckt!«, rief Xie Lian aus.

Shi Qingxuan hielt dagegen: »Ich habe gesehen, dass keiner von Euch den ersten Schritt machen würde, also musste ich handeln. Wind, Wind, Wind, Wind, komm zu mir!«

Ein lautes Krachen ertönte und Xie Lian spürte, wie Staub auf seinen Kopf rieselte. Er blickte nach oben und sah, dass eine Seite des Daches vom Wind angehoben wurde und sich ein großer Riss gebildet hatte.

Die Waffenkammer hatte keine Fenster oder sichtbare Ausgänge. Shi Qingxuan beabsichtigte nicht, zu kämpfen, sondern ihnen einen Fluchtweg zu eröffnen.

Die heftigen Windstöße verwirbelten Hua Cheng das rabenschwarze Haar und den ahornroten Umhang, doch er selbst stand reglos da. Mit einem Grinsen im Gesicht sagte er: »Du hast einen Fächer. So ein Zufall: Ich habe auch einen.«

Dann griff er in eines der Regale der Waffenkammer und zog einen Fächer hervor. Er war klein und fein gearbeitet, seine Stäbe und das Blatt waren aus purem Gold gefertigt. Er sah erlesen und wunderschön aus. Hua Cheng ließ ihn einmal in seiner Hand herumwirbeln, dann ließ er ihn aufschnappen. Dabei lächelte er wortlos und in diesem Lächeln mischten sich Eleganz und Mordlust. Er vollführte eine rasche Handbewegung mit dem Fächer und mit einem silbern leuchtenden Blitz schoss ein heftiger Luftstoß auf sie zu.

Die drei wichen aus und hörten ein laut donnerndes Geräusch. Es klang wie das Prasseln eines heftigen Hagelsturms. Als sie sich umblickten, sahen sie, dass hinter ihnen Reihen um Reihen Goldfolienstreifen im Boden steckten. Die Folie war hauchdünn, aber so scharf, dass der Wind sie tief in den Boden getrieben hatte.

Jede der Waffen in dieser Waffenkammer hatte magische Kräfte und es spielte keine Rolle, welche davon Hua Cheng ergriff – sie alle waren tödlich.

Er machte erneut eine Handbewegung und ein weiterer Sturm aus Goldfolienstreifen wehte auf sie zu. Shi Qingxuans Windböen waren stark, aber je heftiger sie wehten, umso unberechenbarer und gefährlicher wurde ihre Lage. Die Waffenkammer bot nur begrenzten Raum. Die Windböen des Windmeisters wurden immer wieder von den Wänden der Halle zurückgeworfen und wirbelten die Goldstreifen wild durcheinander.

Xie Lian befürchtete, dass sie durch die Goldfolie verletzt werden könnten. Er stellte sich vor Lang Ying und rief: »Windmeister, haltet ein!«

Zu diesem Zeitpunkt hatten Shi Qingxuan und Ming Yi schon einige Kratzer von der herumwirbelnden Goldfolie abbekommen. Shi Qingxuan wollte seine Böen stoppen, doch er hatte damit bereits das Dach angehoben.

Wenn er jetzt einhielte, würde sich der Riss wieder schließen und all seine Mühe wäre umsonst gewesen.

Da flogen auf einmal alle Goldfolienstreifen nach oben. Ein Krachen war zu hören und eine Gestalt brach durch die Decke, begleitet vom lauten Rumpeln herabfallender Trümmer und Staub.

In dem Moment, als sie auf dem Boden aufkam, rief er: »Windmeister, verzeiht mir, ich konnte nicht mehr länger abwarten.«

Shi Qingxuan war hocherfreut. »Qianqiu, Ihr kommt gerade im richtigen Moment!«

Es war tatsächlich Lang Qianqiu. Über der Schulter trug er ein Schwert mit einer Klinge, die so breit war wie die Handfläche eines Mannes. Die Klinge glänzte golden. Erst bei näherem Hinsehen war zu erkennen, dass nicht die Klinge selbst aus Gold gefertigt war, sondern dass sie die Goldfolie angezogen hatte, die nun an ihr haftete und sie komplett bedeckte. Das verlieh dem Schwert ein Aussehen, als sei es aus massivem Gold geschmiedet.

Lang Qianqius Breitschwert bestand aus einem seltenen und kostbaren Metall, das im Herzen des Magnetberges abgebaut wurde. Es hatte die Eigenschaft, jedes Metall magnetisch anziehen zu können. Wenn die Kraft der gegnerischen Waffe eine bestimmte Grenze nicht überschritt, konnte Lang Qianqiu diese Fähigkeit mental steuern, sobald er das Heft in die Hand nahm. Dann wurden alle Metalle der Umgebung angezogen und von der Klinge absorbiert. Auch die Goldfolienstreifen wurden nach und nach in die Klinge gesogen und waren schließlich ganz verschwunden. Hua Cheng lachte bei dem Anblick laut auf, klappte den Fächer zusammen und warf ihn hinter sich. »Seid ihr Himmelsbeamten so verarmt und weltfremd, dass ihr es nicht mehr hergeben könnt, wenn ihr Gold seht?«

Wären diese Worte an Xie Lian gerichtet gewesen, hätte er so getan, als hätte er sie nicht gehört. Lang Qianqiu aber war von königlichem Geblüt. Er hatte sich in seinem gesamten Leben noch nie sonderlich für

Schätze interessiert. Und obwohl er wusste, dass sein Gegner ihn provozieren wollte, stieg eine rasende Wut in ihm auf. Er hob sein Schwert mit beiden Händen über den Kopf und stürzte sich auf Hua Cheng.

Der zog seinen Krummsäbel mit einer Hand und wirbelte ihn einmal herum, wobei er eine silberglänzende Spur in der Luft hinterließ. Dann wartete er ruhig und gelassen den Angriff ab.

Lang Qianqiu fokussierte all seine Kräfte. Er setzte zum Angriff an und stürmte auf Hua Cheng zu wie ein neu geborener Stier, der den Tiger nicht fürchtet. Doch Xie Lian konnte das Ungleichgewicht ihrer Kräfte erkennen. Wenn dieser Schlag traf, würde es tödlich enden.

Shi Qingxuan, der an der Seite stand, konnte den Unterschied zwar nicht erkennen, dennoch rief er höchst beunruhigt: »Qianqiu! Nicht!«

Doch längst hatte das Geschehen seinen Lauf genommen und der Punkt, an dem ein Rufen noch etwas hätte bewirken können, war überschritten.

Genau in dem Moment, als die Klingen des Schwertes und des Krummsäbels aufeinandergetroffen wären, explodierte ein blendend weißes Licht in der Waffenkammer. Das Licht war so grell, dass es die gesamte Halle erhellte und alle für kurze Zeit geblendet waren. Sie konnten nichts sehen als gleißendes Weiß. Xie Lian, der wachsam gewesen war, war der Einzige, der noch verschwommen sehen konnte. Er konzentrierte alle Kraft, die er von Shi Qingxuan geliehen hatte, in seiner rechten Hand, wandelte sie in eine riesige Flamme um und schoss sie ab.

Eine leere Ecke der Waffenkammer fing sofort Feuer. Direkt danach löste er Ruoye und band sich selbst, Shi Qingxuan, Ming Yi, Lang Qianqiu und Lang Ying aneinander. »Windmeister, weht uns nach oben!«, rief er dann.

Obwohl der Windmeister noch immer geblendet war, befolgte er die Anweisung. Er hob den Fächer in die Höhe und schwang ihn kraftvoll durch die Luft. Ein violetter Wirbelsturm entstand auf dem flachen

Boden, der sie in die Luft erhob und sie schließlich durch das zerstörte Dach nach draußen trug.

Ruoye hatte die fünf zu einem Bündel verschnürt, das nun direkt in den Himmel getragen wurde. Als sie wieder etwas sehen konnten, bemerkte Shi Qingxuan, dass tief unter ihnen große Flammen in die Luft züngelten und dicker schwarzer Rauch aufstieg – die Waffenkammer brannte lichterloh. Aus Angst, dass Hua Cheng die Verfolgung aufnehmen könnte, fächelte er in die Richtung des Feuers, um es weiter anzufachen. Augenblicklich loderten die Flammen noch höher und das Feuer griff auch auf andere Gebäude über. Die Hälfte des Jile-Anwesens stand nun in Flammen.

Mit aller Kraft gelang es Xie Lian schließlich, den Windmeister aufzuhalten. »Windmeister, hört auf! Sonst werden wir noch gegrillt!«

»Ist ja gut, ich höre auf. Aber lasst mich los!«

Erst als der Windmeister aufgehört hatte, lockerte Xie Lian seinen Griff. Er blickte nach unten und inmitten der Flammen sah er eine rote Silhouette. Sie waren zu hoch, um etwas erkennen zu können, doch sein Gefühl sagte ihm, dass Hua Cheng in diesem Moment dort unten stand und zu ihm hochsah.

Er verfolgte sie nicht und er löschte auch nicht den Brand. Er stand nur da, während die Flammen sein Haus verschlangen. Außerhalb des Jile-Anwesens, auf den Straßen der Geisterstadt, waren von überallher Schreie und Rufe zu hören und die Geister flohen vor dem Feuer. Xie Lian fiel plötzlich das Atmen schwer und er murmelte zu sich selbst: »Ich ... wollte nur ein kleines Feuer zur Ablenkung entzünden. Und jetzt ist das daraus geworden ...«

Nicht lange zuvor hatte Hua Cheng an der Tür der Waffenkammer gelehnt und ihm halb im Scherz gesagt, er wolle ihm die gesamte Kammer mit all den Waffen darin schenken. Und nun hatte sie sich in ein Flammenmeer verwandelt. Obwohl viele der Waffen, die aus reinem Gold waren, das Feuer überstehen würden, gab es doch auch viele, die zu Asche verbrennen würden. Xie Lian hatte nicht erwartet, dass das Feuer so wüten und das ganze Jile-Haus abbrennen würde. Selbst wenn Hua Cheng es nicht als sein Zuhause ansah, es war doch immerhin seine Residenz gewesen.

Als Shi Qingxuan sah, wie niedergeschlagen Xie Lian war, wollte er ihn trösten. »Ähm ... Das tut mir leid, Hoheit. Ich habe das nicht durchdacht, ich wollte nur so schnell wie möglich fliehen. Das ist alles meine Schuld. Es war ja eigentlich nur ein kleines Feuer ... wenn der Blumensuchende Blutregen eine Wiedergutmachung will, schickt ihn zu mir. Seid unbesorgt, ich kann ihn bezahlen. Geld ist das geringste Problem.«

Aber um Geld ging es auch nicht. Xie Lian schloss die Augen. Er konnte nicht mehr sprechen. Shi Qingxuan tätschelte ihm beruhigend die Schulter. Doch plötzlich fühlte er etwas Nasses an seiner Hand und roch den schweren Geruch von Blut. Er sah hin und vor Schreck wich ihm alle Farbe aus dem Gesicht. »Eure Hoheit, was ist mit Eurem Arm?«

Xie Lians rechter Arm war oberhalb der Hand komplett von frischem hellrotem Blut überströmt und er zitterte stark – es sah nicht nach einer Kleinigkeit aus. Dennoch hielt er das seidene Band fest in beiden Händen, damit sie nicht voneinander getrennt wurden.

»Was ist passiert?«, rief Shi Qingxuan.

Xie Lian, der seinen Gedanken nachgehangen hatte, sammelte sich wieder. »Nichts ... nur eine kleine Verletzung. Wenn wir erst oben sind, wird alles wieder gut.«

Shi Qingxuan fiel etwas ein. »Das weiße Licht ... wart Ihr das? Eure Hoheit, seid Ihr zwischen die beiden gegangen?«

»Ich bin schließlich ein Schwertkämpfer«, antwortete Xie Lian.

Shi Qingxuan hatte richtig vermutet. In dem Moment, als Hua Chengs und Lang Qianqius Waffen kurz davor waren aufeinanderzutreffen, war Xie Lian vorgeprescht.

Er hatte aus dem Regal in der Waffenkammer wahllos ein Schwert gegriffen und war genau in dem Moment dazwischengegangen. Dabei hatte er zwei Bewegungen ausgeführt. Zuerst hatte er Lang Qianqius Breitschwert weggeschlagen und dann den Krummsäbel Eming abgeblockt. Diese beiden Bewegungen hatten ihm nicht nur all seine Kraft, sondern auch ein Höchstmaß an Genauigkeit und Kontrolle abverlangt. Obwohl er beide Waffen geblockt hatte, hatte der Rückstoß die beiden Gegner nicht zurückgeworfen. Der Grund dafür war, dass Xie Lian die beiden Angriffe mit seinem Schwert und seinem Arm vollkommen abgefangen hatte.

Das Breitschwert von Lang Qianqiu war kein großes Problem gewesen. Aber Hua Chengs Krummsäbel aufzuhalten war nicht leicht gewesen. Das Schwert, das Xie Lian benutzt hatte, stammte aus Hua Chengs Sammlung und war ebenfalls eine mächtige Waffe. Als diese beiden Klingen aufeinandertrafen, hatten sie das blendend helle Licht erzeugt. Der Schlag gegen Lang Qianqius Langschwert hatte Xie Lians Klinge gespalten, der Zusammenstoß mit dem Krummsäbel Eming hatte sie in Stücke geschmettert.

Das alles war im Bruchteil einer Sekunde passiert, viel zu schnell, um es mit bloßem Auge wahrzunehmen. Shi Qingxuan sah mitleidig Xie Lians rechte Hand an und dachte, dass wohl der ganze Arm verletzt sein musste. »Eure Hoheit, Ihr seid so ... impulsiv. Ich kann es nicht fassen, dass Ihr sie mit bloßen Händen aufgehalten habt!«

Der Blumengekrönte Kriegsgott – das Schwert in der einen Hand, Blumen in der anderen. Shi Qingxuan hatte sich nur an die Blumen erinnert. Er hatte vergessen, dass Xie Lian aufgrund seiner Schwertkunst aufgestiegen war.

Als er daran dachte, wie knapp das alles gewesen war, spürte Shi Qingxuan sein Herz in der Brust hämmern. »Ein Glück, dass Eurer Hoheit das gelungen ist. Wer weiß, in wie viele Stücke Hua Cheng Lang Qianqiu sonst zerschnitten hätte.«

Lang Qianqiu selbst schien unverletzt zu sein, aber er befand sich in einem eigenartigen Lähmungszustand, als habe seine Seele den Körper verlassen. »Qianqiu?«, rief Shi Qingxuan. »Qianqiu, seid Ihr in Ordnung? Wacht auf! Was ist denn? Seid Ihr noch geblendet?«

Der Ritt auf dem Wind endete schließlich in der himmlischen Hauptstadt. Sie eilten am Aufstiegstor vorbei und hielten direkt auf den Shenwu-Palast zu. Da Lang Ying den Palast nicht betreten konnte, brachte Xie Lian ihn vorerst in einen Nebenraum. Niemand war zu sehen, also rief er in den Kommunikationskanal: »Sind hier irgendwelche Himmelsbeamten? Bitte kommt schnell zum Shenwu-Palast. Es ist ein Notfall, ein Himmelsbeamter ist verletzt.«

Währenddessen schnippte Shi Qingxuan mit den Fingern und trug wieder seine weiße Daoistenrobe. Er winkte mit der Hand und verteilte dabei einhundert Tugendpunkte. »Es sind zwei verwundete Himmelsbeamte!«

Eilig sagte Xie Lian: »Windmeister, das ist doch nicht nötig. Wir können höflich fragen. Es besteht kein Grund, sie mit Tugendpunkten zu ködern. Wenn sie uns hören, werden sie schon kommen.«

»Nein, Eure Hoheit. Ihr müsst wissen, dass es hundertmal schneller geht, wenn man Tugendpunkte verteilt.«

Kurz darauf hörten sie eine Stimme. »Wer ist verletzt?«

Das Wort »Wer« war noch aus weiter Ferne zu ihnen gedrungen, aber beim letzten Wort der Frage stand die Person schon vor ihnen. Es war Feng Xin. Er betrat die Halle und blickte erst Xie Lian, dann Lang Qianqiu mit besorgter Miene an.

»Mir geht es gut. Aber der Erdmeister scheint schwer verletzt zu sein«, erwiderte Xie Lian.

Nach einem kurzen Moment des Schweigens fragte Feng Xin: »Was ist mit Eurem Arm?«

Da war noch eine weitere Stimme zu hören. »Was ist schon dabei, verletzt zu sein? Kaum ein Himmelsbeamter, der auf eine Mission geht, kommt ungeschoren davon.«

Die Stimme klang klug und sanft, obwohl sie unschöne Worte aussprach. Es war Mu Qing. Er trat in die Halle und sein Blick ging von Xie Lian zu Lang Qianqiu. Auf seinem Gesicht spielten jedoch ganz andere Emotionen als auf Feng Xins. Er zog nur die Brauen etwas hoch und blickte erwartungsvoll in die Runde, wie ein Besucher eines Theaters, der auf den Beginn der Vorstellung wartete. Als er sah, wie Feng Xin sich Xie Lian zuwandte, um seinen Arm zu untersuchen, bückte er sich, um Ming Yi näher zu betrachten. »Das ist also der Erdmeister?«

Nach und nach trafen immer mehr Himmelsbeamte in der großen Halle ein. Der Erdmeister Ming Yi war schon immer sehr zurückhaltend gewesen und hatte sich nie gern öffentlich gezeigt, sodass die meisten ihn zum ersten Mal sahen. So war es verständlich, dass sie ihn mit großem Interesse musterten. Die meisten waren verwirrt und wussten nicht, warum sie sich im Shenwu-Palast versammelten. Aber als sie die Tugendpunkte des Windmeisters erhalten hatten, waren sie gekommen, um zu sehen, was los war.

»Danke«, wandte sich Xie Lian an Feng Xin. »Ich habe nichts. Lasst es einfach, es wird von selbst verheilen.«

»Gut. Passt auf Euch auf«, erwiderte dieser nur.

Xie Lian bedankte sich erneut. Als er sich umsah, starrte ihn Lang Qianqiu benommen an. »Hoheit Taihua, was ist los?«, fragte er ihn.

Auch Feng Xin bemerkte, dass etwas mit Lang Qianqiu nicht stimmte. »Wurde Seine Hoheit Taihua auch verletzt?«

»Ich glaube nicht. Ich sehe mal nach.« Xie Lian streckte die Hand nach Lang Qianqius Stirn aus. Vollkommen unvermittelt fasste Lang Qianqiu Xie Lian mit festem Griff am Handgelenk.

Auf seinem Gesicht lag ein zögerlicher Ausdruck, ganz so als habe er etwas entdeckt, sei sich aber noch nicht ganz sicher. Doch in seinen Augen begann es bereits zu lodern. Xie Lian spürte, wie Lang Qianqius Arm vor Zorn anfing zu zittern.

Alle umstehenden Himmelsbeamten waren inzwischen auf die beiden aufmerksam geworden und begannen, untereinander zu flüstern. Shi Qingxuan und Mu Qing standen auf. Feng Xin fragte: »Hoheit Taihua, was macht Ihr da?«

Lang Qianqiu öffnete endlich den Mund. Er sprach nur ein Wort, aber Xie Lians Herz zog sich zusammen, als er es hörte. »Staatspräzeptor?«, presste Lang Qianqiu zwischen zusammengebissenen Zähnen hervor.

Xie Lians Augen verengten sich.

Einige Himmelsbeamten murmelten und versuchten, sich einen Reim darauf zu machen. »Welcher Staatspräzeptor? Wen meint er denn damit?«

Andere begriffen sofort, worum es ging.

Lang Qianqiu war der Kronprinz von Yong'an und der Staatspräzeptor war zu seiner Zeit der zweite des dämonischen Paars gewesen – Staatspräzeptor Fangxin. Keiner wusste etwas Näheres über seine Herkunft. Doch in diesem Moment umklammerte Lang Qianqiu Xie Lians Handgelenk und nannte ihn »Staatspräzeptor«. Sollte das bedeuten ... dass Xie Lian Fangxin war, der zweite aus dem Paar der dämonischen Kultivierer, der das Königreich Yong'an ins Verderben gestürzt hatte?

Andererseits war Xie Lian der Kronprinz von Xianle. Sein eigenes Königreich war durch Yong'an zu Fall gebracht worden. Warum sollte er Staatspräzeptor von Yong'an gewesen sein?

Seine Hoheit Taihua war am Oberen Hof bekannt dafür, stets unbedarft und optimistisch zu sein. Er war niemals berechnend, machte niemandem das Leben schwer und noch nie hatte man sein Gesicht mit diesem Ausdruck gesehen: einer Mischung aus Verzweiflung und Zorn ... Feindseligkeit und Hass.

Lang Qianqiu hielt Xie Lian in einem Todesgriff, sein Atem ging angestrengter und schließlich stieß er hervor: »Ihr ... Ich habe Euch mit meinen eigenen Händen getötet! Ich habe selbst den Sarg verschlossen! Ihr ... Staatspräzeptor, Ihr seid wahrhaft beachtlich!«

Im Himmel würde noch einiges passieren an diesem Tag, so viel stand fest.

Kapitel 19:
Ein dämonischer Staatspräzeptor und das Blutbad beim Goldenen Bankett

Feng Xin, der den beiden am nächsten stand, sah Xie Lian an und bemühte sich nicht einmal, zu verbergen, wie geschockt er war. Mu Qings Augen leuchteten und in den Schreck mischte sich eine Spur von gespannter Aufregung. Shi Qingxuan legte Ming Yi vorsichtig hin. »Qianqiu, Ihr müsst Euch irren. Wenn Seine Hoheit der Staatspräzeptor von Yong'an wäre, warum hätte es dann so lange gedauert, bis Ihr ihn erkennt?«

»Qingxuan«, rief eine Männerstimme, »wisst Ihr nicht, was man sich über den Staatspräzeptor Fangxin erzählt? Er war mysteriös, unnahbar, arrogant und eiskalt. Er zeigte niemals sein Gesicht und trug immer eine silberne Maske. Ich bin sicher, dass Seine Hoheit Taihua niemals sein wahres Gesicht gesehen hat.«

Derjenige, der gesprochen hatte, stand mit verschränkten Armen weit abseits. Es war Pei Ming. Sein bloßer Anblick verstimmte Shi Qingxuan und er schwang seinen Fliegenwedel. »Wenn das stimmt, bedeutet es, dass niemand weiß, wie der Staatspräzeptor Fangxin aussah. General Pei, warum redet Ihr so, als sei bereits sicher, dass Seine Hoheit Xianle tatsächlich der Staatspräzeptor Fangxin ist?«

Auf ihrer gemeinsamen Mission hatten Xie Lian und er gemeinsam allerlei Sonderbares und Lächerliches erlebt. Aber hier am himmlischen Hof war sein Auftreten ein anderes. Er war besonnen, würdevoll und auf gutes Benehmen bedacht. Aus dem hinteren Bereich der Halle näherte sich ihnen nun eine Gestalt in einem schneeweißen Umhang.

Alle beruhigten sich, als sie sie bemerkten. Die tuschelnden Himmelsbeamten wurden ruhig und neigten die Köpfe zum Gruß. »Himmlische Majestät.«

Auf ein knappes Handzeichen von Jun Wu richteten sich alle Götter kerzengerade auf. Er schritt durch die Menge und als er an Xie Lian vorbeikam, klopfte er ihm kurz auf die rechte Schulter. Noch immer tropfte frisches Blut von dessen Ärmel, doch mit Jun Wus Berührung versiegte es augenblicklich.

Nachdem er Ming Yi kurz begutachtet hatte, sprach Jun Wu: »Es ist nichts Ernstes. Bringt ihn erst einmal fort.«

Vier Medizingötter traten heran, hoben Ming Yi hoch und trugen ihn davon. Shi Qingxuan sah ihnen nach, als wäre er am liebsten mitgegangen. Aber angesichts der angespannten Situation im Shenwu-Palast hatte er dafür nicht die Ruhe und blieb.

Mit hinter dem Rücken verschränkten Händen setzte sich Jun Wu auf den Thron und sprach dann weiter: »Sagt schon. Was ist passiert? Warum hält Taihua Xianle fest und warum beugt Xianle den Kopf?«

Lang Qianqiu musterte Xie Lian erneut und sah, dass dieser schwieg. Da sie von Himmelsbeamten umgeben waren, musste er nicht befürchten, dass er ihm entfloh. Er ließ ihn los und wandte sich mit einer Verbeugung an Jun Wu: »Majestät, vor vielen Jahrhunderten hat dieser Mann unter dem Namen Fangxin meine Familie ermordet und Verderben über mein Königreich gebracht. Ich fordere ihn hiermit zum Duell heraus und bitte Euch, unser Kampfrichter zu sein.«

Diejenigen unter den Himmelsbeamten, die den Namen Fangxin noch nie gehört hatten, zogen eilig im Kommunikationskanal Erkundigungen ein. Zum Glück war Lingwen da, um die Anfragen zu beantworten. »Der Staatspräzeptor Fangxin war der Retter und Lehrer des Kronprinzen Lang Qianqiu. Aufgrund des berühmten Blutbads beim Goldenen Bankett wurde er später zu einem Teil des Paars der dämonischen Kultivierer.«

»Was ist ein Goldenes Bankett?«, fragte Shi Qingxuan.

»Windmeister, die Tradition des Goldenen Banketts stammte aus dem Adel von Xianle. Bei diesen Banketten bestand jedes Weinglas, jedes Geschirrteil, jedes Besteck und jedes Musikinstrument aus reinstem Gold. Es war der Inbegriff von Luxus und Dekadenz«, erklärte Lingwen.

Nach der Reichsgründung von Yong'an verkündeten die Gründerväter der Welt, dass sie den verschwenderischen Exzessen der vorherigen

Dynastie ein Ende setzen würden. Sie schworen, dass sie nicht dieselben Fehler wiederholen und all ihre Bemühungen dem Volk widmen würden. Doch nach nur wenigen Jahrzehnten war alles wieder so wie zuvor und auch die ausschweifenden Bankette wurden wieder abgehalten.

»Am Abend des siebzehnten Geburtstags des Kronprinzen von Yong'an veranstaltete der Palast ihm zu Ehren ein Goldenes Bankett«, führte Lingwen weiter aus. »Der Staatspräzeptor Fangxin ... Es geschah bei diesem Bankett, dass er sein Schwert zur Hand nahm und alle Mitglieder der Königsfamilie tötete. Die goldenen Kelche fielen zu Boden und das Blut floss wie Wein. Nur der Kronprinz überlebte, weil er sich verspätete. Doch auch er entkam dem Tod nur knapp.«

Es war ein heftiger Schlag für das Königreich Yong'an. Wäre nicht Lang Qianqiu gewesen, der sich um das Volk bemühte und sein Äußerstes gab, um die Herzen der Menschen zu gewinnen, wäre das Land augenblicklich in Chaos versunken. Unter größten Bemühungen stabilisierte sich das Reich und das Königshaus schrieb ein Kopfgeld für die Ergreifung des Attentäters aus. Als er dann gefasst wurde, tötete Lang Qianqiu den dämonischen Kultivierer, den Staatspräzeptor Fangxin, mit seinen eigenen Händen. Er versiegelte seinen Leichnam in einem dreischichtigen Sarg, bevor er ihn tief in der Erde begrub.

Doch das Herrschergeschlecht war stark angegriffen. Es folgte ein allmählicher, unaufhaltsamer Niedergang, bis es schließlich durch eine neue Dynastie ersetzt wurde.

Lang Qianqiu starrte Xie Lian unaufhörlich an. »Ich habe nie verstanden, warum Ihr das getan habt. Ihr sagtet, Ihr könntet es nicht ertragen, uns auf dem Thron zu sehen. Das habe ich Euch nie geglaubt. Und ich glaube auch nicht, dass Ihr den Thron für Euch wolltet. Aber jetzt kenne ich endlich den Grund.«

Die Himmelsbeamten starrten die beiden gebannt an, und flüsterten untereinander:

»Es war Rache!«

»Ganz bestimmt war es Rache. Das Königreich Xianle war gefallen, also musste er Yong'an ebenfalls stürzen. Yong'an hatte seine Eltern getötet, also musste er die königlichen Eltern des Kronprinzen von Yong'an ebenfalls töten. Auge um Auge. Reine Vergeltung.«

»Aber die, die Xianle gestürzt hatten, gehörten nicht zu Lang Qianqius Generation. Diese Vergeltung ergibt keinen Sinn ...«

»Und ich dachte, die Witzfigur der drei Sphären sei nur ein Narr. Jetzt ist er auf einmal der Bösewicht. Sich als Staatspräzeptor in ein feindliches Land einzuschleichen, um die gesamte königliche Familie auszulöschen ... unfassbar ...«

Xie Lian fühlte Jun Wus Blick auf sich ruhen und schloss die Augen. Einen Moment später hörte er ihn sprechen. »Taihua, Ihr glaubt, Xie Lian sei Fangxin. Habt Ihr dafür auch einen Beweis?«

»Der Staatspräzeptor Fangxin hat mich in der Schwertkunst unterwiesen. In dem Moment, als ich sah, wie er sein Schwert führte, habe ich ihn sofort erkannt«, antwortete Lang Qianqiu.

Das Tuscheln wurde aufgeregter.

»Dass er seine Identität verbergen musste, ist klar, aber warum hat er den Kronprinzen dann in der Schwertkunst unterrichtet?«

»Seit seinem dritten Aufstieg sahen wir ihn nicht einmal mit einem Schwert in der Hand – kein Wunder, wenn er befürchten musste, dadurch enttarnt zu werden ...«

»In der Geisterstadt bin ich dem Blumensuchenden Blutregen gegenübergetreten ...«, erzählte Lang Qianqiu.

Als sie ihn über die Geisterstadt und Hua Cheng reden hörten, lief nicht wenigen der Himmelsbeamten ein kalter Schauer über den Rücken. Er setzte seinen Bericht fort: »Als ich zwölf war, wurde ich einmal während eines Ausflugs entführt. Die Entführer flohen auf die Straße und als die Leibwächter sie einholten, kam es zu einer brutalen Schlägerei.

Da tauchte auf einmal ein vollkommen heruntergekommener Straßenkünstler auf, der mit nichts als einem Stock in der Hand zwei Schwerter parierte und mich aus dem Handgemenge rettete. Die Entführer und die Leibwächter waren schwer verletzt. Der Straßenkünstler begleitete mich auf dem Heimweg und brachte mich sicher zum Palast zurück. Meine Eltern waren ihm so dankbar, dass sie ihn baten, im Palast zu bleiben. Bald schon erkannten sie seine unglaublichen Fähigkeiten in der Schwertkunst. So kam es, dass er zum Staatspräzeptor ernannt wurde. Er unterrichtete mich fünf Jahre lang in der Schwertkunst. Ich kenne seinen Stil in- und auswendig. Wie könnte ich mich also irren?«

»Eure Hoheit Taihua«, entgegnete Mu Qing ruhig. »Ihr habt selbst gesagt, dass Ihr nur einen flüchtigen Blick erhaschen konntet. Was Ihr vorbringt, ist eine einseitige Anschuldigung, ohne Zeugen oder Beweise.«

Im ersten Moment mochte es erscheinen, als sei Mu Qings Einwand förderlich für Xie Lian gewesen. Doch die Wahrheit war komplizierter. Mu Qing hatte erkannt, wie sicher Lang Qianqiu sich seiner Sache war. Dadurch dass er sein Wort anzweifelte, wollte er ihn anstacheln, seine Behauptung zu untermauern. Das half Xie Lian also in Wirklichkeit kein bisschen weiter.

Und seine Rechnung ging auf.

»Gut. Bringt mir ein Schwert!«, verlangte Lang Qianqiu.

In der Halle waren nicht wenige Kriegsgötter anwesend, die Schwerter bei sich trugen. Daher wurde Lang Qianqiu sofort eines zugeworfen. Lang Qianqiu fing es auf und hielt es Xie Lian hin. »Hier. Ich fordere Euch zum Duell, hier und jetzt, in aller Offenheit, auf Leben und Tod. Dann wird sich zeigen, ob unser Stil derselbe ist und ob ich wirklich Euer Schüler bin.«

Zwar hielten alle es für überstürzt und unpassend von Lang Qianqiu, Xie Lian im Shenwu-Palast zu einem Duell herauszufordern, doch wenn sie sich das Blutbad beim Goldenen Bankett vorstellten und sie daran dachten, dass die königliche Familie des Kronprinzen kaltblütig abgeschlachtet worden war, konnten sie sein Handeln verstehen.

Shi Qingxuan dachte an Xie Lians Verletzung und versuchte, Lang Qianqiu zu beschwichtigen. »Qianqiu, Seine Hoheit hat Hua Chengs Angriff auf Euch abgefangen und wurde dabei am Arm verletzt. Wie soll er sich in diesem Zustand mit Euch duellieren?«

Als er das hörte, erhob Lang Qianqiu seinen linken Arm und ließ sein eigenes Schwert mit voller Wucht auf seinen rechten niederfahren. Ein Knacken war zu hören und sofort spritzte Blut aus der Wunde und tränkte seinen Ärmel. Sein Arm hing schlaff herunter. Auch ohne ihn genauer zu untersuchen, war offensichtlich, dass es eine schwere Verletzung war. Alle Himmelsbeamten sahen ihn starr vor Schreck an. Auch Xie Lian blickte erschrocken zu ihm auf. »Was macht Ihr da?«

»Der Windmeister hat recht«, erklärte Lang Qianqiu. »Ihr wurdet am Arm verletzt, als Ihr mich gerettet habt. Dafür stehe ich in Eurer Schuld. Ihr habt mich gerettet, das ist wahr. Aber genauso wahr ist es, dass Ihr meine Familie getötet habt. Ich weiß, dass es für Euch keinen Unterschied macht, ob Ihr das Schwert mit der linken oder mit der rechten Hand führt. Wir kämpfen mit der linken Hand. Nehmt das Schwert, wenn Ihr ein Mann seid.«

Xie Lian sah das Schwert an, dann Lang Qianqiu. Schließlich schüttelte er langsam den Kopf. »Ich habe vor vielen Jahren gelobt, nie mehr mit dem Schwert zu töten.«

Seine Worte riefen in Lang Qianqius Gedächtnis die Bilder jenes Abends wach. Er sah noch einmal den Anblick, der sich ihm geboten hatte, als er beim Bankett eingetroffen war: der Mann in der schwarzen Robe, die Augen beängstigend blutunterlaufen, der sein Langschwert mit der Linken aus dem toten Körper seines Vaters zog. Niemals würde er das Geräusch vergessen.

Shi Qingxuan trat zu ihnen und schwang seinen Fliegenwedel, der sich um das Schwert wickelte und es am Boden hielt. »Ich glaube, hier liegt ein Missverständnis vor. Wenn dieser Staatspräzeptor Fangxin immer eine Maske trug, könnte jeder diesen Mord begangen und so getan haben, als sei er es gewesen. Majestät?«

Alle wandten ihren Blick zum Jadethron.

»Xianle«, sagte Jun Wu.

Xie Lian verbeugte sich. »Ja, Majestät.«

»Gesteht Ihr, dass die Anschuldigung Taihuas wahr ist?«

»Ich gestehe.«

Xie Lian hatte diese Worte in einem kalten Tonfall ausgesprochen, der sich stark von seinem üblichen unterschied. Die Gesichter von Feng Xin, Mu Qing und Shi Qingxuan änderten ihre Farbe.

Jun Wu nickte und fragte weiter: »Der Staatspräzeptor Fangxin, der für das Blutbad beim Goldenen Bankett verantwortlich war – das wart Ihr?«

Nach einem Moment des Schweigens hob Xie Lian den Kopf. Ein Ausdruck äußerster Entschlossenheit lag auf seinem Gesicht. »Das ist richtig. Ich war es.« Seine Worte waren laut und deutlich und ließen keinen Raum für Zweifel.

»Ihr gesteht es also. Gut«, sagte Lang Qianqiu.

Wie bereits zuvor erklärt, gab es am Oberen Hof unzählige Himmelsbeamte, die Blut an den Händen hatten. Aber die wenigstens hatten solch verheerende Schäden angerichtet. Die meisten der ermordeten Sterblichen hatte auch keinen Nachfahren wie Lang Qianqiu, die in den Himmel aufstiegen waren und dort als Himmelsbeamte den Mörder zur Verantwortung ziehen konnten.

Pei Xiu hatte unter dem Schutz General Peis gestanden, dennoch war er dem Exil nicht entgangen. Xie Lian hatte niemanden, der ihm beistand. Nun hing alles davon ab, ob Jun Wu ihn noch so schätzte wie damals und ob er das Herz hatte, ihn zu verschonen.

Für die Himmelsbeamten war schwer nachzuvollziehen, welche Gefühle Jun Wu und Xie Lian miteinander verbanden. Nachdem der Kronprinz von Xianle zum ersten Mal aufgestiegen war, war er natürlich äußerst zuvorkommend behandelt worden. Nach seinem zweiten Aufstieg jedoch hatte es einen großen Kampf zwischen den beiden gegeben und Xie Lian hatte Jun Wu sogar mit dem Schwert verletzt, bevor er besiegt worden war. Nun, da Xie Lian das dritte Mal aufgestiegen war, war alles friedlich zwischen ihnen, als hätten sie die Konflikte der Vergangenheit begraben. Jun Wu hatte für Xie Lian sogar einen neuen Palast in der schönsten Gegend der himmlischen Hauptstadt errichten lassen. All das war nicht leicht zu verstehen. Alle warteten gespannt, welches Urteil der Himmelskaisers über Xie Lian fällen würde.

Doch noch bevor Jun Wu etwas sagen konnte, sprach Xie Lian: »Ich habe eine anmaßende Bitte.«

»Sprich«, forderte Jun Wu.

»Majestät, ich bitte darum, meinen Status als Gott zu verlieren und in die Welt der Sterblichen verbannt zu werden.«

Einige der Himmelsbeamten waren geschockt, empfanden aber gleichzeitig auch Respekt. Niemand wollte verbannt werden. Es war nicht leicht, in den Himmel aufzusteigen. Schon der Gedanke daran, dass man all diese Anstrengungen, all diese Mühen auf sich genommen hatte und es endlich in den Himmel geschafft hatte, nur um dann wieder in die Menschenwelt verbannt zu werden, ließ sie voller Bedauern aufseufzen. Keiner von ihnen hätte es über sich gebracht, Jun Wu so geradeheraus um Verbannung zu bitten. Andere Himmelsbeamte kümmerten diese Überlegungen nicht weiter. Es war nun einmal so weit gekommen, da half Leugnen nicht mehr, also erschien es plausibel aufzugeben. Noch dazu war Xie Lian bereits zweimal verbannt worden. Ein drittes Mal konnte ihm nicht mehr viel ausmachen, er war ja bereits daran gewöhnt.

Lang Qianqiu aber sagte: »Ihr müsst Euch nicht selbst verbannen. Ihr seid aufgrund Eurer Fähigkeiten zu Recht aufgestiegen. Ich will nur einen fairen Kampf.«

»Ich möchte nicht mit Euch kämpfen«, antwortete Xie Lian.

»Wieso nicht? Wir haben oft genug gekämpft. Ob Leben oder Tod, Hauptsache, es endet.«

Xie Lians Stimme klang tonlos. »Es gibt keinen Grund. Wenn Ihr mit mir kämpft, ist Euch der Tod sicher.«

Kapitel 20:

Nanyang rast vor Wut und kämpft mit dem raffinierten Xuanzheng

Xie Lian hatte den letzten Satz nicht in der Absicht gesprochen, sich aufzuspielen. Dennoch hört man überall in der Halle die Himmelsbeamten nach Luft schnappen. Viele der Kriegsgötter hatten einen ähnlichen Gedanken: *Du bist nichts als ein machtloser Schrottsammler! Wie kannst du es wagen, Lang Qianqiu, dem Kriegsgott des Ostens, zu sagen, der Tod sei ihm sicher, sollte er mit dir kämpfen? Wie arrogant!* Auf sie erweckte es den Anschein, als würde Xie Lian lieber um Verbannung bitten, als sich mit Lang Qianqiu, den er als unter seiner Würde erachtete, zu duellieren. Was für ein Angeber.

Lang Qianqiu selbst hingegen schien nicht der Meinung zu sein, Xie Lians Worte seien übertrieben. »Ich sagte doch schon, Leben oder Tod. Ihr müsst mich nicht schonen.«

Xie Lian ignorierte ihn und wandte sich erneut an Jun Wu: »Majestät, bitte verbannt mich in die Sphäre der Sterblichen.«

Da hob plötzlich der Windmeister die Hand. »Wartet! Ich habe etwas zu sagen.«

»Sprecht, Windmeister«, sagte Jun Wu.

»Jeder hier scheint davon auszugehen, dass Seine Hoheit Xianle aus Rache den Namen Fangxin angenommen und das Blut der Königsfamilie von Yong'an vergossen hat. Aber wenn es Vergeltung war, warum ließ er den Kronprinzen von Yong'an, Seine Hoheit Taihua, dann entkommen? Hätte er einen Racheakt verübt, wäre dann nicht der Kronprinz der, den er am ehesten hätte töten wollen?«

Es war nicht so, dass nicht schon andere daran gedacht hätten. Aber niemand hatte es für nötig befunden, diesen Punkt zur Sprache zu bringen. Erst nachdem der Windmeister es ausgesprochen hatte, nickten einige der Umstehenden.

Shi Qingxuan fuhr fort: »Seine Hoheit und ich sind noch nicht lange miteinander bekannt, aber ich sah ihn mit eigenen Augen gegen den Krummsäbel Eming kämpfen, um Seine Hoheit Taihua zu beschützen.

Qianqiu, sollte er die Monarchie von Yong'an wirklich so sehr hassen, warum sollte er sein Leben riskieren, um Eures zu schützen?«

Als Feng Xin und Mu Qing die Worte »ich sah ihn gegen den Krummsäbel Eming kämpfen« hörten, machten beide ein betroffenes Gesicht. Leise hörte man Gemurmel wie: »Vielleicht weil er sich schuldig fühlt.«

Doch Shi Qingxuan erhob sofort wieder die Stimme und übertönte die anderen. »Die verfluchte Klinge, die Waffe, die großes Unheil bringt. Ich denke schon, dass diese Frage noch beantwortet werden sollte.«

»Wie schön für Seine Hoheit, unter dem Schutz des Windmeisters selbst zu stehen und von ihm so gewissenhaft verteidigt zu werden«, schaltete sich Pei Ming ein. »Pei der Jüngere hatte nicht so ein Glück.«

»General Pei, können wir diese beiden Fälle bitte nicht durcheinanderbringen?«, entgegnete Shi Qingxuan. »Der Fall Pei des Jüngeren war ganz anders gelagert. Ich habe selbst gesehen, wie er Verbrechen begangen hat, und gehört, wie er sich dazu bekannt hat.«

»Wo liegt der Unterschied zu diesem Fall hier? Seine Hoheit Taihua sah selbst, wie Xie Lian das Verbrechen beging, und wir alle haben gehört, wie er es gestanden hat.«

Shi Qingxuan wurde wütend und wollte gerade etwas entgegnen, da griff Xie Lian nach ihm. »Danke, Windmeister. Ich stehe in Eurer Schuld. Aber das ist nicht nötig.«

Nach einer Weile war Shi Qingxuan noch immer kein gutes Gegenargument für Pei Ming eingefallen, also zeigte er nur auf ihn, während er um Worte rang.

Schließlich erhob Jun Wu die Stimme. In ruhigem Ton sagte er: »Bitte beruhigt Euch jetzt alle.«

Er hatte nicht laut gesprochen, seine Stimme war ruhig und dennoch hatte jeder in der großen Halle seine Worte gehört. Alle begaben sich zurück an ihre Plätze. Als Ruhe eingekehrt war, sprach Jun Wu weiter: »Taihua, Ihr wart schon immer impulsiv. Unüberlegt zu handeln ist niemals gut. Es ist immer besser, erst einmal ruhig zuzuhören, alles genau zu betrachten und dann erst Schlussfolgerungen zu ziehen.«

Lang Qianqiu senkte gefügig den Kopf. Jun Wu fuhr fort: »Xianle verweigert uns, die ganze Geschichte zu hören. Deshalb lehne ich sein Gesuch nach Verbannung ab. Er wird im Palast von Xianle bleiben und ich werde ihn persönlich verhören. Bis dahin dürft Ihr beiden Euch nicht sehen.«

Mit diesem Ausgang hatte keiner gerechnet. Jun Wu selbst hatte Xie Lian, die Witzfigur der drei Sphären, der weder Tempel noch Anhänger oder Verdienste hatte, in Schutz genommen.

Lang Qianqiu war der Kriegsgott, der über den Osten wachte. Sollte er mit Jun Wus Urteil nicht zufrieden sein, wäre das wahrlich ein Problem. Dennoch hatte Jun Wu sich entschieden, Xie Lian zu verschonen – bedeutete das, das dieser noch immer in der Gunst des Himmelkaisers stand?

Viele der Himmelsbeamten, die glaubten, absehen zu können, in welche Richtung sich alles entwickeln würde, beschlossen für sich, den Namen »Witzfigur der drei Sphären« besser nicht mehr öffentlich auszusprechen. Shi Qingxuan seufzte erleichtert und lobte wortreich Jun Wus Weisheit.

Lang Qianqiu starrte Xie Lian an und sagte: »Majestät, Ihr könnt ihn über alles befragen und Eure Untersuchungen anstellen. Aber egal was dabei herauskommt, ich möchte dennoch mit ihm kämpfen.«

Mit diesen Worten verbeugte er sich vor Jun Wu, drehte sich um und verließ die Halle.

Jun Wu winkte zwei Kriegsgötter herbei, die Xie Lian abführen sollten. Als sie an Shi Qingxuan vorbeiliefen, sagte Xie Lian leise zu ihm: »Windmeister, danke für alles. Aber wenn Ihr mir wirklich helfen wollt, steht nicht mehr für mich ein. Kann ich Euch stattdessen um zwei Gefallen bitten?«

Shi Qingxuan fühlte sich noch immer schuldig, weil er das Feuer angefacht hatte, das das Jile-Anwesen verzehrt hatte. Gern hätte er Xie Lian auch hundert Gefallen getan. »Was immer Ihr wünscht.«

»Der Junge, den ich mit heraufgebracht habe, ist im Nebenraum. Bitte kümmert Euch um ihn.«

»Nichts leichter als das. Was noch?«

»Sollte General Pei künftig Banyue das Leben schwer machen wollen, helft ihr bitte.«

»Selbstverständlich«, antwortete Shi Qingxuan. »Ich werde nicht zulassen, dass Pei Ming ihr etwas tut. Wo ist sie?«

»Ich habe sie in einem kleinen Tontopf in meinem Puqi-Schrein versteckt. Wenn Ihr die Zeit findet, öffnet bitte gelegentlich den Deckel.«

Nachdem Xie Lian sich vom Windmeister verabschiedet und ihm gedankt hatte, brachten die beiden Himmelsbeamten ihn zum Xianle-Palast. Respektvoll sagten sie: »Bitte, Eure Hoheit.«

Xie Lian nickte ihnen zu. »Danke für die Mühe.«

Als er eingetreten war, schloss das Tor sich hinter ihm. Xie Lian sah sich um und stellte fest, dass das Bauwerk nicht nur äußerlich dem Original glich wie ein Haar dem anderen, auch die Inneneinrichtung unterschied sich nicht vom ursprünglichen Palast von Xianle. Als er das letzte Mal hier gewesen war, hatte er den Palast nicht betreten. Er hätte sich damals nicht träumen lassen, dass er unter Hausarrest stehen würde, wenn er diesen Palast zum ersten Mal von innen sah. Das war kein gutes Zeichen.

In den letzten Tagen war viel passiert und er war vollkommen erschöpft. Mit letzter Kraft stolperte er in sein Bett.

Er träumte viel in dieser Nacht.

Es schien ihm, als würde er mit geschlossenen Augen meditieren. Als er die Augen aufschlug, fand er sich aufrecht vor einem Schreibtisch sitzend. Sein schwarzer Umhang breitete sich um ihn herum auf dem Boden aus und vor dem Gesicht trug er eine kalte, schwere Maske.

Er erblickte einen Jungen, der vornübergebeugt auf dem gegenüberstehenden Schreibtisch lag. Der Junge mochte vierzehn oder fünfzehn Jahre alt sein und trug prächtige Kleider. Sein Körper strotzte vor Lebendigkeit, doch er schlief tief und fest.

Er schüttelte den Kopf und lief zu dem Tisch, beugte sich leicht vor und klopfte mit den Knöcheln leicht auf das Holz. »Eure Hoheit.«

Vielleicht lag es an der kalten Maske, dass auch seine Stimme sich kalt anhörte. Der Junge schreckte hoch. Als er aufsah und ihn erblickte, erschrak er und setzte sich kerzengerade auf. »Sta... Sta... Staatspräzeptor!«

»Ihr seid wieder eingeschlafen. Zur Strafe schreibt Ihr zehnmal das *Dao De Jing*[*] ab!«

Der Kronprinz protestierte: »Bitte nicht, Meister, lasst mich zur Strafe lieber zehn Runden um den Palast laufen.«

»Schreibt es zwanzigmal ab. Sofort. Und schreibt ordentlich.«

Der Kronprinz schien Angst vor ihm zu haben. Er setzte sich sofort gerade hin und begann mit der Schreibarbeit.

Xie Lian begab sich zurück in seine Ausgangsposition und setzte seine Meditation fort. Die Wahrheit war, dass jeder im Palast ihn fürchtete. Er selbst hatte sich bewusst diese Entfremdung, dieses Gefühl von Macht und Unterdrückung erarbeitet. Es mochte am jungen Alter des Kronprinzen liegen, dass diese subtile Angst bei ihm jedoch niemals von Dauer war.

Kurz nachdem er zu schreiben begonnen hatte, rief er: »Meister!«

Xie Lian schlug die Augen auf. »Was ist?«

»Die Schwerttechniken, die Ihr mir letztes Mal gezeigt habt, habe ich alle gelernt. Bringt Ihr mir jetzt etwas Neues bei?«

»Sicher. Was möchtet Ihr lernen?«

»Ich möchte die Technik lernen, mit der Ihr mich gerettet habt.«

Er dachte einen Moment darüber nach. »Nein.«

»Warum nicht?«

[*] Begründungsschrift des Daoismus des legendären Philosophen Laotse.

»Sie ist unnütz. Zumindest für Euch.«

Der Kronprinz verstand nicht. »Sie ist doch nicht unnütz. Mit einem Schwert die Wucht von zwei Schwertern abzufangen ist doch sehr nützlich. Damit habt Ihr mich gerettet.«

Dass der Kronprinz etwas nicht begriff, war nichts Ungewöhnliches. Xie Lian sagte: »Eure Hoheit, ich stelle Euch eine Frage.«

»Gut.«

»Es waren einmal zwei Menschen, beide so ausgehungert, dass ihre Augen blutunterlaufen waren. Jeder wollte dem anderen sein Essen wegnehmen und sie begannen, sich zu streiten und zu schlagen. Eine dritte Person kam dazu, die den Streit beenden wollte. Denkt Ihr, das Worte in dieser Situation etwas nützen würden?«

»Ich glaube nicht. Die beiden stritten um Essen, nicht wahr?«

»Ja. Man könnte reden, so viel man wollte. Weil es die Ursache des Problems nicht beheben würde, würde keiner der beiden den Erklärungen zuhören. Die einzige Möglichkeit, den Streit zu schlichten, wäre, ihnen zu geben, was sie brauchen. Die dritte Person müsste ihnen ihr eigenes Essen geben.«

Der Kronprinz begriff noch immer nicht ganz.

»Es ist dasselbe Prinzip. Ihr müsst wissen: In dem Moment, in dem ein Schwert gezogen wird, steht fest, dass jemand verletzt wird. Wenn Kraft ausgeübt wird, wird ihr etwas oder jemand ausgesetzt. Daher ist es nicht richtig zu sagen, dass ich die Wucht zweier Schwerter abgefangen habe. Ich habe die Kraft nicht neutralisiert, sondern sie absorbiert. Einen Angriff dadurch zu beenden, dass man sich selbst verletzt, ist eine dumme Technik und sie darf nur benutzt werden, wenn es keinen anderen Ausweg gibt. Als Kronprinz habt Ihr keinen Nutzen davon.«

Der Kronprinz fuhr mit seiner Schreibarbeit fort, doch schon nach kurzer Zeit blickte er wieder nachdenklich drein. Xie Lian fragte ihn: »Habt Ihr sonst noch Fragen?«

Der Kronprinz zögerte. »Eine Sache, Meister: Was, wenn die dritte Person selbst nichts zu essen hat?« Als er keine Antwort erhielt, fuhr er fort: »Wenn die beiden Hungrigen Essen bekämen und vor Gier noch schlimmer streiten würden, um noch mehr von der dritten Person zu erhalten, was dann?«

»Was denkt Ihr?«, fragte Xie Lian.

Der Kronprinz überlegte eine Zeit lang. »Ich weiß nicht ... vielleicht wäre es das Beste gewesen, wenn die dritte Person gar nicht erst eingegriffen hätte.«

Der große Saal war golden. Alles darin war aus Gold. Doch in diesem Moment war alles rot.

Menschen lagen auf den goldenen Tischen hingestreckt – mit aufgeschlitzter Kehle, blutverschmiert, von einem tragischen Tod ereilt.

Die Hand, die das Schwert hielt, wollte nicht aufhören, zu zittern. Der König stand vor ihm, stattlich, gut aussehend und blutüberströmt. In seinen Augen standen Schmerz und Hass. Auf seinem Schoß lag der leblose Körper der Königin. Das Schwert fest in der Hand, trat die schwarze Gestalt langsam auf ihn zu.

Als der König aufsah und ihn erkannte, war er fassungslos. »Staatspräzeptor? Ihr ...«

Das Schwert stieß zu, gefühllos und kalt.

Da bemerkte er etwas und drehte sich um. Der jugendliche Kronprinz stand vor der Tür inmitten der Leichen der Wächter, die auf dem Boden verstreut lagen. Sein Blick war leer, als zweifle er an der Realität dessen, was er da vor sich sah. Er trat einen Schritt vor. Er war wie benommen und stand so neben sich, dass er fast über die Schwelle gestolpert wäre.

Der Mann zog das Schwert heraus und Blut spritzte auf seinen schwarzen Umhang.

Nicht über die Türschwelle war der Kronprinz gestolpert, sondern über eine der Leichen, die am Boden lagen. Er warf sich auf den Körper seines Vaters und erlangte die Kontrolle über seine Stimme wieder. »Vater?! Mutter?!«

Doch der König würde nie wieder antworten. Der Kronprinz konnte ihn nicht wachrütteln. Er drehte sich ruckartig um und starrte den Mann mit weit aufgerissenen Augen an. »Meister! Was macht Ihr? Was habt Ihr getan?! Staatspräzeptor!«

Es dauerte, bis der schwarz gewandete Mann seine eigene Stimme erkannte. Sie klang kalt und mechanisch. »Ihr habt es nicht anders verdient.«

Plötzlich schreckte Xie Lian aus seinem unruhigen Schlaf hoch.

Er rieb sich die müden Augen und stellte fest, dass er nicht lange geschlafen hatte. Noch dazu hatte er schlecht geträumt. Er war fast schon dankbar, dass ihn irgendetwas auf seiner Brust geweckt hatte. Er saß schweigend da, dann fühlte er etwas in seinem Schoß und nahm es hoch. Es waren die beiden Würfel, die er aus dem Jile Haus mitgenommen hatte.

Plötzlich wurde alles vor seinen Augen rot. Das Bild war verschwommen, doch er konnte klar und deutlich eine rote Gestalt ausmachen, die in einem Flammenmeer stand und ihn ansah. Xie Lian seufzte. *Ich frage mich, ob vom Jile-Haus noch etwas übrig ist. Wenn es vollständig niedergebrannt ist, weiß ich nicht, ob ich das je wieder gutmachen kann, selbst wenn ich all meine Habe hergebe … Jahrzehnte, Jahrhunderte, wahrscheinlich muss ich bis an mein Lebensende dafür bezahlen.*

Er betrachtete die Würfel in seiner Handfläche und legte dann die Hände aneinander wie zum Gebet. Dann ließ er die Würfel in seinen Händen herumrollen und würfelte schließlich. Sie kamen klackernd zum Liegen.

Wie erwartet war das Glück, das er sich von Hua Cheng geliehen hatte, aufgebraucht. Er hatte auf zwei Sechsen gehofft, aber gewürfelt hatte er zwei Einsen.

Er lachte kurz auf und schüttelte den Kopf. Da hörte er hinter sich plötzlich Schritte. Er setzte sich gerade auf und ließ das Lächeln auf seinem Gesicht sowie die Würfel verschwinden. Die Schritte hörten sich so an, als kämen sie von Jun Wu: gemäßigte Schritte, niemals hastig, niemals zögernd. Obwohl Hua Chengs Art zu gehen etwas achtlos und ungestüm wirkte, wohnte ihr doch eine ähnliche Bestimmtheit und Sicherheit inne. Die Schritte, die Xie Lian dagegen nun hörte, klangen etwas gehetzt. Xie Lian wandte sich schnell um und sagte verdutzt: »Ihr seid es.«

Der Mann, der in seinem Zimmer stand, trug schwarze Kleidung, das Gesicht war weiß, die Lippen schmal. Der Ausdruck auf seinem Gesicht war unnahbar und distanziert. Obwohl er ein Kriegsgott war, sah er so weltfremd aus wie ein Beamter der Himmelsverwaltung. Wer konnte es anderes sein als Mu Qing?

Als er Xie Lians überraschtes Gesicht sah, fragte er: »Was dachtet Ihr denn, wer ich bin? Feng Xin?«

Er wartete keine Antwort ab, hob seine schwarze Robe an und schritt über die Türschwelle. »Feng Xin wird wahrscheinlich nicht kommen.«

»Was macht Ihr hier?«, fragte Xie Lian.

»Der Himmelskaiser hält Euch hier fest und hat verboten, dass Seine Hoheit Taihua zu Euch kommt. Aber er hat nicht gesagt, dass ich nicht kommen darf.«

Das war keine Antwort auf Xie Lians Frage, er machte sich jedoch nichts daraus. Er war ohnehin nicht neugierig, also fragte er nicht weiter. Mu Qing ließ seinen Blick durch das Zimmer dieses neuen Xianle-Palasts gleiten, bis er schließlich auf Xie Lian ruhte. Er musterte ihn von oben bis unten an, dann warf er ihm plötzlich etwas zu. Ein undeutlicher blauer Lichtstreif war kurz zusehen. Xie Lian fing es mit der linken Hand auf.

Es war eine kleine blaue Porzellanflasche – ein Medikament. »Es sieht nicht gut aus, wenn Euer rechter Arm eine Blutspur hinter Euch herzieht«, sagte er beiläufig.

Xie Lian hielt die Flasche in der Hand, rührte sich aber nicht. Dabei sah er Mu Qing abwägend an. Seit seinem dritten Aufstieg in den Himmel konnte Mu Qings Verhalten ihm gegenüber nur als verstörend mehrdeutig beschrieben werden. Es hatte den Anschein, als warte er permanent darauf, dass Xie Lian zum dritten Mal aus dem Himmel geworfen würde, nur damit er sarkastische Bemerkungen machen könnte. Und nun, da es so weit war und Xie Lian womöglich tatsächlich die dritte Verbannung bevorstand, war er auf einmal freundlich und brachte ihm sogar ein Medikament. Dieser plötzliche Wandel in seinem Verhalten verunsicherte Xie Lian.

Als Mu Qing sah, dass er regungslos dastand, lächelte er ihn matt an. »Benutzt es, wenn Ihr wollt. Ohnehin wird sonst niemand kommen, um Euch etwas vorbeizubringen.«

Es war ein aufrichtiges Lächeln. Er war offensichtlich in guter Stimmung. Xie Lian fühlte zwar keine Schmerzen in seinem Arm, aber das war kein Grund, die Wunden nicht zu behandeln. Das Schultertätscheln von Jun Wu war eine kleine Nothilfe gewesen, es wäre allerdings besser, die Verletzung mit Medizin auszuheilen. Also öffnete er das kleine Fläschchen und schüttete sich den Inhalt auf seinen Arm. Es war kein Pulver in dem Fläschchen, sondern ein blauer Rauch. Dieser umhüllte seinen Arm und verströmte einen kühlen, erfrischenden Duft. Es war ein sehr hochwertiges Medikament.

»Ist alles wahr, was Lang Qianqiu gesagt hat?«, erkundigte sich Mu Qing. »Habt Ihr die Königsfamilie von Yong'an getötet?«

Xie Lian sah auf und ihre Blicke trafen sich. Mu Qing hatte sich Mühe gegeben, es zu verbergen, doch Xie Lian konnte die unbändige Neugier in seinen Augen erkennen. Die Details des Massakers schienen ihn brennend zu interessieren. Er stellte eine weitere Frage. »Wie habt Ihr sie getötet?«

Gerade in diesem Moment waren erneut schwere Schritte zu hören. Beide wandten gleichzeitig die Köpfe und sahen, dass diesmal Feng Xin gekommen war. Sobald er eintrat, erblickte er Mu Qing, der lächelnd neben Xie Lian stand. Er zog die Brauen zusammen und fragte misstrauisch: »Was machst du denn hier?«

Xie Lian winkte mit dem kleinen Fläschchen in seiner Hand. Mu Qings Lächeln erstarb. Gerade eben hatte er noch gesagt, Feng Xin werde nicht kommen, und wenige Augenblicke später kam er doch. Das war nicht zum Lachen. »Das ist nicht dein Palast. Wenn du herkommen kannst, kann ich das auch!«, fuhr er Feng Xin an.

Dieser beachtete ihn nicht weiter und wandte sich an Xie Lian. Er wollte gerade etwas sagen, als Xie Lian ihm zuvorkam. »Falls Ihr beide gekommen seid, um mir dieselbe Frage zu stellen, gebe ich Euch nun die Antwort: Jedes Wort, das ich heute im Shenwu-Palast gesprochen habe, entspricht der Wahrheit. Es besteht kein Grund, daran zu zweifeln.«

Feng Xin wurde blass.

Mu Qing hasste diesen Gesichtsausdruck an ihm besonders und sagte: »Für wen setzt du denn jetzt diese Trauermiene auf nach allem, was passiert ist? Lass das.«

Feng Xin funkelte ihn an. »Für dich nicht! Verschwinde!«

»Und wer bist du, dass du mir etwas befehlen willst? Du behauptest immer, so loyal zu sein – wie viele Jahre hast du es denn ausgehalten? Du bist doch auch davongelaufen!«

Auf Feng Xins Stirn traten die Adern hervor. Xie Lian hatte die dunkle Vorahnung, dass dieses Gespräch sich in eine ungute Richtung entwickeln würde. Er hob seine Hand. »Schluss damit.«

Aber Mu Qing war niemand, der sich zurückhalten konnte. Er schnaubte: »Alle sagen, du wärst davongelaufen, weil du es nicht ertragen konntest, mit anzusehen, wie dein Herr in Ungnade fiel. Was für eine gute Entschuldigung. In Wirklichkeit wolltest du nur nicht deine Zeit damit verschwenden, einem gefallenen Herrn zu folgen!«

Feng Xin erhob seine Faust. »Was weißt du schon?«

Mu Qing versetzte ihm einen schallenden Faustschlag mitten ins Gesicht. Er war ein blasser, zierlicher Mann und als die Faust ihn traf, lief frisches Blut an ihm herunter. Doch er hatte einen eisernen Willen und gab nicht so schnell auf. Er holte sofort aus und schlug zurück. Als die beiden in den Himmel aufgestiegen waren, hatte jeder von ihnen eine magische Waffe erhalten. Nun jedoch, da der Zorn ihre Sinne benebelte, waren die besten Mittel, um ihrem Ärger Luft zu machen, immer noch Fäuste und Füße. Als die beiden vor achthundert Jahren miteinander gekämpft hatten, war keiner der beiden dem anderen überlegen gewesen, und das war noch heute so. Jeder Schlag traf sein Ziel in diesem wilden und chaotischen Faustkampf.

»Glaub ja nicht, dass keiner deine bösen Gedanken kennt!«, fauchte Feng Xin. »Je schlimmer seine Verbrechen waren, desto mehr hat es dich gefreut!«

»Ich weiß, dass du immer auf mich herabgeschaut hast. Was für ein Witz, sieh dich doch an! Hältst du dich für was Besseres? Du bist ein Nichts und spielst dich doch so auf!«

Mu Qing und Feng Xin waren mitten in einer Schlägerei, während Lang Qianqiu und Xie Lian noch nicht einmal eine Chance erhalten hatten, ihren Zweikampf zu beginnen. Ihr gegenseitiger Groll hatte sich über lange Zeit aufgestaut. Sie schlugen aufeinander ein und beschimpften einander wie wild, wobei keiner auf den anderen hörte. Natürlich hörte auch keiner der beiden auf Xie Lian.

Dieser dachte an die Vergangenheit zurück. Mu Qing war immer sanftmütig und höflich gewesen und wenn Feng Xin jemanden schlug, dann nur auf Xie Lians Befehl hin. Natürlich hatte er auch aufgehört, wenn er es ihm befahl. Das war nun nicht mehr so. Xie Lian schleppte sich mit seinem verletzten Arm zur Tür, in der Hoffnung, einen Himmelsbeamten zu Hilfe rufen zu können.

Bevor er jedoch nur einen Fuß vor die Tür der Halle setzen konnte, ertönte ein ohrenbetäubender Schlag am Eingangstor. Feng Xin und Mu Qing erschraken so sehr, dass sie sich augenblicklich beruhigten. Mit wachsamem Blick sahen sie in die Richtung, aus der der Lärm gekommen war.

Das Haupttor des Palasts war eingetreten worden. Und hinter der Tür war nicht mehr die Prachtstraße der Himmelshauptstadt, die Shenwu-Allee, zu sehen, sondern eine leblose Finsternis.

Und aus dieser Finsternis flogen unzählige eisig schimmernde silberne Schmetterlinge direkt auf Xie Lian zu.

Kapitel 21:
Überfall auf den Himmelspalast und eine kurze Begrüßung, die die Götter erschreckt

Überall um Xie Lian herum waren plötzlich silberne Lichter und seine erste Reaktion war, die Hände schützend vors Gesicht zu halten. Ruoye, das er immer ums Handgelenk gewickelt bei sich trug, würde von sich aus in Aktion treten, wenn es die Umstände erforderten. Doch keiner der silbernen Schmetterlinge griff ihn an. Sie flogen an ihm vorbei und auf die beiden hinter ihm zu, die sich noch vor einem Moment geprügelt hatten.

Feng Xin und Mu Qing hatten schon am eigenen Leib erfahren, wozu diese Geisterschmetterlinge fähig waren, und beide wussten, wie mächtig sie waren. Gleichzeitig rissen sie die Hände hoch und riefen: »Schutzschild!«

Tausende und Abertausende Schmetterlinge sausten auf sie zu, ihre Flügelschläge so mächtig wie stürmische Winde. Doch eine unsichtbare Wand hielt sie von den beiden Männern fern und sie prasselten dagegen wie ein Regenschauer, wobei helle weiße Lichter wie feurige Sterne nach allen Seiten davonstoben.

Obwohl die Schmetterlinge durch den Zauber aufgehalten wurden, waren sie beharrlich. Sie drängten so hartnäckig und unermüdlich gegen den Schutzschild wie Motten, die es zum Licht zog. Durch die Kraft ihres Ansturms wurden die beiden immer weiter zurückgedrängt.

Sollte ihre Wachsamkeit auch nur kurz nachlassen, würde der Feind sie überrennen. Wenn sie den Schutzzauber nicht aufrechterhielten, würden die Schmetterlinge sie immer mehr bedrängen. Gaben sie den Zauber jedoch auf, hätten sie nicht genug Zeit, ihre Waffen zu ziehen, bevor der Schmetterlingsschwarm über sie herfallen würde. Feng Xin und Mu Qing fluchten innerlich und bissen die Zähne zusammen, während sie versuchten, den Schmetterlingen zu trotzen.

Feng Xin warf einen Blick zu Xie Lian und sah, dass er noch immer am selben Fleck stand wie zuvor und den Kopf gesenkt hatte. Er konnte sich darauf keinen Reim machen und rief ihm zu: »Eure Hoheit, passt auf! Steht nicht einfach dort, kommt schnell hinter die Schutzmauer!«

Xie Lian wandte sich zu ihm um, nicht ein Haar war ihm gekrümmt worden. Er zog die Augenbrauen hoch. »Was?«

Als die beiden ihn jetzt ansahen, blieb ihnen vor Entsetzen beinahe der Verstand stehen. Xie Lian starrte sie ratlos an. In seiner Hand hielt er einen der Geisterschmetterlinge. Als zuvor der Schwarm wie ein Wirbelsturm auf sie zugerast war, war einer darunter gewesen, der langsamer war und nicht mit den anderen hatte mithalten können. Er war vor Xie Lians Gesicht umhergeflogen. *Der arme kleine Schmetterling muss sich so abmühen*, hatte Xie Lian gedacht, unbewusst seine Hand ausgestreckt und sie ihm hingehalten. Mit freudig schlagenden Flügeln hatte der silberne Schmetterling sich auf seiner Handfläche niedergelassen und dort saß er nun.

Bei Feng Xin und Mu Qing traten die Adern auf der Stirn hervor. »Berührt dieses Ding nicht! Wisst Ihr nicht, was das ist? Es ist gefährlich!«

Genau da fühlte Xie Lian einen plötzlichen Druck am Handgelenk, als hätte ihn jemand ergriffen und zöge mit großer Kraft an ihm. Sein ganzer Körper wurde in die Dunkelheit hinter der Tür gerissen.

Obwohl ihn mit einem Mal Dunkelheit umgab, fühlte er nicht das kleinste bisschen Furcht. Die Schwärze legte sich um ihn wie eine weiche Rüstung. Er hatte nicht nur keine Angst, sondern fühlte sich sogar beruhigt dadurch. Selbst wenn die Person hinter der Dunkelheit sich bisher noch nicht gezeigt hatte, war angesichts der Schmetterlinge nicht allzu schwer zu erraten, wer sie war.

Mu Qing konnte nicht glauben, was er sah. »Was für eine Frechheit! Wie kann er es wagen, hier in der himmlischen Hauptstadt aufzutauchen? Das ist unerhört!«

Eine Stimme lachte. »Ihr seid auch nicht besser. Habt ihr Himmelsbeamten in meinem Gebiet nicht genauso Ärger gemacht?«

Xie Lian wusste ganz genau, wer ihn ergriffen hatte. Dennoch erstaunte es ihn, die vertraute Stimme so nah zu hören. »Jun Wu ist hier in der himmlischen Hauptstadt. Lass ihn los!«, rief Feng Xin.

Hua Cheng gluckste. »Sehen wir doch, ob einer von euch mich dazu zwingen kann.«

Als dieser Satz verklungen war, schlossen sich die großen Tore mit einem lauten Knall.

Xie Lian spürte, wie eine Hand ihn festhielt und ihn führte. Um sie herum herrschte absolute Dunkelheit und deutlich hörte er das feine Klirren der silbernen Glöckchen an Hua Chengs Stiefeln. Der Boden, auf dem sie gingen, war uneben. Das Tor hatte sie nicht auf die breite Prachtstraße der Himmelshauptstadt geführt, sondern in die Wildnis eines abgelegenen Tals.

Hua Cheng musste eine Tausendmeilenabkürzung genutzt haben, um ein Portal zwischen dem Haupttor des Palasts und diesem Tal herzustellen. Doch wie hatte er das geschafft? Musste man nicht ein Himmelsbeamter sein, um über diese Fähigkeit zu verfügen?

Xie Lian wollte gerade etwas sagen, da explodierte eine Stimme in seinem Ohr: »Eure Hoheit! Wo seid Ihr?!«

Es war Feng Xin. Seine Stimme hallte in Xie Lians Ohr, obwohl er nicht anwesend war – er hatte durch den Kommunikationskanal geschrien. Xie Lian taten von dem plötzlichen Lärm die Ohren weh, und schon waren die Stimmen weiterer Himmelsbeamter zu hören.

»General, was ist los? Ist etwas passiert?«

»Schlechte Neuigkeiten! Wo ist Lingwen? Berichtet dem Himmelskaiser. Xie Lian ist geflohen!«, meldete sich Mu Qing ebenfalls zu Wort. Er sprach normalerweise ruhig und sanft, gerade klang seine Stimme jedoch äußerst beunruhigt und verärgert.

»Was?«, stutzte Lingwen. »Ich gehe sofort zum Xianle-Palast!«

Ein Himmelsbeamter rief erschrocken: »Die Witzfi... Seine Hoheit ist geflohen? Stand er nicht im Xianle-Palast unter Hausarrest?«

Shi Qingxuan betrat nun ebenfalls den Kommunikationskanal. »Ich habe gerade gesehen, dass eine ganze Gruppe Beamter des Mittleren

Hofes den Palast bewacht. Es ist möglich einzutreten, aber niemand kann gehen. Wie konnte er fliehen?«

»Was meinst du mit ›fliehen‹?«, rief Feng Xin aus. »Du führst ja alle in die Irre!«

»Er ist doch mit jemandem weggelaufen!«, entgegnete Mu Qing.

»Er wurde entführt! Hoheit, könnt Ihr uns noch hören? Wo seid Ihr?«

Als sie hörten, dass er entführt wurde, wurden die Himmelsbeamten noch unruhiger. »Dies ist die himmlische Hauptstadt! Wer würde es wagen, hier einzudringen?«

Auf einmal riefen alle laut durcheinander, sie wollten Antworten auf ihre Fragen. Lingwen bestätigte, dass der Palast von Xianle leer war, und kündigte an, alles Nötige in die Wege zu leiten, um seinen momentanen Aufenthaltsort zu ermitteln. Shi Qingxuan verteilte wieder massenweise Tugendpunkte. Im Kommunikationskanal brach wildes Chaos aus. Alle redeten gleichzeitig.

Es war ein solches Durcheinander, dass Xie Lian keine Chance hatte, sich zu Wort zu melden. Er holte tief Luft, doch als er gerade lautstark die anderen zur Ruhe auffordern wollte, drehte sich Hua Cheng zu ihm um und streckte zwei Finger nach ihm aus. Seine kalten Fingerspitzen legten sich sacht an Xie Lians Schläfe und er sagte lachend: »Lange nicht gesehen, wie geht es euch?«

Mit der Berührung seiner Finger hatte Hua Cheng durch Xie Lian den Kommunikationskanal betreten. Die lässige Begrüßung hatte nicht nur Xie Lian gehört, sondern alle Himmelsbeamten, die sich im Kommunikationskanal befanden. Augenblicklich herrschte Stille.

Es gab einen stummen Aufschrei. Kein Wunder. Eine solch unfassbare Arroganz erlaubte sich nur jene Person.

Hua Cheng fuhr fort: »Ich weiß nicht, ob ihr an mich gedacht habt. Ich habe jedenfalls nicht an euch gedacht.«

Es gab wohl manchen Himmelsbeamten, der im Stillen jeden Tag an Hua Cheng dachte. Doch als sie hörten, dass er nicht an sie gedacht hatte, begannen sie, im Stillen Sutren zu rezitieren, um dafür zu beten, dass er auch künftig nicht mehr an sie denken möge.

Hua Cheng lachte. »Allerdings habe ich nicht viel zu tun in der letzten Zeit. Falls jemand von euch sich langweilt, kann er gern vorbeikommen und mit mir plaudern.«

Unter den gegebenen Umständen war mehr als deutlich, was er damit meinte: *Sollte jemand tapfer genug sein, mich zu jagen, wird er der Nächste sein, den ich herausfordere.*

Und eine solche Herausforderung bedeutete eine erniedrigende und absolute Niederlage. Es war also eine unverhohlene Drohung.

Gerade noch hatte der Kommunikationskanal vor Aufregung nur so gebrodelt und einige Kriegsgötter hatten sich bereits vorgenommen, aktiv zu werden und die Verfolgung aufzunehmen, doch mit dieser Bemerkung von Hua Cheng verpuffte ihr Aktionismus schnell wieder. Niemand wollte, dass er sich an ihn erinnerte. Und so taten sie, als seien sie nicht mehr da, während sie die Ohren spitzten und gespannt warteten, wie es weitergehen würde. Gleichzeitig fühlten sie in ihren Herzen die irrwitzige Gefahr dieser Situation: Der Blumensuchende Blutregen war skrupellos genug, an den Oberen Hof des Himmels zu kommen und jemanden zu entführen – und dann auch noch ausgerechnet die Witzfigur der drei Sphären, der sowieso schon das Wasser bis zum Hals stand …

Es herrschte Stille im Kommunikationskanal. Nur Feng Xin fluchte noch immer voller Zorn. Hua Cheng hatte seine Finger zurückgezogen, sobald er ausgesprochen hatte. »San Lang …«, platzte es aus Xie Lian heraus.

Hua Cheng ließ sein Handgelenk los. »Kümmere dich nicht um sie. Komm mit mir.«

Er sprach mit tiefer Stimme, aus der sich keinerlei Emotion heraushören ließ. Aber als er Xie Lian losgelassen hatte, war seine Bewegung schnell gewesen, fast so als hätte er ihn abgeschüttelt. Xie Lian musste augenblicklich daran denken, wie sie sich zum ersten Mal begegnet waren und wie Hua Cheng sich seiner Berührung entzogen hatte. Er blieb wie angewurzelt stehen.

Er wollte Hua Cheng fragen, wieso er so plötzlich aufgetaucht war. Er hatte die undeutliche Ahnung, dass er von seinem Hausarrest erfahren haben könnte und gekommen war, um ihn zu retten. Als er »San Lang« gesagt hatte, hatte er noch verstohlene Freude bei dieser Vorstellung empfunden, doch als Hua Cheng soeben seine Hand zurückgezogen hatte, hatte er seinen Irrtum erkannt. Wie konnte er nur glauben, er würde zu seiner Rettung eilen? Er hatte doch gerade erst das Jile-Anwesen und die Waffenkammer abgebrannt. War es nicht viel wahrscheinlicher, dass Hua Cheng gekommen vor, um Vergeltung zu fordern?

Zwar war Shi Qingxuan es gewesen, der das Feuer so angefacht hatte, dass es das ganze Anwesen verschlungen hatte – aber letzten Endes war er es gewesen, der den Brand gelegt hatte.

Sie liefen weiter, einer vorneweg, der andere hinterher. Je länger Xie Lian darüber nachdachte, desto schlimmer wurden seine Schuldgefühle. Schließlich hielt er es nicht mehr aus. »San Lang. Entschuldige.«

Hua Cheng blieb abrupt stehen. »Warum entschuldigst du dich?«

»Ich bin in die Geisterstadt gekommen, um nach dem vermissten Erdmeister zu suchen. Ich habe dir nicht die ganze Wahrheit gesagt, was einer Lüge gleichkommt. Du hast mich mit Gastfreundschaft empfangen und ich habe dein Jile-Haus und deine Waffenkammer voller Schätze abgebrannt. Es tut mir so leid.«

Hua Cheng gab keine Antwort.

Xie Lian wusste nur zu gut, dass ein »Es tut mir so leid« nichts wieder gutmachte. Er fuhr fort: »Ohnehin werde ich bald verbannt werden.

Wenn ich ins Reich der Sterblichen zurückgehe, werde ich mir etwas ausdenken, um dir alles zurückzuzahlen und ...«

»Warum solltest du mir etwas zurückzahlen?«, unterbrach ihn Hua Cheng. Sein Tonfall war scharf, so als könne er es nicht ertragen, weiter zuzuhören. Er drehte sich um. »Hast du schon vergessen, dass meine Klinge deinen Arm verwundet hat? Ich habe dich verletzt, nicht du mich. Warum solltest du mir also etwas schuldig sein?«

Xie Lian hatte die Verletzung an seinem Arm schon fast vergessen. Einen Augenblick war er sprachlos. »Mein Arm? Mein Arm ist in Ordnung, es tut nicht weh. Es wird bald verheilt sein. Außerdem ist das nur passiert, weil ich zwischen euch gegangen bin und deinen Schlag abgeblockt habe. Du bist nicht schuld daran.«

Hua Cheng starrte ihn unvermittelt an. Sein linkes Auge leuchtete ungewöhnlich hell und er schien zu zittern. Kurz darauf bemerkte Xie Lian, dass nicht Hua Cheng selbst zitterte, sondern der Krummsäbel Eming, den er an der Hüfte trug.

Der silberne Krummsäbel, der über dem roten Umhang hing, zitterte ohne Unterlass. Auch das Auge, das aus silbernen Linien geformt war, zitterte. Wäre es das Auge eines Kindes, würde das Kind in diesem Moment bitterlich weinen.

Kapitel 22:
Die Würfel rollen um eines Einzigen Sicherheit willen

Als Xie Lian das Auge so sah, streckte er, ohne nachzudenken, seine Hand aus, um es zu streicheln: »Was ist denn los …?«

Doch Hua Cheng trat zur Seite und wich seiner Berührung aus. Er gab dem Griff des Säbels einen kräftigen Klaps. »Nichts ist los. Beachte ihn nicht.«

Eming, der Krummsäbel mit der verfluchten Klinge, der die ganze Götterwelt in Angst und Schrecken versetzen konnte, zitterte daraufhin nur noch mehr.

»San Lang, warum schlägst du ihn?«, fragte Xie Lian.

Da hörte er im Kommunikationskanal wieder Feng Xins Stimme. »Wie ist es Hua Cheng gelungen, am himmlischen Hof eine Tausendmeilenabkürzung zu nutzen? Wie können wir dieses Portal öffnen?«

»General Nanyang«, meldete sich Shi Qingxuan zu Wort. »Ich glaube, ich weiß, wie. Seine Hoheit und ich sind auf unserer letzten Mission auf diesen Trick gestoßen. Nehmt zwei Würfel und würfelt vor der Tür. Dann seht, ob sie sich öffnen lässt.«

Xie Lian erinnerte sich. Hatte er nicht vorhin im Palast selbst noch gewürfelt, nur so zum Spaß? Er hatte keineswegs vergessen, wie sie voller Panik vor den riesigen Würmern davongelaufen waren und wie die Wilden sie verfolgt hatten. Hastig rief er: »Nicht! Tut es nicht! Seid vorsichtig!«

Aber seine Worte erreichten den Kommunikationskanal nicht. Seine spirituelle Energie war bereits aufgebraucht und reichte nicht mehr aus, um seine Nachricht zu übermitteln. Und es wäre ohnehin zu spät gewesen. Feng Xin war bereits Shi Qingxuans Aufforderung nachgekommen, ohne weiter darüber nachzudenken. Woher Xie Lian das wusste?

Weil schon im nächsten Augenblick Feng Xins lautes Fluchen durch den Kommunikationskanal an seine Ohren drang. Er fluchte immer, wenn er aufgebracht war. Die Worte, die er benutzte, waren so ordinär, dass sie hier nicht wiederholt werden können.

Die Götter fragten eilig: »General, was ist?«

Als Nächstes war Mu Qing zu hören, der vollkommen entgeistert klang. »Was ist das hier für ein Ort?«

Er war also mit Feng Xin gemeinsam durch das Portal getreten. Shi Qingxuan rief: »Seid vorsichtig! Unterschiedliche Augenzahlen bringen Euch an unterschiedliche Orte. Was habt Ihr gewürfelt?«

»Er hat eine Vier gewürfelt«, antwortete Mu Qing.

In Feng Xins Flüchen war eine Spur von Panik zu hören und Xie Lian befürchtete, dass sie in eine gefährliche Lage geraten waren. Der, der diesen Zauber gewirkt hatte, stand direkt neben ihm und er warf alle Vorsicht über Bord. »San Lang, wohin führt das Portal, wenn man eine Vier würfelt?«

»Das kommt darauf an. Wer eine Vier würfelt und durch das Tor geht, findet das vor, was er am meisten fürchtet.«

Gerade als er ausgesprochen hatte, sagte Mu Qing kühl: »Das kommt davon, wenn man dich zuerst würfeln lässt. Du hast uns in ein Frauenbadehaus gebracht. Komm, gib her!«

Xie Lian hielt sich die Hände vors Gesicht, als er das Wort »Frauenbadehaus« hörte.

Feng Xin hatte sich stets von Frauen ferngehalten und errötete schon, wenn Frauen auch nur erwähnt wurden. Für ihn waren sie unbekannte, wilde und gefährliche Geschöpfe. Ein Badehaus für Frauen musste für ihn tatsächlich der furchterregendste Ort sein, den er sich vorstellen konnte – schlimmer als eine Grube voller hungriger Tiger und Drachen.

Es war Mu Qing offenbar gelungen, Feng Xin die Würfel abzunehmen, und Xie Lian seufzte erleichtert auf. Doch schon im nächsten Moment schrien die beiden wieder auf.

Shi Qingxuan rief aufgeregt: »Generäle, wo seid Ihr dieses Mal gelandet?«

Es gab keine Antwort, nur ein platschendes Geräusch, als wären sie ins Wasser gefallen. Alle hielten den Atem an. Einige Zeit danach hörte man Feng Xin nach Luft schnappen. Es klang so, als wäre er aufgetaucht und würde Wasser ausspucken. »Schwarze Riesenkrokodile!«

Die beiden waren gerade erst den heißen Dämpfen des Badehauses entflohen. Mu Qing hatte Feng Xin die Würfel abgenommen und selbst gewürfelt. Mit ihrem nächsten Wurf waren sie in einen Sumpf gefallen. Augenblicklich sanken sie bis über die Hüften ein und immer tiefer, bis sie das sumpfige Wasser in den Mund bekamen. Während sie sich aus Leibeskräften abmühten, um sich aus dem Sumpf zu retten, kamen aus allen Richtungen Dutzende riesige, lange Krokodilmonster auf sie zu und umringten sie. Jedes der Monster war mehr als zwölf Meter lang und nach den vielen Jahren, in denen sie sich von Menschenfleisch ernährt hatten, waren ihnen menschliche Arme und Beine gewachsen. Sie boten einen grauenerregenden und bedrohlichen Anblick, wie sie sich mit diesen Gliedmaßen durch den Sumpf bewegten. Halb eingesunken in dem schwarzen Sumpf, kämpften die beiden wie wild gegen diese Monster, bis Feng Xin es schließlich nicht mehr aushalten konnte. »Gib mir die Würfel! Lass mich würfeln! Du hast auch nicht das Richtige gewürfelt!«

Doch Mu Qing war niemand, der gern zugab, versagt zu haben. Er feuerte einen weißen Lichtblitz ab und rief: »Riesenkrokodile sind immer noch besser als ein Frauenbad! Wer weiß, was du als Nächstes würfeln würdest. Gib mir die Würfel!«

»Scheiße, die habe ich dir doch eben gegeben! Wo sind die Würfel?«, rief Feng Xin voller Zorn.

Die beiden hatten längst vergessen, dass sie noch mit dem Kommunikationskanal verbunden waren. Während jeder den anderen wegen seines schlechten Ergebnisses beim Würfeln beschimpfte, gingen sie wieder aufeinander los. Keiner wusste mehr, wo sie die Würfel verloren hatten. Die Himmelsbeamten lauschten den Beschimpfungen und der

Prügelei aufgeregt. Sie genossen es, dass endlich einmal etwas los war, und konnten nur mit Mühe ihr Lachen zurückhalten. Einige schlugen sogar mit den Fäusten auf ihren Thron, voller Bedauern, dass sie nicht direkt vor Ort die Kämpfenden anfeuern konnten.

Auch wenn Feng Xin und Mu Qing offenbar kein Glück beim Würfeln gehabt hatten, stellten diese wilden Geister und Monster doch keine wirkliche Gefahr für sie dar. Xie Lian hoffte nur, dass diese möglichst schnell aufgaben und sie freikamen. Gleichzeitig war er unendlich dankbar dafür, dass er selbst keine Monster, sondern Hua Cheng herbeigewürfelt hatte.

Während sie weiterliefen, fragte er: »Ich habe vorhin zwei Einsen gewürfelt. Heißt das, dass ich dich sehen kann, wann immer ich eine Zwei würfele?«

Kaum hatte er die Frage gestellt, da wurde ihm bewusst, dass sie wenig subtil gewesen war und geklungen haben musste, als habe er Hua Cheng unbedingt sehen wollen.

»Nein«, antwortete Hua Cheng.

Xie Lian wurde verlegen und kratzte sich an der Wange. »Oh, ach so, also nicht. Dann habe ich mich geirrt.«

Hua Cheng ging weiter vor ihm her. »Wenn du mich sehen willst, spielt es keine Rolle, was du würfelst. Ich werde kommen.«

Xie Lian schluckte und vergaß alles, was er noch hatte sagen wollen. Aber er kam gar nicht dazu, in Ruhe über die Bedeutung dieser Worte nachzudenken, da er schon wieder jemandem im Kommunikationskanal hörte: »Lasst mich!«

Kurz darauf erschien ein blendend heller Lichtstrahl am Horizont und das ohrenbetäubende Geräusch von zerbrechendem Metall drang zu ihnen. Ihr Weg war blockiert.

Als das weiße Licht allmählich schwächer wurde, konnte Xie Lian erkennen, was da vom Himmel geradewegs vor ihre Füße gefallen war: ein Schwert.

Seine Augen weiteten sich und seine Pupillen zogen sich zusammen.

Das Schwert war lang und zierlich, es steckte schräg vor ihnen tief im Boden. Seine Klinge vibrierte noch von der Wucht des Einschlags. Die Klinge sah aus, als sei sie aus schwarzer Jade gefertigt, und sie war glatter als ein Spiegel. Wer sich ihr näherte, konnte sein Spiegelbild in ihr sehen. Die Schwärze der Klinge war durch eine feine, silbrig weiße Linie unterbrochen, die senkrecht durch ihre Mitte verlief.

Der Name dieses Schwertes war Fangxin.

Eine Person trat vor das Schwert und sagte: »Das ist Euer Schwert.«

Nach dem Tod des Staatspräzeptors Fangxin hatte der Kronprinz von Yong'an dessen Schwert verwahrt – und kein anderer als Lang Qianqiu hatte das Schwert geworfen und ihnen den Weg verstellt.

Ihm war geglückt, was Feng Xin und Mu Qing vergeblich versucht hatten: Er hatte die richtige Zahl gewürfelt. Es war schwer zu sagen, ob es an seinem Glück oder an Xie Lians Pech lag. Es stand jedenfalls fest, dass Lang Qianqiu stets derjenige Kronprinz war, der von den beiden mehr Glück hatte.

Hua Cheng stand da, die Hände hinter dem Rücken verschränkt, und setzte zu einer Bewegung an, doch Xie Lian streckte sofort die Hand aus und hielt ihn auf. Mit leiser Stimme sagte er: »Lass mich das machen.«

Lang Qianqiu versperrte ihnen den einzigen Weg, der aus dem Tal führte. »Kämpft mit mir. Wie es auch ausgeht, selbst wenn ich durch Eure Hand sterbe, müsst Ihr es nicht wiedergutmachen. Und ich verlange auch nicht, dass Ihr den Himmelskaiser um Eure Verbannung ersucht.«

Es war deutlich zu erkennen, dass er nicht ruhen würde, bis seine Forderung nach einem Duell erfüllt worden war.

Nach langem Zögern nickte Xie Lian langsam. »Gut.« Er trat zu dem Schwert, fasste den Griff und zog es aus dem Boden. »Ihr wolltet es so.«

Nach vielen Hundert Jahren war Fangxin in seine Hände zurückgekehrt. Es summte leise in seinem Griff. Hua Chengs Auge blitzte auf, als er das unablässige Summen des Schwertes vernahm. Xie Lian wirbelte das Langschwert herum, sodass die Spitze auf den Boden zeigte. Mit eisiger Stimme erklärte er: »Wie immer dieser Zweikampf ausgeht, bereut es hinterher nicht.«

»Das werde ich nicht!«, rief Lang Qianqiu. Er war aufs Äußerste angespannt, es fühlte sich an, als würde seine Kopfhaut reißen. Mit beiden Händen hatte er sein Breitschwert fest im Griff, sein Blick war entschlossen und er hielt den Atem an. Seine Augen waren auf das jadeschwarze Schwert Fangxin fixiert. Er würde sich keinen Moment der Unachtsamkeit erlauben.

Xie Lian machte plötzlich einen großen Schritt vorwärts. Lang Qianqiu konzentrierte sich, bereit, seinen Schlag zu parieren, da konnte er sich mit einem Mal nicht mehr bewegen. Als würde eine unsichtbare Fessel ihn an jeder Bewegung hindern, fiel er schwer zu Boden. Ein Blick an sich herab verriet ihm, dass er tatsächlich gefesselt war. Ein seidenes Band, weiß wie Schnee, war wie aus dem Nichts erschienen und hatte sich wie eine Würgeschlange mehrmals um seinen Körper gewickelt.

Lang Qianqiu hatte von klein auf die Kunst des Schwertkampfs von Fangxin gelernt und den Staatspräzeptor als Meister dieser Kunst zutiefst verehrt. Deshalb hatte er von dem Augenblick an, als Xie Lian sein Schwert ergriffen hatte, seine ganze Aufmerksamkeit auf ihn und seine Bewegungen gerichtet. Er hatte das weiße Seidenband, das sich ihm von hinten genähert und ihn dann überwältigt hatte, nicht bemerkt. Was für ein beschämender Fehler.

Als er sah, dass Ruoye seine Aufgabe erfüllt hatte, fiel sämtliche Anspannung von Xie Lian ab. Er warf Fangxin beiseite, atmete tief aus und wischte sich den Schweiß von der Stirn. »Das war knapp.«

Lang Qianqiu lag auf dem Boden und versuchte, sich freizukämpfen. Er kannte nicht die Tücke dieses Seidenbandes: Je mehr er sich wehrte, desto fester schnürte es ihn ein. Voller Zorn rief er: »Staatspräzeptor, was soll das? Lasst mich frei, damit wir auf Leben und Tod kämpfen könncn!«

Xie Lian wischte sich erneut den Schweiß ab. »Wir haben schon auf Leben und Tod gekämpft. Das, was Euch fesselt, ist eine meiner magischen Waffen. Ihr habt verloren.«

Ungläubig rief Lang Qianqiu aus: »Das kann unmöglich zählen. Als ich Euch zum Duell auf Leben und Tod aufforderte, meinte ich selbstverständlich einen Schwertkampf. Wenn Ihr ein Mann seid, nehmt Euer Schwert! Ein Hinterhalt mit einem weißen Band? Wie jämmerlich.«

Er war wirklich der Ansicht, das Schwert sei die beste aller Waffen, und redete unüberlegt daher. Er hörte sich an wie jemand, der Vorurteile hegte, weil ein männlicher Himmelsbeamter ein seidenes Band als Waffe benutzte, und beschimpfte Xie Lian, er sei kein Mann.

Xie Lian aber, der schon Frauenkleider getragen und wieder und wieder öffentlich behauptet hatte, impotent zu sein, kümmerte es wenig, ob Lang Qianqiu ihn für einen echten Mann hielt oder nicht. Er kniete sich neben ihn. »Ihr wart nicht gut vorbereitet. Ihr habt nie gesagt, dass nur ein Schwert benutzt werden darf. Ich habe dieses Schlupfloch ausgenutzt. Ihr könnt nichts dagegen sagen. Ein Hinterhalt ist eine zulässige Kampfstrategie, berechnend zu sein eine kluge Taktik. Wäre ein anderer Euer Gegner, wärt Ihr schon tot.«

Hua Cheng stand nicht weit entfernt und lächelte. Lang Qianqiu war fassungslos. Als dieser Mann noch der Staatspräzeptor von Yong'an gewesen war, hatte er ihm beigebracht, stets ehrenhaft und pflichtbewusst zu sein, keine Mühen zu scheuen und tapfer der Gefahr ins Auge zu blicken. Er hätte nie gedacht, solche Worte aus dem Mund seines ehemaligen Lehrers zu hören. »Ihr habt Euch verändert, Staatspräzeptor. Früher wart Ihr nicht so.«

»Ich war eigentlich schon immer so. Ihr wusstet es nur nicht. Ich erinnere mich noch, dass ich Euch einmal gesagt habe, Ihr solltet mich nicht verehren und für einen unfehlbaren Heiligen halten, weil ich nicht derjenige sei, für den Ihr mich hieltet. Schlussendlich habt Ihr Euch selbst enttäuscht.« Xie Lian stand auf. »Denkt in Ruhe über alles nach. Und lasst Euch nächstes Mal nicht so leicht hereinlegen.«

Als Lang Qianqiu sah, dass er gehen wollte, rief er: »Halt!«

Xie Lian blieb stehen. Lang Qianqiu biss die Zähne zusammen und presste die Worte hervor. »Ihr ... Ihr schuldet mir eine Erklärung.«

»Was für eine Erklärung wollt Ihr denn?«

Lang Qianqius Stimme zitterte. »Staatspräzeptor, haben meine Eltern und ich das verbliebene Volk von Xianle nicht gut behandelt?«

Das hatten sie. Selbst nach dem Fall des Königreichs Xianle hatten viele der Überlebenden niemals ihre Wurzeln vergessen. Nach der Reichsgründung und unter der Herrschaft Yong'ans lebten diese Menschen weiter als Volk von Xianle und es kam häufig zu Zusammenstößen mit Gruppen aus dem neuen Reich.

Die ersten Generationen des Herrschergeschlechts von Yong'an führten eine gewaltsame Regierung und wenn es zu Aufständen kam, massakrierten sie auf brutale Weise viele der Überlebenden aus Xianle. Diese gründeten ihrerseits Untergrundorganisationen und planten die Ermordung des Adels von Yong'an. In einigen Fällen hatten sie sogar Erfolg. So entstand über viele Jahre hinweg ein tief sitzender Hass auf beiden Seiten.

Als jedoch Lang Qianqius Generation an die Macht kam, hatte sich die Haltung gegenüber Xianle geändert. Seine Eltern hatten gehofft, die Menschen zu vereinen, und sie begegneten dem Volk von Xianle mit Sanftmut. Trotz heftiger Proteste aus seinem eigenen Volk hatte der König sogar einen eigenen Titel – Prinz von Anle – an einen Abkömmling der Königsfamilie von Xianle verliehen. Um seine guten Absichten zu untermauern, hatte er diesen Jungen zudem mit Lang Qianqiu zusammengebracht. Er hatte als Kind mit ihm gespielt und hatte niemals Vorurteile gegenüber Xianle gehegt.

»Ihr …«, sagte er. »Nach dem, was Ihr getan habt, haben viele behauptet, dass das Attentat im Hintergrund von den verbliebenen Anhängern von Xianle geplant worden war. Viele haben mir geraten, das zum Anlass zu nehmen, um das Volk von Xianle endgültig auszulöschen.«

Der Hass zwischen den Völkern war so tief, dass man sofort vermutete, der jeweils andere stecke dahinter, wann immer sich eine Tragödie ereignete.

»Aber ich habe nicht auf sie gehört. Da Ihr mir nie Details über Eure Identität verraten habt, habe ich ihnen gesagt, Ihr kämt ganz sicher nicht aus Xianle. So sind viele Menschen dem Tod entkommen und ich habe einen Völkermord abgewendet. Ich habe ihn unterbunden.«

Das war selbstredend eine gute Tat gewesen. Doch nun, nach all den Jahren, führten seine guten Taten von damals dazu, dass er sich nur umso unrechter behandelt fühlte. Er hatte so viel guten Willen gezeigt, den andere ihm jedoch nicht entgegengebracht hatten.

»Staatspräzeptor. Jener Tag war mein Geburtstag.« Er kämpfte gegen seine Fessel an und versuchte, sich aufzurichten. »Wolltet Ihr Euch lustig machen? Ein Mann aus Xianle hat meine gesamte Familie getötet, nachdem ich seine Lehren befolgt und seinem Volk geholfen hatte. Habt Ihr absichtlich mit mir gespielt?«

Xie Lian gab keine Antwort und Lang Qianqiu fuhr fort, Anschuldigungen auszurufen. »Liegt es daran, dass Ihr an Eurem siebzehnten Geburtstag eine Prüfung bestehen musstest? Wolltet Ihr mir auch eine auferlegen?«

Xie Lian antwortete noch immer nicht.

Lang Qianqiu wurde zunehmend zorniger. Er schrie laut: »Wenn das Eure Absicht war, werde ich es nicht zulassen!«

Xie Lians Augen weiteten sich.

Nach wie vor konnte Lang Qianqiu nicht aufstehen, doch seine Augen funkelten wild, als würden weiße Flammen in ihnen lodern, und seine

Stimme klang fest und bestimmt. Verletzter Stolz brannte in ihm und als er weitersprach, klang es wie eine Kriegserklärung: »Wenn Ihr mein Herz mit Hass erfüllen wollt wie Euer eigenes, werde ich das nicht zulassen! Wenn Ihr mich zwingen wollt, mich selbst aufzugeben, wie Ihr es getan habt, werde ich das nicht zulassen! Niemals! Ganz gleich was Ihr mir antut, ich werde niemals so sein wie Ihr!«

Seine Worte klangen so tapfer und heroisch, dass Xie Lian ihn nur erstaunt anstarrte. Kurz darauf konnte er sich nicht mehr zurückhalten und lachte laut los.

In Lang Qianqius Augen hatten feurige Tränen der Leidenschaft gestanden, aber Xie Lians Lachen machte seinen Moment zunichte. Fassungslosigkeit und Wut übermannten ihn.

Xie Lian klatschte in die Hände, während er noch immer laut lachte. »Gut! Gut gesprochen!« Er konnte sich nicht daran erinnern, wann er zuletzt so ausgelassen gelacht hatte, und er brauchte einige Zeit, um sich wieder zu beruhigen. Er wischte sich die Lachtränen weg. »Gut. Merkt Euch gut, was Ihr heute gesagt habt. Ihr werdet niemals so werden wie ich.«

Hua Cheng stand noch immer mit verschränkten Armen da und beobachtete alles mit einem teilnahmslosen Blick. Gerade in dem Moment, als Xie Lian geendet hatte, erschien mit einem Knall plötzlich roter Rauch direkt vor seinem Gesicht.

Die unerwartete Explosion erschreckte Xie Lian und er dachte zunächst, Lang Qianqiu habe einen Trick angewandt. Er ging in Deckung und lauschte angespannt. Der Knall war zwar laut gewesen, doch die Explosion stellte keine Gefahr dar. Als der Rauch sich verzogen hatte, war Lang Qianqiu verschwunden. Wo er eben noch gelegen hatte, stand nun ein Stehaufmännchen, das nach links und rechts schaukelte.

Das Gesicht und der Körper des Stehaufmännchens waren kugelrund, es sah aus wie ein großer Flaschenkürbis. Es hatte lange Brauen, schwarze

Augen und einen gutmütigen, starken, aber etwas naiven Gesichtsausdruck. Gerade starrte es mit einem zornigen Gesichtsausdruck wild geradeaus. Auf dem Rücken trug es ein Breitschwert. Es sah genauso aus wie Lang Qianqiu, nur in Form einer großen, liebenswerten Spielzeugpuppe. Xie Lian hörte auf zu lächeln. »Qianqiu?«

Ruoye, das nun keinen Gefangenen mehr hatte, schnellte zurück zu Xie Lian und wickelte sich um sein Handgelenk.

Hua Cheng lief lässig zu ihnen, stieß das Stehaufmännchen mit dem Finger an und lachte. »Egal in welcher Gestalt – er sieht immer albern aus.«

Xie Lian hob das Stehaufmännchen hoch und wusste nicht, ob er lachen oder weinen sollte. »Das ... das ... San Lang, ist das Qianqiu? Wie ist das passiert? Hör auf ihn zu ärgern und verwandele ihn zurück.«

»Nein. Nimm ihn mit. Lass uns gehen.«

»Wohin?«

Hua Cheng gab keine Antwort. Er warf ein Würfelpaar in die Luft und fing es mit der Hand auf. Umgehend erschien vor ihren Augen eine Höhle.

Einen Menschen in ein Stehaufmännchen zu verwandeln war wirklich ein frecher Zauber und es war genau Hua Chengs Stil. Aber es war auch nicht leicht rückgängig zu machen. Xie Lian konnte den Zauber nicht aufheben, also blieb ihm nichts anderes übrig, als die Figur mitzunehmen. Gerade wollte er Hua Cheng in die Höhle folgen, als ihm einfiel, dass Fangxin noch dort lag, wo er es hingeworfen hatte. Er eilte zurück, hob das Schwert auf und band es sich auf den Rücken. Dann betraten sie die Höhle.

Sie waren noch nicht lange unterwegs, da wurde der schmale Pfad, auf dem sie eingetreten waren, allmählich immer breiter. Sie hörten das Echo ihrer Schritte. Weit vor ihnen war blasser Feuerschein zu erkennen und sie konnten Gesang hören.

Als Xie Lian in der Geisterstadt zum Jile-Haus geführt worden war, hatte er ebenfalls Gesang wahrgenommen. Doch der anmutige Gesang der Geisterfrauen war schön und anziehend gewesen, wie ein lockendes Flüstern aus einem Traumland. Was sie nun hörten, hatte damit nichts gemein. Es war ein chaotisches Wirrwarr von Klängen, eine scheußliche Dissonanz, die da an ihre Ohren drang.

Unwillkürlich fragte Xie Lian: »San Lang ... wo sind wir hier?«

»Pst«, machte Hua Cheng leise.

Xie Lian hatte ohnehin schon beinahe geflüstert – nun wagte er kaum zu atmen, um ja keinen Laut von sich zu geben. Schon bald bemerkte er, warum sie still sein mussten. Von weiter vorne schwebten ihnen grüne Geisterfeuer entgegen. Als sie sich ihnen näherten, erkannte er, dass es kleine Geister mit grüner Kleidung waren. Auf dem Kopf eines jeden brannte eine kleine Flamme, als wären sie grüne Kerzen.

In dieser Höhle gab es keinen Ort, an dem sie sich hätten verstecken können, und der Pfad war schmal. Xie Lian war schon im Begriff, nach Fangxin zu greifen, doch dann besann er sich. Ruoye wäre für diese Situation die besser geeignete Waffe und so ließ er die Hand wieder sinken.

Die kleinen Geister schwebten jedoch an ihnen vorbei, ohne ihnen Beachtung zu schenken, und hörten dabei nicht auf, miteinander zu flüstern. Es war nicht so, dass sie sie nicht sahen – eher dass sie es nicht ungewöhnlich fanden, ihnen zu begegnen. Xie Lian drehte sich zu Hua Cheng um, aber neben ihm stand nicht mehr der gut aussehende, rot gekleidete Geisterkönig, sondern ein weiterer kleiner Geist mit einer grünen Flamme auf dem Kopf.

Ohne dass Xie Lian es bemerkt hatte, musste Hua Cheng sie in diese falsche Gestalt verwandelt haben. Bei dem Gedanken, dass er nun auch eine grüne Flamme auf dem Kopf trug, konnte Xie Lian nicht umhin, eine Hand zu heben und seinen Kopf zu betasten.

»Warum müssen wir …?« Warum mussten sie eine so bizarre Gestalt annehmen?

Obwohl er nicht zu Ende gesprochen hatte, ahnte Hua Cheng offenbar, was er fragen wollte. »Ich hatte doch erwähnt, dass der Grüne Geist Qi Rong einen scheußlichen Geschmack hat. All seine Geisterlakaien müssen so herumlaufen.«

Xie Lian hatte mit vielem gerechnet, aber nicht damit, dass Hua Cheng ihn in das Gebiet von Qi Rong, dem grünen Geist, bringen würde.

Wann immer die Sprache auf den grünen Geist kam, ob im Himmel oder in der Geisterwelt, wurde stets über ihn gespottet und es hieß, er habe einen abgrundtief schlechten Geschmack. Xie Lian hatte nie verstanden, warum. Aber nun, da er erfahren hatte, dass all seine Diener sich auf diese Art uniformieren mussten, wurde es ihm etwas klarer. Betrachtete er nur seinen selbst verliehenen Titel »Nachtwanderne Grüne Laterne«, musste er zugeben, dass er sich auf eigenartige Art elegant anhörte. Allerdings hatte er sich nicht vorstellen können, dass diese grünen Laternen wirklich in der Nacht umherwanderten.

»Hast du sein Höhlenreich nicht längst zerstört?«, fragte Xie Lian.

»Doch. Aber er konnte entkommen. Vor fünfzig Jahren hat er angefangen, sich ein neues Reich aufzubauen.«

Xie Lian drückte das Lang-Qianqiu-Stehaufmännchen fest an sich und sah sich vorsichtig nach allen Seiten um. Dann flüsterte er: »San Lang, bist du hier, um den grünen Geist zu suchen? Wie wäre es, wenn du Lang Qianqiu erlöst und gehen lässt? Ich komme mit dir.«

Hua Cheng lehnte entschieden ab. »Nein, nimm ihn mit. Ich möchte, dass er jemanden kennenlernt.«

Xie Lian war neugierig. Hua Cheng schien sich nicht besonders viel aus Lang Qianqiu zu machen, warum sollte er ihn also eigens mitnehmen wollen, um jemanden zu treffen? Doch er traute sich nicht, weiter nachzufragen.

Kurze Zeit später traten sie endlich aus der Höhle. Vor ihnen lag ein weites Panorama, in dem sie unzählige weitere Höhlen entdeckten. Der ganze Berg schien aus Höhlen, die miteinander verbunden waren, und Tunneln, die in weitere Tunnel führten, zu bestehen. An den vielen Eingängen schwebten die kleinen Geister mit den grünen Lichtern ein und aus, wie in einem großen Bienenstock oder Ameisenhaufen. Wäre Xie Lian allein hierhergekommen, hätte er sich niemals den richtigen Weg merken können. Hua Cheng hingegen verhielt sich ganz wie zu Hause. Ohne zu zögern, navigierte er durch die Tunnel und Höhlen, als würde er den Weg in- und auswendig kennen.

Die beiden hatten die Geistergestalt mit der grünen Flamme angenommen und niemand hielt sie auf. Xie Lian atmete erleichtert auf. Hua Cheng, der dachte, er habe geseufzt, fragte: »Was ist?«

»Nichts, ich bin nur erleichtert. Ich hatte befürchtet, du würdest das Höhlenreich angreifen, anstatt dich einzuschleichen. Ich bin kein besonders guter Kämpfer.«

Er meinte es ernst, als er sagte, er sei kein guter Kämpfer. Zwar war er ein guter Schwertkämpfer, hatte jedoch Schwierigkeiten, mit den Folgen umzugehen.

Hua Cheng lachte leise. »Beim letzten Mal habe ich den Berg gestürmt, aber Qi Rong ist sofort geflohen, als er davon Wind bekam. Dieses Mal möchte ich ihn erwischen. Er darf auf keinen Fall vorgewarnt werden.«

Will San Lang etwa, dass Lang Qianqiu den grünen Geist trifft? Gibt es zwischen den beiden eine Verbindung?, überlegte Xie Lian. *Was er auch tun will, ich werde mit ihm gehen. Später werde ich ihn noch einmal bitten, Qianqiu zu erlösen.*

Xie Lian musste immer wieder an die Feuersbrunst im Jile-Anwesen denken. Sein schlechtes Gewissen ließ ihm keine Ruhe.

Während er noch grübelte, sprach Hua Cheng: »Dieser Abschaum ist zu nichts nütze, aber er ist äußerst wachsam. Die kleinen Geister dürfen sich ihm nicht nähern und es ist nicht leicht, sich für einen der wenigen auszugeben, denen er vertraut. Es gibt nur eine Möglichkeit, sich an ihn anzuschleichen.«

Vier kleine Geister schwebten lachend und schwatzend an ihnen vorbei. Hua Cheng verlangsamte seine Schritte und Xie Lian tat es ihm gleich. Da sahen sie, dass die kleinen Geister eine Reihe aneinander gefesselter Menschen an einem Strick hinter sich herzogen.

Unter diesen Menschen waren junge Männer und Frauen, einige in schäbiger Kleidung und andere, die elegante und teure Kleider trugen. Keiner von ihnen sah älter aus als dreißig. Sogar ein Kind war dabei, das sich am Ärmel eines der jungen Männer festklammerte. Wahrscheinlich waren sie Vater und Sohn. Sie alle waren an den Händen gefesselt und sahen verängstigt aus, wie sie so durch die Geisterhöhlen geführt wurden. Manche schienen der Ohnmacht nahe. Als sie an Hua Cheng vorbeigezerrt waren, drehte er sich kurz entschlossen um und schloss sich ihnen an. Dabei stieß er Xie Lian mit dem Ellbogen an, der das Gleiche tat. Kaum hatten sie sich zu der Gruppe gesellt, hatte Hua Cheng ihr Erscheinungsbild schon geändert. Als Xie Lian Hua Cheng ansah, steckte er in der Haut eines hübschen jungen Mannes, seinem wahren Aussehen nicht ganz unähnlich. Xie Lian konnte sich denken, dass er selbst wohl ähnlich aussehen dürfte.

Die kleine Gruppe folgte einem verworrenen Weg mit unzähligen Kurven und Abzweigungen durch die Tunnel und Höhlen. Die vier kleinen grünen Geister schienen ihre Aufgabe zu genießen. Von Zeit zu Zeit drehten sie sich zu ihren Gefangenen um und kosteten das bisschen Autorität aus, das sie besaßen. »Keine Dummheiten. Kein Geschrei. Und nicht heulen. Wenn ihr unserem König den Appetit verderbt, weil eure Gesichter mit Tränen und Rotz verschmiert sind, werdet ihr erfahren, wie es ist, sich den Tod zu wünschen.«

Unter den sogenannten »Vier Übeln«, den vier Geisterkönigen, war Qi Rong der Einzige, dem man nachsagte, er würde Menschenfleisch fressen. Es hieß sogar, er sei gierig danach. Das hatte ihm einen schlechten Ruf sowohl unter den anderen Geistern wie auch unter seinen Feinden eingebracht, sodass kaum einer etwas mit ihm zu tun haben wollte. Hua Cheng hatte erwähnt, dass es nur einen Weg gäbe, sich ihm zu nähern – es schien, als sei es sein Plan, sich unter sein Essen zu mischen.

Während sie weitergingen, griff Xie Lian nach Hua Chengs Hand. Er bemerkte, wie dieser sich versteifte, als wolle er ihm seine Hand sofort wieder entziehen. Doch Xie Lian dachte nicht weiter darüber nach und hielt Hua Chengs Hand fest. Mit seinem Finger malte er sanft ein Schriftzeichen auf Hua Chengs Handfläche: »Retten«.

Schon seit Xie Lian diese Menschen erblickt hatte, verspürte er den starken Drang, sie zu retten. Er hatte das Zeichen aufgemalt, um Hua Cheng das wissen zu lassen.

Hua Cheng schloss sanft seine Finger um Xie Lians Hand. Einen Moment später verließ die Gruppe den Tunnel und betrat eine riesige Höhle.

In dieser Höhle erblickten sie ein schwarzes Wirrwarr, das von der Decke hing. Xie Lian kniff die Augen zusammen, aber er konnte nicht erkennen, worum es sich handelte. Er spürte Hua Cheng sein Handgelenk umfassen und nun seinerseits Zeichen auf seine Hand malen: »Pass auf deinen Kopf auf. Nicht berühren.«

Zuerst dachte Xie Lian, dass unzählige Lumpen und Tücher über ihnen in der Höhle aufgehängt waren. Als er jedoch genauer hinsah, zogen sich seine Pupillen zusammen – Lumpen? Tücher? Nein, es waren unzählige Menschen, die dicht an dicht kopfüber in der Luft hingen.

Ein Wald aus kopfüberhängenden Leichen.

Doch trotz der Vielzahl an Leichen tropfte kein Blut herunter. Das lag daran, dass die Leichen alle getrocknet waren, nicht ein Tropfen frischen Blutes befand sich mehr in ihren Adern. All diese getrockneten Leichen hatten die Münder weit aufgerissen und ihre Mienen waren schmerzverzerrt. Ihre Körper überzog eine dünne Schicht, die aussah wie Schneekristalle: Salz.

Im hintersten Teil der Höhle schienen helle Lichter. Dort standen ein gigantischer Thron, ein langer Tisch, goldene Kelche und Geschirr aus Jade. Der opulent gedeckte Tisch ließ den Raum eher wie einen Bankettsaal erscheinen als wie eine Berghöhle. Ein Stück entfernt von dem Tisch stand ein riesiger Kessel aus Stahl, groß genug, dass mehr als zehn Menschen darin hätten schwimmen können. Rotes Wasser kochte sprudelnd darin. Sollte jemand aus Versehen hineinstürzen, würde er innerhalb weniger Sekunden gar gekocht.

Die vier kleinen Geister drängten die Gruppe in Richtung des Kessels. Einige der Menschen fielen zitternd zu Boden, als sie erkannten, was sie erwartete. Ein Geschiebe und Gezerre mit viel Geschrei entstand und inmitten dieses Durcheinanders spürte Xie Lian auf einmal, wie Hua Chengs Arm sich anspannte und er stehen blieb.

Er wandte sich zu ihm um. Hua Cheng hatte noch immer die Gestalt des jungen Mannes, doch nun loderten seine Augen vor Zorn. Er trug wie immer ein Lächeln, aber Xie Lian wusste, dass er seine wahren Empfindungen tief in sich verborgen hielt. Noch nie hatte er eine so unbändige Wut in seinen Augen gesehen. Er folgte seinem Blick und im nächsten Moment stockte ihm der Atem. Eine Person kniete vor dem riesigen, prächtigen Thron.

Bei näherem Hinsehen erkannte er, dass es kein Mensch war, sondern eine lebensgroße steinerne Statue. Sie sah ungewöhnlich aus und war in knieender Position gestaltet. Xie Lian konnte nur ihren Rücken sehen. Sie ließ den Kopf hängen und wirkte resigniert, wie ein geschlagener Hund. Eine solche Statue aufzustellen konnte nur einen Grund haben: die dargestellte Person zu erniedrigen.

Xie Lian musste die Statue nicht umrunden, um zu wissen, dass ihr Gesicht genau wie das seine aussah.

Es gab kaum einen Menschen, der wusste, wie sein eigener Rücken aussah, bei Xie Lian war das anders. Der Anblick seines eigenen Rückens war ihm bestens vertraut.

Als das Königreich Xianle untergegangen war, hatten die Menschen vor lauter Zorn seine achttausend Tempel niedergebrannt und die Statuen zerschlagen. Die Edelsteine von den Schwertern und jedes bisschen Gold waren gestohlen worden. Doch das hatte nicht ausgereicht, um ihre Wut zu besänftigen, und so kamen sie auf eine neue Idee: Sie bauten kniende Statuen wie diese hier.

Der einstmals so verehrte und geschätzte Kronprinz wurde in der unterwürfigen Haltung eines Mannes dargestellt, der niederkniete und um Vergebung flehte. Diese Statuen wurden an belebten Orten aufgestellt, sodass jeder sie im Vorbeigehen anspucken oder treten und dadurch seinem Zorn und seiner Trauer Ausdruck verleihen konnte. Einige trieben den Gedanken noch weiter und schufen Statuen, in denen er demütig auf dem Boden lag. Diese Statuen wurden als Türschwellen benutzt, sodass Tausende sie mit Füßen traten. In den ersten zehn, zwanzig Jahren nach dem Fall Xianles waren diese Statuen ein üblicher Anblick in vielen Städten und Dörfern gewesen. Dass Xie Lian seinen eigenen Rücken erkennen konnte, war daher nicht weiter verwunderlich.

Da hörten sie die Stimme eines jungen Mannes. »Pei Xiu, dieser räudige Köter! Wenn er sich nicht an General Peis Bein geklammert hätte, wäre ihm dieser lächerliche Aufstieg in den Himmel niemals gelungen! Für wen hält er sich? Jetzt ist er nur noch ein heimatloser Herumtreiber … Was denkt er sich dabei, meine Pläne zu durchkreuzen? Wenn ich mit ihm fertig bin, wird seine Leiche vom Wind ausgetrocknet werden, weil niemand sie mehr aufsammeln will!«

Schon bevor der Sprecher dieser Worte in ihr Blickfeld trat, hörten sie ihn schimpfen. Xie Lian spähte in die Richtung und erblickte eine Gestalt in einem eleganten grünen Gewand, die den Höhlenraum betrat. Aus Gründen, die es nicht wert sind, näher erwähnt zu werden, konnte Xie Lian nicht umhin, zuerst ihren Kopf zu betrachten. Fast war er enttäuscht zu sehen, dass die Gestalt nur eine Maske trug, aber keine Flamme auf seinem Kopf brannte. Eine Reihe grün gewandeter kleiner Geister begleiteten den Mann und ein grünes Leuchten umgab ihn. Es bestand kein Zweifel, dass dies Qi Rong, der Grüne Geist war, eines der Vier Übel des Geisterreichs.

Seit Nan Feng den Namen das erste Mal erwähnt hatte, hatte Xie Lian sich gefragt, ob dieser Qi Rong derselbe war, den er kannte. Doch es existierte eine ungeschriebene Regel, dass Dämonen und Geister ihre wahren Namen verbargen und ihre vergangenen Leben hinter sich ließen. Deshalb hatte er daran gezweifelt, ob es sich um dieselbe Person handelte, und hielt es für einen Zufall, dass sie diesen Name gewählt hatte. Doch nun, da er Qi Rong vor sich sah, war er sicher, dass das der war, an den er sich erinnerte. Es wäre wohl kaum möglich gewesen, dass ein zweiter Qi Rong ebenso besessen von der knieenden Statue des Kronprinzen war. Und warum sonst hätte seine Stimme so vertraut klingen sollen?

Die kleinen grünen Geister, die um ihn herumschwebten, priesen ihn als König und redeten alle durcheinander. Xie Lian konnte sich aus dem, was er verstand, ungefähr zusammenreimen, was passiert war: Offenbar hatte Qi Rong einige seiner Vertrauten in die Geisterstadt ausgesandt, es war ihnen jedoch nicht gelungen, Unruhe zu stiften, und sie waren von Hua Cheng in Staub und Rauch aufgelöst worden. Daraufhin hatte Qi Rong sogleich einen weiteren Angriff geplant. Doch bevor seine Anhänger die Geisterstadt erreichen konnten, waren sie auf Pei Xiu getroffen. Dieser war zwar in die Sphäre der Sterblichen ins Exil verbannt worden, aber er war dennoch ein ehemaliger Himmelsbeamter und da er nichts Besseres zu tun hatte, hatte er unter ihnen aufgeräumt. So wurden Qi Rongs Vertraute noch weiter dezimiert.

Als Qi Rong erfuhr, wie viele Lakaien er in so kurzer Zeit verloren hatte, kochte er vor Wut und hörte nicht mehr auf zu fluchen. »Was soll man anderes erwarten, bei den Vorfahren! Dieser verdammte Pei Ming, dieser Hurensohn, bestimmt hat er Geschwüre am Sack! Man sollte ihm und diesem Pei Xiu die verfaulten Schwänze abhacken und sie in ihren Tempeln aufhängen. Ihre Anhänger, die zu ihnen beten, sollen genauso unter eiternden Wunden leiden wie sie selbst!«

Xie Lian musste dem Drang widerstehen, sich die Ohren zuzuhalten. Wenn Feng Xin wütend wurde und anfing zu fluchen, waren seine Beschimpfungen ähnlich vulgär. Doch so sehr er auch fluchte, bei ihm war offensichtlich, dass er im Zorn sprach und sich keine böse Absicht hinter seinen Worten verbarg. Bei Qi Rong war das etwas anderes. Wer ihm zuhörte, hegte keinen Zweifel daran, dass er denen, die er verfluchte, tatsächlich alles an den Hals wünschte, was er aussprach, und dass er nicht zögern würde, entsprechende Schritte zu unternehmen.

Die Gruppe kleiner grüner Geister stimmte ihm lebhaft zu. Qi Rong erinnerte sich an seine Untergebenen, die er so mühsam herangezogen hatte, und sprach weiter: »Ein Jammer, dass eine so gute und leidenschaftliche Frau wie Xuan Ji von diesen verfluchten Peis gefangen genommen wurde und dass ihr so ein Unrecht angetan wurde. Noch immer gibt es keinen Weg, sie zu befreien.«

Xie Lian konnte seinen Worten nicht unbedingt zustimmen. Die Geschichte Xuan Jis war tatsächlich eine tragische, aber nicht alles war General Peis Schuld, wie Qi Rong behauptete. Schließlich hatte Xuan Ji selbst die siebzehn Frauen entführt und sie dann kaltblütig ermordet. Leidenschaftlich war sie mit Sicherheit, aber ob sie eine gute Frau war, darüber konnte man streiten. Und der Aussage, dass Pei Junior nur aufgestiegen war, weil er sich bei General Pei eingeschmeichelt hatte, konnte Xie Lian überhaupt nicht zustimmen. In all den Jahren hatte er so viele aufsteigen und fallen sehen, dass er eines mit Gewissheit sagen konnte: Nicht jeder, der fähig war, stieg auf. Aber alle, die aufstiegen, waren fähig. Wenn jemand ungeeignet war, spielte es keine Rolle, wer ihn unterstützte. Er hatte keine Chance, die himmlische Prüfung zu bestehen, und konnte bestenfalls ein Beamter am Mittleren Hof werden.

Aber fähig zu sein war nicht gleichbedeutend damit, einen hohen Status innezuhaben, und außerdem spielte auch Glück noch eine wichtige Rolle. Andernfalls hätte Pei Xiu inzwischen schon längst einen eigenen Tempel besitzen müssen.

Es war offensichtlich, dass Qi Rong diesen Dingen keine Beachtung schenkte. Er fluchte, als gäbe es nicht eine Person innerhalb der drei Sphären, der er nicht den Tod an den Hals wünschte. Er nannte Pei Ming einen Hurensohn, Pei den Jüngeren einen Arschkriecher, Jun Wu einen Schwindler, Lingwen eine verdammte Schlampe, Lang Qianqiu einen Schwachkopf, Quan Yizhen Hundescheiße, den Wassermeister beschimpfte er als niederträchtig und den Windmeister als Flittchen – er wusste wohl nicht, dass er in Wirklichkeit ein Mann war. Hätte Xie Lian seine Tiraden nicht mit eigenen Ohren gehört, hätte er sich nicht vorstellen können, dass jemand so von Hass zerfressen sein könnte. Zum Schluss schimpfte er noch darüber, wie Hua Cheng und das Booteversenkende Schwarze Wasser auf ihn herabschauten. Sie waren nur unbedeutende Supremi und der Tag würde kommen, an dem sie vor ihm niederknien würden.

Xie Lian hätte eigentlich wütend werden sollen, als er das hörte. Da die Vorstellung, dass dieses Szenario jemals wahr werden würde, jedoch so lächerlich war, sah er verstohlen zu Hua Cheng.

Dieser reagierte nicht. Er starrte noch immer auf die kniende Statue.

Irgendwann, dem Himmel sei Dank, war Qi Rong am Ende seiner Verwünschungen angelangt und wechselte das Thema. »Was ist aus dieser Sache geworden, mit der ich euch beauftragt hatte? Haben Quan Yizhen und dieser Hurensohn schon angefangen zu streiten?«

Während er sprach, setzte er sich und machte es sich auf seinem prachtvollen Thron gemütlich. Die Füße legte er auf die Schultern der Statue, die vor ihm stand.

Xie Lian hatte die ganze Zeit Hua Chengs Arm festgehalten und hielt ihn augenblicklich auf, als er spürte, dass er vortreten wollte. Dann dachte er, ihn nur zurückzuhalten sei nicht genug, und schrieb ihm erneut ein Schriftzeichen in die Handfläche: »Danke«.

Hua Cheng erkannte das Schriftzeichen. Er senkte seinen Kopf und blickte Xie Lian an.

Der erwiderte seinen Blick voller Dankbarkeit. Dann schüttelte er leicht den Kopf und schrieb die Zeichen »Zuhören« und »Himmel«.

Sie konnten den Worten Qi Rongs entnehmen, dass er offensichtlich einige Vertraute losgeschickt hatte, um eine Aufgabe zu erfüllen, und dass es etwas mit den beiden Himmelsbeamten zu tun hatte. Es konnte nichts Gutes sein, also musste Xie Lian weiter zuhören. Dass seine Statue als Fußablage diente, störte ihn nicht weiter, immerhin war sie auch schon als Türschwelle benutzt worden. Es war nur ein Stück Stein und nicht er selbst. Obwohl er nur diese drei Schriftzeichen geschrieben hatte, wusste er in dem Moment, als sich ihre Blicke trafen, dass Hua Cheng ihre Bedeutung verstanden hatte.

Hua Cheng schloss langsam seine Finger um Xie Lians Hand und wandte sich ab, sodass Xie Lian seinen Gesichtsausdruck nicht mehr sehen konnte.

Ein kleiner grüner Geist ergriff das Wort. »Wir haben die Anweisungen unseres Königs befolgt und im Westen das Gerücht verbreitet, dass Pei Ming Pei Xiu zum Kriegsgott des Westens ernennen will. Je mehr sich diese Sache herumspricht, umso größer wird die Unruhe. Entsprechend hatten wir eine Ausrede dafür, als Anhänger des Qiying-Tempels verkleidet im Norden Hunderte von Mingguang-Tempeln zu zerstören. Niemand hat Verdacht geschöpft. Ha ha ha! Mein König, Ihr wisst das vielleicht nicht, aber seine Anhänger sind so dumm. Als sie gesehen haben, wie wir die Tempel zerschlagen haben, haben sie mit noch größerem Enthusiasmus mitgemacht!«

»Macht weiter so. Quan Yizhen kann es ertragen, aber der Hurensohn Pei wird früher oder später einknicken«, sagte Qi Rong.

Selbst wenn das, was sie verbreiteten, ein Quäntchen Wahrheit enthalten mochte, zeugte es doch von böser Absicht, willentlich Gerüchte in die Welt zu setzen. Sich zu verkleiden, Zweitracht zu säen und sogar Tempel zu zerstören war skrupellos und niederträchtig. Kein Wunder, dass jeder im Himmel, sobald Qi Rong erwähnt wurde, sagte, er sei zwar nicht besonders fähig, aber äußerst lästig.

Xie Lian machte sich eine gedankliche Notiz: *Wenn ich zurückkomme, muss ich eine Gelegenheit finden, um Jun Wu zu berichten, dass Zwietracht zwischen diesen beiden Himmelsbeamten gesät wurde und er vor Konflikten auf der Hut sein soll.*

Als Qi Rong alles gesagt hatte, lehnte er sich zufrieden zurück und bettete seine langen Beine auf der Statue um. Die kleinen Geister wussten augenblicklich, was zu tun war. Sie traten zu der kleinen Gruppe, um die wohlschmeckendsten Menschen auszuwählen. Das einzige Kind unter ihnen mochte wohl kaum zehn Jahre alt sein und hatte keine Ahnung, was da vor sich ging. Es blinzelte verunsichert mit seinen großen Augen und hielt sich am Hemd seines Vaters fest. Je ängstlicher es wurde, umso fester umklammerte es den Stoffzipfel. Das Gesicht seines Vaters wurde aschfahl und während er versuchte, das Kind zu beruhigen, zitterte seine Stimme. »Hab keine Angst. Keine Angst.« Es war offensichtlich, dass er selbst vor Furcht schier wahnsinnig wurde.

Einer der kleinen grünen Geister entdeckte das Kind und streckte schon mit freudigem Ausdruck seine Arme nach ihm aus. Der junge Vater schrie und sprang auf. Noch bevor ihm bewusst war, was er tat, war Xie Lian schon in Bewegung und im gleichen Moment spürte er Hua Cheng, der neben ihm stand, wie einen Blitz vorschnellen. Er drehte sich zur Seite und sah, dass er vorgetreten war.

Hua Cheng war eigens gekommen, um den grünen Geist zu suchen. Nun, da er Qi Rong gegenüberstand, hätte er seine Verkleidung ablegen können. Xie Lian zweifelte nicht daran, dass er mächtig genug war, um alles zu zerstören, was sie vor sich sahen. Und niemand würde ihn aufhalten können. Hua Cheng zeigte jedoch nicht seine wahre Gestalt und behielt das Erscheinungsbild eines gewöhnlichen jungen Mannes bei, während er langsam vortrat.

Einige der kleinen Geister hoben ihre Waffen und riefen: »Halt! Was machst du?«

Qi Rong, die Füße noch immer hochgelegt, fragte neugierig: »Was ist das für einer? Ergreift ihn.«

Hua Cheng lachte. »Wäre es nicht angemessen, in Gegenwart des Königshauses von Xianle etwas mehr Respekt zu zeigen?«

Nicht nur Qi Rong erschrak über diese Worte – auch Xie Lian fiel aus allen Wolken.

Qi Rong sprang auf seine Füße und stieß unter seiner Maske ein Geräusch aus, das wie zorniges Lachen klang. »So eine Frechheit! Hier, vor meinem Angesicht, einen solchen Witz zu machen! Erzähl mir doch, zu welchem Zweig der Königsfamilie gehörst du denn? Wer bist du?«

»Prinz Anle«, antwortete Hua Cheng gelassen.

Xie Lian spürte, wie das Lang-Qianqiu-Stehaufmännchen, das er bei sich trug, bei der Erwähnung dieses Namens zuckte.

Prinz Anle war ein Nachfahre des Königshauses von Xianle aus derselben Generation wie Lang Qianqiu. Es hieß sogar, die beiden seien als Kinder befreundet gewesen.

Ein verächtliches Lachen drang hinter Qi Rongs Maske hervor. »Prinz Anle? Du suchst wohl den Tod. Wer hat dir gesagt, es sei eine gute Idee, hierherzukommen? Hat derjenige dir nichts über Geschichte beigebracht? Prinz Anle war der Letzte, der von der Königsfamilie noch übrig war, und mit ihm ist die Familie ausgestorben. Was fällt dir ein, so zu tun, als wärst du der Prinz?«

Hua Cheng zog eine Augenbraue hoch. »Oh? Ausgestorben? Wie kam das?«

Qi Rong schrie: »Ergreift ihn! Ergreift diesen komischen Kerl!«

Auf sein Kommando schwebten unzählige kleine grüne Geister kreischend aus allen Richtungen auf ihn zu. Hua Cheng stand inmitten des Durcheinanders und grinste nur gelangweilt.

Sein Gesichtsausdruck war bis dahin gleichgültig gewesen. Aber im nächsten Moment war es, als lege sich eine eisige Schicht Raureif auf seine Züge. Seine Gestalt begann zu verwehen und verschwand, nur um einen Augenblick später hinter Qi Rong wieder aufzutauchen.

Er ergriff Qi Rongs Hinterkopf mit einer Hand und drückte ihn ruckartig hinunter, wie ein Kind, das einen Ball auf den Boden prellte. »Und was bist du verdammt noch mal für ein Ding, dass du es wagst, mich zu ärgern?«

Mit einem lauten Knall wirbelten vor dem prächtigen Thron Steinbrocken, Sand, Staub und Rauch in die Luft. Xie Lian stellte sich schützend vor das Kind und wehrte einige kleine Steine ab, die in ihre Richtung flogen. Als der Staub sich gelegt hatte, war nichts mehr von Qi Rong zu sehen. Bei näherer Betrachtung war er aber nicht verschwunden. Durch die Wucht von Hua Chengs Schlag war sein Kopf vollständig im Boden versenkt worden.

Die Menschen und Geister in der Höhle schrien gleichermaßen auf und ergriffen die Flucht. »Lauft nicht fort!«, rief Xie Lian. Wenn die Menschen die Aufmerksamkeit weiterer Geister im Höhlensystem auf sich zogen, würden sie mit Sicherheit getötet werden. Aber wie immer hörte niemand auf ihn. Hilflos ließ er die Hände sinken.

In seiner augenblicklichen Lage hatte er ohnehin wenig Zeit, sich um andere zu sorgen. Am anderen Ende der Höhle kniete Hua Cheng sich langsam hin, ergriff mit einer Hand ein Büschel von Qi Rongs Haaren und zog seinen blutigen Kopf aus dem Loch im Boden hervor. Auch der Körper wurde dabei angehoben. Nachdem er ihn einen Moment lang betrachtet hatte, lachte Hua Cheng laut los.

Obwohl er lachte, blitzte ein schauriger und beängstigender Ausdruck in seinen Augen, der einem das Blut in den Adern gefrieren ließ.

Ruoye flog los und verscheuchte einige der kleinen grünen Geister, die versuchten, die fliehenden Menschen einzufangen. Xie Lian spürte plötzlich instinktiv, das etwas nicht stimmte. Er riss den Kopf herum. »San Lang? San Lang!«

Qi Rongs Maske hatte einen Riss, einige Stücke fielen zu Boden. Er spuckte Blut und rief: »Haltet ihn auf! Ihr alle! Kommt und haltet ihn auf!«

Hua Cheng hatte ihm gerade noch einen brutalen Schlag versetzt, nun jedoch wirkte er gelassen und fast so, als hätte er Lust auf einen gemütlichen Plausch über Gott und die Welt. Er lachte. »Oh, wusstest du das nicht? Es gibt Dinge auf der Welt, die sind unumstößlich. Die Sonne wird immer im Westen untergehen. Immer werden Elefanten Ameisen zertreten. Und ich ... werde dich erledigen!«

Als er die letzten Worte sprach, war sein Ausdruck wild und grausam, und er hob Qi Rongs gesamten Körper in die Höhe, bevor er ihn noch einmal hart auf den Boden schlug.

Wieder ertönte ein lauter Knall. Qi Rongs Körper lag auf dem Boden und war nur noch eine Masse, die nicht einmal die Bezeichnung Matsch verdiente. Seine Maske war zerbrochen und enthüllte die Hälfte seines Gesichts.

Wer dieses Gesicht zu sehen bekam, dem enthüllte sich eine schockierende Wahrheit ...

Der Grüne Geist Qi Rong und der Kronprinz von Xianle – einer ein Geist, der andere ein Gott – sahen sich verblüffend ähnlich.

Kapitel 23:

Was ist wahr und was ist falsch? Ein unlösbarer Konflikt

Als auch die andere Hälfte der Maske in Scherben zu Boden fiel und Qi Rongs ganzes Gesicht freigab, wurde offensichtlich, dass er Xie Lian doch nicht so sehr ähnelte. Seine Nase, die Lippen und die Kontur seines Unterkiefers waren ähnlich geschwungen, aber die Augen und Brauen waren unterschiedlich. Xie Lians Augen hatten einen ernsten und sanften Ausdruck. Die Brauen Qi Rongs hingegen waren hoch und streng und seine Augen schmal. Obwohl er ein gut aussehender junger Mann war, sah man ihm an, dass er keinen umgänglichen Charakter hatte.

Nun, da er zu blutigem Brei geschlagen worden war, konnte er mit verschwommenem Blick die wahre Gestalt dessen sehen, der ihn ergriffen hatte: ein junger Mann in roter Kleidung. Qi Rong hatte nie zuvor Hua Chengs wahres Gesicht gesehen. Als er den roten Umhang erblickte, war er gleichzeitig geschockt und wütend. »Du! Du bist das!«

Hua Cheng stand in seiner wahren Gestalt vor ihm. »Du hast meine Frage noch nicht beantwortet: Wie ist Prinz Anle gestorben?«

Seine Augen glühten auf beängstigende Weise, sodass Xie Lian ausrief: »San Lang!«

Alle Geister und Menschen hatten inzwischen die Höhle verlassen und Xie Lian eilte an Hua Chengs Seite. »Was ist los mit dir? Bitte sei nicht wütend. Alles ist gut. Beruhige dich erst einmal. Alles ist gut ...«

Er strich Hua Cheng ein paarmal über die Schulter und sprach mit beruhigender Stimme zu ihm. Als Xie Lian klein gewesen war, hatten seine Eltern ihm immer so über den Rücken gestreichelt, wenn er sich aufgeregt hatte, und ihn mit tröstenden Worten besänftigt. Also versucht er dieselbe Methode bei Hua Cheng. Er hätte nicht gedacht, dass er damit tatsächlich Erfolg haben würde. Hua Chengs Augen, die zuvor noch wild gelodert hatten, wurde wieder sanfter und seine Lippen, die gerade noch vor Anspannung gezittert hatten, entspannten sich allmählich.

Xie Lian atmete tief aus, als er es bemerkte. Doch plötzlich, noch bevor sein Atemzug verklungen war, streckte Hua Cheng die Hand nach ihm aus und strich nun seinerseits Xie Lian über die Schulter.

Sein Körper erstarrte augenblicklich, als er die Berührung spürte. Er hatte nicht erwartet, dass Hua Cheng so etwas tun würde und daher war er davon vollkommen überrumpelt worden. Auch ahnte er nicht, was dieser vorhatte. Doch er machte sich keine Sorgen um sich selbst, sondern befürchtete, Hua Cheng würde wieder die Kontrolle verlieren. Gerade wollte er ihn ansprechen, da bemerkte er, dass er sich nicht nur nicht mehr bewegen konnte. Er konnte auch nicht sprechen und fühlte sich gefangen in seinem eigenen Körper.

Qi Rong war nicht besonders gut im Faustkampf, aber sein Mundwerk war zäh und obwohl er blutüberströmt war, begann er wieder zu schimpfen. »Du schwachsinnige, einäugige Schlange! Habe ich dich dadurch verärgert, dass ich in meinem eigenen Haus speise?«

Hua Cheng lächelte, dann schlug er seinen Kopf wieder fest auf den Boden und zog ihn anschließend hoch. »Wie kam Prinz Anle ums Leben?«

»Was zum Teufel hat das mit dir zu tun?«

Hua Cheng schlug ließ ihn erneut hart aufschlagen. »Wie ist er gestorben?«

Dieser Vorgang wiederholte sich eine Weile lang. Hua Cheng lächelte ruhig, während er Qi Rongs Kopf wie einen Ball wieder und wieder brutal auf den Boden schlug. Egal wie viel Gewalt er anwandte – Qi Rong konnte nicht sterben. Aber gerade deswegen war es so schwer zu ertragen. Selbst ein Schädel aus Stahl hätte dieser Tortur nicht unbegrenzt standhalten können, und so änderte Qi Rong endlich seinen Tonfall. »Du scheinst ja jede Menge Zeit zu haben. Warum liest du nicht in einem Geschichtsbuch nach?«

Hua Cheng schnaubte verächtlich. »Wenn in den Geschichtsbüchern die Wahrheit geschrieben wäre, warum würde ich dann hierherkommen und dich Stück Dreck danach fragen?«

Er hob seine Hand zu einem erneuten Schlag, da schrie Qi Rong: »Es war Lang Qianqiu! Lang Qianqiu hat ihn getötet!«

Das Stehaufmännchen in Xie Lians Händen wand sich und begann zu zittern. Es zitterte so heftig, dass Xie Lian es nicht mehr halten konnte. Er konnte nur hilflos zusehen, wie das Lang-Qianqiu-Stehaufmännchen zu Boden fiel und sich wie verrückt hin und her drehte.

Hua Cheng würdigte es keines Blickes, doch er löste den Zauber. Eine rote Wolke erschien mit einem Knall und Lang Qianqius wahre Gestalt wurde in dem Rauch sichtbar.

Als Spross einer Königfamilie war ihm noch nie in seinem Leben eine so schlechte Behandlung zuteilgeworden. Voller Zorn zeigte er mit dem Finger auf Qi Rong. »Was fällt dir ein, mich zu beschuldigen? Anle und ich waren Freunde! Jetzt sag noch einmal, wer hat ihn umgebracht?«

Qi Rong war verdutzt, Lang Qianqiu vor sich zu sehen. »Du bist Lang Qianqiu? Was hast du verdammt noch mal hier zu suchen?«

Lang Qianqiu verstand selbst nicht, warum er in diese Höhle gebracht worden war. Er war außer sich vor Wut über die Anschuldigung und wollte unbedingt Klarheit schaffen. »Prinz Anle ist an einer Krankheit gestorben. Was fällt dir ein, mich einfach so des Mordes an ihm zu beschuldigen?«

Hua Cheng sah gelassen von einem zum anderen und hörte auf, mit Qi Rongs Kopf Prellball zu spielen.

»An einer Krankheit, meine Fresse, außer dir glaubt niemand diesen Scheiß, oder?«, höhnte Qi Rong. »Er starb kurz nach dem Goldenen Bankett, also muss einer von euch ihn ermordet haben. Wenn du es nicht selbst getan hast, dann ein anderer eurer Verräter aus Yong'an.«

So triezte Qi Rong Lang Qianqiu immer weiter, bis dessen Gesicht vor Wut dunkelrot angelaufen war. »Jetzt wundert mich nicht mehr, dass jeder sagt, der Grüne Geist sei vulgär und abstoßend. Nachdem ich dich getroffen habe, ist mir klar geworden, was für ein Verlierer du bist.«

Diese Bemerkung traf Qi Rongs wunden Punkt. Nachdem er berühmt geworden war, war er jahrhundertelang immer wieder von allen möglichen Geistern und Göttern für seine Vulgarität verspottet worden. Und nicht nur hinter seinem Rücken, auch direkt ins Gesicht. Er hasste es abgrundtief. »Vielleicht bin ich vulgär, aber das ist immer noch besser als deine Ignoranz. Freunde hin oder her, von wegen friedvolles Miteinander ... Xianle und Yong'an sollen befreundet gewesen sein? Friedlich koexistiert haben? Du bist so falsch wie deine Eltern! Zum Kotzen!«

Lang Qianqiu wurde noch wütender, als er hörte, wie Qi Rong seine Eltern beleidigte. »Halt den Mund! Meine Eltern waren gewissenhaft und aufrichtig. Ich werde nicht zulassen, dass du ihre Namen beschmutzt und sie beleidigst!«

Qi Rong spuckte aus. »Du bist nichts weiter als der Nachfahre von Querulanten, was erlaubst du dir? Gewissenhaft und aufrichtig? Uns, den Leuten von Xianle, Land und Titel zuzuweisen? Wie schamlos, uns unseren eigenen Besitz, den ihr uns genommen habt, zurückzuschenken und dabei noch großzügig zu tun! Alles, was ihr besessen habt, gehörte Xianle!«

Lang Qianqiu war nie gut in Streitgesprächen gewesen. Er fing an zu stammeln. »Du! Du ...«

Als Qi Rong sah, dass er ihn so aufgebracht hatte, dass er zu stottern begann, verspürte er eine Welle der Zufriedenheit. Er nahm sich vor, ihn noch weiter zu verärgern. Er lachte. »Als du Anle getötet hast, war es wenigstens ein lohnender Tod. Xianle hat einen Mann verloren, aber Yong'an hat mit einem Goldenen Bankett dafür bezahlt. Zu dumm, dass wir dich nicht auch erwischt haben. Dann hättet ihr selbst gespürt, wie es sich anfühlt, wenn die ganze Blutlinie ausgelöscht wird!«

Lang Qianqiu sah ihn verblüfft an. »Was sagst du da?«

Xie Lian stöhnte innerlich. Er wünschte sich in diesem Moment nichts mehr, als Qi Rong in den Boden zu rammen und ihn zum Schweigen zu bringen, so wie Hua Cheng es getan hatte. Aber er war noch immer erstarrt und konnte nicht einen Muskel bewegen, so sehr er sich auch anstrengte.

»Was meinst du damit, dass ihr mich nicht auch erwischt habt?«

Qi Rong hatte nichts anderes im Sinn, als sich für die Beleidigung zu rächen, und so fuhr er fort: »Es stimmt wirklich, der Apfel fällt nicht weit vom Stamm. Deine Dummheit überspannt inzwischen viele Jahrhunderte und hat mir die Augen geöffnet. Sieh es mal so: Wir aus Xianle hassten das Volk von Yong'an abgrundtief. Wer euch nicht hasste, galt bei uns als Landesverräter. Hast du allen Ernstes geglaubt, dass die Abkömmlinge des Königshauses von Xianle sich mit dem Herrschergeschlecht von Yong'an anfreunden würden? Das war nur Schauspiel, um Informationen für Anschläge zu sammeln und dein Goldenes Geburtstagsbankett in ein Blutbad zu verwandeln!«

Xie Lian versuchte noch immer mit aller Kraft, sich zu befreien.

Lang Qianqiu stand da wie versteinert. Es dauerte eine Weile, bis er stammelte: »Prinz Anle und der Staatspräzeptor waren ... auf derselben Seite?« Er war fassungslos und wollte nicht wahrhaben, dass sein geliebter Lehrer und sein geliebter Freund sich gegen ihn verschworen hatten.

Doch Qi Rong hetzte weiter: »Staatspräzeptor? Dieser dämonische Kultivierer Fangxin? Wer zum Teufel ist auf dessen Seite?«

Diese Frage verwirrte Lang Qianqiu noch mehr. »Du ... du hast gesagt, Anle wollte ein Blutvergießen beim Goldenen Bankett, aber der Täter war der Staatspräzeptor. Waren sie dann nicht auf einer Seite? Ich ...« Er unterbrach sich.

»Weiß der Teufel, wo dieser dämonische Kultivierer herkam«, antwortete Qi Rong. »Hör mir zu, Lang Qianqiu. Das Blutbad beim Goldenen Bankett war das Werk der Leute von Xianle. Anle hatte lange geplant, jeden einzelnen verdammten Rebellen bei dem Bankett zu töten. Aber dann kam dieser Verrückte, dieser Staatspräzeptor, plötzlich ins Spiel. Anle dachte schon, er wäre auf frischer Tat ertappt worden, und fragte mich, was er tun sollte, wenn seine Schuld aufgedeckt würde. Aber dann wurde noch in derselben Nacht verkündet, dass dein Staatspräzeptor der Attentäter sei, und so wurde er zum meistgesuchten Mann des Königreichs.«

Es dauerte eine Weile, bis Lang Qianqiu diese Information verarbeitet hatte. »Wenn das wirklich stimmt, warum hast du dann nichts gesagt?«

Qi Rong schnalzte mit der Zunge. »Bist du wahnsinnig? Warum hätte ich? Dass jemand anders beschuldigt wurde, spielte mir doch in die Karten. Und die Wahrheit hätte mich auch nicht zum Supremus aufsteigen lassen.« Je länger er sprach, desto mehr schien er den Schmerz zu genießen, den er ihm zufügte. »Ah, ich verstehe. Du kannst nicht glauben, was ich sage, nicht wahr? Ich habe gehört, du hast selbst die Nägel in den Sarg deines Meisters geschlagen. Ha ha ha ha ha, du Idiot! Du hast den Falschen getötet!«

Als er dieses laute, gehässige Lachen hörte, schloss Xie Lian die Augen und fluchte innerlich.

Lang Qianqiu knackte vor Wut mit den Gelenken. »Das ist nicht wahr!« Dann fuhr er herum und schrie Xie Lian an: »Wenn das stimmt, warum habt dann nicht einmal Ihr etwas gesagt?«

Qi Rong spuckte einen abgebrochenen Zahn aus. »Und wer zum Teufel ist das? Seid ihr alle hier, um ein Fest in meiner Höhle zu feiern?«

Niemand beachtete ihn. Lang Qianqiu fragte Xie Lian aufgebracht: »Wenn Ihr es nicht wart, warum habt Ihr Euch dann zu dem Mord bekannt?«

In diesem Moment wurde Xie Lians ganzer Körper wieder beweglich. Hua Cheng hatte den Versteinerungszauber aufgehoben. Aber vielleicht war es jetzt schon zu spät. Lang Qianqiu verlangte eine Antwort. Xie Lian stand langsam auf und rieb sich die steifen Handgelenke. Es verging einige Zeit, bis er eine Antwort hervorbrachte. »Das ist alles völliger Unfug.«

Lang Qianqiu hatte erwartet, dass er sagen würde »Ja, es stimmt, was er sagt«. Als Xie Lian diese Worte aussprach, wies er dadurch jegliche Entlastung zurück, die ihm Qi Rongs Bericht gewährt hätte.

Qi Rong ärgerte sich. »Unfug? Wer sagt das?«

»Ich«, antwortete Xie Lian. »Alles leere Worte. Welchen Beweis kannst du vorbringen, dass das Volk von Xianle das Attentat beim Goldenen Bankett geplant hat?«

Qi Rong schien das zu amüsieren. »Alle Beteiligten sind tot, wie soll es da noch Beweise geben? Außerdem ist das Ganze Hunderte Jahre her. Es gibt keinen Beweis mehr.«

»Und darum sage ich, das ist alles kompletter Unfug. Xianle und Yong'an sind vergangene Reiche, die Herrscherdynastien sind längst zu Staub und Asche zerfallen. Welchen Sinn ergibt es, aufgrund irgendwelcher Bruchstücke uralter Geschichte jetzt noch Vermutungen anzustellen und eine große Sache daraus zu machen?«

Sein Tonfall verblüffte Qi Rong. Seine Augen verengten sich, als erinnere er sich an etwas.

Xie Lian wandte sich an Lang Qianqiu und sagte ruhig: »Ich habe deinen Vater getötet. Du hast es gesehen. Das war nicht lange nach meiner zweiten Verbannung. Ich war voller Frust und habe großes Unrecht getan. Das ist allein meine Schuld. Es besteht kein Grund, andere mit hineinzuziehen. Dieser Geist ist ein Lügner. Dass er den Namen Prinz Anles durch den Dreck zieht, ist nichts weiter als seine Rache dafür, dass du ihn einen Verlierer genannt hast.«

Hätte es Zuschauer gegeben, hätten sie diese Szene lächerlich gefunden. Ein Streit darüber, wer sich als Mörder bezeichnen darf? Als wäre das Massaker beim Goldenen Bankett eine glorreiche Tat gewesen.

Lang Qianqiu war vollkommen in Aufruhr. Er hielt sich den Kopf und dachte lange nach, bevor er langsam sagte: »Das ist wahr … Ihr wart es und niemand sonst.«

Er hatte es schließlich mit eigenen Augen gesehen. In jener Nacht war er aufgeregt zum Goldpalast gelaufen, nur um mit ansehen zu müssen, wie der schwarz gewandete Staatspräzeptor ein langes, schmales Schwert aus der Brust seines blutenden Vaters zog. Und in diesem Moment hatte der König von Yong'an seine Hand nach ihm ausgestreckt. Er hatte noch geatmet. Als er zu ihm hinübergelaufen war, war die Hand leblos zu Boden gesunken.

Qi Rong, der auf dem Boden lag, meldete sich wieder zu Wort. »Cousin, bist du das?«

Xie Lians Blick richtete sich wieder auf Qi Rong. Eine Zeit lang musterte er ihn eisig. »Qi Rong, es scheint, als hättest du ein ereignisreiches Leben geführt.«

Während Xie Lian sprach, legte Hua Cheng die falsche Gestalt ab. Qi Rongs Augen weiteten sich, als er diesen Letzten der Eindringlinge erkannte.

Lang Qianqiu war verwirrt. »Cousin?«

Er hatte den Berichten Qi Rongs bereits entnommen, dass dieser ursprünglich aus dem Königreich Xianle stammte. Aber er hatte sich nicht vorstellen können, dass zwischen ihm und Xie Lian auch eine persönliche Verwandtschaft bestand.

Qi Rong starrte Xie Lian ins Gesicht und musterte es von oben bis unten. Es war ein eigenartiger Blick, wissenshungrig und zugleich fasziniert. Als er das Schwert Fangxin auf Xie Lians Rücken entdeckte, lachte er plötzlich lauthals auf. »Ach, so ist das! Fangxin warst du! Du warst Fangxin! Ha ha ha ha ha ha!«

Lang Qianqiu konnte nicht verstehen, warum Qi Rong lachte, und er fühlte sich unwohl dabei. Verärgert fragte er: »Was ist so lustig?«

»Ich lache über meinen guten alten Cousin. Das hat nichts mit dir zu tun. Ich habe gerade schon gesagt, dass deine Dummheit die Jahrhunderte überspannt. Ich entschuldige mich. Du hast vom Besten gelernt.

Sieh dir deinen Meister an! Mich wundert jetzt nicht mehr, dass du dumm bist.« Er wandte sich an Xie Lian: »Du bist nach Yong'an gegangen, dort Staatspräzeptor geworden und schließlich von deinem eigenen Schüler erdolcht worden. Ist das nicht aufregend? Ist das nicht lächerlich? Du hast es nicht anderes verdient, du wertloser Narr!«

Bei dem Wort »wertlos« schlug Hua Cheng voller Zorn seinen Kopf erneut auf den Boden.

Qi Rong war schon immer aufbrausend gewesen und seit er Xie Lian erblickt hatte, war er um ein Vielfaches leichter zu erregen als zuvor. Selbst als sein Gesicht schon am Boden lag, schrie er noch: »Wertlos! Wertlos! Wertlos!«

Bei jeder Wiederholung schlug Hua Cheng ihn ein weiteres Mal auf den Boden. Es war ein äußerst blutiger und grausamer Anblick und Xie Lian griff nach Hua Chengs Hand, als dieser gerade wieder zuschlagen wollte. »San Lang, lass es gut sein.«

»Warum sollte ich?«, entgegnete Hua Cheng in strengem Ton.

»Es ist nichts. Beachte ihn nicht. Er ist wahnsinnig, man kann nicht mit ihm reden. Ich werde mich um ihn kümmern. Ignorier ihn einfach.« Sanft rieb er Hua Chengs Schulter.

Es dauerte einen langen Moment, bis Hua Cheng eine Antwort herauspresste: »Na gut.«

Qi Rong hob seinen Kopf und rollte sich schwerfällig auf die Seite. Dann sagte er ruppig: »Warum tust du so freundlich? Wenn du wirklich nicht gewollt hättest, dass er mich schlägt, hättest du ihn schon früher aufgehalten. Wem willst du jetzt noch etwas vormachen? Niemand wird dich für deinen Großmut loben.«

»Ich habe ihn aufgehalten, weil ich nicht wollte, dass er sich die Hände schmutzig macht. Hast du das etwa missverstanden?«

Ein Anflug von Zorn huschte über Qi Rongs blutiges Gesicht, doch dann fing er an zu lachen. »Oh, Cousin, du verstehst dich gut mit Hua

Cheng, was? Ich habe mich schon gefragt, warum keiner der Untergebenen, die dich beim Geisterfest begrüßen sollten, zu mir zurückgekehrt ist. Jetzt weiß ich, dass es daran lag, dass du an Hua Cheng geklebt hast.«

Xie Lian hatte keine Ahnung gehabt, dass Qi Rong Untergebene ausgesandt hatte, um ihn zu suchen. Es war Zufall gewesen, dass er in der Nacht des Geisterfests auf Hua Cheng getroffen war. Auch dass sie gemeinsam zum Puqi-Schrein zurückgekehrt waren, war nicht geplant gewesen. Offensichtlich hatte sich Hua Cheng um diese Untergebenen Qi Rongs gekümmert. Bei dem Gedanken musste Xie Lian unwillkürlich einen verstohlenen Blick zu Hua Cheng werfen.

Qi Rong fuhr fort: »Du nennst ihn San Lang, Tss tss tss, so vertraut! Cousin, du bist ein Himmelsbeamter am Oberen Hof. Solltest du dich wirklich mit Geistern und Dämonen abgeben? Hast du keine Angst, dass er deinem guten Ruf schadet? Du bist doch so perfekt, so rein und makellos. Dein Heiligenschein erhellt die ganze Erde, ha ha ha ha ha ha ha ...«

Viele am Oberen Hof waren der Ansicht, dass Mu Qing eine äußerst sarkastische Art hatte. Wenn sie jedoch nun hier wären und vergleichen könnten, würden sie Sarkasmus in Reinform erleben. Sie hatten Mu Qing wahrhaft unrecht getan.

Qi Rong redete nicht nur rührselig daher, er verhielt sich auch so. Er faltete die Hände über seinem Herzen und rief aus: »Cousin, ich habe über alle die Jahre immer an dich gedacht. Sieh nur, ich habe sogar eigens eine Statue von dir angefertigt, damit du mir immer nahe bist und ich jederzeit deine heldenhafte Gestalt anhimmeln kann. Was meinst du? Sie ist gut gelungen, oder? Gefällt sie dir? Nein? Das macht nichts. Es ist besser, wenn nicht. Ich kann noch weitere herstellen. Ha ha ha ha ha ...«

Als er die Statue erwähnte, wurde Hua Chengs Miene eiskalt. Hätte Xie Lian ihn nicht zurückgehalten, wäre er vorgestürmt, um Qi Rongs Kopf weitere Male auf den Boden zu schlagen. Xie Lian wusste genau, was für ein Mensch Qi Rong war: Er war krank im Kopf und je extremer man auf ihn reagierte, desto mehr stachelte es ihn an und desto überschwänglicher wurde er. Die richtige Strategie war, sich genau entgegengesetzt zu dem zu verhalten, was er erwartete.

Xie Lian lächelte nur matt. Gleichgültig sagte er: »Sie ist ganz in Ordnung. Der Stil ist nicht besonders gut.«

Qi Rongs Gesichtszüge erstarrten. Kalt entgegnete er: »Sei zufrieden mit dem, was du hast. Wenn ich nicht aus alter Verbundenheit ein paar Statuen von dir angefertigt hätte, wer würde dich dann überhaupt noch verehren? Du bist wahrscheinlich vor Jun Wu im Staub gekrochen, bis deine Knie blutig waren, und hast gebettelt, dass du wieder aufsteigen darfst. Sieh dich doch am Oberen Hof um. Gibt es einen Himmelsbeamte, der würdeloser ist als du? Selbst einer, der erst vor zweihundert Jahren aufgestiegen ist, könnte dich zertrampeln. Du bist über achthundert Jahre alt und was hast du erreicht? Versager!«

»Ich bin wirklich ein Versager. Nicht wie mein Cousin, der es in nur achthundert Jahren schon bis zum Malus geschafft hat«, erwiderte Xie Lian lächelnd. Er wusste genau, was er sagen musste, um Qi Rong zu treffen.

Hua Cheng neben ihm lachte auf und Qi Rongs Gesicht verdüsterte sich. Er sah von einem zum anderen. »Diese Einstellung ... Hast du Hua Cheng heute hergeschickt, damit er mich herumschubst und du dich nicht mehr so ungerecht behandelt fühlst?«

Xie Lian war erstaunt darüber, wie Qi Rong ihn sah, und ihm fiel keine passende Antwort ein.

Qi Rong spottete weiter: »Seht euch beide doch an. Wenn ich etwas Schlechtes über dich sage, oh, oh! Dann flippt er sofort aus. Lässt er sich von deinem Heiligenschein blenden? Oh, ich vergaß, auf einem Auge ist er ja schon blind. Ha ha ha ha ha ...«

Im einen Moment lachte er noch, im nächsten konnte er nichts mehr sehen und seine Wange explodierte vor Schmerz. Er war wieder auf den

Boden geschlagen worden. Doch diesmal war es nicht Hua Cheng gewesen, sondern Xie Lian. Seine Faust war schneller gewesen, als das Auge wahrnehmen konnte. »Dass ich dich noch nie geschlagen habe, bedeutet nicht, dass ich dich niemals schlagen werde.«

Es verging eine lange Weile, bis Qi Rong wieder etwas sagen konnte. Er lag auf dem Boden wie ein räudiger Hund und schlug mit der Faust auf den Boden, während er lachte. »Cousin, du schlägst mich. Du schlägst mich tatsächlich. Himmel, unser edler, gütiger, mitfühlender und wohltätiger Kronprinz, der Angst hat, eine Ameise zu zertreten, hat mich nicht nur böse angesehen, sondern mich auch noch geschlagen. Er schlägt Menschen! Unglaublich, unfassbar!«

Qi Rong hatte sich derart in seine Erregung gesteigert, dass er inzwischen schon richtiggehend irre wirkte.

Lang Qianqiu hatte noch nie jemanden gesehen, dessen Worte und Taten so verrückt waren, und nach allem, was er gesehen und gehört hatte, war er vor Schreck schier erstarrt. »Ist ... ist er verrückt?«, murmelte er.

Xie Lian war an Qi Rongs Wahnsinn gewöhnt und dachte sich nicht viel dabei. »Ihr habt ihn gehört. Er ist irre. Bei ihm sind Herz und Verstand im Ungleichgewicht. Ihr dürft ihm kein Wort glauben.«

Qi Rongs Gelächter verstummte mit einem Mal. Er versuchte, normal auszusehen, und keifte Xie Lian an: »Erzähl Leuten nicht so voreilig, ich sei wahnsinnig. Lass mich dich etwas fragen. Wie ist Prinz Anle denn nun gestorben?«

Das war die Frage, die Hua Cheng ursprünglich ihm gestellt hatte, und jetzt stellte er sie Xie Lian.

Lang Qianqiu spitzte die Ohren.

Xie Lian war nicht überrascht, doch er konnte die Frage nicht auf Anhieb beantworten. Qi Rong jedoch kroch langsam zu seinen Füßen und setzte sich auf, wobei er sich an die kniende Statue lehnte. »Nachdem Prinz Anle gestorben war, habe ich seinen Leichnam aufgeschnitten, um ihn zu untersuchen. Seine Organe waren alle durch die Energie eines übermächtigen Schwertes zermalmt worden. Obwohl er keine sichtbaren Verletzungen hatte, hustete er am Ende unentwegt Blut. Das konnte nicht das Werk eines gewöhnlichen Schwertkämpfers gewesen sein. Zuerst vermutete ich, die Verräter aus Yong'an hätten einen Attentäter auf ihn angesetzt, der seinen Tod wie eine Krankheit aussehen lassen sollte. Aber wo ich jetzt darüber nachdenke, gab es einen, der diese Fähigkeit hatte, und wer war das? Hm? Natürlich mein guter alter Cousin, der Kämpfer der Gerechtigkeit. Unser Blumengekrönter Kriegsgott, Seine Königliche Hoheit der Kronprinz, ist schließlich ein heiliger, reiner, einzigartiger, schneeweißer Lotus in den himmlischen Wolkenbergen ...«

Hua Cheng trat zu und Qi Rong stöhnte jämmerlich vor Schmerz.

Lang Qianqiu fühlte sich, als würde sein Gehirn explodieren. Er hielt seinen Kopf in beiden Händen, seine Augen waren blutunterlaufen. »Ruhe jetzt! Sag nur das, was du weißt! Wer ist der wahre Mörder? Was ist beim Goldenen Bankett geschehen? Und was ist Prinz Anle zugestoßen? Was ist passiert?«

»Lang Qianqiu, warum bist du noch immer so durcheinander?«, fragte Qi Rong. »Selbst ich habe mir inzwischen zusammengereimt, was passiert ist. Offenbar kannst du einfach nicht begreifen, was für ein Mensch dein Meister ist. Komm, wir sehen uns meinen guten alten Cousin mal genauer an: Der ehemalige Kronprinz von Xianle wurde Staatspräzeptor von Yong'an, dann unterrichtete er dich fünf Jahre lang in der Kampfkunst ...«

Er kam nicht dazu, weiterzusprechen, denn in diesem Moment zog Xie Lian sein Schwert. Doch bevor er losstürmen konnte, hielt Lang Qianqius Breitschwert ihn auf. »Lasst ihn reden!«

»Ihr wisst, dass er irre ist, und wollt Euch seinen Unfug dennoch anhören?« Er schwang Fangxin herum. Das Schwert hatte eine schmale Klinge, aber die Schockwelle war dennoch so stark, dass Lang Qianqiu fast sein eigenes Schwert aus den Händen geglitten wäre. Doch genau da streifte eine gebogene silberne Klinge Fangxin und riss es zur Seite.

»San Lang!«, rief Xie Lian verblüfft.

Qi Rong konnte erkennen, wie sehr Xie Lian wollte, dass er zu reden aufhörte, und wie dringend er verhindern wollte, dass Lang Qianqiu diese Geschichte zu hören bekam. Also musste er das Gegenteil tun. Er ergriff seine Chance. »Prinz Anle war unser guter Junge aus Xianle. Er war sehr gehorsam. Er befolgte meine Anweisung, sich mit dir anzufreunden. Aber dein Meister hat unsere Pläne durchkreuzt, als er beim Goldenen Bankett das Rattennest von Yong'an ausgehoben hat. Anle gelang die Flucht, du bist zum Goldenen Bankett geeilt und hast gesehen, was vorgefallen war. Staatspräzeptor Fangxin wurde zum meistgesuchten Mann im Reich. Das ist die ganze Geschichte und nicht ein Wort ist gelogen ...«

Während Qi Rong sprach, versuchte Xie Lian mehrere Male, vorzustürmen, um ihn zum Schweigen zu bringen, aber Hua Cheng hielt ihn zurück.

Wieder rief er: »San Lang!«

Doch Hua Cheng sprach nicht ein Wort, während er Xie Lian weiterhin zurückhielt.

Je verzweifelter Xie Lian versuchte, sich loszureißen, desto schneller bewegten sich Qi Rongs Lippen. »Als dieser engelsgleiche Cousin mit eigenen Augen sah, dass das Volk von Xianle mordete, muss er gedacht haben: ›Wie kann das sein? Das ist nicht richtig.‹ Also zog er los, um Prinz Anle zu suchen und ihn zur Vernunft zu bringen. Als er ihn dann fand, deckte er die ganze riesige Verschwörung auf. Sie hatten nicht nur vor, ein paar der Verräter zu töten, der Plan war viel größer. Es war unmöglich, Anle umzustimmen, also fasste er sich ein Herz und ermordete diesen letzten Abkömmling unseres Königshauses mit eigenen Händen. Danach hast du deinen Meister ergriffen und ihn tot im Sarg eingenagelt. Und so endete das glorreiche Leben meines Cousins als Staatspräzeptor. Stimmt doch, Cousin?«

Qi Rong spuckte einen Mundvoll Blut neben die Füße der Statue. »Ich kenne dich. Du liebst es, so etwas zu tun. Seht her, ihr Ahnen, was ihr für einen guten Nachkömmling hervorgebracht habt! Die Linie der Xie aus Xianle hat nicht nur alles verloren, die ganze Blutlinie endete mit dieser Generation. Xie Lian! Du Unglücksbringer, Gott des Unheils! Deine Existenz war die größte Tragödie für Xianle. Warum stirbst du nicht? Wie kannst du es wagen, weiterzuleben?«

»Aber ich habe mit meinen eigenen Augen gesehen, wie er meinen Vater mit seinem Schwert getötet hat«, hielt Lang Qianqui dagegen. »Wie erklärst du das?«

»Wenn nicht deine Augen im Alter nachgelassen haben oder es dir ins Gehirn geregnet und du dich deshalb verguckt hast, dann kann ich mir nur eine Erklärung denken«, sagte Qi Rong, »und zwar, dass Anle deinen Vater zwar erstochen hat, er aber nicht gestorben ist.«

»Dann ... hat er ihm den Rest gegeben?«

Qi Rong antwortete in einem eigenartig heulenden Tonfall: »Was sagst du da? Mein guter Cousin hat eine so mitfühlende Seele – das würde er niemals tun. Als er ankam, hat er bestimmt erst einmal gesehen, ob er ihn retten kann. Und dann, he he, befürchte ich, dass dein alter Herr sich selbst umgebracht hat.«

»Wie meinst du das? Er soll sich selbst umgebracht haben?«

»Was ist das Erste, was jemand tun würde, der ein Attentat überlebt hat? Was hättest du an seiner Stelle als Erstes getan?«

Lang Qianqiu wusste nicht, wohin das führen sollte. »Den Mörder suchen?«

»Falsch!«, rief Qi Rong. »Nachdem mein guter Cousin deinen Vater gerettet hatte und der wieder zu Atem gekommen war, mag er wohl gesagt haben: ›Staatspräzeptor, schnell! Es war Prinz Anle, der das getan hat. Geht und tötet ihn!‹ Nein, nein, nein, nicht nur das, er muss etwas Schlimmeres gesagt haben, wie: ›Staatspräzeptor! Ruft alle herbei!

Ich will das Volk von Xianle restlos auslöschen. Ich will sie alle mit unseren Toten begraben!‹«

Es war verstörend anzuhören, wie er den verzweifelten und zornigen Tonfall imitierte. Lang Qianqiu wurde mit jeder Minute blasser.

Qi Rong fuhr fort: »Mag sein, dass er nicht umgehend befohlen hat, sie alle zu töten. Anle hat das ganze Verräterpack vor den Augen des Alten ermordet, also hätte er früher oder später Xianle den Krieg erklärt. Dein guter Meister hat das begriffen, seine Optionen abgewogen und erkannt, dass der König nicht zu retten ist. Da hat er ihn mit dem Schwert durchbohrt. So ein Mensch ist mein Cousin, ein Heiliger, einer, der seine Augen nicht vor dem Unglück verschließen kann, einer der anderen schadet, ohne selbst davon zu profitieren. Er will es immer allen recht machen und reißt damit alle ins Unglück. Hi, hi,hi, ha ha ha ha ha ...«

»Qi Rong, halt den Mund!«, rief Xie Lian.

Lang Qianqiu drehte sich zu ihm. »Warum wollt Ihr das? Weil er die Wahrheit sagt? Beim Goldenen Bankett habt Ihr beide zugeschlagen – der eine hat meine Familie getötet und der andere das Werk an meinem Vater vollendet. Lügt Ihr mich alle an?«

»Hört nicht auf ihn ...«, setzte Xie Lian an.

Doch Qi Rong fiel ihm ins Wort. »Natürlich lügen wir dich alle an! Du bist so dumm, wen sonst sollten wir belügen, wenn nicht dich? Wenn nicht durch einen lästigen Zwischenfall unsere Pläne durchkreuzt worden wären, hätte Xianle dein Leben schon genommen, als du zwölf warst. Stattdessen hattest du den Luxus, aufwachsen zu dürfen, und bist sogar in den Himmel aufgestiegen.«

»Zwölf?«, wiederholte Lang Qianqiu. Der einzige nennenswerte Zwischenfall, der sich ereignet hatte, als er zwölf war, war die Entführung gewesen. Damals hatte Xie Lian ihn gerettet. »Die Räuber, die mich damals entführen sollten, wurden von Xianle geschickt?«

»Unsinn!«, widersprach Qi Rong. »Dachtest du, gewöhnliche Attentäter könnten den Kronprinzen unter der Aufsicht von Hunderten Palastwachen so einfach entführen? Oh bitte. Ich war es, der Anle dabei geholfen hat.«

Lang Qianqiu wandte sich an Xie Lian: »Also ist alles, was Ihr mir gesagt habt, auch falsch.«

Qi Rong tat erstaunt. »Na los, schnell, sag mir, was mein heiliger Cousin dir erzählt hat.«

Lang Qianqiu ignorierte ihn und sprach an Xie Lian gewandt weiter: »Ihr sagtet, Yong'an und Xianle hätten denselben Ursprung und seien eigentlich ein Reich, dass die Konflikte zwischen den Herrschern nichts mit dem Volk zu tun hätten. Beide Seiten hätten einst zu einer Familie gehört und unter der Herrschaft unserer Generation könnte sich alles zum Guten wenden. Solange das Volk glücklich wäre, sei gleich, welcher König an der Macht sei. Beide Seiten sollten ihren Groll aufgeben und sich vereinen. Das war alles falsch. Alles Unsinn, Geschwätz, Lügen!«

Genau das war es, was Xie Lian nicht hatte hören wollen. Er rief: »Nein! Es ist nicht falsch! Denkt doch nach: Gab es nicht unter Eurer Herrschaft echten Wandel?«

Lang Qianqiu schloss den Mund und sank in sich zusammen.

»Ihr habt Eure Sache doch gut gemacht«, fuhr Xie Lian fort. »Die Menschen aus Xianle haben sich doch gut in Euer Volk integriert. Es gab weniger Konflikte und Aufstände, wie also kann alles falsch gewesen sein?«

Einen Moment lang herrschte Schweigen. Tränen rannen über Lang Qianqius Wangen. »Aber ... was ist mit meinen Eltern? Dass Yong'an und Xianle sich vereinen, war ihr größter Wunsch. Deshalb haben sie dem Letzten eurer Blutlinie den Titel Anle* verliehen. Ihr Wunsch wurde wahr, aber um welchen Preis?«

Qi Rong schnalzte mit der Zunge. »Was für ein weinerlicher Jammerlappen, genau so war mein Cousin früher auch. Du kommst hierher und

* »Anle« setzt sich aus dem jeweils zweiten Zeichen von Yong'an und Xianle zusammen. »An« heißt »Frieden« und »Le« »Freude«.

suchst nach deinem alten Herrn und deiner Mutter. Yong'an und Xianle zu befrieden war ihr Wunsch? Was für schöne Worte. Anle, Anle – An zuerst, Le am Ende. Denkst du, ich kann nicht erkennen, dass ihr Schweine aus Yong'an uns erniedrigen wolltet, bis es keinen von uns mehr gab?«

»Qi Rong, hör auf mit diesem Irrsinn!«, schrie Xie Lian ihn zornig an.

Lang Qianqiu aber sah Qi Rong an, während ihm noch immer Tränen übers Gesicht rannen. »Du warst es, der das Massaker an meiner Familie am Tag des Goldenen Banketts geplant hat?«

Qi Rong gackerte erfreut. »Ja, so ist es. Anle hat auch mitgemacht. Und dein Meister! Wir drei aus Xianle haben alle zusammengewirkt. Ha ha ha ha ha ...«

Während er noch lachte, sauste Lang Qianqius Langschwert wie aus dem Nichts durch die Luft und fuhr auf ihn nieder. Qi Rong heulte auf und war in zwei Hälften geschnitten.

Es war ein grauenerregender, blutiger Anblick. Die beiden Hälften seines Körpers wanden sich auf dem Boden. Die obere Hälfte schrie: »Das tut nicht weh! Das tut nicht weh! Das tut kein bisschen weh! An den Schlag meines Cousins reichst du nicht heran! Ha ha ha ha!«

Lang Qianqiu sprach kein Wort. Er ergriff ihn am Kopf und hob die obere Hälfte hoch. Qi Rong schimpfte noch immer heftig.

Xie Lian bemerkte, dass mit Lang Qianqius Ausdruck etwas nicht stimmte. »Qi Rong, hör auf zu reden, wenn dir dein Leben lieb ist«, warnte er.

Er bemühte sich stets, anderen mit Freundlichkeit und Respekt zu begegnen, aber Qi Rong war niemand, dem man normal gegenübertreten konnte. Wann immer er ihm gegenüberstand, verschwand seine Freundlichkeit und unbewusst wurde er so grob, wie Qi Rong selbst es war.

Lang Qianqiu schleifte Qi Rongs Oberkörper mit sich, bis sie sich am oberen Rand des riesigen, kochenden Kessels befanden. »Kochst du normalerweise Menschen in diesem Kessel?«

Qi Rongs Körper hatte eine breite Blutspur auf dem Boden hinterlassen. »Ja. Und?«

Ohne ein weiteres Wort ließ Lang Qianqiu los.

»Aaaaaahhhhh ha ha ha ...«

Es war schwer zu sagen, ob Qi Rong schrie oder lachte. In dem Moment, in dem er in den Kessel fiel, riss durch die extreme Hitze sein Fleisch sofort auf.

Xie Lian hatte nicht mit dieser Wendung gerechnet. Seine Pupillen zogen sich zusammen und er rief: »Qianqiu!«

»Was?«, fuhr Lang Qianqiu ihn an. »Wie viele Menschen hat der Grüne Geist Qi Rong gefressen? Warum sollte ich ihm nicht zeigen, wie es sich anfühlt, gekocht zu werden? Er ist der Feind, der meine Familie auf dem Gewissen hat. Also kann ich ihn doch wohl auch leiden lassen!«

Das konnte er natürlich. Xie Lian hatte nicht das Recht, etwas dagegen sagen, und das tat er auch nicht. Ob als Kronprinz eines Reichs der Sterblichen oder als himmlischer Kriegsgott: Nie zuvor hatte Lang Qianqiu etwas Vergleichbares getan. Er war immer geradlinig gewesen und niemals grausam. Diese Tat passte nicht zu dem Lang Qianqiu, den Xie Lian kannte.

Als Qi Rong später aus dem kochenden Kessel gefischt wurde, hatte sein Körper keine menschliche Gestalt mehr. Er war zu einem Klumpen aus Fleisch und Haut geschmolzen, an einigen Stellen waren die weißen Knochen zu sehen. Es war ein grausiger Anblick. Doch noch immer wirkte er vergnügt und lachte grausam. »Glückwunsch, Cousin! Sieh dir deinen Musterschüler an. Seine Flügel sind stark geworden. Er kann jetzt foltern.«

Lang Qianqiu ließ ihn wieder fallen und er versank erneut in der sprudelnden Flüssigkeit. Als er diesmal eintauchte, sah es so aus, als würden auch seine Knochen von der kochenden Brühe aufgelöst. Qi Rong tauchte nicht wieder auf, nur ein paar Fetzen seines grünen Gewands waren an der Oberfläche zu sehen.

Als nach einiger Zeit noch immer nichts von ihm zu sehen war, konnte Xie Lian sich nicht mehr zurückhalten und rief: »Qi Rong!«

Einst hatte er seinen älteren Cousin, den Kronprinzen, angehimmelt und unaufhörlich von ihm gesprochen. Doch als Xianle unterging, verlor er den Verstand. Er war der Erste, der die Tempel anzündete und die Heiligtümer zerstörte, und er verbreitete im ganzen Land die Statue des knienden Kronprinzen. Er war bereit, alles zu tun, wenn es Xie Lian nur schadete. Xie Lian hatte alles Mögliche versucht, um diesem Verhalten entgegenzuwirken. Wenn andere beteiligt waren, bemühte er sich, Qi Rongs Taten zu vereiteln. Doch irgendwann konnte er ihn nicht mehr tolerieren und blieb ihm fern – aus den Augen, aus dem Sinn.

Sie verloren über viele Jahre den Kontakt zueinander und Xie Lian ging davon aus, dass Qi Rong tot sei. Wer hätte gedacht, dass er nach all den Jahren diesen Cousin aus der Vergangenheit wiedertreffen und das Gesicht, das seinem so ähnelte, wiedersehen würde? Er war sich nicht sicher, ob er Wehmut darüber empfand. Sie beide waren die Letzten, die vom Königshaus von Xianle noch übrig waren. Und nun, kurz nach ihrem Wiedersehen, starb Qi Rong vor seinen Augen – brutal ermordet von Lang Qianqiu, der in der Vergangenheit nicht einmal in der Lage gewesen wäre, jemanden auszupeitschen. So viel war in dieser kurzen Zeit passiert. Xie Lian hatte seine Gedanken noch nicht wieder geordnet und in seinem Herzen herrschte Aufruhr.

Lang Qianqiu stand schweigend neben dem Kessel und hatte den Kopf gesenkt.

Da sprach Hua Cheng: »Er ist nicht tot.«

Lang Qianqiu sah zu ihm auf.

»Du glaubst doch nicht, dass das deine Rache war? Du hast nur einen seiner vielen Schatten getötet. Wenn du ihn endgültig zerstören willst, musst du seine Asche finden.«

»Danke für die Erinnerung«, antwortete Lang Qianqiu kühl. »Ich werde ihn finden und mit seiner Asche meinen Eltern, dem König und der Königin, Respekt erweisen. Wenn das vorbei ist, komme ich zurück und begleiche die Rechnung mit Euch, Staatspräzeptor. Denkt ja nicht daran, noch einmal zu fliehen.«

Kaum hatte er ausgeredet, ergriff er sein Schwert und schnitt den Kessel entzwei. Dann drehte er sich um und ging schnellen Schrittes davon. Das kochende Wasser aus dem Kessel lief aus und Brühe mit Knochenfasern ergoss sich über den Boden.

Xie Lian wollte ihm nachsetzen, aber er wusste, dass es sinnlos war. Er stand still da und schwieg.

Hua Cheng trat zu ihm. »Er hat gerade die Wahrheit herausgefunden. Es ist das Beste, ihn allein zu lassen, bis er sich beruhigt hat.«

»Warum muss er die Wahrheit kennen?«, fragte Xie Lian verblüfft. »Ist die Wahrheit so wichtig?«

»Ja, sehr wichtig. Er muss wissen, was du getan hast und was nicht. Und warum du es tun musstest«, antwortete Hua Cheng.

Xie Lian wandte sich ab. »Welchen Sinn ergibt es, alles so genau zu wissen?«, entgegnete er kühl. »Wenn ich weniger Menschen getötet hätte, wäre ich dann weniger schuldig? Wäre dann alles einfacher?«

Hua Cheng gab keine Antwort.

Xie Lian fühlte eine plötzliche Welle des Zorns in seiner Brust aufflammen und er wusste nicht einmal, wem dieser Zorn galt. »Und welches Leid musste ich ertragen!«, platzte es aus ihm heraus. »Der König wollte die beiden Völker vereinen. Habe ich ihn nicht umgebracht? Prinz Anle war der Letzte aus unserer Blutlinie. Habe ich ihn nicht umgebracht? Ich verdiene, welche Strafe auch immer man mir auferlegt. Es ist doch nicht falsch, alles mir anzukreiden. Wovor sollte ich Angst haben? Egal was auf mich zukommt, ich kann nicht sterben. Ich habe das alles getan. Ich bringe Unglück. Und jetzt werden alle mit hineingezogen, Qi Rong und

Anle, jeder aus Xianle. Ist es nicht besser, einen Einzigen zu hassen als ein ganzes Volk? Muss es sein, dass er denkt, alles, was ich ihm erzählt habe, sei falsch, Unfug?«

Hua Cheng beobachtete ihn ruhig. Er erwiderte nichts.

Sie sahen sich in die Augen und plötzlich vergrub Xie Lian sein Gesicht in den Händen. »Es tut mir leid. Es tut mir leid, San Lang. Ich bin verrückt geworden. Es tut mir leid.«

»Schon in Ordnung. Ich bin schuld.«

»Nein, es ist nicht deine Schuld. Das ist mein Problem.« Xie Lian ließ sich auf den Boden sinken, das Gesicht weiterhin verborgen. »Was für ein Chaos. Was für ein Durcheinander.«

Hua Cheng setzte sich neben ihn. »Du trägst keine Schuld.«

Xie Lian hielt weiter seinen Kopf und schwieg.

»Der König von Yong'an wurde getötet, um das verbleibende Volk von Xianle zu retten«, sagte Hua Cheng. »Prinz Anle wurde getötet, um zu verhindern, dass die beiden Völker sich bekriegen. Und dadurch dass er durch Lang Qianqius Hand gestorben ist, hat der Mörder die gerechte Strafe erhalten. Drei Leben als Preis für jahrhundertelangen Frieden. Das ist es wert. Ich hätte dasselbe getan. Glaub mir.«

Er klang so überzeugend, dass keinen Raum für Zweifel blieb. »Du trägst keine Schuld. Niemand hätte das besser händeln können als du.«

Xie Lian schwieg. Nach einiger Zeit sagte er schließlich: »Ich denke nicht, dass es hätte sein müssen.« Er sah langsam auf. »Ich denke einfach nicht, dass jemand, der gütig und freundlich ist, ein solches Ende finden sollte. Es hätte nicht so ausgehen dürfen. Selbst wenn es eine Lüge war, wollte ich, dass Lang Qianqiu sich daran erinnert, dass seine Güte gegenüber Xianle auf Gegenseitigkeit beruhte. Er sollte glauben, dass es einem unendliche Möglichkeiten eröffnet, das Richtige zu tun. Und nun denkt er, alles, was ich gesagt habe, alles, woran er geglaubt hat, sei falsch. Er denkt, das alles seien verdammte Lügen gewesen! Ich möchte nur ...«

Er hob seine rechte Hand und starrte sie an. »Ich möchte nur nicht, dass jemand das durchmachen muss, was ich ertragen musste.«

Hua Cheng hörte ihm schweigend zu.

Xie Lian schämte sich etwas wegen seines Ausbruchs und der Worte, die er benutzt hatte. Er entschuldigte sich noch einmal. »Es tut mir leid. Aber sieh doch, wie absurd das alles ist. Die erste Herrschergeneration von Yong'an war so gewalttätig und grausam, aber niemand kam tragisch ums Leben. Doch als dann Lang Qianqius Eltern an die Macht kamen, wollten sie etwas Großartiges erreichen. Und so hat es geendet.«

Der König von Yong'an hatte ihn fünf Jahre lang mit dem höchsten Respekt behandelt. Selbst als er aus dem Leben schied, gab es keinerlei Anzeichen dafür, dass er sein Vertrauen in ihn verloren hätte.

Xie Lian starrte gedankenverloren in die Ferne und flüsterte: »Ich kann es einfach nicht vergessen ... dieser Ausdruck auf seinem Gesicht, als mein Schwert ihn durchbohrte.«

»Versuch, es zu vergessen«, sagte Hua Cheng sanft. »Es war die Schuld von Qi Rong und Anle.«

Xie Lian schüttelte den Kopf und barg ihn dann zwischen seinen Knien. Seine Stimme klang unendlich erschöpft. »Es war doch alles gut ...«

Als Lang Qianqius Vater den Thron bestiegen hatte, war seine erste Amtshandlung gewesen, gegen die Unterdrückung des Volks von Xianle vorzugehen. Unter seiner Herrschaft hatten die beiden Völker zum ersten Mal erlebt, dass sie friedlich miteinander leben können. Es gab endlich einen Wandel, einen frischen Wind, der Hoffnung brachte, dass die alten Konflikte überwunden seien. Und diesen Zeitpunkt hatte Prinz Anle gewählt, um das Goldene Bankett in ein Blutbad zu verwandeln.

In jener Nacht, als er geflohen war und Anle schließlich gefunden hatte, hatte er ihn eigentlich warnen wollen, nie mehr Unheil anzurichten. Doch als der letzte Abkömmling des Königshauses seine wahre Identität erkannte, ergriff er ihn aufgeregt und bat ihn, Teil seines großen Plans zur Vergeltung und zum Wiederaufbau ihres Reichs zu werden. Seine Augen waren vor Leidenschaft gerötet gewesen und seine Stimme hatte sich überschlagen, sodass Xie Lian die Haare zu Berge gestanden hatten. Zuerst hatte er geschworen, beim Goldenen Bankett Blut zu vergießen, als Nächstes wollte er Lang Qianqiu töten und dann das ganze Reich in den Untergang stürzen. Dafür wollte er die wachsende Freundschaft der beiden Völker genauso opfern wie die Leben aller verbliebenen Menschen aus Xianle. Solange sie nur das ganze Volk von Yong'an, Adel und Bürger gleichermaßen, in die Tiefen der Hölle stürzen konnten, gab es für ihn keinen Grund zu zögern.

Egal wie klug und vernünftig die Gründe waren, am Ende war der König tot und würde nicht wieder lebendig werden. Und er hatte diesen noblen Herrscher, der gegen die Diskriminierung vorgehen wollte, mit seinen eigenen Händen getötet, genauso wie den letzten Nachfahren seiner eigenen Familie, den es auf der ganzen Welt noch gab.

Kapitel 24:
Im Nest des Menschenfressers – Geisterkönig gegen Himmelsbeamte

Xie Lian wandte sich um und blickte die Statue an, die mit mutlos hängendem Kopf nicht weit entfernt von ihm kniete. »Mit einer Sache hatte Qi Rong recht. Ich bin ein Versager.«

»Abschaum wie ihm solltest du kein Wort glauben. Außer dass man ihn nicht totschlagen kann und es ihm immer gelingt wegzulaufen, hat er noch nichts zustande gebracht. Selbst nach achthundert Jahren ist er noch kein Supremus geworden. Er ist es nicht einmal wert, dass man sich die Hände schmutzig macht, indem man ihn zusammenschlägt.«

Xie Lian schmunzelte. War er nicht genauso? Das Einzige, was er gut konnte, war, nicht zu sterben und wegzulaufen. Und nach achthundert Jahren hatte er selbst auch nicht viel erreicht.

Als er Lang Qianqiu das erste Mal als östlichen Kriegsgott gesehen hatte, hatte es ihn gefreut, dass er sich viele seiner ursprünglichen Eigenschaften bewahrt hatte: Er war noch immer unkompliziert und aufrichtig und schlief bei langweiligen Besprechungen ein. Doch wer wusste schon, wie er sich von jetzt an verändern würde? Er war losgezogen, um Qi Rong zu jagen. Wenn er damit fertig war – wie würde es dann für sie beide weitergehen?

Xie Lian stand auf und ging langsam auf die Statue zu. Er stellte sich ihr gegenüber. Das Gesicht sah genauso aus wie sein eigenes. Es trug einen sorgenvollen Ausdruck und war von Tränen überströmt, schmerzverzerrt und unansehnlich. Xie Lian starrte es eine Zeit lang an und seufzte. Dann legte er der Statue eine Hand auf den Kopf und ließ einen Energiestoß in sie fahren.

Als er seine Hand zurückzog, bildeten sich auf den Wangen der Statue zwei Risse und kurz darauf brach das weinende Gesicht auseinander. Die Statue fiel in sich zusammen. Übrig blieb nur ein Haufen Steinfragmente.

Xie Lian wandte sich um und sah nun wieder sanft und ernst aus, wie gewohnt. Er massierte sich die Stirn und sagte: »Bestimmt werden hier noch mehr Menschen gefangen gehalten. Ich werde sie suchen und befreien.«

Hua Cheng stand auf. »Gut, gehen wir.«

Während des ganzen Tumults waren die kleinen grünen Laternengeister aus Qi Rongs Höhle geflohen. Die, die noch da waren, hatten sich in den dunkelsten Winkeln verkrochen und trauten sich nicht mehr hervor. Die beiden suchten überall, bis sie schließlich einige von ihnen aufspürten. Diese zwangen sie, ihnen den Weg zu den Höhlen zu zeigen, in denen die »frische Nahrung« aufbewahrt wurde. Grob überschlagen hatte Qi Rong nicht weniger als dreihundert Menschen gefangen gehalten. Alle waren entweder Leute aus den umliegenden Dörfern oder Reisende.

Die beiden liefen durch die Gänge und Höhlen, öffneten alle Gefängnistüren und ließen die Insassen frei.

Nun, da er etwas zu tun hatte, kam Xie Lian auf andere Gedanken und der Aufruhr in seinem Inneren legte sich etwas. Als sie alle Menschen befreit hatten, hatte er Zeit, um mit Hua Cheng zu reden. Er überlegte kurz und fragte dann: »Übrigens, San Lang, ich möchte dich etwas fragen.«

»Was denn?«

»Woher wusstest du, dass Qi Rong hinter der Verschwörung zu dem Anschlag beim Goldenen Bankett steckte?«

Zuerst hatte er nicht geahnt, warum Hua Cheng ihn und Lang Qianqiu in die Höhle des Grünen Geists gebracht hatte. Doch jetzt war ihm klar, dass es Hua Chengs Ziel gewesen war, Lang Qianqiu Qi Rongs Schuldgeständnis für das Massaker hören zu lassen.

»Qi Rong wusste nicht, dass ich Fangxin war«, sagte Xie Lian. »Wenn er es gewusst hätte, hätte er mich von Anfang an nicht in Ruhe gelassen. Damals wusste ich zwar, dass die alten Anhänger des Königshauses von Xianle etwas planten, aber ich ahnte nicht, dass Qi Rong dahintersteckte. Wie hast du das herausgefunden? Wie lange wusstest du schon davon?«

»Nicht allzu lange.« Hua Cheng lief neben ihm her, die Hände hatte er hinter dem Rücken verschränkt. »Ich bin Qi Rong einige Male begegnet und habe schnell begriffen, was für ein Mensch er ist. Qi Rong stammte zu Lebzeiten aus Xianle und er hegte einen tiefen Hass gegen Yong'an. Er ist ein Meister der Provokation und gut darin, Streit anzufachen und Konflikte anzuzetteln. Viele der größeren Anschläge gegen den Adel von Yong'an wurden hinter den Kulissen von ihm geplant. Ihm selbst ist es immer gelungen, sich bedeckt zu halten.«

Xie Lian schüttelte den Kopf. »Also hatte er eine Vorgeschichte. Sein Glück, dass er gut darin war, sich im Hintergrund zu halten. Wenn der Obere Hof Wind davon bekommen hätte, dass er hinter so vielen Konflikten unter den Sterblichen steckte, hätte er keine Gnade mit ihm gehabt.«

»Das Massaker beim Goldenen Bankett war genau sein Stil. Ich hatte immer angenommen, er sei der Drahtzieher und Fangxin sein Lakai. Doch als Lang Qianqiu dich am Oberen Hof als Staatspräzeptor Fangxin erkannte, war mir klar, dass ihr mit Sicherheit keine Verbündeten wart.«

Xie Lians Schritte verlangsamten sich. Obwohl Hua Cheng nicht im Himmel zugegen war, schien er immer bestens informiert zu sein, was im Shenwu-Palast vor sich ging. Und nicht nur das, er wusste bestens über die persönliche Verbindung zwischen Xie Lian und Qi Rong Bescheid.

»Doch nach wie vor hielt ich Qi Rong für den Drahtzieher, oder zumindest einen von mehreren«, fuhr Hua Cheng fort. »Für das einfache Volk von Xianle verbesserte sich vieles, als Lang Qianqius Vater an die Macht kam, und viele kamen von dem Gedanken ab, für ihr gefallenes Reich Rache nehmen zu wollen. Die Einzigen, die noch daran festhielten, waren die, die zur königlichen Familie gehört hatten. Zu dieser Zeit war Prinz Anle der einzige verbliebene Nachfahre. Wenn Qi Rong jemanden brauchte, den er für seine Anschläge benutzen konnte, kam außer ihm niemand infrage. Und praktischerweise starb er kurz nach dem Goldenen Bankett an einer Krankheit. Findest du nicht, dass das verdächtig klingt?«

Xie Lian nickte.

»Also lag der Gedanke nahe, dass er getötet wurde. Und der Grund dafür musste irgendetwas mit dem Goldenen Bankett zu tun haben. Meine ursprüngliche Vermutung war, dass es das Werk des Adels von Yong'an war. Aber das Volk von Xianle blieb unbehelligt, also konnte das nicht stimmen. Ich dachte über all das nach und kam so zu diesem Ergebnis.«

Xie Lian lächelte ihn verblüfft an. »So wenige Hinweise und du hast es so genau hergeleitet.«

»Das war nicht schwer. Man muss nur die beteiligten Personen gut genug kennen.«

»Das schon. Aber einen Punkt in deiner Erklärung verstehe ich nicht.«

»Und welchen?«

»Warum warst du dir so sicher, dass Qi Rong beim Goldenen Bankett als Erster zugeschlagen hat?«

»Ich dachte nicht, dass er es getan hat. Aber ich wusste, dass du es nicht warst.«

Xie Lians Lächeln schwand. Er schwieg eine Zeit lang. »Warum?«

»Hättest du dich aus irgendeinem anderen Grund zu dem Anschlag bekannt, hätte ich dir geglaubt. Der König von Yong'an war ein gütiger Herrscher, das Volk liebte ihn. Aber laut Lang Qianqius Schilderung hast du gesagt, der Grund für seine Ermordung sei gewesen, dass du es nicht ertragen konntest, ihn auf dem Thron zu sehen. Das klingt wie eine klassische Erklärung eines Aufrührers, dessen Absicht es ist, den Herrscher zu stürzen. Doch aus deinem Mund ist es ein lausiger Versuch, deinen eigenen Namen in den Dreck zu ziehen.«

Xie Lian stieß ein tonloses Lachen aus. »Meinen Namen in den Dreck ziehen? Denkst du nicht, ich könnte wirklich mit dem Gedanken gespielt haben? Vielleicht lauert in der Tiefe meines Herzens ja doch Groll.«

»Mit dem Gedanken gespielt, vielleicht, aber niemals hättest du es in die Tat umgesetzt.«

Xie Lian machte den Mund zu. Einen Moment später sagte er: »San Lang, ich bin nicht so, wie du denkst. Du ...« Er schloss die Augen und schüttelte den Kopf, unsicher, ob er weitersprechen sollte.

»Sag schon«, forderte Hua Cheng ihn auf.

Xie Lian zögerte, doch dann sprach weiter: »Ich denke, es wäre besser, wenn die Menschen nicht so viel Hoffnung in andere setzten.«

»Ach?«, stutzte Hua Cheng. »Und was meinst du damit?«

»Man sollte nicht denken, ein anderer sei vollkommen. Wenn man jemanden nur aus der Ferne sieht, wie eine Illusion, mit der man nie in Kontakt kommen kann, dann ist das in Ordnung. Aber wenn man jemanden erst einmal kennt und man sich nahe ist, wird man eines Tages feststellen, dass diese Person nicht so ist, wie man dachte. Vielleicht ist sie das genaue Gegenteil. Und dann ist man enttäuscht.«

»Das weiß man nie«, widersprach Hua Cheng. »Mir ist es egal, ob jemand enttäuscht ist. Für einige bedeutet die bloße Existenz einer bestimmten Person in dieser Welt schon Hoffnung.«

Er definierte nicht genauer, wen er mit »jemand« oder »eine bestimmte Person« meinte. Obwohl er mit unbewegter Miene gesprochen hatte, fast so als hätte er nur beiläufig dahergeredet, fiel Xie Lian plötzlich ein Stein vom Herzen und er fühlte sich federleicht. Er blieb stehen und konnte für eine lange Weile nichts sagen.

Dann fragte er unvermittelt: »San Lang, wer bist du eigentlich?«

Hua Cheng war ebenfalls stehen geblieben und blickte ihm ins Gesicht.

Xie Lian sah ihm direkt in die Augen. »Du wusstest, wer Qi Rong ist, und kanntest seine Herkunft. Du wusstest, wer ich bin, und konntest den Gottgefälligen Krieger zeichnen. Du scheinst mich zu kennen wie deine eigene Handfläche. Du weißt viel. Vielleicht mehr, als du mich wissen lässt.«

Hua Cheng zog die Augenbrauen hoch. »Ich weiß auch viel über andere Dinge.«

Xie Lian schüttelte den Kopf. »Das ist nicht das Gleiche.«

Seine linke Hand hielt seinen rechten Ellbogen und seine Rechte stützte sein Kinn. Er sah Hua Cheng verwundert an. »Ich hatte von Anfang an das Gefühl, dass du jemand aus meiner Vergangenheit bist und mich schon seit Ewigkeiten kennst. Vielleicht seit meinem ersten Aufstieg oder sogar noch früher. Doch ... ich erinnere mich nicht. Wann ist mir jemals ein Mensch wie du begegnet?«

Jemanden wie Hua Cheng hätte er niemals wieder vergessen. Xie Lian hatte niemals Schläge auf den Kopf bekommen, die ihm einen Teil seiner Erinnerungen hätten nehmen können. Es gab keinen Grund, warum er sich nicht erinnern können sollte. Er sah Hua Cheng bestimmt und gleichzeitig etwas belustigt an. »Wer bist du? Habe ich dich früher schon einmal getroffen?«

Hua Cheng antwortete nicht, aber er verzog leicht die Lippen.

Xie Lian gewann die Fassung zurück und bemerkte, dass seine Fragen unangebracht gewesen waren. Der wahre Name eines Geistes war in der Regel ein Geheimnis. Kein Geist würde seinen Namen preisgeben – Ausnahmefälle wie Qi Rong ausgenommen.

»Es tut mir leid, entschuldige bitte«, sagte Xie Lian hastig. »Ich habe nur so gefragt. Du musst mir nicht antworten. Es spielt keine Rolle für mich, wer du bist.«

In diesem Moment kniff Hua Cheng die Augen leicht zusammen. Xie Lian spürte auch etwas und blickte hinter sich. Aus einer der Höhlen hinter ihnen drang Lärm und sie hörten die klare, laute Stimme einer Frau. »Ich habe es doch gesagt, in meiner weiblichen Gestalt bin ich mächtiger und habe mehr Glück! Und Ihr habt mich nicht gelassen! Seht Ihr es jetzt ein? Diesmal haben wir richtig gewürfelt!«

Es war die Stimme von Shi Qingxuan.

»Windmeister!«, entfuhr es Xie Lian.

Eine Kultiviererin in einer weißen Robe kam kurz danach aus einer der Höhlenöffnungen und ihre Augen strahlten, als sie Xie Lian erblickte. »Ich habe ihn! Seine Hoheit ist hier!«

Als sie jedoch Hua Cheng an Xie Lians Seite erblickte, erstarrte ihre Miene. Sie tat einen Schritt zurück und zückte den Windmeister-Fächer.

Noch bevor Xie Lian irgendetwas sagen konnte, ertönte aus der Höhle das Echo einer Männerstimme. »Habt Ihr ihn gefunden? Ist alles in Ordnung?«

Die Stimme kam schnell näher und kurz darauf erschien eine weitere Person – es war Feng Xin. Er trug einen langen schwarzen Bogen in der Hand und in dem Moment, als er Hua Cheng erblickte, spannte er ihn augenblicklich.

Hua Cheng lachte spöttisch und sagte nichts.

»Legt die Waffen weg!«, rief Xie Lian eilig. »Wir können über alles reden.«

Die vier standen sich auf einem engen Pfad in der Höhle des grünen Geists gegenüber, zwei auf der einen, zwei auf der anderen Seite. Feng Xin hielt die Sehne seines Bogens bis zum Anschlag gespannt. Ein Schimmer aus magischem Licht wurde in seiner rechten Hand sichtbar und nahm die Form eines Pfeils an. Er zielte direkt auf Hua Cheng.

Feng Xin sprach als Erster und mahnte: »Eure Hoheit, kommt her.«

Sein Bogen war ein Geschenk von Jun Wu gewesen. Er hieß Fengshen und war eine mächtige magische Waffe.

Xie Lian befürchtete, er könnte tatsächlich schießen, und stellte sich schützend vor Hua Cheng. Dieser ergriff ihn jedoch von hinten und zog ihn weg.

Die Bewegung erschreckte die anderen beiden. Shi Qingxuan hob augenblicklich die Hand. »Hua Cheng! Blumensuchender Blutregen! Du ... du ... du tust besser nichts Unüberlegtes! Dass dein Anwesen abgebrannt ist, war ein Unfall. Wenn du verärgert bist, können wir reden. Der Himmel wird dir alles bezahlen. Der Himmlische Kaiser hat genug Geld. Lass den Kronprinzen los und wir reden.«

Xie Lian wusste nicht, ob er lachen oder weinen sollte, aber er war unendlich dankbar. »Windmeister, Ihr irrt Euch, es ist ...«

Er wollte erklären, dass Hua Cheng nicht wegen einer Entschädigung gekommen war, doch Shi Qingxuan zwinkerte ihm nachdrücklich zu, um ihm zu bedeuten, still zu sein.

Hua Cheng widersprach nicht. Er sagte: »Und was ist mit dem Spion, den Jun Wu mir direkt vor die Nase gesetzt hat? Es gibt nichts zu reden.«

Da verstand Xie Lian endlich. Shi Qingxuan konnte sehen, dass Hua Cheng keine bösen Absichten hegte. Aber um den Schein zu wahren, musste er so tun, als sei Hua Cheng wegen einer Entschädigung in den Himmel eingedrungen. Das würde verhindern, dass man im Himmel zu tratschen anfing, dass Xie Lian aus freien Stücken dem Hausarrest entflohen war. Hua Cheng erkannte Shi Qingxuans Absicht und spielte mit.

Doch Xie Lian wollte das nicht. »In Ordnung. Hört auf mit dem Theater. Er kam in den Himmel, um mich zu retten. San Lang hatte gute Absichten. Es besteht kein Grund, etwas zu verheimlichen.«

»Kein Theater mehr«, stimmte Shi Qingxuan ihm zu. »Ich habe unsere Worte schon über den Kommunikationskanal übertragen. Ihr versteht das nicht – wie gut die Absicht auch sein mag, Worte klingen immer negativ, wenn sie lange genug herumerzählt werden. Dann können sie auch von Anfang an negativ sein.«

»So ist es«, sagte Hua Cheng.

»Natürlich! Wie sonst könnte ich, der Windmeister, im Himmel so beliebt sein? General Nanyang, nehmt den Bogen herunter.«

Feng Xin hielt den Bogen weiterhin mit voller Kraft gespannt. Er stand mit angehaltenem Atem da und sprach kein Wort. Shi Qingxuan stieß ihn an. »Nehmt ihn runter. Könnt Ihr nicht sehen, dass sie Freunde sind?

Es wird nichts passieren.«

Mit düsterer Stimme sagte Feng Xin: »Hoheit, der neben Euch ist ein Supremus ...«

Als er sah, dass Feng Xin seine Feindseligkeit nicht ablegen und seinen Bogen nicht herunternehmen würde, warf Shi Qingxuan sich plötzlich in seine Arme.

Feng Xin erbleichte augenblicklich. Er schrie auf und der Schaft des magischen Pfeils verpuffte wie ein Wölkchen. Er öffnete entgeistert den Mund und stieß eine Vielzahl an Flüchen aus, bis er schließlich schrie: »Scheiße, was macht Ihr da?«

Shi Qingxuan hatte seine Brüste gegen die Hand gedrückt, die den Pfeil gehalten hatte. Es erweckte den Anschein, als sei das für Feng Xin ein unfassbar furchterregendes Erlebnis gewesen. Shi Qingxuan warf in einer eleganten Bewegung vollkommen gelassen seinen Fliegenwedel hinter sich und blickte unschuldig drein, als hätte er nicht gerade etwas Ungehöriges getan. »Ihr habt mir auch noch nicht gesagt, was Ihr vorhabt. Ich habe doch gesagt, der Blumensuchende Blutregen sei gekommen, um Seine Hoheit zu retten, und Ihr zielt noch immer mit dem Pfeil auf ihn. Wenn Ihr unbedingt mit ihm kämpfen wollt, bitte. Ich werde Euch nicht helfen.«

Feng Xin war weit vor ihm zurückgewichen und sah nicht so aus, als würde er ihn jemals wieder in seine Nähe kommen lassen. Erschöpft und heiser schrie er ihn an: »Wagt es ja nicht, je wieder so etwas zu tun! Hört Ihr mich?«

Shi Qingxuan, der sehr überzeugt von seiner übernatürlichen weiblichen Schönheit war, war unglücklich darüber, dass er vor ihm zurückwich, als sei er eine Giftschlange. »Ist ja gut. Ich werde nichts mehr tun. Euch ist ja nichts zugestoßen. Kein Grund, so überzureagieren.«

Wie aus verletztem Stolz heraus verwandelte sich Shi Qingxuan wieder in seine männliche Gestalt. »Ähm, wo ist eigentlich Qianqiu?«

Bei diesen Worten gewann Feng Xin seine Fassung zurück und sah sich suchend um.

»Ach«, machte Xie Lian. »Ist er nicht im Kommunikationskanal?«

»Nein«, sagte Shi Qingxuan. »Nachdem er gewürfelt hatte und verschwunden war, haben wir keinen Ton mehr von ihm gehört. Ich habe ihn mehrmals gefragt, welches die richtige Zahl ist, aber er gab keine Antwort. Qianqiu antwortet sonst immer direkt, wenn ich mit ihm spreche – und nicht nur mir, sondern allen Himmelsbeamten, egal welchen Ranges. Das ist seltsam.«

Xie Lian seufzte leise. »Seine Hoheit Taihua ist gegangen, um Qi Rong nachzujagen.«

Die anderen beiden waren verblüfft. »Qi Rong?«

»Ja. Dies hier ist Qi Rongs Unterschlupf. Jedenfalls ...« Xie Lian seufzte erneut.

Feng Xin fiel ihm ins Wort. »Moment. Warum jagt Seine Hoheit Taihua Qi Rong? War er nicht auf der Jagd nach Euch?«

»Es gibt keinen Grund«, antwortete Hua Cheng aus dem Hintergrund. »Außer dass er den wahren Verantwortlichen hinter dem Massaker beim Goldenen Bankett jagt. Das Einzige, was Seine Hoheit getan hat, war, das Chaos zu bereinigen, das der Attentäter hinterlassen hatte. Lang Qianqiu hat die Wahrheit erfahren und jagt nun den wahren Mörder. Das ist alles.«

Feng Xin war schockiert. »Den wahren Mörder? Ist das wahr?«

Xie Lian glaubte nicht, dass er alles noch einmal erklären konnte. Und ganz sicher konnte er die komplizierten Details nicht auf die Schnelle darlegen, also schüttelte er nur den Kopf. »Es ist nicht so einfach. Ich erzähle es Euch, wenn wir zurück sind.«

Shi Qingxuan war voller Freude, obwohl er die Hintergründe noch nicht kannte. »Ich wusste, dass es ein Missverständnis gegeben haben musste. Das war meine göttliche Hellsicht. Jetzt werdet Ihr nicht bestraft werden, wenn wir zurückkehren.«

»Gut«, sagte Feng Xin und wirkte ebenfalls erleichtert. Er hängte sich den Bogen über die Schulter und sah nicht mehr so wachsam aus wie zuvor. Hua Cheng aber lachte kalt.

Xie Lian wandte sich an Feng Xin: »Wusstet Ihr, dass Qi Rong *der* Qi Rong ist?«

»Welcher Qi Rong? Wer?« Er blickte Xie Lian erstaunt an. »Der, den wir kannten?«

»Also habt Ihr auch nicht bemerkt, dass er es ist?«, hakte Xie Lian nach.

Feng Xin sah ihn düster an. »Nein. Ich bin dem Grünen Geist nie begegnet und dachte immer, der Name sei ein Zufall. Was für ein Idiot käme auf die Idee, mit seinem echten Namen herumzuziehen und solches Aufsehen zu erregen? Das ist verrückt!«

In dem Moment, als er diese Worte sprach, erinnerte er sich daran, dass Qi Rong tatsächlich verrückt war. Sein Blick begegnete Xie Lians. Sie verstanden sich ohne Worte und beide schwiegen.

Damals, lange bevor die beiden in den Himmel aufgestiegen waren, hatte Feng Xin Qi Rong gehasst. Qi Rong war der Sohn der jüngeren Schwester von Xie Lians Mutter, der letzten Königin von Xianle. Er wuchs im Palast auf und lief Xie Lian den lieben langen Tag hinterher. Als persönlicher Leibwächter Xie Lians sah Feng Xin ihn dadurch häufig. Qi Rong war jung und unreif, er war sturköpfig und energisch und – was das schlimmste war – er war von königlicher Abstammung. Niemand wagte, ihn zu erziehen oder zu disziplinieren. Es ist leicht, sich vorzustellen, wie zügellos er wurde.

Immerzu sagte er: »Mein Cousin, der Kronprinz, ist vollkommen« oder »Mein Cousin ist dies«, »Mein Cousin ist jenes«. Wer auch nur einen Hauch von mangelndem Respekt gegenüber Xie Lian erkennen ließ oder ihm auch nur das kleinste Probleme bereitete, den steckte Qi Rong in einen Sack und schlug auf ihn ein, bis derjenige sich selbst beschmutzte, ganz egal wer es war. Für ihn war es undenkbar, Älteren oder Jüngeren besonderen Respekt entgegenzubringen.

Einmal rettete Xie Lian ein Kind von nicht einmal zehn Jahren aus seinen Klauen. Der arme Junge war von ihm blutig geschlagen worden und in elendem Zustand. Da Xie Lian Verständnis für Qi Rongs Lage hatte und dieser immer zu ihm hielt, züchtigte er ihn niemals körperlich. Auf Worte aber reagierte Qi Rong nicht, egal wie oft man mit ihm schimpfte. Er bereitete allen Kopfschmerzen.

Feng Xin war eine direkte Person, er sprach aus, was er dachte, und hatte weniger Geduld als Xie Lian. So kam es, dass er andauernd Streit mit Qi Rong hatte, wenn der ihm nicht gehorchte. Dafür hasste Qi Rong ihn und fand immer neue Wege, um für Ärger zu sorgen. Zum Beispiel ließ er ihn sinnlose Erledigungen machen. Nachdem Xie Lian dann aufgestiegen war, wurde Qi Rong noch unerträglicher. Wenn zum Beispiel jemand aus Gedankenlosigkeit vor dem Palast des Kronprinzen auf den Boden spuckte, zwang Qi Rong ihn, glühend heiße Kohlen in den Mund zu nehmen. Um zu verhindern, dass er es zu weit trieb, musste Feng Xin regelmäßig hinabsteigen und hinter ihm aufräumen. Das war sehr lästig. Ständig sagte er zu Xie Lian: »Qi Rong ist irre, eines Tages wird er ein schlimmes Chaos anrichten.«

»Wenn er das wirklich ist, dann wundert mich nicht, dass er es getan hat«, stellte Feng Xin fest.

Shi Qingxuan antwortete: »Was, Ihr alle kennt den Grünen Geist?«

Xie Lian nickte. »Er ist mein jüngerer Cousin.«

Überrascht verschränkte Shi Qingxuan die Arme. »Das ist erstaunlich.«

»Ja, er ist wirklich erstaunlich«, sagte Xie Lian.

»Ich spreche nicht von ihm. Ich meine Euch. Eure Hoheit, seht Euch doch an: die Kriegsgötter des Südostens und des Südwestens sind beide Eure alten Kumpels, der Kriegsgott des Ostens ist Euer Schüler, der Nachtwandelnde Grüne Geist ist Euer Cousin, der Blumensuchende

Blutregen Euer Vertrauter und ich, der Windmeister, bin Euer Freund. Wenn das nicht erstaunlich ist ...«

Xie Lian lächelte und dachte bei sich, dass das sonnige Gemüt des Windmeister gut zu seinem Titel passte: Der Wind hatte die Kraft, alle dunklen Wolken aufzulösen.

Als aber Hua Cheng und Feng Xin ihn sagen hörten, der Blumensuchende Blutregen sei Xie Lians »Vertrauter«, wirkten beide, als wollten sie widersprechen. Hua Cheng zog die Augenbrauen hoch und Feng Xin runzelte die Stirn.

Kurz darauf wandte Feng Xin sich an Xie Lian: »Wenn sonst nichts ist, wäre es wohl das Beste, dass Ihr an den Oberen Hof zurückkehrt. Viele der Himmelsbeamten haben nicht mitbekommen, was in dem Tumult passiert ist, und warten auf Nachricht. Jun Wu wurde inzwischen sicherlich auch schon informiert. Ihr müsst Bericht erstatten und die Ereignisse erklären.«

Hua Cheng lachte laut auf, als er diese Worte hörte.

»Was gibt es da zu lachen?«, wollte Feng Xin wissen.

»Und ich habe mich schon gefragt, wie direkt du in Wirklichkeit bist. Jetzt zeigt sich, dass auch du dich nicht traust, das eigentliche Problem anzusprechen. Wenn du nicht willst, dass Seine Hoheit sich länger mit Geistern und Dämonen wie mir abgibt, dann sag es offen. Oder erlaubt deine Stellung dir das nicht?«

Xie Lian räusperte sich. »San Lang ...«

»Immerhin ist dir bewusst, dass er sich nicht mit Geistern und Dämonen abgeben sollte«, sagte Feng Xin kühl.

Hua Cheng gab nicht zu erkennen, wie er darüber dachte.

Xie Lian antwortete Feng Xin in ruhigem Ton: »Ich werde Bericht erstatten, aber zurzeit gibt es drängendere Probleme. Qi Rong hielt über dreihundert Menschen hier gefangen, um sie zu fressen. Durch San Langs Hilfe konnten sie alle befreit werden. Aber da sind auch noch die vielen kleinen Geister, um die wir uns kümmern müssen. Ich werde in den Himmel zurückkehren, sobald ich hier fertig bin.«

»Es wäre nicht gut, wenn das zu lange dauert. Lasst mich das hier erledigen«, sagte Feng Xin.

Hua Cheng nickte. »So effizient wie der Himmel arbeitet, wärst du dann in ungefähr einem Monat fertig.«

»Du redest, als könntest du es von jetzt auf gleich erledigen«, erwiderte Feng Xin.

Jeder der beiden war von seinem Standpunkt überzeugt. Shi Qingxuan sah Xie Lian an. Seine Augen schienen zu fragen: *Ist zwischen den beiden etwas vorgefallen?*

Xie Lian schüttelte den Kopf. Er wollte gerade das Thema wechseln, als Hua Cheng von irgendwoher einen Regenschirm hervorzog. Er war leuchtend rot wie Ahornblätter. Hua Cheng hielt den Schirm in die Höhe, sodass er Xie Lian und ihn selbst überspannte und ihre Wangen rot färbte.

Das musste derselbe Regenschirm sein, mit dem Hua Cheng sie am Yujun Berg im Wald der hängenden Leichen abgeschirmt hatte. Doch nun regnete es nicht und Xie Lian fragte neugierig: »San Lang, wozu hast du den Schirm aufgespannt?«

Hua Cheng sah ihn an und hielt den Schirm noch näher an Xie Lian. Er lächelte ihn freudig an. »Warte nur ab. Das Wetter wird sich gleich ändern.«

Er hatte kaum ausgesprochen, da begann es zu schütten.

Der Regen prasselte herunter. Er hatte so plötzlich eingesetzt, dass Xie Lian vollkommen verdutzt dreinblickte. Doch er war unter Hua Chengs Schirm gut geschützt und bekam nicht einen einzigen Tropfen ab.

Feng Xin jedoch stand auf der anderen Seite der Höhle und war vollkommen unvorbereitet. In Windeseile war er von Kopf bis Fuß durchnässt.

Am schlimmsten aber war, dass dieser Regen die Farbe von Blut hatte. Feng Xin sah aus, als sei er komplett von Blut überströmt, eine rote Gestalt, nur seine weit aufgerissenen Augen waren weiß. Shi Qingxuan stand sicher im Eingang einer anderen Höhle und so bekam er nichts ab, aber auch er starrte mit großen Augen auf das Geschehen, so erschrocken, dass er sogar vergaß, seinen Fliegenwedel zu schwingen.

Der Regen endete so plötzlich, wie er eingesetzt hatte, und kurz darauf war wieder alles still. Feng Xin brauchte einen Moment, um sich zu erholen. Er wischte sich das Gesicht ab, doch es blieb rot verschmiert.

»Das …«, setzte Xie Lian an.

»Von jetzt auf gleich. Was denkst du?«, sagte Hua Cheng lachend, während er den Schirm zuklappte.

Während er diese Worte gesprochen hatte, hatte er sich bereits mehrere Schritte von ihm entfernt. Xie Lian suchte in seinem Ärmel nach einem Tuch, aber Shi Qingxuan war schneller. Er riss einige weiße Pferdehaarsträhnen aus seinem Fliegenwedel und gab sie Feng Xin, der schweigend dastand.

In dem Moment, als Hua Cheng ging, spürte Xie Lian sofort eine Leere hinter sich und riss den Kopf herum. Er lief ihm ein paar Schritte nach. »San Lang, gehst du zurück in die Geisterstadt?«

Hua Cheng blickte sich zu ihm um. »Gehst du nicht zurück in den Himmel?« Dann fügte er halb scherzend hinzu: »Wenn du mit mir in die Geisterstadt kommen möchtest, bist du herzlich willkommen.«

Xie Lian schmunzelte. »Nächstes Mal. Wenn es sich ergibt, werde ich wieder in die Geisterstadt kommen. Dann helfe ich dir, das Jile-Anwesen neu aufzubauen.«

»Das musst du nicht. Es reicht schon, wenn du dabei bist und zusiehst.«

Xie Lians Lächeln erstarb. »Diese Sache mit Qianqiu – auch wenn es so ausgegangen ist, möchte ich dir danken.« Er unterbrach sich und sprach dann weiter: »Ich weiß nicht, was der richtige Weg gewesen wäre, vielleicht ist es ja gar nicht so schlecht ausgegangen.«

»Du denkst zu viel nach«, sagte Hua Cheng.

Xie Lian sah ihn erstaunt an und legte den Kopf schief.

»Konzentrier dich auf das, was du tun möchtest«, ergänzte Hua Cheng. Er winkte ihm noch einmal zu und wandte sich zum Gehen.

Nicht lange danach war die rote Silhouette zwischen den mondbeschienenen Bergen aus Xie Lians Blickfeld verschwunden.

Kapitel 25:

Suche nach der Vergangenheit und Rückkehr zum Berg Taicang

Aus irgendeinem Grund fasste Xie Lian plötzlich neuen Mut. Nachdem Lang Qianqiu fortgegangen war, waren seine Schritte zögernd gewesen und er hatte die Schultern hängen lassen. Und nun war da dieser Mut, der scheinbar aus dem Nichts gekommen war. Es war schwer zu sagen, wohin er ihn führen würde. Jedenfalls stand er wieder aufrecht da.

Shi Qingxuan trat zu ihm und klopfte ihm auf die Schulter. »Was für ein interessanter Mensch. Eure Hoheit, ich weiß nicht, wie Ihr es geschafft habt, Euch mit ihm anzufreunden, aber Ihr habt großes Glück.«

Es kam selten vor, dass jemand zu Xie Lian sagte, er habe Glück. »Wirklich? Ja, wahrscheinlich habt Ihr recht. Ich finde auch.«

Feng Xin stand hinter ihnen und wischte sich noch immer schweigend über das Gesicht. Als die beiden sich zu ihm umwandten, war sein blutiges Gesicht mit weißen Haaren verklebt und er sah elend und strubbelig aus. Sie mussten sich sehr bemühen, nicht lauthals loszulachen. »Tut mir leid«, sagte Xie Lian.

Das zählte als Entschuldigung in Hua Chengs Namen. Feng Xin hatte endlich alle weißen Fasern von seinem Gesicht gelöst. »Ich bin nicht so geübt wie er. Es gibt nichts zu sagen.«

Die drei suchten noch einmal die ganze Höhle gründlich ab, um sicherzugehen, dass sich nicht doch irgendwo noch ein Mensch oder etwas anderes versteckte. Dann ritten sie auf einem Windstoß zum himmlischen Hof zurück.

Als sie das Tor passiert hatten, sahen sie, dass die Straßen von Beamten des Mittleren Hofes wimmelten. Sie liefen überall umher und untersuchten jeden Winkel jedes Palasts mit größter Sorgfalt. Als sie endlich am Shenwu-Palast ankamen, war die Haupthalle voller Beamter des Oberen Hofes und schon von Weitem konnten sie hören, dass eine rege Diskussion im Gange war. Das Erste, was sie hören konnten, war: »Hua Cheng wagt es, den Oberen Himmlischen Hof zu beschuldigen, einen Spion ausgesandt zu haben. Wie lächerlich! Warum sollte der Himmel das nötig haben?«

Xie Lian und Shi Qingxuan räusperten sich leise, als sie das hörten. Mit großer Wahrscheinlichkeit war tatsächlich ein Spion ausgesandt worden. Die Angelegenheit war noch nicht geklärt und schon gab es unter den Himmelsbeamten Geschrei deswegen. Sollte die Anschuldigung sich doch bewahrheiten, würden ihnen ihre Aussagen auf die Füße fallen.

Die drei betraten die Halle, Shi Qingxuan vorneweg. Als die Menge ihn erblickte, grüßte sie ihn freudig.

»Der Windmeister ist wieder da!«

»Danke für Eure harte Arbeit!«

Doch alle Blicke ruhten auf Xie Lian. Gerade wollten sie ihre Fragen an ihn richten, da entdeckten sie Feng Xin, der mit finsterer Miene hinter ihnen herlief und aussah, als sei er aus einem Teich voller Blut gekrochen. Allen stockte der Atem und sie wandten sich ab. Niemand wollte zum Gegenstand einer Schimpftirade werden.

Nur Mu Qing hielt seinen Blick auf ihn gerichtet, er starrte ihn regelrecht an. Seine Absicht war mehr als offensichtlich.

Xie Lian sah nach oben und erblickte Jun Wu auf seinem Thron. Er hatte den Kopf in eine Hand gestützt und die Finger massierten die Schläfe. Seine Augen waren geschlossen und er wirkte erschöpft.

Xie Lian konnte sich genau vorstellen, wie er sich fühlte. In der Vergangenheit hatte es oft monatelang keine solche Versammlung gegeben, aber in der letzten Zeit war so viel passiert, dass in der Halle des Shenwu-Palasts ständig Betrieb herrschte. Es schien, als gäbe es jeden Tag irgendeinen Vorfall und für jeden müssten zwei Versammlungen abgehalten werden. An Jun Wus Stelle wäre Xie Lian auch erschöpft gewesen. Dazu kam noch, dass so viele ihre Meinung kundtun wollten und alle durcheinanderredeten.

Einer der Himmelsbeamten rief: »Er ist einfach so aufgetaucht. Eine bedrohliche Vorstellung, dass es ihm gelungen ist, den Xianle-Palast mit irgendeinem anderen Ort zu verbinden. Wenn es für ihn so leicht ist,

Seine Hoheit zu entführen, nur weil er ihn verärgert hat, wer weiß, wen er sich noch holen wird. Wir dürfen auf keinen Fall über diese Gefahr hinwegsehen. Wir müssen ihn sofort aufhalten.«

Übertrug man die Situation auf die Sphäre der Sterblichen, wäre es so, als hätte ein Rebell einen Tunnel unter dem Königspalast gegraben, um sich so Zugang zu verschaffen. Es war also verständlich, dass die Himmelsbeamten besorgt waren. Kein Wunder, dass die Beamten des Mittleren Hofes die Paläste und Straßen absuchten und bewachten.

Mu Qing jedoch hatte noch etwas anderes zu sagen. »Hua Cheng hat viele Anhänger und ihm untersteht die Geisterstadt. Dass sein Anwesen abgebrannt ist, ist für ihn eine Kleinigkeit, die ihn nicht weiter stört. Vielleicht gab es für ihn einen anderen Grund, in den Himmel einzudringen, als den, dass Seine Hoheit ihn verärgert hat.«

»General Xuanzhen, Ihr liegt falsch«, hielt Shi Qingxuan augenblicklich dagegen. »Alle haben es gehört, Hua Cheng hat es selbst zugegeben. Wo wir gerade dabei sind, welcher General ist diesen Monat für die Sicherheit zuständig? Im Palast von Xianle wurde ein Zauberportal beschworen, ohne dass es auch nur jemand bemerkt hat. Das sieht doch ganz danach aus, als hätte jemand seine Sorgfaltspflicht verletzt.«

Pei Ming hatte schweigend neben ihnen gestanden, mit ausdrucksloser Miene und verschränkten Armen. Als er Shi Qingxuan hörte, sagte er: »Ich.«

Shi Qingxuan hatte sich vertan und angenommen, Mu Qing sei an der Reihe gewesen. Stattdessen hatte er einen Vorwurf gegen Pei Ming erhoben, was ihm nun peinlich war.

Pei Ming wies die Schuld nicht von sich. »Ich bin diesen Monat zuständig. Ich habe es übersehen.«

Ein anderer Himmelsbeamter, der sich gut mit Pei Ming verstand, versuchte sofort, ihm zu Hilfe zu kommen. »Wenn Ihr mich fragt, sollten wir uns diese Fälle einzeln ansehen. Lasst uns zuerst aufklären, was es mit dem Massaker beim Goldenen Bankett auf sich hat.«

Gerade in diesem Moment meldete sich Lingwen zu Wort, die direkt neben dem Thron stand. »Es gibt Neuigkeiten von Seiner Hoheit Taihua.«

Jun Wu öffnete endlich die Augen. »Was sagt er?«

Lingwen schwieg einen Moment. Dann antwortete sie: »Er sagt, die Geschichte mit dem Massaker beim Goldenen Bankett habe noch eine andere Seite. Er wird die Sache mit Seiner Hoheit bereinigen und er wünscht nicht, dass andere sich einmischen. Außerdem bittet er, dem Gesuch Seiner Hoheit um Verbannung nicht nachzukommen. Das war alles.«

»Was für eine andere Seite?«, fragte Mu Qing mit gerunzelter Stirn.

»Er hat keine Einzelheiten genannt«, antwortete Lingwen.

Die Himmelsbeamten hatten miterlebt, wie sich eine große Schlacht zusammengebraut hatte, wie ein gewaltiger Hammer emporgehoben wurde, bereit, erschütternd einzuschlagen, und nun, da er leicht wie eine Feder gelandet war, waren sie etwas enttäuscht. Lang Qianqiu, der Hinterbliebene, zog seine Anklage zurück – das nahm dem Spektakel all seine Spannung. Lang Qianqiu nannte nicht einmal Gründe und Xie Lian sah auch nicht so aus, als würde er ihnen Einzelheiten verraten. In dieser Sache gab es nichts mehr zu sehen und nichts mehr zu bereden.

Jun Wu ordnete daraufhin Feng Xin und Mu Qing an, mit Pei Ming gemeinsam die Sicherheitsvorkehrungen zu verstärken. Einige Kleinigkeiten wurden noch besprochen, dann entließ er mit einer Geste alle Himmelsbeamten.

Xie Lian blieb zurück und hörte den leisen Stimmen der Vorübergehenden zu.

»Ich wusste es. Immer wenn er etwas anstellt, sagt der Himmelskaiser, dass er ihn befragen wird, und dann kommt nichts dabei heraus …«

»Wir waren so blind. In Wirklichkeit ist er eine bedeutende Person. Wir sollten besser aufpassen, was wir sagen.«

Als alle gegangen waren, trat Xie Lian vor den Thron, verbeugte sich und sprach: »Ich habe Eurer Majestät Umstände bereitet.«

»Noch ist es keine große Sache. Das eigentliche Problem war, dass Ihr so beharrlich behauptet habt, Ihr wärt für das Massaker verantwortlich.«

Xie Lian zögerte zunächst, doch dann berichtete er den ganzen Hergang in allen Einzelheiten.

Nachdem Jun Wu ihm aufmerksam zugehört hatte, sagte er: »Xianle, Euer Verhalten hat Euch viel abverlangt und doch habt Ihr weder etwas erreicht noch jemandem einen Gefallen getan.«

»Ich weiß«, erwiderte Xie Lian mit gesenktem Kopf.

»Macht Euch nichts daraus. So wart Ihr schon immer. Taihua richtet nun seine gesamte Energie darauf, den Grünen Geist zu fangen. Wenn es ihm gelingt, wird er zu Euch zurückkommen. Habt Ihr Euch Gedanken darüber gemacht, wie Ihr ihm gegenübertreten werdet?«

»Noch nicht. Aber ich möchte noch etwas anderes ansprechen.«

Jun Wu schmunzelte. »Was denn? Etwas Interessantes, das mich zum Lachen bringt?«

»Eure Majestät, habt Ihr den Erdmeister als Spion in die Geisterstadt entsandt?«, fragte Xie Lian.

»Ja«, bestätigte Jun Wu gelassen.

»Warum?«

»Weil Hua Cheng zuerst einen Spion in den Himmel geschickt hat«, antwortete Jun Wu langsam.

Xie Lian war verdutzt.

Jun Wu erhob sich vom Thron. »Viele Jahre lang schon kannte Hua Cheng alle Neuigkeiten verdächtig schnell. Es gab vieles, was er nicht hätte wissen sollen, und doch wusste er immer Bescheid. Darüber, was getan werden kann und was nicht, wo die Grenzen liegen und wie sie überschritten werden können, immer wusste er alles bis ins kleinste Detail. Dass er eine direkte Verbindung zum Palast von Xianle beschwören konnte, beweist einmal mehr, dass er einen Spion in unseren Reihen haben muss. Das wäre sonst nicht möglich gewesen.«

Auch Xie Lian war das schon aufgefallen. Hua Cheng wusste einfach zu viel. Als Jun Wu es nun laut aussprach, fiel es ihm daher nicht schwer, es zu glauben. »Habt Ihr Beweise?«, erkundigte er sich.

Jun Wu schüttelte langsam den Kopf. »Gerade weil es keinen Beweis gab, es mir aber verdächtig vorkam, habe ich Ming Yi ins Geisterreich geschickt. Dass er Hua Cheng in die Hände fallen würde, bevor wir den Spion enttarnen konnten, war unerwartet. Obwohl Ihr ihn retten konntet, wird es jetzt noch schwieriger sein, den Spion zu finden.«

»Ist der Obere oder der Mittlere Hof betroffen?«

»Schwer zu sagen. Außer Euch könnte es jeder sein. Vielleicht gibt es nur einen Maulwurf, vielleicht mehrere.«

Kein Wunder also, dass Jun Wu niemand anders gesandt hatte, um über Ming Yis Verschwinden nachzuforschen. Xie Lian dachte: *Wenn es jeder außer mir selbst sein kann, dann sind sogar der Windmeister, Qianqiu und Feng Xin möglicherweise verdächtig?*

»Xianle, ich weiß, dass Ihr eine hohe Meinung von Hua Cheng habt«, fuhr Jun Wu fort. »Ihr habt Euch für eine Freundschaft mit ihm entschieden und andere sollten das nicht kommentieren. Aber seid achtsam. Passt auf, dass Ihr nicht zu viel preisgebt.«

Xie Lian ordnete seine Gedanken.

»Um zum Supremus zu werden, muss man unaussprechliche Qualen und unvorstellbares Leid erdulden«, ergänzte Jun Wu. »Wer diese Prüfung nicht besteht, wird für immer in die tiefste Hölle geworfen, ohne je wiederzukehren. Die beiden Geisterkönige, die Supremi, die aus dem Berg Tonglu kamen, das Schwarze Wasser und Hua Cheng, sind beide furchteinflößender, als Ihr es Euch vorstellen könnt.«

Xie Lian senkte den Kopf und sagte nichts.

»Ich weiß nicht, was sein Ziel ist oder was ihn antreibt, aber er weiß genau, was am Oberen Hof vor sich geht. Das allein ist schon problematisch.«

Als er das Wort »problematisch« hörte, hob Xie Lian den Kopf und platzte heraus: »San Lang ist ...«

Als er sah, wie Jun Wu ihn anblickte, unterbrach er sich und korrigierte sich dann. »Hua Cheng würde nichts Bösartiges tun. Überlegt nur, Eure Majestät: Mit seiner Macht hätte er schon längst großes Unheil über uns bringen können, wenn er das gewollt hätte. Wenn er es zuvor nicht getan hat, warum sollte er es in der Zukunft tun, zumal ohne triftigen Grund?«

»Beten wir, dass es so ist«, sagte Jun Wu. »Ihr wisst selbst, dass ich dieses Risiko nicht eingehen kann.«

Nachdem er den Shenwu-Palast verlassen hatte, lief Xie Lian langsam durch die Straßen der himmlischen Hauptstadt. Als er am Xianle-Palast vorbeikam, blieb er stehen, um ihn zu betrachten. Dies war der Palast, den Jun Wu ihm geschenkt hatte. Er war prachtvoll und neu, gleichzeitig aber auch fremd. Über den großen scharlachroten Türen waren leuchtende Metallornamente angebracht. Die Türen selbst waren mit Papierstreifen versiegelt, auf denen allerlei Zauberformeln geschrieben waren. Sie bildeten quer über den Türflügeln ein großes X, das alle Vorübergehenden warnte.

Als Shi Qingxuan den Shenwu-Palast verlassen hatte, hatte er Xie Lian bereits erzählt, dass die Türen seines Palasts versiegelt worden waren, weil von dort eine Verbindung zu einem unbekannten Ort bestand. Er hatte Xie Lian eingeladen, sich stattdessen in seinem Palast auszuruhen. Nachdem Xie Lian jedoch eine Zeit lang seine Residenz betrachtet hatte, machte er auf der Stelle kehrt. Er steuerte nicht den Palast des Windmeisters an und dachte auch nicht mehr an das, was er eigentlich tun wollte. Er begab sich stattdessen zum Aufstiegstor und sprang.

Er durchquerte das schneeweiße Wolkenmeer und landete am Fuß des Berges Taicang. Auf dem Gipfel dieses Berges hatte sich einst der königliche Tempel von Xianle, das spirituelle Zentrum des alten Königreichs, befunden.

Der königliche Tempel war kein einzelnes Gebäude, sondern eine gigantische Anlage aus Tempelbauten gewesen. Der ganze Berg Taicang war überzogen von Schreinen und Tempeln, die unzähligen Göttern und Unsterblichen geweiht waren, einer prächtiger als der andere. Der Gott, der über allen anderen verehrt wurde, war der Himmlische Kaiser und sein goldener Tempel hatte auf dem höchsten Punkt des Berggipfels gestanden. Der Kronprinzentempel, der auf dem zweithöchsten Punkt gestanden hatte, war ebenfalls ein elegantes und prächtig ausgeschmücktes Bauwerk gewesen.

Vor achthundert Jahren war der Berg Taicang für seine Wälder von rot glühendem Ahorn berühmt gewesen und hatte unzählige Pilger und Kultivierer angelockt. Doch als das Königreich Xianle fiel, wurden aus den Pilgern wütende Rebellen. Sie bestiegen den Berg, um den Kronprinzentempel anzuzünden, doch am Ende steckten sie alles in Brand und auf dem ganzen Berg blieb nichts übrig als schwarze Erde und Asche.

Wie ein blutgetränkter Flecken Erde war auch der verbrannte Boden des Berges besonders fruchtbar. Die Samen, die auf ihn fielen, wurden zu neuen Bäumen. Hunderte Jahre später war der Berg wieder von einem Wald bedeckt, aber die Bäume trugen keine roten Blätter mehr. Die ganze Landschaft sah anders aus als achthundert Jahre zuvor.

Wollte man früher auf den Berg steigen, folgte man einem breiten gepflasterten Weg. Auf dem Pfad begegnete man oft Pilgern oder Kultivierungsschülern, die Feuerholz oder Wasser auf dem Rücken trugen. Diesen Pfad gab es schon lange nicht mehr. Er war tief begraben unter Steinen und Geröll, Ästen und Zweigen. Als Xie Lian den Berg bestieg, suchte er sich seinen eigenen Weg und wenn ihm Dornen oder Büsche im Weg waren, bahnte er sich mit Fangxin einen Pfad.

Als er den Berg zur Hälfte erklommen hatte, war er erschöpft und lehnte sich an einen toten Baum, um sich auszuruhen. Da stürzte auf einmal mit einem seltsam knackenden Geräusch ein schwarzes Objekt wie ein Schatten aus dem Astwerk.

Xie Lian duckte sich zur Seite. Zunächst dachte er, es sei ein abgebrochener Ast oder ein Vogelnest. Doch als er das Objekt näher betrachtete, erkannte er ein Holzbrett, das so verrottet war, dass seine ursprüngliche Form nicht mehr zu erkennen war. An beiden Seiten waren verrostete Stahlketten befestigt. Jemand anders hätte sicherlich nicht gewusst, was das für ein Gegenstand war, aber Xie Lian wusste sofort, dass es sich um eine Schaukel handelte.

Früher waren überall auf dem Berg Taicang Schaukeln installiert gewesen – zum Vergnügen ebenso wie zu Übungszwecken. Eine von Xie Lians frühesten Erinnerungen war, dass er einmal seine Eltern zum königlichen Tempel begleitet hatte, wo sie um Segen bitten wollten. Damals hatte er gesehen, wie eine Gruppe junger Priesteranwärter an den Schaukeln turnen und ringen übte und allerlei Kunststücke vollführte. Es war ein interessantes Schauspiel. Der König und die Königin sahen ihnen zu und Xie Lian klatschte in die Hände und rief den Jungen freudig zu. Seinen Eltern gefiel die Darbietung so gut, dass sie sie reich belohnten. Seitdem hatte sich in Xie Lians Herz der Eindruck eingebrannt, dass Kultivierung etwas sehr Spaßiges sein musste. Die Entscheidung, selbst ein Kultivierer zu werden, traf er später jedoch nicht, um sich zu amüsieren.

Nachdem er etwas gerastet hatte, setzte Xie Lian seinen Weg fort. Je höher er stieg, desto dichter wurde das Gebüsch und immer öfter hörte er Tiere, die vor seinen Schritten Reißaus nahmen. Manchmal konnte er noch ihre buschigen Schwänze erkennen. Auf den Bäumen sah er Eichhörnchen, die an Tannenzapfen nagten und den ungebetenen Gast kritisch beäugten.

Die Dornen, die den Weg versperrten, zerrissen ihm die Kleider und zerkratzen ihm Arme und Beine, doch das störte ihn nicht im Geringsten. Nach sechs weiteren Stunden erreichte er den Kronprinzengipfel.

Dieser Gipfel hatte nicht immer so geheißen, sondern seinen Namen erhalten, nachdem der Kronprinzentempel hier erbaut worden war. Zwischen dem Unkraut und den Büschen waren hier und da noch gepflasterte Stellen zu erkennen. Sie waren die letzten Spuren des Fundaments der niedergebrannten Tempelhalle. Xie Lian lief durch die Trümmer und Scherben von glasierten Dachziegeln und gelangte an einen alten Brunnen.

Er blickte von oben auf seinen Grund und sah, dass dieser Brunnen schon lange ausgetrocknet war. Er war nur etwas über einen Meter tief und von Schlamm erfüllt. Ohne zu zögern, stemmte sich Xie Lian über den Rand und sprang in den Brunnen.

Er landete nicht im Matsch, sondern fiel durch dieses Trugbild hindurch wohl ein Dutzend Meter tief, bis seine Füße festen Boden berührten.

Dort, wo er sich jetzt befand, war es so finster, dass er seine Hand nicht vor Augen erkennen konnte. Als er nach oben blickte, war kein Sonnenlicht auszumachen. Es war, als bedecke ein dicker, schwerer Stoff die Öffnung. Xie Lian tastete am Boden des Brunnens um sich, befühlte die Steine und drückte sie in einer bestimmten Reigenfolge. Mit einem grollenden Geräusch öffnete sich an einer Seite eine kleine Tür, die in einen Tunnel führte. Xie Lian kroch auf allen vieren hindurch. Kaum hatte er die Tür passiert, hörte er wieder das grollende Geräusch, als sie sich hinter ihm schloss.

Nach einer halben Stunde war er ans Ende des langen Tunnels gekrochen. Er stellte sich aufrecht hin, schnippte mit den Fingern und hielt ein kleines, flackerndes Licht in der Handfläche.

Kaum hatte er das Licht entzündet, glomm wie zur Antwort nicht weit entfernt ein weiteres Licht auf, als sei es aus einem tiefen Schlaf erwacht. Wie eine Perle leuchtete es matt in der Dunkelheit. Kurz darauf begannen um ihn herum mehr und mehr solcher Perlen zu leuchten. Immer deutlicher war zu erkennen, dass Xie Lian in der großen Halle eines unterirdischen Palasts stand. An der Decke über dem Raum leuchteten Tausende funkelnde Sterne.

Kaum jemand wäre wohl auf die Idee gekommen, dass das königliche Mausoleum des Reichs Xianle sich hier unter der verbrannten Erde des Taicang-Berges befand. Die leuchtenden Sterne waren Nachtperlen und Diamanten, die in die Decke eingelassen waren. Die Nachtperlen strahlten beim Kontakt mit Licht und die Diamanten reflektierten ihren Glanz. Das ergab im Zusammenspiel ein umwerfendes Lichterspektakel, wie in einem Traum. Es war eine kleine Milchstraße, die sich tief unter der Erde versteckte.

Jede einzelne Nachtperle und jeder der Diamanten waren von unschätzbarem Wert, jedes Juwel war mehr wert, als ein Einzelner innerhalb einer Lebensdauer an Reichtümern anhäufen könnte. Xie Lian würdigte sie jedoch keines Blickes. Er durchquerte die große Halle auf direktem Wege und ging auf das Grabgewölbe am anderen Ende zu.

Verglichen mit der großen Halle war die Grabkammer von bestechender Einfachheit – das lag daran, dass sie noch nicht vollendet war. Es gab keine prachtvollen Ornamente, nur zwei Särge befanden sich dort. Zwischen ihnen stand eine Person in luxuriösen Gewändern mit einer goldenen Maske vor dem Gesicht. Sie hielt ein Schwert mit glänzender, scharfer Schneide in der Hand, das genau auf Xie Lian gerichtet war.

Doch diese Person stand unbeweglich da und rührte sich nicht. Xie Lian trat achtlos näher. Er wusste, dass sich hinter der goldenen Maske kein Gesicht befand und unter den prachtvollen Gewändern kein Mensch steckte. Dort stand nur eine Puppe aus Stroh, die von Stöcken und Schnüren zusammengehalten wurde.

Lange Zeit hatten diese Maske und die eleganten Gewänder an seiner statt bei den einsamen Särgen Wache gehalten. Auf jedem Sarg stand ein kleiner goldener Teller, doch was darauf lag, sah weniger kostbar aus: Früchte, zur Unkenntlichkeit zusammengeschrumpelt und vertrocknet, und harte, verrottete Würfel. Als Xie Lian eingetreten war, entfernte er die Grabbeigaben und warf sie in eine Ecke der Grabkammer. Er suchte in seinen Ärmeln und Taschen. Er hatte ursprünglich ein angebissenes Dampfbrötchen besessen, doch das hatte er Hua Cheng gegeben und jetzt hatte er nichts mehr.

»Vater, Mutter. Entschuldigt. Ich komme mit leeren Händen«, sagte er.

Natürlich erhielt er keine Antwort. Xie Lian setzte sich langsam hin und lehnte sich an einen der Särge. Er starrte einige Zeit gedankenverloren vor sich hin. Dann sprach er weiter: »Mutter, ich habe Qi Rong gesehen. Er ist nicht gestorben, sondern zu einem Geist geworden. Ich kann mir nicht vorstellen, wie er die letzten Jahrhunderte verbracht hat.« Er schüttelte den Kopf. »Er ... hat viele Menschen getötet und nun versuchen andere, ihn zu töten. Der Obere Hof wird ihm wohl auch nicht verzeihen.« Xie Lian seufzte. »Ich weiß nicht, was ich seinetwegen tun soll.«

Er wollte noch mehr sagen, doch plötzlich hörte er ganz in der Nähe ein leises Weinen.

Xie Lian erstarrte. Er horchte genau – es war keine Einbildung. Er hatte sich nicht getäuscht. Das Weinen war sehr leise, kaum wahrnehmbar, und wenn er nicht den Atem angehalten und genau hingehört hätte, hätte er es nicht bemerkt. Das Weinen klang hell. Wenn es nicht von einem Kind stammte, dann sicherlich von einer Frau.

Das Geräusch kam ganz aus der Nähe, als wäre er nur durch eine dünne Wand von ihm getrennt. Xie Lian fuhr herum und fand seinen Verdacht bestätigt – das Weinen kam aus dem Sarg, an dem er lehnte.

Trotz seines Schrecks waren die ersten Worte, die er sagte, voller Freude. »Mutter, bist du das?«

Doch sofort gewann er die Fassung wieder. Er wusste, dass seine inständige Hoffnung niemals wahr werden würde. Seine Mutter war vor achthundert Jahren gestorben. Sie war von ihren Qualen erlöst worden und nicht zu einem Geist geworden. Das Gefühl, das in dem Weinen mitschwang, war auch keine Sorge, sondern blanke Furcht.

Wer um alles in der Welt könnte hier und jetzt im Sarg seiner Mutter versteckt weinen?

Xie Lian konnte keine Sekunde länger warten. Er stieß mit seiner linken Hand den Sarg auf, in der rechten hielt er Fangxin, bereit, zuzustoßen. Doch als er erblickte, was sich im Sarg befand, zog er sein Schwert zurück.

Er entdeckte eine menschliche Gestalt in einem schwarzen, eleganten Gewand, deren Gesicht verbunden war.

In diesem Sarg hätte sich außer seiner Mutter niemand befinden dürfen, aber dies war mit Sicherheit eine andere Person. Die Gestalt war klein, die Körperform ganz anders und vor allem zitterte diese Person – es war ein echter, lebender Mensch.

Xie Lian riss die Binde vom Gesicht der Gestalt. Darunter kam das Gesicht eines kleinen Jungen zum Vorschein. Ihm blieb das Herz stehen. Er ergriff das Kind und nahm es hoch. Voller Panik fragte er: »Wo ist meine Mutter? Was hast du mit ihrem Körper gemacht?«

Obwohl das elegante schwarze Gewand nicht ungewöhnlich aussah, war es aus der Seide einer sehr seltenen Seidenraupe gewebt. Diese Seide war der Tribut einer kleinen fremden Nation und sie zu Kleidung zu verweben erforderte höchste Kunstfertigkeit. Die Fasern bestimmter Heilkräuter wurden mit eingewoben und in einem Sarg eingeschlossen sorgte der Stoff dafür, dass der Leichnam für Tausende von Jahren erhalten blieb, sodass die Verstorbenen aussahen, als wären sie noch am Leben. Doch nun trug ein Kind das Gewand – wo war der Körper seiner Mutter? Und in welchem Zustand war er?

Xie Lian wagte es nicht, länger darüber nachzudenken. Seine einzige Möglichkeit, Antworten zu erhalten, war das Kind in seinen Armen.

Er fragte erneut, diesmal in strengerem Ton: »Wo ist meine Mutter? Warum bist du hier? Was hast du mit dem Körper meiner Mutter gemacht?«

Aber wie konnte ein Kind, das zu Tode verängstigt weinte, seine Fragen beantworten? Es hatte zu viel Angst, um zu sprechen. Xie Lian zog den Jungen ganz aus dem Sarg und bemerkte, dass mit dieser Bewegung etwas weißes Pulver aus dem schwarzen Stoff rieselte.

Er war kreidebleich, als er in den Sarg sah und erkannte, dass auch dort eine dünne Schicht des weißen Pulvers lag. Alles schien sich um ihn herum zu drehen und sein Herz drohte, jeden Moment aufzuhören zu schlagen. Er löste seinen Griff und ließ das Kind herunter, während er selbst vor dem Sarg auf die Knie fiel. Sein Kopf war wie leer gefegt.

Er wagte es nicht, das Pulver mit seinen Händen zu berühren, aber er konnte auch nicht mit ansehen, wie es sich wie Rauch verflüchtigte. Obwohl er den Gedanken nicht zulassen wollte, wusste er tief in sich bereits, was es war.

Was würde aus einer achthundert Jahre alten Leiche werden, war das Grabgewand erst einmal entfernt?

Xie Lians Gedanken gerieten in Aufruhr. Er konnte nicht mehr klar denken. Er hielt seinen Kopf und hörte ein lautes Klingeln in den Ohren. Da versteifte sich sein Rücken. Er hatte eine Gefahr hinter sich wahrgenommen. Er fuhr herum und mit einer Handbewegung schnell wie der Blitz hatte er eine Schwertklinge mit bloßer Hand abgefangen, die ihn von hinten hatte durchbohren wollen – es war die Strohpuppe.

Jemand hatte sich hineingeschlichen. Er hatte sich anstelle der Strohpuppe in das Prachtgewand gehüllt und wie versteinert lautlos auf ihn gewartet.

Mit einem lauten Klirren brach er die Schwertklinge mit seinen Händen entzwei. Seine Handflächen bluteten, doch er verzog keine Miene. Rasend schnell hob er ein Bein und trat der Person in den Bauch, sodass sie hintenüberfiel, und stellte seinen Fuß auf ihre Brust. Die Person zerrte an seinem Stiefel und wehrte sich, konnte sich aber keinen Zentimeter bewegen, als wäre sie am Boden festgenagelt. Xie Lian bückte sich und schlug die goldene Maske weg. Das Gesicht eines jungen Mannes kam zum Vorschein.

»Wer bist du?«, schrie Xie Lian. »Ein Grabräuber? Wie bist du hier hereingekommen?«

Da rief das Kind neben ihm: »Papa!«

Das Rufen weckte eine Erinnerung in Xie Lian. Dieser Mann und das Kind kamen ihm bekannt vor – waren das nicht die beiden, die er in Qi Rings Höhle davor gerettet hatte, bei lebendigem Leibe gekocht und von Qi Rong gefressen zu werden?

Sofort begriff Xie Lian, was vor sich ging. Er schlug dem Mann mit voller Wucht gegen den Kiefer und schrie: »Qi Rong, verschwinde von hier! Ich werde dich töten!«

Der Mann spuckte Blut und lachte dabei. »Cousin! Welch freudiges Zusammentreffen! So schnell sieht man sich wieder. Ha ha ha ha ha!«

Auch wenn er ein anderes Gesicht trug, dieses geisteskranke Lachen war unverkennbar. Qi Rong hatte von diesem Vater Besitz ergriffen, nachdem er seinen physischen Körper verloren hatte.

Es musste in dem Durcheinander passiert sein, nachdem Lang Qianqiu Qi Rongs Körper in den Kessel geworfen hatte und dieser sich aufgelöst hatte. Sein Geist hatte Besitz von dem jungen Mann ergriffen, um der Verfolgung zu entgehen. In dieser Gestalt war er dann in das Mausoleum gekommen. Schließlich kannte kein gewöhnlicher Sterblicher den geheimen Zugang zur Grabkammer und in der Kürze der Zeit hätte niemand ihr Geheimnis lüften können.

Das Kind hatte er vielleicht als Reiseproviant mitgenommen oder er hatte beabsichtigt, es in dem Sarg zu verstecken, um Xie Lian abzulenken, damit er ihn aus seinem Hinterhalt überraschen konnte.

Xie Lian schlug noch einmal zu. Qi Rong sah ihn bekümmert an und hielt sich das Gesicht. »Cousin, warum bist du so wütend? Eine Stichwunde würde dich ohnehin nicht umbringen. He he he he!«

Xie Lian versetzte ihm zwei weitere Schläge und rief mit vor Zorn geröteten Augen: »War meine Mutter nicht immer gut zu dir? Und das ist der Dank? Du entehrst ihren Leichnam?!«

Qi Rong schnaubte. »Das Tantchen ist lange schon tot. Die Person gibt es nicht mehr. Welchen Unterschied macht es, ob ihr toter Körper zu Asche zerfällt? Seine Erscheinung mag sich verändert haben, aber er ist immer noch da. Und du sitzt hier und heulst wie ein Schlosshund. Als du Anle erledigt hast, hattest du mehr Schneid. Ich kann es nicht glauben, mein guter Cousin hat zwei Gesichter, he he!« Dann veränderte sich seine Miene und er spuckte aus. »Du denkst, ich behandele sie schlecht? Du bist selbst schuld. Siehst du es nicht? Das ist alles deine Schule! Du, Gott des Unheils, wagst es, hierherzukommen und im königlichen Mausoleum von Xianle zu weinen?«

Xie Lian trat fest zu und Qi Rong schrie auf und spuckte Blut. Doch er wirkte noch aufgebrachter und hielt mit beiden Händen den einstmals weißen Stiefel fest, der nun voller Blut war. Dabei heulte er. »Ja! Genau so! Das sieht dir ähnlich. Kämpfen, kämpfen, töten, zuschlagen und töten. Voller Hass. Voller Zorn. Nicht mehr dieser angstvolle, engelsgleiche Lehrerblick, als würde unerträgliche Sünde dich niederdrücken. Das ist scheußlich! Zum Kotzen!«

Der kleine Junge kroch laut weinend zu ihnen. »Waah! Papa! Papa, was ist mit dir?« Er konnte nicht verstehen, was vor sich ging, er sah nur, dass sein Vater von jemandem getreten wurde. Aus seiner Perspektive musste Xie Lian wie der Teufel in Menschengestalt aussehen. Vor lauter Angst, seinen Vater zu verlieren, zerrte der Junge unerschrocken immer wieder an Xie Lians Stiefel.

Der junge Mann hörte nicht auf, Blut zu spucken, was den Jungen zu Tode ängstigte. Er hielt dem Vater seine Hände vor den Mund, als könnte er dadurch die Blutung stoppen.

Als Xie Lian das sah, beruhigte er sich langsam wieder. Er erinnerte sich daran, dass der Eigentümer dieses Körpers unschuldig war, und nahm etwas Druck von seinem Fuß. Er richtete Fangxins Spitze auf Qi Rongs Wange und sagte: »Qi Rong, verdammt noch mal, verschwinde von hier. Sonst werde ich deine Seele mitsamt deiner Zunge herausreißen!«

In der Theorie war es möglich, einen Geist aus einem Körper zu entfernen, von dem er Besitz ergriffen hatte, indem man dem Körper die Zunge herausriss.

Qi Rong weigerte sich. »Nein. Ich werde nicht gehen. Was willst du dagegen tun? Komm schon, zieh doch! Komm, mach schon, töte mich! Ich habe wenig Lebensenergie übrig. Wenn du diesen Menschen tötest, sterbe ich vielleicht mit ihm. Das ist deine Chance! Vergiss den Gedanken, dass du jemals meine Asche finden wirst!«

Er streckte sogar seine Zunge heraus, als könne er es nicht abwarten, dass Xie Lian seine Drohung wahrmachte und diese grausame Methode anwandte. Er versuchte, ihn mit kindischen Geräuschen zu provozieren, und sagte: »Der, von dem ich Besitz ergriffen habe, ist ein Niemand. Keiner würde es bemerken, er fällt nicht ins Gewicht. Dein Heiligschein würde keinen Schaden nehmen, Cousin. Sieh, ich habe deine Mutter zu Asche zerfallen lassen. Wirst du mich nun töten? Ha ha ha ha ha ...«

Das Kind konnte Xie Lians Stiefel nicht bewegen, also klammerte es sich an sein Bein und rief: »Töte meinen Papa nicht! Töte meinen Papa nicht!«

Xie Lians Atem ging schwer. Ihm wurde schwindelig, sein ganzer Körper zitterte und seine Hände brannten vor Verlangen, Qi Rong den Schädel zu zerschmettern. Aber er konnte es nicht tun.

Qi Rong breitete die Hände aus, als würde er mit den Schultern zucken. »Ha ha ha ha. Cousin, was bist du für ein Versager!«

Xie Lian zog ihn vom Boden hoch, hob seine Fäuste und schlug auf Qi Rongs Gesicht ein. Bei jedem Schlag rief er: »Sei still! Sei still! Sei still!«

Doch je mehr er sich in Rage steigerte, desto vergnügter wurde Qi Rong. Ihn störte es nicht, dass er zusammengeschlagen wurde, wenn dafür die Aussicht bestand, dass er sein Gegenüber in die gleiche Hölle hinabziehen konnte, aus der er selbst kam. Seine Augen leuchteten. »Siehst du? Das ist dein wahres Gesicht! Cousin, gibt es jemanden auf der Welt, der dich besser kennt als ich? Nein! Du magst wie ein armseliger streunender Hund aussehen, den jeder nach Belieben treten kann, aber ich weiß es besser. In deinem Inneren bist du stolz und du kannst es nicht ertragen, als Versager bezeichnet zu werden. Habe ich dein Herz genug traktiert, dass es endlich blutet? Schnell! Mach! Oder willst du mir etwa erklären, dass dieser Körper unschuldig ist und du mich nicht töten wirst, um ihn zu schonen? Na los! Zeig mir, was du tun willst!«

Schließlich konnte Xie Lian seine Provokation und sein irres Lachen nicht mehr ertragen. Mit einem metallischen Zischen zog er Fangxin. Sirrend sauste die Klinge durch die Luft und traf ihr Ziel.

Kapitel 26:
Ein flüchtiger Anblick von Schönheit auf der Shenwu-Allee

Das Schwert drang in das Herz seines Gegners. Er blieb tot am Boden liegen.

»Gesegnet sei der Himmelsbeamte, das Böse ist besiegt, der Dämon ist niedergestreckt!«

Auf beiden Seiten der Shenwu-Allee brandete Applaus auf wie die Wellen eines Ozeans. Jede Welle des Jubels war lauter als die vorangegangene. Auf dem Hof, der sich vor den roten Toren des Palasts erstreckte, verbeugten sich die beiden Kultivierer, die die Rollen des Gottes und die des Dämons gespielt hatten, vor der sie umgebenden Menge und traten zur Seite. Dieses Kampfschauspiel, das das Theater eröffnete, versetzte alle Zuschauer in eine aufgeregte und gespannte Stimmung. Die Menschen drängten sich dicht an dicht in den Straßen und besonders Mutige hatten sogar die Dächer erklommen. Sie alle klatschten, jubelten, riefen und tanzten vor Freude. Die Menge spielte schier verrückt.

Das Spektakel hatte alle Menschen auf die Straßen gelockt. Wenn eine Shangyuan*-Festlichkeit es in die Annalen des Königreichs von Xianle schaffen würde, dann musste es die heutige sein.

Auf einer hohen Tribüne saßen die Mitglieder des Königshauses und der Adel, alle mit einem glücklichen Lächeln im Gesicht. Im Palast wartete eine Schlange von über hundert Personen geduldig auf ihren Auftritt. Als die Glocke ertönte, strich der Staatspräzeptor sich über seinen nicht vorhandenen Kinnbart und begann damit, alle aufzurufen.

»Die Krieger, die den Weg freimachen?«

»Anwesend.«

»Die Jade-Jungfern?«

»Anwesend.«

»Die Musiker?«

»Anwesend.«

»Die Kavallerie?«

»Anwesend.«

* Auch bekannt als Laternenfest. Schließt am 15. Tag des ersten Mondmonats nach dem traditionellen chin. Kalender das Neujahrsfest ab.

»Der Dämon?«

»Anwesend.«

»Der Gottgefällige Krieger?«

Keine Antwort. Der Staatspräzeptor runzelte die Stirn ob dieser Komplikation und sah sich um. »Der Gottgefällige Krieger? Wo ist der Kronprinz?«

Noch immer gab niemand Antwort. Derjenige, der sich als Dämon gemeldet hatte, nahm seine große Maske ab. Ein fein geschnittenes, blasses Gesicht kam darunter zum Vorschein.

Es war ein Junge von vielleicht sechzehn Jahren. Seine Haut und Lippen waren hell und gepflegt und seine leuchtenden Augen waren schwarz wie Obsidian. Sein Haar war weich und seidig und einige lose Strähnen umspielten seine Stirn und seine Wangen. Sein ruhiges und freundliches Wesen kontrastierte stark mit der scheußlichen Dämonenmaske, die er nun in der Hand hielt. »Der Kronprinz ist gegangen«, sagte er leise.

Der Staatspräzeptor fiel beinahe in Ohnmacht. Aber das durfte er sich an diesem bedeutenden Tag nicht erlauben, also riss er sich zusammen und rief ärgerlich: »Was? Er ist gegangen? Wann ist er gegangen? Die Prozession soll jeden Moment durch die Palasttore schreiten! Wenn die große Bühne hinausfährt und nur ein Dämon, aber kein Gott darauf steht ... Meine alten Knochen werden ertrinken in der Spucke der Leute, die ihre Verachtung kundtun! Mu Qing, warum hast du ihn nicht aufgehalten?«

Mu Qing ließ den Kopf hängen. »Als Seine Hoheit ging, ließ er mich ausrichten, wir sollten uns keine Sorgen machen, die Prozession solle wie geplant starten. Er würde rechtzeitig zurückkehren.«

Der Staatspräzeptor war fast hysterisch vor Angst. »Ich soll mir keine Sorgen machen? Was meinst du mit ›rechtzeitig‹? Was, wenn er es nicht schafft?«

Draußen vor den Palasttoren harrten die Bürger bereits seit den frühen Morgenstunden aus und langsam verloren die ersten die Geduld. Sie verlangten lautstark, die Prozession solle beginnen.

Da eilte ein Kultivierer nach vorne. »Staatspräzeptor, die Königin verlangt zu wissen, warum die Parade noch nicht gestartet ist. Der glückverheißende Zeitpunkt steht kurz bevor. Wenn wir jetzt nicht losgehen, verpassen wir ihn.«

Bei diesen Worten betete der Staatspräzeptor voller Verzweiflung, eine Rebellenarmee möge plötzlich einfallen und die Shangyuan-Parade verhindern. Warum musste gerade jetzt etwas so Fürchterliches passieren?

Wäre es ein anderer gewesen, der ihm dieses Problem bereitete, hätte er sich schon in Rage gesteigert. Niemand hätte sich gewundert, wenn er mit der ernsten Absicht zu töten sein Schwert gezogen hätte. Aber es handelte sich ausgerechnet um seinen äußerst respektierten Lieblingsschüler, seinen wertvollsten, kostbarsten Schatz. Er konnte ihn nicht schlagen, er durfte ihn nicht ausschimpfen und ganz sicher durfte er ihn nicht töten. Bevor er Hand an ihn legte, würde er eher sich selbst umbringen.

In diesem Augenblick rannte jemand über den schwarzen Palastweg auf ihn zu und rief: »Staatpräzeptor, warum geht es nicht los? Die Stunde ist fast vorüber, die Menge kann es nicht mehr erwarten.«

Der Neuankömmling war ebenfalls ein Junge von sechzehn Jahren. Er war groß und schlank und hatte eine aufrechte Haltung. Seine Haut hatte die Farbe von Weizen und auf seinem Rücken trug er einen langen schwarzen Bogen und einen weißen Köcher. Seine Lippen waren zusammengepresst, die Stirn gerunzelt. Obwohl er noch jung war, war sein Blick entschlossen und selbstsicher. Als der Staatspräzeptor ihn erblickte, ergriff er ihn sogleich. »Feng Xin! Wo ist Seine Hoheit?«

Feng Xin sah ihn einen Moment lang verblüfft an. Als er verstand, verengten sich seine Augen vor Ärger und er starrte Mu Qing an. Der hatte seine Dämonenmaske bereits wieder aufgesetzt, sodass sein Gesichtsausdruck nicht zu erkennen war, und schwieg.

»Es bleibt keine Zeit für Erklärungen«, sagte Feng Xin düster. »Startet augenblicklich die Parade. Seine Hoheit wird Euch nicht enttäuschen.«

Es gab keine andere Möglichkeit. Die große Bühne ohne den Gottgefälligen Kriegsgott vor das Volk zu bringen bedeutete ebenso den sicheren Tod, wie die Prozession zu verzögern und die glückverheißende Stunde zu verpassen. Verzweifelt gab der Staatspräzeptor ein Zeichen. »Los! Musik!«

Die Flöten und Streichinstrumente begannen augenblicklich zu spielen und hundert königliche Krieger an der Spitze der Prozession stimmten einen Gesang an. Damit startete die große, beeindruckende Parade.

Die Krieger an der Spitze symbolisierten den steinigen Pfad der sterblichen Sphäre. Direkt hinter ihnen kamen die Jungfrauen, die unter Tausenden Bewerberinnen sorgfältig ausgewählt worden waren. Sie sahen bezaubernd aus. In ihren Händen hielten sie Körbe und warfen Blumen in die Luft. Sie stellten die legendären himmlischen Jungfrauen dar und sollten zeigen, dass auf dem Weg der Kultivierung keine Bemühung vergeblich war. Fielen die Blüten auch in den Matsch, überdauerte doch ihr herrlicher Duft. Die Musiker wurden in goldenen Kutschen gefahren. Als die Prozession durch die Palasttore schritt, jubelte die Menge begeistert. Alle versuchten, die Blumen aufzufangen. Doch so großartig, so bezaubernd, so überwältigend das Schauspiel bisher auch war, es war nur die Vorhut – die große Bühne hatten sie noch nicht erblickt.

Sechzehn weiße Hengste mit goldenem Geschirr zogen langsam die Bühne durch die Tore und offenbarten sie den Blicken der Millionen Zuschauer. Auf der Bühne stand ein schwarz gekleideter Dämon mit einer scheußlichen Maske und einem langen Säbel in der Hand. Er nahm schwerfällig eine Kampfposition ein.

Die Nerven des Staatspräzeptors waren zum Zerreißen gespannt und er betete für ein Wunder. Doch kein Wunder geschah. Die Menge fing an zu tuscheln. Die hohen Herrschaften auf der Tribüne runzelten die Stirn und sahen einander verwundert an.

»Was passiert da? Warum ist der Gottgefällige Krieger nicht auf der Bühne?«

»Ist Seine Hoheit noch nicht eingetroffen?«

»Wo ist Bruder Lian?«

In der Mitte der Tribüne saßen ein würdevoller, gut aussehender Mann und eine hellhäutige, grazile Frau, der König und die Königin von Xianle. Als sie bemerkten, dass der Hauptakteur, ihr Sohn, fehlte, sah die Königin den König besorgt an. Dieser ergriff ihre Hand und versuchte, sie zu beruhigen. Er sagte ihr, sie solle unbesorgt sein, zusehen und abwarten. Die Masse der Zuschauer jedoch hatte niemanden, der sie beruhigte. Ihre Rufe wurden lauter, bis sie zu einem ohrenbetäubenden Lärm wurden, so laut, dass er die Häuser hätte erschüttern können. Der Staatspräzeptor tadelte sich dafür, zu feige zu sein, sich hier und jetzt das Leben zu nehmen.

Mu Qing stand auf der Bühne und blieb ruhig. Auch ohne Gegner führte er die einstudierten Bewegungen aus und stieß seinen Säbel rasselnd in den Boden der Bühne, sodass er aufrecht vor ihm stecken blieb. Er stellte eine fürchterliche Mordszene pantomimisch dar und beendete so den Eingangsakt als Dämon.

Seinem Gesicht und seiner Figur nach zu urteilen sah Mu Qing eher aus wie ein Gelehrter. Er war feingliedrig und elegant. Und doch führte er den unglaublich schweren, fast drei Meter langen Säbel, als wäre er federleicht, ja, als wäre er gewichtslos. Eine Gruppe Kultivierer, die die Rolle von Dämonenjägern spielten, sprangen einer nach dem anderen auf die Bühne. Der Säbel tanzte, meisterhaft geführt, und bot eine so spannende Darbietung, dass einige in der Menge ihm zujubelten. Aber dafür waren die Leute nicht gekommen und nach dem zweiten Akt wurden die Pfiffe und Rufe lauter.

»Wo ist der Gottgefällige Krieger?«

»Wo ist der Kronprinz?«

»Wir wollen Seine Hoheit als Gottgefälligen Krieger sehen! Er soll das Böse besiegen!«

Eine aufgebrachte Stimme rief von der Tribüne: »Wo ist mein Cousin? Was zum Henker? Wer will diesen Dreck sehen? Wo verdammt noch mal ist mein Cousin?«

Es war unnötig, genauer hinzusehen. Die laute Stimme gehörte ganz offensichtlich keinem anderen als Prinz Xiaojing, Qi Rong. Viele wandten ihre Köpfe zu ihm und sahen einen jungen Mann, der in feinsten türkisfarbenen Brokat gekleidet war und eine Halskette trug. Er stand an der Brüstung der Tribüne und schwang ärgerlich seine Faust. Dieser Junge konnte kaum älter als fünfzehn sein. Sein Haar und seine Brauen waren pechschwarz. Er war gut aussehend, doch war sein Gesicht vom Zorn so verzerrt, dass es den Anschein erweckte, er könne jeden Moment herunterspringen und jemanden verprügeln. Die Tribüne war jedoch zu hoch. Würde er springen, würde er sich die Knochen brechen oder gar sterben. Also ergriff er stattdessen einen weißen Teekessel aus Jade und schleuderte ihn hinunter.

Der Teekessel flog genau auf den Hinterkopf des Dämons zu. Es sah aus, als würde er ihn jede Sekunde treffen und sein Blut vergießen. Der Dämon aber fuhr herum, hielt seinen Säbel waagerecht vor sich und fing den Teekessel mit der Spitze der Klinge auf. Der Kessel kam zum Stehen und die Menge jubelte ihm aufs Neue begeistert zu. Mu Qing warf den Teekessel mit dem Säbel in die Luft, sodass er in die Menge flog und jemand ihn auffangen konnte. Dann fuhr er fort, die Rolle des Dämons zu spielen, und schwang den langen Säbel, als töte er Menschen.

Qi Rong war außer sich vor Zorn und wollte schon etwas anderes werfen, aber die Königin hatte jemandem befohlen, ihn von der Brüstung wegzuholen, und er zog sich grollend zurück. Doch auch die Gesichter des Adels wirkten immer zorniger und einige fingen bereits an, unruhig zu werden. Es war unerhört, dass der Gottgefällige Krieger so kurz vor der Shangyuan-Parade einfach verschwand.

Doch da hob ein Jubelgeschrei an, laut wie ein Sturm, um ein Vieles lauter als der Jubel für den Dämon.

Eine schneeweiße Gestalt war vom Himmel gefahren und genau vor dem schwarz gekleideten Dämon gelandet. Bei ihrer Landung wehte ihre weite weiße Robe im Wind und bedeckte die Bühne in der Form einer gigantischen weißen Blüte. Der Krieger trug vor seinem Gesicht eine goldene Maske. Er hielt ein Schwert in der Hand und stieß mit der anderen die Klinge an. Der vibrierende Ton war laut und schön anzuhören. Diese Geste war in völliger Ruhe und in einem Selbstvertrauen ausgeführt worden, als würde der Dämon ihn völlig kaltlassen.

Langsam hob der Dämon seinen langen Säbel und richtete ihn auf den weißen Krieger. Dieser stand aus seiner Hocke auf.

Qi Rongs Augen leuchteten hell, sein Gesicht war gerötet. Er hüpfte auf und ab und rief: »Cousin! Er ist da!«

Auf der gesamten Tribüne gab es niemanden, dem bei dieser Erkenntnis nicht vor Staunen der Mund offen stand. Diese kühne Art, die Bühne zu betreten, war, als wäre tatsächlich ein himmlisches Wesen auf die Erde gekommen.

Der Wachturm am Tor der Stadt war mindestens dreißig Meter hoch und der Kronprinz, dessen Körper kostbarer war als Tausende Goldstücke, war hinuntergesprungen.

In jenem Moment hatten unzählige Zuschauer geglaubt, sie sähen mit ihren eigenen Augen einen Gott auf die Erde herabsteigen. Nach dem ersten Schock fühlten sie, wie das Blut in ihre Adern zurückkehrte. Die Menge wurde hysterisch, jubelte und applaudierte wild.

Qi Rong schrie aus Leibeskräften, bis seine Stimme heiser war, und er klatschte, bis seine Handflächen rot waren. Der König und die Königin sahen sich an, lächelten und applaudierten ebenfalls. Die restlichen Adligen entspannten ihre verkniffenen Brauen und seufzten erleichtert auf, bevor sie in den Jubel einstimmten. Auf beiden Seiten der Shenwu-Allee toste die Menge in wilder Begeisterung, die Hunderttausende waren so aufgeregt, dass sie mit voller Kraft gegen die Soldaten drängten, die die Straße absperrten.

Auf der Bühne standen sich nun zwei Figuren gegenüber, eine schwarz, die andere weiß. Beide hielten ihre Waffe in der Hand, der endgültige Kampf zwischen Dämon und Gott stand kurz bevor.

Als er sah, dass nun alles wie geplant ablaufen konnte, entspannte der Staatspräzeptor seine Schultern und stieg auf die Tribüne. Er nickte den anderen Staatsdienern zum Gruß zu, fand einen freien Platz und setzte sich.

Der König sprach ihn lächelnd an: »Staatspräzeptor, wie seid Ihr auf eine so außergewöhnliche Idee gekommen? Das war großartig.«

Lächelnd wischte der Staatspräzeptor sich den Schweiß vom Gesicht. »Großartig, in der Tat. Bedauerlicherweise war das nicht die Idee dieses niederen Beamten. Seine Hoheit selbst hat sich das ausgedacht.«

Die Königin presste eine Hand auf ihr Herz. »So ein Leichtsinn! Dieser Junge – aus so einer Höhe hinunterzuspringen, ohne ein Wort der Warnung. Ich wäre vor Angst fast gestorben.«

Ohne dass er es wollte, schwang ein gewisser Stolz in der Antwort des Staatspräzeptors mit. »Majestät, seid unbesorgt. Seine Hoheit verfügt über außergewöhnliche Kräfte. Dutzende Meter sind nichts für ihn. Selbst mit geschlossenen Augen könnte er einen Turm, der noch höher ist, mit Leichtigkeit erklimmen und unbeschadet hinunterspringen.«

Die Königin sah ihn glücklich an und sagte sanft: »Danke für Eure Worte, Staatspräzeptor.«

Der Staatspräzeptor lachte. »Kein Grund, mir zu danken. Seine Hoheit, der Liebling des Himmels, ist göttlich begabt und meisterhaft talentiert. Nur dem Glück dreier Lebensspannen ist es zu verdanken, dass dieser niedere Beamte sein Lehrer sein darf. Ich habe das Gefühl, dass durch die Präsenz des Kronprinzen die heutige Aufführung des Zweikampfs des Gottgefälligen Kriegers in die Geschichte eingehen wird.«

Er hatte schmeichlerisch gesprochen und den Kronprinzen als Liebling des Himmels bezeichnet. Der König lächelte und wandte sich wieder der Darbietung zu. »Ich hoffe es.«

In der Himmelsparade zum Shangyuan-Fest spielten der Gottgefällige Krieger und der Dämon die wichtigsten Rollen. Beide mussten von jungen Männern gespielt werden, die äußerst begabt in der Kampfkunst und bestens ausgebildet waren. Das traf besonders für den Gottgefälligen Krieger zu, denn es war genau festgelegt, wie er sich kostümieren musste, und das Gewicht seiner prächtigen Aufmachung wog über fünfundzwanzig Kilogramm. Unter dieser Last musste der Krieger vor den Augen von Millionen Zuschauern die Hauptstadt mehrere Male umrunden und vier Stunden lang den Zweikampf aufführen. Dabei durfte kein Missgeschick passieren.

Die beiden jungen Männern, die in diesem Jahr die Rollen übernommen hatten, waren beide bestens geeignet. Sie boten einen erbitterten Kampf, in dem immer wieder der Säbel das Schwert parierte. Es war ein mitreißendes Spektakel. Die Bewegungen waren bis ins kleinste Detail einstudiert und unzählige Male geprobt worden.

»Wer verkörpert den Dämon und kämpft gegen den Kronprinzen?«, erkundigte sich der König.

Der Staatspräzeptor räusperte sich. »Eure Majestät, er ist ein junger Schüler aus dem königlichen Tempel. Sein Name ist Mu Qing.«

»Dieser Junge ist ein äußerst begabter Kampfkünstler«, bemerkte die Königin. »Er ist nur geringfügig schwächer als mein Sohn. Ich denke, er ist so gut wie Feng Xin.«

Der Staatspräzeptor schien ihr widersprechen zu wollen.

Qi Rong hatte auf dem Schoß der Königin gelegen und Trauben gegessen. Hastig spuckte er die Schalen aus. »Pfft pfft! Nein, nein, auf keinen Fall! Er ist nicht geringfügig schwächer, er ist viel schwächer! Keiner kann sich mit dem Kronprinzen messen!«

Die Königin tätschelte seinen Kopf und lächelte, während der Rest der Familie milde lachte. Einer spottete: »Qi Rong, du hängst so sehr an deinem Cousin, sollte einmal ein Tag vergehen, an dem du ihn nicht in den Himmel lobst, wüssten wir, dass etwas mit dir nicht stimmt.«

Von weit unter ihnen aus der Menschenmenge drangen der Applaus und die Jubelrufe in den Himmel.

»Kämpft! Kämpft! Tötet ihn!«

»Macht den Dämon fertig!«

Die aufgeregten Schreie wurden immer lauter. Qi Rong trug ebenfalls dazu bei, indem er beide Hände wie einen Trichter an den Mund hielt und rief und lachte. »Cousin, los! Du kannst ihn mit einer Hand erledigen! Zeig ihm, wie es geht!«

Da schnellte der Dämon auf der Bühne plötzlich vor. Der Gottgefällige Krieger wehrte den Angriff mit dem Schwert ab, stieß aber einen Laut der Verwunderung aus.

Der Zweikampf während der himmlischen Parade war eine Aufführung zum Gefallen der Götter. Die Schauspieler sollten nur ein Siebtel ihrer eigentlichen Kräfte aufwenden, wenn ihre Waffen sich kreuzten. Doch der Hieb, den er soeben pariert hatte, hätte Xie Lian fast das Schwert aus der Hand geschlagen. Sein Gegner hatte alle seine Kraft hineingelegt.

Xie Lian hob den Kopf und rief: »Mu Qing?«

Der junge Mann in dem Dämonenkostüm schwieg und holte erneut zum Schlag aus. Xie Lian hatte keine Zeit mehr nachzudenken. Er wehrte einen Angriff nach dem anderen ab. Während ihre Waffen wieder und wieder klirrend aufeinandertrafen, dachte er: *Das ist interessanter als ein eingeübter Kampf.* Er konzentrierte sich und ließ sich frohen Mutes auf den Kampf ein.

Unter dem Gejohle und Geschrei der Zuschauer krachten die Waffen aufeinander, dass die Funken nur so flogen. Je intensiver das Kampfgeschehen auf der Bühne wurde, desto enthusiastischer und lauter wurden die Jubelschreie.

Dann plötzlich ertönte ein ohrenbetäubender Knall. Ein weißer Lichtblitz flammte auf. Der jubelnden Menge stockte der Atem: mit seinem Schwert hatte der Gottgefällige Krieger dem Dämon den drei Meter langen Säbel aus der Hand geschlagen, sodass er davongeflogen war und nun zitternd in einer der Säulen der Tribüne steckte. Einige der Umstehenden versuchten, ihn herauszuziehen, aber selbst wenn sie all ihre Kraft aufwandten, gelang es ihnen nicht, den Säbel auch nur einen Zentimeter zu bewegen.

»Was ist das für ein Säbel?«, fragten sie erstaunt. »Wie viel Kraft braucht man, um ihn zu schwingen?«

Auf der großen Bühne schnipste der Gottgefällige Krieger noch einmal leicht gegen die Klinge seines zitternden Schwertes. Ein leichtes Klirren war zu hören und er lachte hinter der goldenen Maske. »Du hast gut gekämpft. Aber du hast dennoch verloren«, sagte Xie Lian gelassen.

Entwaffnet wie er war, ging der Dämon auf ein Knie. Er schwieg noch immer, doch seine Hände waren fest geballt. Xie Lian ließ sein Schwert herumwirbeln und bereitete sich darauf vor, unter dem fröhlichen Jubel der Massen, dem Dämon den Todesstoß zu versetzen.

Genau in diesem Moment hörte er über sich einen Schrei.

Entgeistert ließ er sein Schwert sinken und blickte nach oben, doch er sah nur einen verschwommenen Schatten, der von der Brüstung der Stadtmauer auf den Boden zuraste. Ihm blieb nur der Bruchteil einer Sekunde, keine Zeit nachzudenken. Er stieß sich vom Boden ab und erhob sich wie schwerelos in die Luft. Während er in die Höhe schoss, entfalteten sich seine weißen Ärmel wie die Flügel eines Schmetterlings und kurz darauf kam er auch schon leicht wie eine Feder auf dem Boden auf.

Sobald er wieder festen Boden unter den Füßen hatte, seufzte er erleichtert und blickte hinunter auf das Kind, das er fest im Arm hielt. Es war ein Junge, sein Kopf war verbunden und er war schmutzig und ungekämmt. Er hatte sich in seinem Arm zusammengerollt und sah ihn verwundert an.

Der kleine Junge konnte nicht älter als sieben oder acht sein, er war dünn und schmächtig. Durch den Schreck des Fallens zitterte er am ganzen Körper wie ein kleines, neu geborenes Tier. Unter dem schmuddeligen Verband blickte ein großes schwarzes Auge hervor, in dem sich der Umriss einer weißen Gestalt spiegelte. Ohne zu blinzeln, sah er Xie Lian an, als könne er nichts anderes mehr sehen.

Überall um sie herum konnten sie hören, wie die Umstehenden nach Luft schnappten, und als Xie Lian den Kopf hob, wurde ihm flau. Aus dem Augenwinkel konnte er ein goldenes Ding nicht weit entfernt auf dem Boden liegen sehen. Es war die goldene Maske, die sein Gesicht verborgen hatte – er hatte sie verloren.

In dem Moment, als Xie Lian mitten auf der Shenwu-Allee gelandet war, war die Parade Dutzende Meter hinter ihm zum Stehen gekommen. Die Soldaten waren vor Schreck erstarrt stehen geblieben, die Blumen werfenden Mädchen blickten voller Panik um sich. Die goldenen Kutschen hatten angehalten. Einige der weißen Hengste stampften mit den Hufen und schnaubten. Sogar die Musiker verspielten sich und verloren ihren Rhythmus. Einige spielten noch weiter, andere hatten aufgehört. Die ganze Situation drohte, außer Kontrolle zu geraten. Die Menge an den Seiten der Straße hatte noch keine Zeit gehabt zu reagieren, doch der König auf der Tribüne war augenblicklich aufgestanden und sah seinen Sohn ernst und besorgt an.

Als der König sich erhob, konnten die anderen Mitglieder der königlichen Familie nicht Platz behalten. Hastig erhoben sich alle. Der Staatspräzeptor hatte gerade erst seinen Sitz angewärmt, da wurde er schon wieder kalt. Er überlegte krampfhaft, ob er sofort auf den Knien den König um Verzeihung bitten sollte, da sprang Qi Rong auf die Brüstung und rief aufgebracht: »Was ist denn jetzt los? Warum hat die Parade angehalten? Was zum Teufel macht ihr Nichtsnutze denn? Habt ihr nur weißen Reis gegessen, dass ihre noch nicht mal ein Pferd antreiben könnt?«

Die Königin war blass geworden. Ihre Stirn lag in Falten und sie wies eilig jemanden an, Qi Rong von der Brüstung wegzuziehen. Die Menge wurde unruhig und es erweckte den Anschein, als könne jeden Moment Chaos ausbrechen, da stand Xie Lian auf.

Der Kronprinz hielt sich gewöhnlich tief im Inneren seiner Palastanlagen auf oder kultivierte im königlichen Tempel. Es gab kaum eine Gelegenheit, dem Volk sein Gesicht zu zeigen. Weil die Menschen ihn so selten zu sehen bekamen, zog er nun alle Blicke auf sich. Als sie ihn nun betrachteten, hielten sie den Atem an: Der junge Mann hatte dichte Brauen und schöne Augen und er strahlte eine so überwältigende Erhabenheit und Würde aus, dass man es kaum aushielt, ihn länger anzusehen. Die Menge senkte den Blick. Er stand mit dem Kind im Arm da, hob langsam die Hand, in der er das Schwert hielt, und zeigte damit auf die Bühne.

Der Dämon hatte alles von der Bühne aus beobachtet und als er diese Geste sah, sprang er von der Plattform.

Die Menge raunte aufgeregt, als sie zusah, wie der Dämon in seiner schwarzen Kleidung einer schwarzen Wolke gleich durch die Luft flog und an der Säule landete, in der sein Säbel noch immer steckte. Er ergriff ihn und zog ihn heraus, dann stieß er sich wieder ab und stand schließlich direkt vor dem Gottgefälligen Krieger auf der Straße.

Als Xie Lian bemerkte, dass er seine Absicht verstanden hatte und bereit war mitzuspielen, lobte er ihn leise: »Gut, Mu Qing.«

Nun hatten beide, der Gottgefällige Krieger und der Dämon, die Bühne verlassen. Schwarz und weiß, Säbel gegen Schwert standen sie sich gegenüber und setzten ihren Kampf fort. Die Aufregung und Anspannung der Menge steigerten sich ins Unermessliche. Die Gesichter der Zuschauer auf der Tribüne wirkten anerkennend und entspannt.

Der Dämon tat so, als ziele er auf das Kind in den Armen des Kriegers. Mit beiden Händen hielt er den großen Säbel, schwang ihn durch die Luft und sprang auf Xie Lian zu. Die beiden lieferten sich einen Kampf mit gewagten Angriffen und kunstvollen Verteidigungsmanövern, Schlag um Schlag, Schritt um Schritt, bis sie wieder auf die Bühne sprangen. Während die Menge kurz abgelenkt war, machte Mu Qing einen Salto auf die Straße, hob die goldene Maske auf und sauste durch die Parade. Dabei rief er: »Bleibt in Formation! Tut so, als sei nichts geschehen, und setzt Euch wieder in Bewegung! Beendet diese Runde und kehrt zum Palast zurück!«

Jeder nahm sofort seinen Platz ein, die Prozession kam wieder in Gang. Als Mu Qing zurück auf der Bühne war, wurden seine Angriffe heftiger, die Waffen klirrten fortwährend aneinander. Der Junge in Xie Lians Armen fing zu weinen an. Er musste zu Tode geängstigt sein von den um ihn herumwirbelnden Waffen.

Xie Lian hielt ihn fest im Arm und flüsterte: »Hab keine Angst.«

Der kleine Junge klammerte sich an den Falten von Xie Lians Gewand fest. Selbst mit dem Kind in seinem Arm konnte Xie Lian mit der anderen Hand noch mit Leichtigkeit kämpfen. Nachdem er den Kampf noch eine Zeit lang fortgeführt hatte, spürte Xie Lian, wie das Kind mit seinen zitternden Armen seine Schultern umfasste, als müsse es sich vorm Ertrinken retten.

Xie Lian beruhigte ihn wieder. »Hab keine Angst. Dir wird nichts passieren.« Dann zischte er hastig: »Mu Qing!«

Der Dämon nickte ihm kaum wahrnehmbar zu und Xie Lian stieß zu.

Vor den Augen von Millionen Zuschauern hatte der Gottgefällige Krieger das Herz des Dämons durchbohrt.

Mu Qing drückte beide Hände auf die »Wunde« an seinem Herzen, stolperte ein paar Schritte rückwärts und strauchelte, bevor er schließlich mit einem dumpfen Schlag auf den Boden fiel und reglos liegen blieb.

Auf der Tribüne lachte Qi Rong laut auf. »Tot! Er ist tot! Mein Cousin hat den Dämon erledigt!«

Währenddessen war die Prozession weitergezogen und schlug bald den Weg ein, der zum Palast führte. Weil es gelungen war, die Aufführung noch so meisterhaft zu retten, und der improvisierte Kampf so spannend zu beobachten gewesen war, applaudierte die Menge in wilder Begeisterung. Unzählige Menschen riefen »Eure Hoheit!« oder »Gott!« und liefen hinter der Bühne her. Tausende bewegten sich auf den Palast zu. Die Generäle mussten weitere Truppen von Kriegern und Soldaten aussenden, um die aufgeregte Masse aufzuhalten. Letzten Endes gelang das nicht und die Menschenmenge durchbrach die Absperrungen und schob sich in Richtung der Palasttore.

Von der Tribüne aus befahl der König: »Wächter! Krieger!«

Als die Hunderte, die zur Prozession gehörten, den Palast erreicht hatten, wurden die roten Tore fest verschlossen. Die bunten Fahnen und Wimpel der Parade waren nicht mehr zu sehen. Die Menschen drängten an das Tor, klopften und schlugen dagegen, ihre Jubelrufe waren bis in den Himmel zu hören.

Hinter den fest verschlossenen Toren warfen auf der Bühne der weiß gekleidete Gott und der schwarz gekleidete Dämon ihre Waffen klirrend von sich, bevor sie erschöpft niedersanken.

Xie Lian war schweißüberströmt und riss sich Lage um Lage seines aufwendigen Kostüms vom Leib, bevor er tief ausatmete. »Das war knapp. Zu knapp. Ich bin erschöpft.«

Mu Qing befreite sich ebenfalls von der schweren Maske und seufzte lautlos, doch er beschwerte sich nicht. Als er zu Xie Lian sah, bemerkte er, dass der noch immer den kleinen Jungen im Arm hielt, und runzelte wortlos die Stirn.

Feng Xin, der neben der Bühne herlief, sagte: »Hoheit, warum habt Ihr das Kind mit hereingebracht?«

Der kleine Junge lag an Xie Lians Brust, sein kleiner Körper vor Angst erstarrt. Er wagte kaum zu atmen.

Xie Lian setzte sich auf. »Was sollte ich denn tun? Ihn auf die Straße zurückwerfen? Da herrscht Chaos und er ist winzig. Sie hätten ihn totgetrampelt.« Er hielt den Jungen hoch und strich ihm über den Kopf. »Wie alt bist du, Kleiner?«

Der Junge blinzelte nicht und sprach kein Wort.

Xie Lian fragte weiter: »Wie kam es, dass du gefallen bist?«

»Eure Hoheit, der Junge traut sich wahrscheinlich nicht zu sprechen. Er wirkt vollkommen eingeschüchtert«, sagte Mu Qing.

Xie Lian strich dem Jungen wieder über den Kopf, aber da er keine Antwort bekam, verlor er das Interesse und hörte auf. »Ein dummes Kind. Feng Xin, beauftrage jemanden, ihn zur Seitentür hinauszubringen, wenn sich die Gelegenheit ergibt. Und sieh nach, ob er verletzt ist. Er trägt einen Verband am Kopf.«

»Verstanden. Gebt ihn mir«, erwiderte Feng Xin.

Xie Lian hielt den Jungen hoch, um ihn abzugeben. Doch Feng Xin sagte: »Hoheit, warum lasst Ihr ihn nicht los?«

»Ich lasse doch los ...«

Xie Lian war verdutzt, aber als er an sich hinabsah, lachte er auf. Das Kind klammerte sich noch immer an seinem Gewand fest und weigerte sich, ihn loszulassen.

Bei seinen Übungsstunden im königlichen Tempel gab es viele Schüler, Männer wie Frauen, die alles dafür taten, um auch nur einen Blick auf Xie Lian zu erhaschen. Die einen aus Neugier, die anderen, weil sie ihn verehrten. Und wenn sie ihn einmal gesehen hatten, wollten sie ihn wieder und wieder sehen und schätzten sich glücklich, wenn sie mit ihm üben durften. Viele dieser Tempelschüler hatten die große Bühne bewacht und als sie sahen, dass es einem so kleinen Kind nicht anders erging als ihnen selbst, waren sie verwundert und einige mussten laut lachen. »Eure Hoheit, das Kind möchte nicht gehen!«

Xie Lian lachte ebenfalls. »Ist das so? Das geht nicht. Ich muss mich um meine eigenen Angelegenheiten kümmern. Komm, kleiner Kerl, geh nach Hause.«

Endlich lockerte der kleine Junge langsam seinen Griff und Feng Xin nahm ihn hoch. Doch der Junge starrte Xie Lian noch immer mit seinen großen, leuchtend schwarzen Augen an, als sei er von ihm besessen. Bei dem Anblick fingen einige an, leise zu flüstern. Xie Lian jedoch sah das Kind nicht mehr an und sprach direkt zu Feng Xin: »Heb ihn doch nicht hoch, als wäre er ein Lumpensack. Du machst ihm Angst.«

Feng Xin setzte den Jungen auf dem Boden ab. »Genug jetzt. Der Staatspräzeptor ist kurz davor durchzudrehen. Ihr solltet Euch gut überlegen, was Ihr ihm später erzählen wollt.«

Als sie das hörten, lachte keiner mehr.

Eine Stunde später in der Palasthalle des königlichen Tempels auf dem Shenwu-Gipfel war die Luft erfüllt von Wolken des Rauchs, der kräuselnd von den Räucherstäbchen aufstieg, und vom Singsang der rezitierten Sutras. Der Staatspräzeptor und die drei Unterpräzeptoren saßen in einer Reihe an der seitlichen Wand der großen Halle, ihre Mienen sorgenvoll und düster. Vor ihnen kniete Mu Qing. Xie Lian kniete ebenfalls, doch vor ihm befand sich die goldene Statue des Himmelskaisers. Feng Xin kniete hinter ihm.

Der Staatspräzeptor hob die kunstvoll gefertigte goldene Maske auf und nach einer kurzen Weile seufzte er schwer. »Eure Hoheit, Eure Hoheit.«

Obwohl Xie Lian kniete, war sein Rücken gerade und seine Haltung aufrecht. »Ja.«

Der Staatspräzeptor sah ihn besorgt an. »Wusstet Ihr, dass es in der gesamten Geschichte von Xianle, bei all den unzähligen Shangyuan-Festen, die wir abgehalten haben, nicht ein einziges Mal vorkam, dass die Parade nur drei Runden durch die Hauptstadt lief? Nur drei!«

Bei der Shangyuan-Himmelsparade hatte jedes Detail, jede Dekoration, jeder Ort eine festgeschriebene Bedeutung. Jede Runde, die die Prozession durch die Stadt zurücklegte, symbolisierte die Gebete des Königs für Frieden und Wohlstand für ein Jahr. Die Anzahl der vollendeten Runden bestimmte also die Anzahl der Jahre, bis die nächste große Parade fällig war. Viele Umrundungen verhießen demnach nicht nur größeres Glück, sondern sparten auch eine Menge Geld. Drei Umrundungen bedeuteten, das Glück würde nur drei Jahre anhalten.

Aber am schlimmsten war, dass die goldene Maske des Gottgefälligen Kriegers während des Rituals heruntergefallen war.

Seit alters her hatte das Volk von Xianle geglaubt, der Sitz der Lebensenergie eines Menschen befände sich in seinen fünf Sinnesorganen, also in seinem Gesicht. Das Beste eines Menschen, seine Essenz, stand nur dem Himmel zu. Daher musste der Krieger während der Zeremonie eine goldene Maske tragen, denn nur die Götter hatten das Recht, sein Gesicht zu sehen, nicht die Menschen.

Der Staatspräzeptor war zornig und enttäuscht zugleich. »Die Gottgefälligen Krieger der Vergangenheit haben mindestens fünf Runden zurückgelegt, manche gar sechzehn. Und Ihr? Ihr hättet mit geschlossenen Augen fünfzig Runden geschafft. Hundert sogar! Aber Ihr habt in der dritten Runde die Prozession zum Stehen gebracht – warum habt Ihr nicht gleich mich, Euren Meister, getötet? Jetzt seht Euch an. Ihr werdet in die Geschichte eingehen, und ich mit Euch.«

Niemand in der großen Halle wagte es, ein Wort zu sprechen.

Xie Lian antwortete ruhig: »Vielleicht solltet Ihr es so betrachten, Staatspräzeptor: Wenn das Kind in den Tod gestürzt wäre und niemand es aufgefangen hätte, sodass sein Blut den Weg der Parade befleckt hätte, wäre das nicht auch ungünstig gewesen? Wäre nicht auch dadurch die Prozession zum Stillstand gekommen? Immerhin hat es noch ein gutes Ende genommen. Besser hätte es unter den Umständen nicht kommen können. Lasst uns das, was passiert ist, als Unfall betrachten.«

Der Staatspräzeptor war kurz sprachlos. Dann sagte er: »Ihr seid ein Narr! Es waren genug Soldaten da. Jeder hätte das Kind auffangen können. Selbst im ungünstigsten Fall hätte es sich vielleicht einen Arm gebrochen, aber es wäre nicht umgekommen. Ihr hättet auf der Bühne einige besondere Kunststücke zeigen können. Dann hätten alle schnell wieder vergessen, dass ein Kind von der Mauer gefallen ist.«

Xie Lian zog die Brauen hoch. »Staatspräzeptor, Ihr wisst so gut wie ich, niemand außer mir selbst hätte schnell genug reagieren können, um den Jungen aufzufangen. Er wäre gefallen und gestorben. Hätte ein anderer es versucht, hätte es womöglich zwei Tote gegeben.«

Er sprach bestimmt und voller Selbstvertrauen. Der Staatspräzeptor wusste, dass er recht hatte, und konnte nichts mehr entgegnen. Zu sehen, wie er seelenruhig, als wäre nichts passiert, vor der goldenen Statue kniete, machte ihn gleichzeitig wütend und stolz und es amüsierte ihn insgeheim. Er konnte seinem geliebten, geschätzten Schüler einfach nicht böse sein. So blieb ihm nur, sich die eigenen Haare zu raufen und durch die Schmerzen an seiner Kopfhaut die Sorge in seinem Herzen zu überdecken. Nach einem Moment sprach er weiter: »Noch etwas.«

Xie Lian legte den Kopf schief. »Ich höre.«

»Eure Darbietung ist gut gelungen. Aber wie gut Ihr auch seid, Ihr könnt nicht einfach den Ablauf der Aufführung kurz vor dem Beginn ändern, ohne uns vorzuwarnen. Eure Eltern standen kurz vor einer Panik. Wisst Ihr, was passiert wäre, wenn wir den glückverheißenden Zeitpunkt verpasst hätten?«

Xie Lian zog erstaunt die Brauen hoch. »Staatspräzeptor, hatte ich nicht vorher um Erlaubnis gefragt?«

Der Staatspräzeptor sah ihn verdutzt an. »Habt Ihr? Wann?«

Als er das hörte, wandte Xie Lian sich um, die Augenbrauen zusammengezogen. »Mu Qing?«

Kapitel 27:
Eine verlorene rote Perle lockt ungewollt die Neidischen an

1

Feng Xin, der hinter Xie Lian kniete, meldete sich zu Wort: »Seine Hoheit hat es tatsächlich gestern erwähnt.«

Alle sahen ihn an und er fuhr fort: »Seine Hoheit hat in der letzten Zeit viel über die Himmelsparade nachgedacht. Gestern hat er von seiner Idee erzählt, vom Turm zu springen. Damit wollte er noch anschaulicher darstellen, wie der Gott vom Himmel auf die Erde kommt. Ansonsten sollte sich nichts ändern. Da er bei der Probe war und nicht selbst gehen konnte, bat er Mu Qing, Euch von seiner Idee zu unterrichten und Euch zu fragen, ob Ihr einverstanden seid.« Er hob den Kopf und seine Augen funkelten zornig. »Mu Qing kam zurück und sagte, er habe Euch informiert. Also musste Seine Hoheit bei der Aufführung heute davon ausgehen, dass Ihr Bescheid wusstet. Wie hätte er auf die Idee kommen sollen, dass Ihr ahnungslos wart und die ganze Darbietung gefährdet war?«

Die Kultivierer sahen einander an. »Wer wusste darüber Bescheid?«, fragte der Staatspräzeptor.

Die drei Unterpräzeptoren schüttelten ihre Köpfe, sie hatten von nichts gewusst.

Der Staatspräzeptor wandte sich an Mu Qing und seine düstere Miene wandelte sich in Wut. »Mu Qing, hast du absichtlich diese Information zurückgehalten?« Seine Worte und sein Ausdruck deuteten an, dass er bereits zu der Überzeugung gekommen war, dass Mu Qing vorsätzlich gehandelt und die Aufführung willentlich sabotiert hatte.

Xie Lian sah den schlanken Jungen schweigend an. Er dachte kurz nach, dann sagte er: »Staatspräzeptor, ich denke, dass ein Missverständnis vorliegt.«

Mu Qing wandte sich langsam zu ihm um, sein Blick war düster und distanziert.

»Hätte er Euch absichtlich meine Nachricht vorenthalten, wäre sein Verrat, spätestens jetzt, wo wir uns nach dem Ereignis austauschen, ans Licht gekommen. Er könnte sich der Verantwortung nicht entziehen. Mu Qing ist nicht dumm, er würde sich niemals so töricht verhalten. Welchen Vorteil bringt es außerdem dem Dämon, wenn der Gottgefällige Krieger nicht erscheint? Ich bitte Euch, hört ihn an, Staatspräzeptor, und zieht erst dann Eure Schlüsse.«

Xie Lian senkte seinen Kopf. »Sag uns, Mu Qing: Was ist passiert?«

Dieser blickte zu Boden und sagte leise: »Ich habe die Nachricht überbracht, wie Ihr es mir aufgetragen habt.«

Der Staatspräzeptor runzelte die Stirn. »Müssten wir nicht selbst wissen, was du uns gesagt hast und was nicht? Wann hast du uns davon erzählt?«

»Gestern, eine Stunde nach dem Abendunterricht, als die vier Präzeptoren im Sixiang-Palast ausruhten, habe ich von außerhalb durch das Fenster zu Euch gesprochen«, sagte Mu Qing.

Der Staatspräzeptor sah seine drei Gefährten verwundert an. »Gestern nach dem Unterricht? Was haben wir da gemacht?«

In dem Moment, als er die Frage stellte, fiel es ihm ein und die Schamesröte stieg ihm ins Gesicht. Die drei Unterpräzeptoren hüstelten nervös und antworteten ausweichend: »Nichts Besonderes. Nur ... ausgeruht.«

Beim Anblick der stammelnden Staatspräzeptoren wussten alle sofort Bescheid.

Der königliche Tempel war ein Ort der stillen Meditation und eine Unterrichtsstätte. Es gab dort nur wenige Möglichkeiten, sich die Zeit zu vertreiben. Das beliebteste Vergnügen war das Kartenspiel.

Doch das war nur im Geheimen möglich, man durfte sich nicht dabei erwischen lassen. Die Präzeptoren langweilten sich im königlichen Tempel zu Tode und waren der Leidenschaft des Spiels längst verfallen.

Wenn sie spielten, vergaßen sie alles um sich herum und gerieten in einen Zustand, der dem der Trunkenheit nicht unähnlich war. Nichts konnte dann von außen an sie herandringen. Wenn Mu Qing ihnen währenddessen etwas mitgeteilt hätte, hätten sie ihn nicht wahrgenommen.

Einer der Unterpräzeptoren sagte: »Oh, dann ... Es waren viele Leute dort, es war laut und deine Stimme zu leise, sodass wir dich nicht gehört haben. Ja, so muss es gewesen sein.«

Der Staatspräzeptor zweifelte jedoch. »Bist du tatsächlich am Abend zum Sixiang-Palast gegangen?«

»Ja«, antwortete Mu Qing. Und als Beweis beschrieb er das Aussehen, die Kleidung und den Akzent des Torwächters.

Der Staatspräzeptor musste ihm glauben, doch er sah ihn noch immer mit gerunzelter Stirn an. »Wenn du dir die Mühe gemacht hast, zum Sixiang-Palast zu kommen, warum hast du die Nachricht nicht an den Schüler weitergegeben, der vor der Tür Wache hielt? Warum bist du nicht in unsere Kammer gekommen und hast direkt zu uns gesprochen, warum durchs Fenster? Du hast dich nicht einmal erkundigt, ob wir dich gehört haben.«

»Ich habe es versucht«, antwortete Mu Qing leise. »Ich habe den Bruder an der Tür freundlich gebeten, mich einzulassen, aber er hat es nicht erlaubt. Er war auch nicht bereit, etwas auszurichten. Er hat mich verspottet und weggeschickt.« Nach kurzem Zögern sprach er weiter: »Ich hatte keine andere Wahl. Also bin ich um das Gebäude herumgelaufen und habe versucht, die Botschaft durch das Fenster zu übermitteln. Nachdem ich gesprochen hatte, hörte ich einen der Präzeptoren sagen: ›Ich habe verstanden, geh jetzt.‹ Daher habe ich angenommen, dass die Pläne Seiner Hoheit Zustimmung gefunden hätten.«

Der Staatspräzeptor presste die Lippen zusammen und schwieg. Wer würde schon, während ein Kartenspiel in vollem Gange war, irgendetwas von außerhalb seine Aufmerksamkeit schenken? Sollten sie tatsächlich etwas gehört haben, war es ganz natürlich, dass sie sagten: »Jaja, ich habe es gehört«, um nicht weiter gestört zu werden. Dabei hätten sie in diesem Moment nicht einmal wahrgenommen, woher die Stimme kam.

Xie Lian zog die Brauen zusammen. »Wie konnte das nur passieren? Welcher Schüler wagte es, so uneinsichtig und so respektlos einem meiner Boten gegenüber zu sein.«

Wenn Xie Lian im königlichen Tempel mit anderen sprach, war er normalerweise stets ruhig und höflich. Es kam selten vor, dass er wütend wurde oder aufbrauste. Dennoch war er der Sohn des Königs, der berühmte Kronprinz. Er zeigte keine Demut, auch nun, da er vor der goldenen Statue kniete, nicht. Mit seinem plötzlich strengen Ton zeigte er Autorität, ohne jedoch laut zu werden. Alle schwiegen und die Staatspräzeptoren machten kaum wahrnehmbar zerknirschte Gesichter.

»Warum hast du mir gestern, als du zurückkamst, nicht davon berichtet?«, fragte Xie Lian.

Mu Qing warf sich aus seiner knienden Position flach vor ihm auf den Boden. »Eure Hoheit, es besteht keine Notwendigkeit, die Angelegenheit mit dem anderen Schüler weiterzuverfolgen. Ich habe Euch nicht davon erzählt, weil ich nicht wollte, dass es zu einer großen Sache wird. Es ist nichts. Solltet Ihr mich öffentlich verteidigen und den Schüler bloßstellen, würde es nur der Kameradschaft schaden.«

Xie Lian war wie vor den Kopf gestoßen und widersprach heftig. »Von welcher Kameradschaft sprichst du da? Was ist das für eine Kameradschaft, bei der man anderen, wo es nur geht, das Leben schwer macht?«

Die Staatspräzeptoren blickten noch schuldbewusster drein, als sie das hörten. Letzten Endes war es so gekommen, weil die Präzeptoren Mu Qing nicht leiden konnten. Wenn sie eine Abneigung gegen jemanden hegten, spürten ihre Schüler das und taten es ihnen gleich. Erschwerend kam noch dazu, dass Mu Qing von Natur aus kein besonders liebenswerter Mensch war. Die anderen Schüler vermieden es nicht nur, ihm zu helfen, sondern taten alles, um es ihm schwer zu machen. Selbstverständlich wollte Xie Lian, ihr mächtiger und geliebter Schüler, sie nicht absichtlich lächerlich machen, aber er hatte den wunden Punkt genau getroffen.

Feng Xin hörte mit an, wie Mu Qing ein ums andere Mal auswich und Entschuldigungen vorbrachte, bis er es keine Minute länger ertragen konnte und dazwischenging. »Es war tatsächlich keine große Sache, aber du hast alles verkompliziert. Hättest du dem Schüler an der Tür gesagt, dass du eine wichtige Nachricht von Seiner Hoheit zu übermitteln hast, hätte er es dann noch gewagt, dich fortzuschicken? Und heute, direkt vor dem Aufbruch, fragte der Staatspräzeptor dich, wo Seine Hoheit sei. Warum hast du ausweichend geantwortet? Warum hast du nicht deutlich gesagt, dass Seine Hoheit auf dem Turm auf den Start der Parade wartet?«

Mu Qing gab umgehend Antwort: »Ich dachte, der Staatspräzeptor wisse Bescheid, und hatte nicht erwartet, dass er mir diese Frage stellen würde. Ich war verwirrt. Und ich habe ihm ausgerichtet, dass Seine Hoheit gesagt habe, wir sollten unbesorgt sein und die Parade wie geplant starten lassen. Seine Hoheit war zwar nicht zugegen, doch alle anderen haben mich gehört. Du kannst mir nicht vorwerfen, dass ich vorsätzlich etwas verschwiegen oder ausweichend geantwortet habe.«

Feng Xin starrte ihn zornig an. Er dachte genau darüber nach. Es stimmte. Mu Qing hatte all das gesagt. Nur war der Staatspräzeptor zu ängstlich gewesen und hatte nicht gewagt, eine vorschnelle Entscheidung zu treffen. Es war nicht möglich, Mu Qing die Schuld an dem Irrtum nachzuweisen.

Xie Lian ergriff wieder das Wort. »Das genügt. Es war ein Missverständnis, ein ungünstiger Fehler. Es war einfach Pech. Hört auf zu streiten.«

Feng Xin sah äußerst verstimmt aus. Aber es stand ihm nicht zu, im Palast Unruhe zu stiften, also sagte er nichts mehr.

Dem Staatspräzeptor war es nur recht, dass das The… vertieft wurde. Sonst hätte er womöglich zugeben müssen, … Kartenspiel so eingenommen gewesen war, dass er nichts gehör… So winkte er nur ab und seufzte. »Lasst uns später darüber reden u… uns dann überlegen, wie wir dafür sorgen können, dass so etwas nicht mehr vorkommt. Ihr drei dürft gehen. Legt die Kostüme ab und erledigt eure Pflichten.«

Xie Lian verbeugte sich und stand auf. Feng Xin und Mu Qing machten einen Kotau, standen ebenfalls auf und folgten Xie Lian, der gerade gehen wollte. Er hatte schon einen Fuß über die Schwelle gesetzt, da hörte er den Staatspräzeptor rufen: »Eure Hoheit.« Xie Lian drehte sich um. »Der König und die Königin haben heute nach Euch gefragt. Wenn Ihr in den nächsten Tagen dazu kommt, geht und besucht sie.«

Xie Lian lächelte. »Ich habe verstanden.«

Die drei verließen den Shenwu-Palast und liefen über den Berghang zu dem Übungsgebäude, das eigens für den Kronprinzen errichtet worden war, der Palast von Xianle. Dort konnte Xie Lian endlich sein Zeremonienkostüm ablegen.

Wie bereits erwähnt, war die Bekleidung des Gottgefälligen Kriegers für die Shangyuan-Himmelsparade bis ins kleinste Detail geplant. Jeder kleine Gegenstand, den er am Körper trug, hatte eine Bedeutung und nichts durfte durcheinandergebracht werden. Der äußere Umhang war weiß, er stellte göttliche Reinheit dar. Das Untergewand war rot, als Zeichen für die dynastische Tradition. Die goldene Krone, die auch das Haar zusammenhielt, stand für königliche Macht und Reichtum. Die weißen Federn, die am Innengewand versteckt angebracht waren, waren ein Zeichen für den Aufstieg in den Himmel. Lose Bänder an den Ärmeln symbolisierten die Pflicht, dem Volk gerecht zu werden, und es gab noch viel, viel mehr.

Es erklärt sich von selbst, dass es ein schwierigeres Unterfangen war, dieses Kostüm an- und abzulegen. Doch als Kronprinz musste er nichts allein machen. Er musste sich nur in seiner frisch duftenden Kammer mit ausgestreckten Armen aufstellen und konnte mit Feng Xin plaudern, während sein Hausdiener Mu Qing ihn Lage um Lage entkleidete.

Der äußere Umhang des Kostüms war von feinster Qualität. Das Webmuster war einzigartig und detailreich und an den Säumen waren mit Goldfäden elegante, aber unaufdringliche Muster eingewebt. Der schwarze Umhang des Dämons stand dazu in starkem Kontrast – die beiden Stücke waren wie Himmel und Hölle. Mu Qing trug noch immer das schwarze Kostüm, in seinen Armen trug er nun das Kriegerkostüm, dass er Xie Lian abgenommen hatte. Seine Finger zuckten kaum wahrnehmbar, als er über den weichen weißen Stoff strich.

Xie Lian, der neben ihm stand, nahm die goldene Krone ab und ließ sein langes Haar offen über seine Schultern fallen, während er sich auf die Kante des Sandelholzbettes setzte. Er schleuderte seine schneeweißen Stiefel von sich und wartete darauf, dass ihm jemand frische Kleidung brachte. Als er sah, dass Mu Qing sich nicht bewegte, legte er den Kopf schief. »Was ist?«

Mu Qing fasste sich augenblicklich wieder. »Einige Stellen des Kostüms sind beschmutzt.«

»Oh, bring es mal her und lass mich sehen.«

Tatsächlich waren an zwei Stellen des weißen Gewandes kleine schwarze Handabdrücke zu sehen. Xie Lian warf einen Blick darauf. »Die sind wahrscheinlich von dem kleinen Jungen, der vom Himmel gefallen ist. Er hat sich an mir festgeklammert und wollte nicht loslassen. Sein Kopf war verbunden, vielleicht war er zuvor schon gestürzt. Feng Xin, hast du ihn dir angesehen?«

Feng Xin verstaute gerade das Schwert und den Säbel, die bei der Zeremonie verwendet worden waren. Er antwortete düster: »Nein. Ich habe ihn aus dem Palast gebracht und wollte gerade einen Blick auf sein Gesicht werfen, wie Ihr es mir aufgetragen hattet. Da hat der kleine Teufel mir vors Schienbein getreten. Es hat verdammt wehgetan!«

Xie Lian fiel vor Lachen rücklings aufs Bett und zeigte mit dem Finger auf Feng Xin. »Bestimmt weil du so gemein bist. Warum sonst sollte er dich treten, aber nicht mich?«

»Ich habe ihm nichts getan! Das Kind ist weggelaufen, als wäre der Leibhaftige hinter ihm her. Wenn ich ihn erwischt hätte, hätte ich ihn kopfüber gehalten und geschüttelt, bis er vor Angst geschrien hätte.«

Mu Qing betrachtete den weißen Stoff in seinen Händen. »Hoffentlich ist er kein Bettler. Er war so schmutzig, dass der Griff seiner Hände solche Spuren hinterlassen hat. Eure Hoheit, das Kostüm des Gottgefälligen Kriegers darf nicht dreckig werden. Ist das nicht ein weiteres schlechtes Omen?«

Xie Lian blieb auf dem Bett liegen, ergriff beiläufig ein Buch aus einem Regal am Kopfende und bedeckte damit die Hälfte seines Gesichts. »Drei Runden durch die Hauptstadt, schon für diesen unglaublichen Negativrekord wird mein guter Name in die Geschichte eingehen. Wenn das Kostüm dreckig ist, dann ist es so. Wasch es einfach.«

Nach kurzem Zögern antwortete Mu Qing leise: »Ich werde mein Bestes tun, um vorsichtig zu sein, wenn ich es wasche.«

Xie Lian blätterte in dem Buch, schlug eine Seite auf, die die Kunst des Säbelkampfs illustrierte, und wurde an das fantastische Sparring früher am Tag erinnert. Er lächelte. »Mu Qing, das war ein guter Kampf heute auf der Bühne.«

Mu Qings Schultern versteiften sich.

»Erst heute habe ich bemerkt, dass du mit dem Säbel viel besser umgehen kannst als mit dem Schwert«, fuhr Xie Lian fort.

Mu Qings Gesicht entspannte sich und er wandte sich um. Ein leichtes Lächeln umspielte seine Lippen. »Wirklich?«

»Ja. Aber vielleicht warst du zu hastig. Einen Säbel führt man anders als ein Schwert. Sieh mal hier ...«

Von dem Moment an, da sie auf die Kampfkunst zu sprechen kamen, war Xie Lian voller Enthusiasmus, mehr noch als der Staatspräzeptor, wenn er Karten spielte. Er sprang vom Bett auf, ohne Schuhe anzuziehen, und demonstrierte Mu Qing, was er meinte. Seine Hand benutzte er dabei als imaginären Säbel. Mu Qing wirkte zunächst verwirrt, doch nachdem Xie Lian ihm einige Bewegungen gezeigt hatte, sah er interessiert zu.

Feng Xin aber deutete mit dem langen Säbel, den er gerade einpackte, auf ihn und scheuchte Xie Lian schimpfend zurück aufs Bett. »Wenn Ihr angeben wollt, dann zieht wenigstens vorher Schuhe an. Ihr seid der Kronprinz. Mit offenen Haaren und barfuß, was für eine Schande!«

Xie Lian war gerade auf dem Gipfel der Aufregung gewesen, als er aufs Bett gescheucht wurde wie eine Ente in den Stall. »Ist ja gut!«, maulte er und fuhr sich mit beiden Händen durch das lange Haar, um es zu einem Zopf zu binden, bevor er mit seinem Vortrag fortfuhr. Plötzlich runzelte er die Stirn. »Komisch.«

»Was denn?«, fragte Feng Xin.

Xie Lian zog an seinem Ohrläppchen. »Ein Ohrring ist weg.«

Das Volk von Xianle glaubte daran, dass das höchste Ziel aller Kultivierung, die höchste anzustrebende Perfektion, die Harmonie von Yin und Yang war, die Einheit von weiblicher und männlicher Energie. Die Erscheinungsweisen der Götter änderten sich unaufhörlich, sie waren nicht auf ein Geschlecht festgelegt. Dieser Glaube kam in dem Kostüm des Gottgefälligen Kriegers ebenfalls zum Ausdruck. Seit jeher war der Gottgefällige Krieger mit Schmuck versehen, der beide Geschlechter symbolisierte, mit Ohrringen, Armreifen und vielem mehr. Als Xie Lian sich auf seine Rolle vorbereitet hatte, hatte er seine Ohren durchstochen und die Ohrringe angelegt.

Es war ein Paar kostbarer korallenroter, herrlich schimmernder Perlen. Sie waren geschmeidig, glatt und äußerst selten. Doch als Xie Lian sich durchs Haar fuhr, bemerkte er, dass nur noch eine der Korallenperlen da war.

Weder Xie Lian noch Feng Xin bemerkten, dass in dem Moment, als Xie Lian die Worte aussprach, Mu Qings Miene erstarrte. Feng Xin begann sofort, überall im Raum zu suchen, schließlich auch außerhalb, konnte die Perle jedoch nicht finden.

»Ihr seid so zerstreut, dass Ihr selbst Dinge verliert, die an Eurem Ohr befestigt sind. Ich habe die Perle nicht gefunden. Ich werde nun den Weg absuchen. Hoffen wir, dass sie nicht während der Parade verloren ging.«

Xie Lian war selbst verblüfft darüber, aber der Verlust der Perle kümmerte ihn nicht weiter. »Ja, das könnte sein, doch dann wirst du sie nicht finden. Wenn sie weg ist, ist sie weg.«

Mu Qing holte den Besen hervor, mit dem er normalerweise das Zimmer säuberte. »Die Perle ist zu kostbar. Wir sollten wenigstens versuchen, sie zu finden. Vielleicht ist sie unter das Bett oder unter einen Schrank gerollt.«

Er begann, das Zimmer zu fegen. Xie Lian sagte: »Sollten wir vielleicht noch ein paar Helfer herbeirufen?«

»Viele Menschen, viele Hände. Wir wollen nicht, dass jemand die Perle einsteckt, bevor wir sie finden können«, entgegnete Feng Xin.

Mu Qing kehrte unter dem Bett, doch als er Feng Xins Worte hörte, wurde er augenblicklich leichenblass. Er stand ruckartig auf und mit einem lauten Knacken brach der Besenstiel in seinen Händen entzwei. Xie Lian sah ihn entsetzt an.

Seit sie den Shenwu-Palast verlassen hatten, hatte Feng Xin sich über Mu Qing geärgert. Unentwegt hatte er im Geiste Beschwerden über ihn formuliert, er hatte sich allerdings zusammengerissen und keine davon laut ausgesprochen. Als nun Mu Qing als Erster in die Luft ging, machte ihn das umso wütender. »Was fällt dir ein, einfach etwas zu zerbrechen? Hat dir jemand etwas getan?«, fragte er voller Zorn.

»Warum sagst du mir nicht direkt ins Gesicht, was du zu sagen hast, anstatt andauernd Andeutungen zu machen?«, antwortete Mu Qing eisig. »Ich habe nichts mit der verlorenen Perle zu tun.«

Feng Xin war schon immer sehr direkt gewesen und dies war das erste Mal, dass ihn jemand bezichtigte, »andauernd Andeutungen zu machen«. Er lachte vor Zorn. »Sieh an! Was habe ich denn gesagt? Ich habe nie behauptet, dass du sie gestohlen hast, und doch wirst du so wütend. Fühlst du dich etwa ertappt?«

Xie Lian erwachte aus seinem Schockzustand. *Oh nein*, stöhnte er innerlich. »Feng Xin, hör auf!«

Auf Mu Qings Stirn traten die Adern blau hervor. Feng Xin bemerkte es jedoch nicht und fragte verwirrt: »Was?«

Es war wahrlich nicht der richtige Zeitpunkt für Erklärungen, also blieb Xie Lian nichts anderes übrig, als zu versuchen, Mu Qing zu beruhigen. »Versteh ihn nicht falsch. Er hat nur dahergeredet. Er hat nicht dich gemeint.«

Mu Qing ballte die Hände zu Fäusten, öffnete sie dann und gewann schließlich die Kontrolle über sich zurück. Doch in seinen Augen loderte die Eifersucht. Er wandte sich an Xie Lian, starrte ihn an und betonte jedes Wort überdeutlich. »Ihr ... haltet Eure Versprechen nicht ein.«

»Das ist nicht wahr!«, rief Xie Lian.

Mu Qing schloss den Mund und atmete mehrmals tief ein und aus. Er sah Feng Xin mit einem zornigen Blick an. Schweigend verließ er den Raum.

Xie Lian sprang vom Bett auf und wollte ihm hinterherlaufen, doch Feng Xin stellte sich ihm in den Weg. »Eure Hoheit, Ihr habt nicht einmal Schuhe an. Wie würde es aussehen, wenn Ihr barfuß und ungekämmt vor die Tür geht?«

»Hilf mir, ihn aufzuhalten!«

»Zieht zuerst Schuhe an und bindet Euer Haar zusammen. Und dann lasst ihn gehen. Er ist immer so launisch. Wer weiß, was für einen wunden Punkt wir bei ihm getroffen haben, dass er sich so aufregt.«

Mu Qing war längt verschwunden und Xie Lian wusste, dass er ihn nicht mehr einholen würde. Dennoch griff er nach einem Haarband, um sich eilig das Haar zusammenzubinden. Dabei seufzte er: »Er regt sich nicht auf. Du hast nur aus Versehen das Falsche gesagt.«

Feng Xin holte Xie Lians Übungsumhang aus dem Schrank und warf ihn ihm zu. »Was habe ich denn gesagt?«

»Das kann ich dir nicht sagen«, antwortete Xie Lian, während er in seine Stiefel schlüpfte. »Jetzt komm schon, hilf mir, ihn zu suchen, und sag ihm dann, dass es ein Missverständnis war und du ihm nichts vorzuwerfen hast.«

»Was verschweigt Ihr mir?«, fragte Feng Xin stirnrunzelnd.

Xie Lians Lippen blieben versiegelt. Feng Xin wurde immer argwöhnischer und dachte an Mu Qings erbosten Gesichtsausdruck. »Er hat doch nichts von Euch gestohlen, oder?«, riet er ins Blaue hinein.

Xie Lian machte umgehend eine beschwichtigende Geste und sagte: »Nein, nein.«

Das zu sehen erhärtete Feng Xins Verdacht jedoch nur. »Also so ist das. Kein Wunder, dass seine Stimmung so plötzlich umgeschlagen ist – ich habe genau ins Schwarze getroffen. Wann ist das passiert?«

»Nicht so laut!«, mahnte Xie Lian ihn ängstlich.

Feng Xin sprach leiser. »So etwas ist passiert und Ihr habt mir nichts davon gesagt? Erzählt, schnell.«

Da Feng Xin schon Verdacht geschöpft hatte, entschied Xie Lian, dass es keinen Sinn mehr hatte, ihn anzulügen. Früher oder später würde er ohnehin die Wahrheit erfahren. Er musste sich geschlagen geben. »Es war eigentlich kein richtiger Diebstahl, aber ... Lass mich am Anfang beginnen. Erinnerst du dich, als ich vor zwei Jahren dem Tempel beigetreten bin? Damals hatte ich ein Blatt Goldfolie verloren.«

Feng Xins Augen weiteten sich, als er das hörte, und er schlug sich auf den Oberschenkel. »Er war das damals?«

Vor drei Jahren hatte Xie Lian auf alle erdenklichen Arten gebettelt und gefleht, bis seine Eltern ihm endlich widerwillig erlaubt hatten, dem Tempel beizutreten und seine Ausbildung zu beginnen, obwohl er noch keine zwanzig Jahre alt gewesen war. Als ein Jahr darauf der Bau des Palasts von Xianle abgeschlossen war, war er in freudiger Erregung auf den Berg umgezogen.

Bei seiner Ankunft hatte er nicht besonders viel persönliches Gepäck bei sich, nur zwei Wägen voller Bücher und über zweihundert kostbare Schwerter. Doch die Königin, die ihren Sohn abgöttisch liebte und befürchtete, das Leben als Asket wäre zu hart für ihn, hatte zwanzig Diener und vier Wagenladungen mit seinen liebsten Dingen auf den Berg Taicang befohlen. Es war ein beeindruckender Anblick, wie diese Karawane den Berg hinauffuhr. Unter der Fracht befand sich auch ein Satz aus einhundertacht Goldfolien, die zusammengesetzt einen Palast ergaben. Paläste aus Goldfolie zu bauen war damals ein beliebtes Spiel unter den Kindern des Adels.

Dass damals so viele Luxusgüter auf den Berg gebracht wurden, löste eine kleine Welle der Empörung aus. Der königliche Tempel war die Heimat ernsthafter Kultivierer, die den Charakter des Kronprinzen noch nicht kannten, und obwohl sie es nicht wagten, sich öffentlich zu beklagen, grummelten viele hinter seinem Rücken. Kam der Kronprinz auf den Berg, um zu lernen oder um zu spielen? Wie sollte er sich der Kultivierung widmen, wenn er nur zum Spaß heraufkam?

Als damals Feng Xin diese Beschwerden zu Ohren kamen, wollte er widersprechen, aber Xie Lian hielt ihn davon ab und forderte ihn lächelnd auf, sich keine Sorgen zu machen. »Es ist nur natürlich, dass sie so denken.

Sie werden selbst sehen, dass ich nicht zum Spielen hier bin. Und sie werden sehr schnell bemerken, wer die Nummer eins in dieser Generation Schüler ist und wer es mit der Kultivierung am ernstesten nimmt.«

Kurz darauf jedoch gab es einen Vorfall. Xie Lian hatte versucht, so viele Diener und Güter zurückzuschicken, wie es eben möglich war. Doch bei der Durchsicht aller Gegenstände bemerkte er, dass eine der einhundertacht Goldfolien fehlte.

Sie waren in einer der Kutschen eingepackt gewesen und hatten seit der Ankunft auf dem Berg Taicang den Palast von Xianle nicht verlassen. Wenn die Goldfolie nicht auf dem Weg verloren gegangen war, musste sie gestohlen worden sein. Auf der Straße wurde nichts gefunden, also erwähnte Xie Lian es dem Staatspräzeptor gegenüber.

In der Annahme, sie sei gestohlen worden, regte sich der Staatspräzeptor darüber auf, dass jemand im königlichen Tempel der Verlockung des Goldes erlegen und einen Diebstahl begangen haben könnte. Er war entschlossen, das fehlende Goldblatt um jeden Preis wiederzufinden, und sollte es jemand an sich genommen haben, würde derjenige streng bestraft werden. Die dreitausend Tempelschüler auf dem Berg Taicang wurden aufgefordert, alles stehen und liegen zu lassen, und dazu gezwungen, in Gruppen alle Räume und Kammern des Tempels zu durchsuchen.

Während die groß angelegte und angestrengte Suche noch in vollem Gange war, meldete sich Xie Lian plötzlich zu Wort. Er entschuldigte sich für die Umstände und sagte, ihm sei gerade eingefallen, dass schon zuvor eine der Goldfolien gefehlt habe. Insgesamt sollten es also einhundertsieben sein.

Die Suche nach der Goldfolie hatte für großes Chaos und Verwirrung im königlichen Tempel gesorgt. Als Xie Lian plötzlich seine Meinung änderte und erklärte, es habe sich alles erledigt, während gerade alle dabei waren, im Schweiße ihres Angesichts den Tempel abzusuchen, fühlten sich die Tempelschüler vor den Kopf gestoßen. Noch lange redeten sie hinter seinem Rücken. Es waren Bemerkungen wie: »Nun ja, er ist der Kronprinz und alle müssen ihm gehorchen. Ich hoffe nur, dass er nächstes Mal zuerst sein Gedächtnis anstrengt, bevor er uns alle zu einer groß angelegten Suche verdonnert.«

Feng Xin machte es jedes Mal wütend, wenn ihm dergleichen zu Ohren kam. Aber Xie Lian ermahnte ihn, sich nichts daraus zu machen.

Eines stand fest: Xie Lian hatte bewiesen, dass ihm der Titel »Nummer eins unter den Tempelschülern« wahrhaft zustand. Da er aber immer freundlich und umgänglich war und sich niemals auf seine Abstammung berief, besserte sich sein Ruf mit der Zeit.

Feng Xin war niemand, der an Kleinigkeiten festhielt, und er hatte diese ganze Angelegenheit längst vergessen. Nun, da er sich alles wieder ins Gedächtnis rief, dämmerte ihm, was damals wirklich passiert sein musste, und er war schockiert und erbost zugleich. »Es war Mu Qing, der die Goldfolie genommen hat?«

»Pst!« Xie Lian mahnte ihn erneut zur Ruhe und sah sich um, um sicherzugehen, dass niemand sie hören konnte. »Die Goldfolie ist auf dem Weg den Berg hinauf aus dem Wagen gefallen. Mu Qing hat sie gefunden, als er losging, um Wasser zu holen. Er hat sie unter seinem Bett versteckt und wusste nicht recht, was er damit anfangen sollte. Dann kam eines Abends der Befehl des Staatspräzeptors, alle Zimmer zu durchsuchen. Damals kannte ich ihn noch nicht – als er mir begegnete, bemerkte ich aber, dass er unbehaglich dreinblickte. Später, als ich draußen saß, kam er zu mir und gestand mir alles. So habe ich davon erfahren.«

»Etwas zu nehmen, ohne es zu sagen, ist Stehlen! Also habt Ihr ihm geholfen, die ganze Angelegenheit unter den Teppich zu kehren, indem Ihr allen erzählt habt, die Goldfolie habe zuvor schon gefehlt?«

Xie Lian hatte sich inzwischen fertig angezogen und ging in Richtung der Tür. »Ja, so ist es.«

Feng Xin platzte beinahe vor Wut. Er lief Xie Lian hinterher. »Eure Hoheit, ist Euch eigentlich bewusst, wie viele Leute schlecht über Euch geredet haben, nachdem Ihr in den königlichen Tempel gekommen wart?«

»Leise! Er wirkte in diesem Moment vollkommen hilflos. Er war so blass, als hätte er ein Gespenst gesehen. Die Leute hier können ihn ohnehin nicht leiden. Wenn ich etwas gesagt hätte, wäre sein Leben hier vorbei gewesen. Wir haben einen unterschiedlichen Status und diese Angelegenheit hatte für uns einen unterschiedlichen Stellenwert. Für mich hatte sie keine schlimmen Folgen, für ihn aber wäre sie fatal gewesen.«

Ein paar junge Tempelschüler näherten sich und verbeugten sich respektvoll. Auf den Gesichtern trugen sie ein Lächeln. »Eure Hoheit.«

Xie Lian lächelte zurück und sie gingen weiter. Er wandte sich wieder an Feng Xin: »Siehst du, das Warten hat sich gelohnt. Jetzt verstehe ich mich mit allen und niemand wagt es, etwas Schlechtes über mich zu sagen.«

Sie betraten Mu Qings Schlafkammer, doch dort war niemand, also gingen sie wieder, um weiterzusuchen.

»Es kam mir damals schon seltsam vor, dass ich nichts davon wusste, dass Ihr eine Goldfolie verloren hattet. Aber ich kann es nicht fassen, dass Ihr mir das zwei Jahre lang verschwiegen habt. Ihr habt mir sogar erzählt, dass Ihr ihn kennengelernt habt, als er gekehrt hat.«

»Er bat mich später, niemandem davon zu erzählen«, erklärte Xie Lian. »Ich versprach es ihm, also hielt ich mich auch daran und erzählte es nicht einmal dir. Jetzt habe ich es doch erzählt und damit mein Wort gebrochen. Aber ich möchte dich bitten, es für dich zu behalten.«

»Ich denke nicht, dass Ihr wortbrüchig geworden seid. Sein eigenes schlechtes Gewissen hat ihn aufbrausen lassen und dadurch hat er sich selbst verraten«, sagte Feng Xin.

»Nein, nein, du musst mir versprechen, dass du es niemandem sagst. Sonst werde ich den Kontakt mit dir abbrechen und du wirst verflucht sein und niemals eine Frau finden«, drohte Xie Lian.

Feng Xin schnaubte abfällig. »Ihr wollt den Kontakt zu mir abbrechen? Wenn das passiert, wird am nächsten Tag das ganze Königreich darüber reden, dass Ihr ohnmächtig wurdet, als Ihr versucht habt, Eure Strumpfbänder zu eng zu ziehen ... Ist ja gut! Ich werde es nicht weitersagen. Dieses Geschwätz interessiert sowieso keinen.«

Er unterbrach sich, sprach dann aber doch weiter: »Ich könnte wetten, er denkt, dass ich von dieser Geschichte weiß und deshalb auf ihm herumhacke. Aber in Wirklichkeit mag ich Leute wie ihn einfach nicht. Ein erwachsener Mann, der sich den ganzen Tag über dieses und jenes den Kopf zerbricht. Bestimmt glaubt er, dass Ihr mir längst davon erzählt habt. Nicht einmal Konkubinen in einem Harem haben so komplizierte Gedankengänge wie er. Er geht mir so auf die Nerven!«

»Er ist nicht so schlimm, wie du denkst«, erwiderte Xie Lian. »Im königlichen Tempel ist sonst noch nie etwas verloren gegangen. Das bedeutet auch, dass er noch nie etwas genommen hat. Und außerdem war es für seine Mutter ... Zudem hat er mir geschworen, dass es nie wieder vorkommen wird. Es war richtig, ihm noch eine Chance zu geben. Und er hat sein Wort gehalten. Als heute das kleine Kind vom Himmel fiel, konnte die Parade nur zu so einem guten Ende kommen, weil Mu Qing mit mir zusammengearbeitet hat.«

Feng Xin schnalzte mit der Zunge. »Ohnehin werdet Ihr in die Geschichte eingehen, weil Ihr nur drei Runden vollenden konntet. Er wird sich hüten, Euch noch mehr in Verruf zu bringen. Eure Hoheit, ich sage Euch, ich glaube kein Wort von dem, was er im Shenwu-Palast gesagt hat. Jeder hier im königlichen Tempel weiß doch, dass der Staatspräzeptor nichts hört und nichts sieht, wenn er Karten spielt. Aber er musste ihm genau in dieser Zeit eine wichtige Botschaft überbringen und weigerte sich auch noch standhaft, zu sagen, wer ihn geschickt hatte. Es scheint, als hätte er alles darangesetzt, das Ganze zum Scheitern zu bringen.«

Xie Lian schüttelte den Kopf und sagte ernst: »Ich muss ehrlich sein, ich habe darüber nicht so viel nachgedacht. Ich weiß, dass Mu Qing unbeliebt ist, daher wollte ich ihn mit mehr Aufgaben betrauen. Ich dachte, wenn die Leute sehen, dass er mein persönlicher Bote ist, würden sie netter zu ihm sein. Aber ich habe nicht bemerkt, wie boshaft sie ihn behandeln. Es ist nicht nur alles schiefgelaufen, er wurde auch noch verspottet. Wenn du es aus diesem Blickwinkel betrachtest, ist gut verständlich, warum er immer so launisch ist.«

Feng Xin widersprach aus vollem Herzen. »Warum gebt Ihr Euch selbst die Schuld für seine Launenhaftigkeit? Ihr seid der Kronprinz. Ihr seid doch niemandem etwas schuldig, nur weil er Euch einen Gefallen tut. Eure Hoheit, ich verstehe nicht, warum Ihr so große Stücke auf ihn haltet.«

Xie Lian grinste. »Feng Xin, weißt du, es gibt so viele Menschen auf der Welt, die für mich nichts als Steine sind.«

Feng Xin verstand ihn nicht. Xie Lian ging weiter, die Hände hinter dem Rücken verschränkt. »Überall sind Steine, aber kostbare Jade ist selten. Wenn es um die Kampfkunst geht, habe ich nur zwei Personen getroffen, die Jade sind. Der eine bist du. Und er ist der andere.« Er blieb abrupt stehen und drehte sich um. Seine Augen leuchteten. »Ich halte Mu Qing für außerordentlich begabt. Wie könnte ich zulassen, dass kostbare Jade Staub ansetzt, und verhindern, dass sie ihre Schönheit zeigt, nur aufgrund ihres Hintergrunds und Temperaments?« Xie Lian wirkte entschlossen. »Nein. Das halte ich für falsch. Du fragst, warum ich große Stücke auf ihn halte? Aus demselben Grund, aus dem ich viel von dir halte. Die, die zum Strahlen bestimmt sind, muss ich strahlen lassen. Außerdem glaube ich nicht, dass gute Absichten jemals schlechte Folgen haben.«

Feng Xin war ebenfalls stehen geblieben. Nachdem Xie Lian ausgesprochen hatte, kratzte er sich am Kopf. »Ihr wisst, was Ihr wollt, also ist es Eure Angelegenheit.«

»Richtig. Also, wo ist Mu Qing hingelaufen?«, fragte Xie Lian.

Gerade da kamen ihnen, laut herumalbernd, zwei Schüler mit Körben in den Händen entgegen. Als sie Xie Lian erblickten, riefen sie ihm freudig zu: »Eure Hoheit!«

Xie Lian antwortete ihnen lächelnd. Sie traten zu ihm und setzten ihre Körbe ab. »Eure Hoheit, wollt Ihr Kirschen? Wir haben sie an der Quelle gewaschen, sie sind sauber und sehr süß.«

Die Körbe waren randvoll mit kleinen, runden, leuchtend roten Kirschen. Xie Lian und Feng Xin nahmen sich einige heraus. Sie waren in der Tat köstlich und süß.

»Als wir näher kamen, haben wir gehört, dass Seine Hoheit nach Mu Qing fragte. Sucht Ihr ihn?«, fragte einer der Schüler. »Ich glaube, wir haben ihn gesehen, als wir bei den Kirschbäumen waren.«

»Wirklich? Danke für den Hinweis.«

Also liefen die beiden in Richtung der Kirschbäume. Auf dem Berg Taicang wuchsen außer wildem Ahorn auch unzählige Obstbäume. Es gab Pfirsiche, Birnen, Orangen und vieles mehr, auch Kirschen. Die Bäume nährten sich vom Quellwasser und badeten im Morgennebel, im Sonnenschein und im Regen, sodass die Früchte, die sie trugen, voller spiritueller Energie waren. Ein Teil der geernteten Früchte wurde als Tribut an den Königspalast geschickt, der Rest blieb für die Tempelschüler, die sie jeden Tag nach der harten Arbeit genießen durften. Nirgendwo sonst außerhalb des Tempels gab es diese Früchte, nicht einmal für einhundert Goldstücke.

Die Kirschbäume standen in ordentlichen Reihen und zwischen den grünen Blättern leuchteten die Früchte wie rote Perlen und sahen verlockend und köstlich aus. Xie Lian und Feng Xin liefen eine Weile umher und suchten nach Mu Qing, bis sie nach einiger Zeit die Geräusche eines Streitgesprächs hörten. Sie blieben stehen.

Vor sich sahen sie vier oder fünf Tempelschüler in weißen Gewändern, jeder mit einem Korb in der Hand. Offenbar waren sie gekommen, um

Früchte zu pflücken. Aber sie umringten keinen Baum, sondern eine Person. Auch aus der Entfernung war deutlich zu hören, wie sie sich stritten.

Einer der jungen Männer sagte: »Kein Wunder, dass es in der letzten Zeit so wenige Früchte gibt. Jemand kommt heimlich her und stiehlt sie.«

»Jeder Schüler darf die Früchte pflücken, die auf dem Berg Taicang wachsen. Also ist es kein Diebstahl«, entgegnete jemand leise. »Außerdem gibt es hier Hunderte, Tausende von Obstbäumen. Es kann nicht sein, dass es nur meinetwegen weniger Früchte gibt.«

Es war Mu Qings Stimme. An seinem Ärmel, der zwischen den Umstehenden hervorblitzte, konnten Xie Lian und Feng Xin erkennen, dass er das Dämonenkostüm bereits gegen sein gewöhnliches Unterrichtsgewand getauscht hatte.

Der Tempelschüler schnaubte: »Ja, natürlich, wenn du nur für dich selbst Früchte nehmen würdest, würde es nicht auffallen, aber du nimmst sie nicht nur für dich, oder? Du schleichst vom Berg und gibst sie anderen. Du nutzt deine Vorteile aus, das ist schamlos!«

Xie Lian begriff, was vor sich ging. Die Schüler, die Mu Qing nicht leiden konnten, schikanierten ihn wieder.

Mu Qing stammte aus einer bettelarmen Familie. Seine Mutter, die in der Hauptstadt am Fuße des Berges lebte, kam gerade so über die Runden. Sie hatte früher als Näherin etwas Geld verdient, aber ihre Augen waren schlecht geworden, sodass sie nicht mehr arbeiten konnte. Sie lebte von dem Geld, das Mu Qing ihr brachte und das er verdiente, indem er auf dem Berg Besorgungen für andere machte. Manchmal nahm er einige Früchte mit und brachte sie ihr. Das war keine große Sache und es gab auch keine konkrete Regel, die es verbot. Doch laut ausgesprochen klang es dennoch unehrenhaft. Und ihn öffentlich dafür zu verspotten, stellte ihn bloß.

Mu Qings Stimme war angespannt. »Bruder Zhu, wir reden selten miteinander und doch lässt du keine Gelegenheit aus, auf mir herumzuhacken.

Gestern hast du mich nicht zum Sixiang-Palast durchgelassen, um meine Botschaft zu überbringen. Habe ich dir denn etwas getan?«

Dieser junge Mann namens Zhu war tatsächlich derjenige gewesen, der am Tag zuvor die Tür des Sixiang-Palasts bewacht hatte. Als Mu Qing den Vorfall erwähnte, wurde er wütend. »Du hast deinen Auftrag nicht ordentlich ausgeführt und dadurch fast die Parade ruiniert und jetzt gibst du mir die Schuld dafür? Du bist selbst schuld. Immer tust du so geheimnisvoll, dass automatisch alle denken, dass du nichts Gutes im Schilde führst. Wenn du einfach direkt gesagt hättest, was du willst, wäre nichts passiert. Deinetwegen hat Seine Hoheit beinahe bei der Parade versagt und ich wurde vom Staatspräzeptor angeschrien.«

Als er ausgesprochen hatte, warf er den Korb zu Boden und gab den anderen ein Zeichen, Mu Qing einzukreisen und anzugreifen.

Xie Lian konnte es nicht mehr mit ansehen und rief: »Halt!«

Die Schüler erschraken, als sie seine Stimme hörten. Sie drehten sich zu ihm um und riefen: »Eure Hoheit!«

Xie Lian und Feng Xin traten näher. Obwohl noch niemand zugeschlagen hatte, hatte Zhu Mu Qing am Kragen gepackt und drückte ihn gegen einen Baum. Sollte es zu einem Kampf kommen, würde Mu Qing als Sieger hervorgehen, selbst wenn er allein gegen zwanzig kämpfen müsste. Doch wenn er im Tempel bleiben wollte, durfte er seine Fäuste nicht erheben.

Xie Lian lächelte. »Was macht ihr hier?«

Zhu war ein gut aussehender Junge mit blassem Gesicht, der den Kronprinzen bewunderte. Als er die Frage hörte, erstarrte er und ließ Mu Qing eilig los. »Ähm, das, also wir ...«

Xie Lian lächelte weiterhin. »Ich weiß nicht, warum ihr streitet. Mu Qing ist mein persönlicher Diener. Er befolgt meine Anweisungen. Ich hätte nicht gedacht, dass jemand daran Anstoß nimmt, wenn ich ihn losschicke, um etwas Obst für mich zu pflücken.«

Die Schüler verbeugten sich. »Nein, nein! Also ist er auf Euren Befehl hergekommen. Es war ein Missverständnis.«

Mu Qing stand abseits an einen Baum gelehnt und war im ersten Moment verblüfft, als er hörte, wie Xie Lian behauptete, er habe ihn hergeschickt. Er richtete seinen Kragen, senkte den Kopf und schwieg.

Kalter Schweiß rann den Tempelschülern den Rücken hinunter, als sie sich zuerst bei Xie Lian, dann bei Mu Qing entschuldigten. Danach nahmen sie ihre Körbe und liefen hastig davon.

Xie Lian sah Mu Qings Korb am Boden, hob ihn auf und hielt ihn ihm hin. »Brauchst du Hilfe?«

Mu Qing nahm den Korb nicht, doch er blickte auf und sah Xie Lian mit einem undeutbaren Gesichtsausdruck an, bevor er sprach. »Eure Hoheit.«

»Was ist denn?«, fragte Xie Lian.

»Warum taucht Ihr immer in Momenten wie diesem auf?«

Xie Lian sah ihn fragend an.

»Was meinst du?«, fragte Feng Xin verstimmt. »Ist es falsch, dass er gekommen ist und dich gerettet hat?«

Mu Qing warf ihm einen Blick zu und nahm den Korb.

Da richtete Feng Xin sich gerade auf und sagte ernst: »Hör mir zu. Was vorhin passiert ist, war mein Fehler. Ich hatte nicht die Absicht, dich zu beschuldigen. Ich habe nur dahingeredet. Du musst nicht weiter darüber nachdenken. Ich interessiere mich nur für Seine Hoheit und nicht für das Gerede der anderen. Mehr habe ich nicht zu sagen. Jetzt hör auf, alles so kompliziert zu machen.«

»Puh!« Zuerst dachte Xie Lian, Feng Xins Tonfall sei zu aggressiv gewesen. Aber zum Ende hin hatte er sich zunehmend lustig angehört. Mu Qing sah Feng Xin an, doch Xie Lian winkte ab. »Gut, in Ordnung. Alles was Feng Xin gesagt hat, ist wahr. Lasst uns jetzt vergessen, was passiert ist. Es war nichts.«

Kurz darauf sagte Mu Qing: »Ich werde später nach dieser roten Perle suchen. Vielleicht ist sie auf die Straße gefallen.«

Xie Lian dachte, es sei wohl nicht klug, den Anschein zu erwecken, dass ihn die Perle nicht interessiere. »In Ordnung. Wenn du die Zeit dafür findest, danke ich dir. Aber wenn sie auf der Straße verloren wurde, hat sie mit Sicherheit schon jemand aufgehoben.«

Mu Qing hatte nichts mehr zu sagen. Wortlos las er die Kirschen auf, die aus seinem Korb gefallen waren. Er hatte noch nicht viele gepflückt. Als er sich zum Gehen wandte, pflückte Xie Lian noch einige, die besonders saftig und verlockend aussahen, und legte sie in den Korb. Mu Qing sah ihn erstaunt an.

»Wenn du das nächste Mal Obst für deine Mutter pflücken willst, dann sag, du pflückst sie auf meine Anordnung hin«, wies Xie Lian ihn an. »Dann kann niemand etwas dagegen sagen. Der Staatspräzeptor möchte, dass ich für einige Tage in den Palast zurückgehe. Ich habe vor, morgen abzureisen. Warum kommst du nicht mit hinunter? Aber nun lasst uns erst einmal zurückgehen.«

Es dauerte eine Weile, doch schließlich brummte Mu Qing leise: »Danke, Eure Hoheit.«

Am nächsten Tag verließ Xie Lian gemeinsam mit Mu Qing und Feng Xin den Tempel.

Als sie am Fuße des Berges angekommen waren, stand ein glänzender goldener Pferdewagen außerhalb der großen Tore. Ein junger Mann, gekleidet in ein schickes Brokatoberteil mit Halsborte, lag mit lässig überkreuzten Beinen vorne auf dem Wagen, die Peitsche in der Hand. In dem Moment, da er Xie Lian erblickte, sprang er auf und lief auf ihn zu. »Cousin!«

Es war Qi Rong. Niemand außer ihm hätte genug Muße, um am Fuß des Berges auf Xie Lian zu warten. »Das Warten hat sich gelohnt!«

Xie Lian grinste und wuschelte Qi Rong durchs Haar. »Bist du etwa schon wieder gewachsen? Woher wusstest du, dass ich heute zum Palast zurückkehre?«

Qi Rong kicherte. »Ich wusste es nicht. Ich habe einfach gewartet, weil ich wusste, dass du früher oder später kommen würdest. Ich habe fest daran geglaubt, dich zu treffen.«

»Du hast wohl nichts zu tun, was?«, fragte Xie Lian hilflos. »Lernst du denn auch fleißig? Übst du den Schwertkampf? Wenn Mutter mich bittet, deine Studien zu überprüfen, finde ich diesmal keine Ausflüchte mehr für dich.«

Qi Rong blinzelte, sein Blick ging unruhig hin und her und plötzlich begann er, auf- und abzuspringen. »Ach, reden wir nicht darüber. Sieh mal, mein neuer Wagen! Cousin, komm, steig ein, ich fahre dich in meiner Kutsche zum Palast!«

Er griff nach Xie Lians Hand und zog ihn in den Wagen, doch Xie Lian witterte Gefahr. »Du steuerst ihn selbst?«

Feng Xin und Mu Qing traten ebenfalls näher. Es war üblich, dass die Diener vorne saßen.

Qi Rongs Gesicht verdüsterte sich augenblicklich und er ließ die Peitsche in seiner Hand knallen. »Ich habe meinen Cousin gebeten einzusteigen, nicht euch beide! Denkt ihr, ich lasse solches Pack wie euch meinen Wagen berühren? Seht zu, dass ihr verschwindet!«

»Qi Rong!«, ermahnte Xie Lian ihn leise.

Feng Xin hatte Qi Rong schon viele Male zuvor getroffen und er kannte seinen herablassenden Ton und seine verächtliche Art. Mu Qing jedoch war noch nie im Palast gewesen und begegnete Prinz Xiaojing zum ersten Mal.

Qi Rong fühlte sich gekränkt, aber als er sah, dass Xie Lian sich zum Gehen wandte, ließ er sich widerwillig murrend darauf ein, dass das »minderwertige Pack« seine goldene Kutsche bestieg.

Sobald sie jedoch eingestiegen waren, bereuten alle drei augenblicklich ihre Entscheidung. Qi Rong fuhr wie ein Verrückter. Unentwegt schwang er die Peitsche und schrie in einem fort. Das weiße Pferd schnaubte vor

Schreck und sie hetzten die Straße hinab, dass die Räder beinahe durchdrehten. Qi Rong weigerte sich anzuhalten, so sehr Xie Lian es ihm auch lautstark befahl. Es fehlte nicht viel und sie hätten Fußgänger und Verkaufsstände umgefahren. Nur Feng Xin und Mu Qing, die vorne saßen und die Zügel hielten, war es zu verdanken, dass diese Fahrt nicht zwanzig oder mehr Leben kostete.

Als sie endlich den Palast erreichten und der Wagen langsamer wurde, atmeten Xie Lian, Feng Xin und Mu Qing erleichtert auf. Xie Lian wischte sich den kalten Schweiß ab. Die anderen beiden hatten ein paarmal die Peitsche abbekommen und hatten Striemen auf den Handflächen.

Qi Rong stellte sich auf den Kutschbock, einen Fuß auf dem Hinterteil des Pferdes. »Was denkst du, Cousin? Ich fahre gut, nicht wahr?«

Xie Lian stieg aus der Kutsche. »Ich werde Vater und Mutter sagen, dass sie die Kutsche konfiszieren sollen.«

»Wieso das denn?«, protestierte Qi Rong entsetzt.

In der Kultur von Xianle waren fünf Leidenschaften tief verwurzelt: die Liebe zum Gold und zu kostbaren Steinen ebenso wie die Liebe zu Schönheiten, zur Musik und zur Kunst. Der Palast von Xianle war das Zentrum dieser Leidenschaften und zugleich der Ort, an dem die meisten dieser Schätze zu finden waren. In ihm zu wandeln fühlte sich an, als hätte man das Paradies betreten. Im weitläufigen Hof gab es einen purpurnen Gang. Hier war vieles aus Jade oder mit Jade besetzt, zudem schmückten die herrlichsten Malereien die Wände und sanfte Musik erklang.

Der Palast war Xie Lians Zuhause, hier war er aufgewachsen. Mit vierzehn war Feng Xin als persönlicher Leibwächter für ihn ausgewählt worden, er hatte sich längst an diesen Anblick gewöhnt. Mu Qing hingegen betrat zum ersten Mal den Palast und sah sich überwältigt um. Doch je mehr ihn die Schönheit beeindruckte, desto vorsichtiger wurde er. Er versuchte, seine Gefühle zu verbergen, und seine Angst, sich falsch zu verhalten, wuchs.

Xie Lian suchte sofort die Königin auf. Sie ruhte im Qifeng-Palast, wo sie an einem kleinen Teetischchen saß und Tee trank. Sie hatte schon erfahren, dass der Kronprinz eingetroffen war, und vor Freude zogen sich ihre Augen zu zwei Mondsicheln zusammen. Sie streckte ihm ihre beiden Arme entgegen. »Kommst du endlich nach Hause, um deine Mutter zu besuchen?«

Feng Xin und Mu Qing hielten draußen Wache. Xie Lian betrat den Raum mit Qi Rong im Schlepptau und als er näher trat, ergriff er die Hand seiner Mutter. »War ich nicht vor zwei Monaten erst hier?«

»Was für ein herzloser Junge«, sagte sie vorwurfsvoll. »Selbst Rong weiß, dass man einer alten Frau Gesellschaft leisten muss, und du? Redest so selbstgerecht, obwohl du dich zwei Monate nicht hast blicken lassen.«

Xie Lian lachte. »Mutter, du bist doch nicht alt. Du siehst aus wie eine Jugendliche. Mir kommt es vor, als wären wir im gleichen Alter.«

Diese Lobesworte zu hören erfreute die Königin ungemein. Obwohl sie einen erwachsenen Sohn hatte, sah sie aufgrund ihres Status und ihrer Macht als Adelige des Min-Clans und Gemahlin des Königs noch unverbraucht und schön aus. »Du Schmeichler«, sagte sie in gespieltem Vorwurf.

Xie Lian blickte auf den kleinen Teetisch und sah einen Jadebecher, aus dem es seltsam duftete. »Was ist das?«, fragte er und ergriff den Becher.

»Trink das nicht!«, warnte die Königin ihn. »Das ist nichts, was du trinken solltest.«

2

»Warum denn nicht?«, fragte er neugierig.

Die Königin streckte ihre Hand nach dem kleinen Jadebecher aus und nahm ihn ihm ab. Sie tropfte etwas von dem Inhalt auf ein Taschentuch und tupfte sich damit sanft das Gesicht ab. »Neulich sind wieder Früchte vom Berg Taicang eingetroffen. Ich mag keine Kirschen, aber es gibt eine Methode, daraus eine Tinktur für das Gesicht herzustellen, und zum Spaß habe ich das getan. Sie ist nicht zu viel zu gebrauchen und ich wollte sie schon wegschütten, deshalb sollst du das nicht trinken.«

Xie Lian lächelte zunächst, als er das hörte, doch dann musste er an die Ereignisse des vergangenen Tages denken. Für Mu Qings Mutter gab es nur wenige Gelegenheiten, Kirschen zu essen, und er war dafür angegangen worden, dass er ihr welche pflücken wollte. Es war ein schwieriges Thema und Xie Lian wollte nicht, dass Mu Qing sich dadurch, dass sie darüber sprachen, angegriffen fühlte. Also lächelte er und wechselte das Thema. »Hast du denn etwas anderes, das ich essen kann?«

Die Königin schmunzelte. »So wie du redest, klingt es ja, als würde ich dich hungern lassen. Du warst schon immer ein wählerischer Esser. Seit du auf dem Berg lebst, bist du noch dünner geworden. Aber heute wirst du essen, was ich dir gebe, und nicht daran herummäkeln.«

Mutter und Sohn plauderten noch eine Weile weiter. Voller Sorge erkundigte sich die Königin auch nach dem Vorfall während der Himmelsparade. »Was der Staatspräzeptor berichtet hat, klang sehr ernst. Was wird passieren? Wirst du bestraft werden?«

Xie Lian kam nicht dazu, eine Antwort zu geben, weil Qi Rong ihm ins Wort fiel. »Pah! Das war nicht Cousins Schuld! Er war es schließlich nicht, der von der Mauer gefallen ist. Wenn jemand bestraft werden soll, dann müsste es dieser kleine Sterbe-nicht sein!«

Was ist ein »kleiner Sterbe-nicht«?, fragte sich Xie Lian. Bevor er Qi Rong jedoch etwas entgegnen konnte, lachte die Königin los.

Sie bemerkte die beiden, die außerhalb des Eingangs standen, und fragte: »Wer ist der Junge neben Feng Xin? Es ist das erste Mal, dass ich sehe, dass dich außer ihm jemand begleitet.«

»Das ist Mu Qing. Er hat gestern auf der Bühne den Dämon gespielt«, antwortete Xie Lian fröhlich.

Als Qi Rong das hörte, zuckte sein Gesicht vor Zorn.

»Wirklich?«, erkundigte sich die Königin. »Bitte ihn herein, damit ich sein Gesicht sehen kann. Feng Xin soll auch hereinkommen.«

So betraten die beiden die Kammer und knieten vor der Königin nieder. Sie musterte Mu Qing ausführlich und sagte dann an Xie Lian gewandt: »Ich finde, er hat einen guten Kampf geführt. Er scheint ein talentierter Junge zu sein. Dem Gesicht nach wirkt er eher wie ein sanftmütiger Staatsdiener, man würde nicht vermuten, dass er so geschickt mit dem Säbel umzugehen vermag.«

Xie Lian grinste. »Ja, nicht wahr? Ich finde auch, er hat seine Sache sehr gut gemacht.«

»Oh? Er war gestern der Dämon?«, fragte Qi Rong eisig.

Xie Lian schauderte, als er Qi Rongs Tonfall hörte. Und er behielt recht mit seiner Vorahnung: Im nächsten Moment ging Qi Rong in die Luft. Er griff nach dem kleinen Jadebecher und wollte ihn Mu Qing ins Gesicht werfen. »Hier, deine Belohnung!«

Glücklicherweise war Xie Lian schneller. Er hielt Qi Rongs Hand fest und zwang ihn, den Becher loszulassen, sodass nichts von der Flüssigkeit in Mu Qings Gesicht spritzte. Xie Lian zerrte ihn am Kragen zurück. »Qi Rong, was machst du da?«

Obwohl er festgehalten wurde, zürnte und schrie er. »Cousin, ich helfe dir nur, einen aufmüpfigen Lakaien zu disziplinieren! Bevor du gestern aufgetreten bist, hat er sich auf der Bühne großgetan!« Er wandte sich an

Mu Qing: »Was denkst du, wer du bist? Der Held der Parade? Willst du den Himmel unterwerfen?«

Die Königin war sprachlos. »Rong, was ... was soll das?«

Mu Qings Gesicht hatte zwar nichts abbekommen, wohl aber seine Kleider. Da die Königin ihm noch nicht befohlen hatte, sich zu erheben, kniete er noch immer vor ihr, sein Gesicht war blass und seine Miene finster.

Xie Lian übergab Qi Rong an Feng Xin. »Lass nicht zu, dass er jemanden schlägt.«

Feng Xin hielt Qi Rong mit nur einer Hand, der aber trat und schlug um sich und spuckte, während er rief: »Und für wen hältst du dich, mich einfach so anzufassen?!«

Xie Lian spürte, wie es in seinem Kopf zu pochen begann. »Qi Rong, du gerätst ja vollkommen außer Kontrolle.« Er wandte sich an die Königin: »Mutter, ich vergaß zu erwähnen: Bitte konfisziere seinen goldenen Wagen.«

»Nein! Nein! Warum?«, brüllte Qi Rong erschrocken. »Das war Tantes Geburtstagsgeschenk!«

»Und wenn schon. Der Wagen muss konfisziert werden«, beharrte Xie Lian. »Wir hätten beinahe einen Aufruhr auf der Straße verursacht. Du solltest ihn erst wieder bekommen, wenn du gelernt hast, anständig zu fahren.«

»Aufruhr? Was für ein Aufruhr?«, fragte die Königin erstaunt.

Xie Lian erzählte von ihrer wilden Fahrt und von Qi Rongs Fahrkünsten.

Dieser war außer sich, seine Augen rot gerändert vor Zorn. »Er hat unrecht! Ich habe niemanden überfahren!«

Xie Lian wusste nicht, ob er lachen oder weinen sollte. »Nur weil wir dich aufgehalten haben.«

Qi Rong wand sich aus Feng Xins Griff und stürmte rasend vor Wut aus dem Qifeng-Palast. Selbst als die Königin ihm hinterherrief, drehte er sich nicht um.

Sie seufzte hilflos. »Ich werde morgen mit ihm über den Wagen sprechen. Der Junge hat sich so lange eine eigene Kutsche gewünscht. Als sein Geburtstag kam und es noch immer sein Herzenswunsch war, habe ich sie ihm geschenkt. Wer hätte gedacht, dass er so damit umgeht. Hätte ich das geahnt, hätte er sie nicht bekommen.«

»Wozu braucht er einen Wagen?«, wunderte sich Xie Lian.

»Er sagte, er möchte jederzeit zum Berg Taicang fahren können, um dich zum Palast zurückzubringen.«

Xie Lian schwieg. Trotz allem stand also eine gute Absicht dahinter. Einen Moment später sagte er: »Es wäre besser für ihn, einen guten Lehrer zu finden, der ihm hilft, seinen Zorn unter Kontrolle zu halten. So kann es mit ihm nicht weitergehen.«

Die Königin seufzte erneut. »Welchem Lehrer soll das gelingen? Er hört nur auf dich. Und wir können ihn nicht auf den Berg schicken, um mit dir zu kultivieren. Der Staatspräzeptor würde eher sterben, als ihn zum Schüler zu nehmen.«

Diesen Gedanken fand Xie Lian zugleich lächerlich und beängstigend. Er schüttelte den Kopf. »Würde er mit seinem Temperament in den Tempel eintreten, gäbe es keine Ruhe mehr auf dem ganzen Berg Taicang.«

Mutter und Sohn waren beide besorgt über diesen Umstand. Aber ihnen fiel keine gute Lösung ein und so dachten sie zunächst nicht mehr daran. Am Abend hatte Xie Lian sich mit seinen Eltern über alle Neuigkeiten ausgetauscht und wollte wieder aufbrechen.

Es war weithin bekannt, dass der Kronprinz besessen von der Kultivierung war und seine Eltern immer seltener besuchte, seit er dem Tempel beigetreten war. Der König kommentierte das nicht weiter, doch die Königin ließ ihn stets nur ungern wieder gehen.

Nachdem sie den Palast verlassen hatten, spazierte Xie Lian noch in Begleitung von Mu Qing durch die Hauptstadt, um wie versprochen dessen Zuhause zu besuchen.

Nur eine Straße trennte die hohen, prächtigen roten Palasttore von den Armutsvierteln der Stadt. Mu Qings früheres Zuhause befand sich in einer dunklen Gasse weitab vom quirligen Leben der Großstadt.

Gerade waren die drei in die Gasse eingebogen, da umringten fünf oder sechs Kinder sie. »Großer Bruder! Großer Bruder ist zurück!«

Xie Lian war etwas verwirrt und wunderte sich, warum sie einen Fremden »großer Bruder« nannten. Dann erst bemerkte er, dass nicht er selbst gemeint war, sondern Mu Qing.

Die Kinder sprachen ihn so niedlich an, er aber ignorierte sie. »Diesmal gibt es nichts. Ihr braucht gar nicht erst nach mir zu rufen.« Seine Miene war wie versteinert, seine Stimme eisig. Er wandte sich an Xie Lian: »Beachtet sie gar nicht. Es sind nur Kinder aus dieser Straße hier.«

Doch die Kinder schienen ihn gut zu kennen. Sie waren es offenbar gewohnt, mit ihm zu spielen, und ließen sich nicht so leicht abschütteln. Sie kicherten und umringten ihn, streckten ihre schmutzigen kleinen Hände nach ihm aus und bettelten um Süßigkeiten. Schließlich holte er die kleinen roten Kirschen hervor und verteilte sie.

Feng Xin war erstaunt über diesen Anblick. Ihm kam es wie ein Wunder vor, dass Mu Qing so etwas tatsächlich tat. Das war nicht weiter verwunderlich, denn Mu Qings hübsches Gesicht wirkte meist kaltherzig und egoistisch. Er wirkte eher wie jemand, der sein eigenes Essen für sich behalten würde, selbst wenn er auf der Straße jemanden verhungern sähe.

Xie Lian dagegen war nicht überrascht. Zunächst suchte er auch nach etwas, das er den Kindern geben konnte. Aber er trug keine Süßigkeiten bei sich und Feng Xin anzuweisen, ihnen Münzgeld zu geben, käme ihm vor, als würde er Bettler mit Almosen abspeisen.

Plötzlich ertönte ein lauter Knall von der Straße und sie hörten das Geräusch galoppierender Hufe, das lang gezogene Wiehern eines Pferdes und spitze Schreie.

Die drei blieben stehen, dann lief Xie Lian auf die Straße zu. Dort herrschte das reinste Chaos – Stände waren umgestürzt und Menschen lagen auf dem Boden. Es war ein heilloses Durcheinander. Die Leute rannten weg, rote Äpfel und gelbe Birnen rollten über die Straße. Noch bevor er begriff, was er da sah, hörte er das irre Lachen eines jungen Mannes. »Aus dem Weg! Geht mir aus dem Weg! Wenn ihr so blind seid, ist mir egal, ob ich euch überfahre!«

Feng Xin fluchte. »Es ist Qi Rong.«

Und tatsächlich war es Qi Rong, der mit einem boshaften Ausdruck im Gesicht auf dem Kutschbock seines goldenen Wagens stand. Er schlug wild mit der Peitsche um sich. Das Pferd bäumte sich unter den Hieben auf.

»Haltet ihn auf!«, rief Xie Lian.

Der goldene Wagen schoss an ihnen vorüber.

»Wird gemacht!«, rief Feng Xin, bevor er ihm nachsetzte.

Xie Lian wollte gerade nachsehen, ob jemand von den Fußgängern verletzt war, da bemerkte er etwas. Er fuhr herum und erkannte, dass der goldene Wagen etwas hinter sich herzog. An der Rückseite des Wagens war mit einem dicken Hanfseil ein Sack festgebunden und es sah aus, als zapple in dem Sack etwas, als wäre ein Mensch darin.

In diesem Moment fühlte Xie Lian, wie ihm das Blut in den Adern gefror. Schon in der nächsten Sekunde eilte er los.

Das Pferd war durch die vielen Peitschenhiebe so panisch, dass es rannte, als ginge es um sein Leben. Feng Xin versuchte zwar, es anzuhalten, aber wahrscheinlich würde es ihm nicht sofort gelingen.

Xie Lian hastete mit nur wenigen schnellen Schritten zu dem Wagen, zog sein Schwert und schlug zu. Das Seil war entzwei, der Sack rollte noch etwas weiter und blieb dann liegen.

Er beugte sich vor, um ihn zu untersuchen. Wer weiß, wie lange der Sack schon über den Boden geschleift worden war. Er war völlig zerrissen, schmutzig und mit Blut befleckt. Es sah aus wie ein Leichensack. Mit einem weiteren Schwerthieb durchtrennte Xie Lian das Seil, das den Sack verschloss. Er öffnete ihn und spähte hinein. Tatsächlich war ein Mensch darin – ein kleines Kind!

Xie Lian riss den Sack auf. Der Junge hatte sich zusammengerollt und barg seinen Kopf zwischen den Armen. Seine schmutzigen Kleider waren voller Fußabdrücke und Blutflecken. Sogar sein Haar war verklebt von frischem Blut. Er war in einem jämmerlichen Zustand, ganz offensichtlich war ihm schwer zugesetzt worden. Seiner Größe nach zu urteilen war er vielleicht sieben oder acht Jahre alt und er war klein und schmächtig. Er schlotterte am ganzen Körper. Es war erstaunlich, dass er es überhaupt überlebt hatte, geschlagen und durch die Straßen geschleift zu werden.

Xie Lian streckte die Hand aus, und fühlte, dass sein Puls durchaus kräftig war. Er hob das Kind auf, drehte sich dann um und rief grimmig: »Feng Xin! Ergreif Qi Rong!«

Er konnte es nicht fassen, dass so etwas im Königreich Xianle passierte. Am helllichten Tage, auf der Hauptstraße, hatte ein Mitglied des Königshauses einen lebendigen Menschen in einen Sack gesteckt und an einem Wagen hinter sich hergeschleift. Wenn er es nicht gesehen und ihn aufgehalten hätte, hätte das Kind an jenem Tag den Tod gefunden.

Aus einiger Entfernung hörte er das Wiehern des Pferdes und die Wutschreie Qi Rongs. Kurz darauf rief Feng Xin: »Wir haben ihn angehalten!«

Xie Lian eilte zu ihnen und hörte Qi Rong wütend brüllen: »Du nichtsnutziger Lakai wagst es, mir weh zu tun?! Woher kommt dieser Wagemut?!«

Feng Xin war es nicht gelungen, das Pferd anzuhalten, und so hatte er sich die Zügel geschnappt. Natürlich hatte Qi Rong das nicht zulassen wollen und beide hatten an den Zügeln gezerrt. Als Qi Rong kurz unaufmerksam war, hatte Feng Xin ihn von der Kutsche gestoßen. Qi Rong war auf den Boden gefallen und einige Meter weit gerollt. Dabei hatte er sich die Knie aufgeschürft. Als er sich auf dem Boden und umringt von Neugierigen wiederfand, explodierte er vor Wut und Scham.

Xie Lian unterbrach ihn jedoch. »Ich habe es ihm befohlen.«

Qi Rong öffnete und schloss den Mund einige Male, bevor er losheulte: »Cousin!«

»Sieh, was du angerichtet hast!«, tadelte Xie Lian wütend. »Qi Rong, ich finde …«

Genau in diesem Moment spürte er, wie das Kind in seinem Arm anfing, sich zu winden. Es hatte den Kopf aus seiner Umklammerung gelöst und sah ihn zwischen seinen Ellbogen hindurch an. Er unterdrückte seine Wut und senkte den Kopf, um das Kind mit sanfter Stimme zu beruhigen. »Wie geht es dir? Tut es irgendwo besonders weh?«

Das Kind war zu seinem Erstaunen weder ohnmächtig vor Schmerz noch schien es unter Schock zu stehen. Es schüttelte den Kopf. Der kleine Teil, den Xie Lian von seinem Gesicht sehen konnte, blutete, und er wollte den Jungen nach Kopfverletzungen untersuchen. Der verbarg jedoch noch immer einen Großteil seines Kopfes zwischen den Armen und weigerte sich, Xie Lian sein Gesicht zu zeigen.

»Hab keine Angst, es wird alles gut. Ich möchte nur deine Verletzungen untersuchen«, sagte Xie Lian.

Aber der Junge presste seine Arme noch fester zusammen und zeigte nur ein obsidianfarbenes Auge, in dem Panik stand. Es schien allerdings nicht die Angst vor Schlägen oder Schmerzen zu sein, sondern die, entdeckt zu werden.

Als Xie Lian das kleine Gesicht ansah, wie es halb verdeckt zu ihm aufsah, bemerkte er, dass er dieses Kind schon einmal gesehen hatte. Seine Augen verengten sich, während er überlegte.

Qi Rong sah sein Gesicht und erklärte: »Cousin, der kleine Sterbenicht hat deine Zeremonie gestern ruiniert, also habe ich dich gerächt. Sei unbesorgt, ich habe aufgepasst. Er wird es überleben.«

Nun war Xie Lian sich ganz sicher. Das Kind in seinen Armen war dasselbe, das am Tag zuvor während der Shangyuan-Himmelsparade von der Mauer gefallen war. Kein Wunder, dass es Xie Lian bekannt vorgekommen war. Der Junge hatte sich nicht verändert, er trug noch dieselbe Kleidung. Nur war sie durch die Schläge, die Tritte, das Blut und dadurch, dass er über den Boden geschleift worden war, so verschmutzt, dass sie nicht wiederzuerkennen war. Auf den ersten Blick wirkte der Junge wie ein anderer Mensch.

Xie Lian konnte seine Wut jetzt nicht mehr im Zaum halten. »Wer hat dir aufgetragen, mich zu rächen? Das Kind hier hat nichts damit zu tun! Es war nicht seine Schuld!«

»Natürlich ist es seine Schuld!«, rechtfertigte sich Qi Rong. »Nur seinetwegen hat der Staatspräzeptor mit dir geschimpft!«

Die Situation drohte, aus dem Ruder zu laufen. Die Menge, die sich um sie versammelt hatte, wurde immer größer, und die Leute begannen, untereinander zu flüstern. Da trat Mu Qing näher und Qi Rong zeigte mit seiner Peitsche auf ihn, sein Gesicht verzerrt vor Feindseligkeit. »Und der! Dieser Wurm! Ich muss ihn nur ansehen, um zu erkennen, dass er nicht weiß, wo sein Platz ist. Wenn du ihm jetzt nicht zeigst, wo es langgeht, wird er dich früher oder später hintergehen und versuchen, dich zu stürzen. Ich wollte dir dabei helfen, aber du musstest ihn ja unbedingt verteidigen. Jetzt wissen Onkel und Tante nicht, dass ich das alles für dich getan habe, und sie wollen mir auch noch meinen goldenen Wagen wegnehmen. Cousin, das war mein Geburtstagsgeschenk! Ich habe es mir zwei Jahre lang gewünscht!«

Mu Qing bedachte Qi Rong mit einem ausdruckslosen Blick. Xie Lian lachte verächtlich. »Ich brauche deine Hilfe nicht. Nicht so. Wolltest du wirklich mich rächen? Oder vielleicht dich selbst?«

»Cousin, warum redest du so mit mir?«, fragte Qi Rong verwirrt. »Was ist falsch daran, dass ich dir zur Seite stehe?«

Xie Lian konnte ihm keine Vernunft einreden. »Qi Rong. Hör mir zu. Von heute an verbiete ich dir, dieses Kind zu berühren. Nicht einmal mit einem Finger. Hörst du mich?«

Da spürte Xie Lian einen Ruck an seinem Hals. Er war so in Rage, dass er erschrak. Als er nach unten blickte, sah er, dass der Junge das Gesicht an seiner Brust vergraben hatte und mit seinen Armen Xie Lians Hals fest umklammerte. Er zitterte unaufhörlich, sodass Xie Lian dachte, er müsse schlimme Schmerzen haben. »Was hast du?«, fragte er ihn.

Das Kind war über und über bedeckt mit Matsch, Dreck und Blut, es war ungewaschen und ungekämmt. Xie Lians weißer Umhang war schon völlig beschmutzt, aber das störte ihn nicht im Geringsten. Er tätschelte dem Jungen den Rücken und redete beruhigend auf ihn ein, um ihn zu trösten. »Ich bringe dich jetzt zu einem Arzt.«

Das Kind antwortete nicht, sondern klammerte sich noch fester an Xie Lian. Es hielt sich an ihm fest, als hinge sein Leben davon ab, ihn nie wieder loszulassen.

Qi Rong bemerkte, dass Xie Lian seine gute Absicht nicht anerkennen würde. Als er sah, wie das Kind Xie Lians Kleidung mit Blut und Schmutz beschmierte, explodierte er vor Zorn. Er hob die Peitsche und zielte auf den Hinterkopf des Jungen.

Feng Xin stand neben ihm und im Bruchteil einer Sekunde riss er sein Bein in die Höhe und trat gegen Qi Rongs Arm. Ein lautes Knacken war zu hören und Qi Rong schrie auf. Die Peitsche fiel ihm aus der Hand und sein rechter Arm hing in einem unnatürlichen Winkel herab. Er stand dort, fassungslos vor Schreck, und es dauerte einen Moment, bis er seinen Kopf langsam hob. Er betonte jedes Wort einzeln. »Du ... wagst ... es ... mir ... den Arm zu brechen?!«

Seine Worte ließen allen das Blut in den Adern gefrieren. Erst in diesem Moment erkannte Feng Xin, was er gerade getan hatte, und seine Miene änderte sich. Doch die Veränderung in Mu Qings Gesicht war noch deutlicher. Qi Rong hinter seinem Rücken zu verachten war eine Sache, aber als persönlicher Leibwächter so über das Ziel hinauszuschießen und einem Mitglied der Königsfamilie den Arm zu brechen, war etwas ganz anderes.

Xie Lian war mit dem Kind beschäftigt gewesen, als es passiert war, und der Weg hinter ihm war von einer Menschenmenge verstellt. Es wäre nicht leicht gewesen, den Tritt abzuwehren, aber es hätte ihm gelingen können. Doch Qi Rong war mit solcher Aggression und ohne Vorwarnung vorgegangen, dass Feng Xin einfach zu schnell und unüberlegt gehandelt hatte. Xie Lian hatte keine Chance, ihn aufzuhalten. Nun war das Durcheinander noch größer und er hatte keine Zeit mehr, darüber nachzudenken. Das Blut durchtränkte schon seine Kleidung. Wenn er noch lange wartete, würde das Kind vielleicht hier und jetzt sterben.

Er traf blitzschnell eine Entscheidung. Er atmete tief ein und rief mit klarer Stimme: »Liebe Leute, wenn Ihr heute zu Schaden gekommen seid, dann erstattet über Verletzungen oder Sachschäden Bericht. Ich übernehme für alles die Verantwortung!« Dann wandte er sich an Feng Xin und Mu Qing: »Ich muss mich zuerst um den Jungen kümmern. Bringt Qi Rong von hier weg und lasst ihn nicht noch mehr Unheil anrichten.«

Nachdem er diese Anweisungen erteilt hatte, eilte Xie Lian zum Palast, den Jungen im Arm.

Feng Xin nickte. Sein Gesicht sah wieder normal aus und er packte den vor Wut tobenden Qi Rong, um Xie Lian zu folgen.

Die Wachsoldaten an den Palasttoren wunderten sich, den Kronprinz zum Palast zurückhasten zu sehen, nachdem er doch gerade erst fortgegangen war. Aber selbstverständlich hielten sie ihn nicht auf. Xie Lian lief direkt zum königlichen Hofarzt und wies Feng Xin und Mu Qing an, mit Qi Rong vor der Tür zu warten.

Es kam nur selten vor, dass der Kronprinz zum Palast zurückkam und er erteilte auch nicht oft Befehle, daher eilten die königlichen Ärzte sofort herbei. Xie Lian setzte den Jungen auf einen Stuhl und sagte: »Ich danke Euch jetzt schon. Dieses Kind wurde von Erwachsenen verprügelt, in einen Sack geschnürt und durch die Straßen geschleift. Bitte untersucht zuerst, ob es Kopfverletzungen hat, das ist am wichtigsten.«

Niemand von königlicher oder adliger Abstammung hatte je ein so schmutziges, wildes Kind zu den Ärzten gebracht. Aber sie wussten, dass sie die Befehle befolgen mussten, und so antworteten sie: »Ja gut.«

Einer von ihnen sagte: »Nimm die Hände herunter, Kleiner.«

Obwohl der Junge in Xie Lians Armen bisher brav gewesen war, wurde er jetzt störrisch. Er bedeckte die rechte Seite seines Gesichts mit seinen Händen und weigerte sich, sie herunterzunehmen.

Es spielte keine Rolle, wie kompetent und fähig die königlichen Hofärzte waren, wenn der Patient nicht kooperierte, konnten sie nichts für ihn tun. Sie blickten Xie Lian ratlos an. »Eure Hoheit, wie …?«

Xie Lian hob eine Hand. »Er hat wahrscheinlich Angst vor Fremden. Es ist in Ordnung. Lasst es mich versuchen.«

Der Junge saß auf einem Stuhl und Xie Lian bückte sich zu ihm hinunter, sodass er auf Augenhöhe mit ihm war. Dann legte er den Kopf schief. »Wie heißt du?«

Aus großen Auge starrte der Junge ihn durchdringend an, in seiner obsidianschwarzen Pupille sah Xie Lian seine weiße Gestalt widergespiegelt. Hätte er diesen Blick beschreiben müssen, wären Feng Xins Worte wohl am treffendsten: Er war wie vom Teufel besessen. Kein Kind sollte so einen Blick haben.

Nach einer Weile senkte das Kind den Kopf. »Hong …« Seine Stimme war leise und er nuschelte etwas. Es schien so, als hätte er lieber nichts gesagt, als würde er sich schämen.

Xie Lian konnte den Namen »Hong« geradeso verstehen. Er fragte weiter: »Wie alt bist du?«

»Zehn.«

Er hatte nur gefragt, um dem Jungen die Scheu zu nehmen. Aber als er die schüchterne Antwort hörte, war er verblüfft. *Ich hätte ihn auf sieben oder acht Jahre geschätzt. Er ist zehn? Dieses Kind ist vollkommen unterernährt und vernachlässigt*, dachte er bei sich.

Nach einem Moment lächelte Xie Lian ihn an. »Die Ärzte werden sich deine Wunden jetzt ansehen. Hab keine Angst und nimm die Hände herunter.«

Der Junge schüttelte zögerlich den Kopf.

»Warum nicht?«, fragte Xie Lian.

Der Junge schwieg lange, bevor er antwortete: »Hässlich.«

Er gab nur dieses eine Wort zur Antwort und egal wie gut Xie Lian ihm auch zuredete, er war nicht dazu zu bewegen, seine Hände vom Gesicht zu nehmen. Er versprach, dass er ihn nicht hässlich finden würde, dass er nicht hinsehen würde, dass er sich umdrehen würde – doch nichts half. Welche Beharrlichkeit für so ein junges Alter. Den Ärzten blieb nichts anderes übrig, als dem Kind ein paar Fragen zu stellen, zu sehen, ob er ihre Finger zählen konnte, sicherzustellen, dass er nicht unter Kopfschmerzen litt, und zu klären, ob er bei vollem Bewusstsein war. Dann kümmerten sie sich um seine äußeren Verletzungen.

Während die königlichen Hofärzte ihre Arbeit taten, wirkten sie verwirrt und schnalzten beeindruckt mit der Zunge.

Xie Lian stand daneben und als er es bemerkte, fragte er: »Was ist mit ihm?«

Einer der Ärzte fragte: »Eure Hoheit, ist er wirklich verprügelt und dann in einem Sack über die Straße gezogen worden?«

Xie Lian war einen Moment sprachlos. »Ja, warum sollte ich etwas Falsches erzählen?«

Der Arzt antwortete: »Wenn das wirklich der Fall ist, dann ist das … erstaunlich. Ich habe noch nie jemanden gesehen, der so zäh ist. Er hat fünf gebrochene Rippen und ein gebrochenes Bein, dazu noch viele weitere größere und kleine Verletzungen. Und dennoch ist er bei vollem Bewusstsein, kann mit uns reden und sogar aufrecht sitzen. Das wäre für einen Erwachsenen kaum zu bewerkstelligen – und er ist nur ein Kind von zehn Jahren.«

Als er hörte, wie schwer verletzt der Junge war, steigerte sich Xie Lians Wut auf Qi Rong nur noch weiter. Er sah den Jungen an, der auf dem Stuhl saß, als hätte er keine Schmerzen, und immer wieder mit seinem obsidianschwarzen linken Auge verstohlene Blicke auf Xie Lian warf. Als er bemerkte, dass dieser ihn ebenfalls ansah, drehte er sich schnell weg.

Xie Lian fand den Jungen albern, während er ihm gleichzeitig leidtat. »Werden all seine Verletzungen verheilen?«

Einer der Ärzte, der gerade eine neue Schicht Verbände um den Kopf des Jungen wickelte, sagte: »Ja, er wird wieder ganz gesund.«

Xie Lian fühlte sich erleichtert. Er nickte und sagte: »Ich danke Euch.«

Da trat ein Bote ein und kündigte die Ankunft des Königs und der Königin an. Die königlichen Hofärzte standen allesamt auf und verließen das Krankenzimmer, um sie zu begrüßen. Xie Lian legte den Jungen auf das Bett. »Ruh dich ein bisschen aus.«

Ihm fiel ein, dass der Junge Angst vor Fremden hatte und sich vielleicht fürchten würde, wenn zu viele Menschen das Zimmer betraten. Also zog er den Vorhang am Bett zu, bevor er aufstand.

Einige Wachleute begleiteten den König und die Königin. Das Gesicht der Königin war blass. »Mein Junge, warum bist du so schnell zurückgekehrt, nachdem du den Palast gerade erst verlassen hattest? Bist du verletzt?«

»Sei unbesorgt, Mutter«, antwortete er. »Ich habe nichts. Ein anderer ist verletzt.«

Da schrie Qi Rong aus einer Ecke: »Tante, rette mich!«

Erst dadurch bemerkte die Königin Qi Rong, der von Feng Xin festgehalten wurde, und erschrak. Sie hatte sich solche Sorgen um das Wohl ihres Sohnes gemacht, dass sie alles andere ausgeblendet hatte. Nun aber fragte sie: »Rong, was ist passiert?«

Der König zog die Augenbrauen zusammen. »Feng Xin, warum hältst du Prinz Xiaojing fest wie einen Verbrecher?«

Als Seine Majestät eingetroffen war, hätte Feng Xin sich zum Gruß verbeugen müssen, wie auch Mu Qing und die anderen. Da er aber Qi Rong festhielt und ihn nicht loslassen durfte, war er in einer peinlichen Situation.

»Ich habe es angeordnet«, erklärte Xie Lian.

Qi Rong hielt seinen Arm hoch. »Tante, mein Arm ist gebrochen.«

Die Königin kam nicht dazu, ihm ihr Mitgefühl zu bezeugen, weil Xie Lian dazwischenging. »Dein Arm ist gebrochen und was ist mit dem Kind?«

»Mit welchem Kind?«, stutzte der König.

»Ein Kind von zehn Jahren. Machtlos und verletzlich, dazu noch klein und schmächtig«, sagte Xie Lian. »Qi Rong hat seine Untergebenen den Jungen verprügeln lassen. Wenn er nicht so zäh wäre, hätten sie ihn wohl totgeschlagen.«

Qi Rong sah ihn an, als hätte er gerade einen schlechten Witz erzählt. Mit geweiteten Augen höhnte er: »Ein machtloses Kind? Verletzlich und schmächtig? Cousin, du machst dir ja keine Vorstellung, wie bösartig und grob dieser kleine Sterbe-nicht war. Er tut nur vor dir so zerbrechlich. Ich habe fünf oder sechs Kerle losgeschickt und sie konnten das kleine Monster nicht fangen. Er hat sie gekratzt und gebissen, bis sie überall bluteten. Wenn er mich nicht so geärgert hätte, glaubst du, dann hätte ich ihn hinter meinem Pferdewagen hergezogen?«

Als sie das hörten, wich dem König und der Königin die Farbe aus dem Gesicht.

Xie Lian holte tief Luft und rief: »Genug jetzt! Hältst du das, was du getan hast, für so beeindruckend?«

Qi Rong war niemand, der die Öffentlichkeit scheute. Er war so arrogant und großtuerisch, dass es ihn nicht störte, von allen gesehen zu werden. Und wenn sie ihn schon gesehen hatten, gab es keinen Grund, warum er nicht das Thema eines jeden Feierabendgesprächs der ganzen Stadt werden sollte.

Der König warf der Königin einen Blick zu und sagte mürrisch: »Bringt Prinz Xiaojing weg. Die Ärzte sollen sich um seinen Arm kümmern. Der goldene Wagen ist hiermit konfisziert. Qi Rong, du wirst einen Monat lang in deinem Palast bleiben und über deine Taten nachdenken.«

Der Wachmann hinter ihm nickte sofort und ging auf Qi Rong zu, um ihn zu ergreifen. Erst da ließ Feng Xin ihn los.

Qi Rong war inzwischen alles egal. Er schnaubte: »Nur zu, nehmt ihn nur. Ich wusste ohnehin, dass heute meine letzte Gelegenheit war, ihn zu fahren.«

Die Königin seufzte, enttäuscht darüber, dass er offenbar keine Reue empfand.

»Wenn er nur einen Monat lang nachdenkt, wird er es wieder tun«, wandte Xie Lian ein. »Er braucht strengere Disziplin.«

»Cousin, du ...«, stammelte Qi Rong verdutzt, doch dann überlegte er es sich anders. »Gut. Ich gebe es zu. Es war meine Schuld. Egal wie Seine Majestät mich bestraft, ich werde mich fügen.« Mit seinen folgenden Worten lenkte er die Aufmerksamkeit von sich ab. »Aber sollte der Diener des Kronprinzen nicht ebenfalls bestraft werden? Onkel, Tante, Feng Xin hat mir den Arm gebrochen.«

Der König richtete augenblicklich seinen zornigen Blick auf Feng Xin.

Dieser neigte den Kopf und Mu Qing wich kaum wahrnehmbar zwei Schritte von ihm zurück.

Der König wandte sich in eisigem Tonfall an ihn: »Feng Xin, du bist der Leibwächter des Kronprinzen. Er behandelt dich gut und hält große Stücke auf dich. Aber hast du vergessen, wer du bist? Woher kommt diese Arroganz? Es ist deine Pflicht, den Kronprinzen zu beschützen. Ist das deine Art, diese Pflicht zu erfüllen? Du wagst es, deine Hand gegen Prinz Xiaojing, den Cousin des Kronprinzen, zu erheben?«

Gerade wollte Feng Xin niederknien, da hielt Xie Lian ihn auf. »Du musst nicht knien.«

Feng Xin gehorchte in erster Linie seinen Befehlen, selbst in Anwesenheit des Königs, also stellte er sich wieder aufrecht hin. Als der König das sah, verfinsterte sich seine Miene.

»Es ist wahr, dass Feng Xin Qi Rongs Arm gebrochen hat, aber er tat es, um mich zu beschützen«, erklärte Xie Lian. »Außerdem hat Qi Rong zuerst ein Unrecht begangen und nicht Feng Xin. Warum also sollte er knien?«

»Das spielt keine Rolle. Er hat Prinz Xiao Jing ein Unrecht angetan. Es gibt einen Unterschied zwischen Herren und Dienern, zwischen Über- und Untergeordneten. Wenn ich, der König, ihm befehle, niederzuknien – selbst wenn ich befehle, dass er mit hundert Peitschenhieben bestraft wird –, dann ist das angemessen.«

Obwohl der König Qi Rong nicht so sehr mochte wie die Königin, war er doch ein Mitglied der königlichen Familie, das nicht angegriffen werden durfte. Qi Rong wusste das genau und sagte mit einem Seitenblick: »Es ist nicht nötig, ihn mit Schlägen zu strafen. Er gehört zum Kronprinzen. Ich will keine Schwierigkeiten machen. Wenn er seinen eigenen Arm bricht und sich dreimal vor mir niederwirft, kann ich die Angelegenheit vergessen.«

Der König nickte zustimmend, da meldete sich Xie Lian wieder zu Wort. »Wenn Feng Xin bestraft werden soll, dann bestraft mich zuerst. Er ist mein Diener. Erstens hat er nichts Falsches getan, und Zweitens, wenn er doch etwas falsch gemacht hat, dann auf meinen Befehl hin. Ich werde die Strafe für ihn auf mich nehmen.«

Als der König das hörte, blitzte Zorn auf seinem Gesicht auf.

Diesen Wandel mussten alle Väter und Söhne dieser Welt durchleben. Wenn der Sohn noch jung war, himmelte er den Vater an, sah in ihm einen großen Helden und eiferte ihm nach. Doch wenn der Sohn heranwuchs, stellte er irgendwann alles infrage, was der Vater tat. Es konnte sogar so weit kommen, dass er ihn zu verachten begann und schlussendlich keiner mehr den anderen wertschätzen konnte.

Xie Lian war auf den Berg Taicang gegangen, um sich in der Kampfkunst zu verbessern und um den Weg seines Herzens zu finden. Doch er war weder dem Ort besonders verhaftet noch seiner Identität. Im eigentlichen Wortsinn bedeutete »Dao« nichts anderes als »ein Mensch geht einen Weg«. Solange man mit ganzem Herzen dabei war und gewillt, seinen Weg zu gehen, spielte es keine Rolle, wo man kultivierte. Es bestand keine Notwendigkeit, vorgefertigten Abläufen zu folgen oder dem königlichen Tempel beizutreten. Es gab jedoch noch einen Grund, warum Xie Lian damals unbedingt zum Studieren auf den Berg Taicang hatte gehen wollen, und der war, dass er nicht gut mit seinem Vater auskam.

Als Kronprinz von Xianle war sein Weg schon bei seiner Geburt genauestens vorgezeichnet gewesen. Der König hatte alles bis ins Detail geplant. Als er noch jung war, war er damit zurechtgekommen. Als Kind hatte er sich nicht viele Gedanken gemacht und war glücklich gewesen, wenn seine Eltern mit ihm Paläste aus Goldfolie gebaut oder mit ihm herumgealbert hatten. Doch Xie Lians Vater war nicht nur ein Vater, sondern auch der Herrscher eines Königreichs. Mit den Jahren störte sich Xie Lian mehr und mehr an seinen Ansichten und Handlungen. Die königliche Autorität war zum Beispiel etwas, das Xie Lian ganz besonders verabscheute.

Da sie sich nicht einig werden konnten, war es am besten, sie blieben einander fern. Jedes Mal, wenn Xie Lian zum Palast zurückkam, unterhielt er sich mit seiner Mutter, aber er führte niemals ein tiefergehendes Gespräch mit seinem Vater. Keiner der beiden übernahm je die Initiative, eine Unterhaltung zu beginnen, und stets war es die Königin, die zwischen ihnen vermittelte.

Vater und Sohn stellten sich seit Monaten stur und nun weigerte sich Xie Lian, in diesem Streit nachzugeben. Der König sagte: »Gut. Dann übernimm du seinen Platz. Wir werden sehen, ob du die Strafe ertragen kannst.«

»Natürlich kann ich das«, gab Xie Lian zurück.

Als die Königin sah, wie die beiden wieder aneinandergerieten, ging sie dazwischen. »Warum muss es so sein?«

In diesem Moment hob Feng Xin, der kein Wort mehr gesprochen hatte, seinen linken Arm und schlug damit auf seinen rechten. Ein lautes Knacken war zu hören. Alle blickten verdutzt in seine Richtung und sie sahen, dass sein Arm so leblos an seiner Seite herabhing wie der Qi Rongs.

Xie Lian war erschrocken und wütend. »Feng Xin!«

Kalter Schweiß perlte auf Feng Xins Stirn und wortlos warf er sich vor Qi Rong auf den Boden. Er machte einen, dann zwei, dann einen dritten Kotau, bevor Xie Lian ihn aufhalten konnte.

Qi Rong lachte vor Genugtuung laut auf. »Nun gut, ich denke, ich verzeihe dir. Warum hast du das nicht gleich getan?«

Obwohl Qi Rongs Arm gebrochen war, wirkte er energiegeladen und ausgeruht, als er ging, ganz so als habe er gerade eine Schlacht gewonnen.

Feng Xin kniete noch immer auf dem Boden. Mu Qing stand an der Seite, sein Gesicht war aschfahl, aber es gab seine Gedanken nicht preis.

Xie Lian fuhr herum, um seinen Vater anzusehen. »Ihr …!«, schrie er ärgerlich.

Feng Xin packte ihn mit seinem linken Arm. »Eure Hoheit!«

Die Königin griff ebenfalls nach ihm, um ihn aufzuhalten. Feng Xin diente Xie Lian, seit er vierzehn Jahre alt war, und Xie Lian wusste, dass die Königin ihn bevorzugt behandelte. Feng Xin hatte so gehandelt, damit die Königin sich nicht über einen Streit zwischen Vater und Sohn grämen musste. Wenn Xie Lian jetzt aus der Haut fuhr, wäre Feng Xins Bemühung umsonst gewesen. Er schluckte seinen Zorn hinunter, doch in seinem Herzen brannte die Wut.

Der König sah zufrieden aus und verließ den Raum mit ruhiger Miene.

Die Königin hatte Feng Xin schon immer gemocht. »Mein Kind, dir wurde unrecht getan«, seufzte sie.

»Sagt das nicht, Eure Majestät. Es war meine Pflicht«, erwiderte Feng Xin.

Mu Qings Augen blitzten auf, als er ihn hörte, und er schien lautlos aufzulachen.

Xie Lian schloss seine Augen. »Mutter, wenn du mit Qi Rong nicht klarkommst, dann sperr ihn ein.«

Die Königin seufzte, nickte, schüttelte dann den Kopf und ging.

Xie Lian ließ einen der königlichen Hofärzte kommen, um Feng Xins Arm zu versorgen. »Feng Xin, es tut mir leid«, entschuldigte er sich.

Als die anderen fort waren, änderte sich Feng Xins Gesichtsausdruck und er schnalzte mit der Zunge. »Das ist nichts. Ich habe es gewagt, ihn zu schlagen, warum sollte ich seine Vergeltung scheuen?« Nach einem Moment fügte er hinzu: »Eure Hoheit, selbstverständlich ist es richtig, dass Ihr Qi Rong zur Ordnung ruft, aber seid nicht wütend auf Seine Majestät. Er ist der König und ein großes Vorbild der älteren Generation. Er denkt nicht so wie wir. Es macht die Königin unglücklich, wenn Ihr mit ihm streitet. Sie hat auch ihre Sorgen.«

Und natürlich wusste Xie Lian genau, dass seine Mutter sich sorgte. Qi Rongs Mutter war die jüngere Schwester der Königin und die beiden hatten sich sehr nahegestanden. Als sie noch jung und unreif war, hatte sie nach Freiheit gestrebt, eine arrangierte Verlobung gebrochen und war mit einem Leibwächter durchgebrannt, der sie mit seinen süßen Worten verführt hatte. Wie hätte sie wissen sollen, dass er ein Gauner war? Die Adelstochter endete in einer Bruchbude, kaum besser als eine Hundehütte. Gerade einmal ein halbes Jahr später offenbarte der Gauner sein wahres Gesicht. Er war ein Trunkenbold und Frauenheld. Nachdem Qi Rong zur Welt gekommen war, wurde er immer aggressiver und schlug und trat seine Frau und sein Kind. Schließlich konnte die Mutter es nicht mehr ertragen und als Qi Rong fünf Jahre alt war, lief sie mit ihm davon. Weil sie durch den Skandal ihren Adelstitel verloren hatte, verschloss sie die Türen hinter sich und kam nie wieder heraus. Den Rest ihres Lebens verbrachte sie in tiefster Depression, nur ihrem einzigen Sohn schenkte sie Liebe und Anerkennung.

Sie starb, als sie während eines Aufstands der Königin das Leben rettete. Vor ihrem Tod bat sie Xie Lians Mutter, sich um Qi Rong zu kümmern.

Selbstverständlich tat die Königin, was in ihrer Macht stand. Aber den Sohn einer anderen aufzuziehen fiel ihr nicht leicht. Wenn sie zu streng mit ihm war, kam es ihr vor, als würde sie ihn unterdrücken und ihrer verstorbenen Schwester unrecht tun. Ihm jedoch zu viele Freiheiten zu lassen hatte zu dem Verhalten geführt, das er heute an den Tag legte, und ohne Gegenmaßnahmen stand zu befürchten, dass es noch schlimmer werden würde. Die Königin dachte oft darüber nach, wie es sein konnte, dass Xie Lian und Qi Rong so unterschiedlich waren, wo sie sie doch beide gleich erzogen hatte.

Da fiel Xie Lian plötzlich ein, dass das Kind noch im Bett lag. Er trat näher und zog den Vorhang zurück. Der Junge saß aufrecht im Bett – wer wusste, wie lange schon – und hatte versucht, durch einen Spalt hinauszuspähen. Als Xie Lian an sein Bett trat, legte er sich brav wieder hin.

»Haben wir dir mit dem Streit Angst gemacht?«, fragte Xie Lian. »Sorg dich nicht, es hatte nichts mit dir zu tun.«

»Eure Hoheit, die Verletzungen des Kindes wurden verarztet. Es braucht jetzt Ruhe und Schlaf«, sagte einer der Ärzte.

Xie Lian neigte leicht den Kopf. »Danke.«

Dann beugte er sich wieder zu dem Jungen hinunter. »Wo wohnst du? Ich bringe dich nach Hause.«

Der Junge schüttelte den Kopf. »Kein Zuhause.«

Feng Xin trat dazu, seinen Arm trug er jetzt in einer Schlinge. »Kein Zuhause? Also ist er wirklich ein kleiner Bettler?«

Angesichts der dürren Gestalt, der schmutzigen Kleider und der ungekämmten Haare war das kein abwegiger Gedanke. Wenn er kein Zuhause hatte, in das er zurückkehren konnte, konnte Xie Lian ihn unmöglich im Palast zurücklassen. Aber er konnte ihn auch nicht auf die Straße setzen. Er überlegte einen Moment lang. »Wenn das so ist, nehmen wir ihn mit auf den Berg Taicang.«

Da meldete sich unerwartet Mu Qing zu Wort. »Er lügt.«

Kapitel 28:
Aufsteigen ist menschlich, Fallen ist menschlich

Xie Lian drehte sich zu ihm um. »Wie meinst du das?«

»Alle heimatlosen Straßenkinder der Stadt gehören zu einer Bande. Sie kommen oft in meine Straße, um zu betteln. Ich kenne sie alle, aber diesen Jungen habe ich noch nie zuvor gesehen.«

Der Junge sah Mu Qing schweigend an.

Feng Xin fragte misstrauisch: »Bei wem betteln sie, bei dir? Und gibst du ihnen etwas?«

Mu Qing funkelte ihn an. »Welche Wahl habe ich denn, wenn sie keine Ruhe geben?«

Feng Xin fand die Vorstellung nach wie vor eigenartig, aber außer »Oh« sagte er nichts mehr dazu.

Xie Lian hatte die beiden beobachtet und hätte beinahe gelacht.

Mu Qing fuhr fort: »Außerdem sind Flicken auf seinen Kleidern. Sie sehen aus, als hätte ein Erwachsener sie in der letzten Zeit aufgenäht. Also gibt es mindestens einen Erwachsenen in seinem Haushalt. Vielleicht ist seine Situation nicht die beste, aber er ist sicherlich kein Bettler.«

Xie Lian hätte solche Details wie die Flicken auf der Kleidung und ob sie von Erwachsenen aufgenäht worden waren, niemals bemerkt. Aber Mu Qing war schon lange ein Laufbursche im königlichen Tempel und hatte auch zu Hause schon früh die verschiedensten Arbeiten übernehmen müssen.

Als Xie Lian jetzt darauf achtete, fiel es ihm auch auf. »Gibt es bei dir zu Hause Erwachsene?«, fragte er den Jungen.

Der schüttelte den Kopf, aber Mu Qing sagte: »Es muss so sein. Wenn er nicht nach Hause geht, wird seine Familie sich sicherlich große Sorgen um ihn machen.«

»Nein! Das stimmt nicht! Da ist niemand!«, rief der Junge. Es hörte sich an, als hätte er Angst, zurückgeschickt zu werden, und streckte die Arme nach Xie Lian aus.

Er war noch immer vollkommen verdreckt von Schlamm und Blut und Feng Xin konnte es nicht mehr mit ansehen. »Was machst du da, Junge? Vorhin war es ein Notfall, aber inzwischen solltest du es doch mitbekommen haben? Das ist der Kronprinz. Seine Hoheit. Verstehst du?«

Der Junge zog sofort seine Arme zurück, doch er blickte Xie Lian noch immer an. »Meine Eltern haben gestritten und mich rausgeworfen. Ich bin sehr lange gelaufen, aber hatte keinen Ort, an den ich gehen konnte.«

Die drei anderen sahen einander an. Nach einer Weile fragte Feng Xin: »Und was jetzt?«

Einer der Ärzte machte einen Vorschlag. »Wenn Ihr ein Problem habt, Eure Hoheit, kann der Junge hier im Palast bleiben. Wir können jemanden beauftragen, sich um ihn zu kümmern.«

Xie Lian dachte darüber nach, nach einer Weile schüttelte er jedoch langsam den Kopf. Er befürchtete, Qi Rong würde nicht aufgeben und sich hinausschleichen, um Ärger zu machen.

»Ich denke, es ist das Beste, wenn ich ihn bei mir behalte, bis seine Verletzungen verheilt sind. Zu seiner Familie kann er offensichtlich nicht zurück. Feng Xin, wenn du dich um die Verkaufsstände kümmerst, die Qi Rong zerstört hat, hör dich auch nach seinen Eltern um. Vielleicht können wir sie finden und ihnen ausrichten lassen, dass sie sich nicht sorgen sollen.«

Feng Xin nickte. »In Ordnung.«

Den gebrochenen Arm trug er in einer Schlinge, den anderen streckte er nach dem Jungen aus, um ihn hochzunehmen. Xie Lian lachte. »Du bist verwundet, lass das besser.«

Aber Feng Xin zuckte nur mit den Schultern. »Nur ein Arm ist gebrochen. Der andere ist in Ordnung. Und wenn beide Arme gebrochen wären, könnte ich ihn immer noch mit den Zähnen am Kragen packen und zu Euch auf den Berg tragen.«

Mu Qing, der hinter ihm stand, verdrehte die Augen. »Lass doch, ich kann ihn tragen.«

Aber als er einen Schritt nach vorne machte, sprang der Junge vom Bett und sagte: »Ich kann selbst laufen.«

Sein entschlossener Gesichtsausdruck sprach lauter als seine Worte und ließ Mu Qing zögern. Er war unsicher, was er tun sollte. Das kleine Kind hatte fünf gebrochene Rippen und ein gebrochenes Bein, aber es sprühte vor Energie.

Xie Lian wusste nicht, ob er es belächeln oder bedauern sollte. »Du darfst nicht herumlaufen«, mahnte er schließlich und nahm den Jungen selbst hoch.

Die drei verließen mit dem Kind den Palast. Xie Lian fühlte sich schuldig wegen des Vorfalls mit Qi Rong, bei dem Bürger verletzt und ihre Stände zerstört worden waren, und wollte niemandem begegnen. Um nicht erkannt zu werden, wählten sie einen Weg, der sie durch kleine, dunkle Gassen führte. Sie hatten dem Jungen gesagt, er solle leise sein, und er verhielt sich auf Xie Lians Arm die ganze Zeit ruhig.

Feng Xin sah ihn an und sagte: »Dieser Teufelsbraten hat mich gestern getreten und jetzt seht ihn Euch an. Er versteht es, sich anzupassen.«

»Er ist der Kronprinz, es ist doch kein Wunder, dass er ihn lieber mag als irgendwelche anderen Leute«, entgegnete Mu Qing. Selbst wenn er etwas Gutgemeintes sagte, wählte er die Worte so, dass sein Gegenüber sich unwohl fühlte.

Feng Xin beachtete ihn nicht weiter. Nach einer Weile erklärte er: »Nein. Ich bleibe dabei, dass es ist falsch, wenn Seine Hoheit ein fremdes Kind durch die Straßen trägt, sodass es alle sehen können.«

»Wo liegt das Problem?«, fragte Xie Lian.

»Ihr seid der Kronprinz!«, rief Feng Xin aus. Während er sprach, sah er einen schäbigen Handkarren auf der Straße stehen. »Da! Setzt ihn in den Wagen, wir ziehen ihn.«

Sofort wandte Mu Qing ein: »Nur um das klarzustellen, ich werde dieses Ding nicht den Berg hinaufziehen.«

»Das verlangt ja auch niemand«, schoss Feng Xin zurück. Er streckte die Arme aus und nahm das Kind aus Xie Lians Armen. Sofort begann der Junge wieder, sich zu wehren.

»Ist schon gut, lass es sein. Sicherlich braucht jemand diesen Karren noch«, sagte Xie Lian.

In diesem Moment rief jemand ganz in ihrer Nähe: »Seid Ihr ... der Kronprinz?«

Eine andere Stimme antwortete: »Ja, ja, ja! Das ist der Kronprinz! Er hat gestern seine Maske verloren, ich habe es selbst gesehen! Er ist es!«

»Ergreift ihn!«

Die drei blieben wie angewurzelt stehen und das Blut gefror ihnen in den Adern. Xie Lian war der Meinung, bei der Shangyuan-Himmelsparade am Vortag keinen Fehler begangen zu haben. Aber er wusste auch, dass andere vielleicht nicht so dachten. Die Zeremonie des Gottgefälligen Kriegers abzukürzen war ein schlechtes, Unglück verheißendes Omen. Aus Sicht der Adligen hatte er ein Tabu gebrochen und wenn sich die Aufregung gelegt hatte und alle genauer darüber nachdachten, was das bedeutete, würden sie nicht mehr so nachsichtig mit ihm sein. Dazu kam noch das Chaos, das Qi Rong auf der Straße angerichtet hatte. Es gab genug Grund zur Unzufriedenheit. Es könnte übel ausgehen, wenn sie jetzt umzingelt würden.

Bevor Xie Lian weiter darüber nachdenken konnte, packte Mu Qing ihn und rief: »Eure Hoheit, lauft!«

Feng Xin, der den Karren zog, drängte ihn ebenfalls. »Eure Hoheit, mein Arm ist gebrochen, ich kann keinen wütenden Mob aufhalten. Lauft!«

Aber am Ende der Straße hatte sich bereits eine Menschenmenge mit aufgeregten Gesichtern gebildet, die den Ausgang versperrte. Die vier konnten nicht entkommen und mussten tatenlos dastehen, während sie von unzähligen Augenpaaren umzingelt wurden.

Im schlimmsten Fall müssen wir eine Tracht Prügel einstecken. Ich darf auf keinen Fall zurückschlagen, dachte Xie Lian bei sich.

Doch anders als erwartet ging die Menge nicht auf sie los. Stattdessen ergriffen viele Hände Xie Lian, warfen ihn in die Höhe und jubelten »Eure Hoheit!«. Obwohl er mehrere Male so in die Luft geworfen wurde, blieb Xie Lian ruhig und gelassen.

Die Leute riefen und redeten alle durcheinander.

Einer lobte: »Eure Hoheit, dieser Sprung gestern, das war sensationell!«

Ein anderer stimmte zu: »Das war unglaublich! Wirklich, ich dachte, der Himmelskaiser selbst wäre auf die Erde gekommen. Ich hatte Gänsehaut!«

Wieder ein anderer rief: »Es war richtig, das Kind zu retten. Ein Leben ist ein Leben. Die Kinder von armen Leuten wie uns haben auch ein Recht auf Leben. Ich hätte dasselbe getan.«

Und ein weiterer wetterte: »Das ist richtig! Heute hat jemand darüber gesprochen, dass Ihr die Festlichkeit ruiniert hättet, es war nicht auszuhalten. Wenn jemand aus der Königsfamilie oder ein Adliger gestürzt wäre, würden sie nicht so reden. Eure Hoheit, hört nicht auf diese Leute!«

»Seine Hoheit ist der Einzige, dem wir wirklich wichtig sind ...«

Xie Lians anfängliche Schuldgefühle wandelten sich in Verwirrung, bis schließlich die Worte der Menschen und ihre fröhlichen Gesichter ihn rührten. Die Menschen drängten sich um ihn und während sie sich der Hauptstraße näherten, kamen immer mehr hinzu. Feng Xin, Mu Qing und der Junge wurden immer weiter abgedrängt, sie befanden sich schon weit hinten und hatten keine Möglichkeit, zu Xie Lian aufzuschließen. Dieser Menschenauflauf schien beinahe so groß zu sein wie bei den Festlichkeiten am Tag zuvor. Jedes Mal, wenn er versuchte weiterzugehen, wurde er aufs Neue gepackt und in die Luft gehoben.

Xie Lian war belustigt und fühlte sich selbstsicher. Er dachte: *Die Leute haben ein komplett anderes Empfinden als der Staatspräzeptor. Ich hatte also recht.*

Als sie den Berg Taicang erreichten, tauchte die untergehende Sonne ihn in den gewohnten abendlichen Glanz.

Nachdem sie das große Tor am Fuß des Berges durchschritten hatten, sahen sie überall auf dem gewundenen Steinpfad Schüler und Kultivierer, die mit Wasser oder Feuerholz beladen unterwegs waren. Sie grüßten Xie Lian und seine Begleiter und manch einer blickte erstaunt auf das kleine Grüppchen mit dem Handkarren. Feng Xin zog den Karren mit seinem gesunden Arm klaglos und gleichmäßig wie ein junger schwarzer Ochse. Xie Lian und Mu Qing gaben sich anfangs noch Mühe, nicht zu auffällig über ihn zu lachen, aber schließlich gaben sie es auf und scherzten unbekümmert.

Die Räder rumpelten stetig durch den weitläufigen Ahornwald. Xie Lian half Feng Xin, indem er von hinten den Karren anschob. Er war guter Dinge und fing eine Unterhaltung mit dem Jungen an. »Kleiner, wie heißt du eigentlich wirklich? Hong, und weiter?«

Der Junge sah ihn aufmerksam an und antwortete leise: »Ich ... ich habe keinen Namen.«

Xie Lian sah ihn verblüfft an. »Hat deine Mutter dir keinen Namen gegeben?«

Der Junge schüttelte den Kopf. »Meine Mutter ist fortgegangen.«

Mitgefühl regte sich in Xie Lians Herz. »Aber sie muss dich doch irgendwie angeredet haben?«

Der Junge zögerte, dann sagte er: »Honghong-er*.«

Xie Lian lächelte ihn an. »Das ist ein süßer Spitzname. So werde ich dich von jetzt an auch nennen.«

Honghong-er wirkte immer sehr schüchtern, wenn sie miteinander redeten, und er hielt stets den Kopf gesenkt. Die Dämmerung nahte schon

* Eine Verdoppelung des Namens ist eine Koseform. »-er« heißt »Kind« und ist als Suffix ebenfalls eine Verniedlichungsform.

und in den Tempeln auf den fernen Berggipfeln wurden die Lichter angezündet. Das hellste Licht brannte auf dem höchsten Punkt, dem Shenwu-Gipfel.

Dort oben im Shenwu-Palast war es taghell und die Lichter umringten den Gipfel wie Sterne. Xie Lian seufzte – nicht vor Traurigkeit, sondern vor Ehrfurcht, die die Schönheit dieses erhabenen Anblicks in ihm weckte. Jedes der kleinen Lichter in der großen Halle war ein geweihtes, ewiges Licht. Jedes verkörperte die inbrünstigen Gebete eines Gläubigen. Je mehr ewige Lichter es in einem Tempel gab, umso mächtiger war der entsprechende Gott. Selbst für tausend Goldstücke war es nicht leicht, ein Licht im Shenwu-Tempel zu kaufen. Macht, Hingabe, Fähigkeit, Leidenschaft und Reichtum – wenigstens eine dieser Bedingungen musste jeder erfüllen, der den Tempel betreten und ein Licht darbringen wollte. Aber so viele gab es auf der Welt, auf die keine dieser Eigenschaften zutraf.

Die vier hielten an und blickten gebannt zum Shenwu-Tempel hinauf, der wie eine Sonne erstrahlte. Jeder von ihnen hing eine Zeit lang seinen eigenen Gedanken nach. Da hörten sie plötzlich eine vertraute Stimme: »Eure Hoheit!«

Xie Lian sah sich um und erblickte einen jungen Mann mit blassem Gesicht, der auf sie zueilte. Er sah aus wie jener Schüler, der am Tor des Sixiang-Palasts Wache gehalten hatte. »Bruder Zhu, wozu die Eile?«, fragte Xie Lian streng.

Bruder Zhu bemerkte Mu Qing, der hinter Xie Lian stand und war peinlich berührt. Er tat so, als hätte er ihn nicht gesehen, und sprach: »Der Staatspräzeptor fragt schon seit einer Weile nach Euch. Er erwartet Euch im Shenwu-Palast.«

Xie Lian war verwundert, als er das hörte. Er dachte sich, dass es wohl mit dem Vorfall während der Himmelsparade zu tun haben musste. »Gut, vielen Dank, Bruder.«

Xie Lian schickte Feng Xin und Mu Qing mit Honghong-er zum Xianle-Palast und machte sich auf den Weg zum Shenwu-Gipfel.

Außerhalb der großen Palasthalle stiegen aus einem großen Räuchergefäß Wolken auf, die das Gebäude einhüllten und ihm eine traumgleiche Aura verliehen. Wie zwei Mauern aus Laternen hingen auf beiden Seiten des Räuchergefäßes in ordentlichen Reihen ewige Lichter. Auf jedem dieser ewigen Lichter standen in schönster Tempelschrift fein säuberlich der Name des Stifters und sein Gebet. In der großen Halle hing Reihe um Reihe der Lichter an jeder Wand. Die Lichter im Inneren des Palasts waren selbstverständlich noch kostbarer als jene, die im Freien aufgehängt waren.

Ganz vorne im Inneren des Tempels brachte der Staatspräzeptor gerade ein Lichtopfer dar und die drei Unterpräzeptoren hinter ihm warfen sich vor der großen Statue zu Boden.

Xie Lian nickte ihnen zu, als er eintrat. »Staatspräzeptor.«

Die Präzeptoren beendeten ihr Gebet, bevor sie sich zu ihm umwandten und ihn zu sich winkten. Xie Lian trat heran, nahm ein Räucherstäbchen und entzündete es.

Es dauerte einen Moment, bis der Staatspräzeptor zu sprechen begann. »Eure Hoheit, wir vier haben uns beraten. Es gibt zwei Möglichkeiten, mit dem Problem der Himmelsparade umzugehen.«

»Redet weiter«, bat Xie Lian.

»Die erste Möglichkeit wäre, das Kind aufzuspüren, dass die Parade gestört hat. In einer Zeremonie würden wir mindestens einen seiner fünf Sinne als Opfer darbringen.«

Xie Lian riss den Kopf hoch. »Nein!« Resolut fügte er hinzu: »Auf gar keinen Fall.«

Der Staatspräzeptor nickte. »Diese Antwort habe ich erwartet. Daher haben wir uns gründlich überlegt, wie die zweite Möglichkeit aussehen könnte.«

»Und die wäre?«, erkundigte sich Xie Lian respektvoll.

»Die zweite Möglichkeit wäre, dass Ihr öffentlich vor dem Volk von Xianle ein Bekenntnis ablegt, den Himmel um Verzeihung bittet und dann einen Monat vor einer Wand sitzend reflektiert.«

»Das geht nicht«, sagte Xie Lian gelassen.

Der Staatspräzeptor war verdutzt. »Wir meinen damit nicht, dass Ihr tatsächlich vor einer Wand sitzen müsst. Ihr solltet nur ... nun ja, es sollte so aussehen ...« Plötzlich erinnerte er sich daran, dass sie vor der Statue des Himmelskaisers standen, und verbesserte sich sofort. »Solange Ihr gewissenhaft reflektiert, wird das ausreichen.«

Xie Lian jedoch blieb bei seiner Antwort. »Nein.«

»Und der Grund dafür?«, erkundigte sich der Staatspräzeptor.

»Staatspräzeptor, wisst Ihr, was ich heute erlebt habe, als ich unten in der Stadt war?«, entgegnete Xie Lian. »Die Menschen in der Stadt haben mich nicht nur nicht für den Unfall verurteilt, sondern sie haben mich dafür gefeiert. Das hat mir gezeigt, dass die Entscheidung, das Kind zu retten, vom Volk als richtig angesehen wird. Wenn ich das täte, was Ihr vorschlagt, und mich für etwas entschuldige, das eigentlich richtig ist, was werden sie dann denken? Würde das den Menschen nicht zeigen, dass wir bestraft werden, wenn wir ein Leben retten? Was sollen die Leute denken, wie sie sich verhalten sollen?«

»Es spielt keine Rolle, ob es richtig oder falsch war«, beharrte der Staatspräzeptor. »Ihr müsst Euch für einen Weg entscheiden. Nichts in dieser Welt ist perfekt. Entweder trägt das Kind die Schuld oder Ihr.«

»Richtig oder falsch spielt eine sehr wichtige Rolle. Wenn ich mich entscheiden muss, wähle ich den dritten Weg«, antwortete Xie Lian.

Der Staatspräzeptor massierte sich die Nasenwurzel. »Eure Hoheit ... entschuldigt meine Direktheit, aber warum kümmert es Euch, was die Leute denken? Heute denken sie so, morgen vielleicht schon anders. Ihr müsst Euch nicht um solche Details kümmern. Vertraut mir, die Leute werden tun, was sie immer tun, Eure Handlungen werden sie nicht beeinflussen und Sie werden Euch auch nicht zum Vorbild nehmen. Es ist das Beste, wenn wir uns darauf konzentrieren, denen über uns zu dienen.«

Xie Lian schwieg eine Zeit lang, dann antwortete er: »Staatspräzeptor, seit ich als Schüler in den Tempel gekommen bin, habe ich immer mehr nachgedacht. Und es gibt etwas, was mich schon lange beschäftigt, was ich mich aber nie auszusprechen gewagt habe.«

»Und was ist das?«

»Ist es wirklich richtig, wie wir die Götter verehren und uns vor ihnen niederwerfen?«

Der Staatspräzeptor war einen Moment lang sprachlos. »Wenn wir die Götter nicht verehren, was sollen wir dann tun? Sollen wir obdachlos werden? Denkt Ihr etwa, dass die Tausende von Gläubigen, die hierher pilgern, alle falschliegen?«

Xie Lian schüttelte den Kopf und überlegte. »Sie liegen nicht falsch. Es ist nur ... Ich denke nicht, dass es richtig ist, sich zu Boden zu werfen.«

Er hob den Kopf und zeigte auf die Statue des Himmelskaisers, die groß und prächtig und vor Gold und Jade funkelnd vor ihnen stand. »Wenn Menschen in den Himmel aufsteigen, werden sie zu Göttern. Für die Menschen sind sie Vorbilder, Lehrer, ewiges Licht, aber sie sind keine Herren. Wir sollten sie hochachten und ihnen dankbar sein, aber sie nicht auf Knien verehren. Und was die Shangyuan-Himmelsparade angeht: Ich denke, die richtige Haltung ist Dankbarkeit und gemeinsame Freude. Und nicht Einschüchterung, Furcht, Anbiederung und gewiss nicht, sich selbst in die Position eines Sklaven zu begeben.«

Der Staatspräzeptor stand schweigend da. Die drei Unterpräzeptoren jedoch wurden unruhig und wandten sich zu ihm um.

Xie Lian fuhr fort: »Ein Unfall ist passiert. Es war nicht möglich, ihn abzuwenden. Ich stifte gern eintausend Lichter, um lange, dunkle Nächte zu erhellen. Selbst wenn das ein Akt der Selbstzerstörung ist. Ich habe keine Angst. Aber ich beuge meinen Kopf nicht für etwas, das ich richtig gemacht habe. Vor einer Wand sitzend reflektieren? Was habe ich falsch gemacht? Was hat irgendjemand falsch gemacht? Das ist wie, dass Qi

Rong etwas Böses getan hat, aber Feng Xin bestraft wurde. Wo ist die Logik? Wenn der Himmel Augen hat, wenn er mich sieht, wird er mich nicht verurteilen.«

Der Blick des Staatspräzeptors ging ins Leere. »Dann, Eure Hoheit, falls der Himmel Euch doch verurteilen sollte – werdet Ihr Euch dann entschuldigen?«

»Sollte das passieren, ist der Himmel im Unrecht. Ich habe recht. Ich würde mich gegen den Himmel stellen und bis zuletzt standhalten.«

Die Miene des Staatspräzeptors veränderte sich und er lächelte. »Eure Hoheit, es ist sehr mutig, so zu sprechen.«

Die drei Unterpräzeptoren sahen ihn an, als wollten sie etwas sagen, zögerten aber. Da ertönte auf einmal außerhalb der Halle ein Alarm. Es klang, als würde eine Vielzahl von Glocken gleichzeitig geläutet. Keiner der vier Präzeptoren konnte mehr sitzen bleiben, alle stürzten gleichzeitig zur Rückseite der Halle.

Der Staatspräzeptor rief verzweifelt: »Wo ist Zhu An? Wo steckt er? Was ist passiert?«

Einige Schüler, die Wachdienst hatten, eilten herbei, Bruder Zhu an ihrer Spitze. »Staatspräzeptor! Ich bin hier. Ich weiß nicht, was los ist. Die Tür war fest verschlossen und plötzlich hat sie sich von allein geöffnet.«

Der Staatspräzeptor raufte sich das Haar. »Schnell! Bringt mir einen neuen Seelenfänger!«

Xie Lian eilte ins Innere des Tempels und zur schwarzen Kammer. An den Wänden waren überall unregelmäßige Regale aus Sandelholz angebracht. Auf diesen standen Tongefäße, Urnen, Jadekästchen und andere Behältnisse in allen nur erdenklichen Größen und Formen. Jedes dieser Gefäße war ursprünglich versiegelt gewesen, fest verschlossen und gesichert mit roten Siegeln. Zusätzlich waren die Öffnungen mit gelben Spruchbändern, auf denen Zauberformeln geschrieben waren, versehen. Nun jedoch waren viele davon zerbrochen. Weitere waren gerade dabei, wie von selbst von den Regalen zu fallen, andere wankten bedrohlich.

In jedem dieser Seelenfänger war ein Dämon oder Geist eingeschlossen, der einstmals großen Schaden angerichtet hatte. Eine schwarze Kammer wie diese gab es in jedem Tempel auf dem Berg Taicang. Die reine spirituelle Energie des Berges half dabei, die Gefäße sicher zu verwahren. Doch irgendetwas war passiert und nun waren sie alle entkommen.

»Es ist zu spät!«, rief Xie Lian.

Er trat gegen die Tür, sodass sie ins Schloss fiel. Das stählerne Schloss und die Kette waren bereits von den entwichenen Geistern zerstört worden. Xie Lian zog sein Schwert und malte mit der Spitze einige Zeichen in die Luft, dann stieß er es in die Erde. Er hatte über zweihundert Schwerter mit auf den Berg gebracht und beinahe jeden Tag trug er ein anderes bei sich. Jedes einzelne war kostbar und einzigartig. Jenes, das er soeben in den Boden gestoßen hatte, war tatsächlich mächtig genug, um die Tür so fest zu verschließen, dass sie niemals wieder würde geöffnet werden können. Nur das Geräusch der Geister, die im Inneren der schwarzen Kammer vor Zorn tobten, drang nach außen.

Als sie von der Tür weggingen, sahen sie, dass sich von jeder schwarzen Kammer auf dem Berg schwarze Wolken in den Himmel erhoben. Die Geister und Dämonen stiegen wie wabernder, dicker Rauch in die Luft auf und sammelten sich an einer Stelle.

»Was ist dort? Warum fliegen sie alle dorthin?«, erkundigte sich Zhu An.

Der Staatspräzeptor schrie: »Bist du völlig unwissend? Das ist der Palast von Xianle!«

Schnell wie der Wind rannten sie los und erreichten kurz darauf den Xianle-Gipfel. Der dicke Rauch, der aus den schwarzen Kammern aller Tempel auf dem Berg aufstieg, sammelte sich über dem Xianle-Palast zu einem mächtigen schwarzen Wirbel.

»Was ist in Eurem Palast los? Etwas lockt alle bösen Geister an – was habt Ihr da drinnen?«, fragte der Staatspräzeptor.

Xie Lian war genauso ratlos wie er. »Nichts! Nur …«

Nur was? Plötzlich fiel es Xie Lian wieder ein: das Kind!

Im selben Moment hörte er Bruder Zhu rufen: »Staatspräzeptor, seht! Der Kronprinzenpalast brennt!«

Tatsächlich leuchtete eine Ecke des Gebäudes hell auf und Flammen waren zu sehen, die die dunklen Wolken im Himmel blass dunkelrot leuchten ließen. Jeder in der Hauptstadt am Fuße des Taicang, der noch wach war, konnte das Spektakel aus der Ferne beobachten, aber niemand wusste, was vor sich ging. Eilig riefen sie andere herbei, um es gemeinsam zu beobachten. »Oh! Die großen Götter auf dem Berg der Unsterblichen zaubern! Wie aufregend!«

Die Gruppe war eilig zum Xianle-Palast gelaufen. Xie Lian hatte nicht viele Bedienstete. Dutzende Kultivierer waren bereits von den anderen Gipfeln herbeigeeilt und versuchten verzweifelt, das Feuer mit Wasser aus den Bergquellen zu löschen. Xie Lian hielt vergebens nach seinen beiden Vertrauten Ausschau und als er sie nirgendwo erblicken konnte, eilte er in den Palast. Alle Dämonen und Geister hatten sich hier versammelt, es war im Palast so stockfinster, dass er die Hand nicht vor Augen sehen konnte.

Xie Lian erahnte zwei Gestalten in der Mitte der großen Halle und rief: »Feng Xin! Mu Qing!«

Die beiden waren dabei, mit letzter Kraft einen Schutzschild aufrechtzuerhalten, der die einfallenden Geister und Dämonen von ihnen fernhielt. Feng Xin rief Xie Lian zu: »Eure Hoheit, kommt nicht herein! Irgendetwas ist mit diesem Kind, diese Dinger sind alle hinter ihm her!«

Da erst bemerkte Xie Lian die kleine dunkle Gestalt, die hinter den beiden auf dem Boden kauerte, den Kopf in den Händen vergraben. »Das bin nicht ich!«, klagte sie.

Nachdem Xie Lian sich die Szene eine Zeit lang angesehen hatte, rief er: »Hört auf, löst den Schutzzauber auf!«

Mu Qing erwiderte: »Das geht nicht! Wenn wir das tun, spielen diese Dinger verrückt. Lasst mich den ...«

Xie Lian unterbrach ihn: »Keine Angst. Löst ihn auf. Jetzt!«

Mu Qing biss die Zähne zusammen und er und Feng Xin ließen gleichzeitig die Hände sinken. Die Geister kreischten auf, bereit zum wilden Angriff. Doch im nächsten Moment griff Xie Lian blitzschnell in die Luft und hielt kurz danach einen Strang schwarzen Rauchs in der Hand. Er sah nicht einmal genau hin, während er den Rauchfaden in der bloßen Hand festhielt. In dem Moment, als er diesen einen Geist ergriffen hatte, wurden alle anderen in der Tempelhalle plötzlich träge.

Außerhalb des Palasts nickten alle schweigend.

Wenn sich viele Geister zu einem großen Schwarm versammelten, folgten alle der Führung des stärksten unter ihnen. Wurde dieser eine gefangen, verloren die Geister ihre Orientierung. Xie Lian hatte in Sekundenschnelle den mächtigsten Geist ausgemacht und ihn ergriffen, sodass ihm keine Chance blieb zu entkommen. Schnell hatte er den Geist in seinen Handflächen in Nichts aufgelöst.

Sofort danach winkten die vier Präzeptoren mit ihren Ärmeln und riefen: »Kommt alle zurück!« Der Geisterschwarm hatte seinen Anführer verloren. Wie kopflose Fliegen umkreisten die Geister und Dämonen den Palast von Xianle, bis sie einsahen, dass ihnen keine Wahl blieb, als aufzugeben. Sie fügten sich in ihr Schicksal und flogen widerwillig in die Ärmel der Präzeptoren, wo sie durch mächtige Zauberformeln versiegelt wurden. Die Kultivierer löschten weiterhin die verbleibenden Feuer und als der Rauch sich allmählich lichtete, konnte Xie Lian die drei anderen endlich deutlich erkennen.

Feng Xin und Mu Qing knieten halb auf dem Boden, sie waren noch immer starr vor Schreck. Hinter ihnen kauerte der Junge. Er hielt weiterhin seinen Kopf in den Händen vergraben und sprach kein Wort.

Die Staatspräzeptoren traten ein, warfen einen Blick auf die Szene und sprachen: »Wo kommt das Kind her? Feng Xin sagte, die Geister seien seinetwegen gekommen? Was geht hier vor?«

»Das ist das Kind, das bei der Shangyuan-Himmelsparade vom Himmel fiel.«

Die Staatspräzeptoren waren verdutzt. »Warum habt Ihr ihn hierhergebracht?«, wollte der Staatspräzeptor wissen.

Xie Lian schüttelte den Kopf. Er hatte keine Lust, es zu erklären. Stattdessen fragte er Feng Xin: »Was hat er getan, um all die Geister aus den schwarzen Kammern anzulocken?«

Feng Xin trug nach wie vor den Arm in der Schlinge. Er stand auf. »Ich weiß nicht, was er getan hat. Aber kurz nachdem wir auf dem Berg angekommen waren, gleich nachdem er den Xianle-Palast betreten hatte, kamen einige dieser schwarzen Dinger plötzlich von den anderen Gipfeln hergeflogen. Sie versperrten ihm den Weg und umkreisten ihn. Es wurden immer mehr. Wir konnten nicht mehr hinaus.«

Xie Lian sah sich im Palast um. Alle Wände und Säulen waren zu Asche verbrannt. »Und das Feuer?«

Mu Qing, das Gesicht schwarz von Ruß, antwortete: »Wir konnten nicht weg, also beschworen wir einen Schutzschild. Die Geister haben mit den Kerzen die Vorhänge in Brand gesteckt, um uns aus unserer Deckung zu treiben.«

»Zum Glück seid Ihr gekommen, Eure Hoheit, und habt sie so schnell besiegt. Wenn das Feuer sich ausgebreitet hätte, wären wir unter unserem Schutzschild verbrannt.«

Mu Qing schloss die Augen und ließ den Kopf hängen, als er das hörte.

Die vier Präzeptoren hatten sich bereits um das Kind versammelt und untersuchten es genau.

»Staatspräzeptor, stimmt irgendetwas nicht mit diesem Kind?«

Sollte irgendetwas mit ihm nicht stimmen, sollte er zum Beispiel von etwas Bösem besessen sein, hätte Xie Lian es auf einen Blick erkennen müssen. In all den Jahren, die er schon im Tempel kultivierte, hatte er in besonderem Maße seine Augen geschult und es gab kaum etwas, das seinen Blick täuschen konnte. Aber an dem Kind hatte er nichts Außergewöhnliches bemerkt.

Der Staatspräzeptor schüttelte den Kopf, auch ihm war nichts aufgefallen. Er fragte das Kind: »Was ist dein Geburtsdatum? Monat, Jahr, Tag und Uhrzeit?«

Honghong-er war bis aufs Äußerste angespannt und starrte den Staatspräzeptor nur an, ohne einen Ton zu sagen.

Xie Lian ermutigte ihn sanft: »Sag es ihm ruhig. Er möchte dein Schicksal deuten. Es ist nur zu deinem Besten.«

Da nannte Honghong-er brav seinen Geburtstag. Der Staatspräzeptor runzelte die Stirn und begann, mit den Fingern zu rechnen. Die Umstehenden beobachteten ihn eine Zeit lang und begannen dann, in gedämpftem Ton zu diskutieren. Beim Anblick seines Gesichts, das sich immer mehr verfinsterte, wurde auch Xie Lian ernst.

Zwar sah der Staatspräzeptor aus wie ein gewöhnlicher Mann um die dreißig, aber Xie Lian wusste besser als die meisten, wie mächtig sein Meister war. Das Oberhaupt des Tempels, der Staatspräzeptor von Xianle, Mei Nianqing, war im ganzen Land für seine Wahrsagekunst bekannt. Xie Lian erlernte die Kunst des Schwertkampfes und der Zauberformeln von den Unterpräzeptoren, aber die Kunst der Divination erlernte er nicht. Der Staatspräzeptor war der Ansicht, das sei eine niedere Fertigkeit, eine Kunst der Straße, und als nobler Kronprinz habe er solche Tricks nicht nötig. Xie Lian interessierte sich auch nicht besonders dafür, also hatte er es nie versucht. Doch wenn der Staatspräzeptor seine Kunst ausübte, hatte er noch nie falschgelegen.

Nach einer Weile bildete sich mehr und mehr kalter Schweiß auf der Stirn des Staatspräzeptors. Er murmelte vor sich hin. »Kein Wunder … kein Wunder … kein Wunder, dass er die Himmelsparade gestört hat. Kein Wunder, dass die Geister der schwarzen Kammern aufgeregt waren, als sie ihn wahrnahmen. Kein Wunder, dass der Palast von Xianle brennen musste… Das … das ist … wirklich …«

»Wirklich was?«, hakte Xie Lian nach.

Der Staatspräzeptor wischte sich den Schweiß von der Stirn und trat plötzlich ein Dutzend Meter zurück. »Eure Hoheit, Ihr habt etwas auf den Berg gebracht, das Ihr nicht hättet herbringen dürfen. Dieses Kind ist Gift! Es ist unter dem ›einsamen Stern‹ geboren – es bringt großes Unheil über andere, während ihm selbst nichts zustößt, so wie das Böse es am meisten liebt. Wer immer es berührt, wird großes Unglück haben, und wer ihm nahekommt, wird sein Leben verlieren.«

Noch bevor er zu Ende sprechen konnte, erklang ein lauter Schrei. Honghong-er sprang auf und lief auf den Staatspräzeptor zu, um ihn zu rammen.

Obwohl seine Stimme jung und hell war, war sein Schrei voller Zorn, als sei sein Herz von Schmerz und Verzweiflung erfüllt. Allen, die es hörten, lief es kalt den Rücken hinunter. Der Junge war von Wunden übersät und doch tobte er in seiner ausweglosen Wut los wie ein tollwütiger Hund.

Einer der Unterpräzeptoren stellte sich ihm in den Weg und der Staatspräzeptor wich weiter zurück. Dabei schrie er: »Bringt ihn vom Berg hinunter, schnell! Berührt ihn nicht, ich meine es ernst! Er ist das reinste Gift, berührt ihn nur ja nicht!«

Der Unterpräzeptor wich eilig aus und Mu Qing und Feng Xin wussten nicht, ob sie einschreiten sollten. Als der Junge sah, dass alle vor ihm zurückwichen, als sei er giftig, wurde er noch wütender und fing an, zu kreischen und zu beißen. »Das stimmt nicht! Das stimmt nicht! Das stimmt nicht!«

Plötzlich umschloss ein Paar Arme seine Hüfte. Eine Stimme sprach dicht oberhalb seines Kopfes. »Das stimmt nicht. Ich weiß, dass es nicht stimmt. Weine nicht mehr. Ich weiß, dass es nicht stimmt.«

Der Junge presste seine Lippen fest zusammen und griff verzweifelt nach den schneeweißen Ärmeln, die ihn umfingen. Er versuchte mit aller Kraft, sich zusammenzureißen, aber es gelang ihm nicht und plötzlich rollte ein Strom dicker Tränen aus seinem großen schwarzen Auge und er wurde von Schluchzern erschüttert.

Xie Lian umarmte ihn von hinten und sagte voller Bestimmtheit: »Du hast nichts falsch gemacht. Es ist nicht deine Schuld.«

Honghong-er fuhr herum, vergrub sein Gesicht an Xie Lians Brust und heulte hemmungslos. Seine Laute hatten nichts mit gewöhnlichem Weinen gemein, es war ein wortloses Heulen, unbestimmt und doch fürchterlich anzuhören. Wenn man ihn nicht gesehen hätte, hätte man meinen können, es sei das Heulen eines erwachsenen Mannes, der zusammenbrach, oder der Todeskampf eines wilden Tieres, dem der Hals aufgeschlitzt wurde – so verzweifelt, als könnte nur ein plötzlicher Tod seine Qualen lindern. Jeder konnte solche Geräusche von sich geben, aber ein Kind von zehn Jahren sollte es nicht tun müssen. Alle Anwesenden waren ergriffen davon.

Nach einer Weile sagte der Staatspräzeptor: »Ich meinte es ernst. Es ist besser, Ihr lasst ihn los.«

Feng Xin gewann endlich seine Fassung zurück. »Eure Hoheit! Lasst ihn los! Seid vorsichtig vor ...«, doch er brachte es nicht über sich, seinen Satz zu vollenden.

»Es ist in Ordnung«, versicherte Xie Lian.

Bruder Zhu aber machte sich große Sorgen um das Wohlergehen des Kronprinzen. Als er sah, dass Honghong-er Blut und Rotz an die weiße Robe Xie Lians schmierte, lief er zu ihm und begann, an ihm zu zerren. »He, Junge, hör auf!«

Aber je stärker er an ihm zog, desto fester klammerte sich der kleine Junge an Xie Lian fest. Er weigerte sich, ihn loszulassen, und krallte sich mit Händen und Füssen an ihm fest, dabei schrie er vor Angst. Ein paar weitere Schüler traten dazu und versuchten, ihn von Xie Lian loszureißen, doch er klammerte sich fest wie ein Äffchen. Xie Lian fand es lustig und gleichzeitig tat ihm der Junge leid. Er hielt Honghong-er mit der einen Hand und strich ihm sanft über den Rücken, um ihn zu beruhigen, die andere hielt er hoch. »Hört auf. Lasst ihn.«

Als er einige Momente später spürte, dass der Junge in seinem Arm zur Ruhe gekommen war und sich nicht mehr wehrte, fragte er die Umstehenden leise: »Wurde bei dem Feuer im Xianle-Palast jemand verletzt?«

»Nein, wir waren zu der Zeit die einzigen, die im Palast waren«, antwortete Mu Qing.

Der Palast war niedergebrannt und Xie Lian konnte nicht bleiben. Als er sicher war, dass nur das Gebäude zerstört und keine Menschen zu Schaden gekommen waren, begannen die, die zum Löschen herbeigeeilt waren, das Gelände aufzuräumen. Als sie in den Überresten die kostbaren Steine und Schätze fanden, wurde ihnen schwer ums Herz. Xie Lian hingegen kümmerte es nicht weiter.

Die Gegenstände des täglichen Gebrauchs, die er besaß, waren etwas kostbarer als üblich, aber er hatte im Palast keine Schätze aufbewahrt. Am wertvollsten war seine Sammlung von über zweihundert Schwertern, doch ihnen konnte das Feuer nichts anhaben. All diese Schwerter waren in den heißesten Feuern geschmiedet worden und keines wurde beschädigt. Als er sie ausgegraben hatte, lagerte Xie Lian sie vorerst im Sixiang-Palast, der dem Staatspräzeptor gehörte.

Honghong-er klammerte sich noch immer an Xie Lian fest. Er war vom vielen Schreien erschöpft eingeschlafen. Xie Lian beabsichtigte, ihn vom Berg hinunterzubringen und einen sicheren Ort für ihn zu finden.

Aber der Staatspräzeptor hatte Xie Lian gebeten, ihn zuerst im Sixiang-Palast aufzusuchen, also nahm er das Kind mit dorthin.

Auf einem Divan bettete er den Jungen zur Ruhe und deckte ihn ordentlich zu. Er zog den Vorhang zu und verließ gemeinsam mit Feng Xin und Mu Qing leise den Raum.

»Staatspräzeptor, ist das Schicksal des Kindes wirklich so furchtbar?«

Der Staatspräzeptor presste die Lippen zusammen. »Warum berechnet Ihr es nicht selbst? Bedenkt, was seit seiner Ankunft alles passiert ist.«

Alle drei schwiegen. Seit der Junge aufgetaucht war, war er vor den Augen Tausender Zuschauer von der Stadtmauer gefallen und hatte dadurch die Shangyuan-Parade gestört, sodass sie nur drei Runden hatten absolvieren können. Dadurch hatte er den Ärger Qi Rongs auf sich gezogen, der ihn an seinem Wagen durch die Straßen geschleift hatte, was wiederum einen Tumult verursacht hatte. Schließlich hatte es dazu geführt, dass Feng Xin sich selbst den Arm gebrochen hatte, während Xie Lian mit seinem Vater aneinandergeraten war und dadurch seine Mutter zum Weinen gebracht hatte. Und jetzt waren alle bösen Geister und Dämonen auf dem Berg Taicang aus den schwarzen Kammern ausgebrochen und hatten sogar den Palast von Xianle niedergebrannt. In der Tat nahm das Unglück, das er brachte, kein Ende, es schien ihm zu folgen wie ein Schatten.

»Gibt es eine Möglichkeit, es aufzulösen?«, erkundigte sich Xie Lian.

»Aufzulösen? Was meint Ihr damit? Sein Schicksal ändern?«, entgegnete der Staatspräzeptor.

Xie Lian nickte.

»Eure Hoheit, Ihr habt die Kunst der Divination nicht erlernt. Ihr versteht nichts von diesen Dingen, sonst hättet Ihr diese Frage nicht gestellt.«

Xie Lian setzte sich erstaunt auf. »Bitte erklärt das.«

Der Staatspräzeptor nahm die Teekanne zur Hand und schenkte sich ein. »Eure Hoheit, erinnert Ihr Euch noch an den Tag, als Ihr sechs Jahre alt wurdet? Seine Majestät und die Königin baten mich an jenem Tag, Euer Schicksal zu deuten. Erinnert Ihr Euch an die eine Frage, die ich Euch stellte?«

Xie Lian dachte nach und starrte dabei auf den Dampf, der von der Teetasse aufstieg. »Meint Ihr das Rätsel mit den beiden Menschen und dem Glas Wasser?«

In diesem Jahr hatte der Staatspräzeptor Xie Lian viele Rätsel aufgegeben und ihm Fragen gestellt, um seine Zukunft vorauszusagen. Es gab Fragen, die eine Antwort hatten, und solche, auf die es keine gab. Für jede Antwort hatte der Staatspräzeptor ihn überschwänglich gelobt und der König und die Königin hatten vor Glück gestrahlt. Viele dieser Fragen und Antworten wurden später als Legenden weitererzählt. Aber Xie Lians Antwort auf das Rätsel »Zwei Menschen und ein Glas Wasser« hatte der Staatspräzeptor damals unkommentiert gelassen. Kaum jemand kannte die Einzelheiten, nicht einmal Feng Xin, geschweige denn Mu Qing.

»Zwei hatten sich in der Wüste verlaufen und waren kurz davor, zu verdursten«, führte der Staatspräzeptor aus. »Es gab nur ein Glas Wasser. Der, der es trank, würde überleben, der andere sterben. Wenn Ihr ein Gott wärt, wem würdet Ihr das Glas Wasser geben? Antwortet noch nicht. Ich frage zunächst die anderen beiden und höre mir ihre Antworten an.« Mit dem letzten Satz hatte er sich an die beiden gewandt, die nicht weit hinter Xie Lian standen.

Mu Qing überlegte und antwortete nachdenklich: »Darf ich fragen, wer die beiden sind? Wie ist ihr Charakter, was sind sie für Menschen? Nur wenn alle Details bekannt sind, kann ich eine Entscheidung treffen.«

Feng Xin aber erklärte: »Ich weiß es nicht. Fragt mich nicht – die beiden sollen es unter sich ausmachen.«

Xie Lian schnaubte und lachte. Der Staatspräzeptor brachte ihn zum Schweigen. »Worüber lacht Ihr? Erinnert Ihr Euch noch an Eure Antwort?«

Xie Lian hörte auf zu lachen und sagte mit ernstem Gesichtsausdruck. »Gebt ihnen ein zweites Glas.«

Als Feng Xin und Mu Qing seine Antwort hörten, drehte einer sich weg, der andere senkte den Kopf, als wollten sie ihre Reaktion verbergen.

Xie Lian sah sie an und verteidigte sich: »Warum lacht ihr? Ich meine es ernst. Wenn ich ein Gott wäre, würde ich ihnen ein zweites Glas geben.«

Der Staatspräzeptor schwenkte die Teetasse in seiner Hand und der Tee kreiste in der Tasse, als führe er ein Eigenleben. Er fuhr fort: »Es gibt auf der Welt eine gewisse Anzahl an guten oder schlechten Schicksalen. So wie es nur ein Glas Wasser gibt und nicht mehr. Wenn einer getrunken hat, ist nichts mehr für den anderen da. Wenn einer mehr erhält, muss ein anderer weniger bekommen. Seit Menschengedenken sind alle Konflikte daraus geboren, dass es viele Menschen gibt, aber nur ein Glas Wasser, und es gibt einen guten Grund, warum nur einer es bekommen soll. Ihr wollt das Schicksal ändern? Das ist schwer, aber nicht unmöglich. Aber wenn Ihr das Leben dieses Jungen verändert, wird sich auch das Leben eines anderen verändern, und daraus wird weiterer Groll erwachsen. Einst habt Ihr gesagt, Ihr würdet ein zweites Glas Wasser ausgeben, so wie Ihr heute gesagt habt, Ihr würdet einen dritten Weg wählen. Eure Absicht ist es, die Ressourcen zu vermehren – ein schöner Gedanke. Aber ich sage Euch, das ist nicht möglich.«

Xie Lian hatte schweigend zugehört, doch er stimmte dem Staatspräzeptor nicht zu. Dennoch widersprach er nicht. »Danke für Eure Weisheit, Staatspräzeptor.«

Der Staatspräzeptor trank den Tee aus und sagte: »Bemüht Euch nicht. Weisheit oder nicht, Ihr hört ohnehin nicht auf mich.«

Xie Lian fühlte sich ertappt und räusperte sich leise. »Staatspräzeptor, heute im Shenwu-Tempel habe ich mich von meiner Leidenschaft hinreißen lassen und Euch angegriffen. Bitte verzeiht mir meine Respektlosigkeit.«

Der Staatspräzeptor schüttelte seine Ärmel und lächelte. »Ihr seid mein liebster Schüler und zugleich der Kronprinz. Wie könnte ich Euch nicht verzeihen? Eure Hoheit, ich versichere Euch, noch nie ist mir jemand begegnet, der so vom Himmel begünstigt war, wie Ihr es seid.«

Xie Lian verstand nicht genau, was er meinte, und hörte genau zu.

»Ihr habt das Talent, den Ehrgeiz und die Entschlossenheit und harte Arbeit schreckt Euch nicht ab. Ihr entstammt dem Adel, aber habt ein mitfühlendes Herz. Keiner hat den Titel ›Liebling des Himmels‹ mehr verdient als Ihr. Und doch mache ich mir Sorgen um Euch. Ich befürchte, dass eine Prüfung Euch erwartet, die Ihr nicht bestehen könnt.«

»Und zwar?«, hakte Xie Lian nach.

»Obwohl Ihr schon so viel erreicht habt, gibt es Dinge, die Ihr noch lange nicht versteht und die Euch niemand beibringen kann. Was Ihr heute im Shenwu-Palast über das Verehren der Götter gesagt habt, war brillant. Dass Ihr in eurem Alter schon so weit denkt, ist beeindruckend. Aber glaubt nicht, dass außer Euch noch niemand auf diese Gedanken gekommen wäre.«

Xie Lians Augen weiteten sich ein wenig.

Der Staatspräzeptor fuhr fort: »Was Ihr heute gesagt habt, sagten schon andere vor Euch, vor Jahrzehnten oder sogar Jahrhunderten. Sie haben damit jedoch nichts bewirkt. Ihre Stimmen waren zu leise, niemand hat sie gehört. Habt Ihr jemals darüber nachgedacht, woran das liegt?«

Xie Lian überlegte kurz, dann antwortete er: »Weil sie vielleicht so gedacht haben, aber nicht entschlossen genug waren, auch danach zu handeln.«

»Und was ist mit Euch? Warum glaubt Ihr, dass Ihr entschlossen genug seid?«

»Staatspräzeptor, glaubt Ihr, ich könnte in den Himmel aufsteigen?«

Der Staatspräzeptor musterte ihn. »Wenn Ihr nicht aufsteigen könnt, kann es niemand. Es ist nur eine Frage der Zeit.«

Xie Lian lächelte. »Dann seht gut zu.« Er zeigte in den Himmel. »Sollte ich eines Tages aufsteigen, werde ich so handeln, wie ich es heute gesagt habe, und ich werde mich durchsetzen.«

Feng Xin und Mu Qing, die hinter ihm standen, richteten sich nach dieser Erklärung Xie Lians unbewusst gerader auf. Auf Feng Xins Lippen zeigte sich ein Lächeln und Mu Qings Augen strahlten im selben Glanz wie Xie Lians.

Der Staatspräzeptor nickte. »Nun gut, ich werde warten und zusehen. Aber ich denke nicht, dass es gut wäre, wenn Ihr zu früh aufsteigt. Lasst mich Euch fragen, was ist Euer Dao?«

Xie Lian senkte den Kopf und sprach: »Wie Ihr schon sagtet, der Weg, den man beschreitet, ist das Dao.«

»Das ist wahr. Aber Ihr seid noch nicht weit genug gegangen. Daher denke ich, dass es Zeit für Euch wird, vom Berg hinabzusteigen.«

Xie Lian strahlte. Der Staatspräzeptor fuhr fort: »Ihr seid jetzt siebzehn Jahre alt. Ich gestatte Euch, den Berg zu verlassen und durch Reisen Erfahrungen zu sammeln.«

»Das ist großartig«, rief Xie Lian aus.

Wenn er Zeit im königlichen Palast verbrachte, wo er sich mit dem König, Qi Rong und allen möglichen weiteren Belangen auseinandersetzen musste, fühlte Xie Lian sich stets eingeengt und niedergeschlagen. Dazu kam noch, dass sich nun, da sein Palast abgebrannt war, schon der nächste Konflikt mit seinen Eltern anbahnte. Warum also sollte er nicht fortgehen und sich ganz auf seinen eigenen Weg konzentrieren?

Der Staatspräzeptor merkte noch an: »Eure Hoheit, es gibt einen Spruch, der seit unzähligen Generationen als unausweichliche Wahrheit weitergegeben wurde. In Wirklichkeit ist er falsch, nur hat das noch niemand bemerkt.«

»Welcher Spruch?«

»Wenn Menschen aufsteigen, werden sie zu Göttern. Wenn Menschen fallen, werden sie zu Geistern.«

Xie Lian dachte darüber nach. »Das stimmt nicht?«

»Natürlich stimmt es nicht«, antwortete der Staatspräzeptor. »Vergesst nie: Wenn Menschen aufsteigen, sind sie noch immer Menschen ... und auch wenn sie fallen, bleiben sie Menschen.«

Xie Lian verinnerlichte diese Worte. Der Staatspräzeptor klopfte ihm auf die Schulter und warf einen Blick hinter ihn. »Was das Kind angeht ... nehmt es Euch nicht zu Herzen. Jeder hat sein eigenes Schicksal. Es wird oft vorkommen, dass Ihr helfen wollt, aber nicht in der Lage dazu seid. Wenn etwas passiert, werden wir eine Lösung finden. Geht hinaus und lernt die Welt kennen. Ich bete, dass Ihr reifer sein werdet, wenn Ihr zurückkehrt.«

Doch in jener Nacht passierte etwas, das niemand erwartet hätte: Das Kind floh aus dem Tempel und verschwand spurlos.

Und noch weniger hatte irgendjemand erwartet, dass Xie Lian, noch immer siebzehnjährig, nach seiner Wanderschaft den Geist an der Yinian-Brücke besiegen würde und in einem gewaltigen Tosen von Blitzen und Donner in den Himmel aufsteigen würde.

Es war die größte Sensation der drei Sphären.

Kapitel 29:

Ein Rüpel fischt nach dem Geld des Unsterblichen und trifft auf den Kronprinzen

»Enthüllt sie!«

Mit diesem lauten, lang gezogenen Ruf fiel der riesige rote Brokatstoff zu Boden. Überschwängliche Jubelschreie wurden laut und stiegen von der Menschenmenge direkt in den Himmel auf.

Die göttliche Statue des Kronprinzen war aus reinem Gold gefertigt. In einer Hand hielt sie ein Schwert, in der anderen eine Blume. »Er besitzt die Macht, die Welt zu beenden, und doch hat sein Herz nicht die Fähigkeit verloren, sich an einer Blume zu erfreuen« – das war die Botschaft, die diese beiden Gegenstände zum Ausdruck brachten. Das Gesicht der Statue war hübsch und sanft, mit langen, eleganten Brauen und schön geformten Lippen, die ein sanftes Lächeln zeigten. Der Gesichtsausdruck war liebevoll, aber nicht kokett, neutral, aber nicht gleichgültig, es war ein hübsches, mitfühlendes Gesicht.

Dies war der achttausendste Tempel des Kronprinzen im Königreich Xianle.

Innerhalb von drei Jahren nach seinem Aufstieg waren all diese Tempel ihm zu Ehren erbaut worden. Eine so leidenschaftliche Anhängerschaft war in der gesamten Geschichte unerreicht und auch in der Zukunft würde sie kaum je übertroffen werden. Fürwahr, er war der Eine, der Einzige.

Aber dieser achttausendste Tempel beherbergte nicht die prächtigste aller göttlichen Statuen des Kronprinzen. Der erste Tempel von Xianle war auf dem Berg Taicang errichtet worden, wo der Kronprinz in seiner Jugend gewohnt und kultiviert hatte. Der Berggipfel war in »Kronprinzengipfel« umbenannt worden. Dort war auch die erste Statue des Kronprinzen gefertigt worden. Der König höchstpersönlich hatte sie enthüllt. Diese Statue war über fünfzehn Meter hoch und von überragender Kunstfertigkeit. Sie war nicht nur vergoldet, die ganze Statue bestand aus reinem, massivem Gold. Sie hatte die Bezeichnung »goldene Person*« wahrlich verdient.

* Üblicherweise in religiösen Texten eine Bezeichnung für Buddha.

Die Massen der Gläubigen im Palast von Xianle waren endlos, es war so voll, dass nicht alle ins Gebäude passten. Das Räuchergefäß vor dem Palast war zum Bersten voll mit langen und kurzen Räucherstäbchen. Es wurde sogar nötig, einen größeren Spendenkasten für den Tempel zu bauen – sonst wäre er übergequollen, bevor der Tag endete, und alle, die danach kamen, hätten nichts mehr spenden können. Im Tempelhof war ein klarer Teich, dessen Boden komplett mit den leuchtenden Münzen bedeckt war, die Gläubige ins Wasser geworfen hatten. So viele Münzen wurden in den Teich geworfen, dass die Schildkröten, die in ihm lebten, es kaum noch wagten, aus ihren Panzern hervorzukommen, aus Angst, getroffen zu werden. Die im Tempel ansässigen Kultivierer baten die Besucher zwar, das zu unterlassen, aber sie fanden kein Gehör. Innerhalb der hohen roten Tempelmauern blühten üppige Pflaumenbäume, deren Zweige über und über mit leuchtend roten Gebetsbändern* behängt waren. Sie boten einen herrlich farbenfrohen Anblick, wie sie zwischen den Pflaumenblüten im Wind wehten.

Im Inneren des Tempels saß Xie Lian in aufrechter Haltung direkt unterhalb seiner Statue und beobachtete das Kommen und Gehen der Menschenmassen. Niemand konnte ihn sehen, er konnte allerdings genau hören, was die Gläubigen redeten.

»Wie kommt es, dass der Kronprinzentempel keine Matten für die Niederwerfung bereithält?«

»Ja, der Tempelmeister hat sogar selbst gesagt, wir sollen uns nicht niederwerfen. Der Tempel ist doch schon längst geweiht, also woran liegt es?«

Ein dritter antwortete: »Ihr seid wohl zum ersten Mal hier im Xianle-Palast. So ist es in allen Xianle-Palästen. Ich habe gehört, dass Seine Hoheit nach seinem Aufstieg in den Himmel den Tempelmeistern Träume geschickt hat. So auch dem Meister dieses Tempels hier. Er hat ihnen gesagt, die Gläubigen sollen sich nicht niederwerfen. Daher gibt es in keinem der Kronprinzentempel Matten.«

* Wünsche werden auf diese Bänder geschrieben, in der Hoffnung, dass die Götter sie erfüllen.

Xie Lian nickte, obwohl niemand ihn sehen konnte.

Doch einige der Besucher lachten. »Wo ist da die Logik? Wir sollen uns doch vor den Göttern niederwerfen. Das ist bestimmt nur ein Gerücht.«

Xie Lian stockte der Atem.

Da sagte ein weiterer Besucher: »Das stimmt! Wir müssen niederknien. Nur so können wir zeigen, dass wir es ernst meinen, nicht wahr?«

Einer ergriff daraufhin die Initiative und kniete nieder. Kurz darauf taten andere es ihm gleich und gingen ebenfalls in die Knie. Die Tausende und Abertausende Menschen, die sich in der Halle drängten, begannen alle, vor der großen Statue niederzuknien und sich auf den Boden zu werfen. Sie richteten sich auf, nur um sich erneut niederzuwerfen. Dabei murmelten sie Gebete vor sich hin.

Xie Lian schlich sich davon. *Das macht nichts. Das wird schon noch*, dachte er sich.

Doch im nächsten Moment wurde ein Stimmengewirr laut wie eine herannahende Flutwelle.

»Ich bitte um ein gutes Ergebnis in den Prüfungen. Dieses Jahr muss ich eine gute Bewertung bekommen. Dann werde ich meinen Schwur erfüllen.«

»Ich bete um eine sichere Reise.«

»Das Mädchen, das ich mag, ist in meinen Mitschüler verliebt. Bitte, macht ihn hässlicher, ich bitte Euch.«

»Scheiße! Ich kann es nicht glauben, dass es mir nicht gelingen will, ein dickes, gesundes Baby auf die Welt zu bringen.«

Es gab nichts, wofür die Menschen nicht beteten. Xie Lian bekam allein vom Zuhören Kopfschmerzen und beschwor mit einer raschen Handbewegung einen Schild, der den Lärm von ihm fernhielt.

Gerade genoss er die Stille, da drang ein lauter Schrei an seine Ohren und ein schwarz gekleideter Mann kam vom hinteren Ende des Palasts auf ihn zugerannt. Dabei hielt er sich die Ohren zu. »Was sind das für Gebete?«, brüllte er.

Die Gläubigen bemerkten ihn nicht und fuhren mit ihren Niederwerfungen fort.

Xie Lian seufzte und klopfte ihm auf die Schulter. »Feng Xin, danke für deine Hilfe«, sagte er lächelnd.

Im Xianle-Palast brannten die Räucherstäbchen ohne Unterlass und es herrschte ein ständiges Kommen und Gehen. Jeden Tag wurden Tausende Gebete vorgebracht. Zu Beginn war Xie Lian dem Reiz des Neuen erlegen und hatte gewissenhaft jedes Gebet persönlich bearbeitet, ganz egal um welche Kleinigkeit es auch ging. Aber nach einer Weile wurde er der Menge an Gebeten nicht mehr Herr und so delegierte er einen Teil der Arbeit an Feng Xin und Mu Qing. Die beiden sahen die Belange der Gläubigen durch und reichten nur wichtige Anfragen an ihn weiter.

Wenn Mu Qing diese Arbeit beendete und Xie Lian Bericht erstattete, beschwerte er sich niemals. Feng Xin hingegen konnte einfach nicht verstehen, warum so viele Menschen Gebete für unbedeutende Kleinigkeiten sprachen. Selbst Anfragen für mehr Harmonie im ehelichen Schlafgemach wurden im Palast von Xianle vorgebracht. Xie Lian war ein Kriegsgott, kein Gott der Liebe und der Ehe, und solche Angelegenheiten lagen außerhalb seiner Zuständigkeit. Zudem erreichten ihn so übermäßig viele Anfragen, dass die anderen Himmelsbeamten sich inzwischen gekränkt fühlten. Insgeheim warfen sie Xie Lian vor, dass sie durch ihn zur Untätigkeit verdammt seien, dass sie ihre Anhänger verlören und nicht mitreden dürften. Xie Lian hatte diesem Vorwürfen nichts entgegenzusetzen.

Feng Xin hielt sich noch immer die Ohren zu, auch wenn es nichts half. »Eure Hoheit, wieso habt Ihr so viele weibliche Anhänger?«

Xie Lian verschränkte die Arme und steckte die Hände in die Ärmel. Um ihn herum tanzte der Rauch der Räucherstäbchen. Mit einem Lächeln antwortete er: »Was stimmt nicht damit? Dem Auge gefällt es, wenn Schönheiten so zahlreich wie Wolken am Himmel sind.«

Feng Xin sah ihn entgeistert an. »Daran ist überhaupt nichts gefällig! Diese weiblichen Gläubigen beten für nichts als besseres Aussehen, eine günstige Heirat oder die Geburt eines Sohnes. Nichts davon ist wichtig. Wenn ich sie nur sehe, kriege ich Kopfschmerzen.«

Xie Lian grinste und wollte gerade eine Antwort geben, als die Menge plötzlich unruhig wurde. Die beiden sahen genau hin und hörten jemanden mit unterdrückter Stimme sagen: »Prinz Xiaojing ist gekommen! Lasst uns verschwinden, Prinz Xiaojing ist da!«

Als die Leute den Namen Prinz Xiaojing hörten, war es, als hätten sie gehört, der Teufel selbst sei eingetroffen. Ihre Gesichter wurden blass und die Menge zerstreute sich. Schon einen Augenblick später sah es aus, als sei ein Tornado durch die Halle gefegt und hätte alle Gläubigen mit sich gerissen.

Kurz darauf überschritt ein junger Mann die Schwelle. Er war in Brokat und einen Umhang gekleidet. Mit einer Opferlaterne in der Hand stolzierte er herein. Sein Gesicht ähnelte dem Xie Lians, doch ihre Augen unterschieden sich. Der arrogante Blick ließ keinen Zweifel – er war kein anderer als Qi Rong.

Er hatte inzwischen ein Alter von siebzehn oder achtzehn Jahren erreicht und war gereift, sowohl was sein Erscheinungsbild als auch was sein Benehmen betraf. Endlich gelang es ihm, einen Hauch von Erhabenheit auszustrahlen. Er betrat den Tempel, verbot jedoch allen aus seinem Gefolge, ebenfalls einzutreten. Mit der Laterne in beiden Händen durchquerte er die große Halle und schlug seinen Umhang zurück, bevor er auf dem Boden niederkniete. Er hielt die Laterne vor seine Stirn und warf sich andächtig nieder. Die beiden auf dem Altar sahen sich verstohlen an. Feng Xin schnalzte mit der Zunge und Xie Lian verstand den verstörten Blick in seinen Augen.

Als Xie Lian damals, drei Jahre zuvor, die Hauptstadt verlassen hatte, um die Welt zu bereisen, hatte Qi Rong noch unter Hausarrest gestanden.

Nach seiner Rückkehr war sein überraschender, donnernder Aufstieg so plötzlich gekommen, dass er davor keine Gelegenheit mehr gehabt hatte, seinen jüngeren Cousin zu treffen. In den letzten drei Jahren hatte Xie Lian seinen Eltern, dem Staatspräzeptor und anderen immer wieder Träume gesandt. Auch Qi Rong hatte er einen Traum geschickt, in dem er ihn ermahnte, freundlich zu anderen zu sein, seine Wut im Zaum zu halten und niemandem Schwierigkeiten zu bereiten. Qi Rong hatte daraufhin im ganzen Land den Bau neuer Tempel vorangetrieben und Opferlichter und andere Gaben gespendet.

Obwohl er hart arbeitete und aus tiefer Hingabe handelte, sorgte er immer wieder für Unruhe. Feng Xin war derjenige, der stets alles wieder in Ordnung bringen musste. Daher verstand Xie Lian Feng Xins genervten Blick nur zu gut.

Als Qi Rong seine Respektbezeugungen beendet hatte, begann er zu klagen: »Cousin, das ist das fünfhundertste Opferlicht. Ich bin dir so loyal ergeben, wann wirst du mich besuchen? Ein Traum würde mir auch genügen. Onkel und Tante vermissen dich beide, aber du ignorierst uns. Du bist so hoch aufgestiegen und so kalt.«

Er bemerkte Feng Xin nicht, der in seiner Nähe stand und Xie Lian an die Regeln erinnerte: »Beachtet ihn nicht. Der Himmelskaiser hat gesagt, wenn es nicht sehr wichtig ist, dürft Ihr Euch ohne seine Erlaubnis keinem Sterblichen zeigen. Insbesondere Familienmitglieder sollten gemieden werden.«

»Keine Sorge, ich weiß«, versicherte Xie Lian.

Qi Rong stand mit der Laterne in den Händen auf. Er griff nach einem Pinsel und beschrieb sie mit gesenktem Kopf. Xie Lian und Feng Xin, die beide schon unter ihm gelitten hatten, konnten es sich nicht verkneifen, ihm über die Schulter zu blicken und zu überprüfen, was er schrieb. Als sie sahen, dass es nur gewöhnliche Wünsche waren wie »Wohlstand für mein Land und gutes Wetter« und dass er nicht dafür betete, dass ein

Familienmitglied auf dem Marktplatz öffentlich geköpft wurde, atmeten beide erleichtert auf.

Als Xie Lian beobachtete, wie Qi Rong gewissenhaft einen Strich nach dem anderen schrieb, erinnerte er sich an etwas.

Als Qi Rong mit seiner Mutter gerade in den Palast gekommen war, hatte es einen Vorfall gegeben. Eine Gruppe von Adligen und Mitgliedern des Könighauses waren zum Berg Taicang gereist, um den Segen der Götter zu erbitten. Qi Rongs Mutter war gerade zurückgekehrt, nachdem sie zuvor mit einem Bediensteten durchgebrannt war, und seitdem hatte sie es nicht gewagt, ihr Gesicht zu zeigen. Dennoch wollte sie für ihren Sohn beten und ihm etwas von der Welt zeigen, statt ihn bei sich gefangen zu halten wie einen Frosch in einem Brunnen. Also hatte sie die Königin gebeten, Qi Rong mitzunehmen.

So sehr man sich auch bemühte, die Dinge unter den Teppich zu kehren – Skandale rund um das Königshaus sprachen sich stets in Windeseile herum. Es gab niemanden in der ganzen Hauptstadt, der nicht schon gehört hatte, was es mit dieser Mutter und ihrem Sohn auf sich hatte. So kam es, dass die anderen adeligen Kinder auf der Reise Qi Rong ausschlossen und nicht mit ihm spielen oder sprechen wollten. Einmal erblickte Xie Lian eine Schaukel und rannte los, um zu spielen, und alle anderen Kinder liefen ihm nach. Sie schubsten ihn abwechselnd auf der Schaukel an und fühlten sich dabei geehrt. Als Xie Lian auf der Schaukel weit nach oben geschwungen war, sah er hinab und erblickte Qi Rong, der sich im Schatten der Königin versteckt hielt und ihn voller Neid beobachtete.

Als sie am Shenwu-Palast angelangt waren und ihre Lichter dargebracht hatten, gingen die Erwachsenen zum Staatspräzeptor, um sich die Zukunft deuten zu lassen, oder unterhielten sich. Die Kinder blieben in der Halle zurück, wo sie selbst kleine Laternen opfern konnten.

Für Qi Rong war es das erste Mal, dass er die Königin traf. Er wusste nicht, dass sie bereits ein Licht in seinem Namen und dem seiner Mutter geopfert hatte. Die Lichter gefielen ihm und er wollte gern eines opfern. Er war noch zu klein, um alles zu verstehen, also fragte er die anderen, wie er ein Gebet für seine Mutter schreiben könnte. Aber die Kinder verachteten ihn, sie waren von ihren Eltern beeinflusst worden und glaubten, seine Mutter und er hätten Schande über die Familie gebracht. So beschlossen sie, ihn hereinzulegen.

Xie Lian war mit seiner eigenen Opferlampe beschäftigt. Als er seinen Pinsel weglegte, hörte er hinter sich ein gehässiges Kichern. Er sah sich um und erblickte Qi Rong, dessen Hände vollkommen mit Tinte befleckt waren. Der Junge hielt eine Laterne wie einen wertvollen Schatz und lächelte strahlend. Er war gerade dabei, das Licht darzubringen. Auf der Laterne stand in krakeligen Zeichen: »Ich bete dafür, dass meine Mutter und ich bald in den Himmel zurückkehren. Qi Rong.«

Xie Lian wurde wahnsinnig zornig und zerbrach die Laterne auf der Stelle.

Er war damals selbst noch ein Kind, aber die anderen Kinder fielen alle verängstigt vor ihm auf die Knie und trauten sich nicht, auch nur ein Wort zu sagen. Als er sich wieder beruhigt hatte, schrieb Xie Lian eigenhändig ein anderes Gebet auf eine Laterne und niemand wagte mehr, Qi Rong irgendwelche Streiche zu spielen. Als sie später vom Berg hinabstiegen, setzte sich Xie Lian wieder auf die Schaukel. Dieses Mal trat Qi Rong von selbst aus dem Schatten der Königin, um ihn anzuschubsen. Er war kleiner als Xie Lian, aber er schubste ihn voller Hingabe an. Er beobachtete ihn wie schon zuvor, doch sein Neid hatte sich in Hochachtung gewandelt. Von da an wurde er zu Xie Lians Schatten und folgte seinem Cousin auf Schritt und Tritt.

Es darf nicht verschwiegen werden, dass Qi Rong einst ziemlich normal war. Doch warum auch immer, wurde er immer schwieriger, je älter er wurde. In den letzten drei Jahren hatte Xie Lian so viel um die Ohren und musste sich um so viele Menschen und so viele Angelegenheiten kümmern, dass er keine Zeit hatte, alte Beziehungen zu pflegen, und so fiel es ihm schwer zu sagen, ob es mit Qi Rong leichter geworden war.

Während Xie Lian diesen Gedanken nachhing, hatte Qi Rong sein Licht geopfert und wollte die Halle wieder verlassen. Er trat rückwärts von der Statue zurück, als er plötzlich gegen jemanden stieß. Qi Rong stolperte, fuhr herum und begann schon zu schimpfen, bevor er erkannte, wer dort stand. »Was zur Hölle? Bist du blind? Oder bist du im Stehen gestorben und hast vergessen umzufallen?«

In dem Moment, als er den Mund auftat, schlugen Xie Lian und Feng Xin beide die Hände vors Gesicht und dachten: *Er hat sich kein bisschen geändert. Er ist immer noch der alte Qi Rong.*

Bis er fünf Jahre alt war, hatte er mit seinem Vater zusammengelebt. Vielleicht war das der Grund. Es mochte sein, dass das schroffe Umfeld und die gewalttätige Art seines Vaters ihn beeinflusst hatten. Doch selbst lange danach, als die Königin mit großer Geduld versuchte, ihn zu erziehen, reichte schon eine kleine Frustration aus, dass er sein »wahres Gesicht« zeigte, wie der Staatspräzeptor es formulierte.

Derjenige, gegen den Qi Rong soeben gestoßen war, war ein zerlumpter junger Mann von etwa fünfundzwanzig Jahren. Er trug ein einfaches Bündel und seine Strohschuhe waren so ausgetreten, dass ihnen die Ränder und Sohlen fast gänzlich fehlten. Sein Gesicht war müde und ausgezehrt, die Lippen trocken und aufgesprungen, seine Haltung gebeugt. Doch sein Gesichtsausdruck war fröhlich. Sein Körperbau war schmal, aber nicht schwach und seine Augen leuchteten.

»Was ist das hier für ein Ort?«, erkundigte er sich.

»Das ist der Palast von Xianle, der Tempel des Kronprinzen«, antwortete Qi Rong.

»Tempel des Kronprinzen? Kronprinz? Also ist dies der Königspalast?«, murmelte der Mann. Er warf einen Blick auf die göttliche Statue, in deren goldenem Glanz sein Gesicht sich spiegelte. »Ist das Gold?«, fragte er.

Der Tempel war so prächtig ausgestattet, dass er ihn für den Königspalast gehalten hatte.

Ein Wächter kam auf ihn zu. »Natürlich ist das Gold«, sagte er. »Aber der Tempel des Kronprinzen ist ein Tempel und kein königlicher Palast. Du weißt nicht einmal, wo du bist? Bist du ein Wilder? Woher kommst du?«

»Wo ist dann der Königspalast?«, hakte der Mann nach.

Qi Rongs Augen verengten sich. »Warum willst du das wissen?«

»Ich muss zum Palast gehen und den König treffen. Ich muss ihm etwas mitteilen.«

Qi Rong und der Wachmann brachen in Gelächter aus, in ihren Mienen spiegelte sich Verachtung. »Wo kommt dieser Rüpel überhaupt her? Du willst *was* im Palast tun? Den König treffen? Denkst du, nur weil du das willst, kannst du ihn sehen? Sie werden dich nicht einmal durchs Tor lassen, wenn du dort ankommst.«

Der Mann schien unbeeindruckt von dem Spott. »Ich werde es versuchen. Vielleicht klappt es ja.«

»Dann viel Erfolg.« Qi Rong lachte und zeigte mit Absicht in die falsche Richtung.

»Danke«, sagte der Mann. Er rückte sein Bündel zurecht und wandte sich zum Gehen.

Als er die Steinbrücke erreichte, blieb er auf einmal wie angewurzelt stehen. Durch das klare Wasser waren die unzähligen Münzen auf dem Grund des Teichs deutlich zu erkennen. Er schien einen Moment nachzudenken und in der nächsten Sekunde war er bereits über das Geländer gestiegen und in den Teich gesprungen.

Er war flink und beweglich und kaum dass er im Wasser war, bückte er sich schon und fischte eine Handvoll Münzen nach der anderen aus dem Teich und verstaute sie in seinem Bündel. Xie Lian und Feng Xin hatten noch nie erlebt, dass jemand es wagte, die Opfergaben zu stehlen, und so standen sie sprachlos da.

Auch Qi Rong war verdutzt, doch sein Erstaunen schlug augenblicklich in Wut um. Er eilte zur Brücke und klopfte auf das Geländer, während er schrie: »Was zum Teufel? Was machst du denn da? Holt ihn schnell raus! Was zum Teufel ...?«

Einige Wachmänner sprangen sofort ins Wasser und versuchten, den Mann herauszuziehen. Doch wider Erwarten war er ein fähiger Kämpfer. Er schlug und trat um sich, sodass niemand an ihn herankam. Qi Rong sprang vor Wut auf und ab und auch die Kultivierer im Tempelhof wussten nicht, was sie tun sollten. Der junge Mann hatte derweil genug Münzen aufgesammelt, um sein Bündel damit zu füllen. Er warf es sich über die Schulter und wollte aus dem Teich steigen. Doch er rutschte auf dem Moos am Rand des Teichs aus und fiel mit einem lauten Platschen zurück ins Wasser. Erst da gelang es den Wachleuten, ihn zu ergreifen und ans Ufer zu ziehen.

Qi Rong konnte sich gar nicht mehr beruhigen. Er trat nach dem Mann und schrie: »Du wagst es, sein Geld zu stehlen?!«

Feng Xin stand dicht daneben und als Qi Rong zu einem Tritt ausholte, packte er sein Bein und fing seinen Tritt ab. So sah der Tritt zwar gewaltig aus, hatte aber keinen Schwung. Obwohl Qi Rong nicht sehen konnte, was vor sich ging, bemerkte er, dass etwas nicht stimmte. Ihm kam es vor, als würde ein Geist sein Bein festhalten. Das Gefühl blieb auch bestehen, als er weitere Male versuchte, mit voller Kraft zuzutreten.

Der junge Mann schien etwas Wasser geschluckt zu haben und hustete. »Das Geld lag dort im Teich. Wieso kann ich es nicht nehmen, um anderen zu helfen?«

Qi Rong, frustriert über die Kraftlosigkeit seiner Fußtritte, stellte seine Bemühungen ein. »Wen willst du denn retten? Wer bist du überhaupt? Woher kommst du?«

Er stellte diese Fragen nur, um den jungen Mann eines Verbrechens beschuldigen und ihn ins Gefängnis werfen zu können. Doch der Mann hatte ein ehrliches Herz und beantwortete die Fragen wahrheitsgemäß. »Mein Name ist Lang Ying. Ich komme aus Yong'an. Bei uns herrscht eine schreckliche Dürre. Es gibt kein Wasser, das Getreide wächst nicht und wir sind am Verhungern. Aber hier gibt es Wasser, Nahrung und Geld. Ihr baut Statuen aus Gold und werft Geld ins Wasser. Warum also könnt Ihr nicht mit uns teilen?«

Yong'an war eine große Stadt im Königreich Xianle. Xie Lian stand auf, sein Gesichtsausdruck war ernst. »Feng Xin, in Yong'an herrscht eine Dürre? Wie kommt es, dass ich davon nichts weiß?«

Feng Xin sah ihn an. »Ich weiß es nicht. Ich habe auch nichts davon gehört. Später fragen wir Mu Qing danach.«

Kapitel 30:
Die goldene Statue stürzt um und der Rüpel begräbt das elende Kind

»Ruf ihn sofort herbei«, forderte Xie Lian.

Feng Xin drückte Zeige- und Mittelfinger seiner rechten Hand an seine Schläfe, um sich über den Kommunikationskanal mit Mu Qing zu verbinden.

Im Tempelhof rief Qi Rong gehässig: »Yong'an? Also aus diesem Loch bist du gekrochen? Das passt ja, dass dieses öde Land mit seinen widerspenstigen Flüssen Rüpel wie dich hervorbringt. Du glaubst, deine Armut gibt dir das Recht, die Götter zu beklauen?«

»Dann werde ich nichts stehlen«, entgegnete Lang Ying. »Ich werde zu Eurem Gott beten, um ihm meinen Respekt zu zollen. Ich werde knien und mich niederwerfen und ihn bitten, mir Geld zu geben, um das Leben der Menschen in meiner Stadt zu retten. Aber wird er mir helfen?«

Qi Rong blieb einen Moment lang die Luft weg. Er überlegte: *Wenn ich Ja sage, wird dieser Kerl dann mit dem ganzen Geld abhauen in dem Glauben, es habe seine Richtigkeit?* Schließlich antwortete er: »Seine Hoheit ist jetzt ein Gott und Götter sind immer beschäftigt. Wer hat die Zeit, die Bitten eines Rüpels wie dir anzuhören?«

Lang Ying nickte langsam. »Ich dachte mir schon, dass er mich nicht erhören würde. Wir haben schließlich bereits gebetet und gefleht, aber es hat nichts geholfen. Die, die sterben sollen, sterben ohnehin.«

Xie Lian war erschüttert.

Ein Kultivierer rief: »Du verhältst dich so respektlos im Tempel eines Gottes. Fürchtest du nicht, er könnte dich verdammen?«

»Das spielt keine Rolle mehr. Er kann mich verdammen, wenn er will. Ich habe keine Angst vor seiner Ablehnung, wieso sollte ich seine Verdammung fürchten?«

Auf eine Geste von Qi Rong liefen einige Wachleute, die an der Seite gewartet hatten, herbei, umringten den jungen Mann, und begannen, auf ihn einzuprügeln. Feng Xin mühte sich nach Kräften, ihre Schläge abzumildern, sodass es nur so aussah, als würde Lang Ying verprügelt.

Der sah sich nur verwirrt um. Er duckte sich nicht weg und wich nicht aus, nur ab und an hob er eine Hand, um sein Bündel zu schützen.

Qi Rong hatte in der Zwischenzeit eine Handvoll Sonnenblumenkerne genommen und knabberte sie, während er mit wippendem Bein die Szene beobachtete. »Schlagt ihn! Schlagt fest zu, euer Prinz befiehlt es euch!« Dabei blitzte die pure Bosheit in seinen Augen.

Als Lang Ying diese Bezeichnung hörte, horchte er auf. »Prinz? Wer ist ein Prinz? Prinz von was? Lebt Ihr im Palast? Könnt Ihr den König treffen?«

»Ich bin dein Großvater!« Qi Rong spuckte ihm vor die Füße. »Du denkst immer noch, du könntest den König treffen? Der König hat Wichtigeres zu tun. Er hat keine Zeit für dich.«

Lang Ying reckte den Hals. »Wieso hat er keine Zeit für mich? Die Götter haben keine Zeit und Seine Majestät auch nicht. Wer wird mich dann anhören? Wohin soll ich gehen?« Stur beharrte er auf einer Antwort. »Weiß der König, wie viele Menschen in Yong'an gestorben sind? Wissen die Menschen in der Hauptstadt, wie schlecht es uns geht? Wenn sie es wissen, warum werfen sie ihr Geld dann ins Wasser, statt es uns zu geben?«

»Es ist unser Geld und wir machen damit, was wir wollen«, fuhr Qi Rong ihn an. »Wir könnten es wie Steine übers Wasser schnicken und es würde euch nichts angehen. Warum sollten wir es euch geben? Habt ihr ein Anrecht darauf, nur weil ihr arm seid?«

Was er sagte, entbehrte nicht einer gewissen Logik, aber es war unpassend, in dieser Situation so zu reden. Xie Lian überlegte gerade, wie er Qi Rong zum Schweigen bringen könnte, da eilte ein schwarz gekleideter junger Mann von der Rückseite des Tempels auf ihn zu.

»Ihr habt nach mir geschickt, Eure Hoheit?«

Xie Lian winkte ihn zu sich. »Mu Qing, komm schnell. Hast du in all den Gebeten, die du in letzter Zeit durchgesehen hast, etwas von einer Dürre in Yong'an mitbekommen?«

Mu Qing sah ihn verblüfft an. »Nein, nichts.«

Feng Xin mischte sich ein, obwohl er noch mit der Schlägerei beschäftigt war. »Wie kann das sein? Es sind schon Flüchtlinge eingetroffen.«

Sein Ton war dabei so scharf, dass Mu Qings Miene erstarrte. Mit fester Stimme antwortete er: »Ich habe die Wahrheit gesagt. Ich habe nichts gehört. Willst du etwa behaupten, ich würde absichtlich Informationen zurückhalten? Hast du selbst denn etwas darüber gehört? Ich bin in ungeraden Monaten auf dem Posten und du in geraden Monaten. Wenn wirklich Leute in Yong'an für das Ende einer Dürre beten würden, warum sollten sie das dann nur in ungeraden Monaten tun, sodass du nichts davon mitbekommst?«

Feng Xin musste anerkennen, dass er recht hatte. »Ich sage ja nicht, dass du es absichtlich getan hast. Du denkst immer zu viel.«

Es hatte ganz den Anschein, als würden sie wieder zu streiten beginnen. Xie Lian unterbrach sie mit einer Geste. Er spürte Kopfschmerzen nahen. »In Ordnung, Feng Xin hat es nicht so gemeint. Hört jetzt auf damit.«

Die beiden wurden augenblicklich still. Genau in diesem Moment wurde Qi Rong es leid, den Wachleuten zuzusehen, wie sie Lang Ying verprügelten. Er packte die Sonnenblumenkerne in einen kleinen Beutel. »Bringt den Dieb in eine Zelle und sperrt ihn ein«, rief er den Wachen zu.

»Wird gemacht!«, bestätigten die Wachmänner und ergriffen Lang Ying.

»Lasst uns eins nach dem anderen angehen«, entschied Xie Lian. »Zuerst retten wir diesen Mann und später befragen wir ihn über Yong'an.«

Mu Qings Miene entspannte sich. Vorsichtig fragte er: »Eure Hoheit, wie wollt Ihr das anstellen? Ihr dürft Euch nicht zeigen.«

Das war eine der Regeln, die Xie Lian seit seinem Aufstieg befolgen musste und die er beim besten Willen nicht verstand. Die Himmelsbeamten redeten immer wieder davon, den einfachen Leuten zu helfen. Doch sie beharrten immer auf ihrer höheren Stellung, wähnten sich den Sterblichen überlegen und durften sich ihnen auch nicht zeigen. So eingeschränkt zu sein frustrierte Xie Lian. Zum Glück hatte er seine Methoden, wie er dieses Problem umgehen konnte.

Ohne einen weiteren Gedanken und ohne sich umzusehen, streckte er die Hand aus und schob. Die Leute, die vor ihnen standen, bemerkten noch, dass der Schatten zu ihren Füssen zu schwanken begann. Im nächsten Moment schrie Qi Rong in heller Panik: »Cousin!«

Xie Lian hatte seine eigene göttliche Statue ins Wanken gebracht.

Das schöne, kunstvolle Abbild mit dem Schwert in der einen und der Blume in der anderen Hand schwankte vor und zurück, dann kippte es langsam zur Seite. Qi Rong sah aus, als habe er gerade zusehen müssen, wie seine eigene Mutter sich erhängte. Der Schrecken stand ihm ins Gesicht geschrieben. Er beachtete Lang Ying nicht länger und eilte zu der Statue. Verzweifelt klammerte er sich an ihr linkes Bein, als könne er dadurch verhindern, dass sie umfiel. Dabei schrie er herzzerreißend: »Worauf wartet ihr Idioten denn? Helft mir, ihn festzuhalten! Lasst meinen Cousin nicht fallen, lasst ihn nicht umkippen! Er darf nicht fallen!«

Während seine Panik ihn ablenkte, ging Xie Lian ungerührt hinter ihm vorbei aus der Halle. Feng Xin und Mu Qing sahen ihn entgeistert an.

Erst leicht verzögert rief Feng Xin: »Eure Hoheit! Das war Eure eigene Statue!«

Eine umgestürzte Statue war ein schlechtes Omen und ein göttliches Abbild umzustürzen war ein Tabu. Dass ein Himmelsbeamter seine eigene Statue umkippte, war in keiner der drei Sphären jemals vorgekommen.

»Es ist nur ein großer Goldklumpen. Wenn ich das nicht getan hätte, wäre es mir nicht gelungen, sie abzulenken. Ihr beiden haltet die Statue unten. Ich möchte mit diesem Mann sprechen.«

Feng Xin und Mu Qing waren noch immer sprachlos, aber ihnen blieb nichts übrig, als zu gehorchen. Sie stellten sich neben die göttliche Statue und jeder von ihnen benutzte einen Finger, um sie herunterzudrücken. Mehr war nicht nötig. Diejenigen, die auf der anderen Seite der Statue waren, stemmten sich mit aller Kraft und zusammengebissenen Zähnen dagegen, um sie am Umfallen zu hindern. Dennoch gelang es ihnen nicht, die Statue wieder aufzurichten, sondern nur, sie ganz am Umfallen zu hindern. Immerhin war es reines Gold und das hatte sein Gewicht.

Lang Ying saß abseits des Geschehens und hatte begriffen, dass die Wächter sich nicht mehr um ihn kümmerten. Er starrte lange auf das glänzende Gold der Statue, bevor er auf die Füße kam. Er klopfte den Staub von seiner Kleidung und eilte mit seinem Bündel davon. Xie Lian folgte ihm und beobachtete ihn von hinten. Lang Ying rannte ein ganzes Stück, bis er sich in ein üppiges, dichtes Wäldchen schlug, sich nach allen Seiten umblickte und sich dann zum Verschnaufen unter einen Baum setzte.

Xie Lian versteckte sich hinter dem Baum. Mit einer leichten Handbewegung wirkte er einen Zauber, der ihn in der Gestalt eines jungen, weiß gekleideten Kultivierers erscheinen ließ. Nach dieser Verwandlung sah er an sich hinunter, um sicherzugehen, dass alles in Ordnung war. Er wedelte mit seinem Fliegenwedel, während er darüber nachdachte, wie er sich am geschicktesten annähern könnte, ohne den anderen zu verschrecken. Da bemerkte er, dass Lang Ying sich neben eine Pfütze gehockt hatte und dabei war, mit den Händen ein Loch in die Erde zu graben.

Der junge Mann hatte große Hände und mit nur einer Bewegung konnte er eine breites, tiefes Stück Erde ausheben. Während er grub, flog die Erde durch die Luft. Er sah aus wie ein dürrer schwarzer Wolfshund. Xie Lian wunderte sich noch darüber, dass der Mann so plötzlich zu graben angefangen hatte, da beobachtete er, wie er sich die schmutzigen Hände an der Hose abwischte. Er formte mit den Händen einen Kelch, schöpfte etwas Wasser und führte es an seine Lippen.

Bei diesem Anblick konnte Xie Lian sich nicht mehr zurückhalten. Er stürmte vor, hielt den Mann auf und zog aus seinem Universumsärmel* eine Wasserflasche, die er dem Mann reichte.

Lang Ying hatte den Mund bereits voller Wasser und schluckte es hinunter. Er blickte den Kultivierer an, der so plötzlich aufgetaucht war, aber er stellte keine Frage und lehnte das Wasser nicht ab. Er griff nach der Flasche und trank sie in einem einzigen Zug leer. Danach bedankte er sich.

Nachdem er so plötzlich aufgetaucht war, verwarf Xie Lian alle Überlegungen über eine geeignete Begrüßung. Er versuchte sein Bestes, seinen Fliegenwedel beruhigend hin und her zu schwingen und dadurch vertrauenerweckend zu wirken. »Freund, woher kommt Ihr und wohin geht Ihr?«

»Wir kommen aus der Bucht Lang'er in der Stadt Yong'an«, antwortete Lang Ying. »Ich wollte zum königlichen Palast gehen, aber ich habe mich umentschieden. Ich gehe nicht mehr dorthin.«

Xie Lian sah ihn erstaunt an. »Wir?«

Lang Ying nickte. »Ich und ... mein Sohn.«

Nun war Xie Lian noch verwirrter, gleichzeitig spürte er, wie ihm das Herz schwer wurde. Er sah zu, wie Lang Ying das Bündel von seinem Rücken nahm und es öffnete. »Mein Sohn.«

In dem Bündel, das er auf dem Rücken getragen hatte, lag der tote Körper eines kleinen Kindes. Es war winzig, es mochte kaum älter als zwei gewesen sein. Sein Gesicht war gelblich, die Wangen eingefallen und sein Kopf war kahl bis auf einige struppige gelbe Haarsträhnen. Seine Haut war von Ausschlägen übersät. Das Gesichtchen war zu einem seltsamen Ausdruck verzerrt, als wäre ihm unfassbar elend und es würde die Tränen zurückhalten. Seine Augen waren bereits geschlossen, doch sein Mund stand offen, auch wenn kein Laut jemals mehr aus ihm dringen würde.

* Magischer Ärmel, der unendlich viel Platz bietet.

Xie Lians Pupillen zogen sich zusammen. Er war zutiefst erschüttert und unfähig zu sprechen. Kein Wunder, dass er an diesem jungen Mann etwas Eigenartiges gespürt hatte. Er hätte nicht erklären können, was es war, nur, dass er eine abnormale Ausstrahlung hatte. Es lag an der Art, wie er sprach und sich benahm, ohne die Folgen seines Tuns zu bedenken, daran, wie ungehobelt und leichtsinnig er sich verhalten hatte. Doch was hätte dieser Mann auch zu befürchten?

Nachdem er Xie Lian seinen Sohn gezeigt hatte, wickelte Lang Ying ihn wieder sorgfältig in sein Bündel.

Es bekümmerte Xie Lian, ihm dabei zuzusehen. Er hatte noch nie zuvor den Leichnam eines so kleinen Kindes gesehen. Stammelnd fragte er: »Wie ... wie ist Euer Sohn gestorben?«

Lang Ying rückte das Bündel auf seinem Rücken zurecht und antwortete gedrückt: »Wie er gestorben ist? Ich weiß es nicht genau. Durst, Hunger, Krankheit. Wahrscheinlich ein bisschen von allem.« Er kratzte sich am Kopf. »Als ich ihn aus Yong'an fortgebracht habe, hat er noch etwas gehustet und hat auf meinem Rücken ›Papa, Papa‹ gerufen. Dann rief er nicht mehr, sondern hustete nur noch. Und schließlich hustete er auch nicht mehr. Ich dachte, er sei eingeschlafen. Später, als ich etwas zu essen gefunden hatte und ihn herunternahm, wachte er nicht mehr auf.«

Auf dem Weg, der ihn aus dem Elend führen sollte, war der Junge gestorben.

Lang Ying schüttelte den Kopf. »Ich weiß nicht, wie man sich um Kinder kümmert. Wenn meine Frau wüsste, dass unser Sohn tot ist, würde sie nie mehr aufhören zu schimpfen.« Er schwieg einen Moment lang. »Ich wünschte, sie könnte noch mit mir schimpfen.« Sein Ausdruck war die ganze Zeit über ruhig geblieben, wie ein Zweig, den man von einem Baum abgebrochen hatte, oder eine tote Pfütze ohne Bewegung und ohne Lebenszeichen.

Xie Lian schnürte sich die Kehle zusammen, sodass er nicht mehr schlucken konnte.

Einige Augenblicke später fragte er leise: »Warum ... warum begrabt Ihr ihn nicht?«

Lang Ying nickte. »Ja. Ich wollte einen schönen Ort auswählen. Hier ist es nicht schlecht. Hier sind Bäume, die Schatten spenden, und es gibt auch Wasser. Ich werde fortgehen, nachdem ich ihn begraben habe. Danke für Euer Wasser.« Er hustete einige Male, dann bückte er sich wieder hinunter und grub weiter.

»Nein. Dankt mir nicht«, murmelte Xie Lian leise.

Gerade da kamen Feng Xin und Mu Qing und ihnen bot sich ein eigenartiger Anblick: ein Mann, der ein Loch grub, und ein zweiter, der ihm wie benommen dabei zusah.

Xie Lian war nicht in der Stimmung zu sprechen und murmelte den beiden nur ein paar unzusammenhängende Worte zu. Nach einer Weile erst kam ihm der Gedanke, dass es nicht reichte, diesem Mann, der nach Yong'an zurückkehren würde, etwas Wasser zu geben. Er wühlte in seinem Ärmel. Schließlich fand er, wonach er suchte, und reichte es dem Mann. »Hier, nehmt das.«

Lang Ying hielt inne und sah sich den Gegenstand in Xie Lians Hand genau an. Es war eine tiefrote Perle, nicht größer als ein Fingernagel, ihre glatte Oberfläche schimmerte in atemberaubender Schönheit. Selbst wenn der Mann nicht wusste, was genau es war, konnte er doch auf den ersten Blick erkennen, dass dieser Gegenstand von unschätzbarem Wert war.

Es war der verbliebene rote Korallenohrring, den Xie Lian während der Shangyuan-Parade drei Jahre zuvor getragen hatte. Diese Perle hatte bei Mu Qing einen tiefen Eindruck hinterlassen und in dem Moment, da er sie erblickte, änderte sich sein Gesichtsausdruck.

Lang Ying lehnte sie nicht ab. Er nahm sie an sich, als gingen die gewöhnlichen Höflichkeitsfloskeln und Gedanken normaler Leute ihn längst nichts mehr an. »Danke.«

Er steckte die Perle vorsichtig in seinen Gürtel. Dann nahm er das Bündel von seinem Rücken und legte es behutsam in das Loch, das er gegraben hatte. »Papa wird bald zurückkommen und dich besuchen.« Danach fing er an, mit ernstem Gesicht die ausgehobene Erde in das Grab zu schütten.

Xie Lian legte sich die Hand auf die Stirn und schloss die Augen. Als der junge Mann fertig war, ging er fort.

Feng Xin hatte viele Fragen: »Eure Hoheit, was hat er hier vergraben? Er sagte ›Papa‹ – hat er jemanden beerdigt?«

Mu Qing hatte andere Sorgen. »Eure Hoheit, ich habe mich informiert. Yong'an war noch nie eine reiche Stadt. Es gibt nur wenige Tempel und Schreine. Dort gibt es eine Regel, dass jene, die keine Opfergaben bringen, nicht beten dürfen. Also haben nur Wohlhabende den dortigen Kronprinzentempel besucht. Die Armen und Elenden dürfen nicht einmal eintreten ...«

Xie Lian kommentierte Mu Qings Bericht nicht. Mit düsterer Stimme sagte er: »Ihr beiden geht nach Yong'an und seht euch dort um. Ich werde den Staatspräzeptor aufsuchen und ihn fragen, was dort vor sich geht.«

Noch nie zuvor hatte er so erschüttert gewirkt. Seine beiden Untergebenen wagten es nicht zu zögern. Sie bestätigten die Anweisung und machten sich sofort auf den Weg. Xie Lian selbst brach augenblicklich in Richtung des Berges Taicang auf.

Alles deutete darauf hin, dass die Situation in Yong'an keine Kleinigkeit war, sondern eine große Katastrophe.

Wenn er selbst auch keine Gebete von dort hören konnte, hieß das nicht, dass man im königlichen Palast nicht darüber informiert war.

Kapitel 31:

Ein Gott aus dem Himmel nimmt sich sterblicher Angelegenheiten an

Auf dem Kronprinzengipfel war jene Tageszeit angebrochen, zu der die Besuchermassen nicht länger verweilen durften und gebeten wurden, den Tempel zu verlassen. Der monotone Gesang der rezitierten Sutren hallte durch die Hallen. Im Palast von Xianle hielten Tausende Kultivierer ihre Abendandacht. Die vier Präzeptoren standen zu Füßen der fünfzehn Meter hohen goldenen Statue und leiteten die Andacht.

An den Wänden des Kronprinzentempels waren Opferlaternen vom Boden bis zur Decke aufgehängt.

Xie Lian kam vom Himmel herab, landete sacht auf dem Altar und setzte sich genau vor sein eigenes Abbild. Er winkte und eine leichte Brise kam aus dem Nichts herangeweht und ließ die unzähligen Laternen sanft schaukeln, sodass ihre Lichter ineinander verschwammen. Die Kultivierer sahen auf und begannen, voller Spannung miteinander zu flüstern.

Der Staatspräzeptor, der zusammengesunken und mit geschlossenen Augen dagesessen hatte, blinzelte und schlug die Augen auf. »Das war es für heute. Ihr seid alle entlassen.«

Die Kultivierer standen auf und gingen. Die drei Unterpräzeptoren konnten Xie Lians wahre Gestalt nicht sehen, aber sie konnten wahrnehmen, dass ein himmlisches Geschöpf herabgekommen war. Sie verließen ebenfalls die Halle.

Sobald sie die Türen hinter sich geschlossen hatten, begann Xie Lian augenblicklich zu sprechen, unfähig, auch nur eine weitere Sekunde zu warten. »Staatspräzeptor, wusstet Ihr etwas von einer Dürre in Yong'an? Mein Vater hat kein Wort darüber gesagt. Ist am Hof etwas vorgefallen? Oder weiß er einfach nicht, wie die Situation dort aussieht?«

Himmelsbeamten war es untersagt, sich ohne Erlaubnis Sterblichen zu zeigen. Die einzige Ausnahme von dieser Regel stellten hochrangige Kultivierer dar, so wie der Staatspräzeptor oder die Religionsminister. Jene, die in der Kultivierung eine hohe Stufe erreicht hatten, galten als Repräsentanten des Himmels in der Sphäre der Sterblichen. So kam es, dass Xie Lian mit dem Staatspräzeptor direkt sprechen konnte. Auf diese Weise hatte Xie Lian auch die Regel, die Niederwerfung in seinen Tempeln untersagte, kommuniziert.

Er hatte angenommen, dass extreme Umstände, eine Angelegenheit, die so wichtig war, dass der König sich unverzüglich und persönlich darum kümmern musste, dazu geführt hatten, dass er den Ernst der Lage in Yong'an übersehen hatte.

Die Antwort des Staatspräzeptors kam daher unerwartet. »Seine Majestät erfreut sich guter Gesundheit, es ist nichts Außergewöhnliches passiert und er weiß sehr genau über die Zustände in Yong'an Bescheid.«

Xie Lian war erstaunt. »Wie kommt es dann, dass er bei all den Malen, die er den königlichen Tempel besuchte, nicht ein Gebet für Yong'an gesprochen hat? Nicht ein einziges Mal?«

Zwar verstand er sich nicht gut mit seinem Vater, doch er wusste, dass er kein törichter Herrscher war. Er legte viel Wert auf die Hierarchie und sah sich selbst als Sohn des Himmels hoch über dem gemeinen Volk. Aber das bedeutete nicht, dass ihm das Elend und die Not des Volkes gleichgültig waren.

»Das hat nichts mit Seiner Majestät zu tun«, antwortete der Staatspräzeptor. »Ich bin derjenige, der ihm und der Königin angeraten hat, Yong'an nicht in ihren Gebeten zu erwähnen.«

»Wieso ...?«, fragte Xie Lian entrüstet.

»Weil es sinnlos ist.«

»Was meint Ihr mit sinnlos?« Er schwieg einen Moment und überdachte die Worte des Staatspräzeptors. »Meint Ihr, weil ich ein Kriegsgott ohne jeglichen Einfluss auf die Dürrekatastrophe bin, ergibt es keinen Sinn, mir davon zu erzählen? Ich mag ein Kriegsgott sein, aber ich bin auch der Kronprinz von Xianle, habt Ihr das vergessen? Mein Volk lebt im Elend. Wie kann ich mich da untätig zurücklehnen?« Er dachte erneut kurz nach und fuhr dann fort: »Die Opfer der Katastrophe zu retten hat ab sofort oberste Priorität. Bitte redet mit meinem Vater darüber und lasst ihn aufhören, diese Tempel zu erbauen. Es gibt schon mehr Kronprinzentempel im Königreich, als ich gebrauchen kann. Die goldenen Statuen könnte man einschmelzen und für die Katastrophenhilfe einsetzen. Yong'an liegt im Westen. Sie brauchen dort Wasser, also lasst uns einen Fluss graben und Wasser aus dem Osten dorthin umleiten, damit die Felder bewässert werden können ...«

Während er sprach, schüttelte der Staatspräzeptor den Kopf und murmelte wie zu sich selbst. »Zu früh.«

Xie Lian verstand ihn nicht. »Was ist zu früh?«

»Versteht Ihr nun, warum ich gesagt habe, Ihr dürftet nicht zu früh in den Himmel aufsteigen?«, fragte der Staatspräzeptor. »Weil Euer Volk noch nicht ausgestorben ist.«

Xie Lians Augen weiteten sich und seine Stimme bebte vor Zorn. »Staatspräzeptor! Was ... was wollt Ihr damit sagen? Was ... was meint Ihr, wenn Ihr sagt, mein Volk sei noch nicht ausgestorben?«

»Ihr seid bereits ein Gott geworden, aber Ihr könnt nicht vergessen, dass Ihr einst ein Sterblicher wart. Ihr könnt Euch nicht lösen und seid der sterblichen Sphäre verhaftet. Ihr möchtet eingreifen, aber Ihr seid gleichzeitig machtlos. Das Ergebnis wird ein furchtbares Chaos sein.«

Xie Lian saß auf dem Altar und der Staatspräzeptor stand davor. Es war offensichtlich, dass Xie Lian der Höherstehende war. Aber es war, als habe der Staatspräzeptor aus einer höheren Position gesprochen.

»Wie kann es sein, dass ich machtlos bin? Wenn ich handele, wird es Resultate hervorbringen. Jedes bisschen zählt. Selbst wenn ich nur einen Menschen retten kann, wäre das besser als tatenlose Gleichgültigkeit. Wenn Ihr nicht mit meinem Vater sprecht, dann werde ich mich selbst an ihn wenden.«

Er stand auf, doch der Staatspräzeptor hielt ihn am Ärmel fest. »Wartet! Wisst Ihr, warum es Himmelsbeamten nicht erlaubt ist, sich Sterblichen zu zeigen? Ein Gesetz, das seit Tausenden von Jahren existiert, hat auch seine Gründe. Tut nichts Leichtsinniges!«

Xie Lian wirbelte herum. »Aber was kann ich dann tun? Ich kann dies nicht, ich kann jenes nicht. Staatspräzeptor, in meinem Reich sterben die Menschen, jetzt, in diesem Moment! Sind Götter nicht deshalb Götter, weil sie Menschen retten können? Wenn ich jetzt nicht in Erscheinung trete, wann dann? Welche Bedeutung hat mein Aufstieg dann?«

Der Staatspräzeptor hielt ihn noch immer am Ärmel. »Eure Hoheit ...« Er seufzte tief. »Eure Hoheit, wisst Ihr, was ich gesehen habe?«

Xie Lian beruhigte sich und setzte sich wieder hin. »Bitte, redet.«

Der Staatspräzeptor starrte ihn an. »Ich habe Eure Zukunft gesehen. Und sie ist pechschwarz.«

Xie Lian sah ihm direkt in die Augen. »Ihr müsst Euch irren. Ich trage nur weiße Kleidung.«

»Ich befürchte nicht nur, dass Ihr Euer Volk nicht retten könnt, sondern dass sie Euch vom göttlichen Altar herabstoßen werden«, sagte der Staatspräzeptor.

»Mein Volk ist nicht so. Sie können erkennen, was richtig ist und was falsch. Wenn ich sie nicht retten kann, ergibt es ohnehin keinen Sinn für mich, auf einem Altar zu sitzen.«

Eine kurze Weile verging, bevor der Staatspräzeptor erneut seufzte. »Wie Euer Vater sich verhält, kann nicht richtig genannt werden, aber es ist auch nicht falsch. Ihr spracht davon, Katastrophenhilfe zu leisten. Aber es ist nicht so, dass Euer Vater das nicht versucht hätte. Ihr könnt selbst sehen, wie wirkungsvoll es war. Ihr sagtet, ein Fluss solle gegraben werden, um das Wasser umzulenken. Geht, seht Euch die Lage an, und sagt dann selbst, ob es zu bewerkstelligen ist.«

Xie Lian senkte den Kopf. »Ich verstehe. Danke, Staatspräzeptor.«

Er verließ den Berg Taicang, wandte sich gen Westen und erreichte schließlich die Stadt Yong'an im Königreich Xianle.

In den zwanzig Jahren seines bisherigen Lebens hatte Xie Lian noch nie eine so erbarmungslos glühende, tödliche Sonne erlebt. Mit jedem Schritt, den er tat, konnte er spüren, wie unerträglich heiß und trocken die Erde war. Die Luft war so heiß, dass alles verzerrt und verformt aussah. Der Erdboden war unter den unerbittlichen Sonnenstrahlen aufgerissen, es sah fürchterlich aus. Neben der Straße war ein Graben. Offenbar war er einst ein Fluss gewesen, doch er war ausgetrocknet und von seinem schwärzlichen Grund ging ein eigenartiger Gestank aus.

Xie Lian lief für eine lange Zeit umher, sah jedoch kein einziges Reisfeld. Vielleicht hatte es einmal Felder gegeben, aber sie waren nicht mehr zu erkennen.

Unterwegs sah er sich um. Der heiße, trockene Wind zerzauste ihm das Haar, doch das kümmerte ihn nicht.

Plötzlich kam jemand von hinten auf ihn zu. »Eure Hoheit!«

Er wandte sich um und sah, dass zwei Personen in schwarzer Kleidung auf ihn zueilten. Es waren Feng Xin und Mu Qing.

»Gibt es etwas Neues?«, fragte Xie Lian ohne eine weitere Begrüßung.

Feng Xin schüttelte die Vorderseite seines Oberteils, um sich Luft zuzuwedeln. »Ja. Seit zwei Jahren herrscht im gesamten westlichen Gebiet eine Wasserknappheit. In diesem Jahr hat die Not ihren Höhepunkt erreicht. Yong'an ist am stärksten betroffen. Die Flüsse sind ausgetrocknet und es regnet nicht, also wächst auch nichts auf den Feldern. Den reichen Familien geht es noch gut. Wer Geld hat, kann sich Wasser und Lebensmittel von anderswo kaufen. Viele Reiche sind in den Osten gezogen. Die, die noch hier sind, sind entweder zu arm oder zu schwach, um fortzugehen.«

Xie Lian zog die Augenbrauen zusammen. »Der Staatspräzeptor sagte, mein Vater sei nicht untätig gewesen und habe Katastrophenhilfe auf den Weg gebracht. Warum ist die Lage noch immer so ernst?«

»Solche Gelder gehen durch viele Hände«, erwiderte Mu Qing eisig. »Jeder behält einen Teil für sich, sodass am Ende nichts mehr übrig bleibt. Natürlich ist die Lage ernst. Wenn ich zu entscheiden hätte, hätte ich lieber gar nichts geschickt, als diese Parasiten zu füttern.«

Xie Lian stockte der Atem. Er zwang sich, ruhig zu bleiben. »Ich werde sie zwingen, alles wieder auszuspucken.«

»Eure Hoheit, habt Ihr es vergessen? Das fällt nicht in Eure Zuständigkeit. Himmelsbeamte dürfen sich nicht in weltliche Belange einmischen. Es ist nicht der Frost eines Tages, der eine meterdicke Eisschicht formt. Seine Majestät ist verantwortlich für diese Angelegenheiten. Wenn selbst er es nicht kontrollieren kann, wie wollt Ihr es dann schaffen? Ihr habt doch alle Hände voll zu tun mit den unzähligen Gebeten Eurer Gläubigen. Wenn Ihr Euch zusätzlich noch um dieses und jenes kümmert, werdet Ihr Euch übernehmen. Ohnehin könntet Ihr nur die Folgen bekämpfen, nicht aber die Ursache.«

Feng Xin schirmte seine Augen vor der Sonne ab. »Um die Ursache des Problems zu beheben, müsste Wasser her. Warum tragt Ihr nicht dem Staatspräzeptor auf, Seine Majestät zu bitten, Wasser aus dem Osten hierher umzuleiten?«

Xie Lian schüttelte den Kopf. »Das habe ich dem Staatspräzeptor schon vorgeschlagen.«

»Was hat er gesagt?«, fragte Feng Xin.

Xie Lian hielt inne. »Dass es nicht möglich sei. Und ich bemerke nun, dass es wirklich nicht geht. Um Wasser umzuleiten, müsste ein Kanal gegraben werden. Dazu würden Massen an Arbeitern benötigt, und wer weiß, wie viele Jahre es dauern würde. Es würde nur die Menschen und die Staatskasse erschöpfen. Das funktioniert nicht.«

Feng Xin nickte. »Stimmt. Fernes Wasser kann ein nahes Feuer nicht löschen.«

Xie Lian schwieg eine Zeit lang. »Wenn das Problem mit den Mitteln der Sterblichen nicht gelöst werden kann, können wir vielleicht göttliche Methoden anwenden. Mir ist zu Ohren gekommen, dass es seit ein paar Jahren einen neuen Regenmeister gibt. Er scheint sehr zurückgezogen zu leben, aber ich werde sehen, ob ich ihm einen Besuch abstatten kann, um ihn zu bitten, Wasser aus dem Osten als Regen in den Westen zu schicken.«

Außer einem Besuch bei Jun Wu hatte Xie Lian seit seinem Aufstieg noch kein einziges Mal einen anderen Himmelsbeamten aufgesucht. Er hatte nicht versucht, sich mit jemandem anzufreunden und im Kommunikationskanal behandelte er alle gleich. Dass er in Betracht zog, den Regenmeister zu besuchen, war eine Besonderheit.

Mu Qing wandte jedoch ein: »Das geht nicht.«

Xie Lian sah ihn fragend an. »Wieso?«

»Eure Hoheit, ich habe alles gründlich untersucht. Es ist nicht nur Yong'an oder das westliche Gebiet, das von der Wasserknappheit betroffen ist, sondern das ganze Königreich Xianle. Der Osten liegt an der Küste und ist von Seen und Strömen durchzogen, daher ist es nicht so offensichtlich und hat noch keine Probleme bereitet. Aber alles in allem hat die Menge des Regens immer mehr abgenommen.«

Xie Lians Augen weiteten sich, als Mu Qing fortfuhr: »Würden wir einen Kanal graben, der Wasser vom Osten in den Westen führt, würde das Yong'an kurzfristig helfen. Aber es würde die Stadt nicht retten. Es würde nur dazu führen, dass sie sich vorübergehend an einem seidenen Faden festklammern könnte. Gleichzeitig würde es den Osten verdammen.«

Xie Lian stockte der Atem. »Und der Großteil der Bevölkerung von Xianle, all seine reichen Orte, sind im Osten angesiedelt ... Dieses Gebiet ist dreimal so groß wie der Westen und die Hauptstadt liegt dort. Sollte es dort eine Dürre geben ...«

Feng Xin verstand sofort. »Die Folgen wären um ein Vielfaches schlimmer als in Yong'an und die Zahl der Toten viel höher.«

Mu Qing nickte, seine Miene war finster. »Es würde weit größere Katastrophen heraufbeschwören.«

Xie Lian holte tief Luft. »Das hat der Staatspräzeptor wohl gemeint, als er sagte, was mein Vater tut, sei nicht richtig, aber auch nicht falsch. Immerhin hat er eine Entscheidung getroffen.«

»Und aus diesem Grund war es gut, dass niemand in Eurem Tempel für Hilfe gebetet hat. Überlasst es Seiner Majestät, zu entscheiden, was zu tun ist«, sagte Mu Qing.

Xie Lian schwieg. Er blickte sich um.

Jeder Einzelne, der ihm auf dem Weg begegnet war, war nur Haut und Knochen. Bei den Männern und Kindern waren die einzelnen Rippen an ihren nackten Oberkörpern zu sehen und in den ausgezehrten Gesichtern der Frauen wirkten ihre Augen leblos. Keiner von ihnen bewegte sich viel, ihnen fehlte die Energie. Der faulige Geruch nach Tod hing über allem. Man wollte schreien und aus diesem elenden Land flüchten, zurück in den Glanz der blühenden Hauptstadt.

Erst nach längerer Zeit sprach Xie Lian wieder. »Ihr beide bleibt hier und helft mir. Wir bringen so viel Wasser her, wie wir können. Lasst mich nachdenken.«

»Gut. Macht einen Plan«, erwiderte Feng Xin. »Und lasst mich dann wissen, was Ihr beschlossen habt.«

Xie Lian klopfte ihm auf die Schulter und wandte sich zum Gehen.

Hinter ihm sagte Mu Qing leise: »Eure Hoheit, überlegt Euch das gut. Wir können vielleicht zehn Tage lang helfen, vielleicht auch zwanzig, aber nicht ein oder zwei Jahre lang. Wir können hundert Leben retten, aber nicht hunderttausend. Ihr seid schließlich ein Kriegsgott und nicht der Gott des Wassers. Und selbst wenn Ihr das wärt, könntet Ihr kein Wasser aus dem Nichts entstehen lassen. Wenn wir die Ursache dieses Problems nicht beheben können, können wir unsere Hilfe nicht aufrechterhalten. Unsere Pläne sind unzureichend. Das ist, als wollten wir mit einem Becher Wasser einen brennenden Wagen voller Feuerholz löschen.«

Kapitel 32:
Ein zufälliges Treffen im Reich der Sterblichen und im Regen gefundene Blumen

Xie Lian verlangsamte seinen Schritt kurz, als er Mu Qings Worte hörte, aber er drehte sich nicht um. Er winkte nur und ging weiter.

Als er die Hauptstadt von Xianle erreichte, ging er schnurstracks zum königlichen Palast.

Er wusste selbst nicht genau, warum, denn es war nicht so, dass er seine Eltern treffen wollte. Allen Himmelsbeamten war es verboten, sich den Sterblichen zu zeigen. Seit er sein Zuhause verlassen hatte, war es ihm ohnehin immer schwerer gefallen, mit seinen Eltern ins Gespräch zu kommen – ein Gefühl, dass wohl alle Kinder auf der ganzen Welt kennen. Also zeigte er sich nicht und lief ziellos im Palast umher, in dem ihm jeder Winkel vertraut war. Aber er fand den König nirgendwo. Erst als er den Qifeng-Palast betrat, traf er auf seine Eltern.

Die beiden hatten den Staatssekretär gerade entlassen und redeten miteinander. Die Königin saß auf einem Divan. In den Händen hielt sie jene Maske, die Xie Lian drei Jahre zuvor bei der Himmelsparade getragen hatte. Die goldene Maske war sorgfältig an Xie Lians Gesicht angepasst worden. Sie passte ihm perfekt und war für ihn sehr angenehm zu tragen gewesen. Die Maske war seinem wahren Gesicht so ähnlich, dass es beinahe verstörend wirkte.

»Hör auf, damit herumzuspielen. Komm und massiere meine Schläfen«, bat der König.

Der König und die Königin hatten stets eine perfekte Fassade aufrechterhalten. Aber Xie Lian hatte von klein auf bemerkt, dass sie sich, wenn niemand hinsah, über alles und jeden das Maul zerrissen, wie es wohl jedes Ehepaar tat.

Die Königin legte die Maske beiseite, trat an die Seite des Königs und begann, ihm die Schläfen zu massieren. Sie fuhr mit der Hand durch sein Haar und sagte: »Dein Haar ist noch weißer geworden.«

Xie Lian sah genauer hin. Seine Mutter hatte recht. Das Haar seines Vaters war an den Schläfen merklich ergraut, was ihn einige Jahre älter aussehen ließ.

War Vater nicht vor Kurzem erst zum Gebet im königlichen Tempel, überlegte er. *Sein Haar war damals noch schwarz. Kann er so schnell ergraut sein?*

Die Königin reichte dem König einen Kupferspiegel, doch er schob ihn beiseite. »Ich muss es nicht sehen. Vor unserem nächsten Besuch auf dem Berg Taicang färben wir es wieder schwarz.«

Da begriff Xie Lian: *Er ist gar nicht gerade erst ergraut. Er färbt sein Haar jedes Mal, bevor er kommt, um mich zu sehen. Ich war so beschäftigt damit, die Gebete meiner Anhänger anzuhören und umherzueilen, dass ich keine Zeit hatte, ihn hier zu besuchen. Daher habe ich es nicht früher bemerkt.*

Schuldgefühle stiegen in ihm auf. Er war froh, dass seine Eltern ihn in diesem Augenblick nicht sehen konnten.

Während die Königin dem König den Kopf massierte, schimpfte sie: »Ich sage dir jeden Abend, dass du früher ins Bett gehen sollst. Aber du hörst nicht auf mich und behauptest noch, ich würde mir den ganzen Tag zu viele Gedanken um dich machen. Und jetzt sieh, wie du gealtert bist. Wenn unser Sohn dich so sehen würde, würde er nichts mehr mit dir zu tun haben wollen.«

Der König schnaubte. »Seit dein Sohn herangewachsen ist und seine eigenen Wege geht, möchte er ohnehin nichts mehr mit mir zu tun haben.« Er warf einen verstohlenen Blick auf den Kupferspiegel neben dem Bett und grummelte. »So schlimm sehe ich doch nicht aus. Das Gesicht ist doch noch dasselbe.«

Xie Lian war erstaunt. Er hatte nicht geahnt, dass sein Vater auch so eine Seite besaß. Als er nun hörte, wie er sich so bitter beklagte, musste er unwillkürlich lächeln.

Der Königin erging es ähnlich, sie unterdrückte ein Lachen. »Ist ja gut, es ist nicht so schlimm. Deine Gesundheit ist das Wichtigste, also geh heute früh schlafen.«

Der König schüttelte den Kopf. »Das geht nicht. Eine Reihe von Leuten aus Yong'an hat sich kürzlich in der Hauptstadt niedergelassen. Wenn sie kommen wollen, ist das kein Problem. Aber sie sorgen überall für Unruhe und machen den Leuten Angst. Es ist eine schwierige Situation.«

Die Sorgen, die sein Vater wegen der Dürre hatte, ließen ihn also ergrauen. Ein unbeschreiblich elendes Gefühl befiel Xie Lian.

Die Königin nickte. »Rong hat mir erzählt, dass er heute auch jemanden aus Yong'an getroffen hat. Der Mann hat versucht, Geld aus dem Tempel zu stehlen. Wie beängstigend.«

Der König wurde ernst. »Ja, das ist erschreckend. Und wenn es nur ein paar Hunderte wären, könnten wir damit umgehen. Aber wenn Hunderttausende hier in die Hauptstadt strömen, wird das unvorhersehbare Folgen haben.«

Die Königin zögerte einen Moment. »Vielleicht wird nichts passieren. Wenn sie sich an die Gesetze halten und sich gut benehmen, sollen sie ruhig kommen.«

»Als Herrscher eines Reichs kann ich nicht riskieren, dass etwas ›vielleicht nicht passieren‹ wird. Sie dürfen nicht hierherkommen. Sich um mehr Leute zu kümmern ist schwieriger, als einfach den Tisch mit einem weiteren Paar Stäbchen zu decken. Die Lage bringt viele Komplikationen mit sich, die du nicht verstehst. Das Gespräch ist beendet.«

»Gut, reden wir nicht mehr darüber«, beruhigte ihn die Königin. »Ich verstehe nicht, wovon du redest. Wenn nur unser Sohn hier wäre. Er könnte wenigstens einen Teil der Last von deinen Schultern nehmen.«

Der König schnaubte. »Der? Was könnte der schon tun? Ich bin schon zufrieden, wenn er mir nicht noch zusätzliche Sorgen bereitet.« Bei der Erwähnung Xie Lians wurde er wieder fröhlicher. »Unser Sohn ist schon beinahe erwachsen, aber er wurde wie eine Prinzessin aufgezogen. Wenn er alles wüsste, würde es niemandem weiterhelfen. Es würde ihn nur grundlos belasten. Lassen wir ihm seine Unbekümmertheit, er hat schon genug, wofür er Sorge tragen muss. Er ist nicht mehr Kronprinz, also sollte er sich nicht um die Angelegenheiten der Sphäre der Sterblichen kümmern. Er liebt es zu fliegen, also soll er nach Herzenslust umherfliegen.«

Xie Lian hörte schweigend zu, wie sein Vater sich in das Aufzählen seiner Schwächen steigerte.

Mit einem wissenden Lächeln stieß die Königin ihn an. »Du nennst ihn Prinzessin – aber hast du selbst ihn nicht verwöhnt, seit er auf die Welt gekommen ist? Und jetzt willst du mir die Schuld dafür geben?« Sie seufzte. »Dieses Kind ist in allem gut, nur nicht im Heimwehhaben. So war es schon, als er noch Tempelschüler war. Nur alle paar Monate hat er uns einmal besucht. Nun, da er aufgestiegen ist, ist es noch schlimmer geworden. Seit drei Jahren haben wir ihn schon nicht mehr getroffen. Wer weiß, ob wir ihn je wiedersehen werden.«

Ihre Beschwerde führte dazu, dass der König nun Xie Lian in Schutz nahm. »Was weiß eine Frau schon? Der Staatspräzeptor sagte, das sei das himmlische Gesetz. Wir können ihn nicht mehr wie einen gewöhnlichen Sterblichen behandeln. Du tust ihm keinen Gefallen damit, wenn du ihn zurückrufst.«

»Ich rede ja nur so daher«, sagte die Königin eilig. »Ich werde keine Forderungen an ihn stellen.« Dann brummte sie: »Immerhin kann ich noch die Statuen ansehen. Die sind überall und sie sehen ihm ähnlich.«

Nachdem er ihnen so lange zugesehen hatte, spürte Xie Lian einen Stich im Herzen. Er hatte einen dicken Kloß im Hals und konnte kaum schlucken. Es war ihm unerträglich, in seinem Versteck zu bleiben, aber er durfte sich nicht zeigen. Nicht weil er sich fürchtete, ein himmlisches Gesetz zu brechen, sondern weil er nach wie vor nicht wusste, was er sagen sollte. Er wusste keine Lösung für das Problem in Yong'an. Wenn er sich jetzt plötzlich zeigte, würde das seine Eltern nur beunruhigen und belasten.

Hastig verließ er den königlichen Palast. Kaum war er wieder draußen, atmete er einige Male tief durch. Nur langsam gelang es ihm, wieder zur Ruhe zu kommen. Er ordnete seine Gefühle und Gedanken. Dann entschied er, dass es besser war, zu handeln, als tatenlos herumzustehen. Er nahm die Gestalt eines einfach gekleideten jungen Kultivierers an. Er ging in der Hauptstadt umher, sammelte Informationen und machte sich Notizen. Als der Tag sich dem Ende neigte, hatte er alle Informationen, die er brauchte.

In der Tat war der Wasserstand der Seen und Flüsse im Gebiet der Hauptstadt niedriger als in den Jahren zuvor. Während er noch als Schüler im Tempel gelebt hatte, hatte er sich einige Male vom Berg hinabgeschlichen, um sich zu amüsieren. In einem Ruderboot hatte er den größten Strom des Reichs befahren. Der Wasserpegel hatte damals fast die Uferböschung erreicht. Nun lag er einige Meter tiefer. Die Bewohner der Stadt berichteten, das sei schon seit längerer Zeit so. So etwas passierte nicht über Nacht. Zuvor hatte er diesen Dingen keine Aufmerksamkeit geschenkt. Er war schockiert, wie viele Warnzeichen er mit einem Mal deutlich erkannte. Er hatte gehofft, dass Mu Qings Bericht vielleicht Fehler enthielte, daher hatte er beschlossen, sich alles mit eigenen Augen anzusehen, musste nun aber er erkennen, dass auf Mu Qing wie immer Verlass war.

Nachdem er Gewissheit hatte, stand Xie Lian wie betäubt am Ufer des Flusses, tief in seine Gedanken versunken. Fußgänger gingen an ihm vorbei, einige nickten ihm lächelnd zu, andere sahen ihn neugierig an, doch die meisten beachteten ihn nicht und kümmerten sich um ihre eigenen Angelegenheiten. Er hatte völlig die Zeit vergessen und wusste nicht, wie lange er schon so dastand, als plötzlich Wolken sich am Himmel zusammenzogen und ein Plätschern überall um ihn herum zu hören war. Es hatte angefangen zu regnen.

Viele der Vorübergehenden auf der Straße sahen in den Himmel.

»Was für ein Pech, es regnet, gehen wir schnell zurück.«

»Ja, wie lästig!«

Plitsch platsch, plitsch platsch fielen die Regentropfen auf Xie Lians Gesicht und seine Kleidung. Da erst reagierte er. »Es regnet?«, sagte er zu sich selbst.

Wenn die Menschen in der Hauptstadt Regen sahen, ließen sie alles stehen und liegen und suchten sich schnellstmöglich einen Unterschlupf. Der Himmel allein wusste, wie viele, die am anderen Ende von Xianle lebten, für einen Regenschauer wie diesen ihre Leben gegeben hätten. Ein kleines Grüppchen mit Regenschirmen eilte an ihm vorbei und als sie Xie Lian im Regen stehen sahen, zogen sie ihn mit sich. »Bruder, wieso stellt Ihr Euch nicht unter? Es schüttet ja in Strömen!«

In seiner Verwirrung schloss Xie Lian sich dem Grüppchen an und rannte mit ihnen mit, bis sie schließlich ein langes Dach fanden, das ihnen vor dem Regen Schutz bot. Kurz darauf klappten die Leute ihre Regenschirme zusammen und brachen in Gelächter aus.

»Zum Glück hatte ich den Schirm dabei, sonst wäre ich wie eine Ratte ertrunken.«

»Es hat lange nicht mehr geregnet, nicht wahr? Der Sturm hat sich schon länger zusammengebraut, so schnell wird es nicht mehr aufhören.«

»Oh, seht mal, es wird noch stärker. Ein richtiger Sturzregen!«

Die Regentropfen prasselten auf den Boden und spritzen in die Höhe. Der Akzent dieser Leute klang angenehm vertraut und Xie Lian fühlte in seinem Herzen, dass dies seine Heimat war. Hier war er geboren und aufgewachsen und er kannte diese Art Menschen.

Während sie weiter plauderten, ließ der Regen etwas nach. Einige drängten: »Wir sollten uns beeilen und gehen, solange es weniger regnet.«

Die Männer klappten die Regenschirme wieder auf und traten einer nach dem anderen unter dem Dach hervor. Xie Lian blieb stehen, wo er war. Einige wandten sich noch zu ihm um und nachdem sie kurz miteinander diskutiert hatten, kam einer zurück und überreichte ihm seinen abgenutzten Regenschirm. »Bruder, geht Ihr nicht zurück?«, fragte er höflich. »Es regnet noch, also nehmt den Schirm.«

Xie Lian erwachte aus seinem Tagtraum. »Danke vielmals. Aber was ist dann mit Euch?«

Ein anderer aus der Gruppe im Regen rief: »Wir haben mehr Regenschirme, als wir brauchen können. Gehen wir.«

Von seinen Freunden angetrieben drückte der Mann Xie Lian den Regenschirm in die Hand und lief zurück. Das Platschen ihrer Schritte entfernte sich, während Xie Lian noch immer am selben Fleck stand, den Regenschirm in der Hand. Plötzlich fiel ihm ein kleiner, unauffälliger Schrein ins Auge, nicht weit vor ihm. Er spannte den Schirm auf und lief auf ihn zu. Bei genauem Hinsehen sah er, dass die beiden Seiten der kleinen Türen des Schreins beschrieben waren: »Der Körper ist in der Hölle, aber das Herz im Paradies.« Es war ein Kronprinzenschrein.

Da in nur drei Jahren achttausend Tempel und Schreine erbaut waren worden, war es nicht verwunderlich, dass nicht jeder davon so prunkvoll und beeindruckend aussehen konnte wie jener auf dem Berg Taicang. Es gab auch solche, die in Eigeninitiative vom Volk erbaut worden waren, um die Anzahl der Tempel in die Höhe zu treiben und an dem Spaß teilzuhaben. Hier gab es keine Spendenkästen und keine Tempeldiener. Der Schrein beherbergte lediglich eine Statue aus Ton und einen Opferteller, auf dem Früchte und Süßigkeiten lagen. Die leidenschaftlicheren unter seinen Anhängern kamen regelmäßig her, um die Opfergaben zu erneuern, und das allein genügte, um diese Stätte als Schrein anzuerkennen.

Wer hätte gedacht, dass er hier in dieser unscheinbaren Ecke der Stadt einen Kronprinzenschrein finden würde. Auch ohne einzutreten, konnte er die Statue erkennen, die in ihrer Einfachheit schon wieder reizvoll aussah. Sie trug schlichte Kleidung ohne besonderen Wert und hatte ein breites, albernes Lächeln auf dem kugelrunden, weiß gepuderten Gesicht. Eigentlich war es eher eine große Puppe als eine Statue. Wenn sein Geist nicht so von seinen Gedanken niedergedrückt wäre, hätte Xie Lian wahrscheinlich laut losgelacht.

In den letzten drei Jahren hatte Xie Lian mindestens dreitausend, wenn nicht gar fünftausend Kronprinzenstatuen gesehen. Aber keine einzige davon sah so aus wie er. Selbst die treffendsten ähnelten ihm bestenfalls zu zwei Dritteln. Alle übrigen waren entweder zu schön oder zu hässlich. Die meisten Bildnisse anderer Himmelsbeamter waren zu hässlich, aber Xie Lian hatte das entgegengesetzte Problem: Es gab viele, die so überirdisch schön aussahen, dass es ihm peinlich war.

Er schenkte der Tonstatue zunächst keine weitere Beachtung, doch aus dem Augenwinkel erblickte er etwas Weißes, das seine Aufmerksamkeit erregte: Die einfache Tonfigur hielt in der linken Hand eine Blume, die so weiß war wie Schnee.

Auf den Blütenblättern lagen Tautropfen wie kleine Kristalle. Sie verströmte einen lieblichen, betörenden Duft. Die typische Ausstattung des Kronprinzen war »das Schwert in der einen, die Blume in der anderen Hand«. Aber normalerweise war die Blume aus Gold, Diamanten oder Jade gefertigt. Dies war das erste Mal, dass Xie Lian eine Statue mit einer echten Blume in der Hand sah, und er beugte sich vor, um sie genauer zu betrachten.

Es sah so aus, als hätte diese Statue ursprünglich eine Blume aus Ton gehalten. Vielleicht war sie heruntergefallen, weil der Bildhauer ungeschickt gewesen war, oder jemand hatte sie an sich genommen. In der Faust der Statue verblieb nur noch das Loch. Und in dieses hatte jemand die kleine weiße Blume gesteckt. Wie hingebungsvoll der Anhänger sein musste, der extra eine Blume pflückte, um das leere Loch zu füllen.

Xie Lians Gedanken wurden jäh unterbrochen, als er hastige Fußschritte hörte. Er wandte sich nicht um, sondern ließ seine körperliche Gestalt verschwinden und sprang mit dem Regenschirm in der Hand auf den Altar, dann drehte er sich um und sah hinunter.

Ein Junge, nicht älter als zwölf oder dreizehn Jahre, stürmte aus dem grauen, nebligen Regen herein. Er war von Kopf bis Fuß durchnässt und sein Gesicht war von nassen, schmutzigen Verbänden bedeckt. Seine rechte Hand hielt er schützend über die linke, als beschütze er etwas sehr Kostbares darin. Erst als er den Schrein betreten hatte, öffnete er die Hände.

Eine einzelne kleine Blume, weiß wie Schnee, lag darin.

»Oh«, machte Xie Lian lautlos, als sei ihm gerade etwas eingefallen.

Das verbundene Gesicht erinnerte ihn sofort an das Kind, dem er vor drei Jahren begegnet war. Aber er konnte nicht sicher sein, dass dies derselbe Junge war. Pessimistisch betrachtet konnte er sich kaum vorstellen, dass jener Junge nach seiner Flucht vom Berg Taicang noch am Leben sein konnte.

Da trat der Junge vor. Er stellte sich auf die Zehenspitzen und tauschte die Blume der Tonstatue gegen die aus, die er in der Hand hielt. Von seinem Platz auf dem Altar konnte Xie Lian deutlich erkennen, dass die Blütenblätter der neuen Blume größer und feiner waren und diese Blume noch strahlender leuchtete. Der starke Duft verriet, dass sie frisch gepflückt worden war. Konnte es sein, dass der Junge jeden Tag zum Schrein kam, um der Statue eine neue Blume in die Hand zu geben?

Nachdem der Junge die Blume platziert hatte, stand er vor der Tonstatue. Anders als alle anderen, die darauf bestanden, niederzuknien, legte er die Handflächen aneinander und betete schweigend im Stehen. Er befolgte tatsächlich Xie Lians Wunsch.

Drei Jahre schon. Zu den Anhängern, die zu ihm beteten, zählten Regierungsbeamte, Adelsleute, Namen, die im ganzen Land bekannt waren, und Talente, die den Himmel beeindruckten. Doch Xie Lian fühlte, dass dieser Junge, der gerade einmal dreizehn Jahre alt sein mochte, der hingebungsvollste unter seinen Gläubigen war. Aufgrund seines zerlumpten Aussehens wurde ihm der Zutritt zu den prächtigeren Tempeln wahrscheinlich verwehrt, sodass er keine Wahl hatte, als hier in diesem einfachen Schrein zu beten.

Xie Lian wusste nicht genau, welche Gefühle das in ihm auslöste.

Gerade da war das Geräusch weiterer sich nähernder Schritte zu hören. Ein kleines Grüppchen Kinder mit Regenschirmen rannte draußen vorbei. Zumindest dachte Xie Lian zuerst, sie würden nur vorbeilaufen. Als hätten sie etwas vollkommen Ungewöhnliches entdeckt, klatschten sie in die Hände und riefen: »Da! Seht mal! Der Krüppel ist wieder rausgeflogen!«

Die Kinder mochten alle im selben Alter sein wie der Junge im Schrein, doch sie waren alle größer als er und sahen aus, als bekämen sie genug zu essen. Vielleicht stand ein Festtag bevor, denn alle trugen neue Kleider und Schuhe. Sie hüpften aufgeregt in den Pfützen vor dem Schrein umher und ihre Gesichter zeigten neben unschuldigem Kinderlachen keinerlei böse Absicht. Es war, als wüssten sie nicht, dass Krüppel ein schlimmes Wort war und dass ihre Worte verletzend sein könnten. Sie hielten es vermutlich für lustig. Der Junge ballte die Hände zu Fäusten, aber sie waren so klein, dass sie kein bisschen bedrohlich wirkten.

Die Kinder an der Tür ärgerten ihn weiter. »Hey, Krüppel, schläfst du heute Nacht wieder im Schrein? Pass auf, deine Mutter wird die Scheiße aus dir rausprügeln, wenn du nach Hause kommst!«

Xie Lian runzelte die Stirn. Das Auge des Jungen blitzte zornig zwischen den Verbänden hervor. Er hob die Fäuste und schrie aus voller Kehle: »Ich habe kein Zuhause! Ich habe keine Mutter! Sie ist nicht meine Mutter! Geht weg! Geht weg! Wenn ihr nicht aufhört, schlage ich euch tot!«

Keines der Kinder hatte Angst und sie streckten ihm die Zunge heraus. »Wenn du uns schlägst, erzählen wir es deinem Vater, der wird es dir heimzahlen!«

Einige Kinder riefen: »Genau, du hast keine Mutter, weil sie dich nicht wollte. Und du hast kein Zuhause, weil deine Familie dich nicht will. Deshalb musst du in diesem dreckigen Schrein schlafen …«

Noch bevor sie aussprechen konnten, war der Junge schreiend auf sie losgestürmt. Obwohl er so schmächtig war, wirkte seine Entschlossenheit nun doch einschüchternd.

Sein lauter Schrei verschreckte einige der Kinder, aber der, der ihm entgegentrat, rief: »Wovor habt ihr Angst? Wir sind doch mehr!«

Die, die weglaufen wollten, kamen daraufhin zurück und stürzten sich in die Prügelei. Sie zerrten an den Händen und Füßen des Jungen. Xie Lian konnte nicht länger nur dasitzen und zusehen. Mit einer Geste beschwor er eine unsichtbare Kraft, die die Jungen voneinander trennte. Eine mächtige Welle aus Pfützenwasser schoss vom Boden empor und riss die Kindermeute von ihren Füßen.

Trotz allem waren sie noch Kinder. Nachdem sie wie aus dem Nichts umgeworfen worden waren, taumelten sie auf die Füße. Sie spuckten schmutziges Wasser aus und ihre neuen Kleider waren vollkommen durchnässt. Sie sahen jetzt noch schäbiger aus als der, den sie verspottet hatten. Ihr gehässiges Lachen war lautem Heulen gewichen. Nachdem sie sich aufgerappelt hatten, liefen sie mit ihren Schirmen in den Händen davon.

Xie Lian schüttelte den Kopf. Die Aufgabe eines Kriegsgotts war es, böse Geister abzuwehren und Schutz und Frieden zu bringen, er aber hatte sich gerade in einen Kinderstreit eingemischt. Obwohl er die Übeltäter verjagt hatte, fühlte er keinen Triumph. Er sah wieder zu dem Jungen.

Während der Schlägerei hatten sich die Verbände um seinen Kopf gelöst, sodass Xie Lian einen Blick auf die andere Hälfte seines Gesichts erhaschen konnte. Es war stark angeschwollen und von blauen und schwarzen Blutergüssen übersät. Es war offensichtlich, dass diese Verletzungen nicht von der Prügelei mit den Kindern stammten. Bevor Xie Lian jedoch näher hinsehen konnte, hatte der Junge sein Gesicht wortlos wieder verbunden. Er setzte sich zu Füßen der Tonstatue und schlang die Arme fest um seine Knie.

Eigentlich hatte Xie Lian diesen Schrein aufgesucht, weil er Feng Xin und Mu Qing zu sich rufen wollte, um ein wichtiges Gespräch mit ihnen zu führen. Wer hätte gedacht, dass ihm dieses Kind über den Weg lief. Er hatte nicht anders gekonnt, als ihm zu helfen. Nachdem er nun den Ruf an die beiden ausgesandt hatte, hockte er sich hin und sah den Jungen an.

Nicht lange danach knurrte dessen Magen lautstark. Auf dem Opferteller lagen noch Früchte und Süßigkeiten. Sie waren schon etwas vertrocknet und schmeckten bestimmt nicht mehr so gut, aber es war besser als nichts. Xie Lian nahm etwas von dem Teller und warf es dem Jungen sanft zu.

Als er von der Frucht getroffen wurde, steckte er den Kopf zwischen die Arme und rollte sich zusammen, als sei er von einem Stein getroffen worden und würde weitere Treffer erwarten. Aber nach einer Weile sah er sich um und bemerkte, dass es nur eine Frucht war und dass niemand da war. Zögernd nahm er die Frucht und wischte mit seiner Kleidung den Staub ab. Dann legte er sie auf den Opferteller zurück. Es war überraschend, aber er war eher bereit, seinen Hunger zu ertragen, als etwas vom Opferteller zu essen.

Danach ging er zur Tür und sah nach draußen in den heftigen Regen, als überlege er, ob er hinausgehen sollte oder nicht. Doch der Regen war zu stark. Er ging zurück und rollte sich auf dem Boden vor der Statue zum Schlafen zusammen.

Genau in diesem Moment trafen Feng Xin und Mu Qing wie befohlen ein.

Missmutig sagte Feng Xin: »Eure Hoheit, wie konntet Ihr einen so kleinen Kronprinzenschrein finden? Warum habt Ihr uns von hier aus gerufen?« Er blickte sich um und bemerkte plötzlich, dass er fast auf die zusammengerollte Gestalt am Boden getreten wäre. »Was zum Teufel macht das Kind da?«

Mu Qing sah ebenfalls nach unten und betrachtete das Kind genau. Sofort fragte er: »Eure Hoheit, ist das das Kind, das vor drei Jahren vom Berg Taicang weggelaufen ist?«

Xie Lian schüttelte den Kopf. »Ich bin nicht sicher. Ich weiß nicht, wie sein Name war oder wie er heute aussehen würde.«

Während die drei über den nichtsahnenden Jungen redeten, drehte er sich um. Er wischte sich übers Gesicht und Xie Lian bemerkte, dass ihm Blut aus der Nase und dem Mundwinkel lief. Das bestärkte ihn in dem Gefühl, dass er den Jungen nicht sich selbst überlassen konnte. »Der Junge sollte gehen. Es wird dunkel. Der Schrein ist kein guter Ort zum Übernachten.«

»Vielleicht kann er nirgendwohin? Wenn es so ist, kann er nur hier übernachten«, wandte Feng Xin ein.

»Er hat ein Zuhause. Obwohl es dort wahrscheinlich nicht gut ist. Aber der Schrein ist auch nicht gut. Er muss hier weg, damit wir etwas zu essen für ihn finden können. Verletzt ist er auch.«

»Eure Hoheit, entschuldigt meine Direktheit«, mahnte Mu Qing, »aber wir haben keine Zeit, uns mit solchen Kleinigkeiten zu befassen. Habt Ihr uns gerufen, weil Ihr eine Entscheidung getroffen habt?«

Kein Himmelsbeamter hatte jemals alle Gebete von jedem einzelnen Gläubigen ohne Ausnahme angenommen. Es gab Millionen Gläubige auf der Welt und wenn die Himmelsbeamten sich um jeden einzelnen kümmern wollten, würden sie vor Erschöpfung zugrunde gehen. So kam es, dass sie kleine oder unbedeutende Wünsche ignorierten und so taten, als hätten sie nichts gehört, um ihre Arbeitslast zu reduzieren.

Vielleicht lag es daran, dass Xie Lian noch so jung war oder an seiner Energie und Leidenschaft, dass es ihm schwerfiel, seine Prioritäten anzupassen.

Nachdem er eine Zeit lang überlegt hatte, trat er zur Tür des Schreins. In den Händen hielt er den Regenschirm, den er geschenkt bekommen hatte. Langsam spannte er den Schirm auf. Die Regentropfen prasselten hart auf den Stoff.

Der Junge auf dem Boden hörte das Geräusch und dachte, jemand wäre eingetreten. Er rührte sich etwas, aber dann dachte er wohl, es sei egal, ob jemand gekommen wäre oder nicht, und legte sich wieder hin. Xie Lian legte den geöffneten Schirm in die Tür. Als der Junge bemerkte, dass das Geräusch anhielt, wunderte er sich doch und stand auf, um nachzusehen. Da sah er einen roten Regenschirm, der aufgespannt im Regen auf dem Boden lag wie eine einsame, blühende scharlachrote Blume. Überrascht starrte er ihn an.

Während Mu Qing beobachtete, wie der Junge zur Tür lief, um den Regenschirm an sich zu nehmen, sagte er: »Eure Hoheit, Ihr habt mehr als genug getan. Wenn Ihr zu offensichtlich handelt und er es herausfindet, wird alles nur noch komplizierter.«

Noch bevor Xie Lian antworten konnte, eilte der Junge in den Schrein zurück und rief: »Eure Hoheit!«

Die drei Götter hätten vor Schreck beinahe einen Satz gemacht und wandten augenblicklich die Köpfe um.

Der Junge hielt den Schirm in seinen Armen. Seine Augen waren gerötet vor Rührung. Er hob den Kopf und rief zu der Tonstatue: »Eure Hoheit, seid Ihr das?«

Feng Xin, der nicht wusste, dass Xie Lian dem Jungen geholfen hatte, seine Peiniger zu verjagen, und ihm sogar eine Frucht zugeworfen hatte, war erstaunt über die Kombinationsgabe des Jungen. »Ganz schön gewitzt, der Kleine. Er hat es herausgefunden.«

Mu Qing aber hatte den deutlichen Verdacht, dass etwas passiert sein musste. Er warf Xie Lian einen Blick zu.

»Wenn Ihr hier seid, bitte beantwortet mir nur eine Frage«, flehte der Junge.

Von seinem Platz hoch oben auf dem Altar hörte Xie Lian jeden Tag unzählige Bitten, den Leuten zu erscheinen. Wenn ein Geräusch sich immer wiederholt, hört das Ohr es irgendwann nicht mehr. Doch in diesem Fall unterbrach er sein Gespräch und spitzte die Ohren.

Mu Qing neben ihm warnte ihn: »Eure Hoheit, lasst es sein.«

Xie Lian sprach nicht. Der Junge umklammerte den Regenschirm und biss die Zähne zusammen. »Ich leide. Jeden Tag will ich nur sterben. Jeden Tag möchte ich alle Menschen auf der Welt töten und dann mich selbst. Ich bin in größter Not.«

Aus dem Mund eines Jungen, der nicht älter sein konnte als dreizehn, klangen solche bedeutungsschweren Worte gleichzeitig lachhaft und bemitleidenswert. Aber in diesem schmächtigen Körper war etwas Explosives, das diese rasende Wut aufrechterhielt.

Feng Xin runzelte die Stirn. »Was stimmt nicht mit ihm? ›Alle Menschen auf der Welt töten‹? So etwas sagt doch kein Kind.«

»Er ist jung«, sagte Mu Qing tonlos. »Wenn er älter ist, wird er begreifen, dass das, was er jetzt durchmacht, nichts ist.« Nach einem Moment blickte er Xie Lian an. »Es gibt zu viele auf der Welt, die leiden. Denkt zum Beispiel an die Dürre in Yong'an. Nennt mir einen Menschen dort, dem es besser ergeht als diesem Jungen. Es besteht kein Grund, sich damit zu befassen, Eure Hoheit. Wir sollten uns auf Wichtigeres konzentrieren.«

»Vielleicht«, sagte Xie Lian leise.

Das Leid eines Menschen sah für einen anderen wahrscheinlich unbedeutend aus.

Der Junge sah noch immer zu der Statue auf. Seine Augen waren furchtbar rot, aber er weinte nicht. Er hielt den Regenschirm in der einen Hand, streckte die andere aus und ergriff das Gewand der Statue. Er flehte weiter: »Warum soll ich auf dieser Welt weiterleben? Welchen Sinn hat das?«

Er schwieg lange, erhielt aber keine Antwort. Als hätte er nichts anderes erwartet, ließ er den Kopf sinken.

Zu seiner Überraschung ertönte plötzlich eine Stimme von oben. »Wenn du nicht weißt, wie du weiterleben kannst, dann lebe für mich.«

Weder Feng Xin noch Mu Qing hatten erwartet, dass Xie Lian antworten würde, und dann auch noch so eine Antwort. Ihre Augen weiteten sich. »Eure Hoheit …?«

Der Junge riss den Kopf hoch, aber er konnte niemanden sehen. Da war nur eine sanfte, leise Stimme, die von der Tonstatue her zu ihm drang.

»Ich weiß keine Antworten auf deine Fragen, doch wenn du keinen Sinn in deinem Leben siehst, dann mach mich zu deinem Sinn und nimm mich als Grund weiterzuleben.«

Feng Xin und Mu Qing sahen aus, als könnten sie jeden Moment explodieren, und beide streckten gleichzeitig die Hände aus, um Xie Lian den Mund zuzuhalten. »Hört auf, Eure Hoheit! Genug! Ihr brecht die Regeln! Die Regeln!«

Aber bevor sie ihm den Mund zuhalten konnten, gelang es Xie Lian noch zu rufen: »Danke für deine Blume! Sie ist schön – sie gefällt mir sehr gut!«

Kapitel 33:
Ersehnter Regen, nachdem der Regenmeister seinen Hut verleiht

Der Junge saß da wie vom Donner gerührt.

Feng Xin und Mu Qing wünschten sich derweil nichts sehnlicher, als mehrere zusätzliche Arme und Beine zu haben, um Xie Lian unter Kontrolle zu bringen. Nur unter großen Anstrengungen gelang es ihnen schließlich, ihn zu sich zu ziehen.

Doch Xie Lian stieß sie mühelos wieder von sich und erklärte: »Es ist gut. Ich bin fertig. Ich weiß, dass ich die Regeln gebrochen habe. Aber wenn ihr so tut, als hättet ihr nichts gehört, ist alles in Ordnung. Solange ihr beide nichts sagt, wird es niemand erfahren. Es war nur dieses eine Mal. Erzählt keinem davon, hört ihr mich?«

Mu Qing sah ihn an, als würde er gezwungen, eine Socke zu essen. Er schüttelte den Kopf und brummte: »Ich kann es nicht fassen ... ›Nimm mich als Grund weiterzuleben‹, wie unverfroren! Wie konntet Ihr ...?«

Xie Lian hatte sich bei diesen Worten ursprünglich nicht viel gedacht, als er Mu Qing nun jedoch so reden hörte, fiel es ihm auch auf und er errötete vor Scham.

»Genug!«, tadelte Feng Xin streng. »Seine Hoheit hat uns befohlen, nicht mehr darüber zu sprechen, warum also redest du darüber?« Seine Mundwinkel zuckten, während er sprach.

Xie Lian konnte es nicht mehr aushalten und verteidigte sich: »Was? Was ist denn? Was ich gesagt habe, war doch nützlich. Seht!«

Der Junge saß wie betäubt eine Weile da. Als Xie Lians Stimme nicht wieder erklang, rieb er sich das Gesicht und griff nach dem Opferteller auf dem Altar. Er hielt ihn in den Händen und begann, die vertrockneten Früchte und Süßigkeiten zu essen. Er kaute hastig und sah aus wie ein kleines, zähes Tier. Als Xie Lian sich vorbeugte, um ihn zu beobachten, lächelte er. »Seht ihr? Es hat funktioniert. Vorher hat er sich geweigert zu essen, jetzt isst er.«

»Na gut, schön. Es hat funktioniert, Weil Ihr ein Gott seid«, sagte Mu Qing.

»Ja, genau, weil Ihr ein Gott seid«, schloss Feng Xin sich an.

Xie Lian wurde wieder ernst. »Genau, ich bin ein Gott. Ich habe euch beide zu mir gerufen, weil ich eine Entscheidung getroffen habe.« Die entspannte Atmosphäre zwischen ihnen wurde mit einem Mal wieder drückend.

»Was sollen wir machen?«, fragte Feng Xin.

Und Mu Qing wollte wissen: »Kümmern wir uns noch darum?«

»Das tun wir. Es ist einfach. Es gibt im ganzen Königreich nicht genug Wasser. Also müssen wir außerhalb von Xianle suchen.«

»Ihr wollt in ein anderes Reich gehen?«, stutzte Mu Qing. »Ist das nicht zu weit? Wir müssten von einem Wassergott ein magisches Werkzeug ausleihen und dieses auf dem Gebiet anderer Himmelsbeamter anwenden. Vielleicht erlauben sie es nicht.«

Daran hatte Xie Lian natürlich schon gedacht. »Ich werde es versuchen. Alles ist besser, als nichts zu tun. Ihr beiden bleibt und behaltet Yong'an im Auge. Leistet Hilfe in den am schlimmsten betroffenen Gebieten. Ich kehre an den himmlischen Hof zurück. Irgendwelche Probleme damit?«

»Kein Problem. Ich bin dabei«, sagte Feng Xin.

Mu Qing überlegte eine Zeit lang. »Aber was wird aus all den Gebeten der Gläubigen am Berg Taicang, Eure Hoheit?«

»Dazu wollte ich gerade etwas sagen. Sucht die wichtigsten heraus und kümmert euch für mich darum. Die weniger dringenden können warten.«

Mu Qing blickte skeptisch drein, aber bestätigte die Anweisung. »Ihr seid der Kronprinz, also werden wir auf Euch hören. Aber ich rate Euch, Eure Anhänger nicht allzu lange warten zu lassen.«

Xie Lian klopfte ihnen auf die Schulter. Feng Xin und Mu Qing verbeugten sich und brachen auf.

Nun waren nur noch Xie Lian und der Junge in dem kleinen Schrein. Als Xie Lian zur Tür hinaustrat, sah er sich noch einmal kurz um. Doch er blieb keinen Moment länger und eilte in die himmlische Hauptstadt.

Sein Plan war gewesen, alle Himmelsbeamten, die das Wasser kontrollierten, aufzusuchen. Aber seltsamerweise waren sie alle unterwegs und keiner von ihnen war in seiner Residenz anzutreffen. Nur der Regenmeister, der nicht im Himmel lebte, kam für Xie Lians Plan infrage. Er eilte durch die Straßen der Hauptstadt, als er auf eine schwarz gekleidete Himmelsbeamte traf, die die Arme voller Schriftrollen hatte.

Sie lächelte ihn an. »Hoheit, Ihr seid endlich zurück.«

»Nangong, das trifft sich gut«, sagte Xie Lian und fragte ohne Umschweife: »Wisst Ihr, wo sich die Residenz des Regenmeisters befindet?«

Der Name der schwarz gekleideten Frau war Nangong Jie. Sie war eine niederrangige Himmelsbeamte des Mittleren Hofes. Seit Xie Lians Aufstieg hatte sie sich für ihn um vielerlei Angelegenheiten gekümmert. Sie war über die aktuellen Ereignisse bestens informiert und arbeitete gründlich und effizient, daher hatte Xie Lian eine hohe Meinung von ihr.

»Der neue Palast des Regenmeisters befindet sich aktuell noch im Bau. Seine Übergangsresidenz ist im Königreich Yushi im Süden«, erwiderte Nangong Jie. Sie gab ihm die Adresse der Residenz und erkundigte sich: »Warum sucht Ihr nach dem Regenmeister?«

»Eine dringende Angelegenheit. Danke für die Hilfe«, sagte Xie Lian. Er wollte schon weitergehen, drehte sich aber noch einmal um und räusperte sich verlegen. »Nangong, Ihr kennt die Himmelsbeamten des Oberen Hofes besser als ich. Könnt Ihr mir sagen, ob der Regenmeister ... ob er irgendetwas besonders mag?«

Es war üblich, dass neu aufgestiegene Himmelsbeamte, zumindest die klügeren unter ihnen, den Palästen der anderen Götter einen Besuch abstatteten und sie mit kleinen Geschenken begrüßten, um sich von Anfang an ein soziales Netzwerk aufzubauen. Das war so etwas wie ein ungeschriebenes Gesetz. Doch Xie Lians Aufstieg war so plötzlich gekommen, dass niemand daran gedacht hatte, ihm von diesem Brauch zu erzählen.

Als der Staatspräzeptor ihn später daran erinnerte, war es schon zu spät, als dass er noch einen guten Eindruck hätte machen können. Für einen Kronprinzen wie Xie Lian fühlte sich ein solches Vorgehen außerdem wie Korruption an und er konnte ihm allein deswegen schon nichts abgewinnen. Schlussendlich entschied er sich, sich ganz natürlich zu verhalten, und hoffte, auf andere Weise Beziehungen knüpfen zu können.

Die Idee dahinter war schön. Doch nun, da er sich erkundigte, wie er einem Himmelsbeamten eine Freude machen könnte, hörte es sich wirklich so an, als wollte er jemanden bestechen. Er errötete vor Scham, als er es bemerkte. Aber ihm blieb keine Wahl. Die anderen Götter in der Hauptstadt redeten über den Kommunikationskanal miteinander, was Verhandlungen jeglicher Art erheblich vereinfachte. Doch der Regenmeister lehnte diese Art der Kommunikation ab. Und Xie Lian wollte verhindern, dass andere Götter seine Absichten missverstanden und dachten, er wolle sich nur zum Spaß magische Werkzeuge ausleihen.

Nangong Jie verstand sofort. »Es tut mir leid, ich fürchte, ich kann Euch in dieser Sache nicht weiterhelfen. Der Regenmeister ist sehr zurückhaltend. Ich bezweifle, dass irgendjemand im Himmel seine persönlichen Interessen kennt. Ich kenne sie auch nicht. Entschuldigt.«

Xie Lian errötete aufs Neue. »Ist schon in Ordnung. Danke.«

»Aber wenn Ihr etwas mit dem Regenmeister zu besprechen habt, wird es nicht schaden, ihn aufzusuchen«, fügte Nangong Jie hinzu. »Es würde nicht seinem Naturell entsprechen, Euch ein Treffen zu verwehren.«

Xie Lian dankte ihr nochmals und folgte ihrer Wegbeschreibung in Richtung Süden, bis er die vorläufige Residenz des Regenmeisters erreichte.

Sie befand sich in einem kleinen Dorf, umgeben von grünen Bergen und klarem Wasser, inmitten einer idyllischen Landschaft. Doch Xie Lian war nicht in der Stimmung, sich daran zu erfreuen. Er lief auf den Wällen der Reisfelder entlang, bis er eine Steinstele fand, auf der das

Schriftzeichen für »Regen« eingraviert war. Er vermutete, dass er sich im Gebiet des Regenmeisters befinden musste, und alle, auf die er traf, sollten eigentlich seine Untergebenen sein. Aber als er weiterging, sah Xie Lian nichts als üppige grüne Felder um sich herum. In den Feldern muhten Ochsen, Mühlräder drehten sich, Bauern pflanzten Reissetzlinge ein und neben einem Feld stand eine kleine, heruntergekommene Hütte. Es gab kein Anzeichen für Göttlichkeit und Xie Lian fragte sich, ob er die falsche Richtung eingeschlagen hatte. Dies hier war doch nur eine gewöhnliche, ärmliche Bauernsiedlung.

Gerade als er zweifelnd dastand, muhte ein schwarzer Ochse in einem Feld mehrere Male. Dann stellte er sich auf die Hinterbeine, während seine Vorderbeine sich ausstreckten, um das Pfluggeschirr von seinem Rücken zu nehmen. Der starke, massige Körper wurde schmäler, die lange Ochsenschnauze ging zurück und innerhalb eines Wimpernschlags hatte sich der schwarze Ochse in einen Bauern mit kräftigen Oberarmen verwandelt.

Der Bauer war groß und stark, seine Muskeln traten klar hervor und seine Gesichtszüge waren markant. In der Nase trug er einen Ring aus poliertem Eisen, wie der eines Ochsen, und ein Grashalm hing ihm aus dem Mundwinkel. Die anderen Bauern hatten die Verwandlung bemerkt, doch sie fuhren mit ihrer Arbeit fort, als sei nichts passiert. Xie Lian schloss daraus, dass niemand hier ein Sterblicher war. Er trat vor und hob zum Gruß seine gefalteten Hände. »Bruder, darf ich Euch fragen, ob dies die Residenz des Regenmeisters ist?«

Der schwarze Ochsenbauer zeigte auf den Feldrand direkt gegenüber und antwortete: »Ja, der Regenmeister lebt dort.«

Xie Lian sah sich mehrmals um, bevor er sicher war, dass das einzige Gebäude in der ihm gewiesenen Richtung tatsächlich die baufällige Hütte war. Sie sah aus, als würde schon ein leichter Windhauch sie zum Einsturz bringen, und mit Sicherheit regnete es durch das Dach. Selbst seine schäbigsten Schreine sahen solider und respektabler aus als diese kleine Hütte. Xie Lian war verdutzt. Es hieß, der Regenmeister sei wie er selbst auch von königlichem Blut und stamme aus dem Königreich Yushi. Aus diesem Grund hatte Xie Lian keine kostbaren Geschenke wie Edelsteine oder seltene Schätze mitgebracht. Er hatte sich gedacht, dass der Regenmeister wie er selbst vielleicht nichts von diesen Dingen hielt. Aber warum lebte er nach seinem Aufstieg in so einer Bruchbude? Vielleicht war es eine besondere Form der Kultivierung.

Xie Lian war mit leeren Händen gekommen. Er bedankte sich bei dem Bauern und rief mit lauter, klarer Stimme: »Regenmeister, bitte verzeiht mir den unangemeldeten Besuch. Ich bin der Prinz von Xianle.«

Aus der Hütte war keine Antwort zu hören. Der Bauer kam herbei und zog den Pflug dabei hinter sich her. »Ach, Ihr seid dieser Kronprinz, der schon mit siebzehn aufgestiegen ist?«

»Ja, auch wenn es mir unangenehm ist.«

»Kein Grund, sich zu schämen, es ist doch eine Tatsache. Aber der Regenmeister empfängt nicht gern Gäste und wurde kürzlich verletzt. Ich befürchte, Ihr könnt ihn heute nicht treffen.«

Xie Lian war enttäuscht, als er das hörte, aber er wollte noch nicht aufgeben. »Darf ich Euch dann bitten, ihm eine Nachricht zu überbringen? Ich habe eine dringende Bitte. Wenn es dem Regenmeister jedoch Umstände bereitet, werde ich nicht darauf bestehen.«

Der Bauer grinste. »Ich muss ihn nicht benachrichtigen. Wir alle wissen, warum Ihr hier seid. Die Lage ist besorgniserregend, nicht wahr?«

Xie Lian war verblüfft. »Ihr kennt die Situation in Xianle?«

»Natürlich«, antwortete der Bauer. »Und nicht nur wir hier auf diesem Berg mitten im Nichts – jeder weiß inzwischen, welche Katastrophe Eurem Königreich Xianle droht. Ihr kennt Eure eigene Situation nicht, aber alle um Euch herum verstehen genau, was vor sich geht, und lehnen sich gemütlich zurück, um zuzusehen, ha ha. Ihr seid hier, um das magische

Werkzeug des Regenmeisters auszuborgen, um Katastrophenhilfe zu leisten, nicht wahr?«

Das waren erhellende Worte. Erst jetzt begriff Xie Lian, dass es kein Zufall gewesen war, dass alle Himmelsbeamten des Oberen Hofes zur selben Zeit unterwegs waren. Sie hatten seine Absicht vorhergesehen und hatten ihm die Türen verschlossen oder waren fortgegangen, um zu verhindern, mit in das Chaos hineingezogen zu werden.

Er seufzte. *Hätte ich sie gleich zu Beginn alle in ihren Palästen besuchen sollen? Wäre es dann leichter gewesen, jemanden zu finden, der bereit ist, mir zu helfen?*

Der Gedanke deprimierte ihn. Mit leiser Stimme erwiderte er: »Das stimmt. Wenn ich dem Regenmeister Umstände bereite, werde ich nicht weiter darauf beharren.«

Der Bauer aber konterte: »Warum nicht? Schämt Ihr Euch dafür? Es geht doch um das Überleben Eures Reichs. Solltet Ihr uns nicht bis zum Umfallen belästigen? Ist es so erniedrigend für Euch, darauf zu beharren? Junge Leute sollten sich nicht so einfach abwimmeln lassen. Lasst mich etwas Unschönes sagen: Sollte der Regenmeister Euch helfen, dann aus reiner Freundlichkeit. Falls nicht, dann aus Pflichtbewusstsein. Ob er Euch das Werkzeug leiht oder nicht, hängt von seiner Laune ab. Also beschwert Euch später nicht, wenn Ihr nicht bekommt, was Ihr begehrt.«

Xie Lian wusste, dass die Worte des Bauern keinen Sinn ergaben. Doch er stand unter so großem Druck und der Ton des Bauern war so unfreundlich, dass eine Welle heißer Wut ihn durchfuhr. Er reckte das Kinn vor und sagte unverblümt: »Ich verstehe, was Ihr gesagt habt, und würde mich niemals hinter jemandes Rücken beschweren. Wieso glaubt Ihr zu wissen, wie ich reagieren werde? Ich sagte, ich würde nicht darauf beharren, weil ich meine Zeit nicht verschwenden will und dem Regenmeister keine Unannehmlichkeiten bereiten möchte. Aber sollte der Regenmeister sich nicht belästigt fühlen und alles, was ich bräuchte, um das magische Werkzeug zu bekommen, wäre Beharrlichkeit, dann würde ich, ohne mit der Wimper zu zucken, meine achttausend Tempel aufgeben und mich hundertmal vor ihm niederwerfen.«

Der Bauer lachte lauthals. »Seid Ihr wütend? Ihr habt das Temperament eines Kindes. Hier!«

Er warf Xie Lian etwas zu. Xie Lian hob seine Hand und fing den grasgrünen Bambushut auf, den der Bauer eben noch auf seinem Rücken getragen hatte. »Was ist das?«, fragte er.

»Das, was Ihr ausleihen wolltet. Der Regenmeister bat mich, es Euch zu überreichen, bevor Ihr kamt. Setzt es mit Bedacht ein. Wenn es kaputtgeht, werden wir Euch nicht verzeihen.«

Xie Lians Augen weiteten sich. »Wieso?«

»Habe ich Euch das nicht schon erklärt? Es ist eine reine Gefälligkeit. Andere würden ihn Euch nicht leihen, aber der Regenmeister besteht darauf. Er tut, was er will.«

»Vielen Dank!«, rief Xie Lian.

»Freut Euch nicht zu früh, Eure Hoheit. Der Regenmeister ist zwar vor Euch aufgestiegen, aber er hat weniger Anhänger und daher weniger Macht. Außerdem ist er verletzt. Er kann nichts für Euch tun, als Euch dieses Ding leihen. Der Rest hängt von Euch ab. Ferne Wasser können nahen Durst nicht löschen. Der Hut des Regenmeisters kann Regen bewegen, aber kein Wasser erschaffen. Es gibt nicht genug Wasser in Eurem Xianle, also müsst Ihr Wasser aus anderen Reichen borgen und die willigen vielleicht nicht ein. Nur das Königreich Yushi hatte in den letzten Jahren Regen im Überfluss und ist reich an Wasser. Doch die Entfernung zwischen den Reichen ist weit und jedes Mal, wenn Ihr den Hut benutzt, wird es viel von Eurer spirituellen Energie verbrauchen. Wie viel Ihr auch besitzen mögt, irgendwann wird sie aufgebraucht sein.«

Xie Lian war sich schmerzlich bewusst, wie schwierig es war, ein magisches Werkzeug eines anderen auszuleihen. Er verbeugte sich tief vor der schäbigen Hütte. »Ich bin dem Regenmeister unendlich dankbar für seine Hilfe. Ich werde seine Güte nicht vergessen. Sollte ich ihm künftig je helfen können, möge er nicht zögern, mich zu fragen. Lebt wohl.«

Mit dem geliehenen magischen Werkzeug in der Hand fand Xie Lian augenblicklich einen See im Süden und schöpfte eine große Menge Wasser mit dem Hut des Regenmeisters. Er legte Tausende Kilometer zurück und gelangte nach Yong'an in Xianle. Er suchte die Gegend auf, die am meisten von der Dürre betroffen war, die Bucht von Lang'er, und drehte den Bambushut über den Wolken um.

Kurz darauf fiel ein Regenschauer vom Himmel. Xie Lian sprang von der Wolke und landete mit beiden Füßen auf dem Boden. Die halb toten Bewohner trauten ihren Augen kaum. Einige liefen aus ihren Behausungen, um im Regen zu tanzen, andere brachten eilig Eimer und Töpfe heraus, um das Wasser aufzufangen.

Xie Lian seufzte erleichtert, als er das sah, und lächelte endlich. Genau in diesem Moment hörte er eine Stimme. »Eure Hoheit!«

Er wandte sich um und erblickte Mu Qing, der mit finsterer Miene hinter einem Baum hervortrat.

Als Xie Lian sein Gesicht sah, wusste er sofort, dass etwas nicht stimmte. »Was ist? Ist etwas passiert?«

Kapitel 34:

Die Stadttore schließen sich, Yong’an wird ausgesperrt

»Eure Hoheit, warum habt Ihr so lange gebraucht?«, fragte Mu Qing.

Xie Lian sah ihn erstaunt an. »War ich denn lange fort?«

Er hatte Himmel und Erde bereist, Wasser aus dem See geschöpft, Wolken bestiegen und Regen gemacht. Dabei hatte er nicht bemerkt, wann Tag war und wann Nacht, und auch nicht, wie viel Zeit vergangen war.

»Es sind viele Tage vergangen. Im Kronprinzentempel liegen Berge von Gebeten.«

Da bemerkte Xie Lian, dass der Regen nachließ, und streckte eine Hand aus. »Ich hatte euch doch angewiesen, euch um die wichtigsten Gebetsanliegen zu kümmern.«

»Natürlich, wir haben getan, was wir konnten«, antwortete Mu Qing. »Aber ... es sind zu viele Gebete, die unsere Befugnisse überschreiten. Deshalb hatte ich Euch gebeten, die Gläubigen nicht zu lange warten zu lassen und schnell zurückzukommen.«

Bis er seinen Satz beendet hatte, hatte der Regen aufgehört. Der Schauer war von kürzerer Dauer gewesen, als Xie Lian erwartet hatte, und er fühlte sich entmutigt. Als die Wolken sich auflösten, kam der grüne Bambushut zu ihm heruntergeflogen und er fing ihn mit beiden Händen auf. »Aber siehst du nicht, wie schlimm die Lage ist? Ich kann unmöglich von hier fortgehen«, wandte Xie Lian ein.

Mu Qing runzelte die Stirn. »Eure Hoheit, es ist Euch gelungen, das magische Werkzeug des Regenmeisters auszuleihen? Woher kam das Wasser?«

»Aus dem Königreich Yushi, weit im Süden«, erklärte Xie Lian.

»So weit? Wie viel Kraft hat es Euch gekostet, das Wasser hierherzubewegen? Und wenn Ihr weiterhin Yong'an mit solch spärlichem Regen bewässern wollt, wie wollt Ihr Euch dann um die Gebete Eurer Gläubigen kümmern?«

Selbst wenn er es nicht laut ausgesprochen hätte, hätte Xie Lian verstanden. Er war ein Kriegsgott und die Gläubigen, die im Kronprinzentempel zu ihm beteten, waren die Quelle seiner spirituellen Kraft. Wenn er nicht vorsichtig war und diese Kraftquelle durch seine Handlungen verspielte, würde nur mehr Leid auf beiden Seiten entstehen. Aber was sollte er sonst tun?

»Ich weiß ja. Aber wenn es so weitergeht und es in Yong'an zu einem Aufstand kommt, wird auch der Kronprinzentempel früher oder später davon betroffen sein.«

»Das ist schon passiert!«, rief Mu Qing aus.

Xie Lian sah ihn entgeistert an. »Was?«

Er eilte zurück in die Hauptstadt von Xianle. Als er die Shenwu-Allee erreichte, erblickte er eine Truppe königlicher Soldaten, die bewaffnet und in Rüstung eine Reihe Gefangener die Straße entlangführten. Die Gefangenen waren zerzaust und an Händen und Hals mit einem Joch gefesselt. Die Straße war von Menschen gesäumt, in jedem einzelnen Gesicht stand Zorn.

Feng Xin ergriff seinen schwarzen Bogen und hielt ihn fest, als befürchtete er, dass jeden Moment ein Tumult entstehen könne.

»Feng Xin, wer sind diese Gefangenen? Welches Verbrechen haben sie begangen? Wohin werden sie gebracht?«

Feng Xin eilte zu ihm, als er seine Stimme hörte. »Eure Hoheit. Sie alle sind Flüchtlinge aus Yong'an.«

In der Reihe der Gefangenen befanden sich Dutzende Männer, alle groß und kräftig, ihre Haut von der Sonne braun gebrannt. Hinter den Soldaten liefen auch einige alte Männer sowie schwächliche Frauen und Kinder her.

»Die, die hinterherlaufen auch?«, fragte Xie Lian.

»Ja, alle«, bestätigte Feng Xin.

In den letzten Monaten, als die Dürre immer schlimmer geworden war, waren immer mehr Bewohner der Stadt aufgebrochen, um in den Osten zu fliehen. Solange es nur einige Dutzend gewesen waren, waren sie nicht weiter aufgefallen. Doch immer mehr Menschen strömten in die Hauptstadt und inzwischen waren es schon weit über fünfhundert. Wenn diese fünfhundert sich versammelten, ergaben sie eine stattliche Menschenmenge.

Die Menschen aus Yong'an waren Fremde. Sie hatten alles verloren und sobald sie den Mund aufmachten, verriet ihr Dialekt ihre Herkunft. Es war also nicht verwunderlich, dass sie sich in dieser fremden Stadt zusammengeschlossen hatten, um sich gegenseitig zu unterstützen. Nach langer Suche hatten sie endlich ein unbewohntes Wiesengebiet innerhalb der Stadt gefunden. Dort hatten sie Hütten als Notunterkünfte errichtet.

Unglücklicherweise jedoch war dieses Gebiet, obwohl es unbewohnt war, sehr beliebt bei den Bürgern der Hauptstadt. Das kulturelle Leben spielte in ganz Xianle eine große Rolle, und das traf ganz besonders auf die Hauptstadt zu. Auf dem Wiesengebiet fanden sich die Bürger zusammen, um spazieren zu gehen, zu tanzen, Gedichte vorzutragen, zu malen, sich in der Schwertkunst zu üben und so weiter. Yong'an hingegen war immer arm gewesen und hatte ein vollkommen anderes Temperament und andere Vorlieben. Aus diesem Grund behaupteten die Hauptstadtbewohner oft, nur sie allein verkörperten den wahren Geist von Xianle. Und nun war ihre elegante Stadt von einer großen Menge Flüchtlinge eingenommen worden, die die Luft mit ihren fremden Gerüchen und Geräuschen erfüllte. Es roch nach den Kräuterelixieren, die sie kochten, nach ihrer Wäsche, und ihren Lagerfeuern. Der Gestank nach Schweiß und Essensresten und ihre Klagegesänge waren für die Anwohner nur schwer zu ertragen und sie hörten nicht auf, sich darüber zu beklagen.

Einige der älteren Anführer aus Yong'an verstanden ihre Einwände und wollten einen anderen Platz finden. Aber die Hauptstadt war dicht besiedelt. Wohin sie auch gingen, überall waren Leute und es gab keinen anderen Ort, an dem so viele Menschen Unterschlupf finden konnten. Zudem hatten sie Kranke und Verwundete bei sich, Alte und Kinder, sodass ein Umzug nicht leicht zu bewerkstelligen war. Ihnen blieb keine andere Wahl, als an der Wiese festzuhalten. So sehr es den Stadtbewohnern auch missfiel, die Flüchtlinge waren ihre Landsleute. In Anbetracht der schweren Katastrophe in ihrer Heimat arrangierten sie sich schlussendlich mit der Anwesenheit der Fremden.

Bis hierhin hatte Xie Lian dem Bericht zugehört, als die Soldaten mit den Gefangenen aus Yong'an den Marktplatz erreicht hatten. »Kniet!«, brüllten sie die Gefangenen an.

Auf den Gesichtern der Männer war Widerstand zu erkennen, doch sie konnten sich der Gewalt der Soldaten nur fügen. Die umstehenden Menschen seufzten teilweise bei dem Anblick. Andere fühlten deutlich erkennbar Genugtuung. »Eurem Bericht zufolge haben sich die beiden Seiten miteinander arrangiert. Was ist heute vorgefallen?«, fragte Xie Lian.

Noch bevor Feng Xin ihm antworten konnte, begann eine Frau in der Menge zu heulen und zu schreien. »Ihr Diebespack! Ihr klaut und noch dazu habt ihr meinen Mann grün und blau geschlagen, sodass er nicht mehr aufstehen kann! Wenn er sich nicht erholt, werdet ihr dafür bezahlen!«

Einige der Umstehenden eilten zu ihr, um sie zu trösten und zu beruhigen, und einer zeigte mit dem Finger auf die Männer. »Könnt ihr euch nicht benehmen, wenn ihr schon herkommen müsst?«

»Ja! Ihr seid hier Gäste, aber ihr habt es euch schön gemütlich gemacht, nicht wahr? Ihr Diebe!«

Einer der gefesselten jungen Männer konnte es nicht mehr mit anhören. »Wir haben euch doch schon gesagt, dass wir nichts gestohlen haben. Wir haben auch nicht die Schlägerei angezettelt. Auf unserer Seite gibt es auch Verletzte ...«, rief er.

»Sei still«, ermahnte ihn einer der älteren Männer aus Yong'an.

Der jüngere Mann schloss wütend den Mund.

»Ein Hund wurde in der Hauptstadt vermisst gemeldet«, erklärte Feng Xin. »Zuvor gab es einen Vorfall, bei dem ein Kind aus Yong'an vor Hunger eine Ente gestohlen hat. Also verbreitete sich das Gerücht, dass die Flüchtlinge den Hund gestohlen und gegessen hätten. Eine Gruppe zog los, um sie zu befragen, und die ›Befragung‹ artete in eine Schlägerei aus.«

Xie Lian war fassungslos. »Alles wegen eines Hundes? Und deshalb wurden so viele Leute verhaftet?«

»Ja, wegen eines Hundes«, sagte Feng Xin. »Es ist so ausgeartet, weil beide Seiten schon lange Groll hegen. In einer solchen Lage reicht ein geringer Auslöser schon aus und die Stimmung kocht über. Beide Seiten behaupten, die andere hätte angefangen und sei schuld, sodass der Streit immer weiter eskaliert ist.«

»Gewalttätige Unruhestifter werden streng bestraft«, kündigte ein hochrangiger Soldat an. »Ihr seid alle dazu verurteilt, öffentlich das Joch zu tragen. Lasst euch nicht noch mehr zuschulden kommen.«

Nach der Urteilsverkündung trat er zurück. In der nächsten Sekunde begannen einige in der Menge, Salatköpfe und faule Eier nach den Männern aus Yong'an zu werfen. Die alten Männer, die hinterherliefen, knieten nieder und baten um Gnade.

»Wir entschuldigen uns! Hört doch, wir entschuldigen uns!«

»Bitte, habt Gnade, habt doch Gnade!«

Xie Lian fand dieses ganze Schauspiel absurd. Aus einer Mücke wurde ein Elefant gemacht. Aber er konnte auch verstehen, dass die Gefühle der Menschen auf beiden Seiten verletzt waren. »Haben sie denn wirklich etwas gestohlen? Wurde der Hund gefunden?«

Feng Xin schüttelte den Kopf. »Wer weiß. Wenn die Anschuldigung wahr wäre und sie die Knochen weggeworfen hätten, könnte niemand etwas beweisen. Aber ihren Gesichtern nach zu urteilen, denke ich nicht, dass sie es getan haben.«

Doch natürlich entschied die Rechtsprechung der königlichen Hauptstadt zugunsten ihrer Einwohner. Ob etwas gestohlen worden war oder nicht – es war zu einer Ausschreitung gekommen und die Schuld dafür lag bei Yong'an. Obwohl die Männer aus der Hauptstadt sich gern zum Spaß im Kampf übten, waren sie nicht so kräftig und kampfeslustig wie die aus Yong'an. Sie hatten in der Schlägerei den Kürzeren gezogen und dieser Gesichtsverlust vertiefte nur die Kluft zwischen den beiden Parteien.

Xie Lian schüttelte den Kopf. Er ließ seinen Blick über die Menschenmenge schweifen. Da erblickte er plötzlich einen Mann, der ihm bekannt vorkam. Er stand inmitten der Gefangenen aus Yong'an und hielt den Kopf tief gesenkt. Es war der Mann aus dem Wald, Lang Ying.

Xie Lian war sprachlos. Da hörte er jemanden in seiner Nähe. »In letzter Zeit kommen immer mehr dieser Leute aus Yong'an. Und jetzt fangen sie schon an, Prügeleien anzuzetteln?«

»Die kommen doch nicht alle hierher, oder?«

Einer, der wie ein Kaufmann aussah, gestikulierte wild. »Seine Majestät wird das nicht zulassen. Mein Haus wurde gerade erst von dieser Räuberbande ausgeraubt. Wenn sie alle herkommen, wäre das die reinste Hölle!«

Lang Ying hatte den Kopf die ganze Zeit gesenkt gehalten und sich von Salatköpfen treffen lassen. Bei diesen Worten sah er jedoch plötzlich auf. »Habt Ihr das gesehen?«

Der Kaufmann hatte keine Antwort erwartet und fragte nach, ohne weiter nachzudenken. »Was?«

»Dass Diebe aus Yong'an Euer Haus ausgeraubt haben. Habt Ihr sie mit Euren eigenen Augen gesehen?«

»Ich ... ich habe sie nicht selbst gesehen, aber zuvor war es hier immer friedlich. Erst nachdem ihr alle hier aufgetaucht seid, bin ich ausgeraubt worden. Wie kannst du also sagen, dass es nichts mit euch zu tun hat?«, argumentierte der Kaufmann.

Lang Ying nickte. »Ich verstehe Euch. Bevor wir hierherkamen, waren es Eure eigenen Leute, die gestohlen haben. Aber seit wir hier sind, sind wir die Diebe ...«

Eine verfaulte Kaki kam auf ihn zugeflogen, bevor er seinen Satz beenden konnte. Sie zerplatzte seitlich an seinem Mund. Er sah aus, als hätte er einen Schwall Blut erbrochen. Der Kaufmann lachte laut los und Lang Yings Blick verfinsterte sich. Er sprach nicht weiter.

Xie Lian löste die spitzen Steine auf, die ebenfalls auf die jungen Männer geworfen wurden, sodass niemand ernsthaft verletzt werden konnte. Die öffentliche Demütigung dauerte bis zum Abend an. Erst als die Menschenmenge sich langsam aufzulösen begann, entschieden die Soldaten, dass es genug war. Sie öffneten die Joche und warnten die Männer, keinen Ärger mehr anzuzetteln, sonst würden sie streng bestraft werden. Die Älteren verbeugten sich immer wieder mit unterwürfigem Lächeln und versprachen, von nun an alle Regeln zu befolgen.

Lang Ying ging mit apathischem Blick allein davon. Xie Lian sah der einsamen Gestalt nach. Er wartete den richtigen Augenblick ab, erschien dann hinter einem Baum und versperrte ihm den Weg.

In dem Moment, als Lang Ying ihn erblickte, blitzten seine Augen auf und kurz sah er so aus, als wollte er ihn gleich erwürgen. Es dauerte einen Augenblick, bis er erkannte, wer da vor ihm stand. Er zog die Hand zurück, die er schon angriffsbereit erhoben hatte. »Ihr seid es.«

Xie Lian hatte wieder die Gestalt des jungen Kultivierers angenommen. Lang Ying wäre es beinahe gelungen, ihn blitzschnell zu ergreifen. *Dieser Mann ist beeindruckend*, staunte Xie Lian. »Ich habe Euch die Perle gegeben. Warum habt Ihr sie nicht nach Yong'an gebracht?«

Lang Ying sah ihn an. »Mein Sohn ist hier. Ich bin auch hier.« Nach einem kurzen Zögern zog er die Perle aus seiner Tasche. »Wollt Ihr sie zurück? Hier.«

An der Hand, die er ihm entgegenhielt, waren noch die Druckstellen des Jochs zu sehen. Beide schwiegen eine Zeit lang. Xie Lian nahm die Perle nicht an.

»Geht zurück. In der Bucht Lang'er hat es heute Regen gegeben.« Er deutete in den Himmel. »Morgen wird es wieder regnen, ich verspreche es. Ganz bestimmt.«

Aber Lang Ying schüttelte den Kopf. »Es spielt keine Rolle, ob es regnet oder nicht. Es gibt kein Zurück.«

Xie Lian sah ihm nach, als er davonging. Er verspürte einen Moment lang Panik. Dann überkam ihn das Gefühl fürchterlicher Ausweglosigkeit.

Er hatte niemals Sorgen gehabt, bevor er in den Himmel aufgestiegen war. Er hatte stets tun können, wozu er Lust hatte. Er hätte niemals gedacht, dass nach seinem Aufstieg Kümmernisse und Sorgen – seine eigenen und die der anderen – seine ständigen Begleiter werden würden. War schon immer alles so schwierig gewesen? Er hatte sich noch nie so leer und kraftlos gefühlt. Er seufzte und wandte sich ebenfalls zum Gehen. Ein ganzer Berg von Gebeten wartete im Kronprinzentempel darauf, dass er sich mit ihnen befasste.

Und er war nicht einmal derjenige, der sich die meisten Sorgen machte. Der König musste mit ansehen, dass seine Ängste Realität wurden. Und die fünfhundert Flüchtlinge aus Yong'an waren erst der Anfang.

Mit dem geliehenen Regenhut in der Hand hetzte Xie Lian unermüdlich zwischen dem Süden und dem Norden hin und her und ließ es ein ums andere Mal regnen. Doch jeder kleine Regenschauer verbrauchte riesige Mengen seiner spirituellen Energie und fünf bis sechs Tage seiner Zeit. Abgesehen von Jun Wu vermochte außer ihm wohl kein anderer Gott, eine so anstrengende Arbeit über einen so langen Zeitraum hinweg zu verrichten. Der Himmelskaiser regierte jedoch über ein weit größeres Gebiet und musste sich um mehr Gläubige und andere Reiche kümmern als nur Xianle. Es war undenkbar für Xie Lian, ihn von seinen Pflichten abzuhalten und um Hilfe zu bitten. Doch jeder einzelne Regenschauer dauerte nur kurze Zeit an und bewässerte nur einen kleinen Teil von Yong'an. Selbst wenn der Regen etwas Erleichterung brachte, konnte das Problem so nicht gelöst werden.

Nach einem weiteren Monat setzte eine regelrechte Völkerwanderung aus Yong'an in den Osten ein. Zuvor waren es Gruppen von einem Dutzend Menschen gewesen, die sich auf den Weg gemacht hatten. Jetzt schlossen sich Hunderte, Tausende zusammen und strömten wie ein reißender Fluss ostwärts.

Wieder einen Monat später erließ der König einen Befehl: »Aufgrund der anhaltenden Dispute und wiederholten Ausschreitungen der letzten Monate werden alle Flüchtlinge aus Yong'an aufgefordert, die Stadt unverzüglich zu verlassen. Jeder Flüchtling bekommt einen Reisebetrag ausgezahlt, der ihm helfen soll, sich anderswo niederzulassen.«

Und damit schlossen sich die Stadttore vor dem gewaltigen Flüchtlingsstrom aus Yong'an.

»Öffnet die Tore!«

»Lasst uns ein!«

Die Soldaten zogen sich hinter die Stadtmauern zurück und verschlossen die tausend Tonnen schweren Tore. Die Menschen, die von den Soldaten aus der Stadt vertrieben worden waren, drängten wie eine schwarze Welle auf sie ein und hämmerten an die massiven Tore. Von den Wachtürmen riefen die Soldaten: »Geht weg! Geht! Holt euren Reisebetrag ab und geht weiter in den Osten! Ihr könnt hier nicht bleiben!«

Doch die Flüchtlinge hatten ihrer Heimat Yong'an den Rücken gekehrt, hatten alles zurückgelassen und waren in die nächstgelegene Stadt gekommen, die Hauptstadt. Nun, da sich die Tore vor ihnen verschlossen, würden sie auf dem Weg in eine weiter östlich gelegene Stadt einen noch weiteren Weg zurücklegen müssen.

Schon die Reise in die Hauptstadt war äußerst gefährlich gewesen und viele waren verletzt worden oder umgekommen. Woher sollten sie die Kraft nehmen, um weiterzuziehen? Sie hatten einen Geldbetrag und Lebensmittelrationen erhalten, aber wie viele Tage würden sie damit auskommen?

Ihre Gesichter waren aschfahl. Einige zogen ihre Besitztümer hinter sich her, andere trugen Säuglinge auf dem Rücken. Wieder andere trugen Bahren mit Verletzten. Manche stützten sich aufeinander, wieder andere konnten nicht mehr gehen und standen, saßen oder lagen auf dem Boden. Unzählige blieben dort vor der Stadtmauer. Unter den jungen Männern gab es einige, die noch Kraft genug hatten, ihrem Zorn Ausdruck zu verleihen. Sie hämmerten mit den Fäusten an die Tore und brüllten: »Das könnt ihr nicht machen! Ihr könnt uns nicht einfach dem Tod überlassen!«

»Wir sind doch auch Bürger von Xianle! Ihr könnt uns hier nicht sterben lassen!«

Einer von ihnen rief immer wieder, bis er heiser wurde. »Ihr könnt uns rausschmeißen. Gut, ich gehe. Aber lasst wenigstens meine Frau und meine Kinder bleiben. Bitte!«

Sie waren wie Ameisen, die einen Baum umstürzen wollten. Die Stadttore bewegten sich keinen Millimeter.

Xie Lian stand oben auf einem der Wachtürme, sein weißer Umhang wehte im Wind. Er war über die Brüstung gestiegen, um hinunterzusehen. Außerhalb der Stadtmauern sah er ein Meer von Menschen, unzählige Köpfe, sie wimmelten durcheinander, wie er es als Kind beim Spielen im Palastgarten in einem Ameisenbau gesehen hatte. Damals hatte er das Treiben neugierig und fasziniert beobachtet und immer wieder den Finger ausgestreckt, um die Ameisen zu berühren. Aber eine Palastdienerin hatte sofort gerufen: »Eure Hoheit! Das ist schmutzig, das dürft Ihr nicht anfassen! Nicht anfassen!«

Dann war sie zu ihm geeilt, hatte den Rock angehoben und die Ameisen unter ihren Füßen zertreten.

Solange die Ameisen am Leben waren, hatte es für sie in ihrem Gewimmel und Gewusel kaum etwas gegeben, das es wert war, betrachtet zu werden. Als sie zertreten waren, gab es noch weniger zu sehen.

Innerhalb der Stadtmauern brannten Lichter in unzähligen Häusern und der Klang von Musik lag in der Luft. Die Stadtmauer bildete die Grenze zwischen zwei vollkommen unterschiedlichen Welten.

Es war nicht nur so, dass keine neuen Flüchtlinge aus Yong'an mehr aufgenommen wurden, auch die, die sich bereits in der Stadt niedergelassen hatten, wurden fortgeschickt. Das war eine harte Entscheidung. Aber da die Konflikte zwischen Flüchtlingen und Stadtbewohnern in den letzten Monaten immer schlimmer geworden waren, konnte Xie Lian sie nachvollziehen. Wenn sie den Flüchtlingen erlauben würden, in der Stadt zu bleiben, würden diese sich vielleicht mit anderen außerhalb der Mauern zusammentun und für neue Konflikte sorgen.

Doch einen Punkt gab es, den er für verhandlungswürdig hielt. Geistesabwesend sagte er: »Warum müssen die Frauen und Verletzten auch ausgeschlossen werden? Es sind viele unter ihnen, die nicht mehr weiterlaufen können.«

Feng Xin und Mu Qing standen direkt hinter ihm.

»Wenn schon, dann müssen alle fortgeschickt werden. Alle müssen gleich behandelt werden. Wenn eine Gruppe bevorzugt wird, werden Fragen aufkommen wie: ›Warum dürfen jene bleiben und ich nicht?‹«, sagte Mu Qing.

»Du denkst zu viel nach«, kommentierte Feng Xin.

»Es gibt viele Leute, die so denken«, entgegnete Mu Qing tonlos. »Außerdem, wenn die Frauen und Kinder bleiben dürften, würden die Männer nicht weit fortgehen wollen. Sie würden früher oder später versuchen zurückzukommen. Leute in der Stadt zu behalten zieht zukünftige Probleme nach sich.«

Die Flüchtlinge weigerten sich zu gehen, daher konnten auch die Soldaten auf den Wachtürmen ihre Posten nicht verlassen. Beschwerden wurden laut, doch sie sagten sich: »Pah! Wie ihr wollt!«

Der König selbst hatte den Befehl erteilt. Glaubten sie wirklich, wenn sie einfach vor dem Tor verweilten, würde sich daran etwas ändern? Sie mochten wohl ein oder zwei Tage dort verbringen, aber keinen Monat oder zwei, kein Jahr oder länger, so glaubten die Soldaten und Einwohner der Stadt.

Einige Flüchtlinge akzeptierten ihr Los und zogen weiter gen Osten, aber es waren nicht viele. Die meisten saßen stur vor den Stadttoren in der Hoffnung, dass die Stadt ihnen ihre Tore öffnen oder ihnen zumindest einen Ort zuweisen würde, an dem sie sich auf ihre Weiterreise vorbereiten konnten. Die, die neu eintrafen, waren enttäuscht, als sie die Stadttore verschlossen vorfanden. Aber als sie sahen, wie viele schon dort warteten, schlossen sie sich der Menge an.

Nach einigen Tagen war die Menschenmasse vor den Stadttoren immer größer geworden. Zehntausende Menschen hatten beschlossen, sich genau dort niederzulassen, und sich provisorische Unterkünfte errichtet. Noch konnten sie sich mit den Lebensmittelrationen, die sie erhalten hatten, über Wasser halten, aber nur für eine gewisse Zeit.

Und die war am fünften Tag abgelaufen.

Jeden dieser fünf Tage hatte Xie Lian in drei Abschnitte geteilt: ein Drittel des Tages widmete er den Gläubigen im Kronprinzentempel, ein Drittel verwandte er darauf, Regen nach Yong'an zu bringen, und das letzte Drittel verbrachte er hier an der Stadtmauer. Aber selbst mit der Hilfe von Feng Xin und Mu Qing fühlte Xie Lian, wie die Last der Verantwortung ihn zu erdrücken drohte und dass er nicht mehr lange durchhalten würde, so sehr er sich auch bemühte.

An diesem Tag, gerade als Xie Lian nicht an der Stadtmauer Wache hielt, passierte es. Unter der glühenden Sonne ertönte ein lautes Kreischen von außerhalb der Stadttore.

Das Schreien kam von einem Paar, das ein Kind in den Armen hielt. Viele der Menschen eilten herbei, um zu sehen, was los war.

»Was ist mit dem Kind?«

»Hat es Hunger, oder Durst ...?«

Dann folgte ein aufgeregtes Rufen: »Schnell, bringt Wasser her! Das Kind sieht nicht gut aus!«

Die Frau schluchzte, als sie ihrem Kind Wasser gab. Es war knallrot im Gesicht und erbrach das Wasser sofort wieder.

»Ich weiß nicht, was nicht mit ihm stimmt. Er ist krank. Wir brauchen einen Arzt! Einen Arzt!«, klagte der Vater.

Mit seinem Sohn im Arm lief er zum Stadttor und schlug dagegen. »Macht auf! Helft mir! Jemand stirbt! Mein Sohn stirbt!«

Dass die Soldaten im Inneren der Stadt es nicht wagten, das Tor zu öffnen, versteht sich von selbst. Ob wirklich jemand starb oder nicht – dort draußen warteten Zehntausende auf Einlass. Sollten sie die Tore öffnen, könnten sie sie nicht wieder schließen. Sie sandten eine Meldung an ihren nächsten Vorgesetzten. Es war in den letzten Tagen glühend heiß geworden und die Wachsoldaten waren gereizt.

»Gebt ihm Nahrung und Wasser«, sagte der General abweisend.

Sie ließen an einem Strick Lebensmittel und Trinkwasser von der Mauer herab.

»Danke, danke, meine Herren, aber wir brauchen keine Nahrung. Könnt Ihr uns helfen, einen Arzt zu finden?«, flehte der Mann.

Das machte die Lage schwierig. Sie konnten ihn nicht einlassen, um nach einem Arzt zu suchen, und sie konnten auch keinen von der Stadtmauer abseilen – der Himmel wusste, was die Flüchtlinge tun würden, wenn ein Arzt herauskäme.

»Vergesst es einfach«, sagten die Generäle. »Ignoriert sie. Es stirbt schon niemand. Wenn sie wieder fragen, sagt ihnen, die Nachricht sei an den König übermittelt worden und wir warten auf Antwort.«

Der König war seit Wochen wegen der schwierigen Lage in großer Sorge und war bis aufs Äußerste angespannt. Niemand würde ihn wegen einer so unbedeutenden Angelegenheit belästigen. Die Soldaten antworteten, wie ihnen geheißen worden war. Der junge Mann dankte ihnen überschwänglich, dankte dem König und warf sich mehrmals auf den Boden. Doch die Stunden verstrichen, die unbarmherzige Sonne wanderte über den Himmel und noch immer war kein Arzt gekommen. Das Kind in den Armen seiner Eltern wurde immer heißer.

Sie hielten den Jungen mit zitternden Armen. Der Mann war von kaltem Schweiß bedeckt. »Kommt jemand? Öffnet jemand das Tor für mich?«, murmelte er.

Schließlich konnte er nicht mehr länger warten und rief zu den Türmen: »General! Entschuldigt, aber ich muss fragen ... wo bleibt der Arzt?«

Ein Soldat antwortete: »Wir warten noch auf eine offizielle Antwort des Königs. Es wird noch etwas dauern.«

Einige der Flüchtlinge konnten sich nicht zurückhalten. »Das habt ihr vor vier Stunden auch schon gesagt! Warum gibt es noch keine Antwort?«

Die Soldaten befolgten ihre Befehle und ignorierten die Leute. Die Menschen außerhalb der Mauern waren außer sich vor Verzweiflung. Sie umringten das Kind und begannen zu spekulieren. »Ob sie die Nachricht an den König übermittelt haben? Sie lügen uns doch wohl nicht an, oder?«

Der Vater konnte nicht mehr warten. Er nahm allen Mut zusammen, band sich das Kind auf den Rücken und wandte sich an seine Frau, um ihr ein paar letzte Worte zu sagen. Die Frau nahm einen Talisman von ihrem Hals und hängte ihn ihrem Mann um. Dann rannte er auf die Stadtmauer zu und versuchte, sie zu erklimmen.

Die Mauer war glatt, sodass es schwer war, an ihr hinaufzuklettern. Er versuchte es mehrmals, konnte jedoch keinen Halt finden. Andere

Männer traten hinzu und sagten: »Wir helfen dir!« Sie stemmten ihn hoch. Eine Gruppe von mehr als einem Dutzend Männer stapelten sich zu einer menschlichen Pyramide und beförderten ihn immer höher.

Von dort oben gelang es dem Mann, den Strick zu erreichen, an dem die Nahrung herabgelassen worden war. An ihm kletterte er weiter. Zehntausende sahen ihm dabei ängstlich zu. Sie trauten sich nicht, ihn anzufeuern, aus Angst, ihn zu verraten.

Die Soldaten hoch oben auf den Wachtürmen waren schon seit Tagen auf ihrem Posten und da die Flüchtlinge bisher Ruhe bewahrt hatten, waren sie nachlässig geworden. Erst als der Mann die Mauer schon zur Hälfte erklommen hatte, bemerkten sie ihn.

»Was machst du da?«, fuhr einer ihn an. »Klettern ist verboten! Wer auf die Mauer klettert, wird ohne Erbarmen getötet! Hörst du mich? Kletterer werden getötet!«

Angesichts dieser Drohung rief der Mann: »Ich habe keine bösen Absichten. Ich möchte nur mein Kind zu einem Arzt bringen – sonst werde ich nichts tun.« Während er rief, kletterte er weiter.

Einer der Generäle nahm gerade seine Mahlzeit ein und reagierte äußerst verärgert, als er davon hörte. Wenn es einem gelang, auf die Mauer zu klettern, würden ihm nicht unzählige weitere folgen? Er musste aufgehalten werden. Er trat an die Brüstung und rief: »Bist du lebensmüde? Runter mit dir, sofort! Sonst wird es dir noch leidtun!«

Aber der Mann war schon sehr weit geklettert, er musste sich nur noch einmal kräftig hochziehen und hätte den höchsten Punkt der Mauer erreicht – er würde jetzt nicht aufgeben.

Der General hatte noch nie erlebt, dass sich jemand seinem Befehl so dreist widersetzte. Wer ihm Ungehorsam entgegenbrachte, für den gab es eine einfache Lösung. Er beugte sich über die Brüstung, zog sein Schwert und schlug den Strick entzwei.

Der Mann stürzte in die Tiefe, das abgetrennte Seil noch fest in den Händen. Unter den Schreien Tausender schlug er vor den Stadttoren hart auf dem Boden auf.

In diesem Moment traf Xie Lian ein.

Der Mann war auf den Rücken gefallen, auf dem er auch sein Kind getragen hatte. Das Kind wurde beim Aufprall zerquetscht und das Blut spritzte Dutzende Meter weit. Der Mann hatte sich das Genick gebrochen, seine Augen traten aus ihren Höhlen vor. Um seinen Hals trug er den Talisman, auf dem die Zeichen »Xianle« eingestickt waren – ein Glücksbringer aus dem Tempel des Kronprinzen.

Kurz bevor er auf die Mauer geklettert war, hatten seine Frau und er diesen Glücksbringer gemeinsam in ihren Händen gehalten und schweigend für den Segen des Kronprinzen gebetet. Xie Lian hatte ihre Stimmen gehört und war herbeigeeilt. Aber er war keiner jener Helden, deren Legenden die Bücher erzählen. Es lag nicht in seiner Macht, jedes Mal genau in dem Augenblick zu erscheinen, in dem der Henker die Axt erhob, um in letzter Sekunde ein Leben zu retten.

Die Frau wagte es nicht, den toten Körper ihres Mannes umzudrehen, um nach dem Sohn zu sehen. Sie hielt die Hände vors Gesicht und schrie. Ohne hinzusehen, nahm sie Anlauf, um ihren Kopf an die Mauer zu rammen. Mit einem Krachen sank sie leblos zu Boden.

Direkt vor Xie Lians Augen lagen innerhalb weniger Sekunden nun drei Tote vor den Stadttoren der königlichen Hauptstadt.

Ihm blieb keine Zeit zu reagieren, bevor die Massen außerhalb der Stadt in eine Raserei verfielen, die nicht mehr aufzuhalten war.

»Tot! Eine Familie, drei Menschen, alle tot! Seht, das ist der General, der für Seine Majestät den König, arbeitet! Er wird uns nicht retten, er wird uns töten!«, brüllte einer.

»Ihr lasst uns nicht hinein, aber ihr lasst auch niemanden heraus! Was hätten wir tun sollen? Das Blut dreier Menschen klebt an euren Händen!«

»Ihr habt alle Flüchtlinge aus Yong'an aus der Stadt geworfen. Wie kommt es dann, dass ich keine Reichen hier draußen sehe? Sind es nur die Armen und Machtlosen, die hier sterben sollen? Ich durchschaue euch!«

»Ich kann es nicht mehr aushalten ... Ich kann einfach nicht mehr. Wir haben Jahr für Jahr unsere Steuern bezahlt – wo ist das Geld jetzt, wo wir Hilfe brauchen?«

»Ist alles in die Taschen Eurer Beamten geflossen? Und in neue Tempel für Euren Sohn, anstatt in Nothilfe für Katastrophenopfer? Nur ein bisschen Nahrung, um uns zum Schweigen zu bringen – wofür haltet Ihr uns? Ihr seid ein schlechter Herrscher, abgrundtief schlecht!«

Die Soldaten auf den Wachtürmen riefen hinunter und befahlen der Menschenmenge aufzuhören. Aber der General hatte schon vieles erlebt und nahm die Situation nicht ernst. Die Lage geriet mehr und mehr außer Kontrolle. Tausende, Zehntausende drückten zornig gegen die Tore, manche benutzten ihre eigenen Köpfe und Körper als Rammböcke, und diesmal waren sie nicht nur Ameisen an einem Baum.

Die Tore bewegte sich – tatsächlich geriet die ganze Stadtmauer mitsamt den Wachtürmen leicht ins Wanken.

Xie Lian hatte noch nie in seinem Leben so etwas gesehen. Alle, mit denen er jemals zusammengetroffen war, waren höflich, friedfertig und zuvorkommend gewesen. Diese wutverzerrten Gesichter, die weinten und schrien, ließen ihn in eine vollkommen fremde Welt eintauchen und er erschauderte bis ins Mark. Selbst im Angesicht der schlimmsten und furchterregendsten Geister und Dämonen hatte er sich niemals so gefühlt.

Da ertönte ein zorniges Gebrüll von oben.

Er fuhr herum und erblickte eine große, kräftige Gestalt, die den General würgte, der den Strick durchgeschnitten und die drei Toten auf dem Gewissen hatte. Mit einem lauten, klaren Knacken brach der Hals des Generals.

Keiner der anderen Soldaten hatte eine Ahnung, wo dieser Mann so plötzlich hergekommen war. Bleich vor Schreck liefen sie auf ihn los, um ihn zu umzingeln, und zogen ihre Schwerter.

»Wer bist du?«

»Wie bist du hier heraufgekommen?«

Xie Lian fielen die Hände des Mannes auf – die Haut war in Fetzen gerissen und mit Blut verschmiert. Der Mann war mit seinen bloßen Händen an der Mauer hinaufgeklettert.

Als er sich umwandte, erkannte Xie Lian, dass es Lang Ying war.

Dieser blieb ruhig, selbst als ihn die Soldaten umringten. Er kletterte über die Brüstung und warf den Leichnam des Generals hinunter. Dann sprang er selbst und hoffte, mit dem Leichnam seinen Aufprall abzumildern.

Während er sprang, sah er Xie Lian direkt an. Aber in Wahrheit war es nicht er, den er anblickte. Sein Blick ging durch ihn hindurch und war auf den königlichen Palast im Zentrum der Hauptstadt gerichtet.

Von diesem Tag an versank das ganze Königreich Xianle in Chaos.

Kapitel 35:

Chaos in Xianle und des Kronprinzen Rückkehr ins Reich der Sterblichen

Für heimatlose Flüchtlinge wie jene aus Yong'an war es ein vollkommen aussichtsloses Unterfangen, sich mit der königlichen Armee anzulegen. Es war, wie ein Ei gegen einen Felsen zu werfen oder eine Gottesanbeterin, die eine Kutsche aufhalten wollte.

Doch der Mut der Verzweifelten verlieh ihnen die Kraft, dennoch in den Kampf zu ziehen. Nachdem sie geschlagen worden waren, zogen die Zehntausenden Bürger von Yong'an von den Stadttoren fort und schlugen an einem etwas weiter entfernten Ort ein neues Lager auf.

Sie weigerten sich jedoch noch immer standhaft, weiterzuziehen. Es mochte sein, dass sie eine weite Reise nicht überleben würden, aber wenn zu bleiben ebenfalls den sicheren Tod bedeutete, wo lag dann der Unterschied? Sie hatten noch von den Lebensmitteln des Königs, die sie durch Rinde, wilde Kräuter, Wurzeln und Insekten ergänzten. Aber je länger sie so ausharrten, umso mehr wuchs ihr Hass und ihre Verbitterung. Sie besaßen einen eisernen Überlebenswillen und trotzten allen Widrigkeiten. Nach einigen Tagen hatten sich einige Tausend Männer zusammengefunden, die mit Hacken, Rechen, Steinen und Ästen wieder in den Kampf zogen.

Abermals erlitten sie eine Niederlage. Die Hälfte der Männer wurde getötet. Doch ihr Widerstand war nicht umsonst gewesen. Lang Ying war es gelungen, auf einen Turm zu steigen und einige große Säcke mit Getreide und bündelweise echte Waffen zu erbeuten. Die Verluste spornten die Männer nur noch mehr an, einen Kampf auf Leben und Tod zu führen.

Sie waren zu einer Art Guerillakämpfer geworden. Sie griffen einmal, zweimal, dreimal an. Die Soldaten von Xianle bemerkten schnell, dass die Taktik dieser Guerilla von Mal zu Mal besser wurde.

Die unerfahrenen Kämpfer lernten mit jeder Niederlage dazu und jedes Mal wurden ihre Attacken zielgerichteter und geschickter. Den Soldaten fiel es immer schwerer, ihnen beizukommen. Mit jedem Versuch gab es mehr Überlebende auf der Seite Yong'ans. Ein nicht abreißender Strom von Flüchtlingen stieß fortwährend zu ihnen und ihre Gruppe wurde immer größer. Im Königreich Xianle wurde überall darüber diskutiert, wie am besten mit der Bedrohung durch diese Guerilla umzugehen sei. Nach fünf oder sechs solcher aberwitziger Angriffe konnte Xie Lian es nicht mehr länger ertragen, nur auf der Brüstung zu sitzen und alles mit anzusehen.

Er hatte schon seit Längerem nicht mehr dem Himmel Bericht erstattet. Aber diesmal hielt er wortlos direkt auf den Shenwu-Palast zu, als er im Himmel eintraf. Als er eintrat, fand er Jun Wu auf seinem Thron sitzend vor. Eine Gruppe von Himmelsbeamten schien mit ihm gerade eine Diskussion zu führen. Sie verbeugten sich vor ihm und erwarteten seine Befehle. In der Vergangenheit hätte Xie Lian sich zurückgezogen und wäre an einem anderen Tag wiedergekommen. Doch nun gab es keine Zeit zu verlieren. Er kam direkt zur Sache: »Majestät, ich komme aus der Sphäre der Sterblichen zurück.«

Die Himmelsbeamten sahen ihn verdutzt an. Sie schlugen sich die Hand vor den Mund und schwiegen in dem Versuch, ihre Reaktion zu verbergen.

Jun Wu sah ihn einen Moment lang wissend an. Dann stand er von seinem Thron auf und sagte mit sanfter Stimme: »Xianle, ich weiß in groben Zügen, was vor sich geht. Dennoch müsst Ihr ruhig bleiben.«

»Majestät, ich bin diesmal nicht gekommen, um Rat zu erbitten. Ich bin hier, um Bericht zu erstatten. Mein Volk leidet in diesem Augenblick Höllenqualen, also verzeiht mir bitte, wenn es mir nicht gelingt, ruhig zu bleiben.«

»Die Welt hat ihr eigenes Schicksal«, entgegnete Jun Wu. »Ihr wisst doch, dass Ihr das himmlische Gesetz verletzt, wenn Ihr hinabsteigt und vor den Sterblichen erscheint.«

»Wenn ich es verletze, dann ist es eben so!«, rief Xie Lian aus.

Die Gesichter der umstehenden Himmelsbeamten änderten ihre Farbe. Noch nie zuvor hatte es ein Himmelsbeamter gewagt, solche Worte zu sprechen, noch dazu mit so einer Unerbittlichkeit und Inbrunst. Mochte die Meinung Jun Wus von diesem jungen, früh aufgestiegenen Prinzen von Xianle auch noch so hoch sein, dies war eine noch nie dagewesene Unverfrorenheit.

Einen Augenblick später verbeugte Xie Lian sich. »Bitte, hört diesen Übeltäter an, schenkt mir etwas Eurer Zeit. Da es bereits zu Kampfhandlungen gekommen ist, ist es unvermeidlich, dass es Tote und Verletzte gibt. Aber wenn ich es beenden könnte und die Zahl der Toten dadurch verringert, der Konflikt so klein wie möglich gehalten würde, würde ich nach dem Krieg unverzüglich zurückkehren und willentlich Eure Strafe empfangen. Ihr könntet mich hundert Jahre unter einem Berg einschließen, tausend Jahre, hunderttausend Jahre – ich würde es nicht bereuen.«

Nachdem er geendet hatte, verblieb er in der gebeugten Haltung, ging rückwärts und verließ die große Halle.

»Xianle!«, rief Jun Wu.

Xie Lian blieb stehen.

Jun Wu sah ihn an und seufzte dann. »Ihr könnt nicht alle retten.«

Xie Lian richtete sich langsam auf. »Das weiß ich erst, wenn ich es versucht habe. Auch wenn der Himmel sagt, dass ich sterben muss, bin ich so lange noch am Leben, bis das Schwert mein Herz durchbohrt und mich an den Boden nagelt. Und bis es so weit ist und ich meinen letzten Atemzug tue, werde ich kämpfen.«

Als Xie Lian daraufhin in die Sphäre der Menschen hinabstieg, war es anders als alle anderen Male zuvor. Es kam ihm vor, als habe er etwas aufgegeben. Er fühlte sich leicht und gleichzeitig niedergedrückt. Sein erster Weg führte ihn zum Palast.

Der König und die Königin hielten sich in der Bibliothek auf, wo sie sich mit ernsten und erschöpften Mienen im Flüsterton unterhielten.

Xie Lian trat aufgeregt auf die Tür zu. Er atmete tief durch, dann hob er den Vorhang und trat ein. »Vater.«

Der König und die Königin sahen ihn beide erschrocken an. Es war die Königin, die sich zuerst erhob. Sie rief freudig: »Mein Sohn!« Sie streckte ihm ihre Arme entgegen und kam auf ihn zu, um ihn zu begrüßen.

Xie Lian ergriff ihre Arme. Doch während sie sich noch anlächelten, sah er, wie die Miene des Königs sich verfinsterte.

»Warum bist du gekommen?«, wollte der König wissen.

Sein Lächeln erstarb. Als er zugehört hatte, wie seine Eltern hinter seinem Rücken über ihn gesprochen hatten, war in ihm der Eindruck entstanden, dass sein Vater ihn vermisste und nicht so gegen ihn eingenommen war, wie es immer den Anschein gehabt hatte. Er hatte erwartet, dass der König wenigstens etwas Freude über seine Rückkehr zeigen würde und dass er ihm gegenüber milder gestimmt sein würde. Damit, dass der König so verdrossen reagieren würde, hatte er nicht gerechnet. Zorn stieg in ihm auf und er fragte: »Warum ich gekommen bin? Doch wohl Euretwegen! Ihr solltet Euch selbst fragen, ob Ihr nicht die gegenwärtige schlimme Situation Yong'ans zu verantworten habt!«

Der Ausdruck des Königs änderte sich von Grund auf und er entgegnete barsch: »Zu verantworten ... Solltest du so mit mir sprechen?« Sein Zorn ließ ihn alle Förmlichkeit vergessen.

Die Königin sagte unter Tränen: »Die Lage ist doch so schon schlimm genug, müsst ihr beiden jetzt auch noch streiten?«

»Wir streiten nicht«, entgegnete Xie Lian. »Wir reden über logische Sachverhalte wie vernünftige Menschen. Selbst wenn Ihr der König und mein Vater seid, sollte ich doch sagen dürfen, dass Ihr Verantwortung tragt. Warum habt Ihr Euch nicht angestrengt und mehr in die Katastrophenhilfe investiert? Wenn das Geld nicht da angekommen ist, wo es gebraucht wurde, warum habt Ihr die korrupten Beamten nicht bestraft? Wenn Ihr bestimmt wie der Donner und schnell wie der Blitz gehandelt hättet und alle ohne Ausnahme eingesperrt hättet, hätten dann noch immer so viele Parasiten gewagt, sich zu bereichern? Wäre dann nicht alles besser, als es jetzt ist?«

Auf der Stirn des Königs traten die Adern hervor und er schlug auf seinen Schreibtisch. »Still! Denkst du, die Staatskasse ist eine unerschöpfliche Quelle, die jedes Loch stopfen kann? Sie alle einsperren – wenn das so einfach wäre! Wenn ein einziger Befehl des Königs schnell wie der Blitz und bestimmt wie der Donner Wirkung zeigen würde, warum, glaubst du dann, hat es in der ganzen Geschichte nicht eine Dynastie ohne Korruption gegeben? Was weißt du schon über logische Sachverhalte? Du bist ein unwissendes Kind und wagst es mit mir über Politik zu reden?!«

»Gut, vielleicht verstehe ich nichts davon. Aber selbst, wenn die Hauptstadt wirklich keinen Platz für die Flüchtlinge hätte und es unabwendbar war, sie fortzuschicken, warum haben sie dann nicht mehr bekommen? Warum konnte es nicht friedlich ablaufen, warum konnten die königlichen Truppen sie nicht auf ihrer Reise in den Osten begleiten?«

Die Augen des Königs traten vor Zorn hervor und er deutete in den Himmel: »Verschwinde! Verschwinde von hier, aber schnell! Geh in den Himmel zurück! Dich nur zu sehen macht mich schon rasend. Lass dich hier nie wieder blicken!«

Xie Lian war so voller Hoffnung gewesen, als er hinabgestiegen war. Doch sein Wiedersehen mit seinen Eltern endete damit, dass sein Vater ihn anschrie und zurückschickte. Wortlos verbeugte er sich und wandte sich ab, um die Bibliothek zu verlassen.

Die Königin lief ihm nach und zog an ihm, sodass er stehen blieb. »Mein Sohn!«

»Mutter, sorge dich nicht«, sagte er sanft. »Ich werde mich in der Hauptstadt etwas umsehen.«

Die Königin schüttelte den Kopf. »Mein Sohn, ich verstehe nichts von Politik, aber ich kenne deinen Vater. In all den Jahren habe ich ihm lange genug dabei zugesehen, wie er sich als Herrscher verhält. Du magst im Grunde deines Herzens denken, dass er falsche Entscheidungen getroffen hat. Manchmal denke ich das auch, auch wenn ich es nicht laut ausspreche. Aber du kannst ihm das nicht ins Gesicht sagen. Er ist immerhin dein Vater. Es ist hart, ihm vorzuwerfen, er habe unbedacht gehandelt.«

Xie Lian öffnete seinen Mund, schloss ihn jedoch gleich wieder.

»Du warst vielleicht der Kronprinz, aber du warst niemals König«, fuhr die Königin fort. »Ein Reich zu regieren ist etwas anderes, als sich selbst zu kultivieren. Als du in den Tempel eingetreten bist, sagte der Staatspräzeptor, dass Kultivierung nur das Herz betrifft, nicht wahr?«

Xie Lian nickte langsam und die Königin ergriff seine Hände. »Aber es gibt viele Angelegenheiten, bei denen das Herz nicht weiterhilft. Du musst auch Fähigkeiten vorweisen können, und nicht nur du selbst, auch deine Untergebenen. Nicht nur müssen sie fähig sein, sie müssen auch mit dir an einem Strang ziehen.«

Xie Lian schwieg. Nach einer Weile fragte er: »Ist es denn um die Staatskasse so schlecht bestellt? Ich brauche keine Tempel. Sag ihm, er soll aufhören, so viele Tempel für mich zu bauen. Die goldenen Statuen können alle verschwinden.«

Die Königin wirkte hilflos. »Mein Kind ... natürlich hat dein Vater es als wichtig erachtet, Tempel für dich zu errichten. Er wollte das Beste für dich und dafür sorgen, dass du im Himmel einen guten Ruf hast. Aber weißt du eigentlich, wie viele von den achttausend Tempeln dein Vater erbaut hat? Das weiß du nicht, oder?«

Xie Lian wusste es wirklich nicht und überlegte kurz. »Die Hälfte ...?«

»Hätte er wirklich Geld aus der Staatskasse genommen, um viertausend Tempel zu bauen, müssten wir nicht warten, bis die Flüchtlinge aus Yong'an auf die Barrikaden gehen. Dann hätte es in der Hauptstadt schon längst Proteste gegeben. Und wenn die Staatskasse leer ist, was denkst du, wo das Geld herkam? Dein Vater hat vielleicht zwanzig Tempel errichtet. Andere haben es ihm gleichgetan, die Massen wollten ihm gefallen, und sie wollten dir gefallen. Zählt das auch zu den Verfehlungen deines Vaters?«

»Ich ...«

»Dein Vater ist vielleicht kein vollkommener Herrscher, aber er hat sein Bestes getan. Nur ist es in seiner Welt nicht genug, sein Bestes zu geben«, sagte die Königin leise. Nach einem Moment fuhr sie fort: »Gerade jetzt tun dir die Flüchtlinge aus Yong'an leid, also gibst du deinem Vater die Schuld. Aber auch sie sind sein Volk. Denkst du, wir sind diejenigen, die ihnen das Leben schwer machen? In Wirklichkeit ...«

Ihre Worte wurden von der zornigen Stimme des Königs unterbrochen, die durch den Raum hallte: »Was machst du da? Erzähl ihm nicht so viel nutzloses Zeug! Schick ihn weg, er soll in den Himmel zurückkehren!«

Die Königin drehte sich zu ihm um und seufzte. »Sohn, du ... Steig nicht wieder zu uns herab. Geh zurück.«

Nachdem er den Palast verlassen hatte, lief Xie Lian ziellos die Nebenstraßen der Shenwu-Allee entlang. Plötzlich kamen Feng Xin und Mu Qing auf ihn zugeeilt.

Kaum hatte er ihn erreicht, da fragte Mu Qing schon ungläubig: »Eure Hoheit, Ihr seid hinabgestiegen? Habt Ihr mit dem Himmelskaiser gesprochen?«

»Ja«, antwortete Xie Lian.

»Warum habt Ihr mir nichts davon gesagt?«

»Was meinst du?«, fragte Feng Xin verwirrt. »Wenn Seine Hoheit etwas vorhat, ist er dann jemandem Rechenschaft schuldig?«

Mu Qing wirkte ungeduldig. »Warum nicht? Wir sind seine Untergebenen und sitzen mit ihm im selben Boot. Jede seiner Handlungen hat auch Einfluss auf uns. Also ist es doch mein gutes Recht, nach seinen Plänen zu fragen.«

»Wir müssen ihm folgen, ganz gleich was er tut. Ob im Himmel oder auf der Erde, er geht seinen eigenen Weg. Wovor hast du Angst?«, konterte Feng Xin.

»Du!«, rief Mu Qing. »Ich habe keine Angst! Ich denke nur ...«

Xie Lian winkte ab. »Genug. Hört auf zu streiten.«

Feng Xin und Mu Qing schwiegen augenblicklich. Gerade in diesem Moment kam eine Horde Demonstranten die Hauptstraße hinunter. Sie skandierten:

»Es wird keinen Frieden geben, solange Yong'an existiert!«

»Sie sind zu weit gegangen! Sie haben uns ins Unheil gestürzt, sie sind die Pest!«

Die Menschen in der Hauptstadt waren noch nie wegen etwas so aggressiv gewesen und noch nie war es zu solchen Protesten gekommen. Xie Lian hatte das starke Gefühl, dass etwas nicht stimmte. Feng Xin aber runzelte die Stirn. »Wie kommt es, dass eine Frau dabei ist?«

Tatsächlich marschierte direkt an der Spitze des Demonstrationszuges eine junge Frau. Sie war schlank, ihre Haut weiß wie Schnee, ihre Augen leuchtend schwarz und ihre Wangen gerötet – aber nicht vor Scham, sondern vor Wut. Sie zog viele Blicke auf sich.

Mu Qing hatte sich inzwischen wieder beruhigt. »Eure Hoheit, erkennt Ihr sie nicht?«, fragte er kühl.

»Nein«, antwortete Xie Lian.

Feng Xin zog die Augenbrauen zusammen. »Sie kommt mir bekannt vor.«

»Sie ist der Auslöser«, erklärte Mu Qing.

»Was für ein Auslöser?«, fragte Xie Lian.

»Der Auslöser für die Unversöhnlichkeit der beiden Seiten. Als nach und nach immer mehr Flüchtlinge in die Stadt kamen, waren einige darunter, die sich nicht ruhig und friedlich um ihre eignen Angelegenheiten kümmerten, sondern umherliefen und Ärger machten. Dann sprach sich herum, dass am Hof darüber diskutiert wurde, sie alle auszuschließen. Ein Flüchtling aus Yong'an wollte der Vertreibung entgehen und beschloss, alles auf eine Karte zu setzen. Eines Nachts brach er in das Haus einer reichen Familie ein und entführte deren Tochter«, fuhr Mu Qing mit seiner Ausführung fort.

Xie Lian verstand die Bedeutung noch immer nicht ganz. »Warum entführte er die Tochter einer reichen Familie, wenn er nicht gehen wollte?«

Mu Qing sah ihn an. »Um sie zu heiraten. Die einzige Möglichkeit, dass eine Tochter einer guten Familie einen Mann aus Yong'an heiraten würde, war ... mit Gewalt.«

Obwohl Mu Qing nicht deutlicher wurde, verstand Xie Lian. Er hatte sich nicht vorstellen können, dass es Menschen gab, die tatsächlich so etwas taten, dass so etwas wirklich passieren könnte. Er spürte, wie eine plötzliche Übelkeit in ihm aufstieg.

»Das ist widerlich!«, schimpfte Feng Xin.

In diesem Augenblick hastete eine kleine Gruppe älterer Frauen nach vorne. Sie griffen nach der jungen Frau und zerrten an ihr. Es sah ganz danach aus, als habe sie sich von zu Hause weggeschlichen, als niemand aufgepasst hatte.

Die junge Frau gab jedoch nicht nach. »Ich habe keine Angst. Ich schäme mich nicht. Ich habe nichts Falsches getan.«

»Das Mädchen hat ein feuriges Temperament«, staunte Feng Xin.

»Ja«, bestätigte Mu Qing. »Sie stammt aus einer ungewöhnlichen Familie. Ihr Vater ist ein hochrangiger Offizier und ihre Mutter entstammt einer Familie reicher Kaufleute. Sie lehnten es ab, diese Sache schweigend zu erdulden und ihre Tochter aus Scham zu verheiraten. Den Täter haben sie totgeschlagen. Kurz darauf sind unzählige reiche Kaufleute und angesehene Persönlichkeiten der Stadt auf den Plan getreten.

Sie haben eine Petition eingereicht, die alle Vergehen auflistete, die von Flüchtlingen aus Yong'an in der Stadt verübt worden waren. Sie verlangten, dass alle Täter eingesperrt und bestraft würden. Es ist wohl nicht nötig, auszuführen, wie die Haltung der Regierung dazu war.« Er hielt inne und fuhr dann in gelassenem Tonfall fort: »Mir ist zu Ohren gekommen, dass der Vater des Mädchens einst wollte, dass sie dem Harem des Palasts beitritt und sich um die Stellung der Konkubine des Prinzen bemüht. Ihr müsstet ihr Gesicht zuvor schon einige Male gesehen haben, Eure Hoheit. Ich wundere mich, dass Ihr sie nicht erkennt.«

Xie Lian begriff nun endlich, dass alles viel komplizierter war, als er es sich vorgestellt hatte.

Die beiden Seiten, die innerhalb der Stadtmauern und die außerhalb, würden nicht friedlich miteinander leben können. Die Fronten waren zu verhärtet. Die Leute waren zornig und voller Hass, jeder wollte die andere Seite am liebsten auslöschen. Hätte der König eine Entscheidung getroffen, die Yong'an begünstigt hätte, wäre das dann nicht ein Schlag ins Gesicht seiner eigenen Leute gewesen? Als er beschlossen hatte, Reisegeld und Lebensmittel auf Kosten der Staatskasse auszugeben, hatte selbst das sicherlich schon viele Bewohner der Stadt verärgert.

Und die Unzufriedenheit der eigenen Leute war furchteinflößender als der Verdruss der Feinde. Obwohl sie alle Einwohner von Xianle waren, glaubte wohl kaum noch jemand an eine Einheit.

Xie Lian hatte über alledem gestanden und die Probleme in der Menschenwelt nicht erkannt. Sein Vater aber war direkt involviert. Als König brauchte er Geld, er brauchte Leute – der Druck, der auf ihm lastete, die Kompromisse, die er eingehen musste, um die Probleme seines Volkes zu lösen, überstiegen alles, was Xie Lian jemals gekannt hatte. Als die Flüchtlinge angekommen waren, hatten sie Land besetzt, Lärm gemacht, gestohlen und noch vieles mehr. Aus der Sicht eines Kriegsgotts, der in seinem Tempel saß, waren das alles Kleinigkeiten, die keiner

Gefühlsregung würdig waren. Sie konnten ausgesessen werden und würden von allein aufhören. Aber für die Bewohner der Hauptstadt waren das handfeste Bedrohungen, Qualen, die sie am eigenen Leib erdulden mussten. Es war nur eine Frage der Zeit, bis es zu einer Krise kam. Ihm kamen diese Dinge nur deshalb unwichtig oder trivial vor, weil er nicht selbst involviert war.

Xie Lian musste daran denken, dass das Haar des Königs noch weißer geworden war, seit er ihn das letzte Mal gesehen hatte. Damals hatte er vorgehabt, es zu färben, aber dafür hatte seine Energie wahrscheinlich nicht ausgereicht.

Als Kind hatte er seinen Vater für den großartigsten König der Welt gehalten. Als er älter wurde, hatte er begriffen, dass das nicht stimmte. Obwohl sein Vater ein König war, war er nicht besonders fähig oder weise, er war leicht korrupt und machte häufig Fehler. Ohne seinen Status und seinen Titel wäre er nur ein gewöhnlicher Sterblicher.

Je mehr Xie Lian darüber nachgedacht hatte, umso enttäuschter war er geworden. Der König hatte es bemerkt und konnte die permanenten kritische Blicke und Worte seines Sohn nicht ertragen. Am meisten schmerzte es ihn, dass Xie Lian seine Niederlagen mit ansehen musste.

Kein Vater auf der Welt wollte, dass sein Sohn sah, wie er versagte. Jeder Vater wollte von seinem Sohn als der Größte wahrgenommen werden. Doch Xie Lian war genau in dieser schwierigsten Zeit vor seinen Vater getreten, um ihn zu belehren. »*Du sorgst für eine solche Unordnung, dass ich vom Himmel herabsteigen musste, um dir zu helfen!*« Wie sollte er, als König und als Vater, diese Worte verkraften?

Die junge Frau war mittlerweile von Bediensteten fortgezerrt worden, Die Hunderte Menschen protestierten weiterhin. Sie hielten Schilder hoch und riefen: »Tötet sie! Greift sie an! Zeigt ihnen, wer wir sind!«

Einen Moment später sprach Mu Qing: »Eure Hoheit, es wäre wohl das Beste, wenn Ihr zurückgeht und den Himmelskaiser um Verzeihung bittet. Dies ist weder der rechte Ort noch die rechte Zeit, um etwas zu bewirken. Unter diesen Umständen ist nichts zu machen.«

Es war, wie Jun Wu ihm im Shenwu-Palast gesagt hatte: *»Die Welt hat ihr eigenes Schicksal.«*

Aber das war, als würde man ihm sagen, das Königreich Xianle sei dem Untergang geweiht und er müsse es loslassen.

Selbst die Königin, seine Mutter, die sich Tag und Nacht nichts sehnlicher wünschte, als einen Blick auf ihn zu erhaschen, hatte ihn mit Tränen in den Augen gebeten, wieder zu gehen. Wieso konnte Xie Lian nicht verstehen, dass sie nicht wollten, dass er diese schwere Prüfung durchstehen musste, dass es ihnen lieber wäre, er würde sich um sich selbst kümmern und nur aus der Ferne zusehen?

Aber wie könnte er?

Nach einem langen Schweigen sagte er entschieden: »Nein.«

Mit großen Schritten ging er davon.

Kapitel 36:

Der Kronprinz betritt das Schlachtfeld, um Yong'an zu bezwingen

Feng Xin und Mu Qing blieben entgeistert stehen. »Eure Hoheit!«, riefen sie aus und eilten augenblicklich hinter ihm her, um ihn zu begleiten.

Doch die Bürger auf der Shenwu-Allee hatten den jungen Mann in Weiß längst gesehen, der plötzlich mitten auf der Hauptstraße aufgetaucht war. Die Gruppe von Demonstranten, die schon im Begriff war, sich aufzulösen, sammelte sich erneut und umringte Xie Lian.

Die erste Person sagte verunsichert: »Ihr seid ... Seid Ihr Seine Hoheit der Kronprinz?«

Ein zweiter zweifelte. »Der Kronprinz ist doch in den Himmel aufgestiegen, oder nicht? Er ist nicht mehr sterblich, warum sollte er hier bei uns erscheinen?«

Der dritte rief: »Er ist es! Ich habe ihn vor drei Jahren bei der Himmelsparade mit eigenen Augen gesehen. Es ist Seine Hoheit!«

Einer nach dem anderen erkannten sie in ihm den Kriegsgott, zu dem sie Tag und Nacht beteten.

Xie Lian antwortete langsam: »Es stimmt. Ich bin zurückgekehrt.«

Die Menge geriet außer sich.

»Ein Gott ist vom Himmel herabgekommen! Ein lebendiger Gott!«

»Ein Unsterblicher ist zu uns gekommen!«

»Seine Hoheit ist gewiss zurückgekehrt, weil er nicht mehr mit ansehen konnte, wie wir unter den Verbrecherbanden leiden!«

Voller Hoffnung bedrängten ihn einige: »Eure Hoheit, Ihr werdet uns in der Schlacht gegen Yong'an führen – das werdet Ihr doch, nicht wahr? Es muss so sein!«

Nach einer Pause erklärte Xie Lian ruhig: »Ich bin gekommen, um das Königreich Xianle und mein Volk zu beschützen.«

Feng Xin und Mu Qing standen neben ihm und hörten gespannt zu, aber sie konnten sich noch nicht denken, worauf er hinauswollte. Das Volk hingegen, dem das heiße Blut zu Kopf gestiegen war, verstand seine Worte so, wie es sie verstehen wollte.

Xie Lian hatte jedoch seinen eigenen Plan. Sein Herz schlug schneller und schneller und er biss die Zähne zusammen. »Glaubt an mich!« Mit geballten Fäusten rief er: »Euer Glaube wird mir größere Macht verleihen. Mit dieser Macht werde ich Xianle schützen, und wenn es mein Leben kostet. Ich verspreche Euch, ich werde die Menschen beschützen. Bitte, glaubt an mich!«

Auf diesen Moment hatten die Leute gewartet. Sie konnten es nicht erwarten, ihm die Treue zu schwören. Sie brachen in unbändige Jubelrufe aus, knieten vor ihm nieder und warfen sich in größer werdenden Kreisen um ihn herum auf die Erde.

»Wir werden Euch folgen. Bis ans Ende der Welt werden wir Euch folgen, Hoheit!«

»Beschützt Xianle!«

Als die Bewohner der Stadt mitbekamen, dass ein Gott zu ihnen auf die Erde gekommen war, eilten sie auf die Straßen. Ein solches Wunder kam vielleicht einmal in tausend Jahren vor, das wollte niemand verpassen.

Selbst die Stadtwachen, die herbeigeeilt waren, um für Ruhe zu sorgen, dachten nicht daran, einzuschreiten. Sie schlossen sich der Menge an und warfen sich ebenfalls nieder. Die drei saßen mitten auf der Hauptstraße fest und konnten nicht fort. Feng Xin und Mu Qing versuchten, etwas Ordnung in das Chaos zu bringen. »Nicht schubsen! Hört auf zu drängeln!«

Sie hatten mit ihren Versuchen jedoch nicht viel Erfolg. Alle wollten so nah wie möglich an den Kronprinzen gelangen. Sie wollten wenigstens seinen Ärmel berühren in der Hoffnung, dass etwas von seiner Göttlichkeit auf sie überging. Schließlich wurde der König verständigt und es waren mehrere voll bewaffnete Truppen nötig, um die begeisterte Menge aufzulösen.

Nur staubige Luft und ein mit Fußspuren übersäter Platz blieben zurück, als alle gegangen waren. Xie Lian sah etwas auf dem Boden und bückte sich, um es zu betrachten.

Es war eine einzelne Blume. So viele waren auf ihr herumgetrampelt, dass sie beinahe die schmutzige Farbe der Erde angenommen hatte. Nur wenige zerrissene Blütenblätter waren übrig, deren reine weiße Farbe kaum noch zu erahnen war. Der herrliche Duft war bald verweht.

Nun, da Xie Lian alles besser verstehen konnte, war er nicht mehr wütend auf den König, als er in den Palast zurückging. Auch der König hatte sich beruhigt und verhielt sich ihm gegenüber gefälliger. Beide waren einen Schritt zurückgetreten und so war es zu einem vorübergehenden Frieden zwischen ihnen gekommen.

Der Staatspräzeptor hatte bereits geahnt, dass Xie Lian in die Menschenwelt hinabsteigen würde, und äußerte sich nicht weiter dazu.

In der Vergangenheit hatte Xie Lian immer geglaubt, es sei selbstverständlich, dass die Menschen eines Volkes zusammenhielten und dass sie, wenn sie mit ernsthaften Schwierigkeiten konfrontiert waren, unweigerlich ihrem König folgen würden. Nun, da er endlich etwas beitrug, bemerkte er erst, wie frustrierend die Position des Königs in Wirklichkeit war. Die Beamten des Hofes waren in kleine Gruppen zersplittert, von denen jede ihre eigenen Ziele verfolgte. Oftmals waren bis zu sieben Tage nervenaufreibender Debatten nötig, bis schließlich eine Einigung erzielt werden konnte. Jeder einzelne Hofbeamte und alle Gruppen behaupteten, im Interesse des Volkes zu handeln. Aber der Verdacht, dass das nicht ganz der Wahrheit entsprach, lag stets nahe.

Es dauerte unerträglich lange, bis die Hofbeamten einen Konsens finden konnten, wie sie mit den Flüchtlingen umgehen sollten, die außerhalb der Stadtmauern ihre Lager aufgeschlagen hatten, und die nun begannen zu rebellieren. Einige Beamte sprachen sich dafür aus, die Armee loszuschicken, um sie auszulöschen – selbst wenn es keinen triftigen Grund dafür gab, würde sich hinterher schon eine Ausrede finden lassen.

Das Chaos um Yong'an hatte mit einer Naturkatastrophe seinen Anfang genommen, aber das, was letzten Endes eskaliert war, war menschengemachtes Unglück. Die dreiköpfige Familie, die an der Mauer zu Tode gekommen war, war das schlimmste Beispiel für das, was passiert war. Hätte Lang Ying dem General, der das Seil durchtrennt hatte, nicht schon den Hals gebrochen, wäre dieser bei seiner Rückkehr in den Palast streng bestraft worden. Einfach ausgedrückt: Ganz gleich wie komplex die Lage in Wirklichkeit war und ganz gleich wie viele Gründe es auch geben mochte – oberflächlich betrachtet sah das Ganze so aus, als würden einfache Leute gegen eine repressive Autorität ankämpfen. Nachdem die Lage nun so fürchterlich aus dem Ruder gelaufen war, würde es nur alles noch schlimmer machen, wenn sie angebliche Verbrechen vorschoben. Was immer sie sich auch ausdachten, um ihr Vorgehen zu rechtfertigen, sie würden die Leute nicht hinters Licht führen können. Wenn sie aber einfach so und ohne einen Grund zu benennen, die Armee die Flüchtlinge angreifen ließen, würden sie das Bild der wohlmeinenden Autorität endgültig zunichtemachen. Gerüchte konnten verheerender sein als eine Flut. Wenn einer Regierung einmal der Ruf der Grausamkeit anhaftete, würde sie nicht nur das Vertrauen der Menschen verlieren. Es stand auch zu befürchten, dass andere Reiche die Gelegenheit nutzen würden, um das Reich einzunehmen – unter dem Vorwand, ein großes Übel zu bekämpfen.

Aber aus einem anderen Blickwinkel betrachtet: Was gab es schon zu verlieren? Die Flüchtlinge saßen in der Wildnis ohne Nahrung und ohne Waffen. Wie lange mochte ihre Revolte andauern? Der Vorschlag, der die meiste Zustimmung fand, lautete: Jedes Mal, wenn die Flüchtlinge von Yong'an angriffen, sollte ihr Angriff blutig niedergeschlagen werden. Griffen sie nicht an, sollten sie nicht weiter beachtet und sich selbst überlassen werden. Auf diese Weise würde Xianle keine Ressourcen verbrauchen und die Leute aus Yong'an würden sich selbst aufreiben.

Als Kriegsgott musste Xie Lian sich selbstverständlich auch auf dem Schlachtfeld zeigen. Die Armee nutzte seine Anwesenheit geschickt aus, indem sie verkündete: »Die Armee des Kronprinzen kämpft auf der Seite der Gerechtigkeit! Die Armee des Kronprinzen ist die Armee eines Gottes!«

Überall im Land meldeten sich unzählige junge Männer zu den Waffen und schon nach wenigen Tagen waren die Streitkräfte exponentiell angewachsen. Das erregte so viel Aufsehen, dass auch den Flüchtlingen aus Yong'an diese Nachricht zu Ohren kam. Sie hatten bisher regelmäßige Attacken in kleinen Gruppen ausgeführt, aber dann plötzlich aufgehört, ganz so als seien sie erschöpft und wollten im Stillen neue Kraft sammeln. Das machte die Soldaten von Xianle nervös. Ein ums andere Mal erzählten sie Xie Lian, wie beängstigend dieser Lang Ying war, der Mann, der immer an vorderster Front kämpfte. Wenn er diesen Namen hörte und an den toten Körper des kleinen Kindes dachte, löste das jedoch stets komplizierte Gefühle in ihm aus.

Nach zwei Monaten, in denen alle gebannt gewartet hatten, griffen die Flüchtlinge aus Yong'an schließlich erneut an.

Xie Lian hatte nur ein Schwert bei sich und auf jegliche Rüstung verzichtet. Die Schlacht endete bereits nach zwei Stunden.

Alles, wirklich alles war von Blut befleckt. Die verbliebenen Kämpfer aus Yong'an ließen ihre Waffen fallen und zogen sich verschreckt zurück. Noch bevor die Soldaten von Xianle reagieren konnten, waren sie von unzähligen Leichen umringt gewesen. Nicht ein einziger Feind hatte mehr aufrecht gestanden. Der Kronprinz hatte langsam sein Schwert weggesteckt, er hatte nicht einen einzigen Fleck auf seinem Ärmel.

Es dauerte einen Moment, bis sie ihren überragenden Sieg begriffen. Sie sprangen in die Luft, reckten ihre Schwerter in die Höhe und schrien vor Freude, bis sie heiser waren.

In dieser Nacht feierte Xianle ein Siegesfest auf den Wachtürmen.

Es war lange her, dass die Soldaten sich das letzte Mal so stolz und erhaben gefühlt hatten, und ihr Jubel wollte kein Ende nehmen. Sie hoben ihre Becher zu Ehren des Kronprinzen. Xie Lian aber lehnte den Wein ab und zog sich aus der feiernden Menge zurück in eine der entfernten Ecken des Turmes, wo er einsam im frischen Wind stand und seinen Gedanken nachhing.

Obwohl er nicht einen einzigen Schluck getrunken hatte, spürte er ein Brennen in seinem Herzen. Sein Gesicht glühte vor Hitze und seine Finger zitterten. Es war das erste Mal in seinem Leben gewesen, dass er getötet hatte, und er hatte Tausende getötet.

Ameisen.

Das Wort war plötzlich in seinen Gedanken. Kein Sterblicher konnte seiner Macht standhalten, er konnte sie mit Leichtigkeit zerquetschen. Es war so einfach, einem anderen das Leben zu nehmen, so wie die Hausdienerin einst die Ameisen zertreten hatte. Mit jedem Hieb seines Schwertes hatte er ein weiteres Stück Demut verloren.

Xie Lian lehnte sich gegen die Brüstung und atmete mehrmals tief ein. Er schüttelte den Kopf, um die Geräusche loszuwerden, und starrte geistesabwesend die Lichter auf den fernen Bergen an. Bald darauf hörte er näher kommende Schritte. Er musste sich nicht umdrehen, um zu wissen, wer es war. »Wollt ihr nicht trinken und feiern?«, fragte Xie Lian.

Mu Qing schnaubte. »Was gibt es zu feiern? Die Situation sieht nicht gut aus.«

Xie Lian wandte sich zu ihm um. »Ihr habt es auch bemerkt?«

Und wirklich gab es nicht viel Anlass, um optimistisch zu sein. Zwar hatten sie diesen Kampf gewonnen, aber in Wirklichkeit war dieser Angriff um ein Vielfaches gewaltiger gewesen als die vorangegangenen.

Nicht nur hatte die Anzahl der gegnerischen Kämpfer zugenommen, auch ihre Aufstellung, ihre Waffen und ihre Taktik hatten sich deutlich verbessert. Viele von ihnen hatten sogar Rüstung getragen – einfache Rüstungen zwar, aber offensichtlich hatten sie Wege gefunden, um sie selbst herzustellen. Es war schwer, sich vorzustellen, dass sie nur eine Handvoll verstoßener Banditen waren.

Mu Qing verschränkte die Arme und runzelte die Stirn. »Unter harschen Bedingungen ist man gezwungen, sich rapide zu verbessern. Aber so schlimm die Lage auch sein mag, Ressourcen kommen nicht aus dem Nichts. Irgendetwas stimmt nicht.«

Feng Xin war noch deutlicher und sagte: »Sie müssen Verstärkung bekommen haben.«

Xie Lian nickte.

»Ich kann nicht glauben, dass unsere Soldaten es nicht auch bemerkt haben. Aber sie feiern noch, weil sie Euch an ihrer Seite wissen. Sie halten es für einen klaren Sieg.«

Xie Lian hatte darüber noch nicht nachgedacht. »Das war die erste Schlacht, an der ich beteiligt war, und wir haben gewonnen. Es ist gut, wenn sie sich darüber freuen. Das verbessert den Kampfgeist.«

Feng Xin zögerte einen Moment, bevor er fragte: »Eure Hoheit, Ihr seht nicht so gut aus. Bringt Ihr noch immer Regen nach Yong'an?«

»Ja.«

Mu Qing sah ihn missbilligend an. »Entschuldigt meine Direktheit, aber es ergibt keinen Sinn mehr, Regen dort hinzubringen. Es ist ein Fass ohne Boden. Eure Hoheit, selbst wenn die Dürre in Yong'an enden würde, würden die Menschen außerhalb der Mauern sich nicht zurückziehen.«

»Ich weiß«, sagte Xie Lian. »Mein Regen soll nicht dafür sorgen, dass diese Leute sich zurückziehen. Er ist für die, die in Yong'an geblieben sind. Ich bringe den Regen, damit sie nicht verdursten. Das war von Anfang an mein Ziel und daran halte ich fest.«

Feng Xin war noch immer besorgt. »Könnt Ihr denn noch?«

Xie Lian klopfte ihm auf die Schulter. »Sei unbesorgt. Ich habe achttausend Tempel. Ich habe so viele Gläubige, es ist in Ordnung, wirklich. Nur ...«

Er legte seinen anderen Arm Mu Qing um die Schultern und seufzte. »Was für ein Glück, dass ihr beiden mir heute geholfen habt. Danke, dass ihr mir beisteht.«

An diesem Tag hatten die beiden auf dem Schlachtfeld mehr gelitten als er selbst. Sie waren von Blut und Schweiß getränkt.

»So etwas müsst Ihr nicht sagen«, sagte Feng Xin und Mu Qing brummte nur.

Xie Lian drückte die beiden an sich und sagte in ernstem Tonfall: »Ich danke euch von Herzen – nicht nur für heute, für alles. Ich hoffe, dass das Bild von uns dreien, wie wir Seite an Seite tapfer in den Kampf ziehen, zu einer zeitlosen Geschichte wird.«

Nach einem Augenblick betretenen Schweigens lachte Feng Xin laut los.

Mu Qing stutzte ungläubig: »Wie könnt Ihr immer mit ... mit so einem schamlosen Selbstvertrauen sprechen? Ach, was soll's.« Er schüttelte den Kopf.

Auf Xie Lians Gesicht zeigte sich ein Lächeln. Aber es dauerte nicht lange, bis es erstarb. »Wer ist da?«

Er zog sein Schwert. Mit einer schnellen Bewegung hatte er einen schwarzen Schatten in der Ecke der Brüstung mit der Klinge erfasst.

Keiner von ihnen hatte die Person bemerkt, die sich dort mit angehaltenem Atem verborgen hatte. Xie Lian hatte ihn nur erschrecken und mit der Spitze seines Schwertes bedrohen wollen. Aber er hatte den ganzen Tag lang auf dem Schlachtfeld getötet, seine Arme zitterten noch und seine Hände hatten die Kontrolle über das Schwert verloren. Seine Bewegung war zu kraftvoll gewesen und er hatte die Person über die Mauer gestoßen.

Im Mondlicht konnten sie deutlich erkennen, dass der Mann Uniform und Ausrüstung der eigenen Armee trug. Er sah aus wie ein Junge von dreizehn oder vierzehn Jahren. Einen Augenblick lang hing er in der Luft, doch einen Atemzug später verschwand er und raste auf den Boden zu. *Oh nein!*, stöhnte Xie Lian innerlich auf und sprang los.

Er warf sich vom Turm, hakte seinen Fuß an der Brüstung ein, streckte die Arme aus und bekam den Arm des Jungen zu fassen. Der Körper des jungen Soldaten baumelte in der Luft, bevor er aufsah. Ihre Blicke trafen sich und im blassen Licht des Mondes konnte Xie Lian sein Gesicht erkennen.

Seine Augen weiteten sich.

Kapitel 37:
Am Beizi-Hügel betritt der Kronprinz ein Dämonennest

Xie Lians plötzlicher Satz über die Mauer hatte erschreckend ausgesehen, aber seine beiden Vertrauten waren sich seiner Fähigkeiten mehr als bewusst. Mu Qing rührte sich nicht einmal und Feng Xin trat an die Brüstung, um ihm hinaufzuhelfen. Xie Lian musste nur einen Bruchteil seiner Kraft aufwenden, um den jungen Soldaten hochzuziehen. Schließlich standen beide wieder auf dem Turm.

»Wer ist dein General? Warum hast du dich hier versteckt?«, fragte Xie Lian.

Die Arme und der Kopf des Soldaten waren verbunden und an verschiedenen Stellen sickerte Blut durch den Verband. Er schien überall verletzt zu sein. Das war nicht ungewöhnlich, nach der heutigen Schlacht gab es viele Verwundete, die alle auf ähnliche Weise verbunden waren. Doch dass er sich schweigend im Schatten versteckt hatte, war äußerst verdächtig.

»Es wäre besser für ihn, wenn er kein Spion für Yong'an ist – lasst uns ihn fesseln und dann befragen«, schlug Mu Qing vor.

Xie Lian hatte denselben Verdacht. Aber die königliche Hauptstadt wurde strengstens bewacht und es war sehr unwahrscheinlich, dass es einem Feind gelungen sein könnte, sich einzuschleichen, außer vielleicht Lang Ying. Doch dieser Soldat war ganz offensichtlich beinahe noch ein Kind.

Feng Xin erkannte aufgeregt: »Eure Hoheit, erinnert Ihr Euch nicht an diesen Kerl? Er ist der, der im Kampf heute immer wieder nach vorne geeilt ist und sich in der Aufstellung vor Euch gestellt hat.«

»Wirklich?«, erwiderte Xie Lian erstaunt.

Er war so mit Töten beschäftigt gewesen, dass er nicht viel von dem bemerkt hatte, was um ihn herum vorgegangen war. Er hatte sich nur darauf konzentriert, jedes Mal zurückzuschlagen, wenn jemand sein Schwert gegen ihn erhoben hatte. Nicht einmal Feng Xin und Mu Qing hatte er beachtet, wie sollte ihm da irgendein kleiner Soldat aufgefallen sein?

Feng Xin war sich sicher. »Er ist es. Ich erkenne ihn. Er war entschlossen und tollkühn, als bedeute ihm sein eigenes Leben nichts.«

Bei diesen Worten musterte Xie Lian den jungen Soldaten genauer. Der Junge stand vollkommen aufrecht da, hielt die Schultern gerade und den Kopf erhoben.

»Dennoch darf er nicht hier herumschleichen und sich verstecken. Wir wissen nicht, ob er hier ist, um uns zu belauschen oder auszuspionieren«, sagte Mu Qing.

Obwohl er so sprach, entspannte er sich innerlich etwas. Im Rahmen von Xianles militärischer Kampagne des »Heiligen Kreuzzugs der Gottesarmee« hatten sich Unzählige der Armee angeschlossen, darunter viele, die im Alter dieses Jungen waren. Die meisten waren treue Gläubige, die von Kindesbeinen an die göttlichen Statuen angebetet und den Legenden über den Kronprinzen gelauscht hatten. Sie alle suchten seine Nähe, wenn auch nur, um einen Blick auf den Kriegsgott zu erhaschen. Das Verhalten des Jungen war demnach nicht weiter verwunderlich.

»Schon gut, das war falscher Alarm«, beschwichtigte Xie Lian. Er wandte sich an den jungen Soldaten: »Ich habe dich erschreckt, entschuldige bitte.«

Der Junge sah jedoch kein bisschen verängstigt aus und stellte sich noch gerader hin. »Eure Hoheit ...«

Doch da setzte er plötzlich zum Sprung an und stürzte sich auf Xie Lian.

Dieser dachte, der Junge würde versuchen, ihn zu überwältigen. Er wich sofort aus und hob die Hand, bereit, ihn niederzustrecken. Ein Schlag von ihm würde ausreichen, um den Jungen augenblicklich zu töten. Doch da spürte er einen kühlen Luftzug hinter sich. Seine Hand schoss nach hinten, sein Handgelenk drehte sich und er ergriff einen Pfeil, der auf seinen Rücken zuflog.

Der Junge hatte versucht, ihn zur Seite zu schubsen, weil er den Pfeil hinter ihm bemerkt hatte.

Xie Lian hatte gegen die Brüstung gelehnt dagestanden. Selbst nachdem er hinterrücks angegriffen worden war, fürchtete er sich nicht. Er sprang auf die Brüstung, um nach unten zu blicken.

Auf der freien Fläche vor der Stadtmauer konnte er den dunklen Umriss eines Mannes ausmachen, der in weiter Ferne stand. Da er dunkle Kleidung trug und beinahe mit der Finsternis um ihn herum verschmolz, war er kaum zu erkennen.

Feng Xin eilte sofort an Xie Lians Seite, zog seinen Bogen und schoss.

Doch der Mann hatte offensichtlich die Reichweite eines Pfeils berechnet und stand gerade außerhalb davon. Mit dem Pfeil, den er abgeschossen hatte, hatte er Xie Lians Aufmerksamkeit erregt. Er winkte, dann wandte er sich wortlos zum Gehen.

Feng Xins Pfeil traf kurz vor der Stelle auf, an der er soeben noch gestanden hatte. Er schlug zornig mit der Faust gegen die Wand, sodass Staub herunterrieselte. »Wer war das?«

Wer konnte es schon sein?

»Lang Ying!«, rief Xie Lian.

Die Soldaten von Xianle hatten inzwischen auch bemerkt, dass etwas vor sich ging. Obwohl sie sogleich in Aufregung verfielen, konnten sie sich so weit zurückhalten, dass sie nicht sofort zum Stadttor hinausstürmten und die Verfolgung aufnahmen. Stattdessen erstatteten sie dem General Bericht und baten um Anweisungen.

Lang Ying hatte Xie Lian zugewinkt, nachdem er einen einzelnen Pfeil auf ihn abgeschossen hatte, beinahe so als habe er ihn grüßen wollen.

»Warum ist er hergekommen? Um Stärke zu demonstrieren?«, überlegte Mu Qing mit zusammengezogenen Augenbrauen.

»Yong'an wurde heute auf dem Schlachtfeld besiegt und er selbst ist dem Tod durch die Hand Seiner Hoheit gerade noch entkommen.

Welche Stärke sollte er da noch demonstrieren?«, entgegnete Feng Xin wütend.

Xie Lian bemerkte, dass etwas um den Pfeil gebunden war, den er in der Hand hielt. Als er ihn ins Licht des Feuers hielt, um ihn genauer zu betrachten, sah er einen Stofffetzen, der offenbar von einem prächtigen grünen Brokatstoff stammte. An dem Fetzen klebte Blut und als Xie Lian ihn auffaltete, stand in krummen Linien das Schriftzeichen »Qi« darauf geschrieben.

Xie Lian ballte seine Faust um den Stofffetzen und rief: »Wo ist Qi Rong? Ist Qi Rong nicht im Palast?«

Feng Xin wandte sich an die umstehenden Soldaten: »Eilt zum Palast und seht nach, schnell!«

Die Soldaten eilten sofort los.

Der Stofffetzen stammte zweifellos von dem Ärmel von Qi Rongs liebstem Mantel und Lang Ying war bekannt für seine Geschicklichkeit. Es war gut möglich, dass es ihm gelungen war, Qi Rong zu entführen.

Xie Lian wusste, dass es keine Zeit zu verlieren gab. »Ich folge ihm und sehe selbst nach«, verkündete er. An Feng Xin gewandt sagte er: »Bewacht ihr beiden die Stadttore, aber unternehmt nichts. Sie könnten vorhaben, uns aus der Stadt zu locken.«

Feng Xin schlang sich den Bogen wieder auf den Rücken. »Nehmt Ihr niemanden mit?«

Xie Lian wollte nicht, dass Xianle Soldaten aussandte, wenn es keinen offensichtlichen Angriff von Yong'an gab. Sollte Qi Rong dem Feind in die Hände gefallen sein, konnte er selbst ihn zurückholen. Würde er Truppen mit sich nehmen, würde eine Schlacht daraus entstehen und es würde nicht bei einem oder zwei Toten bleiben. Xie Lian wollte diese Verluste möglichst verhindern. »Nein. Sie können mir nichts anhaben.«

Er stieß sich von der Brüstung ab und sprang hinunter, kam anmutig auf dem Boden auf und eilte in die Richtung, in der Lang Ying verschwunden war.

Nachdem er eine Weile gerannt war, hörte er Schritte hinter sich näher kommen. Als er zurückblickte, sah er den jungen Soldaten. »Ich brauche keine Hilfe. Geh zurück!«, rief Xie Lian ihm zu.

Der Junge schüttelte den Kopf.

»Geh zurück!«, rief Xie Lian wieder. Dann beschleunigte er seinen Lauf und ließ den Jungen weit hinter sich. Er verlor ihn aus dem Blick.

Nachdem er ein Dutzend Kilometer gelaufen war, erreichte er einen Berg, nicht mehr als ein Hügel. Er hieß Beizi-Hügel. Ihre Spione hatten herausgefunden, dass die Leute aus Yong'an sich nach ihrem Rückzug von der Stadtmauer dort niedergelassen hatten. Der Beizi-Hügel war dicht bewachsen. In der Tiefe der Nacht waren von überall in dem dichten Wald seltsame Geräusche zu hören, als lägen unzählige Kreaturen auf der Lauer. Xie Lian ging weiter und sah sich mit angehaltem Atem eine Zeit lang um. Da erblickte er plötzlich eine große menschliche Gestalt, die von einem Baum hing.

Er sah genau hin, dann rief er aus: »Qi Rong!«

Es war tatsächlich Qi Rong, der kopfüber an einem Baum hing. Es sah aus, als sei er bewusstlos von den Schlägen, die er offensichtlich eingesteckt hatte. Von seiner Nase rann Blut herab und eines seiner Augen war zugeschwollen. Xie Lian zog sein Schwert, schnitt das Seil durch und fing Qi Rong auf. Dann versetzte er ihm leichte Klapse auf die Wangen, bis Qi Rong schließlich zu sich kam. Als er die Augen aufschlug, rief er: »Cousin!«

Xie Lian war gerade dabei, ihn loszubinden, als er eine Kälte im Rücken spürte. Er schwang sein Schwert nach hinten und als er sich blitzschnell umwandte, erblickte er Lang Ying, der sich mit einem Langschwert auf ihn warf.

Die Klingen trafen aufeinander, immer wieder erklang das Geräusch von klirrendem Stahl. Aber es dauerte nicht lange, bis Xie Lian Lang Ying das Schwert aus der Hand geschlagen hatte. Dann trat er nach seinen

Beinen, brachte ihn zu Fall und hielt ihm seine Klinge an den Hals. »Du weißt, dass du mir nicht gewachsen bist. Hör auf zu kämpfen.«

Sie hatten sich an diesem Tag bereits auf dem Schlachtfeld gegenübergestanden. Jeder, der Xie Lian angegriffen hatte, hatte den Tod gefunden, mit Ausnahme von Lang Ying. Er hatte sich Xie Lians Schwert entgegengestellt und war dann verwundet entkommen. Es war leicht zu erkennen, dass Lang Ying der Anführer der Flüchtlinge war. Die tiefere Bedeutung hinter Xie Lians Aufforderung, mit dem Kämpfen aufzuhören, konnte ihm nicht entgangen sein.

»Wenn Eure Leute die Angriffe beenden, werden die Soldaten der königlichen Armee Euch in Ruhe lassen, das verspreche ich. Ihr bekommt Wasser und Lebensmittelrationen. Nehmt sie und geht.«

Lang Ying lag am Boden und starrte ihm mit einem Blick in die Augen, der Xie Lian Gänsehaut verursachte. »Eure Hoheit, denkt Ihr, Ihr tut das Richtige?«

Xie Lian erstarrte. Qi Rong neben ihm begann zu schimpfen: »Unsinn! Weißt du nicht, wer mein Cousin ist? Er ist ein Gott! Denkst du wirklich, er könnte im Unrecht sein und ihr im Recht? Ihr Verbrecherpack?!«

»Qi Rong, schweig!«, befahl Xie Lian.

Er konnte Lang Yings Frage nicht beantworten. Tief in seinem Herzen fühlte er, dass seine Taten nicht richtig waren. Aber ihm war auch keine bessere Möglichkeit eingefallen. Hätte er Xianle schutzlos zurücklassen, hätten die Rebellen aus Yong'an wieder und wieder Angriffe verübt und am Ende vielleicht sogar die Hauptstadt gestürmt.

Wenn nur einer oder zwei ihn angriffen, konnte er sie mit einer Bewegung ausschalten und den Konflikt beenden, bevor es zu Schlimmerem kam. Aber auf dem Schlachtfeld waren die Schwerter gnadenlos. Es war unmöglich, dort genug Rücksicht zu nehmen, um seine Gegner nur bewusstlos zu schlagen. Ihm blieb keine andere Wahl, als seine Gefühle zu unterdrücken und sein Schwert zu schwingen. Mit seiner Frage hatte

Lang Ying an seine innere Stimme appelliert: *Denkt Ihr, Ihr tut das Richtige?*

In Qi Rongs Innerem gab es kein solches Dilemma und er ließ sich nicht den Mund verbieten. »Was habe ich denn Falsches gesagt? Cousin, jetzt, wo du hier bist, bring diese verdammten Banditen um! Ein Dutzend von ihnen hat mir aufgelauert und mich geschlagen!«

Qi Rong war in der Hauptstadt als dominanter und aggressiver Mensch bekannt und viele der Flüchtlinge hassten ihn. Nun hatten sie ihre Chance ergriffen, um Rache zu üben. Aber auch viele aus Xianle mochten Qi Rong nicht.

Xie Lian hatte keine Zeit, sich mit ihm zu befassen, und wandte sich an Lang Ying: »Was wollt Ihr denn? Wenn Ihr Regen wollt, wird Yong'an Regen bekommen. Wenn Ihr Gold wollt, werde ich die goldenen Statuen umwerfen und sie Euch geben. Wenn Ihr Nahrung wollt, werde ich ... mir etwas einfallen lassen. Fangt nur keinen Krieg an. Können wir nicht gemeinsam einen dritten Weg finden?«

All diese Worte waren unkontrolliert aus Xie Lian herausgesprudelt. Lang Ying hatte vielleicht nicht verstanden, was mit »ein dritter Weg« gemeint war, aber er antwortete, ohne zu zögern: »Ich will gar nichts und ich brauche nichts. Ich will nur, dass das Königreich Xianle aufhört zu existieren. Ich will, dass es verschwindet.« Er hatte emotionslos gesprochen, aber seine Worte klangen beängstigend.

Kurz darauf sagte Xie Lian ernst: »Wenn Ihr angreift ... kann ich nicht tatenlos zusehen. Ihr habt keine Chance auf einen Sieg. Selbst wenn alle Leute aus Yong'an sterben müssen, wollt Ihr das dann immer noch?«

»Ja«, erwiderte Lang Ying.

Seine Antwort kam so ruhig und entschlossen, dass Xie Lian nichts erwidern konnte. Er ballte die Fäuste, bis seine Gelenke knackten.

»Ich weiß, dass Ihr ein Gott seid. Dennoch könnt Ihr mich nicht aufhalten.«

Xie Lian wusste, dass Lang Ying die Wahrheit sprach, weil sein Tonfall ihm vertraut war. So klang jemand, der so wild entschlossen war, dass es keinen Weg zurück gab und Aufgeben keine Option war. Als Xie Lian zu Jun Wu gesagt hatte: »Selbst wenn der Himmel beschließt, dass ich sterben muss«, hatte er genau diese Entschlossenheit in sich gespürt.

Lang Yings Worte waren eine Erklärung, dass er die Leute aus Yong'an unermüdlich wieder und wieder würde angreifen lassen.

Xie Lian wusste, was er zu tun hatte. Sein Schwert hielt er für gewöhnlich mit einer Hand. Aber nun ergriff er es mit beiden. Doch gerade in dem Moment, als er Lang Ying mit zitternden Händen die Kehle durchstechen wollte, hörte er plötzlich ein eigenartiges »Giek, giek« hinter sich und dann ein unerwartetes, kaltes Lachen.

Er war erschrocken, dass jemand sich so lautlos und unentdeckt hatte nähern können. Als er sich umwandte, weiteten sich seine Augen.

Normalerweise würden in einer solchen Situation feindliche Soldaten auftauchen. Xie Lian hatte schon oft erlebt, dass zahllose Schwerter auf ihn gerichtet waren, und hatte erwartet, in gezückte Klingen zu blicken.

Doch stattdessen sah er eine einzelne, seltsame Gestalt.

Die Person war mit einem leuchtend weißen Totengewand bekleidet und trug eine bizarre Maske vor dem Gesicht: eine Hälfte des Gesichtes weinte, die andere lächelte. Sie saß auf einer Kletterpflanze, die zwischen zwei Bäumen tief herabhing. Sie schwang wie auf einer Schaukel vor und zurück, was dieses eigenartige Geräusch erzeugte. Als die Gestalt Xie Lians Blick bemerkte, hob sie die Hände und klatschte langsam. Dabei erklang wieder das kalte Lachen.

Xie Lian standen die Nackenhaare zu Berge. »Was bist du?«, fragte er streng.

Er fragte »was«, denn ihm war sofort klar, dass dieses Ding kein Mensch war.

Er bemerkte plötzlich, dass irgendetwas an dem Schwert in seiner Hand sich falsch anfühlte, und im selben Moment schrie Qi Rong auf. Als er sich umdrehte, sah er, dass der Boden vor ihm aufgerissen war und dass Lang Ying, der vor ihm gelegen hatte, in diesem Riss verschwunden war.

Der Boden war bereits dabei, sich wieder zu schließen. Ohne nachzudenken, holte Xie Lian aus und stieß sein Schwert in die Erde. Er fühlte, dass es in den Erdboden und nicht in einen menschlichen Körper drang. Es war ihm nicht gelungen, Lang Ying zu töten. Er konnte nicht genau sagen, ob er es bedauerte oder erleichtert war.

Das weiß gekleidete Wesen begann wieder zu lachen. Xie Lian hob sein Schwert und schleuderte es auf die eigenartige Gestalt.

Der Schlag war schnell wie ein Blitz gewesen. Sein Schwert durchbohrte die Gestalt und nagelte sie an einen Baum. Sie sank zu Boden, ohne ein Geräusch zu machen.

Xie Lian lief hin, doch alles, was er vorfand, war ein zerknitterter weißer Umhang. Das Wesen, das darin gesteckt hatte, hatte sich in Luft aufgelöst.

Das Erscheinen und Verschwinden dieser Gestalt war höchst sonderbar. Xie Lian war davon so geschockt, dass er wachsam blieb. Er zog Qi Rong mit einer Hand vom Boden hoch. »Lass uns gehen.«

Doch Qi Rong jammerte: »Lass uns nicht gehen, Cousin, komm, wir stecken diesen Berg in Brand. Hier verstecken sich überall Leute aus Yong'an. Diese verdammten Radikalen, die nicht vom Stadttor verschwinden wollten, sind alle hier versteckt. Lass uns ein Feuer legen und hier aufräumen!«

Xie Lian zog ihn mit sich fort und je weiter sie gingen, umso deutlicher nahm Xie Lian schwere Yin-Energie in der Luft wahr. Es kam ihm vor, als würden sie von unzähligen Augen beobachtet. »Hast du nicht das komische Wesen gesehen? Wir sollten nicht bleiben«, fuhr er Qi Rong an.

»Na und? Du bist ein Gott! Du hast doch keine Angst vor so einem kleinen Dämon, oder? Wenn sich dir jemand in den Weg stellt, töte ihn einfach.«

»Wir gehen jetzt und reden später«, sagte Xie Lian.

Als Xie Lian nicht auf ihn hörte und seine Idee, den Berg anzustecken, ablehnte, geriet Qi Rong in Wut. »Warum? Diese Leute haben mich grün und blau geschlagen! Sie sind unsere Feinde! Du hast es doch selbst gehört, sie wollen Xianle auslöschen. Unser Königreich! Warum tötest du sie nicht alle, so wie du es heute auf dem Schlachtfeld getan hast?«

Xie Lian stockte der Atem und er rief zornig: »Warum immer töten, töten, töten? Kannst du an nichts anderes denken? Es gibt einen Unterschied zwischen Soldaten und Zivilisten!«

»Was für ein Unterschied soll das sein? Sind sie nicht alle Menschen? Ist es nicht dasselbe, sie zu töten?«, hielt Qi Rong dagegen.

Er hatte Xie Lian genau da getroffen, wo es ihm am meisten wehtat. Xie Lian spürte, wie Wut in ihm hochkochte. »Du!«

In dem Moment bemerkte er, dass etwas sich um sein Fußgelenk schloss. Als er an sich herabsah, erkannte er, dass eine geschwollene Hand aus einem der Büsche kam und seinen Stiefel ergriffen hatte.

Von vorne hörte er einige dumpfe Schläge. Sieben oder acht menschenähnliche Gestalten fielen wie Regen von den Bäumen und blieben am Boden liegen, unfähig aufzustehen. Zwar hatten sie menschliche Körper, aber sie trugen keinen Fetzen Kleidung am Leib und bewegten sich auf sie zu wie große, fleischige Würmer.

Qi Rong rief entsetzt aus: »Wer sind die denn?!«

Xie Lian schnitt die Hand an seinem Stiefel mit seinem Schwert ab und sagte düster: »Das sind keine Menschen. Das sind Binu!«

Xie Lian hatte noch nie davon gehört, dass in den Bergen nahe der Hauptstadt Binu gesichtet worden waren. Wenn es hier Dämonen und Geister gab, wurden diese für gewöhnlich von den Kultivierern des königlichen Tempels beseitigt. Das bedeutete, dass jemand diese Binu absichtlich losgelassen hatte.

Xie Lian hatte nicht erwartet, dass der Krieg nichtmenschliche Kreaturen mit einbeziehen würde, doch je mehr er darüber nachdachte, desto mehr kam ihm der Verdacht, dass diese Wesen mit Lang Ying zusammenarbeiteten. Qi Rong war nur entführt worden, um ihn hierherzulocken. Doch nun hatte er keine Zeit, gründlich darüber nachzudenken. Mit nur einem Hieb seines Schwertes konnte er sieben oder acht Binu sauber erschlagen, aber sie tauchten immer in großen Horden auf.

Und tatsächlich begann es auch schon, überall in den Büschen und Bäumen um sie herum zu rascheln. Sie schwankten immer stärker und mehr und mehr dieser fleischigen Kreaturen krochen aus ihnen hervor und auf Xie Lian zu. Er konnte zehn auf einen Schlag erledigen, aber in derselben Zeit erschienen zwanzig weitere. Während Xie Lian um sich schlug, zielte ein Binu auf einem Baum auf seinen Rücken und ließ sich auf ihn fallen.

Doch bevor er nahe genug war, um zuzugreifen, wurde er mit einem Mal in zwei Teile gehackt. Qi Rong war unbewaffnet, also konnte er es nicht gewesen sein. Xie Lian drehte sich um, um zu sehen, wer ihm geholfen hatte – es war der junge Soldat.

Xie Lian hatte ihn im Staub hinter den Stadttoren zurückgelassen, aber irgendwie war es ihm dennoch gelungen, ihm zu folgen. Obwohl er nur ein einfaches Schwert bei sich trug, war er ein effizienter Kämpfer und erledigte viele der Binu.

Diese Kreaturen krochen am Boden und hinterließen ein dickes, klebriges Sekret. Qi Rong schrie vor Entsetzen und Ekel. Er trat einem, der schwach aussah, mit voller Wucht auf den Kopf und bemerkte, dass diese Wesen keine besonders große Bedrohung darstellten. »Sie sind also gar nicht so gefährlich?«, rief er erstaunt aus.

Was Qi Rong nicht wusste, war, dass Binu normalerweise in Gesellschaft anderer Kreaturen auftauchten, die weit böser und grausamer waren als sie selbst. Xie Lian biss sich auf die Lippe, bis er blutete. Er wischte sich das Blut mit zwei Fingern der rechten Hand ab und schmierte es blitzschnell an seine Schwertklinge. Dann drückte er Qi Rong das Schwert in die Hand. »Nehmt ihr beiden das Schwert und geht vor. Lasst keines dieser Dinger nah an euch heran und dreht euch auf dem Weg nicht um, egal was ihr hört. Denkt daran: Ihr dürft euch nicht umdrehen!«

»Cousin, ich ...«, setzte Qi Rong an.

Xie Lian unterbrach ihn: »Die wirklich Gefährlichen kommen hinter ihnen. Gleich werde ich mich nicht mehr um euch kümmern können. Geht schnell zurück und erstattet Bericht.«

Qi Rong sagte nichts mehr. Er griff nach dem Schwert und eilte davon. Xie Lian hatte die Schwertklinge mit einem Schutzzauber versehen, sodass auf dem Weg keine Binu oder anderen Kreaturen es wagen würden, ihm zu nahe zu kommen. So konnte er unbehelligt und rasch entkommen. Der junge Soldat aber war nicht weggelaufen. Qi Rong hatte bereits einen gewaltigen Vorsprung und Xie Lian hatte auch kein zweites heiliges Schwert, das er mit einem Zauber versehen konnte. So blieb ihm nichts übrig, als mit den Fäusten zu kämpfen, und er schlug wieder und wieder zu.

Mit der Hilfe des jungen Soldaten hatte er nach einer halben Stunde alle Binu unschädlich gemacht. Der ganze Boden war von dem Schleim und den toten Körpern der Kreaturen bedeckt und es roch faulig und fischig.

Als er sicher war, dass keine Binu mehr übrig waren, atmete Xie Lian erleichtert auf. Er wandte sich zu dem Soldaten um und lobte: »Du bist ein guter Schwertkämpfer.«

Der junge Soldat hielt das Schwert fest umklammert und war noch etwas außer Atem. Sofort stellte er sich wieder aufrecht hin. »Jawohl.«

»Ich habe dir keinen Befehl erteilt, wieso sagst du ›Jawohl‹? Als ich dir vorhin befohlen habe zu gehen, warum hast du da nicht ›Jawohl‹ gesagt?«

Der Junge erwiderte nur: »Jawohl.« Nachdem er bemerkte, dass er seltsam reagiert hatte, stellte er sich noch etwas aufrechter hin.

Xie Lian schüttelte den Kopf und dachte kurz nach, dann lächelte er und sagte: »Aber ein Säbel würde noch besser zu dir passen.«

Kapitel 38:
Der goldene Körper widersteht dem Verlangen des Reichs der Zärtlichkeit

»Wieso?«, fragte der Junge erstaunt.

Xie Lian ließ die Stöße und Bewegungen des Jungen in seinen Gedanken noch einmal Revue passieren und zeigte ihm einige Beispiele. »Du hast noch nie einen Säbel geführt, oder? Du benutzt ein Schwert, aber das Schwert ist unberechenbarer. Es ist schnell und aggressiv, es schränkt den Kämpfer allerdings ein, weil man vieles beachten muss. Wenn du noch nie einen Säbel benutzt hast, probiere es einmal aus. Ich glaube, damit wärst du noch stärker.«

Wann immer Xie Lian jemanden traf, der eine Begabung in der Kampfkunst zeigte, konnte er es sich nicht verkneifen, mit ihm darüber zu plaudern. Er kritisierte dabei nicht, ihm ging es lediglich um den Austausch von Ideen und Gedanken. Weil er über einen reichen Erfahrungsschatz im Waffenkampf verfügte, musste er oft nicht nachdenken. Ein Blick genügte und er hatte den Stil eines Kämpfers durchschaut. Auch wenn er nicht benennen konnte, warum, verstand er instinktiv die Technik dahinter. Normalerweise hörte man ihm allein schon aus Respekt vor seiner Stellung zu, auch wenn die Wenigsten dabei wirklich aufmerksam waren. Dieser Junge aber hing an seinen Lippen, man konnte deutlich sehen, wie es in ihm arbeitete. Dabei sah er immer wieder auf sein Schwert hinunter.

Xie Lian redete noch eine Weile, als sie plötzlich erneut Rascheln aus dem Wald hörten. Es klang, als wäre etwas schnell an ihnen vorbeigehuscht. Xie Lian erinnerte sich daran, dass sie noch immer in Gefahr schwebten und dass dies weder der rechte Ort noch die rechte Zeit war, um über Kampfkunst zu reden. Er wurde sofort wieder ernst. »Es ist gut möglich, dass noch mehr Böses auf diesem Berg lauert. Hier muss gründlich aufgeräumt werden.«

Der Junge nickte eifrig und hielt Xie Lian sein eisernes Schwert mit beiden Händen hin.

Xie Lian schüttelte den Kopf. »Verteidige dich damit. Du bist vorhin nicht gegangen. Nun kannst du nicht mehr fliehen. Ich werde mein Bestes tun, um auf dich aufzupassen. Aber du musst auch wachsam bleiben.«

Da raschelte es wieder in den Büschen und etwas sprang heraus. Xie Lians Hand schoss hervor und traf es präzise. Das Ding kreischte in einem schrecklichen Ton und bewegte sich nicht mehr.

Es roch stark nach Blut, was Xie Lian verwirrte. Ein Binu würde von einem solchen Schlag getroffen eine klebrige, schleimige Flüssigkeit absondern, die nicht nach Blut roch. Er trat vor, um nachzusehen.

Er teilte die Zweige des Busches und tatsächlich lag ein großer Binu dort am Boden. Der Schlag hatte ihn in mehrere Stücke zerrissen. Aber der Geruch kam nicht von dem Binu selbst, sondern von etwas, das er im Maul hielt – es war ein Stück Haut von einem menschlichen Kopf, von dem lange Haare in Büscheln herabhingen.

Binu waren Aasfresser, offenbar war also ein Mensch getötet worden. Der Binu hatte eine Spur aus Blutstropfen hinterlassen, der Xie Lian sogleich folgte, den jungen Soldaten dicht hinter sich. Je weiter sie gingen, desto dichter wurden die Blutstropfen und umso stärker der Geruch nach Blut. Bald schon hörten sie ein kraftloses Schluchzen.

Der junge Soldat zog sein Schwert und wollte vor Xie Lian treten, um ihn zu schützen. Der aber hielt ihn zurück und ließ ihn hinter sich herlaufen. Der Pfad führte an blühenden Büschen vorbei zum Eingang einer größeren Höhle.

Diese mochte wohl einst als Unterstand für Reisende gedient haben. Nun aber lagen vor ihrem Eingang überall Leichen auf dem Boden. Zwanzig oder dreißig Binu kletterten auf ihnen herum und nagten nach Herzenslust von ihnen. Fünf oder sechs Binu umringten eine junge Frau. Ihr Gesicht war vor Schmerz verzerrt. Ihr Bauch war aufgerissen und ihre Gedärme hingen heraus, doch sie war noch am Leben. Offenbar war sie gerade dabei gewesen, sich zurechtzumachen, denn in ihrem Haar trug sie eine leuchtend rote Blume. Die rote Blume und das frische Blut ergaben zusammen einen unfassbar grausamen Anblick.

Die Binu leckten an ihren heißen, dampfenden Gedärmen. Aber gerade als sie anfangen wollten, richtig zuzulangen, hörten sie jemanden kommen und sahen sich um.

Ohne zu zögern, schoss Xie Lian einen Energiestoß aus seiner Handfläche ab, der sie alle auf einen Schlag tötete. Dann ging er herum, um die Leichen zu untersuchen. Es waren Männer und Frauen, Alte und Junge. Alle trugen einfache Kleidung, ihre Gesichter waren aschfahl. Es waren zweifellos alles Flüchtlinge aus Yong'an, stellte Xie Lian mit Schrecken fest.

Er hielt es für möglich, dass die seltsame weiß gekleidete Gestalt diese bösen Kreaturen herbeigerufen hatte. Sie hatte Lang Ying gerettet, also mussten sie Verbündete sein. Aber warum sollten die Binu dann diese Zivilisten aus Yong'an fressen? Kreaturen, die keine Menschen waren, gingen nur ein Bündnis mit den Menschen ein, wenn etwas für sie dabei heraussprang. War das eine Bedingung gewesen, der Lang Ying zugestimmt hatte? Waren die Leben dieser Menschen etwa die Währung, mit der er bezahlt hatte?

Die junge Frau litt unerträgliche Qualen und war außer sich vor Schmerz. Blut lief aus ihrem Mund und sie schluchzte: »Tötet mich nicht! Ich habe doch nichts getan, tötet mich nicht!«

Xie Lian sah in seinen Gedanken wieder das Bild der kleinen Familie vor sich, die an der Stadtmauer gestorben war. Welche Sünde hatte sie begangen? Er beugte sich zu der Frau hinunter und beruhigte sie mit sanfter Stimme. »Habt keine Angst. Alles wird gut, ich bin hier, um Euch zu retten.«

Der junge Soldat hielt jedoch sein Schwert auf sie gerichtet. »Eure Hoheit, seid vorsichtig. Vielleicht ist sie ein böser Geist aus der Tiefe dieses Berges.«

Selbstverständlich wusste Xie Lian, dass diese Möglichkeit bestand. Dennoch brachte er es nicht über sich, sie so zurückzulassen. Wenn er klug vorging, würde schon nichts passieren. Er fühlte den Puls der Frau und untersuchte ihre Handflächen und Finger nach Linien und Fingerabdrücken. Dabei stellte sich schnell heraus, dass sie ein echter Mensch war. Und auch, dass sie keine Kämpferin war, denn ihre Arme waren schwach und kraftlos. Xie Lian holte ein Fläschchen Arznei aus seinem Ärmel und begann, ihre Wunden zu verarzten. Er zog den Korken und ein zart duftender weißer Rauch erfüllte die Luft.

Diese Arznei konnte die Wirkung von Gift verlangsamen und war besonders hilfreich bei der Behandlung von Verletzungen. Xie Lian geizte nicht mit der heiligen Tinktur und brauchte das ganze Fläschchen für die Frau auf.

»Fühlt Ihr Euch besser?«

Die Wunden der Frau boten einen grauenhaften Anblick. Doch nachdem sie den Rauch eingeatmet hatte, kehrte etwas Farbe in ihr Gesicht zurück. Sie nickte schwach.

»Seid Ihr aus Yong'an? Wie ist das passiert?«, erkundigte sich Xie Lian.

Tränen rollten über ihre Wangen. »Ich ... Ja, das stimmt. Ich weiß nicht, was passiert ist. Alles ... alles war in Ordnung, doch plötzlich ist mein Vater gestorben. Und mein Bruder auch ...«

Xie Lian tätschelte ihr sanft die Schulter. »Wer hat sie getötet? Oder besser, *was* hat sie getötet?«

Die junge Frau schluchzte. »Der Mörder war ... war ... Ihr wart es!«

Bei diesen letzten Worten verzerrte sich ihr Gesicht in rasender Wut, ihre Augen funkelten wild und traten aus den Höhlen hervor. Sie streckte die Arme aus und ergriff Xie Lian.

Der junge Soldat hatte die ganze Zeit höchst wachsam neben Xie Lian gestanden und reagierte mit unglaublicher Geschwindigkeit auf diesen Angriff. Augenblicklich durchbohrte er ihr Herz mit seinem Schwert. Sie war ohnehin schon schwer verwundet und durch seinen Stich hätte sie einen schnellen Tod finden sollen. Doch sie lachte lauthals los und hielt

Xie Lian fest umklammert, bis sie endlich aufhörte zu atmen. Ihre Umarmung war so fest, dass der Soldat sich abmühen musste, ihren toten Körper von Xie Lian zu lösen.

»Eure Hoheit! Seid Ihr verletzt?«, fragte er ängstlich.

Xie Lian hatte gedacht, die junge Frau hätte ihn in einer verzweifelten letzten Bemühung überfallen wollen. Aber sie hatte keine Waffe bei sich getragen und hatte ihn weder gebissen noch gekratzt. Sie hatte sich nur an ihm festgeklammert, als würde das allein ausreichen, und hatte ihn selbst im Tod nicht losgelassen.

Verwirrt antwortete er: »Ich habe nichts, ich ...«

Er hatte noch nicht ausgesprochen, da überkam ihn, wie um ihn zu verhöhnen, ein plötzlicher Schwindel.

Der Soldat riss sein Auge auf. »Eure Hoheit?!«

Es fühlte sich an, als würde sein Inneres in Flammen stehen. Er konnte nicht sprechen, er wollte nicht sprechen und er wollte auch niemand anders sprechen hören. Er schüttelte schweigend den Kopf und hob seine Hand.

In diesem Moment erklang plötzlich von überall um sie herum das Gekicher von Frauen.

Die beiden sahen sich um, konnten allerdings niemanden sehen. Das Kichern kam von der leuchtend roten Blume.

Da begriff Xie Lian, dass er in eine Falle gegangen war.

Das Reich der Zärtlichkeit!

Es bezeichnete jedoch nicht jenen legendären Ort, an dem Männer Trost in den Armen schöner Frauen finden konnten, dieses Reich der Zärtlichkeit waren Blumendämonen, die in großen Scharen gemeinsam auftraten und davon lebten, Männern die Lebensessenz auszusaugen. Ihr betörender Duft war höchst gefährlich. »Halt dir die Nase zu und bedecke deinen Mund. Du darfst den Duft dieser Blume nicht einatmen«, wies Xie Lian den Soldaten an.

Da das Gesicht des Jungen verbunden war, hatte er noch nichts von dem Geruch eingeatmet. Er befolgte Xie Lians Anweisung und zog die Binden fester. Aber dann fiel ihm auf, dass Xie Lian nichts hatte, um sein eigenes Gesicht zu bedecken. Er riss den saubersten Teil von dem Verband ab, rieb und klopfte ihn sauber und hielt ihn Xie Lian dann mit beiden Händen hin.

»Nicht nötig. Es ist zu spät«, sagte der.

Zwar war er wachsam gewesen, als er die junge Frau behandelt hatte, doch auf Gerüche hatte er nicht geachtet. Er war dicht an ihrer Seite gewesen, ohne zu wissen, dass die Blume in ihrem Haar eine Blüte des Reichs der Zärtlichkeit war. Vor ihrem Tod hatte die Frau Xie Lian deshalb so fest an sich gezogen, weil sie sichergehen wollte, dass sie ihren Auftrag erfüllte. Er hatte bereits viele Lungenvoll von dem Duft eingeatmet, genug, dass er tief in sein Herz und seinen Geist eindringen konnte.

Wenn der Duft in den Körper eines Mannes gelangte, löste er zuerst eine innere Unruhe aus. Der Betroffene verspürte eine Taubheit und ein Schwächegefühl, dann später eine manische Gereiztheit bis hin zum Wahn. Xie Lian fühlte sich bereits eigenartig schwach, als hätten alle Sehnen in seinem Körper sich aufgelöst. Aber wenn dieses taube Gefühl vorüber war, würde er zu einem wahren Pulverfass werden. Sollte die seltsame weiß gekleidete Kreatur noch einmal auftauchen, war sich Xie Lian nicht sicher, ob er in der Lage sein würde, ihr gegenüberzutreten. Er wusste nicht, über welche Kräfte dieses Wesen verfügte. Sein erster Impuls war, nach dem Arzneifläschchen zu suchen, doch dann fiel ihm ein, dass er es aufgebraucht hatte, um der jungen Frau zu helfen. Und am Ende hatte sie nicht einmal überlebt.

Er blickte ihren toten Körper an. Ihr Gesicht zeigte ein glückliches Lächeln. Sie sah aus, als sei sie von der Genugtuung erfüllt in den Tod gegangen, dass es ihr gelungen war, den Feind in die Falle zu locken. Nun konnte sie in Frieden ihre Familie wiederfinden. Der Geruch nach

Blut hatte den Duft der Blume überdeckt und der grauenhafte Anblick hatte ihr Äußeres weniger aufreizend erscheinen lassen. Xie Lian hätte niemals gedacht, dass ein Mädchen von vielleicht sechzehn Jahren eine so hinterhältige Tat begehen konnte.

Die Blumendämonen um ihn herum flüsterten voller Aufregung miteinander:

»Er ist in die Falle gegangen!«

»Erwischt!«

»Ist das wirklich der Kronprinz?«

»Er ist es!«

»Er ist so hübsch ... Meine Wurzeln, ich kann meine Wurzeln nicht mehr kontrollieren, sie springen gleich aus dem Boden!«

Der junge Soldat schlug mit seinem Schwert um sich und mähte einen der blühenden Büsche nieder. Doch das Holz war so nachgiebig, dass die abgenutzte Schwertklinge schon nach einem Schlag stumpf wurde. Die Blumendämonen schaukelten kreischend hin und her.

»Meine Güte. Der Kleine hat noch nicht mal Bart und ist schon so gewalttätig. Ich stehe kurz vor der Blüte. Wie willst du das wiedergutmachen?«

Zorn blitzte in den Augen des Jungen auf. »Sucht ihr den Tod? Ich werde euch alle niederbrennen!«

Die Blumendämonen bogen ihre Blätter, sodass die Blattspitzen den Stängel berührten – es sah aus, als würden sie die Hände in die Hüften stemmen. »Oh, wie Furcht einflößend! Wir haben dir nichts getan, warum bist du so wütend?«

»Verbrenne sie nicht!«, warnte Xie Lian ihn. »Sie sind Dämonen und wenn sie brennen, setzen sie giftige Gase frei. Du kannst sie auch nicht ausreißen.«

Sofort ließ der Junge seine Hände sinken, die er schon erhoben hatte, um den Blumen zu Leibe zu rücken.

Kraftlos erklärte Xie Lian: »Sie haben giftige Stacheln an ihren Stängeln …«

»Meine Güte, kleine Hoheit, du bist so süß. Danke, dass du uns beschützt«, riefen die Blumendämonen. »Warte nur, wir werden bald Früchte tragen. Wir werden uns gut um dich kümmern, hi hi hi hi …«

»Männer, die ihr Leben lang enthaltsam sind, sind so schwer zu bekommen. Du wirst viel von deiner Macht verlieren, wenn wir dich erst entjungfert haben, aber es geht nicht anders. Tut uns leid, hi hi hi hi …«

Sie rieben kichernd ihre Blüten aneinander und deuteten dadurch ihre anzüglichen Absichten an. Der junge Soldat war entsetzt – er verstand zwar nicht, was das Gerede von »Enthaltsamkeit«, »entjungfern« und »Macht verlieren« zu bedeuten hatte, aber er konnte deutlich erkennen, dass sie keine guten Absichten hegten. Er schlug weiter wild mit dem Schwert um sich. Um das gehässige Kichern der Dämonen zu übertonen, damit Xie Lian es nicht hören musste, schrie er wütend, während er die Blumen abschnitt. Xie Lian ließ seine Fingergelenke knacken.

So war das also. Alles, was heute Abend passiert war, war nur für ihn geplant gewesen. Die Entführung Qi Rongs hatte auf seinen Stolz und sein Pflichtgefühl als Kriegsgott von Xianle abgezielt. Man hatte vorhergesehen, dass er ihn allein befreien wollen würde, um das Risiko für andere zu minimieren. Die schwer verletzte Frau war eine Falle gewesen, die ihn dazu bringen sollte, seine Arznei aufzubrauchen, sodass er sich selbst nicht mehr helfen konnte. Der sorgfältig ausgearbeitete Plan einer Allianz zwischen Menschen und Dämonen war darauf ausgelegt gewesen, ihn genau an diesen Punkt zu führen.

Xie Lians Kultivierungsweg verlangte einen reinen Körper. Die Anhänger dieser Kultivierungsschule glaubten fest daran, dass ihre Götter frei von weltlicher Sünde und Unreinheit waren. Wenn sie diese Reinheit nicht bewahren konnten, würde ihre Anhängerschaft sie verlassen und ihre Macht würde vergehen. Es wäre kein Fall von der Göttlichkeit zurück in die Menschenwelt und eine Wiedererlangung der Macht war durch jahrelanges Kultivieren noch zu erreichen, doch in seiner jetzigen Lage hatte Xie Lian keine Zeit, um jahrelang hinter verschlossenen Türen zu kultivieren.

Die Regeln der Reinheit wurden im königlichen Tempel sehr ernst genommen und Xie Lian war derjenige, der sie am gewissenhaftesten befolgte. Niemals hatte er eine dieser Regeln gebrochen oder hinterfragt. Er war standhaft wie ein eiserner Felsblock und selbst die stärksten Stürme konnten das stille Wasser seines Herzens nicht in Bewegung versetzen. Er hatte sich vielen Prüfungen gestellt und sie alle gemeistert. Doch auch wenn sein Herz still und klar war wie ein Bergsee, war er jung und unerfahren und zu allem Überfluss war er in Begleitung eines jugendlichen Soldaten.

Er errötete vor Scham, als er gezwungen war, das anzügliche Gerede der Blumendämonen anzuhören, während der Duft, der in seinen Körper eingedrungen war, sein Blut zum Kochen brachte. So sehr er es auch wollte, es fiel ihm schwer, die in ihm aufwallende Leidenschaft niederzukämpfen. Er konnte sich nur mit Mühe beherrschen. Aber wenn diese Reich-der-Zärtlichkeit-Blüten erst Früchte trügen, wäre er in großen Schwierigkeiten. Es wäre das Beste, wenn er so schnell wie möglich in die Hauptstadt zurückkehren könnte, wo Feng Xin und Mu Qing ihm beistehen könnten. Doch seine Beine waren so schwach, dass er nicht einmal aufstehen konnte. Ihm blieb nichts anderes übrig, als den Soldaten zu sich zu rufen. »Du ... komm her.«

Als der Junge Xie Lians Stimme hörte, hielt er in der Bewegung inne und drehte sich langsam zu ihm um, traute sich jedoch nicht, zu ihm zu kommen. Die Lage erlaubte allerdings keinen Verzug.

Zorn wallte in Xie Lian auf, als er das Zögern des Jungen bemerkte. Er unterdrückte ihn mühsam. »Hab keine Angst. Ich werde dir nichts tun. Schnell, komm her!«

Endlich bewegte der Junge sich. Er eilte auf Xie Lian zu, blieb aber in zwei Schritten Entfernung stehen.

Xie Lian atmete geräuschvoll ein und streckte ihm die Hand entgegen. »Hilf mir auf … bring mich von hier fort.«

Der junge Soldat ergriff vorsichtig Xie Lians Hand. Wie ein Mann an der Schwelle des Todes, der endlich jemanden gefunden hatte, der ihn stützen konnte, brach Xie Lian zusammen und fiel auf den Jungen. Seine Sinne waren nun ganz von dem verführerischen Duft benebelt. Sein Körper war heiß, er glühte geradezu. Die zitternden Hände des Jungen waren ebenso heiß.

Xie Lian stützte sich eine Zeit lang auf den Jungen, um etwas Kraft zu sammeln, dann stemmte er sich in eine stehende Position. Er wollte niemandem, der kleiner war als er, zumuten, das ganze Gewicht seines Körpers zu tragen. Mit der Hilfe des Jungen gelang es ihm unter größter Anstrengung, einige Schritte zu laufen.

Die Blumendämonen riefen nach ihm, als sie sahen, dass er sich von ihnen fortbewegte. »Nein, kleine Hoheit, verlass uns nicht. ›Er‹ erwartet dich auf dem Weg. Wenn du jetzt gehst, wirst du ›ihm‹ in die Arme laufen.«

Er?

»Wer ist ›er‹?«, wollte Xie Lian wissen.

Die Blumendämonen gerieten ganz offensichtlich schon bei der Erwähnung dieses mysteriösen Wesens in Furcht. Nach einem kurzen Zögern murmelten sie: »Er!«

Die Blumen nickten einander zu. »Er, derjenige, der uns hierhergebracht hat.«

Obwohl sie es nicht wagten, einen Namen zu nennen, musste Xie Lian sofort an die halb lächelnde, halb weinende Maske denken. »Ihr sagt also, wenn ich gehe, wird derjenige, der euch hergebracht hat, mich auf der Straße erwarten. Aber wenn ich hierbleibe, wird er nicht kommen. Richtig?«

Die Blumendämonen waren erfreut und nickten zustimmend. Eine zuvor ungeahnte Wut loderte in Xie Lians Brust auf.

Ihn nicht zu töten, sondern ihn in einer so unaussprechlich schwierigen und erniedrigenden Lage festzusetzen – wollte sein Gegner mit ihm spielen? Warum konnten sie sich nicht einfach duellieren?

Er sammelte sich und bezwang seine Entrüstung. Sein Gegner hatte offensichtlich nicht vor, ihm direkt gegenüberzutreten. Er plante, ihn seiner spirituellen Kräfte zu berauben und ihn der Sünde verfallen zu lassen, damit seine Anhänger sich von ihm abwandten.

Falls die Blumendämonen die Wahrheit sprachen. Aber auch wenn sie ihn anlogen – Xie Lian war sich nicht sicher, ob er den Heimweg schaffen würde, selbst wenn der Junge ihn stützen oder tragen würde. Sollte sein Gegner auf die Idee kommen, ihm auf dem Weg absichtlich ein paar Frauen entgegenzuschicken, könnte eine schreckliche Situation entstehen – oder zumindest eine peinliche.

Xie Lian atmete fiebernd aus und schloss die Augen. »Bring mich zu der Höhle dort«, bat er.

Der junge Soldat half ihm, den leichenbedeckten Boden zu überqueren. Als sie den Eingang der Höhle erreichten, sagte Xie Lian leise: »Halt.«

Der Junge blieb stehen. Selbst eine einfache Geste wie die Hand zu heben löste bei Xie Lian unkontrollierbares Zittern aus.

»Wo ist dein Schwert?«

Der Junge verlagerte Xie Lians Gewicht auf seinen linken Arm und zog mit der rechten sein Schwert. Xie Lian schob seinen Ärmel vor und entblößte seinen Unterarm. Im Mondlicht war seine Haut hell wie glatte weiße Jade. Dem Jungen stockte einen Moment der Atem, aber Xie Lian bemerkte es nicht. »Schneide mich«, befahl er mit heiserer Stimme.

Die Hand, die das Schwert hochhielt, sank augenblicklich.

»Mach schon, schneide mich einfach«, drängte Xie Lian. »Stich tief zu. Ich möchte einen Schutzzauber beschwören. Wir haben kein magisches Werkzeug zur Hand, also brauchen wir Blut.«

»Eure Hoheit, bitte benutzt mein Blut«, sagte der junge Soldat, hob seinen eigenen Arm und schnitt hinein, ohne zu zögern.

»Lass das! Dein Blut ...«, rief Xie Lian hastig. Aber seine Worte kamen zu spät. Aus einem tiefen Schnitt im Arm des Jungen strömte frisches Blut. Xie Lian seufzte. »Oh ... du ... Na gut.«

Xie Lians Blut war ein äußerst wertvoller Schatz mit der Macht zu segnen und nicht vergleichbar mit dem Blut eines Sterblichen. Als er jedoch den Eifer des jungen Soldaten sah, brachte er es nicht übers Herz, ihm zu erklären, dass seine Tat sinnlos war. Stattdessen sagte er: »Danke. Wir brauchen dennoch auch etwas Blut von mir, als Auslöser.«

Xie Lian ergriff mit zitternder Hand das Schwert. Er benötigte einige Versuche, bis es ihm gelang, sich in den Unterarm zu schneiden. Das heilige Blut rann an seinem weißen Arm hinunter und er tropfte zwei geschwungene Linien vor den Höhleneingang, zwei Barrieren. Mit Fug und Recht konnte man das als Vergeudung einer göttlichen Ressource bezeichnen. Er achtete darauf, auch etwas vom Blut des Jungen dazuzugeben. Als der Schutzzauber beendet war, fühlte er sich benommen. »Lass uns hineingehen ...«

Es war pechschwarz in der Höhle. Der Junge nahm eine kleine Fackel aus seinem Umhang und zündete sie an. Das Licht der Flamme erhellte ihre Umgebung.

Das Gesicht des jungen Soldaten war hinter seinen Verbänden verborgen, während Xie Lians mitgenommenes und ramponiertes Aussehen nun klar ersichtlich wurde. Er war kaltschweißig, sein Haar durcheinander und seine Lippen waren geschwollen und blutig von dem Biss, den er sich selbst zugefügt hatte, um sein Schwert zu segnen. Das Licht der Fackel stach ihm schmerzhaft in die Augen und die Hitze der Flamme war wie eine Folter für ihn. »Mach das Licht aus«, bat er.

Der Junge warf die Fackel augenblicklich auf den Boden und trat sie aus. Wieder umgab sie absolute Dunkelheit. Er stützte Xie Lian und sie drangen weiter in die Höhle vor.

Dann setzte sich Xie Lian und nahm eine Meditationsposition ein. Er sagte: »Ich habe eine Aufgabe für dich. Bist du bereit, sie auszuführen?«

Der Junge fiel vor ihm auf die Knie. »Zehntausend Tode könnten mich nicht davon abhalten!«

Xie Lian versuchte, ruhig zu wirken, obwohl das bloße Atmen ihn viel Kraft kostete. »Ich habe vor der Höhle zwei Schutzlinien gezogen. Die äußere Linie verhindert, dass die Höhle betreten werden kann. Die innere hindert jeden am Heraustreten.« Er verschnaufte schweigend, bevor er weitersprach: »Zwischen den beiden Barrieren ist genug Platz für eine Person. Stell dich dort auf und beobachte den Höhleneingang. Was du auch von außen hörst, geh nicht hinaus. Und komm auch nicht herein, welche Geräusche auch immer du von mir hörst.«

Der Junge war verdutzt. »Eure Hoheit, Ihr bleibt hier ganz allein?«

»Ja. Und ich weiß nicht, was ich tun werde. Was auch passiert, du darfst auf keinen Fall hereinkommen.«

In seiner gegenwärtigen Lage konnte Xie Lian sich nicht von hier fortbewegen. Qi Rong war wahrscheinlich noch immer auf dem Rückweg, er würde lange brauchen, um zum Palast zu gelangen. Wer wusste schon, wie lange Xie Lian auf Verstärkung warten musste. Das Einzige, was er tun konnte, war, diesen kleinen Bereich abzuschirmen, eine Wache aufzustellen und sich Gedanken darüber zu machen, wie er mit dem Duft fertigwerden konnte.

»Die Früchte der Blumendämonen sind mächtige Verführerinnen. Sie werden bald reif sein ...«, keuchte er.

Genau in diesem Moment wurde plötzlich der Duft, der in der Luft lag, stärker und unterbrach Xie Lians Worte. Der betörende Geruch erfüllte die Luft von der Erde bis in den Himmel und die Blumendämonen kicherten übermütig: »Meine Wurzeln! Meine Wurzeln sind hart!«

»Die Früchte sind reif!«, riefen sie.

Als Xie Lian den süßen, alles durchdringenden Duft wahrnahm, beschleunigte sich sein Herzschlag und das Blut schoss ihm in den Kopf. Er biss die Zähne zusammen. »Beeil dich, lauf! Atme nicht den Duft ein und hab keine Angst. Sie können die Linie aus Blut nicht übertreten. Solange deine Füße innerhalb der Barriere bleiben, kannst du sie mit dem Schwert abwehren.«

Der Junge nickte eifrig. Er lief mit dem Schwert in der Hand davon und postierte sich zwischen den beiden Linien am Eingang.

Auf der Fläche vor der Höhle blühten die Pflanzen nun in leuchtenden Farben zwischen den Leichen. Die Blumen erbebten, als wäre etwas im Begriff, die Erde zu durchbrechen. Und kurz darauf brach wirklich etwas aus der Erde hervor – der Kopf einer Frau.

Er atmete tief ein und lachte trunken vor Freude, wobei die Augen sich zu schmalen Schlitzen zusammenzogen. Kurz darauf brachen auch die sanften, runden Schultern aus dem Boden hervor, dann ein ganzer Arm.

Die Früchte des Reichs der Zärtlichkeit entstanden unterhalb der Wurzeln. Dort reiften sie zu weiblichen Körpern heran. Und gerade war die Zeit der Reife gekommen – unzählige nackte Frauen brachen aus dem Erdboden an die Oberfläche. Sie pflückten die leuchtend roten Blumen von ihren Köpfen und badeten im Mondlicht, wobei sie sich nach Herzenslust räkelten und streckten. Zuvor hatten die kleinen Blüten den süßlichen Duft abgegeben, nun jedoch ging der Geruch von den Frauen selbst aus. Sie klopften die Erde von den Rundungen ihrer üppigen Körper ab, richteten sich das Haar und gingen kichernd auf die Höhle zu.

»Kleine Hoheit, wir kommen!«

Im Inneren der Höhle war die Luft von dem Geruch erfüllt. Xie Lian saß mit geschlossenen Augen im Lotussitz und rezitierte in Gedanken das *Dao De Jing*. Doch es half nicht viel. Die Blumendämonen lockten und riefen ihn mit allen nur erdenklichen Kosenamen – Süßer, Liebling, Schätzchen.

Sein Geist war in Aufruhr. Er rezitierte mit lauter Stimme: »Die fünferlei Farben machen der Menschen Augen blind. Die fünferlei Töne machen der Menschen Ohren taub … Rennen und Jagen machen der Menschen Herzen toll. Seltene Güter machen der Menschen Wandel wirr … Bewegung überwindet die Kälte. Stille überwindet die Hitze. Reinheit und Stille sind der Welt Richtmaß … Zu den Guten bin ich gut, zu den Nichtguten bin ich auch gut …«

Xie Lian bemerkte gar nicht, dass er den Text, den er in- und auswendig kannte, vollkommen durcheinanderbrachte.

Außerhalb der Höhle klatschten und lachten die Blumendämonen ausgelassen und verführerisch.

»Mein geliebter Kronprinz, mein Schätzchen, meine Hoheit! Du bist doch kein Mönch, warum rezitierst du die Schriften? Oh!«

Die Blumendämonen kreischten erschrocken. Es klang so, als habe der junge Soldat, der die ganze Zeit über schweigend abgewartet hatte, sich nicht mehr zurückhalten können und begonnen, mit dem Schwert auf die Blumendämonen einzuschlagen, um sie vom Höhleneingang fernzuhalten.

»Mörder!«, heulten sie.

»Du fieser Bursche, Zerstörer der Schönheit!«, beschimpften ihn einige. »In deinem Herzen ist keine Zärtlichkeit!«

»Schlimm, schlimm, so jung und schon so grausam! Stellt ihn euch als Erwachsenen vor!«

Wie hungrige Tiere versuchten die Blumendämonen unaufhaltsam, sich in die Höhle zu drängen, aber es gelang ihnen nicht. Sie bemerkten die Linie auf dem Boden nicht und dachten, der Junge allein hielte sie auf. Sie berieten sich untereinander, versammelten sich dann in der Nähe des Eingangs und riefen ihn zu sich.

»Kleiner, warum willst du uns aufhalten? Wir wollen dir doch nichts Böses tun. Wir wollen nur mit Seiner Hoheit etwas Spaß haben.«

»Sei brav, kleiner Soldat, und lass uns Seiner Hoheit etwas Gutes tun.«

»Der Kleine ist so gemein. Ein Jammer, dass er noch so jung ist. Er weiß wahrscheinlich nicht mal, was ›etwas Gutes tun‹ bedeutet.«

Die Blumendämonen brachen in Gelächter aus und stützten einander.

Xie Lian öffnete seine Augen einen Spaltweit, doch außer einem schwarzen Schatten am Höhleneingang konnte er nichts erkennen. Es war der Junge, der mit dem Schwert in der Hand und Entschlossenheit im Herzen die Höhle bewachte und eher sein Leben geben, als seine Pflicht vernachlässigen würde.

Plötzlich sagte einer der Blumendämonen: »He, Kleiner, steh da doch nicht rum wie angewurzelt. Was willst du eigentlich? Komm doch zu uns und hab etwas Spaß mit uns. Welche von uns gefällt dir? Bin ich vielleicht dein Typ?«

Der junge Soldat antwortete ihnen nicht.

Die Blumendämonen dachten, dass sie an ihm vorbeikommen müssten, um in die Höhle zu gelangen. Also boten sie all ihre Verführungskünste auf, um ihn fortzulocken.

»Gefalle ich dir?«

»Was ist mit mir? Bin ich hübsch?«

»Sieh mich mal an, wie findest du das?«

Zunächst lockten sie ihn mit Worten, dann schmollten sie und schließlich fluchten sie – aber was auch immer sie versuchten, der Junge ignorierte sie, wenn sie außer Reichweite waren, und schlug auf sie ein, wenn sie in seine Nähe kamen. Xie Lian wusste, dass die Früchte des Reichs der Zärtlichkeit ihre Gestalt willentlich verändern konnten, bevor sie aus der Erde kamen. Er wollte den Jungen warnen, doch in seiner brenzligen Lage wagte er es nicht, den Mund zu öffnen.

Als eine besonders heftige Hitzewelle gerade abebbte, rief er dem Jungen keuchend zu: »Sieh sie nicht an …« Dabei hatte er große Mühe, das heiße Blut, das durch seinen Kopf pulsierte, niederzukämpfen. Seine Stimme war leise und schwach.

Der Junge hatte ihn dennoch gehört und rief: »Jawohl! Eure Hoheit, wie ... wie geht es Euch?«

»Alles in Ordnung. Wenn es schwierig wird, dann schließ die Augen und halte dir Mund und Nase zu ...«

Der Junge konnte nicht antworten, weil einer der Blumendämonen in lautes Gelächter ausbrach. »Ich weiß! Kleiner, ich wette, ich weiß, was dir gefällt!«

Es klang, als würde eine neue Frucht den Erdboden durchbrechen. Plötzlich herrschte Totenstille außerhalb der Höhle. Der Junge hielt angestrengt die Luft an.

In der nächsten Sekunde drang das laute Gelächter der Blumendämonen an Xie Lians Ohren. Sie lachten, klatschten und kreischten in einem fort.

»Oooh ... was für ein Spaß! Was für ein Spaß!«

»Mein Gott, wie seid ihr darauf gekommen? Ich kann nicht mehr ... Ha ha ha ha ha! Seht doch, der Bengel ist außer sich! Ihr habt ihn erwischt!«

»Das ist es! Und ich dachte schon, der verdammte Junge ist aus Stein. Wie wir uns getäuscht haben. Wie mutig er ist.«

»Du hast gewonnen. Wir ergeben uns. Na, was ist, Kleiner? Komm schon, genieß diesen köstlichen Anblick.«

»Das ist deine Chance. So etwas wirst du nie wieder irgendwo vorgesetzt bekommen. Wenn du jetzt nicht zugreifst, entgeht dir was. Selbst in achthundert Jahren wird dir so was nicht mehr geboten werden. Komm doch, hilf uns ein bisschen. Wie du aussiehst, hi hi hi hi!«

Der junge Soldat war vollkommen verstört, aber seine Stimme war kalt wie Eis. »Ihr ... sucht ... den ... Tod!«

In der Zwischenzeit stieß Xie Lian in der Höhle an seine Grenzen. Seine Sicht verschwamm und das Blut rauschte laut in seinen Ohren. Er konnte nicht mehr gerade sitzen. Er fiel vornüber und konnte sich gerade noch mit den Händen am Boden abfangen. Seine zusammengebissenen

Zähne lösten sich bei dem Sturz und in diesem Moment des Fiebers entfuhr ihm ein Stöhnen.

Xie Lian hielt sich schnell den Mund zu, aber der Soldat hatte ihn gehört und fuhr herum. »Eure Hoheit …?«

Während er sich mit der einen Hand abstützte, hielt Xie Lian sich mit der anderen den Mund zu. Sein Atem ging angestrengt und schnell und seine Schultern bebten. Wer ihn gesehen oder gehört hätte, hätte wohl gedacht, er würde von Schluchzern geschüttelt.

Noch nie in seinem Leben, weder vor noch nach seinem Aufstieg, hatte Xie Lian etwas vergleichbar Peinigendes erlebt. Das hier war grausamer als die härtesten Prüfungen im königlichen Tempel. Die Kraft des Arms, mit dem er sich aufstützte, ließ nach und sein Körper kippte zur Seite. Er lag am Boden, kaum bei Bewusstsein, in einem Delirium des Fiebers und des Verlangens. Da sah er aus dem Augenwinkel, dass der Junge im Begriff war, in die Höhe zu kommen. »Komm nicht herein!«, fuhr er ihn an. »Ich habe doch gesagt, dass du nicht hereinkommen darfst, was du auch hörst!«

Der Junge blieb stehen. Xie Lian drehte sich unter größten Anstrengungen auf den Rücken und schaffte es irgendwie, seinen Atem zu beruhigen, obwohl noch immer Hitzeschauer jede Faser seines Körpers durchfuhren.

Die Blumendämonen vor der Höhle begannen, sich zu winden, und klatschten kichernd in die Hände. »Meine liebe Hoheit! Heute bringst du dich um eine gute Zeit, aus Angst, Anhänger zu verlieren. Morgen wirst du vielleicht aus demselben Grund auf etwas anderes verzichten müssen. Ist das wirklich eine Art für einen Himmelsbeamten, so zu leben? Du bist wie ein Gefangener und die, die dich anbeten, sind deine Fesseln. Das ist es nicht wert. Früher oder später wirst du deinen Platz im Himmel verlieren, warum also nicht etwas Spaß haben? Dinge kommen und gehen, wen kümmern schon die Kleinigkeiten?«

Xie Lian verlor kurz die Beherrschung und die Adern auf seiner Stirn traten hervor. »Seid still!!«, rief er voller Zorn.

Die Blumendämonen hatten keine Angst vor ihm und begannen wieder, den Soldaten zu ärgern.

»Findest du nicht auch, Kleiner? Ha ha ha ha ...«

»Hi hi hi ... Ist es nicht schrecklich öde, die ganze Zeit nur dazustehen?«

Xie Lian fühlte sich elend und sein Körper war nass von kaltem Schweiß. Die Hitze setzte ihm zu und er zerrte an seinem Umhang, in der Hoffnung auf etwas Abkühlung. Während er an seinen Kleidern riss, bemerkte er etwas – er hatte wieder genug Kraft, um seine Arme zu bewegen. Obwohl ihn diese Stärke so schnell wieder verließ, wie sie gekommen war, fühlte er tatsächlich, dass die Taubheit von seinem Körper gewichen war. Seine Kraft nahm kontinuierlich zu, doch diese Erkenntnis ließ seinen Mut sinken.

Der Duft der Dämonen führte zuerst zu Taubheit und Schwäche, dann zu Manie und Raserei. Die Taubheit war vorüber, also würden jeden Moment Leidenschaft und Wahn seinen Geist vergiften. Er hatte zwei Barrieren am Höhleneingang gezogen. Die innere war eigens dazu da, ihn daran zu hindern, hinauszustürmen, wenn er erst vom Wahnsinn gepackt war. Aber er war sich nicht sicher, ob die Barriere wirklich ausreichen würde, um ihn aufzuhalten. Dieser kurze Augenblick der Klarheit war ein wahrer Segen und Xie Lian versuchte mit aller Macht, ihn festzuhalten. Sein Geist suchte fieberhaft nach einem Ausweg aus dieser Situation.

Plötzlich hatte er eine Eingebung – der Duft wirkte für gewöhnlich schnell und eigentlich führte er zum Kontrollverlust, sobald das Blut das Gehirn erreichte. Wie war es ihm gelungen, so lange einen klaren Kopf zu behalten? Lag es nur an der geübten Standhaftigkeit seines Geistes?

Mit diesem Gedanken atmete Xie Lian tief ein und legte den Kopf schief. Er rief nach dem Jungen, dessen Silhouette er noch immer am Höhleneingang erkennen konnte. »Du ... Komm herein.«

Der Junge sah aus, als würde er am liebsten sofort an seine Seite eilen. Aber nach einigen Schritten fiel ihm Xie Lians aufbrausende Anweisung wieder ein: »Komm nicht herein, was auch immer du hören magst«, und er zögerte.

Xie Lian tat es leid, dass er seine Meinung nun plötzlich geändert hatte, aber er rief erneut. »Komm. Du kannst jetzt hereinkommen.«

Der Junge gab sich einen Ruck und lief zu ihm.

Das Innere der Höhle war ein langer, schmaler Tunnel. Es war warm und feucht und so dunkel, dass sie die Hand nicht vor Augen sehen konnten. Der Junge konnte nur an Xie Lians rasselndem Atem ausmachen, wo er lag.

»Leg dein Schwert ab ... leg es auf den Boden«, wies Xie Lian ihn an. »Hier neben mich. Nicht zu weit weg.«

»Jawohl.« Der Soldat tat wie geheißen und gab seine einzige Verteidigung auf. Er legte das Schwert so hin, dass Xie Lian es leicht greifen konnte.

»Bitte, hilf mir auf«, sagte Xie Lian.

Der Junge kniete halb, um ihn hochzustemmen, und stützte ihn mit beiden Armen. Doch als er die Hände ausstreckte, spürte er keinen Stoff, sondern fiebernd heiße Haut. Er zog seine Hand augenblicklich zurück.

Xie Lian fühlte die heißen Hände des Jungen wie eine Brandwunde und da erst fiel ihm wieder ein, dass er sich das Obergewand in seinem Wahn vom Leib gerissen hatte. Ein Mann mit unbekleidetem Oberkörper war nichts Skandalöses, auch wenn diese Situation reichlich unangenehm war. In dieser Lage blieb den beiden jedoch nichts anderes übrig, als die Peinlichkeit zu ignorieren und zu tun, was nötig war.

Das war auch dem Jungen klar. Er streckte den Arm aus und legte ihn um Xie Lians nackte Schultern. Er half ihm auf und ließ ihn sofort wieder los.

Xie Lian lehnte sich gegen die Wand des Tunnels und fühlte etwas Erleichterung, als er den Rücken gegen die kühle Felswand drückte. Er bemerkte, dass der Junge einige Schritte zurückgewichen war, und sagte: »Warte, geh nicht!«

Der Junge gehorchte und blieb stehen.

»Schneide eine Strähne von meinem Haar ab. Ich brauche sie«, bat Xie Lian.

Der Junge bestätigte die Anweisung und streckte wieder die Hand aus. Doch er war in der Dunkelheit unbeholfen und berührte nicht das lange Haar, dass Xie Lian hinter seinem Rücken zusammengebunden trug, sondern die Haut an seiner Brust – weiche Haut, die mit einem Schweißfilm überzogen war.

Allein diese Berührung bereitete Xie Lian Schmerzen, doch da streifte der Junge einen empfindlicheren Körperteil. Es war, als sei ein Blitz in Xie Lians Brust gefahren. Quälende Wonne durchströmte seinen ganzen Körper und entrang ihm ein leises Stöhnen.

Die beiden erstarrten augenblicklich.

Die Blumendämonen, die außerhalb der Höhle verzweifelt versuchten, etwas zu hören, begannen zu kichern.

»Meine Güte, was treiben die beiden da?«

»Wie peinlich!«

»Ich wage kaum, hinzuhören!«

Xie Lian biss die Zähne aufeinander, als er hörte, wie sie über sein Leid spotteten. »Ihr!«

Als der Junge hörte, wie zornig Xie Lian war, ließ er entmutigt die Hände sinken, aus Angst, ihn nochmals zu berühren.

Doch Xie Lian war nicht auf ihn wütend. In seinen Augen war der Soldat nur Kind. Um den Jungen zu beruhigen, sagte er mit sanfter Stimme: »Keine Angst, mach weiter. Hör nicht auf sie.«

»Jawohl«, krächzte der Junge. Doch er zitterte vor Nervosität und fand lange nicht die Stelle, die er suchte. Jedes Mal zog er erschreckt seine Hand zurück, wenn er Xie Lian berührte. Am Ende war die einzige Möglichkeit, Xie Lians Haar in der Dunkelheit zu finden, mit seinen Händen an seiner nackten Brust hinaufzufahren, was unaussprechliche Qualen und Wonne bei Xie Lian auslöste. So quälend war es für ihn, dass er am liebsten den Kopf gegen die Wand geschlagen hätte, um ohnmächtig zu werden.

Endlich fand der Junge Xie Lians bebenden Adamsapfel und griff hinter seinen Hals, um sein Haar zu fassen. Als ihm das gelungen war, schnitt er mit dem Schwert eine Strähne ab.

»Eure Hoheit, ich habe es geschafft!«, rief er sofort aus.

Etwas Kraft kehrte in Xie Lian zurück und er hob seine Hand. »Gib mir deine Hand.«

Der Junge gehorchte und Xie Lian band die lange, dünne Strähne um einen seiner Finger.

»Eure Hoheit, was ist das?«, fragte der Junge erstaunt und mit zitternder Stimme.

Xie Lian seufzte. »Das Gift der Blumendämonen tritt jeden Moment in die zweite Phase ein. Ich muss mir dein Schwert ausleihen. Wenn dir später irgendeine Gefahr droht, dann heb deine Hand in die Höhe und es wird dich beschützen. Jetzt geh.«

Der junge Soldat nahm wieder seinen Posten am Höhleneingang ein. Die Blumendämonen wurden wieder laut.

»Du bist wieder da?«

»Endlich.«

»Uns hier auszusperren, während du dich da drinnen amüsierst – das ist nicht besonders nett!«

Währenddessen spürte Xie Lian, wie die Kraft in seine Glieder zurückkehrte. Er holte tief Luft und nahm das abgenutzte Schwert des Jungen in die rechte Hand. Er sammelte sich kurz, dann schnitt er sich in den linken Arm.

Mit einem Mal war es, als würde ein Nebel von ihm weichen, und seine Sinne wurden langsam wieder klar.

Er hatte es gewusst.

Blut lief an seinem linken Arm hinunter. Aber es kam ihm vor, als habe er inmitten des Chaos plötzlich einen Rettungsanker gefunden. Der Duft des Reichs der Zärtlichkeit vermochte, den Geist impulsiv und ungestüm zu machen und das Verlangen, das tief im Herzen eines Menschen schlummerte, zu wecken. Je stärker das unterdrückte Verlangen, umso stärker war die Wirkung des Giftes. Und was Xie Lian unterdrückte, war neben der Wollust auch der Drang zu töten.

Diese Mordlust konnte nicht durch das Töten von Geistern oder Dämonen gestillt werden. Er hatte in der Vergangenheit unzählige dieser Kreaturen getötet – den Drang danach hatte er nie unterdrücken müssen. Das Ziel seines Verlangens musste ein Mensch oder Gott sein, nur so beinhaltete der Akt den süßen Reiz der Grenzüberschreitung. Bevor sie die Höhle betreten hatten, hatte Xie Lian sich geschnitten, um die Barrieren zu beschwören. Er hatte Blut vergossen, sein eigenes zwar, aber auch das hatte gegen den Duft geholfen.

Wollust und Mordlust waren beides höchst aggressive Begierden. Xie Lian hatte sogar schon einmal gehört, dass diese beiden denselben Ursprung hatten und ihrer Natur nach gleich waren. Hier hatte er den Beweis, und so konnte er sich eine Ersatzbefriedigung suchen, um diese Prüfung zu bestehen.

Er war sich seiner Theorie so sicher, dass er sich, ohne zu zögern, ein weiteres Mal in den linken Arm schnitt. Mit jedem Schnitt, den er sich zufügte, erlangte er mehr seiner Geistesklarheit zurück. Er war zu beschäftigt damit, sich darüber zu freuen, um zu bemerken, dass der Duft noch mehr Schaden in seinem Körper anrichtete. Kaum war seine Lust nach Blut gestillt, übermannte ihn eine unbändige Zufriedenheit.

Dieses plötzliche Gefühl überwältigte ihn und nahm seinen ganzen Körper, vom Kopf bis zum kleinen Zeh, vollkommen ein. Die Ekstase sprengte alle Schutzmauern, die er mühsam errichtet hatte. Als er erkannte, was geschah, stöhnte er schon leise vor Wonne.

Wäre er nicht allein in der Höhle gewesen, hätte er nicht glauben können, dass diese Geräusche seiner Kehle entstammten. Er zitterte und seine Augen weiteten sich. *Diese Methode hätte doch funktionieren sollen! Warum passiert das?*

Er sah das Schwert an, und da fiel es ihm auf: Der Junge hatte diese Klinge benutzt, um die Stämme der Blumenbüsche zu durchtrennen und um die Blumendämonen in ihrer menschlichen Gestalt zu erstechen. Der Saft des Reichs der Zärtlichkeit klebte an der Klinge. Für den ersten Schnitt an seinem Arm hatte er eine gewisse Kraft gebraucht, aber um dieselbe Erleichterung zu erfahren, hatte er beim zweiten Mal schon die doppelte Kraft aufwenden müssen. Es war, als würde er seinen Durst mit Gift stillen.

Der Wahnsinn musste bereits von ihm Besitz ergriffen haben, sonst hätte er den Fehler bemerken müssen. Xie Lian schimpfte sich innerlich selbst, aber nun war es schon geschehen. Er riss seinen linken Ärmel ab und wischte wie besessen die Schwertklinge ab, dann riss er den rechten Ärmel ab und stopfte ihn sich in den Mund, biss fest zu und versuchte so, sich zu beherrschen.

Das leise Stöhnen wurde nun von seinen blutigen Lippen und zusammengebissenen Zähnen gedämpft. Aber in der Höhle gab es ein Echo, sodass jedes kleinste Geräusch verstärkt wurde und nach außen drang. Der Junge befolgte Xie Lians Anweisung und hielt sich die Augen zu. Er orientierte sich nur nach seinem Gehör und seine Ohren waren besonders aufmerksam. Er konnte die seltsamen Geräusche aus dem Inneren der Höhle nicht überhören. Schließlich konnte er es nicht mehr aushalten und fragte: »Eure Hoheit?«

Sich in diesem unaussprechlichen Zustand zu befinden war die größte Demütigung, die Xie Lian bisher in seinem Leben erfahren hatte. Er konnte sich kaum vorstellen, was passieren würde, wenn ihn jemand so sehen würde. Obwohl er sich in totaler Dunkelheit befand, konnte er den bloßen Gedanken daran nicht ertragen. »Komm nicht herein!«, rief er.

Doch sein Mund war mit dem Stoff verstopft und statt seinem Rufen war nur ein dumpfes und mitleiderregendes Wimmern zu hören. Der Soldat machte sich daraufhin noch größere Sorgen.

Xie Lians linker Arm blutete heftig von den Schnitten, die er sich selbst zugefügt hatte. Aber es war nur Selbstverletzung, kein Mord, und sein Verlangen war noch nicht endgültig gestillt. Sein Mund entspannte sich und der Stoff fiel heraus.

Xie Lian stach sich das Schwert in sein linkes Bein, brutaler als die Schnitte zuvor. Es war ein tiefer Schnitt und das Geräusch, das die Schwertklinge verursachte, als sie in sein Fleisch drang, war in der ganzen Höhle zu hören. Der junge Soldat konnte nicht länger auf seinem Posten bleiben und rannte zu Xie Lian.

Das Geräusch seiner nahenden Schritte versetzte Xie Lian in eine solche Panik, dass er versuchte, sich nach hinten zu schieben, obwohl er schon mit dem Rücken an der Wand lehnte, und sich zusammenkauerte. »Nein, nein, nein! Komm mir nicht näher! Nein, nein ...«

Die zweite Blutbarriere am Höhleneingang war dazu da, um Xie Lian am Herauskommen zu hindern. Den Jungen würde sie nicht aufhalten. Er hatte noch die Chance, sich in Sicherheit zu flüchten. Das Gift würde in Kürze das zweite Stadium erreichen und wenn der Junge sich ihm näherte, könnte Xie Lian sein Leben beenden und ihm die Möglichkeit nehmen, zu entkommen. Der Gedanke, dass er das Kind aus Versehen töten könnte, versetzte ihn in Panik. Es wäre das Beste, ihm nicht zu nahe zu kommen.

Der Soldat hörte die Verzweiflung in Xie Lians Stimme und rief verwirrt: »Eure Hoheit …?«

Die Mordlust pulsierte in seinen Adern. Er hob das Schwert mit zitternden Händen und eine Stimme in seinem Kopf brüllte: *Ich werde nicht sterben, ich werde nicht sterben, ich werde nicht sterben!*

Im nächsten Augenblick drehte er die Schwertklinge um.

Der Junge konnte in der Dunkelheit das kalte Metall aufblitzen sehen und rief: »Eure Hoheit!«

Das Schwert stieß zu und bohrte sich in Xie Lians Bauch. Er hatte sich selbst fest an den Boden genagelt.

Ein scharfer Schmerz explodierte in seinem Bauch, durchfuhr seinen ganzen Körper und löste seine innere Hitze auf. Xie Lians Hände fassten nach dem Griff des Schwertes und seine Augen blitzten auf. Er hustete keuchend und ein dünnes Blutrinnsal rann aus seinem Mundwinkel. Er hörte auf zu atmen und sein Körper erschlaffte.

Der junge Soldat stand verstört da und sank neben dem Körper auf die Knie.

Zischen und Kreischen wurde vor der Höhle laut. »Wer ist das?«

Die Stimmen der Blumendämonen waren dünn und schrill und ihr Kreischen drang dem Jungen schmerzhaft ans Ohr. Doch da war noch eine Stimme, die laut donnerte und das Kreischen übertönte: »Was zum Henker?«

Als er das wütende Rufen hörte, sog Xie Lian wieder Luft ein.

Feng Xin!

»Das Reich der Zärtlichkeit«, sagte eine zweite, dumpfe Stimme. »Wenn du nicht vergiftet werden willst, bedeck dein Gesicht.«

Das war natürlich Mu Qing, der sein Gesicht bereits bedeckt hatte.

Feng Xin schien etwas gesehen zu haben und stieß einen wütenden Schrei aus, gedämpft durch den Stoff, den er nun vor dem Gesicht trug. »Ist da … Eure Hoheit? Eure Hoheit?! Scheiße! Verdammte Scheiße! Was soll das?!«

»He!«, machte Mu Qing. »Wie ungehörig! Wie könnt ihr nur?«

Sein Tonfall klang nicht ärgerlich wie der Feng Xins, sondern eher so, als reagiere er auf einen schlechten Witz. Xie Lian konnte in der Höhle nicht alles hören, was sie sagten. Aber er konnte sich vorstellen, dass die Blumendämonen den beiden ihre nackten Körper vorführten und sich dabei höchst anzüglich verhielten.

Feng Xin fluchte lauthals. »Beeil dich! Sieh zu, dass wir sie loswerden! Niemand soll das sehen!«

Schon war nur noch das Schreien und Schimpfen der Dämoninnen zu hören, das immer weiter abnahm, und bald darauf herrschte Stille.

»Wir müssen sicher sein, dass sie erledigt sind. Der Duft dieser Dämonen ist giftig und wenn noch Keimlinge da sind, werden sie wiederkommen«, mahnte Mu Qing.

Xie Lian atmete scharf ein, wartete und hustete dann schwach.

Die beiden hörten ihn und liefen rufend auf die Höhle zu. »Eure Hoheit, seid Ihr da drin?«

»Ich bin hier ...«, antwortete Xie Lian. Obwohl er versuchte, mit fester Stimme zu sprechen, klang er schwach.

Die beiden eilten los, wurden aber durch die Barriere am Höhleneingang aufgehalten. Sie waren mit diesem Schutzzauber vertraut und wussten, wie sie ihn durchbrechen konnten. Feng Xin entzündete ein Licht in seiner Handfläche, als sie in die Höhle traten. Doch bevor der tiefste Teil der Höhle erleuchtet wurde, rief er plötzlich: »Wer ist da?«

Auch Mu Qing rief: »Ist da noch jemand in der Höhle?«

»Seid unbesorgt. Nur ein kleiner Soldat«, sagte Xie Lian.

Die beiden beruhigten sich und traten ein. Das Licht tauchte die ganze Höhle in einen warmen orangen Schein und beleuchtete Xie Lian – der hingestreckt am Boden lag. Um seinen Kopf herum lag ausgebreitet sein langes Haar, sein Oberteil war in Fetzen und aus seinem Bauch ragte ein langes Schwert.

Sie starrten ihn entsetzt an.

Feng Xin beugte sich über ihn. »Wer war das?«

»Ich«, sagte Xie Lian.

»Was ist passiert?«, fragte Mu Qing verdutzt.

Xie Lian schüttelte den Kopf. »Ich möchte nicht darüber reden. Ich habe es getan, weil es keinen anderen Ausweg gab. Kommt schon, befreit mich schnell.«

Mu Qing trat heran und zog mit gerunzelter Stirn das Schwert heraus. Dann warf er es klirrend zur Seite. Der junge Soldat nahm es wieder an sich. Feng Xin half Xie Lian, sich aufzusetzen und bedeckte ihn mit einem Umhang.

Erst dann war Xie Lian in der Lage, ihnen in groben Zügen zu berichten, was für eine grausige Nacht er mit den Früchten des Reichs der Zärtlichkeit durchlitten hatte. »Ihr kamt schneller, als ich gedacht hatte. Wo ist Qi Rong?«

»Der König hat ihn im Palast eingesperrt. Ein Angeber wie er ist eine leichte Beute. Aber er hat uns sofort gesucht, als er zurück war. Wenigstens dazu war er in der Lage«, sagte Feng Xin.

Obwohl Qi Rong die beiden Vertrauten Xie Lians nicht leiden konnte, erkannte er deren Kompetenz offenbar doch an. Die beiden hatten vorgehabt, sich aufzuteilen, sodass einer von ihnen in der Hauptstadt bleiben konnte, aber Qi Rong hatte geschrien und geheult und das Schwert umklammert, an dem Xie Lians Blut klebte. Deswegen waren sie von einer größeren Gefahr ausgegangen und hatten sich entschieden, doch gemeinsam zu gehen. Vom Beizi-Hügel ging eine düstere, feindselige Atmosphäre aus und so mussten sie nicht lange suchen und konnten Xie Lian schnell finden.

Xie Lians Körper war der eines Aufgestiegenen. Gewöhnliche Klingen konnten ihm nichts anhaben und ein Stoß mit dem Schwert würde ihn nicht töten. Aber es war das erste Mal in seinen zwanzig Jahren, dass er in einem Kampf auf Leben und Tod verloren hatte. Zum ersten Mal war er so schwer verwundet und er würde einige Zeit brauchen, um sich davon zu erholen. Feng Xin trug ihn auf dem Rücken zurück in die Hauptstadt. Ein alles durchdringender, fremdartiger Schmerz durchfuhr ihn in Schüben. Er zog immer wieder die Augenbrauen zusammen, während er versuchte, sich zusammenzunehmen. »Ist euch beiden auf dem Weg hierher irgendetwas aufgefallen?«

»Nein«, antwortete Mu Qing.

Xie Lian sog die Luft scharf ein. »Passt auf. Hier gibt es nichtmenschliche Kreaturen ...«

Er wollte ihnen von der weiß gekleideten Gestalt erzählen, aber er war zu erschöpft. Aus dem Augenwinkel konnte er den jungen Soldaten sehen, der hinter ihnen herlief. Das blutige Eisenschwert hielt er noch in der Hand. Dieser Anblick half ihm dabei, endlich zu entspannen. Er schloss die Augen und fiel in einen tiefen Schlaf.

Seit er vor zwei Monaten in die Sphäre der Sterblichen herabgekommen war, hatte er nicht ein einziges Mal die Augen zugemacht und ausgeruht. Der Druck auf ihn war mit jedem Tag größer geworden und schließlich war er darunter zusammengebrochen. Er kam drei volle Tage nicht zu Bewusstsein.

Als er am dritten Tag die Augen auftat, blickte er an eine prächtige, schöne Decke. Er war im Palast, in seiner Schlafkammer. Er setzte sich auf. »Feng Xin!«

Dieser war draußen und testete seinen Bogen. Als er Xie Lian hörte, trat er ins Zimmer. »Eure Hoheit.«

Xie Lians Bauchverletzung war längst verheilt und er stand aus dem Bett auf. »Wie lange habe ich geschlafen? Ist etwas passiert?«

»Entspannt Euch. Es waren nur ein paar Tage. Es gab keine feindlichen Angriffe. Ich hätte Euch geweckt, wenn etwas vorgefallen wäre. Geht wieder ins Bett, Ihr habt schon wieder keine Schuhe an.«

Xie Lian setzte sich beruhigt wieder aufs Bett. Kurz darauf fragte er: »Wo ist Mu Qing?«

In dem Moment trat er ein, auf dem Arm trug er frische Kleidung. »Hier.« Er half dem Kronprinzen, sich anzukleiden.

Feng Xin stand neben ihnen und sagte: »Obwohl es in den letzten Tagen keine Schlacht gegeben hat, haben wir etwas herausgefunden.«

»Und was?«, fragte Xie Lian.

»Wir hatten doch darüber gesprochen, dass irgendetwas an Yong'an eigenartig ist. Wir vermuteten, dass sie auf irgendeine Art Verstärkung erhalten hätten«, sagte Feng Xin. »Wir haben uns am Beizi-Hügel umgesehen und sind dabei auf Leute gestoßen, die wie unsere Bürger gekleidet waren, aber einen seltsamen Dialekt sprachen. Sie wirkten nicht so, als seien sie aus Xianle. Ich habe sie gefangen genommen und tatsächlich: Andere Reiche unterstützen Yong'an aus dem Hintergrund, indem sie sie mit Gütern und Waffen versorgen.«

Auf dem Hügel hatten sich so viele Flüchtlinge niedergelassen, dass sie unmöglich alle von wilden Wurzeln und Kräutern leben konnten.

Feng Xin schimpfte: »Verdammte Schwindler! Sie tun so, als wären sie freundlich, aber in Wirklichkeit sind sie mit dem Feind verbandelt. Sie wollen die Chance ergreifen und Xianle ins Chaos stürzen.«

Das Königreich Xianle umfasste ein riesiges Gebiet mit reichen Ressourcen. Es war bekannt für seinen Reichtum und seine Produktion von kostbaren Juwelen. Benachbarte Königreiche schielten schon seit Längerem neidisch auf das Land. Xie Lian hatte nichts anderes erwartet und schüttelte ernst den Kopf.

Da fiel ihm etwas anderes ein. »Wo ist der Junge?«

»Welcher Junge? Ach, der kleine Soldat? Wir haben uns an jenem Tag beeilt, um zum Staatspräzeptor zu kommen, und haben ihn nicht weiter beachtet. Wahrscheinlich ist er zu seiner Truppe zurückgekehrt.«

Xie Lian, der inzwischen fertig angekleidet war, ließ die Arme sinken und setzte sich wieder aufs Bett. »Der Junge ist ziemlich begabt. Ich denke, er hat ein großes Potenzial, wenn er einen Säbel bekommt. Wenn er gut unterrichtet wird, wird aus ihm ein herausragender Kämpfer werden. Mu Qing, bitte such ihn für mich, wenn du dazu kommst. Bring ihn irgendwo unter, wo er unterstützt wird.«

Xie Lian liebte die Kampfkunst über alles und er sah für sein Leben gern talentierten Kämpfern zu. Wenn ihm jemand über den Weg lief, der begabt war, konnte er nicht anders, als ihn an seine Seite zu holen, damit er ihm jeden Tag zusehen konnte. Dies war nicht das erste Mal, dass er so sprach. Aber noch nie zuvor hatte er so über ein Kind geredet. Als Mu Qing ihn sagen hörte, der Junge sei »äußerst begabt« und habe »großes Potenzial« und dass er ein »herausragender Kämpfer« werden könne, wurde seine Miene ausdruckslos. Er knüllte das Haarband zusammen, das er gerade aus Xie Lians Haar gelöst hatte, dann drehte er sich um und warf es zur Seite.

»Der Junge war höchstens vierzehn Jahre alt«, merkte Feng Xin an. »Ist das nicht ein bisschen zu jung? Wo sollen wir ihn denn hinbringen?«

»Ich halte das nicht für angemessen«, bemerkte Mu Qing tonlos. »Es ist gegen die Regeln des Militärs.«

»Ich kann als Gott vom Himmel hinabsteigen, was kümmern mich da die militärischen Regeln?«, entgegnete Xie Lian und fuhr fort, den Jungen zu loben. »Ihr beiden hättet sehen sollen, wie er diese Binu fertiggemacht hat. Seine Beinarbeit war ausgezeichnet!«

Da er die Binu erwähnt hatte, musste er wieder an die weiß gekleidete Gestalt denken.

»Eure Hoheit, wie kam es, dass Dämonen wie diese Reich-der-Zärtlichkeit-Blumen auf dem Beizi-Hügel aufgetaucht sind?«, wunderte sich Feng Xin. »Das ist noch nie vorgekommen.«

Xie Lian stand auf. »Das wollte ich euch den ganzen Tag schon erzählen.«

Nun, da er endlich genug Zeit dafür hatte, berichtete er den beiden von seinem Zusammentreffen mit der Gestalt, die die halb lächelnde, halb weinende Maske getragen hatte. Die drei besprachen sich ausführlich. Sie wollten ihre Pflichten nicht vernachlässigen und beschlossen, dem Himmel davon zu berichten. Xie Lian verließ sein Schlafgemach, grüßte den König und die Königin und eilte zum Shenwu-Palast auf dem Berg Taicang.

Normalerweise hätte Xie Lian Jun Wu direkt in der himmlischen Hauptstadt aufgesucht, aber die Umstände hatten sich geändert. Er hatte den Himmel aus freien Stücken verlassen und es wäre unangemessen, nun wieder Einlass zu verlangen. Und selbst wenn er hätte zurückkehren wollen, wäre ihm der Weg verschlossen gewesen. Er war außerdem im Zorn gegangen, sodass es ihm peinlich gewesen wäre, Jun Wu gegenüberzutreten. Also bekundete er seinen Respekt, indem er einige große Räucherstäbchen entzündete, und richtete dann seine Botschaft an die göttliche Statue des Himmelskaisers. Sobald Jun Wu Zeit dafür hatte, würde er die Nachricht erhalten. Dieser erhielt jedoch jeden Tag Tausende von Huldigungen, eine überwältigende Menge, sodass es dem Zufall überlassen war, ob er diese bestimmte Botschaft überhaupt zur Kenntnis nehmen würde.

Xie Lian wagte es nicht, der Stadt zu lange fernzubleiben, und eilte sogleich zurück, um an der Front über seine Heimat zu wachen.

Vielleicht lag es daran, dass in der letzten Schlacht die Verluste zu groß gewesen waren oder dass kurzfristig die Verstärkung durch Sabotageakte von Feng Xin und Mu Qing abgeschnitten war, doch Yong'an hatte seine Taktik geändert. Sie unternahmen keine überstürzten Angriffe mehr. In den nächsten Monaten kam es zu kleineren Gefechten, die aber ohne schwere Verluste abliefen. Verglichen mit der großen Schlacht waren diese kaum nennenswert. Die seltsame weiße Gestalt tauchte auch nicht noch einmal auf. Die angespannte Stimmung in der Großstadt wich einer vorsichtigen Entspannung.

Dadurch hatte Xie Lian die Möglichkeit, die Front zu verlassen. Er spazierte durch die Stadt, um sich ein wenig abzulenken. Er trat auf eine kleine Steinbrücke und streifte dabei die langen, dünnen Zweige einer Hängeweide. Er beobachtete die lebhaften roten Kois, wie sie mit ihren Schwänzen wedelnd durchs Wasser schwammen, und empfand ein wenig Neid darüber, wie unbeschwert sie sich im Wasser bewegten. Er hatte eine Weile in Gedanken versunken dagestanden, als er bemerkte, dass jemand ihn von hinten anstarrte. Doch als er sich umdrehte, war niemand zu sehen. Er war etwas verblüfft, dachte sich aber nichts Böses dabei und schenkte dem Vorfall keine Beachtung.

Nachdem Xie Lian die Brücke überquert hatte, schlenderte er die Shenwu-Allee entlang. Alle Leute, denen er begegnete, verbeugten sich aufgeregt, demütig oder freudig vor ihm und grüßten ihn mit »Eure Hoheit«. Xie Lian nickte und lächelte. Aber als er eine Weile so spaziert war, spürte er wieder einen Blick in seinem Rücken.

Diesmal fuhr er ohne Vorwarnung blitzschnell herum, um den Übeltäter auf frischer Tat zu ertappen. Unter einem Weidenbaum sah er eine Gestalt hinter den Baumstamm huschen. Xie Lian beeilte sich und wollte die Person ergreifen. Da bemerkte er, dass es ein Junge war, der den Kopf verbunden hatte. »Du bist ...«

Obwohl sein Gesicht verbunden war, verbarg der Junge es in seinen Armen, sodass er nur mit einem Auge zwischen seinen geflickten Ärmeln hervorsehen konnte. »Eu... Eure Hoheit. Ich wollte nicht ...«, stotterte er.

Xie Lian zeigte auf ihn. »Du bist der Junge aus jener Nacht ...« Er brach ab, als er sich an die Details jener Nacht vor vielen Monaten erinnerte. Bilder stiegen in ihm auf und sein Gesicht errötete, als er sich an die Art und das Ausmaß seiner Qualen erinnerte. Etwas beschämt räusperte er sich. »Du warst das. Ich wollte vor einiger Zeit nach dir suchen. Aber ich hatte so viel zu tun, dass ich es vergessen habe. Ähm, bist du nicht Soldat in der Armee? Warum bist du hier in der Stadt?«

Der Junge sah ihn verblüfft an. »Ich bin nicht mehr in der Armee«, sagte er trotzig.

»Ach? Warum nicht?«, fragte Xie Lian erstaunt.

Der Junge war noch erstaunter. »Ich ... wurde hinausgeworfen. Eure Hoheit ... wusstet Ihr das nicht?«

Xie Lian war perplex. »Was wusste ich?«

Er hatte Mu Qing doch eindeutig gesagt, dass der Junge vielversprechend war und dass er gefördert werden sollte. Wieso also war er entgegen seiner ausdrücklichen Anweisung entlassen worden?

Der Junge sah ihn aufgeregt an und ließ die Arme sinken. »Also wusstet Ihr es nicht. Ich dachte ... ich dachte ...«

Xie Lian wurde immer neugieriger. »Komm, sag schon, warum wurdest du hinausgeworfen? Wer hat das getan? Warum dachtest du, ich wüsste davon? Und was dachtest du noch?«

Der Junge trat einen Schritt auf ihn zu. Doch bevor er ein Wort sagen konnte, drang ein ohrenbetäubender Schrei von der Shenwu-Allee zu ihnen.

Xie Lian fuhr herum und sah einen Mann, der stolpernd auf ihn zurannte und sich dabei die Hände vors Gesicht hielt.

Kapitel 39:
Aus der Erde des Buyou-Waldes entsteht die Gesichtskrankheit

Der Mann war groß und kräftig. Einige derer, die er anrempelte, gerieten ins Straucheln und schimpften lauthals, als er an ihnen vorbeihetzte.

»Was soll das?«

»Es ist ohnehin schon so heiß heute, warum rennt er herum wie ein Verrückter ...?«

»Wie kann er nur so schnell herumrennen, ohne auf den Weg zu achten?«

Manche lachten, während sie so redeten, wirklich wütend wurde keiner. Doch der Mann rannte mit den Händen vor dem Gesicht in blinder Panik weiter, bis er mit einem großen, prächtigen Pferdewagen zusammenstieß. Sein Blut spritzte bei dem Zusammenstoß. Der Mann fiel rücklings auf die Straße. Die Leute, die eben noch Witze gemacht hatten, schrien entsetzt auf.

Der Besitzer des Wagens war ebenfalls erschrocken. Er streckte seinen Kopf aus dem Wagen und rief: »Wer war das?«

Das alles war urplötzlich passiert. Xie Lian blieb keine andere Wahl, als das Gespräch mit dem Jungen vorerst zu beenden. Er eilte hinzu. »Was ist hier passiert?«

Der Mann, der mit dem Kopf in den Wagen gerannt war, war ohnmächtig geworden. Sein zerzaustes Haar bedeckte sein Gesicht. Eine kleine Menschenmenge hatte sich bereits gesammelt.

Noch bevor Xie Lian sich dem Mann nähern konnte, sprang der plötzlich wie von der Tarantel gestochen auf und heulte los. »Ich halte es nicht mehr aus! Tötet mich, tötet mich! Bitte! Macht schon, tötet mich, schnell! Schnell!«

Einige stämmige Männer, die vorüberkamen, blieben stehen und fragten: »Von wo ist dieser Verrückte denn entlaufen? Bringt ihn nach Hause ...«

Sie traten heran, um den Mann zu ergreifen. Aber als sie näher kamen und sein Gesicht erkennen konnten, schrien sie auf und wichen vor ihm zurück. »Was ist das für ein Monster?«

Der Verrückte lief ihnen nach und schrie panisch: »Schlagt mich tot, schnell!«

Die Männer waren entsetzt. Als Xie Lian näher trat und sie den Kronprinzen in ihm erkannten, rannten sie auf ihn zu, um sich hinter ihm zu verstecken. Ohne auch nur zu blinzeln, trat Xie Lian leicht, aber kontrolliert zu und brachte den Verrückten zu Fall. Er taumelte in den Dreck und wurde schmutzig wie ein Hund.

Einige zeigten mit dem Finger auf ihn. »Eure Hoheit! Dieser Mann ... er ... Dieser Mann hat ... er hat ...!«

Doch es bestand keine Notwendigkeit, Xie Lian darauf hinzuweisen. Er konnte es selbst sehen – der Mann hatte zwei Gesichter!

Genauer gesagt war auf seinem Gesicht ein anderes gewachsen. Das zweite Gesicht war ungefähr Handtellergroß und bedeckte die Hälfte seiner Wange. Obwohl der Mann jung war, war es das faltige Gesicht eines alten Mannes – und es war abgrundtief hässlich.

Xie Lian war entgeistert. In seinem Kopf blitzte nur ein Gedanke auf: *Was ist das für ein Monster?*

Er zog augenblicklich das Schwert, das er an der Hüfte trug. Es war Hongjing, eine mächtige Waffe, die der Himmelskaiser ihm geschenkt hatte. Seit seiner Begegnung mit der weißen Gestalt hatte er das Schwert immer bei sich getragen, für den Fall, dass er es brauchen würde. Vielleicht würde es ihm gelingen, die wahre Gestalt dieser Kreatur zu sehen. Aber auch für andere Gelegenheiten war das Schwert nützlich.

Die leuchtende Klinge war heller als der weißeste Schnee. Als er die Reflexion überprüfte, zeigte sie keinen Unterschied zu dem, was er vor sich sah. Sie zeigte denselben Mann und beide Gesichter. Das bedeutete, dass er kein Monster oder Dämon war, sondern ein gewöhnlicher Mensch.

Aber wie konnte es jemanden mit so einem schrecklichen Aussehen geben? Wenn er so geboren worden war, wie kam es, dass er in der Hauptstadt nicht schon längst bekannt geworden war?

Xie Lian war noch immer fassungslos, als jemand aus der Menge mit zitternder Stimme fragte: »Was ... was ist mit ihm passiert?«

Er steckte Hongjing wieder ein und wandte sich dem Mann zu. »Kennt Ihr ihn? War er nicht schon immer so?«

Einige Leute antworteten: »Wir kennen ihn. Wir arbeiten mit ihm. Natürlich sah er nicht schon immer so aus. Sein Gesicht war ... Was ist mit seinem Gesicht passiert?«

Die Menschenansammlung wurde immer größer, beinahe blockierten sie schon den Verkehr auf der Hauptstraße. Mit einem ernsten Gesicht holte Xie Lian tief Luft und rief laut: »Hört alle her! Kommt nicht näher! Es gibt nichts zu sehen, geht weiter!«

Der verbundene Junge half ihm, die Straße freizuhalten, aber das bemerkte Xie Lian nicht. Er war damit beschäftigt, im Kommunikationskanal nach Feng Xin und Mu Qing zu rufen. »Kommt schnell zur Shenwu-Allee in der Hauptstadt.«

Als er die Hand sinken ließ, erblickte er eine andere Person in der Nähe, die ihn zögernd ansah und anfing herumzudrucksen. Xie Lian trat auf sie zu. »Möchtet Ihr etwas sagen?«

Durch die Aufforderung des Kronprinzen fasste der Mann Mut. »Eure Hoheit, es gibt etwas, von dem ich nicht sicher bin, ob ich es Euch sagen sollte ...«

Xie Lian hatte keine Zeit für das Zögern des Mannes und unterbrach ihn. »Kommt zum Punkt.«

»Vor einigen Tagen habe ich einige Knötchen auf meiner Brust entdeckt. Drei große und zwei kleine. Ich habe nichts gefühlt, sie juckten nicht und taten nicht weh – es fühlt sich sogar gut an, an ihnen zu kratzen. Ich habe mir nichts weiter dabei gedacht. Aber wenn ich diesen Mann hier ansehe, fühlt es sich komisch an ... als würde es jucken. Ha ha.« Er lachte tonlos und band sein Oberteil auf, um seine Brust zu zeigen. »Mit mir ist doch alles in Ordnung ... oder?«

In dem Moment, da er sein Oberteil aufmachte, schwiegen alle. Es waren keine Knötchen, die auf der Brust des Mannes zu sehen waren. Es war eindeutig das Gesicht einer Frau, mit undeutlichen, aber vollständigen Gesichtszügen.

Der Mann sah erschrocken an sich herab. »Wann ist das passiert? Es war ... es war doch nicht so ...«

Lebensecht? Realistisch? Ganz gleich welches Adjektiv man benutzte, es war der reinste Horror.

Alle sahen ihn entsetzt an und der Mann ergriff vollkommen außer sich den Saum von Xie Lians Gewand und flehte: »Eure Hoheit, rettet mich!«

In diesem Moment trafen Feng Xin und Mu Qing ein. Sie hatten Xie Lians Ruf auf den Wachtürmen gehört und waren sofort herbeigeeilt. Bei dem Anblick, der sich ihnen bot, zogen beide die Augenbrauen zusammen. Feng Xin rief: »Zurück! Was ist hier los?«

Xie Lian hatte nicht genug Zeit, um alles zu erklären. Er klopfte dem Mann beruhigend auf die Schulter. »Alles wird gut. Bleibt ruhig.«

Seine Stimme klang warm und fest, ernst, aber freundlich. Der Mann dachte, Xie Lian habe alles unter Kontrolle, und glaubte fest daran, dass eine Kleinigkeit wie diese den Kronprinzen nicht aus der Ruhe bringen konnte. Er entspannte sich.

Doch Xie Lians Geist war in Aufruhr. Dieses »menschliche Gesicht« war also langsam gewachsen. Und das Symptom – er würde es vorerst als Symptom bezeichnen – betraf mehr als nur eine Person. War anzunehmen, dass es noch mehr Betroffene gab?

Er berichtete Feng Xin und Mu Qing in groben Zügen, was vorgefallen war. »Berichtet das im Palast. Gebt den Befehl weiter, die ganze Stadt zu durchsuchen, ob noch jemand betroffen ist. Kein Einziger darf übersehen werden.«

Weil die Erscheinung so erschreckend war, machte der König die Suche nach Betroffenen zu seiner obersten Priorität. Er schickte eine große Zahl an Männern aus, um die Stadt zu durchsuchen. Die Suchtrupps waren höchst effizient und erfolgreich. Schon am selben Abend wurde bestätigt, dass bei fünf weiteren Personen in der Stadt beginnende Symptome zu erkennen waren. Keiner dieser fünf hatte der Erscheinung größere Beachtung geschenkt oder sie war an Körperstellen aufgetreten, wo sie ihnen gar nicht erst aufgefallen war. Zudem taten die Gesichter nicht weh und juckten auch nicht. Zusätzlich wurden mehr als ein Dutzend weitere gefunden, die flache Knötchen aufwiesen, bei denen es sich zweifellos um noch unfertige Gesichter handelte.

Frauen und Jugendliche bildeten den Großteil dieser Gruppe von insgesamt über zwanzig Personen. Ihnen war sichtlich unwohl, als sie vor Xie Lian geführt wurden, und sie beruhigten und trösteten einander. Xie Lian, der mit jedem ein Gespräch führte, fiel die Vertrautheit unter ihnen auf. »Kennt Ihr Euch alle?«, fragte er.

Die Beamten, die mit der Suche betraut gewesen waren, hatten die ganze Nacht gearbeitet. Sie warfen einen Blick in ihre Aufzeichnungen und antworteten: »Eure Hoheit, viele von ihnen leben in den Vororten der Hauptstadt, ziemlich dicht beieinander. Sicherlich sind sie einander zuvor schon über den Weg gelaufen.«

Viele der Betroffenen kamen aus demselben Gebiet? Mu Qing erschrak. »Die Menschen, auf denen diese Gesichter wachsen, wohnen alle dicht beieinander? Heißt das, dass es ansteckend ist?«

Xie Lian hatte auch schon an diese Möglichkeit gedacht, nur hatte er sie nicht laut ausgesprochen. Sofort befahl er: »Isoliert sie. Trennt diejenigen, die nicht betroffen sind, von ihnen und lasst niemanden in ihre Nähe. Stellt alle unter Quarantäne, die jetzt hier sind.«

»Eine seltsame, ansteckende Krankheit.« Als diese Worte nach außen drangen, waren sie wirkungsvoller, als jeder Befehl und jede Bewegung der Truppen es hätte sein können. Die Leute zerstreuten sich augenblicklich. Nicht nur löste sich die Menge der Schaulustigen auf, es wurden sogar mehr als die Hälfte der Häuser an der Straße verlassen. Xie Lian wies die Beamten und Soldaten an, eine Schutzwache aufzustellen, und brachte die Gruppe der Infizierten in den Vorort, in dem einige von ihnen lebten.

In der Nähe dieses Vorortes lag ein großer Wald mit dem Namen Buyou. Die Regierungsbeamten hatten vor, dort ein Quarantänelager zu errichten, um die Erkrankten unterzubringen. Während die Notunterkünfte aufgebaut wurden, betrat Xie Lian mit seinen beiden Gefährten den Wald. Als sie dort umherliefen, wurde eine dunkle Vorahnung in Xie Lians Geist immer präsenter.

Auch Feng Xin und Mu Qing fiel es auf und Feng Xin war derjenige, der es als Erster ansprach. »Eure Hoheit, ist dies nicht der Ort, an dem Lang Ying ...?«

Xie Lian verschränkte die Hände hinter seinem Rücken und runzelte die Stirn. »Ja, das war hier.«

Der Wald Buyou war der Ort, an dem Lang Ying mit bloßen Händen ein Grab ausgehoben und seinen Sohn beerdigt hatte.

Die drei tauschten unbehagliche Blicke aus. Obwohl keiner es in Worte fassen konnte, spannen sich alle eine Theorie zusammen, die sie dazu drängte, den Ort zu suchen, an dem Lang Ying an jenem Tag den Leichnam seines Sohnes begraben hatte. Doch seitdem waren Monate vergangen und es gab unzählig viele Bäume in diesem Wald. Wie sollte es ihnen gelingen, sich an den richtigen Baum zu erinnern?

Da drang ihnen plötzlich ein unbeschreiblich fauliger Geruch in die Nase, wie der einer verwesenden Leiche, nur noch viel schlimmer. Ihn einzuatmen konnte einen ausgewachsenen Mann umwerfen. Andere rochen es auch und begannen zurückzuweichen, während sie sich die Nase zuhielten und sich Luft zuwedelten.

»Was ist das?«

»Was geht hier vor? Das stinkt schlimmer als zehn Jahre alte eingelegte Sojapaste.«

Xie Lian eilte los und folgte dem fürchterlichen Gestank. Wie vermutet führte er ihn zu einem Baum, der ihm vertraut erschien. Die Erde unter dem Baum war aufgeschüttet und formte einen harmlos aussehenden Erdhügel. Die Soldaten zogen ihre Schwerter und stellten sich schützend um Xie Lian. Doch er erhob eine Hand, um sie aufzuhalten. »Seid vorsichtig. Sterbliche, bleibt zurück.«

Der nichtsterbliche Feng Xin nahm eine Schaufel zur Hand und kam näher. Er begann zu graben. Schnell wurde die Erde matschig und der Gestank immer schlimmer. Feng Xin grub vorsichtiger.

Nach einer kurzen Weile kam ein schwarzes Ding zum Vorschein, das sich zu winden schien.

Feng Xin verlangsamte seine Bemühungen und die Soldaten reagierten, als stünden sie einem gefährlichen Feind gegenüber.

Plötzlich hob die Erde sich von selbst an und etwas trat aus ihr hervor. Ein stark geschwollener, aufgeblähter Körper kam zum Vorschein. Der Verwesungsgeruch wurde unerträglich und erfüllte die Luft. Viele der Anwesenden mussten sich augenblicklich erbrechen. Xie Lians Augen verengten sich.

Dieses Ding konnte man kaum noch Mensch nennen. Alles in der Welt war menschlicher als das hier. Niemand wäre auf die Idee gekommen, dass diese riesige Leiche einmal ein kleines Kind gewesen war.

Ein heftiger Brechreiz stieg in seiner Kehle auf und Xie Lian wandte sich ab.

Feng Xin und Mu Qing waren ebenfalls fassungslos und riefen erschrocken aus:

»Was ist das für ein Ding?«

»Ist das ein Fluch oder nur eine Leiche?«

Ganz gleich, was genau das für ein Ding war, Xie Lian wusste, was sie zu tun hatten. »Tretet zurück. So weit wie möglich. Ich zünde es an.«

Er hob die Hand und ein Feuerstrahl schoss hervor. Gerade als das Feuer aufloderte und die Luft mit dickem Rauch erfüllte, klang von der Hauptstadt her der laute und klare Klang eines Schlachthorns zu ihnen herüber.

Die drei sahen gleichzeitig auf. Das war das Zeichen für einen feindlichen Angriff. Feng Xin schnaubte. »Mist! Ausgerechnet jetzt müssen sie angreifen!«

Mu Qing blickte düster drein, seine Miene war im Licht des Feuers nicht zu deuten. »Vielleicht ist es Absicht?«

Resolut sagte Xie Lian: »Mu Qing, du bleibst hier und kümmerst dich um dieses Ding. Feng Xin, du kommst mit mir. Wir werden sie in die Flucht schlagen. Vergiss nicht, sie dürfen keine Schwachstelle finden.«

Inzwischen war es Nacht geworden. Die beiden hasteten zur Hauptstadt und kämpften in der Schlacht. Obwohl der Angriff überraschend gekommen war, konnten sie gewinnen. Zwar gelang es ihnen, den Feind zu besiegen, doch keiner der Soldaten von Xianle verspürte Freude über den Sieg, auch Xie Lian nicht.

Die seltsame Krankheit, die so plötzlich über sie gekommen war, wurde von den Leuten »Gesichterkrankheit« genannt. Die Neuigkeit sprach sich rasend schnell in der Hauptstadt herum und löste Angst und Unbehagen in der Bevölkerung aus.

Der König hatte zuerst daran gedacht, die Nachricht zu verheimlichen. Aber das erste Opfer war vor vielen Zeugen wie ein Irrer durch die Straßen gerannt, so blieben ihm nicht viele Möglichkeiten, das Ganze unter Verschluss zu halten. Zudem breitete die Krankheit sich schnell aus. Nach nur sechs Tagen fanden mehr als fünfzig weitere Personen erste Anzeichen der Krankheit an ihren Körpern.

Die Angriffe von Seiten Yong'ans wurden in diesem Zeitraum wieder häufiger. Xie Lian kämpfte an zwei Fronten und fand kaum noch Zeit, um Regen nach Yong'an zu bringen. All die spirituelle Kraft, die er dadurch einsparte, verbrauchte er stattdessen im Quarantänelager am Rande der Stadt.

In den Ausläufern des kühlen Buyou-Waldes waren inzwischen viele Zelte und Hütten errichtet worden. Xie Lian durchquerte das Gelände, das voller Betroffener war. Zuerst waren hier rund zwanzig Personen untergebracht gewesen, doch schon bald waren es Hunderte, und es wurden immer mehr. An jedem freien Tag kam Xie Lian her, um mit seiner Macht die Menschen von den schrecklichen Symptomen zu befreien. Doch er konnte die Ursache der Krankheit nicht beheben, so sehr die Menschen sich auch wünschten, dass er sie vollkommen heilen könnte.

Er lief gerade durch das Lager, als ein Mann, der am Boden lag, die Hand ausstreckte und den Saum seines Umhangs ergriff. »Eure Hoheit, ich werde doch nicht sterben, oder?«

Xie Lian wollte ihm gerade antworten, da fiel ihm auf, dass ihm das Gesicht des Mannes bekannt vorkam. Er sah genauer hin und erkannte, dass es der Mann gewesen war, der ihm an jenem schicksalhaften Regentag, an dem er von der Dürre in Yong'an erfahren hatte, einen Regenschirm gegeben hatte.

Als er an diesen Tag, den Regen und den Schirm zurückdachte, spürte Xie Lian eine Wärme im Herzen. Er kniete sich hin und tätschelte dem Mann den Handrücken. »Ich werde mein Bestes tun«, versprach er ihm mit ernster Miene.

Die Augen des Mannes leuchteten glücklich auf, als habe er aus Xie Lians Worten neue Hoffnung geschöpft. »Gut, gut«, wiederholte er beständig, während er sich wieder hinlegte.

An den Blicken der Kranken überall um ihn herum konnte Xie Lian erkennen, dass sie alle fest daran glaubten, dass er sie retten würde. Und so wurde das Schuldgefühl in seinem Herzen immer größer und er hoffte umso dringender auf eine Heilmethode.

Nach seinem Rundgang durch das Quarantänelager suchte Xie Lian sich einen Platz, an dem er sich hinsetzen konnte. Mu Qing zündete ein Feuer an, während Xie Lian seinen eigenen Gedanken nachhing. In einigem Abstand liefen ein paar Männer vorbei, die eine Bahre trugen. Sie flüsterten leise miteinander, aber Xie Lian verstand, was sie sagten: »Der wievielte ist das jetzt?«

»Der vierte oder fünfte, glaube ich.«

Auf der Bahre lag ein Patient, der im Buyou-Wald gestorben war. Die Gesichterkrankheit verlief nur selten tödlich und gerade das machte sie so schrecklich: Ohne eine Erlösung durch den Tod mussten die Betroffenen die Gesichter für den Rest ihres Lebens an ihrem Körper tragen. Allein der Gedanke daran führte bei vielen dazu, dass sie den Tod herbeisehnten. Vor allem junge Frauen, denen ihr Aussehen wichtig war, entschieden sich, ihrem Leben ein Ende zu setzen, wenn an einer exponierten Stelle wie zum Beispiel ihrem Gesicht ein solches Antlitz heranwuchs.

Der zweite Mann seufzte. »Wann wird das ein Ende haben?«

»Wir haben doch Seine Hoheit. Wir werden nicht verlieren. Alles wird gut.«

Der erste Mann klagte: »Ich habe keine Angst davor, einen Kampf zu verlieren. Aber spielt es in dieser Situation überhaupt noch eine Rolle, ob wir verlieren oder nicht? So oder so macht es uns einfachen Bürgern das Leben nicht leichter.« Er seufzte. »Ach, was soll's. Ich möchte mich nicht beklagen. Tu so, als hätte ich nichts gesagt. Ich habe nichts gesagt.«

Wäre Feng Xin da gewesen, wäre er sofort hinübergeeilt und hätte den Mann ausgeschimpft. Mu Qing aber sah Xie Lian nur bedeutungsvoll an und kümmerte sich wortlos um das Lagerfeuer. Erst als die Männer fort waren, sagte er ausdruckslos: »Sie sind unwissend und kommen auf keine bessere Idee, als andere und den Himmel zu beschuldigen. Denken sie etwa, ein Kriegsgott könnte alles kontrollieren?«

Xie Lian schüttelte den Kopf. Was der Mann gesagt hatte, entbehrte nicht einer gewissen Logik. Er war ein Kriegsgott und solange er der Armee beistand, würde sie keine Schlacht verlieren. Aber welchen Nutzen hatte das in Zeiten wie diesen? Eine Armee sollte die Bürger vor Angriffen schützen. Aber wenn eine Seuche die Bürger bedrohte, war der Vorteil, den er der Armee brachte, nur ein schlechter Witz.

Das Feuer flackerte auf und jemand setzte sich neben Xie Lian. Feng Xin war zurückgekommen.

»Wie sieht es aus?«, erkundigte sich Xie Lian.

Feng Xin schüttelte den Kopf. »Nichts Neues. Auf dem Beizi-Hügel gibt es keine Spur von Lang Ying und auch nicht von dem eigenartigen weißen Wesen. Wer weiß, wo sie sich verstecken. Und wir können nicht einmal sicher sein, dass sie hinter alldem stecken. Den Menschen aus Yong'an geht es gut, es gibt dort keinen einzigen Fall der Gesichterkrankheit.«

Mu Qing stocherte im Feuer. »Die Hauptstadt und der Beizi-Hügel liegen so dicht beieinander – es kann nicht sein, dass sich niemand angesteckt hat. Es ist offensichtlich, dass sie dahinterstecken.«

Viele teilten diese Meinung und es ergab Sinn, so zu denken. Aber selbst wenn sie Lang Ying die Schuld gaben, ob im Geheimen oder öffentlich, konnten sie keine Beweise vorbringen, und außerdem kamen sie an Lang Ying nicht heran.

Sie hatten den Verdacht, dass die Gesichterkrankheit aus einem Fluch erwachsen war und dass der Ursprung dieses Fluchs der Leichnam von Lang Yings Sohn war. Wenn es so war, war es ein raffinierter Fluch – es gab keinerlei Spur, der sie nachgehen konnten, und so konnten sie auch keine Beweise finden. Und wer konnte schon sicher sein, dass diese Gesichterkrankheit nicht eine neue Seuche war, die auf natürlichem Wege entstanden war? Wenn es ihnen nicht gelingen würde, den Verdächtigen zu ergreifen, würden sie nie erfahren, was es mit dieser Krankheit auf sich hatte.

Xie Lian hatte dem himmlischen Hof einen Bericht über seine Theorie gesandt. Aber er hatte die Regeln des Himmels gebrochen und sein Verhältnis zum Hof war nicht mehr dasselbe wie zuvor. Vorher hätte er einfach in den Shenwu-Palast spazieren und Jun Wu direkt ansprechen können, wenn er etwas zu berichten hatte. Nun musste er den offiziellen Weg gehen. Das bedeutete, wenn er Glück hatte, gelang es ihm, eine Botschaft zu übermitteln, indem er große Mengen an Tugendpunkten verteilte. Wenn er Pech hatte, musste er einen äußerst mühsamen und langwierigen bürokratischen Prozess durchlaufen, der ihn viele Tage kostete. Und selbst dann konnte er die Nachricht nur einem anderen Himmelsbeamten übergeben. Xie Lian war selbst ein Himmelsbeamter und mit Ausnahme von Jun Wu gab es keinen, der ihn an Macht übertraf. Es war also zweifelhaft, ob die anderen Himmelsbeamten überhaupt etwas ausrichten konnten. Die Last auf Jun Wus Schultern war tonnenschwer. Jeden Tag kümmerte er sich um Abertausende von Belangen. Es war undenkbar, dass er sich persönlich um Xie Lians Anliegen kümmern würde. Das Senden der Botschaften war also eher ein symbolischer Akt und Xie Lian hegte keine Hoffnung, dass sich daraus etwas ergeben könnte.

Doch darüber machte er sich in diesem Moment keine Sorgen. Seine Gedanken waren woanders. Er sagte: »Wenn wir annehmen, dass Yong'an mit einem Fluch eine Krankheit über die Stadt bringen wollte, wäre es effektiver gewesen, wenn die Armee davon befallen worden wäre. Wäre die Armee besiegt, stünden ihnen dann nicht die Stadttore offen?«

Es war nicht so, dass es unter den Soldaten keine Opfer der Krankheit gab. Doch verglichen mit den Zivilisten waren es wenige, insgesamt vielleicht drei oder vier. Sie waren sofort unter Quarantäne gestellt worden und hatten keine anderen Soldaten angesteckt.

Feng Xin hielt seine Gedanken nie zurück und sagte, was ihm durch den Kopf ging: »Vielleicht dachten sie, selbst wenn sie die Armee besiegen könnten, würden sie dennoch verlieren, weil Ihr da seid. Also haben sie diesen Gedanken aufgegeben und direkt auf die Zivilisten abgezielt?«

Mu Qing lachte trocken.

Feng Xin fuhr ihn sofort an: »Worüber lachst du?«

»Nichts. Du schaffst es immer, gute Punkte aufzuzeigen. Ich habe nichts hinzuzufügen«, antwortete Mu Qing.

Nichts verärgerte Feng Xin so sehr wie jemand, der freundlich tat, aber in Wirklichkeit schlecht über andere dachte. Er ignorierte Mu Qing. »Wenn sie es wirklich waren, verlieren sie all meinen Respekt. Sie sollten offen und ehrlich auf dem Schlachtfeld kämpfen, so gut sie können – und nicht mit hinterhältigen Tricks den Zivilisten schaden.«

Xie Lian stimmte ihm aus vollem Herzen zu. Er seufzte. »Ich habe in den letzten Tagen darüber nachgedacht, wie die Infektion genau entsteht. Das müssen wir wissen, sonst können wir die Seuche nicht kontrollieren.«

»Ist das nicht offensichtlich?«, erwiderte Feng Xin. »Die Ansteckung erfolgt bei engem Kontakt. Durch Berührungen, durch gemeinsames Essen und Trinken, Schlafen in einem Bett und solche Dinge.«

Xie Lian massierte sich die Stirn. »Oberflächlich gesehen stimmt das. Aber nimm die Armee als Beispiel. Die Soldaten trinken, essen und schlafen zusammen und ihre Quartiere sind beengter als die meisten Wohnhäuser. Warum haben sich nicht mehr von ihnen angesteckt?«

Mu Qing runzelte die Stirn. »Ihr wollt darauf hinaus, dass unter denselben Bedingungen manche sich anstecken und andere nicht. Ihr wollt herausfinden, welche Menschen immun gegen die Gesichterkrankheit sind, nicht wahr?«

Xie Lian sah zu ihm auf. »Mu Qing, du verstehst mich. Genau das meine ich. Wenn wir das herausfänden, könnten wir eine Möglichkeit finden, die Ausbreitung der Krankheit aufzuhalten.«

Mu Qing nickte. »Gut. Dann lasst es uns einmal so betrachten: Welche Menschen werden mit höherer Wahrscheinlichkeit angesteckt? Welche Patienten bilden die Mehrheit im Quarantänelager?«

Xie Lian war in den letzten Tagen durch das Lager gelaufen und konnte mit geschlossenen Augen eine Antwort geben. Er zählte sofort auf: »Frauen, Kinder, Jugendliche, ältere Menschen und junge Männer kleinerer Statur.«

»Also stecken sich nur die schwächeren an?«, fragte Feng Xin zweifelnd. »Sollten wir dem König raten, jedem in der Stadt zu befehlen, seinen Körper zu stärken?«

Xie Lian und Mu Qing sahen ihn beide an, keiner wollte ihm antworten.

Nach kurzem Überlegen sagte Feng Xin selbst: »Moment. Das stimmt nicht.«

Das konnte nicht stimmen. Schließlich war das erste Opfer der Krankheit, das wild über die Shenwu-Allee getobt war, ein kräftiger junger Mann gewesen. Diese Theorie war also falsch.

Was unterschied die Soldaten, die sich mit der Gesichterkrankheit angesteckt hatten, von ihren Kameraden? Xie Lian ging in Gedanken viele Möglichkeiten durch und überprüfte seine Vermutungen. Aber wie er es auch betrachtete, er fand keinen offensichtlichen Unterschied. Unter den Infizierten waren alle vertreten. Vom Aussehen, Körperbau, sozialen Status oder Charakter ließ sich keine Regel ableiten. War es vielleicht Zufall, wer sich infizierte und wer nicht?

»Was haben die Soldaten unternommen, um die Ausbreitung der Gesichterkrankheit zu verhindern?«, murmelte Xie Lian vor sich hin. »Mit anderen Worten, was haben sie getan und die Zivilisten nicht ...?«

Bei diesem Gedanken riss er plötzlich die Augen auf und sein Gesicht wurde blass.

Feng Xin sah ihn an und fragte: »Was ist los, Eure Hoheit? Ist Euch etwas eingefallen?«

Xie Lian war tatsächlich eine Idee gekommen. Seine Schlussfolgerung war plausibel und logisch, aber gleichzeitig auch furchtbar.

»Unmöglich!«, rief er aus, und sprang auf. »Nein, das kann nicht wahr sein. Das ist doch absurd!«

Feng Xin und Mu Qing standen ebenfalls auf. »Was ist denn?«

Xie Lian hielt sich die Stirn und lief unruhig auf und ab. Er hob die Hand. »Wartet, ich ... ich habe eine lächerliche Idee. Es kann nicht wahr sein, aber ich muss es ausprobieren.«

»Was für eine Idee? Wie wollt Ihr sie ausprobieren? Soll ich eine Testperson finden?«

Xie Lian lehnte sofort ab. »Wir können es unmöglich an einer lebenden Person testen. Was, wenn ich falschliege?«

Er hoffte, dass er sich irrte. Je weiter seine Theorie von der Wahrheit entfernt war, umso besser.

Mu Qing runzelte die Stirn. »Eure Hoheit, wenn Ihr sichergehen wollt, ob Eure Theorie zutrifft oder nicht, müsst Ihr sie an einem lebenden Menschen testen. Es gibt keine andere Möglichkeit. Hier zu stehen und zu grübeln hilft uns nicht weiter.«

Feng Xin zog ebenfalls die Stirn kraus. »Siehst du nicht, dass er sich schwertut? Hör auf, so mit ihm zu reden!«

Mu Qing wandte sich ihm zu. »Komisch. Was habe ich denn gesagt? Ich habe doch nur die Wahrheit gesagt. Was hilft es in unserer Situation weiter, wenn er unentschlossen ist und zögert?«

Feng Xin sah ihn entgeistert an. »Musst du alles danach bewerten, ob es nützlich ist oder nicht? Wir reden hier über einen lebendigen Menschen. Und du zögerst nicht eine Sekunde – wie abgeklärt bist du eigentlich?«

»Abgeklärt?«, entgegnete Mu Qing. »Eigentlich wolltest du ›kaltblütig‹ sagen, nicht wahr?«

Xie Lian hatte nicht die Geduld, wie sonst zwischen ihnen zu vermitteln, und schimpfte: »Ihr beiden schafft es, über ein einziges Wort in

Streit zu geraten. Was für eine Schande! Die nächste halbe Stunde müsst ihr hier stehen bleiben. Keiner darf sich bewegen. Das alte Spiel.«

Als sie die Worte »das alte Spiel« hörten, wurden Feng Xin und Mu Qing bleich.

Xie Lian gab ein Handzeichen. »Der Segen des Himmels. Los.«

Einen Moment danach sagte Feng Xin durch zusammengebissene Zähne: »Der Himmel weist den Weg.«

Mu Qing biss ebenfalls die Zähne zusammen. »Der Weg ist das Ziel.«

Feng Xin geriet in Schwierigkeiten. Ihm fiel nichts Passendes ein. »Ziel … Ziel …«

Xie Lian wandte sich ab, um in den Buyou-Wald zu gehen und die drei infizierten Soldaten zu finden und zu befragen.

Dieses »alte Spiel« war eine Methode, die Xie Lian erdacht hatte, um seine Gefährten abzulenken. Feng Xin und Mu Qing nutzten jede Gelegenheit, um einander anzufeinden und wegen Kleinigkeiten Streit anzufangen. Zuerst hatte Xie Lian sie schweigend für eine halbe Stunde dastehen lassen, bis sie sich beruhigt hatten, aber das hatte nicht viel geholfen. Dann war er auf die Idee gekommen, sie Redensarten üben zu lassen. Durch diese Erfindung Xie Lians war die Welt ein bisschen friedlicher geworden und er war sehr zufrieden mit sich.

Sie zum Rezitieren von Redensarten zu zwingen war außerdem ein Versuch, die Stimmung aufzulockern, auch wenn es nie lange anhielt. Nach einer halben Stunde kehrte Xie Lian zurück. Mit düsterer Miene erteilte er Anweisungen. »Bringt alle Soldaten her, die mit den Infizierten ein Quartier geteilt haben. Ich muss sie befragen.«

Im Spiel waren beide ins Stocken geraten, hatten aber auch kleine Triumphe erlebt. Sie seufzten erleichtert, als sie von der Redensartenübung erlöst wurden.

»Wird erledigt«, sagte Mu Qing. »Aber unsere Erkenntnisse werden nicht sehr genau sein, wenn wir so beliebig suchen.«

Feng Xin hatte sich schon zum Gehen gewandt. Xie Lian rief ihn noch einmal zurück. »Halt! Es ist schon mitten in der Nacht. Sie jetzt zu befragen würde zu viel Aufsehen erregen. Außerdem würde es Verdacht erregen, wenn wir zu viele auf einmal abberufen. Was ich sie fragen möchte, darf nicht nach außen dringen. Wenn ihr jetzt geht, können wir nichts mehr zurückhalten.«

Feng Xin drehte sich zu ihm um. »Was soll ich dann tun? Soll einer nach dem anderen zu Euch kommen, damit Ihr sie einzeln befragen könnt?«

»Es geht nicht anders«, antwortete Xie Lian. »Bringt mir morgen die Soldaten, die Kontakt zu den Opfern hatten, einen nach dem anderen her. Keiner darf wissen, dass die anderen befragt wurden. Vergesst nicht, ihnen zu befehlen, Stillschweigen zu bewahren, sonst ...« Er atmete tief ein und seufzte. »Ach egal, droht ihnen einfach. Sagt ihnen, wenn sie es weitererzählen, werden sie ohne Gnade exekutiert. Je strenger, umso besser.«

»Sie alle einzeln zu befragen, wie lange wird das wohl dauern?«, wunderte sich Mu Qing.

»Es spielt keine Rolle, wie lange es dauert. Je mehr ich befragen kann, umso sicherer kann ich sein. Ich ... muss dieser Sache unbedingt auf den Grund gehen. Wir können uns keine Unsicherheit leisten«, erklärte Xie Lian.

Am nächsten Tag saß Xie Lian in einer Kammer, die ihm oben auf einem der Türme zugewiesen worden war, und befragte über dreihundert Soldaten. Auf die Fragen, die er ihnen stellte, gaben alle die gleichen Antworten. Mit jedem weiteren Soldaten, der den Raum verließ, wurde Xie Lians Miene finsterer.

Als die Befragungen beendet waren und Feng Xin und Mu Qing den Raum betraten, sahen sie Xie Lian schweigend am Tisch sitzen, die Stirn auf eine Hand gestützt. Es dauerte eine Weile, bis er zu sprechen begann.

»Ich möchte, dass ihr zwei hierbleibt und die Stadttore bewacht. Ich werde auf den Berg Taicang reisen.«

»Eure Hoheit, habt Ihr durch die Befragung etwas herausgefunden?«, erkundigte sich Feng Xin zögerlich. »Ist es ein Fluch oder ...?«

Xie Lian nickte. »So viel ist mir klar geworden. Es ist ein Fluch.«

»Seid Ihr sicher?«, fragte Mu Qing ruhig.

»Es besteht kein Zweifel. Ich habe auch herausgefunden, welche Leute sich anstecken und welche nicht.«

Trotz dieser Erklärung war in seinem Gesicht keine Spur von Freude darüber zu erkennen, dass er das Rätsel gelöst hatte. Feng Xin und Mu Qing spürten, dass die Situation nicht einfach war. Da Xie Lian keine Anstalten machte, ihnen von seinen Entdeckungen zu berichten, stand es ihnen als seinen Untergebenen nicht zu, ihn danach zu fragen. Dennoch fühlten beide, wie ihre Herzen verzagten.

Im heiligen königlichen Tempel des Shenwu-Palasts auf dem höchsten Gipfel des Berges Taicang kräuselte sich der Rauch, der von den Räucherstäbchen aufstieg, während der Staatspräzeptor dem Himmelskaiser seinen Respekt zollte. Xie Lian betrat die Halle und kam direkt zur Sache. »Staatspräzeptor, ich muss den Himmelskaiser sehen.«

Der Staatspräzeptor beendete sein Gebet und wandte sich zu ihm um. »Eure Hoheit, die Tore zum Himmel stehen Euch nicht länger offen.«

»Ich weiß. Aber ich bin mir sicher, dass das Königreich Xianle von einem unbekannten bösartigen Fluch heimgesucht wird. Das ist keine Naturkatastrophe, sondern das Werk nichtmenschlicher Kreaturen. Bitte helft mir. Bittet den Himmelkaiser, hinabzusteigen und Besitz von Eurem Körper zu ergreifen, damit ich diese Information direkt an ihn weitergeben kann. Vielleicht kennt er den Ursprung dieses Fluchs und kann uns helfen, eine Lösung zu finden.«

Seit seiner Rückkehr in die Sphäre der Sterblichen war dies das dritte Mal, dass er dem himmlischen Hof Bericht erstattete. Die ersten beiden Male hatte er es halbherzig getan, mehr aus Gewohnheit denn aus Notwendigkeit. Dieses Mal hingegen brauchte er wirklich Hilfe.

Der Staatspräzeptor setzte sich auf einen Stuhl. »Es ist nicht so, dass ich Euch nicht helfen möchte, Eure Hoheit. Aber es ist nicht länger nötig. Selbst wenn ich Euch jetzt unterstütze und der Himmelskaiser durch meinen Körper zu Euch spricht, würde Euch die Antwort doch nur enttäuschen.«

Xie Lian erbleichte. »Wisst Ihr etwas darüber? Wisst Ihr, was für ein Wesen die weiß gekleidete Gestalt mit der halb weinend, halb lächelnden Maske ist?«

»Eure Hoheit, erinnert Ihr Euch noch daran, was ich Euch gesagt habe? Die Geschicke dieser Welt, Glück und Unglück, sind vorherbestimmt.«

Xie Lian sah ihn verblüfft an und antwortete nicht.

»Ursprünglich war vielen der Menschen aus Yong'an der Tod bestimmt«, fuhr der Staatspräzeptor fort. »Aber Ihr habt Regen zu ihnen gebracht und ihnen Erleichterung verschafft. Jedoch könnt Ihr sie nicht vor der Dürre retten und ihnen eine lebenswerte Zukunft sichern. Und nun stehen sie mit der Armee von Yong'an auf dem Schlachtfeld am Beizi-Hügel, um sich diese Zukunft zu erkämpfen. Es war vorherbestimmt, dass die Stadt fallen sollte. Aber Ihr seid persönlich hinabgestiegen und habt Eure Macht darauf verwendet, das Schicksal zu wenden und der Stadt einen Aufschub zu gewähren. Doch Ihr habt es nicht übers Herz gebracht, die Armee von Yong'an auszulöschen. Stattdessen habt Ihr ihnen ermöglicht, bis jetzt zu überleben, und wie Kakerlaken sind sie mit jeder Schlacht immer stärker geworden. Eure Hoheit, erlaubt mir die Frage, was Ihr eigentlich zu erreichen hofft? Wartet Ihr darauf, dass beide Seiten ihre Fehler eingestehen? Dass sie Buße tun und neu beginnen? Dass sie sich wieder zu einem Volk vereinen?«

Eine eigentümliche Scham wallte in Xie Lians Herz auf, die sich schon bald in Verwirrung wandelte. Er dachte: *Wie seltsam. Ich habe Menschen gerettet und beschützt, weil sie unschuldig waren und es nicht verdient hatten zu sterben. Alles, was ich getan habe, war das Resultat gründlicher Überlegungen und keine dieser Entscheidungen ist mir leichtgefallen. Warum hört sich alles so lachhaft an, wenn ein anderer es laut ausspricht? Warum klingt es so, als hätte ich nichts erreicht, als wäre alles, was ich getan habe ... ein Fehler gewesen?*

Das Wort erschien in seinem Kopf, doch er schob es sofort wieder beiseite.

»Ihr habt Eure Göttlichkeit dazu benutzt, um Euch in Angelegenheiten der Sterblichen einzumischen. Ihr habt das Schicksal, das Xianle vorgesehen war, durcheinandergebracht und dadurch alles in Aufruhr versetzt. Um das Gleichgewicht wiederherzustellen, wird die Natur Dinge hervorbringen, die dafür sorgen, dass alles wieder in die rechten Bahnen gelenkt wird. Ich weiß nicht, was für eine Kreatur das ist, aber ich bin sicher, dass sie Euretwegen entstanden ist.«

Xie Lian geriet ins Wanken.

Der Staatspräzeptor fuhr fort: »Ich bin außerdem sicher, dass der Himmelskaiser Euch, sollte er mit Euch sprechen, dasselbe sagen würde. Dies ist der Grund, warum er nicht wollte, dass Ihr in die Menschenwelt hinabsteigt. Doch ich glaube, selbst wenn er Euch das erklärt hätte, hätte er Euch nicht daran hindern können. So sind die jungen Leute, sie hören einfach nicht auf Ratschläge. Sie glauben erst, wenn sie hingefallen sind, dass sie nicht laufen können.«

»Wollt Ihr damit sagen, ich sei die Ursache der Gesichterkrankheit?«, rief Xie Lian ungläubig. »Dieser Logik zufolge und aufgrund dieses sogenannten vorherbestimmten Schicksals wäre alles, was diese halb lächelnde, halb weinende Kreatur tut, meine Schuld? Und niemand am Oberen Hof kümmert sich darum?«

»So kann man es sehen«, bestätigte der Staatspräzeptor. »Aber das ist dennoch nicht ganz richtig. Wenn Ihr die Dinge zu ihrem Ursprung zurückverfolgen wolltet, müsstet Ihr auch Euren Vater und Eure Mutter beschuldigen. Hätten sie Euch nicht gezeugt und geboren, wäret Ihr nicht in den Himmel aufgestiegen und hättet demzufolge auch nicht wieder hinabsteigen können. So gesehen könnt Ihr Eure gesamte Ahnenlinie mitverantwortlich machen. Aber Schuldzuweisungen sind sinnlos. Und was Eure letzte Frage betrifft: Es stimmt, niemand wird sich darum kümmern. Weil das Königreich Xianle ohnehin dem Untergang geweiht war. Nun, da Ihr Euch eingemischt habt, werden andere Mächte auftauchen, die alles wieder in die richtige Bahn lenken.«

Xie Lian atmete scharf ein. Darüber, ob sein Königreich dem Untergang geweiht war, wollte er nicht diskutieren. Er schloss eine Minute lang die Augen. Dann fragte er: »Dann beantwortet mir eine Frage, Staatspräzeptor. Wenn ich verschwinde, wird diese Kreatur dann auch verschwinden?«

»Ich befürchte nicht«, sagte der Staatspräzeptor. »Den Teufel einzuladen ist leicht, ihn wieder wegzuschicken hingegen schwer. Ob Dämon oder Geist, es ist immer dasselbe.«

Xie Lian nickte. »Gut. Ich danke Euch für Euren Rat, Staatspräzeptor.«

Er wusste, dass es sinnlos war, noch weiter zu reden. Der Einzige, auf den er sich in diesem Kampf wirklich verlassen konnte, war er selbst. Er verbeugte sich vor dem Staatspräzeptor, verabschiedete sich und wandte sich zum Gehen.

Der Staatspräzeptor rief ihm noch hinterher: »Eure Hoheit! Wie plant Ihr, von nun an weiter vorzugehen?«

Xie Lian stand mit gesenktem Kopf da. »Da mein Verschwinden nichts ändern würde, werde ich bis zum bitteren Ende kämpfen. Das ist meine einzige Möglichkeit.«

Nach einer Weile hob er den Kopf und sagte betont: »Was auch immer das für eine Kreatur ist – die Menschen, die unter meinem Schutz stehen, werden niemals ihre Spielfiguren werden.«

Zwei Wochen später führte Lang Ying die Armee von Yong'an in einem weiteren Angriff an. Nach monatelangen Kämpfen, großen wie kleinen, hatten sich die Truppen von Yong'an den Namen Armee redlich verdient. Sie waren nicht länger eine zusammengewürfelte Gruppe von Flüchtlingen, sondern eine richtige Armee von nennenswerter Stärke.

Es war, als hätte sich Lang Ying lange Zeit ganz aus der Sphäre der Sterblichen zurückgezogen. Und nachdem Xie Lian so lange gewartet hatte, zögerte er nicht einen Augenblick, als er diesem Mann schließlich auf dem Schlachtfeld gegenüberstand. Er eilte an seinen Truppen vorbei, und rief mit erhobenem Schwert: »Wo ist dieser weiß gekleidete Mann?«

Lang Ying wehrte seinen Angriff ab und gab keine Antwort. Er setzte sich hartnäckig zur Wehr.

Xie Lian drängte immer näher an ihn heran. »Ihr wisst, von wem ich rede! Meine Geduld ist begrenzt!«

Unerwartet sah Lang Ying ihn direkt an und fragte: »Eure Hoheit, hattet Ihr nicht gesagt, Ihr würdet weiterhin Regen nach Yong'an bringen?«

Xie Lian hatte nicht erwartet, dass Lang Ying ihm diese Frage stellen würde. Die Worte blieben ihm im Halse stecken. »Ich ...«

Tatsächlich hatte er Lang Ying versprochen, dass Yong'an Regen bekommen würde. Doch in den vergangenen Tagen hatte die Anzahl derer, die sich in der Hauptstadt mit der Gesichterkrankheit infiziert hatten, exponentiell zugenommen. Es waren inzwischen beinahe fünfhundert Erkrankte. Das Quarantänelager im Buyou-Wald wurde langsam zu eng für die vielen Menschen. Die Regierungsbeamten diskutierten über eine Verlegung des Lagers an einen anderen Ort, weiter von der Stadt entfernt. Einen Großteil seiner Energie verwendete Xie Lian darauf, die

Symptome dieser fünfhundert Erkrankten zu lindern, sodass ihm keine Kraft mehr blieb, um Regen nach Yong'an zu bringen. Da er den Hut des Regenmeisters nicht mehr benutzte, hatte es sich falsch angefühlt, ihn länger zu behalten. Schließlich war er das magische Werkzeug eines anderen. Also hatte er Feng Xin ins Königreich Yushi geschickt, um den Hut zurückzugeben und dem Regenmeister in seinem Namen zu danken.

Ärgerlich schreiend schlug Xie Lian erneut zu. »Ich habe Regen gebracht! Könnt Ihr Euch nicht selbst denken, warum ich aufgehört habe?«

Je mehr er sich aufregte, umso ruhiger wurde Lang Ying. »Das hat nichts mit mir zu tun. Aber ich weiß, dass Eure Kraft auch ohne die Gesichterkrankheit nicht lange gereicht hätte. Genauso weiß ich, dass selbst mit Eurem Regen nicht viele in Yong'an überlebt hätten. Es ist alles sinnlos. Eure Hoheit, warum denkt Ihr, Ihr könntet alles erreichen, was Ihr Euch wünscht? Ich ziehe es vor, mein Schicksal selbst in die Hand zu nehmen.«

Etwas an diesen Worten reizte Xie Lian und in ihm flammte Mordlust auf. Er legte die Klinge leicht schräg und hob seine linke Handfläche. In seinem Kopf schrie eine Stimme: *Töte diesen Mann! Ohne ihn stellt die Armee von Yong'an keine Gefahr mehr dar!*

Dies war das erste Mal, dass Xie Lian sein Herz so gestählt hatte, dass er Lang Ying wirklich töten wollte. Als der Schlag seiner Handfläche Lang Yings Brust traf, ließ die Wucht des Schlages den Mann Blut spucken. Doch der Energiestoß drang nicht in sein Herz, sondern wurde von einer Schockwelle zurückgeworfen.

Die Schockwelle ließ Xie Lian ein paar Schritte zurücktaumeln. Er konnte es nicht fassen. »Ihr ...?«

Xie Lian wusste genau, was seinen Stoß abgefangen hatte.

Die Körper derjenigen, die in der Sphäre der Sterblichen für Großes vorgesehen waren – Könige, Erleuchtete, Helden oder Edle – konnten, wenn sie in Bedrängnis gerieten, eine schützende Aura abstrahlen, die Schaden von ihnen fernhielt. Die meisten dieser Menschen hatten das Potenzial, in den Himmel aufzusteigen.

Obwohl Lang Ying nur ein dahergelaufener Herumtreiber war, strahlte sein Körper diese schützende Aura ab. Und nicht nur das, es war noch dazu eine besonders seltene Aura, die eines Königs.

Xie Lian wagte es nicht, weiter darüber nachzudenken, was das bedeutete. Er fühlte, wie sein Herz erkaltete. Die Kälte ging von Lang Yings Schwert aus, das in seine Brust eingedrungen war.

In dieser Schlacht gab es auf keiner der beiden Seiten einen Sieg oder eine Niederlage. In der Armee von Yong'an gab es viele Opfer, aber diesmal sah es für Xianle nicht viel besser aus. Für jemand anders könnte es aussehen wie ein hart erkämpfter Sieg. Aber in Xie Lians Augen war es eine klare Niederlage.

Es war das erste Mal, dass er im Nachteil gewesen war. Und obwohl Lang Ying noch immer nicht an Xie Lian heranreichte und sich am Ende verletzt zurückzog, hatten doch viele gesehen, wie er ihn erstochen hatte. Xie Lian konnte sich gut vorstellen, dass viele der Soldaten nun hinter seinem Rücken redeten – »Seine Hoheit ist ein Kriegsgott, wie kann es sein, dass er erstochen wurde? Wir sind doch die Armee eines Gottes. Warum haben wir nicht einen weiteren überragenden Sieg erlangt?« –, doch Xie Lian hatte keine Zeit, um sich mit so unbedeutendem Gerede zu befassen. Mu Qing hatte ihn heute darüber informiert, dass über einhundert neue Patienten mit der Gesichterkrankheit ins Lager im Buyou-Wald geschickt worden waren.

Nur ein Tag und über einhundert Neuinfektionen!

Der Zustand der Infizierten hatte sich stark verschlechtert. Es gab keinen einzigen Fleck auf ihrem Körper, der nicht von der Krankheit betroffen war, und sie mussten in weiße Laken gehüllt herumlaufen, um anderen keine Angst einzujagen. Doch selbst durch die Tücher konnte man die Umrisse der Erhebungen erkennen. Xie Lian lief durch das Lager und versuchte, so gut er konnte, die Symptome zu lindern.

Als er gerade seinen Rundgang beendet hatte, nahm ihn Feng Xin zur Seite. »Eure Hoheit, was ist heute auf dem Schlachtfeld passiert?«, fragte er ihn leise. »Wie konnte dieser Niemand Euch erdolchen? Ihr habt ihn so viele Male geschlagen, warum habt Ihr ihn nicht einfach getötet?«

Xie Lian wollte ihm nicht erzählen, dass die schützende Aura eines Königs Lang Ying umgab, die nicht einmal Himmelsbeamte durchdringen konnten. Also lächelte er ihn nur schief an. Es war ja nicht so, dass er ihn nicht töten wollte. Aber er konnte es nicht mehr. Alle spirituelle Kraft seiner Angriffe wurde durch diese königliche Aura aufgelöst und er hatte Lang Ying nichts entgegenzusetzen. Als er das bemerkt hatte, hatte er es mit seinen Fäusten versucht, aber Lang Ying war ein harter Kerl, der einiges einstecken konnte.

Ein entferntes Heulen drang an seine Ohren. »Eure Hoheit, rettet mich!«

Xie Lian hatte gerade einen Becher Wasser zur Hand genommen, den Feng Xin ihm gereicht hatte, und hatte in diesem Moment seinen ersten Schluck genommen. Er verschluckte sich, hatte aber nicht einmal Zeit zu husten, da eilte er schon davon.

Der Schrei kam von dem Mann, der ihm den Regenschirm gegeben hatte. Weil Xie Lian ihm gegenüber besonders freundlich gesinnt war, rief dieser auch besonders häufig nach ihm. Zu Beginn hatte dieser Mann nur an seinem Knie ein Gesicht aufgewiesen. Xie Lian hatte alles in seiner Macht Stehende getan, um die Ausbreitung der Krankheit zu verhindern. Außer dem linken Bein war nirgendwo sonst ein Gesicht gewachsen. Aber jetzt trat er wie wild mit dem Bein um sich und wand sich.

Xie Lian hielt ihn fest und sagte: »Bewegt Euch nicht. Ich bin hier.«

Der junge Mann war panisch und ergriff ihn. »Eure Hoheit! Eure Hoheit, rettet mich! Ich habe ein Jucken an meinem Bein gespürt, als würden Gräser mich kitzeln, aber als ich … als ich an mir herabgeblickt habe, habe ich diese Dinger gesehen … Ihre Münder gingen auf und zu. Sie bewegen sich! Sie fressen Gras! Sie sind lebendig!«

Xie Lians Nackenhaare stellten sich bei dem Gedanken auf. Er sah an dem Mann hinunter und bemerkte ein Dutzend Gesichter, die dicht beieinander auf dem Bein des Mannes gewachsen waren. Viele von ihnen hatten die Münder voller Gras. Sie kauten und schmatzen, als wären sie am Verhungern.

Viele der Patienten schrien los und ein Aufruhr entstand. Feng Xin und die anderen mussten Gewalt anwenden, um zu verhindern, dass es zu einer Panik kam.

Xie Lian hielt den Mann mit einer Hand fest und fragte jemanden, der neben ihm stand: »Kann er sein Bein noch benutzen?«

Alle Krankenpfleger im Buyou-Wald trugen eine volle Quarantäneausrüstung. Sie hatten ihre Körper fest in Verbände und Umhänge gehüllt, sodass ihre Gesichter nicht zu erkennen waren. Ein Pfleger mit der Stimme eines Jungen antwortete: »Nein, Eure Hoheit. Sein Bein ist bereits gelähmt. Es ist schwer wie Blei und wir können es kaum bewegen. Die Infektion steigt nach oben. Sie wird bald seine Hüfte erreichen.«

Xie Lian hatte getan, was er konnte, um diesen Menschen zu helfen. Doch das Bein dieses Mannes hatte bereits jegliche Funktion verloren und konnte ganz offensichtlich nicht mehr gerettet werden.

Einer der Pfleger flüsterte Xie Lian zu: »Eure Hoheit, das Einzige, was wir noch nicht versucht haben, ist, die Körperteile mit den Gesichtern abzutrennen. Das könnte die Ausbreitung verlangsamen …«

Das war auch die einzige Möglichkeit, die Xie Lian einfiel. »Dann schneidet es ab.«

»Nein!«, schrie der junge Mann sofort. Der Gedanke, dass sein Bein amputiert werden würde, versetzte ihn in helle Panik. Aber gleichzeitig wagte er es auch nicht, das Bein zu berühren, und er schrie vor Schmerzen auf. »Mein Bein ist nicht gelähmt! Vielleicht wird es wieder besser ... Eure Hoheit! Wisst Ihr ... wisst Ihr denn keine andere Möglichkeit, mich zu retten?«

Xie Lian wollte nicht wieder sagen »Ich werde mein Bestes tun« oder »Ich werde es versuchen«. Sein Blick verfinsterte sich und er antwortete: »Es tut mir leid. Ich weiß es nicht.«

Es war das erste Mal, dass der Kronprinz so gesprochen hatte, und es erschrak jeden, der zugegen war. Einige verloren augenblicklich die Fassung und fingen an zu schreien. »Nicht? Ihr seid doch ein Gott; wie kann es sein, dass Ihr nicht weiterwisst? Wir warten schon seit so vielen Tagen darauf, dass Ihr einen Weg findet. Es kann doch nicht sein, dass Ihr keinen kennt!«

Derjenige, der zuletzt gesprochen hatte, wurde sofort durch einen Schlag zum Schweigen gebracht. Aber es war weder Feng Xin noch Mu Qing gewesen. Mu Qing schwieg mit gerunzelter Stirn, er schien zu denken, dass Xie Lians Antwort zu direkt gewesen war und die Menge nicht angemessen beruhigt hatte. Feng Xin stand etwas abseits und wies einige aufmüpfige Patienten zurecht.

Xie Lian war erschöpft von dem Druck, der in der letzten Zeit auf ihm lastete. Sein Schwert hing offen an seiner Hüfte. Als die Klinge dem erkrankten Bein nahe kam, nahm eines der Gesichter die Kühle des Metalls wahr und hörte auf zu kauen. Es öffnete den Mund und stieß einen schrillen Schrei aus.

Das Ding konnte tatsächlich schreien!

Obwohl das Geräusch nicht besonders laut war, kam es eindeutig von dem Bein. Der junge Mann schrie ebenfalls, von Sinnen vor Angst, und er klammerte sich schluchzend an Xie Lian. »Eure Hoheit, rettet mich!«

Genau in diesem Moment erschienen auf seinem Oberschenkel, nahe der Hüfte, drei neue Beulen in seiner Haut.

»Eure Hoheit, es breitet sich aus! Es breitet sich aus! Die Krankheit breitet sich von seinem Bein her aus!«

Wie viel spirituelle Kraft er auch aufwandte, Xie Lian konnte den Zustand des jungen Mannes nicht mehr unter Kontrolle halten. Diese schrecklichen Dinger waren dabei, sich über seinen ganzen Körper auszubreiten. Wenn das passierte, gab es kein Zurück mehr. Konnten sie wirklich nichts tun, als dazusitzen und zuzusehen?

Xie Lian biss die Zähne zusammen. »Lasst mich Euch eine Frage stellen. Wollt Ihr dieses Bein behalten oder nicht? Ich kann nicht vorhersehen, was passieren wird, wenn es weg ist. Wenn Ihr es nicht behalten wollt, dann nickt und wir werden die Operation sofort durchführen. Wenn Ihr es behalten wollt, dann nickt nicht und wir werden uns etwas anderes einfallen lassen.«

Der junge Mann atmete schwer. Seine Augen glänzten in heller Panik, sein Geist war in Aufruhr. Es sah aus, als würde er nicken und gleichzeitig den Kopf schütteln. Die Gesichter auf seinem linken Bein fingen eines nach dem anderen an zu schreien, als würden sie ihre neuen Gefährten begrüßen. Zwischen diesen »Jiiii«- und »Jaaa«-Rufen war die Genugtuung auf den Gesichtern deutlich zu erkennen und ihre kleinen roten Zungen zuckten. Es war schwer, sich vorzustellen, wie das Innere dieses Beines aussehen mochte.

Die Lage duldete keinen Verzug. Xie Lian wies den Arzt an: »Schneidet es ab.«

Dieser aber winkte schnell ab. »Eure Hoheit, vergebt mir. Ich bin selbst unsicher und an einem Ort wie diesem wage ich nicht, eine Operation durchzuführen. Zumal ... wenn die Amputation keine Aussicht auf Heilung bietet ... sollten wir das Risiko besser nicht eingehen.«

Der Arzt verfluchte sich selbst dafür, dass er widersprochen hatte. Der Vogel, der voranflog, wurde als Erster erschossen. Er flüchtete sich in die Menge und redete nicht mehr.

Der junge Mann murmelte ununterbrochen: »Eure Hoheit, rettet mich ... Rettet mich!«

Doch Xie Lians Kopf war wie leer gefegt und er hörte eine hoffnungslose Stimme in seinem Inneren: »*Bitte komm und rette mich …*«

Um ihn herum war alles in Aufruhr, von überallher waren Schreie und Weinen zu hören. Die kleinen Gesichter heulten ebenfalls. In diesem Moment dachte Xie Lian, die Hölle habe sich aufgetan.

Es war tatsächlich, als starre er direkt in die Hölle, ohne deutlich sehen zu können. Kalter Schweiß lief an ihm hinunter, als sich seine Augen weiteten und er seinen Arm erhob …

Das Schwert fuhr hinab und das Blut spritzte.

»Aaaaaaaah!«

Der junge Mann war nur halb bei Bewusstsein, aber nachdem Xie Lian sein Bein abgeschnitten hatte, war er hellwach und schrie wie am Spieß: »Mein Bein! Mein Bein!«

Xie Lian kniete in einer Pfütze aus Blut und tat, was er konnte, um den Mann ruhig zu halten, während sein weißes Gewand sich rot verfärbte. »Es ist vorbei. Schnell, bringt Ärzte herbei, um die Blutung zu stillen!«

Die anwesenden Ärzte waren vollkommen verwirrt.

Mu Qing konnte es nicht mit ansehen und trat vor. »Kommt schon, reißt Euch zusammen!« Er zog ein kleines Fläschchen mit Arznei hervor. Daraus drang ein zarter Rauch, der die Blutung stillte.

Xie Lian legte eine magische Aura um die Wunde. Das amputierte Bein lag abgetrennt auf dem Boden. Plötzlich begann es, wie eine lebende Kreatur zu zittern und sich zu winden. Xie Lian hob seine Hand und stieß eine Flamme aus, die das Bein augenblicklich zu schwarzer Asche verbrannte.

Der Mann heulte noch immer: »Mein Bein!«

Xie Lian überprüfte seine Hüfte und stellte fest, dass die Ausbreitung der Gesichterkrankheit aufgehalten war. »Es ist gut. Es hat aufgehört. Es breitet sich nicht mehr aus«, sagte er glücklich.

Der junge Mann hörte endlich auf zu heulen und öffnete die Augen. »Wirklich? Ist es wirklich weg?«

Die Umstehenden holten tief Luft. Dann folgte unruhiges Gerede und nach einem Moment des Zögerns rief jemand: »Eure Hoheit, bitte behandelt mich auch!«

Aus der Nähe war die Stimme eines Jungen zu hören: »Sei nicht so leichtsinnig! Wir können nicht sicher sein. Was, wenn es wiederkommt?«

Dank dieser Erinnerung kam auch Xie Lian wieder zur Ruhe. »Das stimmt. Noch haben wir keine Gewissheit. Wir müssen erst die Entwicklung beobachten.«

Ein anderer meldete sich zu Wort, seine Stimme zitterte vor Angst. »Wie lange wird das dauern ...? Ich kann nicht mehr lange warten. Wenn wir warten ... werden diese Dinger mein Gesicht erreichen!«

Ein weiterer rief: »Ich bin bereit, das Risiko einzugehen!«

Schon bald wurden die Hunderte Patienten im Buyou-Wald unruhig und ungeduldig, alle verlangten nur eines: »Eure Hoheit, wir flehen Euch an! Erlöst uns von diesen Qualen!«

Die Massen warfen sich vor ihm auf dem Boden und beteten ihn an.

Obwohl er sich in einer schwierigen Lage befand, konnte Xie Lian sich keine Achtlosigkeit leisten. »Steht alle wieder auf. Wenn die Krankheit bei diesem Mann nicht erneut auftritt, werde ich mein Bestes tun, um alle zu behandeln ...«

Es dauerte eine Weile, bis alle sich beruhigt hatten. Nachdem er sein Versprechen noch viele Male wiederholt hatte und der Mann mit dem amputierten Bein fortgebracht worden war, setzte er sich unter einen Baum.

Mu Qing sah sich um, bevor er mit leiser Stimme sagte: »Wie konntet Ihr einfach sein Bein abhacken? Dieser Mann hat Euch nicht darum gebeten. Ihr hättet diese Entscheidung nicht treffen dürfen. Was, wenn es nicht funktioniert? Sein ganzer Hass würde sich auf Euch richten.«

Xie Lians Herz raste noch immer in seiner Brust. Mit einer Hand vor dem Gesicht sagte er mit heiserer Stimme: »Es konnte nicht warten. Er hat keine Antwort gegeben und der Arzt hat sich nicht getraut, ihn zu operieren. Ich konnte doch nicht tatenlos zusehen, wie die Krankheit sich ausbreitet. Jemand musste eine Entscheidung treffen. Ich ...«

Feng Xin sah ihn besorgt an. »Eure Hoheit, Ihr solltet Euch ausruhen. Ihr seht nicht gut aus. Wir halten solange die Stellung.«

Xie Lian fühlte, dass er sich kaum noch aufrecht halten konnte. »In Ordnung. Ich werde hier etwas ausruhen. Wir gehen bald zurück, also entfernt euch nicht zu weit.«

Aus dem Wald ertönte ein erneutes Heulen und Feng Xin und Mu Qing machten sich auf, um nachzusehen. Xie Lian saß eine Zeit lang wie gelähmt unter dem Baum, dann legte er sich auf den Boden.

Eigentlich wäre er niemals auf die Idee gekommen, sich einfach auf den matschigen Boden zu legen, um zu schlafen. Doch unter den gegebenen Umständen hatte er nicht die Kraft, jemandem Umstände zu bereiten, damit er ihm ein parfümiertes Zelt oder gar ein Bett aus Elfenbein aufbaute. Er fiel in den Schlaf, kaum dass sein Kopf den Boden berührte, schmutzig und zerzaust, wie er war, und in seinem blutverschmierten Gewand.

Xie Lian wusste nicht, wie viel Zeit verstrichen war. Er wachte aus einem Dämmerschlaf auf, als er hörte, wie Feng Xin nach ihm rief. Sofort setzte er sich auf. Er spürte, wie etwas von ihm herabglitt, und entdeckte eine geflickte, abgegriffene Decke. Jemand musste ihn damit zugedeckt haben, während er geschlafen hatte. Er rieb sich die Stirn und sagte zu Feng Xin, der gerade zu ihm kam: »Ich brauche das nicht. Gib die Decke lieber den Patienten.«

Feng Xin sah ihn erstaunt an. »Was? Ihr meint diese Decke? Die stammt nicht von mir. Ich bin gerade erst zurückgekommen.«

Xie Lian wandte sich um. »Warst du das, Mu Qing?«

»Ich war es auch nicht. Vielleicht hat einer Eurer Anhänger hier im Lager die Decke gebracht.«

Xie Lian sah sich um, entdeckte aber niemanden. Er schüttelte den Kopf. *Ich habe nicht einmal gemerkt, dass jemand gekommen ist. Ich bin wirklich in keiner guten Verfassung*, dachte er bei sich.

Er faltete die Decke zusammen und legte sie auf den Boden, bevor er aufstand. »Lasst uns gehen.«

Xie Lian war schwer ums Herz und schon kurz darauf passierte genau das, was er befürchtet hatte.

Als er zwei Tage später erneut den Buyou-Wald besuchte, berichteten die Ärzte ihm darüber. Entgegen den Warnungen hatte etwa ein Dutzend der Patienten sich in der Nacht hinausgeschlichen und mit Feuer und Messern versucht, die Gesichter aus ihrer Haut zu schneiden. Die, die Pech gehabt und viel Blut dabei verloren hatten, hatten sich nicht getraut, es zu gestehen. Sie hatten sich still unter ihren Decken versteckt, wo sie ebenso still verstorben waren.

Xie Lian kam gerade vom Schlachtfeld zurück, als er davon erfuhr. Er stand vor Hunderten Patienten, die bluteten und weinten.

Das war der Moment, in dem er die Nerven verlor. »Warum hört Ihr nicht hin, wenn man Euch etwas vernünftig erklärt? Ich hatte Euch doch gesagt, dass noch nicht bestätigt ist, dass die Krankheit so geheilt werden kann! Wie könnt Ihr nur so dumm sein?«

Es war das erste Mal, dass er sich vor Gläubigen so aufregte. Die Menschen senkten schweigend ihre Köpfe. Keiner wagte es, etwas zu sagen. Xie Lian war so außer sich, dass er ihnen noch weiter Vorhaltungen machte.

Schließlich meldeten einige sich doch zu Wort.

»Ihr seid unbesiegbar. Natürlich nennt Ihr uns dumm. Aber ist unsere Lage nicht so aussichtslos, dass uns nichts anderes übrig bleibt, als auch dumme Methoden zu probieren?« Obwohl diese Person ihm nicht direkt widersprach, triefte ihre Stimme vor Sarkasmus.

Das Blut stieg Xie Lian in den Kopf und er fuhr sie an: »Was sagt Ihr da?«

Die Person zog sich augenblicklich zurück und tauchte in der Menge unter. Feng Xin stand etwas weiter entfernt und hatte nichts gehört, sonst hätte er denjenigen schon längst zum Schweigen gebracht. Mu Qing dagegen bemerkte, dass die Stimmung der Menschen kippte, und entschied sich, nicht noch mehr Unruhe zu verursachen.

Ein anderer erhob die Stimme, als Xie Lian keine Antwort gab. »Eure Hoheit, wenn Ihr uns nicht retten könnt, müssen wir uns selbst retten. Seid unbesorgt, wir werden keine heilige Arznei oder spirituelle Kraft dafür vergeuden.«

Xie Lian war heißes Blut zu Kopf gestiegen, doch nun fühlte er sich plötzlich kalt wie Eis.

Was redet er da? Habe ich jemals gesagt, dass es ein Problem sei, Medizin oder spirituelle Kraft zu verwenden? Ich habe sie nur deshalb aufgehalten, weil die Amputation vielleicht erfolglos sein könnte – warum stellen sie es so dar, als sei ich arrogant und würde nur leere Versprechungen machen? Ich kann ihre Schmerzen nicht fühlen, aber mein Wunsch, ihnen zu helfen, ist aufrichtig. Warum sonst hätte ich mein Dasein als Himmelsbeamter aufgegeben, um zu ihnen hinabzusteigen?

Nie zuvor hatten die Worte eines anderen ihn so sehr getroffen wie diese und noch nie hatte er sich so ungerecht behandelt gefühlt. Tausende Gedanken gingen ihm durch den Kopf, aber er konnte keinen einzigen davon in Worte fassen. Er wusste, dass der Grund für all das war, dass er keine Heilung für die Gesichterkrankheit finden konnte und seine Gläubigen die Geduld verloren. Das Leid dieser Bürger war hundertfach schlimmer als seine eigene Last. Er ballte die Fäuste, bis seine Knöchel knackten. Einen Moment später schlug er mit voller Wucht gegen einen Baum neben sich.

Der Baum brach krachend entzwei, sodass die Leute zur Seite sprangen und aufhörten, miteinander zu tuscheln. Erst da bemerkte Feng Xin, dass etwas nicht stimmte, und eilte zu ihm. »Eure Hoheit!«

Der Schlag hatte Xie Lians Wut etwas gemildert, sodass er jetzt ruhiger war. In dem darauffolgenden Schweigen erhob jemand die Stimme. »Eure Hoheit, Ihr müsst nicht wütend sein. Alle hier sind Patienten und wir alle sind Eure Anhänger. Niemand schuldet Euch etwas.«

Als diese Worte gesprochen waren, nickten viele der Menschen zustimmend. Obwohl niemand sprach, waren Xie Lians Sinne geschärft und er hörte jedes kleinste Geräusch.

Die Menge grummelte.

»Endlich hat jemand sich getraut, die Wahrheit auszusprechen. Ich habe mich zurückgehalten und hatte Angst, etwas zu sagen ...«

»Hieß es nicht immer, Seine Hoheit sei ein sanftmütiger Mensch? In echt scheint er anders zu sein ...«

Diesem nicht abreißenden Strom von Vorwürfen ausgesetzt, trat Xie Lian einen Schritt zurück. In den zwanzig Jahren seines Lebens hatte er niemals Angst empfunden, wenn er einem Feind gegenübergestanden hatte. Doch in diesem Moment ergriff die nackte Panik Besitz von seinem Herzen.

Da hörte er eine weitere Person flüstern: »Mit so großer Macht könnte er genauso gut das Lager anzünden, anstatt uns all diese Kämpfe durchstehen zu lassen!«

Als er das hörte, konnte er es keinen Augenblick länger ertragen, vor diesen Menschen zu stehen. Natürlich wusste er, dass er jetzt nicht mehr der lächelnde, gütige Kriegsgott war, der ein Schwert in der einen und eine Blume in der anderen Hand hielt. Xie Lian drehte sich um und lief los. So schnell er konnte, rannte er aus dem Buyou-Wald, als sei er auf der Flucht.

Hinter ihm riefen Feng Xin und Mu Qing: »Eure Hoheit! Wo lauft Ihr denn hin?«

Da wurde es plötzlich laut in der Menge. Offenbar hatte einer der Pfleger eine Schlägerei mit einem Kranken angefangen und andere mischten sich in das Handgemenge ein. Doch Feng Xin und Mu Qing hatten keine Zeit, sich darum zu kümmern. Sie schickten Truppen, um die Situation zu beruhigen, und rannten Xie Lian hinterher.

Seine Flucht führte ihn zum Beizi-Hügel. Jeder seiner Schritte trug ihn Dutzende Meter weit und bald schon hatte er den höchsten Punkt des bewaldeten Hügels erreicht.

»Komm heraus!«, brüllte er in den Wald hinein.

»Eure Hoheit!«, rief Feng Xin hinter ihm. »Was habt Ihr vor?«

Xie Lian schrie in den Himmel: »Ich weiß, dass du hier bist! Verdammt noch mal, komm heraus!«

Mu Qing rief: »Wenn er auf Euch hören würde, müssten wir nicht ...«

Er verstummte. Hinter den dreien war ein Rascheln zu hören. Sie fuhren herum und erblickten auf einer Ranke sitzend die weiß gekleidete Gestalt – die linke Seite des Gesichts weinte, die rechte lächelte.

Die Kreatur hatte auf Xie Lian gehört.

Xie Lian verlor sofort die Fassung, als er sie sah. Er stürzte sich auf sie. »Ich werde dich umbringen!«

Die Gestalt wich ihm leicht und behänd aus. Die großen weißen Ärmel ihres Gewandes waren elegant und schön wie die Flügel eines tanzenden Schmetterlings.

Feng Xin und Mu Qing machten ein erstauntes Geräusch und eilten Xie Lian zur Seite, aber sie bemerkten etwas Erschreckendes. Sie blieben stehen, wo sie waren, und blickten verdutzt drein.

Xie Lian war so zornig, dass er nichts bemerkte. Er zog sein Schwert gerade in dem Moment, als Feng Xin rief: »Eure Hoheit! Seht Ihr es nicht, er ...?«

Xie Lians Hand hatte schon den Hals der Kreatur gepackt. Die andere Hand zielte mit dem Schwert genau auf ihr Herz. Sie war seiner Gnade ausgeliefert, dennoch lachte sie plötzlich laut los. Das Lachen war tief und sanft, wie das eines jungen Mannes. Xie Lian kam es vertraut vor, wie von jemandem, den er kannte. Aber in seiner Wut konnte er sich nicht erinnern, wem diese Stimme gehörte, und die vage Erinnerung verflog schnell wieder.

Kurz darauf seufzte die weiß gekleidete Gestalt. »Xie Lian, Xie Lian. Es spielt keine Rolle, wie sehr du dich abmühst. Du wirst verlieren. Das Königreich Xianle ist dem Untergang geweiht.«

Er war außer sich und schlug zu, ohne einen Moment zu zögern. »Für wen hältst du dich?! Niemand hat dir erlaubt zu sprechen, also sei still!«

Für seine Verhältnisse war dieses Verhalten außerordentlich grob. Der Kopf der weißen Kreatur verrutschte von dem Schlag, aber sie rückte ihn wieder gerade. »Willst du wirklich, dass ich still bin? Gut, gut. Aber es gibt einen Weg für dich, deine Niederlage in einen Sieg zu verwandeln. Es hängt nur von deinem Willen ab, ob du ihn beschreiten kannst.«

Hätte er die letzten Worte weggelassen, hätte Xie Lian ihn ignoriert. Aber so dachte er, dass seine Worte vielleicht ein Quäntchen Wahrheit enthielten, dass es wirklich einen Weg gab, wenn er auch teuer erkauft werden musste. Er kämpfte seine Wut mit einem tiefen Atemzug nieder. »Wie?«, fragte er düster. »Wenn du willst, dass ich etwas tue, dann sag es und verschwende nicht meine Zeit!«

»Komm näher und ich sage es dir«, forderte die weiße Gestalt ihn auf.

»Gut«, sagte Xie Lian.

Feng Xin war alarmiert. »Eure Hoheit! Ihr werdet doch nicht ...?«

Doch da durchbohrte Xie Lian das Herz der Kreatur mit seinem Schwert. Er beugte sich dicht über sie. »Sprich.«

Mit sehr leiser Stimme flüsterte die Gestalt in sein Ohr, sodass niemand sonst hörte, was sie sagte.

Je länger Xie Lian ihr zuhörte, desto mehr weiteten sich seine Augen.

Nach einer Weile schlug er die Gestalt erneut, unfähig, sich zurückzuhalten. »Ich habe dich nicht gebeten, das zu sagen! Was ich brauche, ist eine Lösung! Eine Heilung!«, schrie er.

»Ich habe es dir gesagt. Das ist der Weg. Es hängt alles davon ab, ob du es tun willst«, sagte die Gestalt.

Xie Lians Gesicht verzerrte sich. »Was willst du eigentlich? Wer bist du überhaupt?«

Die Gestalt gluckste. »Wer ich bin? Kannst du mir nicht die Maske abnehmen und selbst nachsehen?«

Xie Lian hatte ohnehin genau das vorgehabt und riss die halb lächelnd, halb weinende Maske vom Gesicht der Kreatur. In der nächsten Sekunde erstarrte er vor Schreck.

Das Gesicht, das ihn hinter der Maske anblickte, war das eines gut aussehenden jungen Mannes. Er war hellhäutig, seine Augen leuchteten lebensfroh, ein Lächeln lag auf seinen Lippen und sein Ausdruck war freundlich und bescheiden.

Es war sein eigenes Gesicht!

Fortsetzung folgt.

Glossar

Figuren

Götter

Oberer Hof (aus eigener Macht aufgestiegene Götter):

Kriegsgötter:
Xie Lian: Xianle (himmlischer Titel), Kronprinz von Xianle, die Witzfigur der drei Sphären, der Gottgefällige Krieger, der Blumengekrönte Kriegsgott, Schrottgott

Jun Wu: Himmelskaiser (himmlischer Titel)

Mu Qing: Xuanzhen (himmlischer Titel), Gott des Südwestens, der Fegende General

Feng Xin: Nanyang (himmlischer Titel, »Sonne des Südens«), Gott des Südostens, General Juyang (»Vollkommene Sonne« oder auch »Gigantische Männlichkeit«)

Pei Ming: Mingguang (himmlischer Titel), General Pei, Gott des Nordens

Pei Xiu: General Pei der Jüngere, der zweite Gott im Mingguang-Palast, entfernter Nachfahre von Pei Ming

Quan Yizhen: Qiying (himmlischer Titel), Gott des Westens

Lang Qianqiu: Taihua (himmlischer Titel), Gott des Ostens, Kronprinz von Yong'an

Göttin der Schriften:
Lingwen Yuanjun: Lingwen (himmlischer Titel), Lingwen Zhenjun (in männl. Gestalt)

Meister der Fünf Elemente:
Shi Wudu: Wassermeister Wudu, das Unterdrückende Wasser

Shi Qingxuan: Windmeister Qingxuan, Herrin des Windes

Ming Yi: Erdmeister Yi

Mittlerer Hof (ernannte Götter):

Nan Feng: Offizier im Nanyang-Palast

Fu Yao: Offizier im Xuanzhen-Palast

Nangong Jie: Himmelsbeamte

Geister

Ränge:

Malus: kann einen Menschen töten

Periculus: kann einen Clan auslöschen

Saevus: kann eine Stadt massakrieren

Supremus: kann ein ganzes Reich vernichten

Das Vierfache Übel (Geisterkönige):

Hua Cheng: Blumensuchender Blutregen (Supremus), Chengzhu (Titel)

Qi Rong: die Nachtwandernde Grüne Laterne, der Grüne Geist (Beinahe-Supremus)

Das Unheil in Weiß: der Weiße ohne Gesicht (Supremus)

Das Booteversenkende Schwarze Wasser: dunkler Wasserdämon (Supremus)

Magische Waffen

Ruoye: Xie Lians Seidenband

Fangxin: Xie Lians Schwert

Hongjing: weiteres Schwert Xie Lians, ein Geschenk Jun Wus, dessen Klinge die wahre Natur der Dinge zeigt

Eming: Hua Chengs Krummsäbel

Fengshen: Feng Xins Langbogen

Mo Xiang Tong Xiu

Junge, abergläubische Frau, die für ihren Sticker-
Gebrauch auf der Social-Media-Plattform Weibo bekannt ist.
Furchtbare Köchin, die beim Fotografieren anfängt zu zittern.
Langsame Tipperin, die nur schreibt, wenn ihr danach ist.
... Das ist alles gelogen.
In Wirklichkeit mag ich es, nachmittags einen Tee zu
trinken und in die Ferne zu schauen, oder mein geliebtes
Notizbuch aufzuschlagen und Gedichte zu schreiben.
Nein, nein, nein, das entspricht noch viel weniger der Wahrheit.
Na gut, schreiben tue ich ja schon.
Genau.

TOKYOPOP GmbH
Hamburg

TOKYOPOP
1. Auflage, 2024
Deutsche Ausgabe/German Edition

Aus dem Chinesischen von Nina Richter

Published originally under the title of《天官賜福》(Tian Guan Ci Fu)
Author©墨香铜臭 (Mo Xiang Tong Xiu)
German Edition rights under license granted by 北京晋江原创网络科技有限公司 (Beijing Jinjiang Original Network Technology Co., Ltd)
Illustrations by 日出的小太陽 (tai3_3_)
Illustrations granted under license granted by Reve Books Co., Ltd (Pinsin Publishing)

Redaktion: Markus Rohde, Simone Meinecke
Lektorat: Katrin Aust
Lettering + Herstellung: Annika Meyer-Wülfing
Umschlaggestaltung: Annika Meyer-Wülfing
Druck und buchbinderische Verarbeitung:
CPI – Clausen & Bosse GmbH, Leck
Printed in Germany

MIX Papier FSC® C083411
Wir achten auf die Umwelt.
Dieses Produkt besteht aus FSC®-zertifizierten und anderen kontrollierten Materialien.

ISBN 978-3-8420-9084-2

www.tokyopop.de

THE GRANDMASTER OF DEMONIC CULTIVATION – MANHUA

Mo Xiang Tong Xiu / Luo Di Cheng Qiu

Wei Wuxian ist einer der mächtigsten Männer seiner Generation. Seine dämonischen Fähigkeiten versetzen die Menschen jedoch in Angst und Schrecken, sodass die Nachricht über seinen Tod eine Welle des Jubels und der Erleichterung auslöst. Jahre vergehen, bis Wei Wuxian durch ein Opferritual zurück in die Welt der Lebenden – in den Körper eines Fremden – beschworen wird. Während er versucht, seine wahre Identität geheim zu halten, wird er mit dunklen Machenschaften konfrontiert, die er nicht ignorieren kann. In all dem Chaos begegnet ihm plötzlich ein vertrautes Gesicht aus seinem früheren Leben: der attraktive und rechtschaffene Lan Wangji. Fortan stellen sie sich gemeinsam den bösartigen Geistern und feindseligen Clanmitgliedern, um die in dichten Nebel gehüllten Wahrheiten ans Licht zu bringen!